El Hombre

Guillermo Arriaga
El Hombre

El papel utilizado para la impresión de este libro ha sido fabricado a partir de madera procedente de bosques y plantaciones gestionadas con los más altos estándares ambientales, garantizando una explotación de los recursos sostenible con el medio ambiente y beneficiosa para las personas.

El Hombre

Primera edición: abril, 2025

D. R. © 2025, Guillermo Arriaga

D. R. © 2025, derechos de edición mundiales en lengua castellana:
Penguin Random House Grupo Editorial, S. A. de C. V.
Blvd. Miguel de Cervantes Saavedra núm. 301, 1er piso,
colonia Granada, alcaldía Miguel Hidalgo, C. P. 11520,
Ciudad de México

penguinlibros.com

Penguin Random House Grupo Editorial apoya la protección del *copyright*. El *copyright* estimula la creatividad, defiende la diversidad en el ámbito de las ideas y el conocimiento, promueve la libre expresión y favorece una cultura viva. Gracias por comprar una edición autorizada de este libro y por respetar las leyes del Derecho de Autor y *copyright*. Al hacerlo está respaldando a los autores y permitiendo que PRHGE continúe publicando libros para todos los lectores.

Se reafirma y advierte que se encuentran reservados todos los derechos de autor y conexos sobre este libro y cualquiera de sus contenidos pertenecientes a PRHGE. Por lo que queda prohibido cualquier uso, reproducción, extracción, recopilación, procesamiento, transformación y/o explotación, sea total o parcial, ya en el pasado, ya en el presente o en el futuro, con fines de entrenamiento de cualquier clase de inteligencia artificial, minería de datos y textos, y en general, cualquier fin de desarrollo o comercialización de sistemas, herramientas o tecnologías de inteligencia artificial, incluyendo pero no limitado a la generación de obras derivadas o contenidos basados total o parcialmente en este libro y cualquiera de sus partes pertenecientes a PRHGE. Cualquier acto de los aquí descritos o cualquier otro similar, así como la distribución de ejemplares mediante alquiler o préstamo público, está sujeto a la celebración de una licencia. Realizar cualquiera de esas conductas sin licencia puede resultar en el ejercicio de acciones jurídicas.
Si necesita fotocopiar o escanear algún fragmento de esta obra diríjase a CeMPro (Centro Mexicano de Protección y Fomento de los Derechos de Autor, https://cempro.org.mx).

ISBN: 978-607-385-750-5

Impreso en México – *Printed in Mexico*

*A Rafaela Arriaga Nesma, que llegó a hacer mejor nuestro
mundo
A Maru, con todo y por siempre
A Patricia, Carlos y Jorge, mis compañeros de vida*

El viejo mundo se muere. El nuevo tarda en llegar. Y en ese claroscuro, surgen los monstruos.

ANTONIO GRAMSCI

Regresaré con miembros de hierro, la piel ensombrecida, la mirada furiosa: por mi máscara, me juzgarán de una raza fuerte. Tendré oro: seré ocioso y brutal. Las mujeres cuidan a esos feroces lisiados reflujo de las tierras cálidas.

ARTHUR RIMBAUD

Ningún hombre causa más dolor que aquel que se aferra ciegamente a los vicios de sus ancestros.

WILLIAM FAULKNER

El que por sí mismo se convierte en una bestia, se libera del dolor de ser un hombre.

SAMUEL JOHNSON

Nada más fácil que señalar al malvado; nada más difícil que entenderlo.

FIODOR DOSTOIEVSKI

Ucronía: Reconstrucción de la historia sobre datos hipotéticos.

1815

El calor. El metálico chirriar de las chicharras. El inacabable verde. El aire ardiente e inmóvil. «Hacía calor», adujo Jack Barley para justificar frente a su madre el asesinato de Louis Vincent, el hijo de los vecinos cuya casa se hallaba al final de la aldea. En realidad, el crimen lo ocasionó una burla: Louis se mofó de la condición de bastardo de Jack, «ni siquiera tu madre sabe quién es tu padre». Los demás muchachos rieron, el hijo de Thérèse Barley era su blanco favorito. Día a día le endilgaban apodos humillantes y le pegaban palizas. Jack, de apenas once años, poco podía hacer frente a los grandulones de quince y dieciséis, o poco pudo hasta ese día. Cuando salió de su casa esa mañana ya iba preparado para matar, desde hacía meses guardaba un puñal amarrado a la pantorrilla. Sólo buscaba una excusa para clavárselo a uno de ellos. Semana a semana fantaseó con la idea de verlos desangrarse en el polvo con una herida mortal en el corazón. No importaba a quién de ellos le asestara la cuchillada, para él, los seis abusadores eran tipos despreciables, dignos de morir como cerdos. Esa mañana, Louis inició la ronda de escarnios. Jack se dirigía a la cabaña de la señora Parker a comprar un queso y una pinta de leche. Louis, famoso por partir troncos de un solo hachazo, se interpuso en su camino, «¿adónde va la nena?». Jack quiso esquivarlo, los demás lo rodearon para impedirle el paso. «¿Con quién se va a acostar hoy la puta de tu madre?», inquirió el rubio, socarrón. El calor. Jack sudaba. Gotas escurrían por su espalda. Una onda caliente emanaba del suelo. Hizo un intento más por eludirlos, de nuevo lo atajaron. Jack sintió el calor subir por los zapatos hacia las piernas, de ahí hacia el torso, hasta extenderse a su mano derecha. «Ni siquiera tu madre sabe quién es tu padre». No hubo vuelta atrás, Jack se agachó y, como lo practicó decenas de veces a solas en su casa, sacó el cuchillo con disimulo y en un movimiento rabioso lo encajó en el pecho de su adversario. Louis sonrió, había percibido el golpe como un débil puñetazo del niño. Se asustó cuando vio la expresión estupefacta de sus amigos. «Tienes sangre», le avisó Chuck. Louis miró hacia abajo y descubrió una mancha rojiza extenderse por su percudida camisa blanca. Miró a Jack y detectó el brillo de un filo entre los dedos de su rival, «¿qué hiciste?». El niño no esperó a la reacción de los otros y le descargó un puntazo en el cuello. Un borbotón bermejo salpicó los zapatos de los demás. Los otros cinco no atinaron a actuar. Jack aprovechó el desconcierto para propinarle una cuchillada al gordo Lawrence. El otro logró apenas girarse, si no lo hubiese hecho, el filo le habría partido el corazón. El cuchillo se hundió bajo su clavícula. El gordo gritó aterrorizado y, expeliendo chorros de sangre, huyó despavorido. Jack volteó a ver a los otros, amenazador. «Perdón», musitó Antoine, con miedo de ser el siguiente. Louis profirió un sonido gutural y con la mano izquierda intentó taponar el agujero en su cuello. Trastabilló unos pasos y se desplomó de espaldas. Un hilo de sangre escurrió por su boca y, como los venados heridos de muerte por una flecha, comenzó a patalear. Levantó una polvareda, jaló aire, estiró la cabeza y sucumbió. Los cuatro restantes arrancaron hacia el caserío. Jack se paró junto al cadáver y le atizó una patada en la cabeza. Limpió el cuchillo en su pantalón y continuó su camino hacia la cabaña de la señora Parker. Pagó por la leche y por el queso y, con calma, volvió a su casa. Cuando su madre notó la camisa teñida de sangre y dos rayas carmesí en el pantalón, preguntó por lo sucedido, «Maté a Louis», contestó Jack sin emoción, «¿por?», preguntó ella, demudada. Jack miró por la ventana, a lo lejos espejismos ondulaban en la pradera, el ruido de las chicharras invadía el ambiente, unos cuervos reposaban sobre las copas de un arce, «hacía calor», respondió. A falta de autoridad judicial en la aldea, Martin Castés, el párroco de New Grenoble, a diez millas de distancia, intervino como juez. Los padres de Louis y de Lawrence clamaron por un castigo ejemplar para el homicida. «Es un ser demoniaco», profirió la madre del muerto, «sólo alguien poseído pudo matar con tal sangre fría». La señora Parker fungió como testigo, «no se le notaba alterado, tomó la leche y el queso, me pagó unos peniques y salió como si nada». Thérèse Barley escuchó acongojada los epítetos contra su hijo: asesino, hijo de puta, malnacido, criminal. Martin Castés prestó atención a cada alegato. Los cinco adolescentes, en contubernio con sus padres, acordaron presentar una visión manipulada de los hechos, aseguraron haber sido presas de un ataque traicionero por la espalda, lo cual, le quedó claro al sacerdote, no concordaba con las heridas frontales del cadáver y de Lawrence. Al cuestionar a los muchachos, Martin notó contradicciones en sus respuestas. Con paciencia, armó un recuento de lo sucedido. Jack no acometió a mansalva, como quisieron convencerlo los adolescentes y sus padres. Intentaban escamotearle la verdad y no lo iba a permitir. Luego de dos días de desahogo de pruebas, Martin resolvió exonerar a Jack. El niño había actuado en defensa propia y no consideró su acción como un delito. Rodeado por seis tipos abusivos más grandes que él y temeroso de una golpiza, como antaño le propinaron varias, Jack no tuvo alternativa. La resolución enfureció a los padres. «Fue premeditado», alegó el padre de Louis, «llevaba un arma». El sacerdote no cambió su dictamen, «quién en estas tierras no carga con un cuchillo», sostuvo. «Nadie lo lleva oculto, amarrado a la pantorrilla debajo del pantalón», replicó la madre del asesinado. «Cada quien lo guarda donde mejor le acomode», mantuvo Martin. El veredicto de inocencia no cambió en las familias ofendidas el deseo de cobrar justicia a la buena o a la mala. «Cuídate», amenazó el padre de Louis al niño, «y usted también», le advirtió a Thérèse. La armonía en la aldea de Saint Justine se hallaba al borde de romperse después de casi un siglo de haberse establecido.

1887

languideces en una cama sin idea de quién eres ni quiénes somos aquellos que te rodeamos dentro de ti pareciera escucharse cómo las termitas devoran tu cerebro cómo crujen sus tenazas al mordisquearlo dentro de tus córneas se adivinan patas mandíbulas antenas de tus lagrimales mana sangre palabras teñidas de rojo caen apenas las pronuncias resbalan por la cama y se astillan al golpear contra el suelo cristales quedan regados por la habitación y cortan a quien se acerque a ti tu cuerpo es ahora un termitero insectos colonizan cuanto queda de tus carnes esmirriadas asoman sus fauces por entre tus oídos ennegrecen tu lengua apelmazan tus labios rumias idiomas incomprensibles como un simio cansado y viejo no alcanzas a articular una sola frase con sentido tú que eras dueño de la retórica más incendiaria nadie parece habitar el cascarón hueco de tu cráneo tu aliento huele a fango sudas agua pestilente los dedos de tu mano aquella con la cual ordenaste decenas de incursiones se han tornado en ganchos en vano tratas de asir cuan poco te queda de realidad el mundo es ahora para ti un vapor fantasmagórico por momentos retornan a ti vestigios de ese antiguo tú giras mandatos a tu ejército de esbirros negros a tu tropa de esclavos manumisos a quienes convertiste en invasores sanguinarios de rancho en rancho de pueblo en pueblo masacraron gente inocente como si hacerlo les compensara la honda humillación de ser arrancados de sus hogares en África para ser traídos a este continente a laborar como bestias tu emporio crecerá sin medida Henry Lloyd la vastedad de tu fortuna bastará para enriquecer a tus choznos y a los choznos de tus choznos tus caudales serán inagotables por siglos miles de tus descendientes se beneficiarán de cuanto robaste y despojaste para limpiar tu nombre se levantarán estatuas y monumentos y serás ensalzado como un prócer como un bondadoso manumisor de africanos digno de homenajes y panegíricos pabellones llevarán tu apellido en los textos escolares te mencionarán como un hombre pundonoroso ejemplo de un espíritu de libertad generaciones ignorantes de tus crímenes te elevarán como un humanista munificente quien investigue con seriedad tu pasado sabrá cuántas aldeas asolaste cuántos asesinatos se cometieron para que pudieras saquear propiedades cuántos niños fueron degollados bajo el pretexto de suprimir futuros vengadores y aunque se conociera tu brutalidad no habrá quien se atreva a censurarte porque eres reconocido como el cimentador de una sociedad más justa como padre fundador del glorioso estado de Texas hoy las termitas de la desmemoria ejercen su acción sobre los meandros de tu cerebro devoran tu lóbulo frontal mastican cada una de tus circunvoluciones tu mente es ahora una masa esponjosa ni siquiera deglutido por la demencia senil pareces un hombre derrotado será imposible borrar de la historia tus incendios tus correrías tus matanzas tus apologistas entre quienes sin duda me encuentro yo corregiremos la percepción de ti será ponderada tu proclividad a repartir la riqueza se resaltará tu genuino interés por aquellos hombres de piel oscura a quienes liberaste de sus grilletes con la condición de alistarse como mercenarios a tu servicio aun cuando la mayoría de esos africanos apenas podían balbucear unas cuantas palabras en inglés te obedecían con lealtad absoluta la raigambre a sus númenes salvajes y fieros te sirvió para alcanzar tus objetivos utilizaste cuanto aún pervivía de África en ellos para tornarlos en tus sicarios de la jungla profunda de sus almas extrajiste las pulsiones necesarias para invadir propiedades ajenas para descuartizar a quienes se te resistieran *si vienes conmigo serás recompensado con riquezas y con propiedades y con absoluta emancipación* les prometiste para esos pobres negros con la piel excoriada por decenas de latigazos la sola noción de no trabajar más a marchas forzadas de nunca más ver cómo violaban a sus mujeres de nunca más atestiguar cómo sus hijos eran vendidos como reses para servicio de sus amos blancos les bastó para unirse a tu ejército brillante idea la tuya de deshuesarles los resentimientos apagaste en ellos la pena de sus mil heridas de sus galaxias de heridas he de reconocer que en Emerson no te comportaste como un tirano como sí lo hicieron los anteriores capataces atenazaste a las decenas de esclavos que nos pertenecían sin humillarlos dignificaste su trabajo eximiéndolos de los intolerables horarios laborales que al término de la jornada los dejaban desfallecidos con apenas energía para afrontar las faenas diarias con inteligencia extrajiste sus mejores cualidades sin vaciar sus cuerpos les cerraste las avenidas hacia la rebeldía sin degradarlos sojuzgaste con inteligencia y por qué no admitirlo con compasión por eso te debieron tal lealtad frente a tus correligionarios sostenías que sustrajiste de esos hombres sus mejores virtudes para la consecución de las más nobles causas tú y yo amado Henry sabemos cuán falso era este aserto y estoy aquí para recordártelo para penetrar el carapacho de tu olvido progresivo lo tuyo no nos engañemos fue el despojo la rapiña adueñarte de tierras con el único propósito de crecer tu fortuna y en lugar de ser objeto de escarnio y maldecido hasta el fin de los tiempos te reinventaste para darle un cariz misericordioso y civilizatorio a tus brutales actos aprovechaste la independencia de la rebelde provincia de Texas y luego la injusta apropiación de más de la mitad del territorio de México para adueñarte de los patrimonios de las familias mexicanas atrapadas en el vórtice de una guerra traicionera tus detractores cuentan que se podría pintar una línea continua a lo largo y ancho de Texas con la sangre de cada uno a quienes asesinaste una frontera roja e impenetrable bautizaste con agua maldita esa tierra fecunda para arrasarla con tus tropas carniceras detrás de tu paso dicen quienes fueron testigos quedaba el humo y la peste de cadáveres de niños de mujeres de viejos de hombres de cabras gallinas vacas burros caballos todo ser vivo borrado de la calcinada faz de aquellas infinitas llanuras tábanos sobrevolaban las ruinas de carne diseminadas por los ranchos debes saber que no seré yo quien derribe tu adulterada leyenda de hombre probo ni desmantelaré la andamiada de mentiras sobre la cual se construyó tu imperio ni inocularé a la sociedad con los huevecillos de la verdad histórica al contrario Henry custodiaré tu buen nombre aun cuando me acorralen para que revele cuanto sé de ti tus lisonjeros intentan presentarte como alguien bondadoso casi remiso uno de esos héroes acartonados y falsos cuando en verdad eras una fuerza de la naturaleza un monstruo visionario que logró mover el mundo y hacerlo progresar

1881

La pasta al fondo del rancho la llamaban la pasta de «Santa Elena». La nombraron así en honor a mi madre. En esa pasta nací yo. Mi madre cabalgó hasta allá para parirme. Debió esconderse: yo era producto del pecado. Disimuló bien su preñez y nueve meses la ocultó a mi abuelo. Al nacer, quedé tirado en el polvo debajo de la sombra de un mezquite. Ese día, mi madre montó a Nube, su yegua, llamada así porque una catarata le empañaba un ojo. Mi madre debió escurrirse en silencio al alba cuando sintió las primeras contracciones. Se encaminó hacia los confines del rancho y llegó hasta donde aguantó. La fuente se le rompió en la montura, se supo después cuando vieron la humedad en los cueros. Me lo contó Chuy, el hombre que me crio y a quien consideré como mi padre. Cuando no soportó más las punzadas del parto, mi mamá se bajó del caballo y dio vueltas en círculos. Según Chuy, se veían las huellas de sus piecitos ir de un lugar a otro. Los dolores debieron ofuscarle la razón. Luego de mucho andar, tanteó el terreno y acabó abajo del mezquite. Escarbó bajo las ramas para formar una cuneta. Sus manos de niña se marcaron en el polvo. Fue a morirse igual que mi abuela, que se murió al parir a mi madre. Morirse al dar vida. Cegado por el odio, mi abuelo nunca la perdonó, como tampoco me perdonó a mí por llevarme a la tumba a su hija. En su prisa por darme a luz, mi madre ni agua llevó. «La boca la tenía llena de tierra, la masticó con ganas de sacarle un poquito de humedad», me contó Chuy. Quedó con la lengua y la garganta terrosas. Se acuclilló para parirme. Debí deslizarme de su barriga hacia el zacate seco que juntó como si fuese un nido. Limpió mis serosidades y escribió en la arena mi nombre: Rodrigo, como el río San Rodrigo. Debió comprobar que yo era un varón antes de escribirlo. No se supo si eso fue lo último que hizo antes de morirse, pero la hallaron con el dedo índice al final de la «o». Nos halló Chuy tres días después de que se desapareció. Un venado macho se encontraba parado junto a nosotros, «te protegía», me dijo Chuy. Puños de coyotes nos rondaron para intentar comernos. Se notaban sus pisadas alrededor del mezquite. Dale y dale los pinches perros mazacuatos para llevarse un trozo de nuestras carnes. «Te veló el venado porque no los dejó acercarse. Era grandote, de doce puntas, de esos machos medio grises, de los que algunos mentan que son el mismo diablo. Este de diablo no tuvo nada, fue tu ángel de la guarda. Debió lamerte el cuerpo porque cuando te hallamos estabas limpiecito. Ni rastros de sangre ni de baba de la placenta. Elena, tu madre, estaba muerta a tu lado, los ojos rojos de hormigas. Entraban y salían por su boca. A ti te mordieron los pies y los dejaron bien hinchados, parecían tamales», me dijo Chuy. La halló recargada en el tronco, yo a un ladito, en el hoyo que había escarbado para que fuera mi cuna. El venado no se fue al ver a Chuy, «el cabrón me bufó para que no me acercara. Tuve que explicarle que no te iba a hacer daño, que estaba ahí para rescatarte. Cuando les hablas bonito, los animales entienden, nomás que el venado no se movió ni tantito, se quedó ahí quieto, el cuello hinchado, bajando y subiendo los cuernos como para advertirme que si me acercaba me iba a cargar la chingada. Un grupo de venadas rondaba por ahí. Cuando di dos pasos hacia ti, se juntaron con el macho para no dejarme pasar.

Para ellos tú pertenecías al desierto, al desierto espeso, a la luz mineral. Les pedí permiso para llevarte y muy al pasito se abrieron para que yo te recogiera». Chuy era desierto, nacido como yo debajo de un mezquite, sólo que su mamá no se murió como la mía. Ella y su padre, porque Chuy sí supo quién era su papá, le enseñaron a hablar, le enseñaron los nombres de cada planta y de cada animal. Ella le dio chichi, lo apapachó, lo miró crecer. Murió de vieja en sus brazos y Chuy la acurrucó mientras se iba apagando de a poquito. La enterró como debe de enterrarse a una madre: con dignidad, con una cruz y una capilla hecha con piedras y mortero. La tuvo durante cuarenta y seis años, yo en cambio no la tuve ni un méndigo día, apenas saliendito de su panza, la maté. Se siente del carajo ser el asesino de quien te da la vida. «Eres igualito a ella, los dos son la maldad hecha carne», me dijo mi abuelo. Su madre, mi bisabuela, se petateó aliviándose. Su esposa también y pa acabarla de amolar, su hija. Yo pertenecía a una estirpe maldita de recién nacidos homicidas. Matamos nuestras raíces, éramos hijos bastardos de la muerte. «No notamos la bola en su barriga», me relató Chuy, «no la supimos preñada hasta verte lloriqueando junto a su cuerpo». Por sus tanates mi abuelo se negó a darle entierro a su hija. Quesque por deshonrarlo dejó que su cadáver se resecara en el monte. «Que se pudra por andar de puta», dijo el cabrón. Quedó requemada, un saco de huesos pellejeado por el sol. Sus carnes, tiras de cuero reseco. Su cara, me contó Chuy, no cambió. «Pasaban los meses y seguía igual, ni los solazos ni la lluvia le borraron la expresión. Era chula de bonita tu mamá, así haya durado apenas catorce años en este mundo». Chuy y Yolanda, su esposa, mi otra madre, juntaban flores de cenizos y le llevaban ramos a su tumba ahí en el polvo. A cada rato se topaban con el venado macho. «A lo mejor es el mismo Dios protegiéndola», dijo Yolanda. Pasó el invierno. Nevó. Mi madre muriéndose más y más. Llovió en marzo, nunca llueve en marzo. Al cadáver le brotaron tallos. Crecieron plantas entre sus costillas. Ramas salían de su boca. Chapulines entraban y salían de sus restos. En su vientre, una liebre hizo su nido. Lebratos pastaban de la hierba dentro del esqueleto. Mi madre daba vida. Sólo dio catorce vueltas al sol y me pregunto si fui yo el que la maté o fue el miedo que le tuvo a mi abuelo.

2024

Discurso de Henry Lloyd VI en la inauguración del Pabellón Henry Lloyd en la Universidad de Texas en Austin. *Es un honor para mí, para la familia Lloyd, para los empleados de las Empresas Lloyd, estrenar este nuevo centro de estudios donde cientos de jóvenes provenientes de los grupos más desfavorecidos de la sociedad tendrán la oportunidad de educarse al más alto nivel, como fue la meta de mi antepasado, Henry Lloyd, cuya lucha denodada por los derechos de las minorías da hoy sus frutos a casi ciento cincuenta años de su muerte. Su legado se reflejará en cientos de becas para jóvenes hispanos y afroamericanos, para miembros de la comunidad LGBTIQ+ y, en especial, para los nativos de esta gran nación a quienes incorporaremos a la prosperidad del sueño americano. Ese fue el sueño de Henry Lloyd: un Estados Unidos más libre, más justo, más igualitario. Henry Lloyd liberó a esclavos, combatió a insaciables terratenientes y repartió riqueza entre los más pobres. Querido y respetado por la comunidad, Henry Lloyd fundó una estirpe a la cual me siento orgulloso de representar. Incansable en su labor de pacificación, trajo concordia y estabilidad al sur y al oeste de Texas y lo que ahora es Nuevo México. Su nombre está a la altura de nuestros insurgentes patriotas: Austin, Houston, Seguin, Bowie. Territorios bravíos, nidos de criminales, sin ley ni orden, fueron pacificados gracias a la visión y al alto sentido humanitario de Henry Lloyd. Mi madre y mi admirado padre, Henry Lloyd V, me enseñaron a honrar la tradición de generosidad de nuestra familia que nos lleva a comprometernos con las mejores causas, a apoyar sin reservas a los más infortunados, una obligación a la cual ningún Lloyd renunciará, ni hoy ni nunca. Agradezco a mis hermanas Thérèse, Mary y Patricia, a mis hermanos Jack y Charles, a mis sobrinas y sobrinos, y a mi esposo, Peter Jenkins, quien con su amor me motiva a salir adelante día a día. Sin ellos, esta obra no sería una realidad. Deseamos demostrar con nuestras acciones cómo la libertad económica, política y de expresión, libertades santificadas por los padres fundadores de nuestra extraordinaria nación, pueden ser una realidad para cualquier individuo, sin importar su raza, su edad, su preferencia sexual o su origen. América, como lo sostuvo Henry Lloyd, es un arcoíris donde caben el amarillo, el rojo, el negro, el blanco, cada persona parte de una misma misión: engrandecer a nuestro país. Agradecemos a la universidad y a la Fundación Morgan su apoyo para hacer este esfuerzo posible. Gracias por abrir este espacio para la reflexión y el diálogo, tan necesarios en estos tiempos tan crispados. El futuro nos espera y estoy convencido de que será más luminoso. Ojalá que el optimismo de mi antepasado guíe a las nuevas generaciones. Gracias a Edwin González y a Tabata Nesma por convertirse en nuestro vínculo con la comunidad hispana y por apadrinar este centro. Agradecemos a la prensa, a los medios de comunicación y a nuestros queridos amigos, su asistencia a este evento y los invitamos a celebrar con nosotros un logro más de la Fundación Henry Lloyd. Allá atrás, en las carpas, nos espera un delicioso buffet y unos espléndidos vinos. Gracias y que Dios los bendiga.*

1892

Cien años por cumplir estoy. Ahora, todo diré. Por años decidí no hablar, nuestras palabras nos arrebataron para a las suyas obligarnos. No quise traicionar a los nuestros con la lengua de ellos. Hoy sólo su lengua puedo usar. Nadie más la mía conoce ya. Muchos, mudo o tonto me creyeron. Yo sólo callaba, hacerme tonto para hacer tonto a los tontos. Por ser hombre de silencio Henry Lloyd en mí confiaba. Por las tardes, luego de las labores, junto al río fumábamos. Mosquitos y tábanos en abundancia. A mí no me picaban, sí a él. Sangre dulce debía tener. A esa hora los animales se movían. Vuelo de patos, venados que bajaban al río a beber. Grillos, ranas, pájaros. Ruidos, barullo. El monte, un lagarto despertando. En esas tardes, Henry Lloyd sobre él me contaba. Como si apachurrara una herida con pus para lo de adentro sacar. Bobadas primero. Cuál era su comida favorita, cómo su madre guisos de zarigüeya cocinaba. Sus paseos de niño por los bosques. Poco a poco, lo oscuro soltó. Crímenes, asesinatos. Como mudo me creía, confesaba. Lo vi por primera vez cuando una mañana en la plantación apareció. Traje de buena tela portaba. Señorito de lejos parecía, de cerca otro era. De león, su mirada. A don Thomas le entregó cartas en las que antiguos patrones lo recomendaban. Yo leer sabía poco. James mucho. En un lugar remoto, sacerdotes le enseñaron. «Mejor inglés que ellos voy a hablar». Un libro tras otro leía. Cada noche, en voz alta sus líneas repasaba. El señor Thomas a Henry Lloyd debió creerle. Sus cartas como hombre honorable y trabajador lo avalaban. Fuerte era Lloyd. Sólo vernos era suficiente para obedecerlo. «Con manos propias a muchos he matado», me reveló. A golpes, a cuchillo. Nosotros los esclavos le temíamos. Cuando los surcos desbrozábamos desde arriba de su caballo vigilaba. A palmadas, los guardias órdenes nos impartían. Uno, agacharnos. Dos, la mala hierba coger. Tres, del surco sacarla. Cuatro, a la caja aventarla. Cinco, un paso adelante. Uno, agacharnos. Dos, la mala hierba coger. Así, de sol a sol. La espalda quebrada, los músculos machados. Lloyd nunca el látigo con nosotros usó. Bravo era, no malo. Otros capataces por cualquier cosa nos sangraban. Lloyd sólo por tomar mujer ajena o por bebedera. Justo nos parecía. Reglas había y necesario era obedecerlas. Con él los pleitos acabaron. Cuando Lloyd llegó, otro capataz, otros guardias había. Cruzó la verja y a la mansión de Wilde se dirigió. Nosotros desde las barracas lo mirábamos. Recién la labor habíamos terminado y cuatro guardias nos vigilaban. Nada hicieron al verlo pasar. Sentado, Bob el capataz no hizo ni el intento de moverse. Lloyd a la puerta tocó. Abrió Jenny y Lloyd con el dueño pidió hablar. «El señor ahora come». «Espero», dijo él. Después de unos minutos, Wilde salió. Largo rato hablaron y al terminar la mano se dieron. Wilde hacia donde nosotros se encaminó. «Te vas», a Bob le dijo. Sonrió Bob, una broma supuso. «Tú y los otros se van». Ahora sí el capataz de pie se puso. «¿Por qué, señor?». «Hasta a las puertas de mi casa ese forastero llegó y ninguno de ustedes lo detuvo, el suyo es un mal trabajo, no me sirven». Esa noche, Bob y sus guardias partieron. Revancha juraron. Henry Lloyd al pueblo a nuevos elementos fue a reclutar. De la cárcel, a unos liberó para contratarlos. «Locos fulanos», James me comentó. Locos a las órdenes de un loco. A ellos Lloyd pegarnos les prohibió. Sólo él podía hacerlo. Nadie más. Antes Bob con cualquier pretexto nos castigaba. Lloyd no castigaba, mas le temíamos. La plantación bajo su mando empezó a crecer. Más algodón, más maíz. A Wilde muchísimo dinero le hizo ganar. En esas tardes, su historia a contarme comenzó.

1878

Un escorpión necesita cruzar un anchuroso río. Le pide a una rana llevarlo sobre su espalda para salvar las furiosas aguas. La rana protesta, «puedes picarme a mitad del camino y matarme». El alacrán la rebate, «no sé nadar, si tú te hundes, muero yo ahogado, no te picaré». Con recelo, la rana acepta llevar al escorpión sobre sus lomos. Entran al río y la rana comienza a nadar. Remonta la corriente y justo cuando atraviesan el centro del caudal, la rana siente un pinchazo en su dorso. El escorpión la ha picado. El veneno comienza a paralizar sus músculos, la muerte es segura. Antes de desvanecerse, voltea hacia el escorpión e interroga «¿por qué lo hiciste?», el escorpión mira a su alrededor antes de responder, «porque esto es África». Nuestra sangre viaja en dirección inversa a la suya, recorre nuestros cuerpos con un calor diferente, hay sabana y selva dentro de nosotros, nos habitan leones y hienas, elefantes, cocodrilos, leopardos, mambas, insectos cuya fiereza ustedes ni imaginan, nos arrebataron de nuestras tierras, les pareció fácil sacarnos a rastras y encadenarnos, al paso de los años lamentarán su error, pulgada a pulgada nos apropiaremos de su cultura, domeñaremos sus espacios, los aterrorizaremos, por ahora somos sus esclavos, tratados como animales o aún peor, al hacerlo ustedes los blancos infectan de rabia nuestras almas, generación tras generación heredaremos esa furia contenida, ya lo verán, los esclavos pasaremos a amos y los amos a esclavos, la negritud socavará sus viles actos, impregnaremos de nuestro espíritu africano cada rincón de sus ciudades, de sus pueblos, de sus campos, cuando nos quieran frenar será ya tarde y deplorarán el habernos traído, por lo pronto callamos y obedecemos, es el precio pagado por sobrevivir, en unos siglos, o quizás en unas décadas, nuestros nietos o nuestros tataranietos cobrarán revancha, ustedes intentarán comprarnos, tornarnos en ciudadanos modelo, acallarnos a golpe de monedas, algunos Judas entre nosotros aceptarán, pero prevalecerá el soplo africano, el aliento guerrero, aflorarán de nuevo el león y la hiena, el elefante y el cocodrilo, y ustedes, los blancos, no volverán a vivir en paz, me llamo Ngele, los blancos me cambiaron el nombre por el de James, James Adams, Adams, el apellido enjaretado a todos quienes llegamos a Emerson, la plantación de Thomas Wilde y que homenajeaba a Adán, el primer hombre de la creación, nos designaron nombres hebreos que comenzaban con J, Jabin, Jehiah, Jericho, Job, Jathniel y por supuesto el mío, James, con J porque con esa letra iniciaba el nombre de Jesucristo, eso además facilitó herrarnos, a todos, hombre o mujer, niño o niña, nos marcaron con un hierro en el hombro derecho, JA, y nos convertimos en propiedad perenne de Thomas Wilde, cuando llegué a Emerson ninguno de nosotros hablaba la lengua de los demás del «lote», proveníamos de lugares distintos, de aldeas y de territorios de los cuales jamás escuché, esa era la condición que Wilde le imponía a los traficantes, que a quienes comprara recién llegaran al continente y pertenecieran a diferentes tribus, evitaba comprar negros americanos de tercera o cuarta generación, le parecían conflictivos y de difícil trato, entre los esclavos de Emerson pocos hablaban inglés, yo lo aprendí con sacerdotes irlandeses católicos en un monasterio que aún hoy no logro ubicar, durante unos años me educaron, me fortalecieron y luego, sin ningún miramiento, me entregaron a los traficantes de esclavos, de mis hermanas, a quienes capturaron junto conmigo, no volví a saber nunca más, como la mayoría de los esclavos no hablaban el idioma de los propietarios ni tampoco entendíamos las lenguas de unos y de otros, para comunicarnos nos limitábamos a señas y gestos, algunos se desesperaban y elegían expresarse en su dialecto materno con la esperanza de ser comprendidos, esfuerzo inútil, las palabras se seguían de largo y no se acunaban en nuestros oídos, me afané en enseñar inglés a los demás, casi ninguno pasó de una centena de palabras, yo me empeñé en dominarlo, a diario leía los pocos libros a mi alcance, una Biblia, un almanaque, unas cuantas novelas de las que la señorita Wilde, luego de leerlas, se desprendía, yo contaba con nueve años cuando me raptaron, sólo mencionar la palabra «rapto» define la ignominia a la cual fuimos sujetos, sigilosos, forasteros entraron de madrugada a nuestra aldea, los ladridos de los perros advirtieron del peligro, imaginábamos un león merodeando el ganado o una tropa de monos, jamás imaginamos el terror por venir, cuando salimos de nuestras chozas descubrimos a un numeroso grupo, vestido con túnicas y turbantes, se dirigieron a nosotros en una jerigonza extraña, ingenuos pensamos en visitantes nobles, en gente necesitada de nuestra ayuda, sin mediar una sola palabra dispararon a mansalva contra los adultos, mi padre cayó muerto con un balazo en la cabeza, no protestó contra ellos ni asumió una posición amenazante, sólo se asomó por la puerta y eso le bastó para ser asesinado, por reclamarles mi madre fue apuñalada, ambos quedaron tirados frente a la puerta de la casa, mis hermanas comenzaron a llorar, los hombres saltaron los cadáveres y nos capturaron a los cinco para llevarnos al centro de la aldea, sólo perdonaron la vida a los niños y a los jóvenes más fuertes, a los demás los ejecutaron, prendieron fuego a las chozas y se sentaron a aguardar el amanecer, apenas despuntó el sol nos hicieron marchar, atrás quedó nuestro pasado, perdido por siempre entre cenizas y llamaradas.

1815

El ambiente en Saint Justine se tornó espeso. Al calor de los días se unió el calor de los odios. Rota para siempre la concordia, irrumpieron las bestias profundas, aquellas que desde el fondo de los cuerpos alimentan los deseos de venganza, aquellas cuya sed sólo se sacia con sangre, aquellas que azuzan los resentimientos acumulados. Frente a estas bestias, los árboles parecían agitarse al compás de otros vientos, las polvaredas acarrear soplos de muerte, el rumor de las chicharras anunciar tragedias inminentes. Menos de cincuenta segundos cambiaron por siempre las reglas. A sus once años, Jack Barley se supo condenado a morir. El padre de Louis no cesó de jurarles la muerte, «no descansaré hasta verlos a ti y a tu madre quemándose en el infierno». Los padres de los otros muchachos también lanzaron amenazas, «o se largan o aténganse a las consecuencias». Huir hubiera sido lo más sabio, huir tan lejos como fuese posible, pero ¿adónde? Thérèse había empeñado cuanto ahorró en su vida para construir la cabaña donde vivían. Compró los troncos a unos leñadores de la aldea y los contrató para edificarla. Sus posesiones materiales se limitaban a un par de mudas de ropa, dos camastros, una mesa rústica, tres endebles sillas, un perol, un sartén, tres platos y seis ovejas. Venderlos no les alcanzaría para afincarse en otro lado. Thérèse confió en el paso del tiempo para calmar las aguas. Ya que se resignaran a la muerte de su hijo, los rencores se atenuarían y los padres de Louis cejarían en su intento por asesinarlos, eran integrantes de una comunidad cristiana y perdonar era raíz de su fundación. No sucedió así, el tono de las advertencias comenzó a crecer. Jack se prometió a sí mismo no permitir un abuso más. Bastaban los sufridos por años a manos de los grandulones. Una madrugada, las ovejas balaron desesperadas. Jack se levantó adormilado y se asomó por la ventana para averiguar si un coyote o un oso rondaban. Descubrió lenguas de fuego alzarse frente al portón de la cabaña. Levantó a su madre y, protegiéndose ambos con una frazada, consiguieron salir antes de que las llamas se propagaran. En la oscuridad, notaron a hombres con antorchas en las manos que se alejaban de prisa. Jack pudo distinguir entre ellos al padre de Louis. En segundos, el fuego consumió la casucha y calcinó a las ovejas. A la mañana siguiente, luego de haber dormido a la intemperie, efectuaron un recuento de lo perdido. Apenas pudieron rescatar el sartén y el perol. De su ropa nada se salvó, quedaron ambos sólo con lo puesto. Jack desolló las ovejas carbonizadas y logró rescatar parte de su carne. A la distancia, los vecinos los observaban. El incendio debía ser aviso suficiente para impelerlos a largarse. Crédula, Thérèse esperó la conmiseración de algunos, un ofrecimiento para hospedarlos, brindarles comida, mantas. Se conocían de siempre. Los padres de ellos y los suyos habían crecido juntos. Sus abuelos. Sus bisabuelos. Nada. Eran ahora los apestados. Lejos de amilanarse, Jack y su madre resolvieron quedarse en la aldea. Ese sitio era su hogar y si en sus vecinos aún permeaba el espíritu del Nuevo Testamento, los acogerían. Con restos de los maderos quemados, improvisaron un refugio. Con ramas, Jack armó un techo. Por fortuna, no se vislumbraban nubes en el horizonte, ni tampoco un severo cambio de clima. Lejos de apiadarse de ellos, los padres de Louis y de los demás muchachos tomaron como una afrenta su renuencia a irse. El próximo paso debía ser más drástico: matar al niño asesino. No había de otra, era indispensable extirpar el mal de cuajo. Se acordó una reunión de los hombres del pueblo y determinaron la sentencia fatal: cuando el muchachito deambulara por los senderos, lo emboscarían para dispararle una bala en la cabeza, luego se llevarían el cuerpo en una carreta para arrojarlo al fondo de la barranca. Dios los perdonaría, no en balde, la Biblia enunciaba la ley del Talión: ojo por ojo, diente por diente. Uno de los hombres resolvió compartirle a la señora Parker cuanto iba a suceder. Ella se espeluznó con los planes del asesinato. Era inmoral decretar el homicidio de un menor como la única manera de restablecer la paz perdida. «Es un niño, por Dios Santo, sólo un niño», repitió para sí misma. Ella había sido testigo de cómo, una y otra vez, los seis adolescentes violentaron a Jack. No, no habían sido tundas inofensivas como ellos las pintaban, sino verdaderas golpizas. No, no fueron bromas traviesas, sino escarnios dolorosos y humillantes. El párroco estuvo en lo cierto, el niño había actuado en defensa propia. La sangre fría exhibida después del asesinato no mostraba a Jack como un verdugo insensible, sino como un niño exhausto, drenado por las reiteradas humillaciones. Esa misma noche, la señora Parker advirtió a Thérèse sobre las aviesas intenciones de los hombres de la aldea, «váyanse cuanto antes, no se arriesguen más». Jack la escuchó y de nuevo sintió el ardor por matar. Cuando la mujer partió, Jack se tumbó sobre una cobija y simuló dormir. En cuanto escuchó las acompasadas respiraciones de su madre, se escurrió por debajo de los carbonizados troncos del refugio y, agachándose para no ser visto a la luz de la luna, corrió hacia la pequeña mota de pinos atrás de la casa de los padres de Louis. Aguardó escondido un par de horas y cuando de la chimenea de la cabaña cesó de emerger humo, señal de que habían terminado de cocinar y se disponían a acostarse, Jack se aproximó. Con cautela, se asomó por las ventanas. La familia dormía. Los padres en una cama, los dos hermanos menores en otra y la hermana en una colchoneta en el piso. Jack sacó el cuchillo de la funda amarrada a su pantorrilla y, con extrema precaución, empujó la puerta. Por fortuna, el rechinido fue enmascarado por el mugido de una vaca en el redil contiguo. Avanzó silencioso y se detuvo frente a la cama donde yacían los padres. El hombre resoplaba con la boca abierta y la mujer emitía leves suspiros. Jack los observó por unos segundos, alzó el filo y descargó varias puñaladas en ambos. El cuchillo entró en sus espaldas y en sus pechos, rasgando corazón, músculos, arterias, pulmones. El hombre levantó las manos en un intento vano por parar el ataque. El niño no cejó y continuó acuchillándolo. Uno de los hijos se incorporó sobre la cama y se sentó en el borde sin saber qué sucedía. Jack lo miró de reojo y cuando lo vio a punto de levantarse, se lanzó sobre él e incrustó el filo en su garganta. El muchacho cayó de espaldas sobre su hermano, quien apenas despertaba por el alboroto. Jack no se contuvo y a él también le atravesó el cuello con el cuchillo. El otro se llevó las manos a la herida que no paraba de manar sangre. Jack descubrió en el suelo a la hermana que lo observaba con los ojos abiertos sin poder pronunciar palabra. Intercambiaron una mirada, «si gritas, te mato», le advirtió. La niña asintió y Jack, sin decirle nada, salió de la cabaña y en la negrura se encaminó hacia la sombreada silueta de la montaña.

1887

te convertiste en el hijo pródigo de mi padre el anhelado varón cuya no-llegada lo atribuló durante su vida él se preguntaba a quién heredar la propiedad quién podía hacerse cargo de los extensos campos de cultivo quién procurar el mantenimiento de la mansión familiar con habilidad suplantaste la figura de mis inexistentes hermanos te vendiste como un hombre calmo y con dominio de las emociones capaz de incendiar el mundo si fuese necesario cuando a mi padre le propusiste desposarte conmigo aceptó como si se tratara de la mejor noticia recibida desde la pérdida de mi madre a su muerte mi padre se convirtió en un hombre indiferente y abúlico su existencia comenzó a girar en torno a una sola obsesión hacer crecer la finca hasta donde alcanzara la vista destinó sus actos a conseguirlo más acres más agua más cosechas más esclavos no tengo motivos de queja de él recibí un inalterable pero distante cariño a diario me acompañaba a desayunar a comer y a cenar aunque quien se sentaba a la mesa era un espectro papá clavaba los ojos en la sopa y apenas me ponía atención ignoro si se hubiese comportado igual conmigo de haber sido yo el deseado hijo o hijos porque según me comentó mi madre de recién casados fantaseaban con una ristra de vástagos *nuestra ilusión era procrear al menos nueve* el resultado no pudo ser más exiguo una sola hija con el vientre seco imposibilitada para crecer el linaje Wilde sí Henry supiste infiltrarte en el corazón de papá él estimaba tu don de mando tu seguridad tus modales entre rudos y elegantes tu porte de fiera jamás enjaulada en nuestra noche de bodas no pude creer la delicada forma con la cual me despojaste del vestido no te apresuraste ni dijiste frases inapropiadas me enloqueció que acariciaras mis hombros y mi espalda con tus manos rugosas quién podría imaginar tales sutilezas en un tipo como tú amé que los callos en tus palmas rasparan mi cadera y mis nalgas que pasaras tu lengua por mi cuello cuánta dicha fue entregarte mi virginidad mis ilusiones y mi inocencia yo no había contado con la sabiduría de una madre para prepararme con cuanto sucedería en la intimidad temía el momento como quien se asoma a un precipicio y se asusta pero que termina seducida por el vértigo me gustaron tus maneras calladas la gravedad de tu voz la eficacia con la cual manejabas a los esclavos el respeto que te prodigaban fuiste mi hombre ideal al grado de no importarme la cauda de mujeres negras con las cuales procreaste a tus cuatro hijos bastardos y con quienes jamás dejaste de ayuntar aun durante nuestro matrimonio me dolía saberte con ellas lo toleraba porque ninguna de ellas era una amenaza para nuestra unión la cual sentía firme sin saber que los cuatro hijos que engendraste con ellas la erosionarían ellos fueron muestra de cuán fértil eras y confirmaron mi negada maternidad recuerdo las discusiones sobre cómo acrecentar la economía de Emerson nuevas maneras de cultivar la tierra proyectos para generar más ingresos mi padre te escuchaba y a menudo asentía para otorgarte la razón no con cualquiera hacía eso fui testigo de cómo hombres llegaban a presentarle la posibilidad de hacer alianzas de crear negocios en común él los rechazaba le parecían advenedizos cuya única intención era desfalcarlo cauteloso y sagaz con otros contigo bajó la guardia vaya hechizador de serpientes fuiste Henry Lloyd eras experto en concebir una idea tras otra poseías una labia suprema con tu vozarrón y sin alzar el volumen cautivabas al presentar un plan ibas preparado con meticulosidad cada pormenor previsto tus argumentos irrebatibles fuiste competente y eficaz a grados asombrosos la única vez que te noté nervioso fue cuando escuchaste de la presencia de Jack Barley en el pueblo su sola mención provocó en ti una actividad sísmica cuyo epicentro se hallaba en lo más profundo de tus entrañas por casualidad me enteré de ese enemigo tuyo fue un domingo al salir del servicio en el templo que escuché de él se me acercó un forastero y se presentó conmigo *soy Jack Barley y me gustaría hablar con su marido* no le di importancia era un fulano anodino e insignificante con un marcado acento norteño te lo comenté un par de días después porque pensé que era uno de esos ventajistas que querían hacer negocios con papá demudaste vi en ti el asomo de un talón de Aquiles me exigiste que te describiera al tipo que te revelara cada detalle de sus vestidos que calculara su estatura y su peso y que además determinara por la cadencia de su voz el origen exacto de su procedencia al principio consideré tu reacción como una broma tú tan imponente tan apabullador te percibí intranquilo como quien enfrenta a un fantasma que creía desaparecido por siempre las aguas volvieron a su cauce cuando hallaron al fuereño estrangulado en el puente no sé de qué manera interviniste para que el alguacil no averiguara su crimen en cuanto lo enterraron volviste a tu estado normal resuelto osado con más bríos fue tu retorno a nuestra intimidad como si el asesinato del tipo te hubiese inyectado nueva energía mañana y noche me hiciste el amor con tierna fiereza quién habría sido el tal Jack Barley para que la breve mención de su nombre te colmara de dudas aun cuando intentaste minimizarlo fue obvio su efecto devastador en ti recuerdo cuando me advertiste que Jack Barley podría reaparecer con una risilla solté *los muertos no reviven* con la mirada me hiciste callar y avergonzarme de mis palabras *hay muertos que nunca terminan por morirse* sin quitarme los ojos de encima te levantaste furioso de la mesa para irte a comandar a los esclavos

1881

Por sus pistolas, mi abuelo se negó a criarme. Decía que yo desde recién nacido ya acuerpaba pecado y muerte y que él no iba a lidiar con el cochinerío que hizo su hija. Chuy y Yolanda se hicieron cargo de mí. Ella mojaba migajón de pan con leche de cabra y me lo exprimía en la boca. Asegunes de Chuy, no pensaba que me fuera a lograr. «Eras un renacuajo, flaco y con la barriga llena de gusanos». No perdieron la esperanza. Me metían entre cobijas porque era temporada de nortes y el frío calaba. «Parecías hecho de ramitas y no de huesos», me dijo. No me sacaron a dormir afuera a «fortalecer el cuerpo» como sí le hicieron con el resto de sus hijos. Temían que me les petateara en la primera helada. Me siguieron dando leche de cabra y, en cuanto empecé a masticar, carne cruda de venado. «Lo crudo nutre mejor que lo cocido», sostenía Chuy, «todavía trae entre las fibras la vida del animal». Crecí a la par de sus hijos. Desde que cumplí los cuatro años, Chuy me llevaba a arriar la vacada de mi abuelo. Tiro por viaje me topaba al viejón en los caminos. No me dirigía la palabra. Nomás hablaba de los trabajos con Chuy y se seguía de largo. Era como si yo no existiera, como si fuese de aire y no de carne y hueso. Yo sabía que Chuy y Yolanda no eran mis padres ni sus hijos mis hermanos, pero siempre me trataron como si fuera de su misma familia y eso, que más que la verdad, se lleva en el corazón. Por quién sabe qué misterio de los cuerpos, yo a los seis era ya más alto que Julio César, que tenía diez. Y es que mi madre fue alta y mi abuelo era grandote. Ni Chuy ni Yolanda colegían quién era mi padre, poca gente se arrimaba a la casona del Santa Cruz, el rancho de mi abuelo. «De cuando en cuando contratábamos vaqueros para acarrear el ganado a las pastas», me dijo Chuy, «pero ni por tantito rondaban por la hacienda grande». Además, mi madre no era que anduviera por ahí paseándose a su santa voluntad. Mi abuelo la encerraba bajo llave en la casa y sólo salía bajo su ojo avizor. Cuando el viejón cumplió cuarenta y cinco años, me mandó llamar. Yo le tenía harto miedo. Sus cejas eran como arbustos y la boca siempre la traía fruncida, como si hiciera muina día y noche. De tantas arrugas, una como alambrada de púas le cruzaba la cara, «cuchilladas de sol», las llamaba Chuy. Eso le pasaba por tanto montear. Mi abuelo me sentó frente a él en el porche de la casa grande, adonde desde que nací me vedó acercarme. Yo andaría por los nueve años. Al principio se quedó callado, nomás apretaba la quijada, como si moliera entre los dientes lo que quería decirme. Luego de un rato, por fin escupió las primeras palabras. «Te llamas Rodrigo, ¿verdad?», me preguntó. Nueve años de andar en el mundo y el viejo baboso preguntándome mi nombre. Le respondí que sí, que ese nombre había escrito mi madre para mí en el polvo antes de morirse. «No me hables de esa suripanta, haz de cuenta que nunca existió». Como yo no tenía ni idea de lo que la palabrita esa de suripanta significaba, ni le hice caso. Estaba yo tan culeado que pudo decirme lo que se le pegara la gana. La suya era mirada de halcón, las manos grandes y gruesas, como las de Chuy. «Cuando herraban al ganado», me contó Chuy, «tu abuelo agarraba los toros de los cuernos y los tumbaba él solo para que les pusiéramos el fierro. Nomás él tenía la fuerza para hacer eso». De niño me asusté cuando vi cómo ponían el fierro ardiente en las ancas de las reses y cómo las descornaban. Los becerros y las terneras se levantaban berreando de dolor, con los ojos desorbitados, corriendo de un lado para otro aventando sangre por los cuernos mochos. Al tiempo, me acostumbré y desde los cinco años ya me pedía Chuy que pusiera el fierro en la lumbre hasta que se pusiera naranja. Me enseñó a traerlo al frente para no herrarme yo solito. Gumersindo, un vaquero, por andar en descuidos, se resbaló y el fierro ardiente se lo empotró él solo en la pierna. Chirrió la carne y le salió humo. Pegó de gritos yendo de un lado para otro, «me duele un chingo, me duele un chingo». Corrió hasta el bebedero y de cabeza se aventó en la canoa. Quedó cojo y de la ardida no pudo dormir por semanas. Los otros vaqueros lo carrillaban llamándole Marco Fierro. «Me estoy poniendo viejo», soltó mi abuelo, «y aunque me pese, tú eres mi sangre». Se quedó mirando a lo lejos. La casa la había construido en el mero centro de una llanura. Nomás subir tres escalones del porche ya se divisaba el rancho. Desde ahí se veían las vacas cruzar por los senderos o los caballos levantar polvaredas. El rancho parecía que nunca se acababa, un terrenal con miles y miles de cuerdas. Cruzarlo a caballo llevaba días. Era tierra bronca que mi bisabuelo y mi abuelo levantaron a puro esfuerzo. Si llovía, las pastas daban para dos mil reses. Con sequía, apenas ochocientas. Había que arrearlas al río para que comieran bellotas y hojas de encino. «No sé si deba heredarte el rancho sólo por llevar mi sangre. No lo mereces, y por si acaso, piensa que sí. Algún día, si no me arrepiento, puede que termine dejándotelo. Sólo eso te quería decir». Se levantó y, como si yo no existiera, cruzó frente a mí, se metió a la casa y trancó la puerta.

32

2024

«No confíes en los políticos, mucho menos en aquellos que sienten encarnar los deseos del pueblo», le aconsejó su abuelo, cuya lección la aprendió de su abuelo y él de su abuelo, Henry Lloyd, el creador de la dinastía. «Los políticos son para ser, no para hacer, su único interés se centra en ellos mismos. Jamás creas en sus palabras, júzgalos por sus actos y, esto apréndetelo, sopesa cada paso si decides enfrentarlos». Henry pensó que alguien debía escribir un libro con los consejos de su antepasado. Los principios derivados del tronco original habían permitido al linaje de los Lloyd mantenerse sin fisuras en ciento ochenta años. Habían sorteado temporales económicos y crisis políticas. Cuando otras familias de empresarios naufragaron, los Lloyd permanecieron unidos. La clave dictada desde los inicios por Henry Lloyd fue: «No pulvericen la riqueza, las propiedades no deben ser subdivididas. Cada miembro de la familia debe asociarse a una sola fortuna». Como fundador de la estirpe, Lloyd puso en claro cómo debían funcionar como empresa y como clan, un círculo compartido sólo entre los descendientes de sangre sin permitir la injerencia de extraños. Nada de profesionales de la administración. Para ser miembro del consejo, así lo decretó hacía siglo y medio, era indispensable serlo por consanguineidad. La única condición: portar el apellido Lloyd. Si después de dos generaciones el apellido se perdía, se perdía el derecho a pertenecer a la empresa. Era menester entregar una jugosa recompensa para acallar reclamos y permitir que un Lloyd continuara al frente. Una estructura patriarcal que beneficiaba a los varones de la familia, pero cuyo mecanismo seguía operando a la perfección. Así fue como los hijos e hijas naturales de Henry Lloyd fueron indemnizados al comienzo de la dinastía. Lloyd siempre reconoció a sus vástagos, ello no implicó integrarlos a la maquinaria de las empresas familiares. Sí, les entregó propiedades y riqueza, y jamás cometió la inquina de negarles el derecho de saber quién era su padre. Henry Lloyd deploraba a los padres abandonantes o ausentes. El esquema fue diseñado con tal claridad que pocos, a lo largo de los años, intentaron rebelarse y quienes lo hicieron fueron aplastados por la maquinaria legal del conglomerado. Del primer Henry Lloyd derivaron las guías para relacionarse con la clase política. «La mayor habilidad de un político consiste en saber quién odia a quién y ponerse al servicio de esos odios». Henry Lloyd VI sabía a la perfección cuáles odios avivaba el candidato Smithers en su camino a la gubernatura y cómo los rencores que alimentaba contradecían la narrativa de las empresas Lloyd sustentada en apoyar a los grupos más desfavorecidos de la sociedad. Respaldar a Smithers resquebrajaría la imagen benefactora de la familia construida por décadas. Una cosa era apoyar a un candidato republicano cuya plataforma se basaba en la irrestricta libertad económica y otra, palmear la espalda a quien presumía un discurso racista y homofóbico. Henry era consciente de que la bravuconería destilada en los mítines se matizaba en privado. Las balandronadas de campaña de la mayoría de los políticos rara vez se traducían en acciones de gobierno. No así con Smithers. Enraizado en la intransigencia, arengaba a la masa informe de electores con las consignas más extremosas contra los migrantes, los vagabundos y las «élites depredadoras». Nutría los resentimientos y los miedos más profundos de los texanos blancos y, de alguna manera, también se los contagiaba a hispanos y afroamericanos. El candidato sabía cuán importante para la familia Lloyd era la fábula de un crisol de razas y de clases sociales viviendo en armonía digna de una película de Disney, ¿cuánto de fachada se hallaba detrás de esa postura? Para Smithers, el frontispicio del conglomerado Lloyd ocultaba una doblez grosera: ¿cuántos negros ocupaban puestos de dirección en las empresas petroleras?, ¿cuántos hispanos en la de ferrocarriles? Cuando llegó la hora de hacer recortes de personal por las crisis económicas de 2008, no se apiadaron de los trabajadores de grupos minoritarios y cesaron a cientos. La salud de las empresas se antepuso a las apremiantes necesidades de decenas de familias. Esa carta jugaría Smithers contra los Lloyd si no sufragaban su campaña. Y contaba con otras: durante un largo periodo fue subprocurador del estado. Acumuló carpetas de investigación sobre irregularidades fiscales y financieras que podían encuadrarse en las nuevas leyes federales contra el lavado de dinero. Henry no era iluso, sabía de esas pesquisas y de los estragos posibles. Acorralado, debía decidirse si se hallaba dispuesto a negociar con él y cuán caro le cobraría su apoyo.

1892

A James lo acogí cuando de doce años a la plantación llegó. De buena dentadura, abultados los brazos, macizas las piernas. Callado, serio. Sobre sus hermanas me preguntó, de ellas yo no sabía. Durante años a quienes arribaban, interrogaba. «¿Las han visto?». «No», los demás le respondían. En lengua suya mencionaba sus nombres. «No las conocemos». Luego de preguntar enmudecía. Yo, en silencio. Siempre en silencio. James duro trabajaba. A él Lloyd los arados le encargó. Mulas tiraba para con la cuchilla la tierra levantar. Entre los surcos iba y venía. Nosotros detrás de él las semillas plantábamos. Acres y más acres. Algodón, maíz, cebada. De los esclavos yo el más viejo era, James el más joven. Algo de nosotros debió presentir Lloyd para juntarnos. A medianoche nos despertaba. «Es la hora de regar». Con palas los canales abríamos. Agua para los surcos desviábamos, la justa para no inundarlos. De noche lo hacíamos para que el agua no se evaporara. Entera la madrugada trabajábamos. Pasajes en inglés de libros que memorizó, en voz alta James recitaba. Hipnotizado por las palabras parecía. Como si en su cabeza quisiera fijarlas las coreaba sin cesar. Al decirlas de noche otra cadencia las palabras tenían. En la oscuridad revoloteaban para en la negrura perderse. Madrugada tras madrugada, James recitaba. Las palabras con croares de ranas se mezclaban, con cantos de grillos, con el correr del agua por las acequias. Como una oración repetía. «Impecable, impecable, impecable», «desistir, desistir, desistir», «certidumbre, certidumbre, certidumbre». Ignorante de su significado yo era, de todos modos el esfuerzo de aprenderlas hice. James también mudo me juzgaba. Yo sólo hablar no quería. Rebelde en mi silencio. Abril, mayo. Noches ardientes. Al amanecer, acabábamos. Rayos de sol en el anegado terreno se reflejaban. Tordos en masa de las arboladas salían. Reclamos de guajolotes silvestres a lo lejos. A los cobertizos regresábamos. Lloyd nos dejaba dormir durante la mañana cuando los demás salían a trabajar. Hasta las doce nuestro turno. A los arados James y yo con los otros a sembrar íbamos. Más calor. Sudábamos. Yo a las seis a Henry Lloyd al río acompañaba. A escucharlo. Algunas tardes en sus aguas nadábamos. Lloyd el cuerpo blanco, los brazos, la cara, el cuello, púrpuras de sol. Con la llegada de Lloyd a Emerson mayor orden hubo. Mejores cosechas. Más dinero. Más guardias. El doble de esclavos mandó a comprar. Manos en los campos falta hacían. Adquirir los terrenos colindantes a Wilde persuadió. La propiedad de los Black. La plantación de los Osborne, los terrenos de los Wilson. Emerson de crecer no cesaba. Carretas y carretas de algodón, de maíz, de cebada. «Emporio, emporio, emporio», en voz alta James entonaba cuando en los canales trabajábamos. Wilde negros americanos no compraba. Sólo negros como nosotros, africanos puros. Ninguno la lengua del otro comprendía. Nadie de mi tierra arribó. Ni de la de James. Sólo Jedidah suerte tuvo. De su misma región una muchacha llegó. Entre ellas, a escondidas, en el dialecto suyo hablaban. A la nueva Jade la bautizaron. En el día para no ser descubiertas la palabra no se dirigían. Sólo al anochecer en bajito hablaban. Una cháchara interminable la suya. Risas. Llantos. Silencios. Distinta a la mayoría de nosotros Jade era. Más clara, piel color tierra. Caminado de gacela. A menudo las dos al terminar la labor al río a bañarse iban. Brazos y piernas restregaban. Jade bonita, joven. Dieciocho, veinte. Su voz, murmullo de arroyo. Cuando se lavaba la espiábamos. Por entre las ramas sus senos bamboleantes, sus piernas marrones, su vientre en el mojado vestido. Ella en mis sueños, Jade desnuda. Loco me volví. No dormía. Por fisgonearla a los otros odiaba. Ella mía debía ser. Mujer, esposa. Con ella hijos deseaba procrear. Al abrir los canales por la noche, en mi cabeza su nombre repetía: Jade, Jade. Jade.

1878

Los hombres nos condujeron amarrados en filas, ellos viajaban a caballo, nosotros a pie, si alguno tropezaba y detenía la marcha era castigado a fuetazos, no podíamos hablar y si alguien lloraba lo latigueaban, a una niña se le ocurrió derramar unas lágrimas y no soportó el castigo, cayó desmayada y a mí y a otro nos obligaron a cargarla, era difícil avanzar con ella sobre las espaldas, subimos cuestas y cruzamos barrizales, por tres días ella no despertó, la sabía viva por su respiración y porque de sus heridas manaba sangre, decenas de moscas se le agolpaban en las llagas y de paso a nosotros nos mordían los labios y la comisura de los ojos, no podía espantarlas con las manos ocupadas en llevar su cuerpo laxo, el peso sobre mis hombros comenzó a lastimarme, toleré el dolor para no incitar la furia de mis captores, nunca imaginamos esa noche cuánto cambiaría nuestra fortuna, por la mañana, mi padre y yo habíamos ido al río a tirar las atarrayas, hacía calor y los cocodrilos, echados sobre los bancos de arena, no nos prestaron atención, mi padre me aleccionó a estar en alerta permanente, burbujas emergiendo en la superficie del agua eran advertencia suficiente para alejarse, los cocodrilos atacaban con la furia de un relámpago, los vi acometer a gacelas cuando estas bebían en la orilla, bastaba un instante para atraparlas entre sus fauces, un primo mío no supo leer las señales y al recoger la red con la pesca, un lagarto lo prendió de un pie, por más intentos que hizo por zafarse, el cocodrilo lo jaló hacia lo profundo ante la mirada atónita de sus hermanos, su padre pasó meses en los márgenes del río armado con una lanza en espera de matar al asesino de su hijo, su esfuerzo fue infructuoso, jamás pudo lancear a uno, los cocodrilos eran rápidos y se escabullían cuando lo veían aproximarse, dejó de dormir y de comer, obsesionado con recuperar la tumba viviente de su hijo, su mujer trató de devolverlo a la cordura, «ya se llevaron a un hombre de mi familia, no resistiría perder otro», mi tío no hizo caso, confiado en poder cazarlo plantó antorchas a lo largo de la ribera, noche y día se apostaba detrás de unas rocas, los ojos bien abiertos para detectar hasta el más mínimo movimiento, distraído en mirar hacia el río mi padre le advirtió del peligro de ser atacado por la espalda por un león o un leopardo, a mi tío no le importó, él mataría al cocodrilo, lo desollaría y herviría sus vísceras para comerlas junto con la madre y así rescatar la memoria de su amado hijo, no lo logró, lo hallaron muerto recargado sobre una piedra, la mano aferrando aún la lanza, su cadáver parecía hecho de juncos, enflaquecido y anémico, carcomido por decenas de noches insomnes, por órdenes de mi tía, sus restos fueron arrojados al río con la esperanza de que el mismo cocodrilo se lo comiera y así reunir padre e hijo en el sepulcro de las entrañas del animal, en esa, la última mañana en mi aldea, el calor parecía embrutecer a los lagartos, permanecían inmóviles y ni siquiera hicieron el esfuerzo de desplazarse cuando una cuadra de gacelas se acercó a beber en la orilla, pudimos lanzar la atarraya sin miedo y pescamos treinta y siete percas y dieciséis bagres, mi padre se alegró, su carne podría alimentarnos por dos semanas y hasta darnos el lujo de compartirla con nuestros vecinos, junto con mis hermanas desescamamos los pescados, salamos los filetes y los colgamos para secarlos al sol, mi madre cocinó una sopa con las cabezas, las colas y las tripas, ese era uno de mis platos favoritos y nunca más volví a saborear un guiso tan delicioso, si algo extrañé de ese día fue la comida en familia, las risas, los olores emanados del caldo burbujeante, el humo de la fogata alzándose en espirales, los rezos para pedir a los dioses otra bienaventurada pesca, mi madre invitó a los vecinos a compartir con nosotros, ninguno de los adultos sobrevivió la incursión nocturna de los esclavistas y si los cristianos marcan su calendario a partir del nacimiento de Jesús yo marqué el mío con ese funesto día, aunque desconozco la fecha exacta en el cual aconteció.

1815

Corrió sin parar durante horas, como si los espectros de quienes apenas había acuchillado lo persiguieran. Cruzó por entre las llanuras, se internó en los bosques y subió a la montaña. Hasta no llegar a la cima, se detuvo. El sol despuntó y tiñó de naranja las praderas. Allá a lo lejos, se vislumbraba el caserío. La niña debió salir a los pocos minutos para anunciar a los demás el artero asesinato de su familia. Cuatro cuerpos yacían en charcos de sangre. A su madre debió advertirle de cuanto se disponía a hacer, darle la oportunidad de huir. No le dijo y ahora ella enfrentaría las repercusiones de los homicidios. Una familia diezmada por un muchachito de once años. Él supo, apenas emergió de la cabaña de los Vincent, que jamás volvería a ver a su madre o, al menos, no en décadas. Jack huyó hacia el noroeste. Lejos de las tierras llanas donde sería descubierto con facilidad. En la agreste cordillera se podía ocultar, alimentarse de setas y bayas y, con suerte, con las manos coger charales y ranas para cocerlos en sopas. En el pueblo se contaba que los picos altos eran refugio de forajidos: asesinos, contrabandistas, ladrones. Hasta allá pocos se aventuraban, la montaña era traicionera, incluso los indios preferían las planicies para levantar sus campamentos. Por la saña de sus actos, no dudaba que pronto un grupo, comandado por el alguacil de New Grenoble, marcharía a buscarlo. Su retrato adornaría las calles, los almacenes, las caballerizas, los establecimientos de los herreros. Él había visto carteles como esos, donde se estipulaba un monto como recompensa, un dibujo del pillo y una lista de sus crímenes. Asesinos como él debían ser ejecutados sin importar la edad. Más le valía ir de una zona a otra por las noches y evitar desplazarse durante el día. Ocultarse entre los arbustos o entre las ramadas más densas y dormir siempre en un lugar distinto. Se acostaría empuñando su cuchillo. Pumas y osos deambulaban entre los pinares. Hacía unos años había desaparecido Maurice, uno de los niños del pueblo. Encontraron su cadáver semidevorado, cubierto por tierra, a doscientas yardas del caserío, claro ataque de un león de la montaña. Dejaron su cuerpo tal cual lo habían encontrado para usarlo como carnada. Cuatro cazadores se turnaron día y noche para esperar a la bestia malhechora. Cuando una noche el puma regresó a comerse los sobrantes, uno de los cazadores, iluminado por la luz de la luna menguante, le disparó. Un fogonazo resplandeció en la oscuridad. La fiera dio un salto y huyó entre los pinares. El cazador lo escuchó rugir de dolor y, sin dar la espalda, retrocedió hasta arribar al villorrio. Despertó a los vecinos y les contó lo sucedido. Provistos de antorchas siguieron las trillas del animal hasta dar con él. El certero tiro había penetrado por el cuello con orificio de salida por el maxilar. Las huellas denotaban una desquiciada agonía: el puma había girado en círculos con la mandíbula rota. Chisgueteo de sangre se apreciaba en las hojas y ramas de los matojos circundantes. Una muerte dolorosa, el castigo por matar al niño. Colgaron al felino de un palo y entre dos lo trasladaron a la aldea en tanto los demás se encargaban de llevar los restos del muchachito a la cabaña de sus padres. Pese a la exhortación de los cazadores de no destapar el cadáver, la madre insistió y al verlo con el rostro y el abdomen destruidos a mordiscos, se desvaneció. Lo sepultaron de inmediato, nadie más debía fisgar el horroroso estado del cuerpo. «Si un puma se les acerca, no corran ni le den la espalda, alcen los brazos y griten. Háganse ver más grandes. Si los ataca, encónchense y cubran su cuello y su cabeza con los brazos. Si pueden, apuñálenlo en el pecho», aconsejaron los hombres del pueblo a los niños. En el monte, Jack era presa fácil. Para protegerse, dormía con la espalda recargada contra un peñasco o un muro de roca, con la vista al frente y escudado por barreras hechas con ramas. Los obstáculos, se lo había compartido un viejo trampero, disuaden los ataques de los osos y de los leones montañeses, «si se las pones difícil, buscarán otro animal que cazar». Jack pasó tres meses ocultándose hasta que, una tarde, al abrir los ojos al despertar, se topó con un hombre barbudo que con una carabina le apuntaba al entrecejo, «eres el asesino que buscan, ¿verdad?». Jack no le contestó. Con lentitud bajó su mano hacia la pantorrilla donde tenía el cuchillo amarrado. «Si te mueves, te mato», le advirtió el trampero. Jack escuchó unos graznidos. Una bandada de cuervos sobrevoló por encima de ellos y se posó en un pino. «Aves de mal agüero», pensó. Los omnipresentes cuervos. Las leyendas rurales los pintaban como seres perversos que anticipaban las tragedias. Su aparición bien podía presagiar su muerte. Jack alzó la mirada. El cielo nuboso y el viento del norte anunciaban la primera nevada del año. Las ramas se agitaban. El aire arrancaba las hojas de los arces y de los robles y remolinos naranjas y rojos surcaban por encima de los árboles. A lo lejos podían verse largas hileras de gansos volando en V en su migración hacia el sur. El hombre examinó al muchachito andrajoso y macilento que lo miraba retador, «buena la liaste, muchachito. Tu cabeza tiene precio, ¿lo sabías?». Cómo saberlo si había estado oculto en las montañas por meses. ¿Cuánto ofrecerían por él? «Levántate», ordenó el hombre, «despacio si no quieres que te reviente los sesos, porque igual pagan por ti vivo o muerto». Jack se incorporó y volteó hacia la derecha, un sendero se adentraba en el bosque. Si corría en zigzag entre los árboles, podría huir. El hombre dio un paso hacia su izquierda para obstaculizarle el paso. Jack se lamentó por no haber estudiado las rutas de escape antes de dormir en ese lugar. Había previsto probables ataques de osos o de pumas. Nunca imaginó que lo sorprendiera un ser humano. Había deambulado por los montes sin acercarse a los villorrios. Procuró no encender fogatas y tapar sus heces con hojarascas. El tipo vestía ropas fabricadas con cueros de venado, las botas cubiertas con polainas de piel de oso, un raído abrigo de lana parchado con colas de coyote y un sombrero cubierto por manchas de sudor.

Un largo cuchillo le colgaba al cinto y dos morrales cruzaban su pecho. Su vestimenta era la usual para los tramperos de la zona, debía venir de colocar los cepos en anticipación de la nevada, cuando las pieles de los animales se engrosaban para soportar las heladas y, por lo tanto, valían más. Jack había visto tramperos pasar por el pueblo ofreciendo zaleas curtidas. Las de gato montés, las de castor, las de oso y las de coyote eran codiciadas porque ofrecían buen cobijo para el frío. Las de venado y las de alce servían para confeccionar pantalones o camisolas. Eran resistentes a los abrojos y duraban décadas. «Pagan por ti lo suficiente para vivir un año», le dijo el hombre. Era robusto y alto, lo grueso de sus abrigos dificultaría encajarle el puñal. «Entrégame tus armas», ordenó. Jack le mostró el cuchillo que llevaba en la cintura. «No lo saques de la funda y ponlo en el suelo», Jack obedeció. «¿Algo más?», inquirió. Jack negó con la cabeza, no le diría de la faca que llevaba amarrada a la pantorrilla. «Si me mientes, te mato, lo sabes, ¿verdad?», el niño asintió. El hombre se notaba musculoso y sagaz, un montañés acostumbrado a lidiar con climas extremos, a cargar animales pesados sobre las espaldas, a derribar pinos para construir cabañas. Los tramperos eran nómadas y no permanecían más de seis meses en el mismo sitio, debían desplazarse hacia donde se moviera la caza y este no debía ser la excepción. El hombre le indicó caminar por una vereda que conducía hacia la cima de la montaña. No tardaba en oscurecer y el frío arreciaba. Jack se había confeccionado un burdo tabardo zurcido con pieles de los conejos que cazó, insuficiente para la ventisca que comenzaba a soplar. Echaron a andar cuesta arriba. El hombre diez pasos atrás, con el rifle sostenido con ambas manos por si era necesario dispararle. Si Jack intentara huir el hombre lo mataría por la espalda con facilidad. Acostumbrado a cazar piezas elusivas y veloces, sabría cómo meterle un tiro entre la espesura del bosque. Caminaron por una senda de ciervos hasta la cumbre de la serranía. En la punta se hallaba una cabaña. El hombre lo instó a entrar, apenas dio dos pasos, lo tumbó con un empujón. Sacó su cuchillo y se lo colocó en la nuca, «te mueves y te corto en pedazos». El tipo lo inmovilizó con las rodillas y le amarró las manos detrás de la espalda. Lo volteó, lo jaló hasta la pared y lo sentó frente a él. «¿Cuántos años tienes, muchachito?», le preguntó. «Once». «No seas mentiroso, nadie mata tanta gente a esa edad», le espetó el montañés. «Lo juro», replicó el niño. El hombre lo miró por unos segundos como si aún dudara de él. La cabaña apestaba a sebo, a vísceras y a sangre. Cueros tallados con sesos y sal se hallaban atirantados en marcos hechos con ramas. Tasajos de carne y tiras de tripas se acecinaban colgados de perchas. Moscardones zumbaban de un lado a otro de la estancia. El hombre se quitó el abrigo y se repantigó en una silla hecha con troncos. Su barba y los vellos de sus fibrosos brazos eran anaranjados. En su cuello sobresalían abultadas venas. Enfrentarlo, pensó Jack, sería imposible. Debía escurrirse y alejarse de prisa. Un esfuerzo inútil: el hombre, con su experiencia como cazador, lo rastrearía. Necesitaba maquinar con cautela su fuga, porque, de ninguna manera, acabaría preso o muerto.

1887

ni un hijo habita tu cuerpo me reprochaste como si un accidente de la naturaleza o más aún una decisión de Dios fuese motivo suficiente para sufrir tu menosprecio y expulsarme de tu vida sin importar si yo era o no una buena mujer poco valió mi amor o que estuviera determinada a pasar a tu lado el resto de mis años por mi imposibilidad para darte hijos me abandonaste apenas unos días después de la muerte de mi padre sin darme tiempo para procesar su pérdida antes de irte me compraste veintisiete esclavos elegidos entre los más fuertes y los más calificados de la plantación tú debiste saber desde hacía meses cuáles te llevarías y pese a que al partir me aseguraste tu regreso supe que tu despedida era para siempre seguido por dos de tus bastardos y de tu nuevo ejército de negros manumisos partieron hacia el oeste desde la ventana de nuestra recámara los vi alejarse no tenías ni dos días de haberte ido cuando se corrió la voz en el pueblo de que mi vientre era un arroyo seco del cual nunca brotaría vida una mujer casada cuyo marido la deja termina como objeto de escarnios pasé de ser la respetable heredera de Emerson a convertirme en una hembra yerma de ser una belleza anhelada en varios condados a un pellejo marchito dentro del cual jamás latiría otro corazón aparte del mío a las mujeres abandonadas por sus esposos en los pueblos las catalogan como amargadas e intemperantes yo recién cumplía los treinta y dos años y ya me caracterizaban como una bruja sin idea de lo que tú y yo habíamos vivido en la intimidad los amorosos encuentros las tardes abrazados desnudos entretanto afuera el calor derretía la tierra las noches en que me hacías el amor y yo te enlazaba con las piernas y en susurros me decías *te amo* todo eso se vació por el drenaje de los días la gente empezó a divulgar chismes a formular comentarios procaces a juzgarme sin delito cometido cómo se rehace una vida cuando los demás ya la adjetivaron con epítetos lacerantes personas que conocía desde niña se unieron a la riada de insidiosos como si no supieran quién era yo o cuál era mi carácter las murmuraciones crecieron conforme pasaba el tiempo y tú no volvías llegaron acá las noticias de tus conquistas en territorios bárbaros muchos te veían como un héroe local al mismo tiempo comenzaron a gotear barruntos de tus excesos del salvajismo de tus correrías de la estela de muertos que dejabas tras tu paso tus atrocidades fueron corroboradas por el ánimo pesaroso de Japheth y Jonas tus mulatos bastardos que no soportaron ver a su padre cometer tropelías sin freno y mira que ellos se enriquecieron a manos llenas gracias a tu virulencia míranos ahora Henry Lloyd yo cuidándote sin que importen los años que pasamos separados y tu esposa legítima la madre de tus ansiados retoños que enarbolan con orgullo tu apellido y se hacen de la vista gorda con tus abusos se dice que goza de cuanto garañón se cruza en su camino y se cobra así tus decenas de infidelidades la venerable señora Sandra Lloyd porque yo volví a llamarme Virginia Wilde envidio un poco su potestad sus maneras libres su promiscua y desfachatada conducta mas hay una diferencia entre nosotras dos que sí marca una línea divisoria ella *es* por ser tu esposa si no se hubiera matrimoniado contigo sería aún una mujer aldeana sumida en una existencia sosa con un bruto de su pueblo por su notable belleza tuvo suerte en atraparte fuera de eso no disfruta de ningún otro mérito yo soy yo porque a solas sin la ayuda de un solo hombre logré mantener Emerson de pie a pesar de la infinita cantidad de trances que hube de sortear en el correr de los años callé la boca a los lenguaraces ninguno de ellos tuvo los arrestos para mirarme de frente y soltar en mi cara cuanto rumoraban a mis espaldas vieras cómo se empequeñecían al verme venir logré reconstruirme

Henry soy una mujer hecha y derecha que regresó a ti por amor tu esposa no es más que una mujercita pueblerina ambiciosa y oportunista cuya virtud es ser ahora la mamá gallina sentada en esos huevos de oro que son tus hijos y que nadan en petróleo las aguas negras de tu incalculable fortuna una paradoja que con tu ejército de libertos robaste las arterias de la oscura sangre que pulula en lo hondo de Texas negro más negro más negro mi pírrica victoria amado mío fue que en tus desvaríos cuando ya tu cerebro se había anegado de sangre a la mujer que llamabas era a mí *dónde está Virginia* inquirías y Sandra enfurecía cada ocasión que mi nombre pronunciabas hasta que te envió conmigo junto con una nota *nunca dejó de ser tuyo* y henos aquí juntos tú y yo

1881

Cumplí catorce años, la misma edad de mi madre cuando murió. Raro eso de saberme vivo y ella muerta con los mismos años. Pa que no la olvidara, Chuy me la describía a menudo, «su cabello era largo, acastañado. Los ojos grandes, borrados. La cadera delgadita, como la de tu abuela, quizás por eso las dos murieron al aliviarse, los bebés al crecer debieron apachurrarles las vísceras. Elena no cupo en el vientre de su madre, como tú tampoco en el suyo. Sólo sacar la cabeza debió desgarrarles los entres. Aunque tu mamá se murió de dolor, porque tenía los dedos engarrotados, en su carita había una sonrisa. Le alegraste el mundo, Rodrigo. Su voz era fina, apenas un silbido, había que acercar el oído para escucharla, como si le diera vergüenza hablar. Tenía los brazos flacos, lechosos. Tu abuelo no la dejaba salir. Apenas y se asomaba a la puerta. Yo fui de los poquitos que cruzó palabra con ella. Así como a ti te echó la culpa de que le mataras a la hija, a ella le echó la culpa por matar a su mujer. A ti te mandó a la chingada, a ella la encerró. Cárcel perpetua por asesina. Poquitas veces, contadas con los dedos de una mano, la dejó salir a montar. Una paseadita y pa atrás, vigilada por él todo el camino. Ni siquiera aprendió a guisar. No tuvo quien le enseñara. A tu abuelo le cocinaba Yolanda. Tu mamacita, que en paz en descanse, se limitaba a comer y de vuelta para su cuarto.

Nadie se explica en qué momento y de quién se fue a preñar». Cada día de mi cumpleaños, Chuy me llevaba al monte donde yo había nacido. De mi madre quedaban puros huesos desperdigados. El cráneo con pelo, mordisqueado por los coyotes, lo ensartó Chuy en lo alto del mezquite para que no terminaran de comérselo. Ahí estaba la cabeza con los ojos huecos. Chuy me obligaba a hablarle, «dile que la quieres y que la extrañas». Yo, la verdad, no aguantaba mirarla, sólo de pensar que esa calavera blanca, carcomida por el sol, había sido el rostro de mi madre, me revolvía la panza. «No le tengas miedo, es tu mamá», me decía Yolanda. Para mí, Yolanda era mi mamá, no la calaca tenebrosa que tantos malos sueños me trajo. Poco a poco, los huesos del esqueleto terminaron convirtiéndose en ramas secas roídas por las liebres. El cráneo se mantuvo en lo alto del mezquite. Cada año perdía algo, un diente, mechones de pelo, pedazos de hueso. Yolanda y Chuy le construyeron un altar ahí mero donde ella murió y yo nací. Era un altar disfrazado, un amontonamiento de piedras con una vaga forma de cruz. Mi abuelo, me contó Chuy, iba a cada rato al lugar nomás a revisar que no le dieran sepulcro. Mohíno como era, seguro balaceaba a Chuy si veía una tumba. «Asesinas y putas no merecen cristiana sepultura», advirtió el viejón, «y esa escuincla era puta y asesina». Cada que mi abuelo pasaba por ahí, desbarataba el altarcito. Chuy y Yolanda lo volvían a poner y otra vez la burra al trigo, mi abuelo se los tumbaba. Una tarde, debía yo andar por los cinco años, Chuy me trajo una cornamenta de venado, doce puntas, abierta, alta. «Esta era la del venado que te cuidó. Tenla siempre contigo para que te proteja». Chuy creía más en los espíritus animales que en Dios y ese venado era prueba de que había algo divino en ellos. Así como el cráneo de mi madre me ocasionaba mal dormir, los cuernos me traían paz. La barnicé para que durara más y la colgué arriba de mi cama. Si Yolanda me forzaba a rezarle a Jesucristo, Chuy al venado, «agradécele, porque por él sigues vivo, sino desde hace rato hubieras sido cagarruta de coyotes». Y como un venado me salvó la vida, pues me costaba trabajo tirarle a otros venados. Para Chuy no había por qué no, «si un venado es sagrado, por más que quieras cazarlo no vas a poder. De pronto, los ves y en un ratito, se desaparecen y por más que busques, no los vas a hallar». Era cierto, yo había visto venados enormes caminar por entre las brechas y, de la nada, se desvanecían y no volvía uno a mirarlos. «Son espíritus», me explicaba Chuy. Los otros venados, los que se dejaban ver y no desaparecían, esos sí se podían cazar porque no eran sagrados. Con el tiempo, ramas penetraron la calavera y crecieron dentro de ella. Los restos de mi madre se convirtieron en troncos, hojas, corteza. En algún momento estuve a nadita de contravenir las órdenes de mi abuelo y brindarle una sepultura digna. No quise removerle al atole, quizás había hasta más dignidad en dejar que se la tragara la naturaleza. Mi madre convertida en aquello en lo que nunca sería para mí: una raíz.

2024

¿Cómo domeñar a un candidato tan reacio a la conciliación y tan proclive al pleito? En sus mítines, Smithers se preciaba de ser un peleador callejero, un hombre rudo de barrio, cuando quienes lo conocían lo pintaban como un niño bien que había crecido en los suburbios de clase alta de Dallas y cuya adolescencia transcurrió en los protegidos entornos de los centros comerciales. Exalumnos de su escuela preparatoria no le atribuían fama de bravucón, sino la de un muchacho tímido y apocado, malo para la práctica de los deportes y que se paralizaba cuando cualquiera de sus compañeras de salón le dirigía la palabra. Con habilidad, Smithers se había creado una nueva narrativa para sintonizar con las clases trabajadoras. Henry Lloyd VI supo que revelar las inconsistencias de esta falsa imagen no ayudaría a debilitarlo. Chismes de su época de preparatoriano poco le servirían para malograr su campaña electoral. «Todo político esconde algo», solía decir el primer Henry Lloyd, «no se trata de indagar qué ocultan, sino por qué». Por falta del apoyo franco de los Lloyd, Smithers amenazó con hurgar aún más en las finanzas de sus empresas, desde las ferroviarias a la compraventa del ganado mexicano, pasando por las maquiladoras al otro lado de la frontera y, por supuesto, las de la petrolífera, la joya de la corona. Para Smithers, quien no estaba de su lado era un enemigo y la forma de mostrar lealtad era aportar sustanciales donativos a su campaña política. Henry no se dejó amedrentar, «somos trasparentes en nuestros estados financieros, mande a quien quiera a auditar nuestras cuentas». La respuesta de Smithers no pudo ser más sarcástica, «las aguas del Caribe son transparentes y abajo nadan tiburones». Henry sonrió al leer su nota, el candidato no se equivocaba, los tiburones aguardaban y él estaba listo a encabezarlos. Henry no se sometería a chantajes baratos para negociar contribuciones a su campaña, así el Partido Republicano considerara a Smithers una estrella en ascenso y un serio prospecto a la presidencia. Favorecer al mequetrefe demócrata tampoco era alternativa, un tipo timorato y con ideas poco claras de cómo gobernar un estado tan complejo como Texas. «El camino al infierno está empedrado por gente con buenas intenciones». Las propuestas «ecológicas» de Robert White, el candidato demócrata, sólo conducirían a regulaciones absurdas, inasequibles para el 99% de los ganaderos y agricultores del estado. La bobería de White era, sin duda, más peligrosa que la mala leche de Smithers. Henry había navegado con solvencia los catastróficos escenarios que el conglomerado enfrentó a lo largo de los años: las crisis bancarias, la caída del precio de la carne, el desplome del precio del petróleo, el terrible accidente de uno de sus trenes en Kansas que le supuso demandas millonarias, hasta el ridículo matrimonio y divorcio de su hermana Mary con el advenedizo de Mark Foley que les supuso un escándalo en los pasquines amarillistas. Los asesores de Henry vaticinaban que Smithers arrasaría en las elecciones. Con destreza, Smithers replicaba los rencores y los miedos de la clase trabajadora. En sufragios anteriores, la franja fronteriza había votado a favor de los demócratas, el éxodo incontrolable de ilegales hizo virar a los electores más y más hacia la derecha intolerante. Una paradoja, pensaba Henry, que hijos y nietos de mexicanos que cruzaron el río de manera ilegítima ahora asumían posiciones extremistas en contra de los indocumentados. El mismo alcalde de San Antonio, mexicanoamericano y miembro del ala más liberal del Partido Demócrata, se quejaba: «Ya no podemos recibir a una sola persona más, nuestros servicios están rebasados». En privado expresaba su preocupación por la llegada de congoleses, chinos, árabes, «que no comparten nuestra forma de vida ni nuestros valores». Las oleadas de migrantes de decenas de nacionalidades atravesando el río hacia ciudades como Eagle Pass, Del Río, Presidio, Laredo, Brownsville, habían desquiciado los servicios públicos y la inseguridad había aumentado. Rebasada, la patrulla fronteriza requería del triple de elementos para más o menos controlar los interminables flujos de ilegales. «Mano dura, mano dura, mano dura», vociferaba Smithers frente a muchedumbres más ansiosas, más enojadas, más resentidas. El crimen se había disparado en urbes como Houston, Fort Worth, Austin, El Paso. «Main Street pasó a Mean Street», pregonaba Smithers frente a un público deseoso de respuestas. El republicano era peligroso, no por sus recalcitrantes y escabrosas posiciones, sino porque amenazaba cadenas de suministro vitales para la viabilidad económica del conglomerado. El gobernador McKay, en un desplante populista para calmar las demandas de los votantes republicanos y mostrarse tan inflexible como el candidato Smithers, sin previo aviso, había cerrado los cruces fronterizos por un mes. Cientos de tráileres se quedaron varados en espera de pasar a Estados Unidos, entre ellos, decenas que transportaban ganado que los Lloyd habían comprado a rancheros mexicanos. Centenares de reses murieron en los contenedores de redilas por causa del inclemente sol de verano. Igual sucedió con los trenes, hubieron de aguardar semanas para atravesar los puentes. Las maquiladoras propiedad de la empresa en México no pudieron exportar componentes fundamentales para la fabricación de maquinaria automotriz y autopartes. Las empresas de los Lloyd debieron asumir enormes pérdidas y si esto había sucedido con un «moderado» como McKay, cuántos más quebrantos sufrirían con el energúmeno de Smithers. Repercusiones impensables en la economía sólo para satisfacer los ánimos revanchistas y los temores de una masa que se encaminaba a votar contra ella misma, porque la contracción del empleo y del mercado presagiada por los expertos a quien más iba a afectar era a la clase trabajadora. Henry no estaba dispuesto a nutrir al aberrante ogro, pero le convenía tratarlo con cuidado.

1892

Jade a nosotros nos excitaba. Como hambrientos perros a la apetitosa mujer mirábamos. Yo loco de celos porque otros la veían.

48

En el río una mañana, sola la encontré. Con el vestido empapado del agua emergió. Una sonrisa. A mi lado pasó. Correr tras de ella quise. En mis brazos tomarla, un beso darle. Inmóvil permanecí. Henry Lloyd detrás de mí venía. Al notar mi pasmo, sonrió. «Ay, Jeremiah». A la semana, a su casa en la plantación a Jade llevó. Fue a las barracas a buscarme. «Jade conmigo trabajará». En el corazón, una puñalada. Por las ventanas la espié. Cocinaba, limpiaba. De la casa no salía. No sin la autorización de Lloyd. De él Jade ahora era. Una noche desnuda la vi. Una pantera. De un lado a otro caminaba. En la mano, una vela. Senos claros, pezones oscuros. Perfecto su rostro. Una reina. Una voz masculina: él. Desnudo también. En el comedor sentado. Hacia él ella fue y a su lado se detuvo. Con su mano él sus nalgas acarició. Besos. Toqueteos. A punto de vomitar estuve. A Jade como mujer, esposa, madre, anhelaba. Mía, mía, mía. Un cuchillo entre mis manos deseé para a Lloyd matar. Como todas las tardes, Lloyd y yo en el río nos juntábamos. Más historias. Más cigarros. Cambiado el patrón se notaba. Más relajado, más feliz. Pensé si me convenía matarlo. Una estaca afilar y por la espalda clavársela. Me negué. Nada ganaba haciéndolo. Jade no me pertenecería, ni siquiera a él matándolo. Seguí espiando. Los dos desnudos, noche a noche. Contenta Jade se veía. Al hacer el amor la puerta del cuarto no cerraban. Ella encima de él, sudando. Se movía en círculos y al venirse a él se abrazaba. Lluvias, días de lodo. Tábanos, moscos. Dejé de espiarlos. Un martirio para mí verlos ayuntar. Como ella nunca otra mujer habría. Una mañana, una carroza frente a casa de Lloyd se detuvo. A lo lejos, a Jade vi salir. Por un largo tiempo de ella no supe. Después de semanas, James me contó. «En el pueblo con Lloyd un hijo tiene, el color de ella, las facciones de él. Jenny me lo dijo». Un sapo en mí entró. Se infló para el aire robarme. Jade, Jade, Jade. Mío ese hijo debió ser. Tarde tras tarde con Lloyd charlaba. «Nunca mi padre supe quién fue», me dijo. De su infancia narró. De su madre, de pasar temporadas sin comer. Con un arco hecho por él cazaba. Trenzó tripas y pieles de zarigüeya para la cuerda fabricar. Con ramas de arce las flechas, las puntas, piedras talladas. «Ardillas, conejos, patos comía». Contaba y contaba. «Mi hijo sí sabrá quién su padre es». Una tarde de las muchas en el río a los ojos me miró. «De tu amor por Jade sé, por la ventana te vi asomarte, las cortinas abiertas dejé para que más la amaras». Aun con el sapo de los celos asfixiándome, al verla desnuda más la amé. Mi mudez me estorbó. A Lloyd podía pedirle que con Jade y con su hijo me quedara. Hacerlos míos. Silencio guardé. De mi boca palabras en el idioma de los amos no saldrían. Desde ese día mejor trato Lloyd conmigo tuvo. A James me confió. «Su peso vale en oro, es listo, fuerte, el inglés bien lo habla, bueno será que un negro inteligente a otros negros supervise». Una mañana, al pueblo me pide acompañarlo. Nunca un caballo había montado. Poderoso me siento. Otro mundo desde allá arriba. Al pueblo entramos. Los blancos con recelo me ven. Los negros nunca a caballo podían andar. A Henry Lloyd eso no le importa. A una casa nos dirigimos. Me hace entrar. «Espera», ordena. Detrás de Lloyd Jade aparece. Ni flaca ni gorda. Más hermosa ahora. «Buenos días, Jeremiah», saluda ella. Yo cuarenta años, Lloyd veintiocho, ella diecinueve. A almorzar nos sentamos. El niño en brazos del patrón. Ella nos sirve. Cerdo. Vegetales. Al terminar, un habano fumamos. «Ven», Lloyd a Jade le pide. A una recámara con ella y el niño entra. La puerta cierra. En la estancia solo me quedo. Veo los cuadros: manzanas, peras, faisanes. Paisajes, perros, carretas, caballos. Después de un rato abre y Lloyd me llama. «Pasa». Jade está ahí, cubierta por una sábana. «A su lado siéntate». En el borde de la cama me siento. «Baja la sábana», Lloyd a Jade le pide. Ella obedece. «Enderézate». Ella en la cabecera se recarga. Al aire sus senos. Yo respirar apenas puedo. «¿La amas?», él me pregunta. No sé qué responder. «Con el niño afuera espero», dice, «ámense». Sale y la puerta cierra. Ella me mira. Mi corazón a punto de reventar.

1878

Nos condujeron por bosques, por planicies interminables, cruzamos ríos, navegamos un lago, atravesamos frente a la mirada de leones y leopardos, franqueamos desiertos y las plantas de los pies se nos quemaron, varios sucumbieron, entre ellos, Alisha, mi hermana menor, quien a sus cuatro años no resistió más, cayó de bruces y quedó tirada en el polvoriento sendero, con la mirada fija hacia delante, como si intentase ver un futuro que jamás llegaría, me incliné sobre ella para ayudarla, en respuesta los esclavistas me golpearon la cabeza y con señas me indicaron proseguir, ni siquiera pude cerrarle los párpados, ni yo ni mis hermanas cesamos de llorar, en castigo por hacerlo nuestros captores nos pegaron de varazos en las corvas y no nos dieron de comer, continuamos el viaje con una tristeza que no se extinguía, para alimentar al contingente, los esclavistas cazaban, una mañana dieron muerte a una jirafa, me entregaron un cuchillo oxidado y sin filo para desollarla y descuartizarla, la tarea me llevó cuatro días, mi única ventaja fue poder arrancar pedazos y comérmelos crudos para saciar mi hambre, para que no escondiera carne entre la ropa, mis apresadores me obligaban a desnudarme, yo ansiaba llevarle un trozo a mis hermanas, los negreros apenas les daban medio pan cada mañana y se veían lánguidas y desnutridas, temía la muerte de otra de ellas, cada tarde, a punto de terminar el trabajo, empacaba en mi boca cuanta carne me cabía, la masticaba para ocultar la pulpa en mis carrillos, por la noche extraía la masa para dársela a mis hermanas, quienes la devoraban con avidez, al paso de las semanas nos separaron en tres grupos, a quienes mostrábamos más fortaleza nos colocaron en uno, en este sólo eligieron a la mayor de mis hermanas, en otro apartaron a las niñas más jóvenes, entre ellas mis otras dos hermanas y en el restante, a los más escuálidos y débiles, cada grupo tomó diferente rumbo, nosotros nos encaminamos al norte, el de mis hermanas hacia el este y el de los débiles se quedó rezagado y dudo que lograran subsistir, conforme avanzábamos nos alimentaron mejor y cedieron los castigos, ya no fuimos sujetos ni a golpes ni a fuetazos, llegamos a la orilla de un caudaloso río, nos forzaron a desnudarnos, a los hombres nos subieron a una barcaza y a las mujeres a otra, nos hicieron sentarnos en cubierta con la cabeza gacha, la levanté para atisbar a mi hermana, ella aguardaba su turno para montar en el otro bote, esa fue la última vez que la vi, no volví a saber ni de ella ni de mis otras dos hermanas, la barcaza navegó una semana por el río, cinco veces al día nuestros captores se postraban para rezar, sus oraciones eran ininteligibles y nunca supe qué le pedían a sus dioses, arribamos a distintos puertos y en cada uno nos cambiaban de embarcación, a nuestro grupo se unieron otros, nos mantenían en los sollados sin liberarnos de nuestras amarras, para evacuar, por las mañanas nos subían a cubierta para conducirnos de tres en tres a la proa del barco, nos sentábamos en un hueco que daba al mar y ahí descargábamos, el contingente se hizo numeroso y fue necesario apretujarnos en la oscura y húmeda área, era imposible estirar las piernas, dormíamos recargados los unos sobre los otros, como yo era de los más chicos lograba acomodarme, había hombrones que se giraban de un lado a otro sin conseguirlo, la demanda de espacio provocaba pleitos continuos, los rijosos se pateaban y se mordían, los custodios observaban expectantes en espera de que la melé cediera, si no cesaba los controlaban a macanazos, después de una semana atracamos frente a una playa, nos hicieron descender por un muelle improvisado y nos alinearon en filas, un hombre blanco, con ojos glaciares cuyo brillo perverso aún recuerdo, nos examinó de pies a cabeza, nos mandó a abrir la boca para verificar el estado de nuestra dentadura, con algunos mostraba repugnancia por la pestilente halitosis y les ordenaba enjuagarse con buches de un potaje donde flotaban hojas verdes, un muchacho lo miró a los ojos y al terminar le escupió el brebaje en la cara, el blanco no se inmutó, se limpió con un pañuelo, sonrió, sacó una pistola y le disparó en el estómago, el adolescente se desplomó llevándose las manos al vientre y el blanco, en un idioma que no entendí, pidió a los vigilantes que se lo llevaran, nos volvieron a separar en grupos, al anochecer fuimos conducidos a un barco de vela y nos albergaron en los sollados junto con cabras, vacas y gallinas, por el movimiento de la nave y por los exiguos rayos de sol que se colaban entre las maderas supe que zarpamos al alba.

1815

El montañés le dio de cenar tasajo de venado y una sopa hecha con hígado, tripa y corazón de oso. Por meses, Jack no había comido algo tan sustancioso. Al terminar, el hombre lo ató a uno de los postes de la cabaña y lo cubrió con un abrigo de piel de oso para calentarlo. Al anochecer, arreciaba el frío y el viento helado se colaba por las ventanas. Exhausto, Jack cayó dormido y ni la sonora roncadera del hombre perturbó su sueño. Despertó entrada la mañana y encontró vacía la cabaña sin señales del trampero. Hizo esfuerzos vanos por zafarse de sus ligaduras. Si por alguna razón al hombre le sucedía algo, Jack moriría de manera irremediable. Tuvo ganas de orinar. Decidió aguantarse. Si se mojaba el pantalón, con el descenso de la temperatura sus genitales podían congelarse. Ya le había sucedido cuando, a los cinco años, se meó dormido. Esa noche heló y ni el fuego de la chimenea evitó que la orina se congelara. Se asustó cuando se adormecieron sus partes íntimas. Su madre lo llevó con Mark, un vecino quien años atrás había asistido a un boticario y poseía ciertas nociones de medicina. Mark rio de buena gana cuando notó el pequeño pene y los testículos amoratados. «Se le van a caer», se burló, y al escucharlo, el chiquillo comenzó a llorar. Riéndose, levantó la vista hacia Thérèse, «seguirán en su lugar y con el tiempo recuperará la sensibilidad, úntalo con una cocción de hojas de laurel y semillas de pimienta antes de dormir». Por fortuna, a Jack le regresaron las sensaciones. Ahora, no se arriesgaría a amoratarlos. Transcurrieron horas y el montañés no aparecía. Jack estudió la forma de soltarse de sus amarras. Tallar las cuerdas contra el poste fue inviable, carecía de esquinas para cortarlas. Para colmo, a unos pies de él colgaba un hacha. Un gélido aire se coló por debajo de la puerta y le congeló las orejas y los labios. Con los dientes trató de jalar el abrigo de oso para cubrirse la cabeza, no lo consiguió. Un jilguero se metió a la cabaña por una rendija y se puso a picotear una de las pieles que el hombre curtía. Cogía los sobrantes de carne y los jalaba hasta arrancarlos. El pajarillo estuvo unos minutos limpiando el cuero y luego volvió a salir por el mismo agujero. A las ganas de orinar se le unieron el hambre y la sed. Sería terrible morir de inanición en lo alto de la montaña. ¿Encontraría alguien su cuerpo?, ¿sería ese su castigo por ser un asesino? Quizás al hombre le pagaron por dejarlo maniatado en medio de la sierra. El invierno se presagiaba implacable, Jack no soportaría ni una semana vivo. No le quedó de otra que aguardar. A mediodía, el trampero volvió. Llevaba tres coyotes colgados sobre las espaldas. Los tendió sobre el suelo y sin voltear a ver al niño, sacó un cuchillo y se ocupó en desollarlos. Jack se sintió vulnerable, el hombre actuaba como si no existiera. Concentrado, separaba la piel de la carne, atento a no rebanarla. Los cueros debían salir enteros, un agujero bastaba para disminuir su precio hasta la mitad. Terminó de pelar los animales, embarró las zaleas con sesos hervidos y las espolvoreó con ceniza. Se levantó, caminó hacia Jack con pasos lentos, se acuclilló y lo liberó de sus amarras. «Ya lo decidí, no te voy a entregar. No me interesa la puta recompensa. Te van a colgar en cuanto te ponga en sus manos y no quiero vivir con ese peso sobre mis hombros. Eres libre de largarte si así lo deseas o puedes quedarte a ayudarme». El hombre se puso de pie, de dentro de su morral extrajo una hogaza de pan y se la arrojó. «Cómelo con eso», dijo y señaló las cecinas de carne de venado que pendían de una cuerda, «y al terminar, quita los sobrantes de las pieles». Se giró sin decir más, se sentó en un banco para calzarse unas raquetas de nieve y salió de la cabaña. Jack se quedó atónito mirándolo partir. Una profusa nevada comenzó a caer. Decenas de copos de nieve flotaban en el aire. Los senderos se cubrían de blanco. En cuanto lo vio partir, Jack corrió a orinar. Sus meados pintaron de amarillo la nieve fresca y un vapor se elevó desde la mancha. Jack no supo si debía largarse o permanecer al lado del montañés. El hombre podía cambiar de opinión y entregarlo a las autoridades, pero huir a la montaña en un invierno que pintaba crudísimo le significaría la muerte. Sin raquetas para nieve, no podría avanzar ni diez pasos. En Saint Justine escuchó de cadáveres hallados en la cordillera al terminar los deshielos. Incluso tramperos experimentados sucumbían atrapados por las nevadas. En la cabaña estaba guarecido del clima y con abundante comida. No tuvo más alternativa que confiar en la palabra del montañés y decidió quedarse. Regresó a la casa, se vistió con el abrigo de oso y con un cuchillo comenzó a desprender las rebabas de grasa y de músculo de las zaleas de los coyotes. Una hora más tarde, el trampero apareció cubierto de nieve, con la barba y el bigote escarchados y con otros dos coyotes sobre las espaldas. Los aventó al suelo, se sentó al lado de Jack y en silencio empezó a desollarlos. Desprendió una de las piernas del coyote y la colocó en la lumbre para asarla. Cuando notó el asco de Jack, lo aleccionó, «la carne es carne y no se puede desperdiciar». Le sirvió un pedazo humeante en el plato. «Come, necesitas energías». Cenaron el coyote y el trampero se echó a dormir. Jack se instaló en una esquina, tendió el abrigo de oso en el suelo y se acostó. A la mañana siguiente, el trampero le pidió acompañarlo. Le entregó unas raquetas para

54

nieve y le hizo cargar un morral con cuatro cepos y pedazos de carne fresca. Apenas salieron de la cabaña, Jack sintió el helor cortarle la cara. El frío en la montaña punzaba con una virulencia que jamás experimentó en las praderas donde creció. No habían avanzado ni doscientos pasos y Jack ya no soportaba más. Las piernas se le envararon, engarrotados los dedos de las manos y de los pies. Aun con las raquetas, ambos se hundían en la nieve y cada paso era dificultoso. La ventisca arreció y no se podía ver más allá de un brazo. El montañés avanzó con decisión hacia un denso pinar. Jack, con dificultades, detrás de él. Les llevó tres horas recorrer un tramo de cuatrocientas yardas. En cuanto arribaron, el hombre ojeó el lugar y le señaló al niño un claro. «Los venados deben pasar por aquí para ir montaña abajo. ¿Ves esas ramas rotas arriba de ese pino?». Jack se volvió y apenas distinguió un hueco entre las copas, «desde ahí los acecha un puma». El hombre caminó hacia sus rocas. «¿Qué notas ahí?», le preguntó. Jack las examinó y no descubrió ningún signo evidente. «Nada», respondió. «Mira bien», lo instó el hombre. Jack volvió a estudiar los peñascos, ¿qué deseaba que percibiera? Observó cada detalle y no logró detectar nada relevante. El hombre estiró su mano y de la parte superior de la peña, recogió un casi invisible mechón de pelo. «Desde aquí también vigila el puma», dio un paso y olfateó. «¿Lo hueles?». Jack negó con la cabeza. «Es un macho». El niño le preguntó cómo lo sabía, «por el olor a almizcle». Jack se maravilló de la habilidad del trampero para descifrar minúsculos rastros o reconocer los olores. El hombre tomó una gruesa rama y la talló con el cuchillo hasta fabricar una filosa estaca. La clavó con fuerza en la nieve y le pidió a Jack que le pasara uno de los cepos. Aseguró la cadena de la trampa al palo, abrió las quijadas y las cubrió con nieve. Luego colocó pedazos de carne en triángulo. «Debes tratar de que pise el disparador. El puma no se va a acercar hasta que nuestro aroma se disipe. Para esta noche ya no lo percibirá. En tres días veremos si cayó». En diferentes trechos, colocaron el resto de los cepos. Dos para coyotes y uno para gato montés. En cada sitio, el trampero le revelaba las señales que debía atender, un mojón de excremento aún suave al tacto, el color pajizo de una orina reciente, un pedrusco volteado que indicaba que había sido movido por el paso de un animal. El tallo pelado de un arbusto era signo de que un ciervo macho había rozado sus astas para marcar el territorio, la corteza desprendida de un tronco determinaba que en este un oso se había rascado las espaldas. Había en la montaña un alfabeto imperceptible para los bisoños, lleno de significantes para el enterado. En tan sólo unas horas, Jack aprendió infinidad de estos códigos secretos. Volvieron a la cabaña al atardecer. El montañés prendió la chimenea, ensartó unos pedazos de filete de venado en un pincho y los puso a asar sobre la lumbre. De un odre sirvió un rancio vino y al estar lista la carne, se sentaron a comer en silencio.

1887

cuando yo era niña mi madre tocaba el piano sus dedos parecían arañas deslizándose por el teclado ella había sido educada para ser una dama y lo fue en toda la extensión de la palabra quiso instruirme de la misma manera pero distinto a su padre quien le contrató preceptores para enseñarle música modales etiqueta lectura religión Thomas Wilde decretó que mi madre fuese mi profesora para no traer a petulantes con ínfulas *tu mamá puede más que veinte preceptores juntos* ella me instruyó a acomodar la vajilla y la cristalería en la mesa a usar con corrección los cubiertos a no comer con las manos a colocarme la servilleta en el regazo me aleccionó a jamás masticar con la boca abierta a no interrumpir la conversación entre hombres los modos en que debía sentarme y cómo ponerme de pie a cómo hablar con propiedad a no mirar de más a las personas en especial a los hombres a vestirme como una mujer decente a portarme con decoro a mandar a la servidumbre me enseñó a bordar a tejer a escribir a redactar misivas e invitaciones a festines a leer libros me hizo aprenderme pasajes de la Biblia rezar mis oraciones dar las gracias agradecer favores mi madre me guiaba con delicadeza y si cometía algún fallo o me portaba con ordinariez le bastaba con dejar de hablarme por unas horas para que yo lo tomara como una dolorosa reprimenda yo la idolatraba la veía como un ángel guardián magnánimo y candoroso en algunas ocasiones ella debió defenderme de mi padre quien no me tenía paciencia y no soportaba el más mínimo berrinche *educa bien a esa niña o me veré en la obligación de hacerle entender con nalgadas* mi padre me despertaba un temor rayano en lo irracional porque a decir verdad sólo una vez me puso la mano encima cuando le respondí con insolencia y un bofetón me hizo voltear la cara *nunca más te dirijas a mí en ese tono soy tu padre y me respetas* desde entonces podrás creerlo o no mi relación con él mejoró entendí sus responsabilidades cuáles eran sus preocupaciones y sus prioridades empecé a entender cuán complejo era operar la plantación la infinidad de detalles necesarios para mantenerla en funcionamiento las angustias derivadas de la falta de lluvia o por el arribo de las bíblicas plagas de langostas que en un par de días devoraban una cosecha entera o por la invasión de palomas de ala blanca que en millares se paraban sobre las espigas de trigo y las doblaban con su peso dejando el labrantío devastado la falta de mano de obra por lo caro de los esclavos la apuesta incierta de adquirir un negro u otro con la esperanza de que se convirtiera en un buen trabajador de lo vulnerable de algunos cultivos a los hongos y del desesperado apuro por pizcar el algodón frente a la amenaza de una intempestiva granizada o recolectar las mazorcas antes de que se pudrieran las matas como resultado de una inundación cómo no admirar a mi padre cuando en las madrugadas se levantaba de la cama ante la amenaza de una tormenta y sin importar la hora la lluvia o el frío salía a dar órdenes a los esclavos para colocar sacos en los márgenes del río y así evitar su desborde o cuando en pleno estiaje recogía agua en tambos para llevarlos a los desfallecientes hatos de reses ya tumbados en el suelo por causa de la deshidratación elogiables mi padre y mi madre ambos manifestándome su amor sin medida recuerdo con cariño las sosegadas tardes en que mi madre me enseñó a tocar el piano mis infantiles manos apenas podían alcanzar las teclas con serenidad ella me instruyó con ejercicios para conseguir los acordes o para llegar a determinadas armonías cuando le pregunté con qué material elaboraban las teclas me explicó *las blancas están hechas de marfil las negras de una madera de los trópicos llamada ébano* me horripilé cuando me reveló que el marfil provenía de los colmillos de los elefantes yo no sabía de qué animales hablaba mi madre me mostró unas láminas y descubrí cuán colosales y gentiles eran que se protegían unos a otros y que poseían una memoria prodigiosa me pregunté cuántos de esos majestuosos animales debían sacrificarse para fabricar un teclado por qué un aparato tan noble como el piano en el que se creaban portentosas melodías encerraba muerte y sufrimiento mi padre intentó aliviar mi ansiedad *las reses también son animales asombrosos y jamás te he visto rechazar un platillo preparado con su carne lo mismo sucede con el cerdo una de las bestias más avisadas de la naturaleza o con las gallinas o los patos que sacrificamos para alimentarnos a los elefantes los sacrifican para traer a nosotros la inimaginable belleza de la música que si bien no nutre nuestros cuerpos sí nuestras almas* una mañana mi madre amaneció desmejorada con una tos insistente papá llamó a un médico que le recetó vapores miel con limón y tés mamá pareció recuperarse pero un día al toser expectoró un coágulo de sangre horrorizadas vimos el pañuelo sanguinolento era el comienzo de su fin

1881

Empezó a correr el runrún de que los apaches estaban de regreso. Hacía décadas, los rancheros los habían sacado de las tierras. Hubo muertos a pasto por los dos bandos. Hasta a un potrero en el rancho le llamaban «el potrero del indio muerto», nomás que no fue sólo un indio, fueron puñados. Chuy me contó que su abuelo José María estuvo en esas guerras, «se daban de balazos, de cuchilladas, de lanzazos, de flechazos, de pedradas, con lo que tuvieran a la mano». Con las lluvias en verano en esa pasta se formaba un arroyo, en un claro se embalsamaba para crear un remanso donde los apaches acampaban. A esa charca todavía la llaman «la charca del apache». Si uno ahí le rasca a la tierra, halla pedernales, mocasines y hasta penachos. Un día me encontré un pedernal y me lo colgué en el cuello con un lacito de cuero de venado. Lo traje por meses hasta que me lo vio el viejón, «a parvas de nuestra gente mataron esos cabrones apaches con esas puntas para que ahora tú te pongas esa chingadera en el cuello». Se me acercó y me la arrancó, «a lo mejor con esa pinche punta se escabecharon a uno de los nuestros, cuélgate una cruz, no seas pendejo». No se me había ocurrido que con esa piedra filosa hubiesen matado a un mexicano y pos nomás por llevarle la contra, no me colgué ningún crucifijo. Una tarde, Chuy me llevó a un campo y me relató de una matazón que su abuelo José María le platicó. «Me contó que los apaches entraron por allá», dijo y señaló una mota, «se habían escondido por horas en espera que pasaran los vaqueros arreando el ganado. Mi abuelo José María todavía estaba verdezón y andaba con ellos ayudándolos. De la nada, empezaron a tirarles de flechas. Ahí», señaló Chuy debajo de un mezquite, «cayó uno que se llamaba Raymundo Agüero. Le ensartaron una flecha en el mero cogote. A decir de mi abuelo, el hombre iba de un lado a otro tratando de quitársela. Como no pudo, se sentó a mirar en lo que le llegaba la muerte. Allá», dijo y dio unos pasos para marcar el sitio exacto, «le dieron un hachazo en la cabeza a un muchachito llamado Adrián. Casi se la parten a la mitad. Decía mi abuelo que los ojos le quedaron saltones, como de rana y que se le escurrían los sesos. Y así, los indios tumbaron a seis de los vaqueros. Que si a Pedro, que si a Humberto, que si a Sergio. No lo mataron a él y a otro porque se metieron entre el ganado y adonde iban las vacas ahí iban ellos, escudándose de las flechas. "Les pegaban a las reses en las costillas o en los lomos tratando de darnos a nosotros y ellas nomás mugían de dolor sin caerse", me contó mi abuelo. Y los indios siguieron duro y dale hasta que se les acabaron las flechas y se fueron. A algunos de los muertos los habían agujereado hasta con diez flechas. Son canijos los apaches, te siguen dando sin importarles si tiene rato que te moriste». Encorajinados, se juntaron los rancheros y fueron a buscar a los apaches a su campamento y «si los apaches eran cabrones, los nuestros no se quedaban atrás. Mataron a doce hombres, a cinco mujeres y a tres niños. Decía mi abuelo que por cada mexicano que los indios mataran, nosotros les mataríamos tres y a ver así quién acababa primero con quién». Aquellos no se quedaron de manos cruzadas y atacaron un pueblo mexicano. Quemaron las casas sin que pudieran matar a nadie. En su huida se toparon con dos muchachas y las raptaron. Los mexicanos se organizaron para ir a buscarlas. Una de ellas era hija de un terrateniente. Hallaron a las dos sanas y salvas, colgando encueradas bocabajo de un huizache. «No las violaron ni las torturaron, nomás les dieron de nalgadas y se fueron o al menos eso dijeron las muchachas, ni modo que aceptaran que un indio se las había dejado ir hasta el fondo». El grupo decidió ir detrás de los apaches y cuando llegaron a su campamento no hallaron más que a una niña de cuatro años que no paraba de llorar. Como no había manera de devolverla a la tribu, la hija del terrateniente decidió adoptarla. «Pues cuando creció esa india se casó con un mexicano y ¿sabes quién es su hijo?, Mundo Ramos». Mundo era dueño de un rancho vecino, un buen hombre, jalador y dicharachero, al saberse mitad apache, se fue a buscarlos, desarmado. Cuando los halló los indios no podían creer que un hombre tuviera los tanates de apersonarse con ellos sin armas. En español y en el lipán masticado que aprendió de un viejo que como él era mitad indio, les dijo quién era. Los apaches recordaban a la niña y la pensaban muerta. Fue recibido como uno de los suyos y gracias a él, se firmó la paz con ellos. De los cerros para allá, territorio apache. De los cerros para acá, ranchos de mexicanos. Dicen que no hay mal que dure cien años, acá la que no duró ni treinta fue la paz, porque veinticuatro años después una bola de ganaderos consideró que Mundo había hecho el acuerdo con las patas, que los apaches se habían agenciado los mejores potreros y que era momento de ir a quitárselos. Ya el atole se había asentado y estos nomás vinieron a menearle. Le pidieron apoyo al contingente militar de Monclova y se fueron a masacrar dos aldeas de nativos. Dejaron rebaños de muertos. Los ganaderos se apropiaron de las tierras sin ningún empacho y pa colmo, dejaron que los cadáveres se quedaran ahí tirados para que se los zamparan los zopilotes. Los indios se remontaron y durante un tiempo no se supo de ellos. Al paso, llegaron noticias de que una columna de guerreros rondaba. «Son más de cuarenta», me dijo Chuy. Igualito que los venados, los apaches aparecían en el monte como fantasmas, de pronto no se veía nada y en un parpadeo, ahí estaban. De dónde salían, quién sabe, pero de que salían, salían. Si se dejaban ver era por una sola razón: estaban listos para darnos en la madre. A los mexicanos no nos quedó de otra que prepararnos en chinga, juntar en las rancherías cuantos hombres hubiera y hacernos de armas. Cuando Chuy le avisó a mi abuelo, hizo como que le valía madre, él había tenido ya chingos de agarrones con los apaches, se había escabechado a unos cuantos y se sentía más cabrón que ellos. «¿Qué más dijo el ruco?», le pregunté a Chuy. «Que no se les ocurriera meterse al rancho porque los iba a sacar con las patas por delante». Era soberbio el viejón, como si los apaches fueran damitas de la vela perpetua y no una horda de salvajes que a los mexicanos podían comernos asados. «Si vimos cuarenta indios, es que deben de ser como cien o más. Esos nomás asoman la puntita». Apenas dio tiempo de juntar a unos cuantos de los nuestros y pa colmo, el contingente militar ya se había vuelto pa Coahuila. «Se me hace que vamos a bailar con la calaca», dijo Chuy, «ni enviando a Mundo Ramos a negociar con ellos la libramos». Los apaches eran vengativos con ganas. Ellos habían cumplido su palabra y ni una pestaña metieron en los ranchos mexicanos, se quedaron de su lado, tranquilitos y sin bronca. Pero apenas se sentían traicionados les salía lo furioso y lo brutal, porque no había nadie más brutal que ellos, excepto nosotros. Hacía unos años incursionaron en un pueblo y secuestraron a doce hombres. Cuando los nuestros los fueron a rescatar, hallaron a cada uno atado a un mezquite. Los apaches los sentaron y les prendieron una fogata entre las piernas. Les chamuscaron el pito, los huevos, la panza y los muslos. Para acabarla de amolar, sólo uno se murió y los otros once quedaron vivos. Como no era de Dios vivir así, cuando llegaron a rescatarlos, pidieron a gritos que los mataran. Los otros se negaron, ¿pa qué tentarle a un castigo divino? Los desamarraron. Apestaban a chicharrón de cerdo. Los quemados rogaron que los ejecutaran, pa qué querían seguir vivos con la hombría tatemada. Uno de los rescatadores se apiadó. Agarró su pistola, le apuntó en la cabeza a uno que no dejaba de berrear y le botó pa fuera la sesada. Ya encarrilados, remataron a los demás. «Los cabrones nos van a atacar cuando entre un norte», sentenció Chuy, «pa que con los aironazos no los oigamos ni los sintamos». El calor había subido con madre el día anterior, lo que significaba que en uno o dos días se dejarían venir los fríos. Y sí, los apaches estaban a nada de lanzarse sobre nosotros.

2024

Durante meses, los hermanos y los abogados de Henry lo coaccionaron para cotizar las acciones de las empresas en la bolsa, «requerimos recursos frescos». Henry se opuso en aras de no romper la norma establecida por el primer Lloyd: la familia no puede perder el control de las empresas. La falta de liquidez se debía a las medidas populistas de una ringla de políticos irresponsables, comenzando por el gobernador. Conseguir flujo de efectivo no ameritaba permitir la entrada a grupos de interés ajenos. Ingresar a la bolsa los sometería a directrices determinadas por otros, así se adjudicara sólo un 20% de las acciones. Ya había visto cómo en otras empresas familiares los tenedores de acciones maniobraron para obtener votos mayoritarios en los consejos de administración y expulsar a los fundadores de su propia compañía. Bajo el mando de Henry los negocios se habían expandido. Afianzó las bases de la corporación: ganado, petróleo, minería y ferrocarriles y decidió invertir en nuevos rubros: maquiladoras del lado mexicano, una cadena de supermercados de productos orgánicos, una cervecería, granjas de huevo libres de jaulas, una empacadora de vegetales congelados y una empresa de ventas por internet. El más inconforme con su gestión era Charles, su hermano, a quien el conglomerado le parecía ya un Frankenstein. «Apégate a los negocios originales», enfatizó. Henry disentía, «la carne roja se consume menos; el petróleo será sustituido como la principal fuente de energía, las tendencias se dirigen hacia la generación sustentable; la minería a cielo abierto sufre de innumerables legislaciones restrictivas y nuestros filones se agotan; las carreteras van a sustituir a los trenes». Charles y Mary, la hermana menor, no lo consideraban así. La tendencia social que compelía al consumo de alimentos «orgánicos», de «libre pastoreo» y «sin maltrato animal», la juzgaban una moda pasajera impulsada por el movimiento *woke* que se difuminaría en unos cuantos años. Pasarían décadas antes de que el petróleo fuese reemplazado por la energía eólica o solar y los trenes manejaban volúmenes de mercancías impensables de trasladar en tráileres. «Hasta los saudíes están cambiando, el jeque está abriendo Arabia Saudita a otras sendas de ingresos, el petróleo está en sus estertores». Para Henry, diversificar las actividades comerciales era la única vía de salvación. Mary estimaba invertir en México como la peor de las ideas, «es un país corrupto, al rato vamos a tener a los capos del narcotráfico dictándonos resoluciones y cobrándonos impuestos colaterales. Además, es un país casi comunista». Henry no concordaba, «México posee una economía sólida y es más confiable que China, y el *nearshoring* nos trae ventajas financieras y geográficas». Para Mary, China era el socio ideal, la disciplina impuesta por el Estado, la apertura económica y la estabilidad de la mano de obra no se comparaban con las de México. Era ineludible tomar con seriedad la creciente beligerancia de Smithers en contra del país vecino al que le achacaba infinidad de males que afectaban al pueblo americano. «En cuanto entre de gobernador, nos va a cerrar la frontera», le advirtió a Henry, «nos forzará a que la maquila se traslade a nuestro suelo y a que dejemos de darle empleo a lo que él llama "nuestros enemigos". Es un error, Henry, y tu ceguera te impide verlo». Para colmo, sus compañías contrataban a cientos de trabajadores ilegales. Expulsar a los indocumentados afectaría de manera grave la actividad económica del grupo. Henry pensaba que las políticas radicales le estallarían a Smithers en la cara. Su promesa de un estado idílico chocaría contra una realidad cada vez más compleja. El discurso político/ético de la familia, diseñado por Henry Lloyd desde mediados del siglo XIX, no se sustentaba en un idealismo de novelas de caballería ni mucho menos en el pensamiento *woke,* sino en el reconocimiento del poder que cada grupo étnico y social ejercía sobre el consumo y la demanda de productos y, sobre todo, en la construcción de acuerdos políticos. Los gays, los afroamericanos, los nativo-americanos, la comunidad asiática e hispana, constituían nuevos ejes que cobraban más peso en la vida pública de los Estados Unidos. Para atraerlos y comprender su influencia es que Henry había creado institutos, centros de estudios y extensivos programas de becas. Las parrafadas de Smithers contra los «pervertidos», los «vagos mantenidos por subsidios asistenciales», las «feministas enfermas», «los asesinos abortistas», se estrellarían, tarde o temprano, contra la contundencia de una realidad cambiante. Henry no se cansaba de explicárselo a sus hermanos, «en veinte años este panorama va a modificarse. La población será en su mayoría hispana, la gente identificada como no cisgénero o heterosexual rondará un porcentaje cercano al 20%. Por falta de migración, la fuerza laboral se contraerá y el mismo gobierno será el que pida traer trabajadores extranjeros. Los veganos ya son una fuerza a tomar en cuenta y boicotearán el consumo de productos animales». Sus hermanos disentían.

«Date cuenta, Henry, de cuán errado estás, año por año crece el número de negros de derecha y hasta de ultraderecha. Las mujeres se están cansando de las feministas vociferantes y están reevaluando su posición con respecto a las familias nucleares. El arribo a los Estados Unidos de miles de migrantes venezolanos que detestan a Chávez, a Maduro y al izquierdismo, más los cubanos, va a tornar más conservador el voto hispano. Los mexicano-americanos ya no soportan ver la frontera desbordada. Hasta la misma izquierda se hartó de sus delicados *snowflakes*. Entiende, Texas se inclina hacia la derecha y tú te niegas a verlo. Deja tus fantasías a un lado», le advirtió Charles, que no era afín a la derecha republicana y que desconfiaba de un vulgar arribista como Smithers. Compartía con su hermano la necesidad de mantener como prioritario el discurso de inclusividad y respeto por las minorías, sin cometer el suicidio de oponerse al creciente extremismo de la muchedumbre. Smithers, con su mera aparición y su estrategia electoral, empezó a corroer la compacta estructura familiar de los Lloyd. «Evita hasta donde puedas hacer negocios con los chinos», desde tiempo atrás había aconsejado Peter a su esposo. Supo anticipar, antes de que el patriotismo se pusiera de moda, que los políticos usarían a China como chivo expiatorio para justificar el desempleo en los Estados Unidos. En su momento fue un acierto ubicar las maquiladoras en México cuando los gobernantes aumentaron los gravámenes a las importaciones chinas sin concernirles que perjudicaran a empresas y a consumidores americanos. Funcionó también la estrategia de equivaler «chino» a «mala calidad». *Made in America* era el lema de la reafirmación nacionalista, de que lo fabricado en Estados Unidos era superior a lo hecho en cualquier otra parte del mundo. La medida de establecerse en México hizo sentido durante lustros, hasta que el pulso político viró y se empezaron a atribuir al país las crisis americanas. Peter se sintió culpable por no prever este viraje, «el capital no tiene nacionalidad», le había dicho uno de sus maestros, «anidará adonde halle mejores condiciones para reproducirse. Es un animal nómada». Y México había sido el lugar idóneo para invertir cuando le recomendó a Henry mudar operaciones allá. Nunca contó con el arribo de un chovinismo rampante y racista. «Vamos a terminar disparándonos en el pie si seguimos ese camino», le dijo a Henry. «Sólo quedan dos opciones: que pactes con Smithers y sortees el temporal en espera de que las aguas se calmen, o que hagas lo posible por sabotear su elección. Como pintan las encuestas, creo que más valdrá que pactes con él». El margen de maniobra era estrecho. Henry pensó qué hubiese hecho el primer Lloyd en un escenario como este.

1892

Jade desnuda, una reina. Senos redondos pese a la maternidad. Completos los dientes. Largo el pelo. Color arena su piel. Yo estupefacto frente a ella. Los balbuceos del niño al otro lado de la puerta se escuchan. Henry Lloyd en la sala vueltas da. Grave su voz. El niño en Navidad había nacido. «Coincidencia no fue», dijo Lloyd. Jesús no quiso llamarlo, «no, no hay Jesús mulato». Lo llamó Japheth, para que al nombre del padre de Jesús sonara, «porque tampoco un Joseph mulato hubo». Japheth su nombre quedó. Jade mía, sólo mía. Ahora ella aquí, a mi lado, desnuda. «Ven», me dice, «a mi lado siéntate». Tiemblo. ¿Por qué Henry con ella me deja? En su idioma ella me habla. No la entiendo. Sonríe. ¿Por qué Lloyd permite con ella acostarme? Pisadas apenas al otro lado de la puerta la madera rechinan. ¿Nos vigila?, ¿una trampa? Henry como león ronda. Puedo escucharlo. «Ven», en inglés ella me pide. Su mano estira para mi brazo acariciar. Afuera Lloyd de un lado para otro. ¿Por qué?, ¿qué gana teniéndome ahí con ella? Jade más palabras extrañas pronuncia. Su barriga de madre cruzada de estrías. Un arado en su piel canela. De vida esas líneas. Hermosa Jade. Afuera el león. Pasos de aquí para allá. Jade hacia ella me jala. «Ven», me llama. Un beso, dos, tres. Me quito. ¿Por qué yo?, ¿una trampa? Mi cabeza con sus manos toma y a sus senos la baja. Sus pezones frente a mis ojos. Los brotes oscuros lengüeteo. Por sus estrías mi mano paso. La ranurada superficie con la yema de mis dedos recorro. Ella vuelve a sonreír. Mi cuello lame. Hacia atrás me hago. «No te vayas, ven», insiste. Mi pantalón desabrocha. Saca mi lanza y la acaricia. La mano sube y baja. Mi corazón a punto de explotar. Las piernas abre. «Entra». La flor roja entre la oscura maleza volteo a ver. Mi cuello coge y a su entrepierna mi cabeza acerca. De su flor roja un fluido blanco escurre. A él huele: su semen. Me echo hacia atrás. Sucia de Lloyd se halla. Envenenada por Lloyd. «Ven», ella repite. El aroma de Lloyd su victoria sobre mí representa. «Ven, ven, ven». Afuera él con el niño en los brazos. Ronda. Lo escucho. Mi lanza Jade con su mano toma y a su flor la hace entrar. El aroma del semen de Lloyd de su centro emana. Húmedo se siente. Como una culebra ella se mueve. Mi lanza entra y sale. Besos. Gemidos. Sus estrías en mis manos. Sus oscuros brotes en mi boca. Ella más se mueve. Sudor. El aroma a Lloyd. Ondula. Un grito de placer. Pasos afuera. Más sudor. Otro grito. Gemidos. Enlazada a mí explota. Más gemidos. Exploto. Rujo. Sus senos deseo morder. Marcarla. A Lloyd demostrarle que mía Jade es. Contra mi torso la estrecho. Humedad, olores, sudor. Sus flujos, el semen de Lloyd, mi semen. Su respiración sobre mi cuerpo. Su pecho que sube y baja. Gotas de su sudor sobre mis ojos caen. A animales olemos. Calma. Mi corazón a su ritmo normal regresa. Mi rostro acaricia. «Siempre me has gustado», me dice. Mi cabeza en su pecho recargo. Escarcha de sudor entre sus senos. En mis manos sus estrías. Ella por el semen de Lloyd corrompida. Me visto. Desnuda en la cama Jade permanece. Salgo. Lloyd con el niño en brazos. «Vámonos», me ordena. Al cuarto entra para con la madre al niño dejar. La puerta abre. La luz del día el cuarto ilumina. Jade en la cama desnuda. A un lado suyo Lloyd a Japheth coloca. «Listo», Lloyd dice, «vámonos». Lo odio. Odio el veneno de su semen. Odio mi propio semen con el suyo mezclado. A Japheth lo odio, hijo bastardo de la mujer que amo. En los caballos montamos. Lloyd sobre la silla un cigarro lía. Es experto en enrollarlos. Lo prende y fuma. El humo suelta y espirales por encima de nosotros se elevan. Frente a un grupo de hombres cruzamos. Con recelo nos miran. El esclavo negro y su patrón blanco. El blanco y el negro. El negro y el blanco por una misma mujer hermanados. Del pueblo partimos. En silencio Lloyd cabalga, pensativo. Otro cigarro lía, lo enciende, estira su mano y me lo entrega. «Fuma», me dice, «a pensar mejor ayuda». La desnudez de Jade me duele. El aroma del semen de Lloyd me duele. «Me debes una», me dice. Lo miro, ¿por qué yo? Mi expresión parece comprender. «Tuya la querías, ¿no?». Pasó el tiempo y nada entre nosotros cambió. Por las tardes con Lloyd me reunía. Cuantas experiencias tuvo en su vida me contaba. Por presiones de Lloyd

Thomas Wilde de más tierras se hizo. Más negros llegaron. Más trabajo. Más guardias blancos. A caballo a los esclavos nos vigilaban, aunque a mí de ellos Lloyd me protegía. A las dos semanas acompañarlo al pueblo me pidió. Cruzamos frente a la mirada suspicaz de la gente. El blanco y el negro. El negro y el blanco. A su casa arribamos. En el porche, Jade con un abanico. En una cuna a su lado, el niño. El calor aturdía. Gotas de sudor en el cuello de Jade. Del caballo Lloyd se apeó, «a tomar agua llévalos, que los cepillen y que pastura les den». Obedecí. Lloyd cargó a Japheth y junto con Jade a la casa entraron. Lo odié. El paraíso me había dado a probar y no podía quitármelo. Las bestias al caballerizo entregué, «en una hora vuelve». En una banca me senté a aguardar. Al cabo de unos minutos, en una esquina a unos blancos divisé. No quise mirarlos. «Al suelo siempre ve, siempre al suelo», los viejos esclavos recomendaban. Por mirar de más a una mujer blanca a un negro mataron. En el suelo la vista clavé. Risas de niños. Piedras me aventaron. Una en la banca pegó. Me levanté y sin mirarlos me alejé. Me siguieron sin cesar de piedras arrojarme. Una negra desde un lavadero me observaba. Nada dijo. Intervenir en riesgo a ella la ponía. Una piedra en mi espalda golpeó. Luego otra. «No los mires», me dije. Ganas no me faltaban de matarlos. Que una lección aprendieran. Seguí sin mirar. Al establo volví y el establero las riendas de mis caballos me entregó. «Comidos, bebidos y cepillados», dijo, «son diez centavos». Del dinero del patrón pagué. «No les hagas caso», el caballerizo señaló a los niños que no dejaban de insultarme. Mi caballo monté y al otro de la brida lo cogí. Di un rodeo para los niños evitar. A casa de Jade y Lloyd llegué. Dos vasos con agua a medio beber sobre la mesa. Los olí. Uno de ella, el otro de él. Jade a frutas olía. Lloyd a tierra. De la habitación de ellos lloridos del bebé se escucharon. Oí pasos. Con un vestido ligero, descalza, a Jade vi salir. Una sonrisa y a la cocina se dirigió. «Japheth, mal se siente». Agua para una infusión puso a hervir. Cuando se disponía a irse, del brazo la detuve. Me miró. Besarla intenté y ella a un lado se hizo. Hacia la puerta abierta apuntó. «Henry», sin más dijo. Adentro la fiera dormitaba. De mí se soltó para hacia el cuarto proseguir.

1878

Navegamos por un interminable cuerpo de agua, yo conocía lagos y humedales, pero jamás me había enfrentado a lo que, ahora lo sé, era el mar, la embarcación subía y bajaba al cruzar las olas, nunca sentí una náusea tan espantosa como la de esos días, no supe interpretar si aquello era la muerte, si había fallecido ya y me encontraba en un pasaje del más allá, el azul nos rodeaba, azul arriba, azul abajo, ¿qué era ese espacio azul?, en las leyendas contadas por los viejos de la tribu hablaban de un tránsito por numerosos submundos, en uno había un gran río infestado por cocodrilos que se cruzaba cerrando los ojos tomado de la cola de un león que nadaba hacia la otra orilla, ese infinito azul ¿era el gran río?, ninguno de los de mi aldea que viajaban conmigo supo responder, a ellos el índigo continuo e infinito igual les provocaba arrobo y temor, nada de cuanto habíamos visto se comparaba a esa vastedad, lo observábamos por unos minutos cuando nos llevaban al baño y luego nos devolvían a los pestíferos y oscuros sótanos, tampoco nos era posible explicar el ensañamiento contra nosotros, qué mal les habíamos ocasionado para matar a personas inocentes como mis padres cuya única falta fue salir de las chozas a ver si a los forasteros algo se les ofrecía, llevábamos décadas sin guerras, después de la infinidad de sufrimientos padecidos por nuestros antepasados, las diferentes tribus llegaron a duraderos acuerdos de paz, nos entendíamos unos con otros, los extranjeros vinieron a estallar en pedazos nuestras vidas, fuimos arrancados sin explicación, sin respiro, ninguno de nosotros imaginó lo que vendría después, acabaríamos como objetos, como animales, para un niño como yo la perversidad de esta gente parecía obra de demonios, de esos demonios de los que nos advertían nuestros padres, espíritus inicuos ocultos en el transparente aire con la intención de hacernos daño, de pegar tarascadas a nuestros cuerpos y a nuestras almas, con certeza estos debían ser los seres malignos de los que pedían cuidarnos, a mis nueve años yo los había imaginado con formas de bestias, cabezas de mandriles con cuerpos de cocodrilos, jamás como seres humanos, cuando salíamos a cubierta veíamos en el infinito azul cómo diminutos seres alados, pájaros de agua los llamábamos, salían de la superficie y volaban junto a la nave por unos instantes para luego volver a adentrarse en el mar, ahora lo sé, eran peces, no aves, imposible discernirlo si jamás habíamos visto algo semejante, suponíamos que en el fondo se podía respirar, si no cómo era posible que esos pájaros sobrevivieran, aves y más aves seguían al barco, pájaros blancos y otros grises de grandes alas, ¿de dónde salían si sólo había agua?, ¿emergían como los otros del fondo azul o vivían en el aire?, no había árboles, ¿dónde descansaban por la noche?, cuando cagábamos en proa deteniéndonos del bauprés, apenas caían nuestras asquerosidades al océano, las aves se lanzaban a comerlas y hasta peleaban entre sí por ganarlas, nunca había visto animales tan repulsivos, eso debía ser el inframundo, no mediaba otra explicación posible, una mañana, sólo sabía si era de mañana por los rayos de sol que se filtraban por entre las ranuras del maderamen, la nave se detuvo, nuestros captores entraron al sollado y eligieron a los de más edad, les ordenaron incorporarse y los sacaron, nos quedamos sólo los niños, a gritos, en idiomas que no entendíamos, nos mandaron apretujarnos y permanecer en silencio, afuera se escuchaba un barullo de voces y graznidos de aves, luego de un rato entró gente extraña de piel muy clara, nos llevaban comida y agua, antes de alimentarnos pidieron a nuestros custodios liberarnos, por fin, después de no sé cuánto tiempo, pude estirarme y sobar las laceraciones en mis muñecas y en mis tobillos, después de comer los recién llegados nos examinaron uno por uno, a quienes en peor estado se hallaban los condujeron a un lugar aparte para curarlos, eran hombres amables, de trato cordial, como no los entendíamos se esforzaban por comunicarse con señas, nos indicaron seguirlos, subimos a cubierta, el barco estaba detenido frente a un muelle, una bulliciosa ciudad se adivinaba tras el ir y venir de porteadores y estibadores, a lo lejos se escuchaba un sonido metálico indescifrable, tiempo después supe que se trataba de campanas, nunca había visto un lugar con tanta gente, con casas de tal altura, uno de los hombres se paró frente a nosotros y con ademanes nos pidió hacer lo mismo que él, llevó su mano a la frente, luego abajo, luego a la izquierda y por último a la derecha, al tratar de imitarlo nos confundimos, empezábamos por abajo o íbamos a la derecha en lugar de la izquierda, por el tono de su voz supimos que nos amonestaba y repetimos el movimiento hasta aprenderlo con exactitud, al terminar nos condujeron a unos barriles con agua y nos ordenaron enjuagarnos, luego nos pidieron vestirnos con unas túnicas, nos sentaron en la cubierta sin encadenarnos y sin descender al sollado, al caer el sol el barco soltó sus amarras y navegamos por el inmenso espacio azul, nos alejamos con rapidez de la costa, las olas encrespadas, el choque de la proa contra el embravecido mar levantaba rizos de agua que nos empapaban, al principio nos pareció divertido, más tarde comenzó a enfriar y decidimos desnudarnos, los hombres impidieron que nos quitáramos las túnicas mojadas, nos quedamos sentados en cubierta, tiritando, mientras el barco penetraba la oscura bóveda de la noche.

1815-1816

El trampero acertó, dos días después hallaron al puma revolviéndose con la pata atrapada en el cepo. Rugía enojado y un reguero de sangre manchaba la nieve. El montañés sonrió, «te lo dije». Se acercaron, el puma mordisqueaba las quijadas de la trampa en un esfuerzo por zafarse. Jack jamás había visto uno. Le impresionó su musculatura, la mirada fija y amenazante. El gato bufó y mostró sus colmillos. «No te confíes», le advirtió el hombre, «puede soltarse. Ten el cuchillo a la mano». Jack dio dos pasos hacia atrás, sacó el cuchillo y lo empuñó. «Si te ataca clávaselo en el pecho». Justo lo que él había hecho con Louis. Dos cuchilladas certeras y fatales. Debía ser semejante enterrarlo en el puma, con la diferencia de que el animal era más ágil y poderoso. Matar a Louis y a su familia no le había exigido mayor esfuerzo. Puntazos rápidos y profundos. El puma acometió y con la zarpa libre estuvo a punto de agarrarlo por la pierna. «Te advertí que no te confiaras». La reprimenda del montañés, lejos de arredrarlo, lo hizo retar al puma. Se le plantó a corta distancia para provocarlo. Al verlo tan decidido, el felino reculó. El montañés lo jaló hacia atrás. «Ni se te ocurra pegarle de cuchilladas, echarías a perder la piel, yo te enseño cómo matarlo». El hombre buscó una rama gruesa. Con la faca le talló un mango para hacerla más cómoda a la mano. Lo blandió dos o tres veces en el aire. Caminó hacia la presa. El puma se agazapó, listo para acometer. El hombre adelantó un pie y propinó un palazo en el cráneo del animal. El golpe provocó un sonido sordo. El puma quedó atontado, sacudiendo la cabeza. El trampero le descargó otro garrotazo y luego otro hasta que el animal quedó sobre su costado con el hocico abierto por donde resbaló un cuajarón. Jack contempló al enorme felino que languidecía a sus pies. En efecto, era un macho y su olor acre se esparcía en el ambiente. El trampero rodeó al felino, hizo una incisión en los tendones de cada una de las patas traseras, metió una cuerda por entre estas y la arrojó por encima de la rama de un pino. Tiró con fuerza y el animal quedó colgando. «Anuda la reata al pino», le ordenó a Jack. El cuerpo quedó balanceándose en el aire. El trampero sacó una navaja con forma de gancho, la colocó en la garganta del puma y en un solo movimiento tajó la piel hasta el ano sin tocar una sola de las vísceras. «La piel no puede salpicarse ni de sangre ni de bandullos, si se mancha disminuye su valor. Primero quitas el cuero sin provocar ni una sola rajadura y luego lo destripamos». Con habilidad lo desolló evitando dejar residuos de músculo o de pellejos. En cuanto terminó, enlazó en cruz cuatro varas dentro de la piel para extenderla, «es necesario orearla por una hora», señaló. La talló con nieve y con sal y luego procedió a abrir el cuerpo desollado. Rajó la cavidad abdominal y vació los órganos. Un halo de vapor se elevó desde la oquedad eviscerada. Luego procedió a partir el tórax serrando el esternón. El hombre apartó las tripas comestibles: el corazón, los riñones, el bofe, el hígado, los testículos, los envolvió en una manta y los guardó en un morral. «El resto lo vamos a usar de carnada para los gatos monteses, los osos y los coyotes». Destazó al animal y luego, con el cuchillo, desprendió la carne para dejarla libre de huesos y que pesara menos. «Te toca cargarla», mandó. El niño apenas pudo echarse sobre la espalda la mochila con la carne, debía pesar al menos cincuenta libras. Regresaron a la cabaña. En la chimenea el trampero asó los filetes del felino. Carne más deliciosa Jack no había saboreado jamás. La imaginó pellejuda y dura, resultó suave y tierna. Con el trampero probó carne de diversas especies: de gato montés, de oso, de alce, de becada, de lagópodos, de pavo silvestre, de coyote. Jack aprendió a rematar los animales con un palo y a pelarlos con precisión y rapidez. Supo descifrar por las huellas si un animal era hembra o macho, si recién había cruzado la vereda o era un rastro viejo. El trampero le enseñó a descubrir manantiales ocultos bajo la nieve, a diferenciar los olores de los animales, a conocer sus tiempos de apareamiento y la duración de su preñez. Aun sin saber su nombre, Jack lo consideró como la figura paterna que jamás tuvo. A la llegada de la primavera, el trampero lo llevó a los ríos que corrían por las faldas de la sierra y que recogían el agua del deshielo. Recorrieron los márgenes y en un punto, el hombre se detuvo a estudiar un meandro, en un islote se veía un montículo de ramas y troncos, «nido de castores», explicó. Sin importarle lo frío de la corriente, entró al agua y colocó un cepo en un banco de piedras a la entrada del refugio. Luego aseguró la trampa encadenándola a un árbol cercano. Así procedió hasta dejar montadas seis trampas. Las pieles de castor eran las más codiciadas, se utilizaban para manufacturar abrigos y se ofrecían importantes sumas por un lote de buena calidad. Jack se puso nervioso cuando al girar en un recodo, vio a lo lejos una aldea. El trampero, al verlo inquieto, sonrió. «Eso es Quebec, en Canadá, ahí no te buscan, muchacho. Además, prometí no entregarte. Mañana iremos allá a vender las pieles, no te preocupes, nadie va a saber quién eres». Jack se cuestionó si era momento de largarse. Canadá le sonó aún más amenazante que Vermont. De ahí provenían los fundadores de la aldea, que en espíritu aún se sentían quebequenses. Aunque en Saint Justine predominaba el inglés, entre ellos todavía perduraban palabras sueltas del quebequés: «*achaler, nom de famille, char, prénom, bobettes, câlisse, tigidou, gosses*». Los abuelos del villorrio se preciaban de mantener contacto con la parentela al otro lado de la frontera, mensajes escritos iban de mano en mano hasta llegar al destinatario correcto. La costumbre se había perdido en las nuevas generaciones y ya casi no sabían unos de otros. Jack pensó que la noticia del niño asesino con certeza cruzaría al lado canadiense para advertir cuán peligroso era. La recompensa debía ser la misma. Bastaba que alguien lo reconociera para que al día siguiente su cadáver amaneciera meciéndose en un cadalso. Los aldeanos en Saint Justine no debieron creer que subsistiera a solas al invierno más frío registrado en los últimos cincuenta años. El trampero era el único que podía dar testimonio de su existencia. Pensó en matarlo. A estas alturas nadie lo imaginaría vivo, ¿para qué dejar cabos sueltos? Se debatió por horas entre tomar el cuchillo y encajarlo en la espalda del hombre o permitirle vivir. El hombre se había portado bien con él, lo alimentó, lo hospedó y le enseñó todo cuanto sabía de la montaña. ¿Valía la pena arriesgarse? Resolvió no hacerlo. Tampoco pensó en fugarse. Si en la ruta a Canadá notaba indicios de engaño, lo dejaría adelantarse un par de pasos para clavarle el cuchillo bajo el omóplato izquierdo y atravesarle el corazón. En primavera ya no vestía abrigos gruesos y sería más fácil apuñalarlo. Sólo lo haría si sospechaba. Al día siguiente, el hombre, con unas cuerdas, aseguró las pieles a un trineo de nieve. Sería trabajoso arrastrarlo entre las matas que en primavera crecían con rapidez. Salieron rumbo al remoto poblado que avistaron la tarde anterior. Entre ambos jalaron el trineo. En ocasiones, fue necesario subirlo cuesta arriba. Las manos del trampero, acostumbrado a esta labor, estaban protegidas por macizos callos. Las de Jack pronto se ampollaron. A mitad del trayecto, las vesículas se reventaron para trocar en llagas. Sangre y secreciones empezaron a escurrir de las palmas de sus manos. Un tormento tirar el trineo. Las piernas le temblaban por el esfuerzo. El hombre, por el contrario, se notaba fresco y trepaba y descendía las laderas sin agitarse. Revisaron las trampas. Sólo un castor había caído y el hombre lo desolló con rapidez. Rellenó la piel con sal, la guardó en un saco y continuaron su camino. A la distancia vislumbraron el poblado. «Canadá empieza ahí», le indicó el trampero y señaló un angosto arroyo que delimitaba la frontera. Se dirigieron hacia allá y a Jack lo corroyó la angustia. No descartó la defección del trampero. Era una recompensa tentadora como para no ser tomada en cuenta. Tampoco desechó la posibilidad de que alguien lo reconociera antes de cruzar la frontera. Varios se tallarían las manos por echarle el guante. Respiró hondo para no seguir torturándose con sus pensamientos. Atravesaron el arroyo por un puente hacia una extensa pradera. «Bienvenido a Canadá», bromeó el montañés. En el pastizal, pudieron arrastrar el trineo con mayor facilidad. Decenas de libélulas se levantaban a su paso. Volaban sostenidas en el aire por un momento, para luego huir veloces. Toparon con un campesino que los saludó en francés. Ni eso tranquilizó a Jack. Arribaron al pueblo y tomaron por una callejuela. Más adelante se detuvieron frente a una casa. «Aquí venderemos las pieles», dijo el hombre y tocó a la puerta. Un tipo amable y sonriente les abrió. El montañés presentó a Jack como «mi hijo». El comprador le estrechó la mano con firmeza, «qué gusto conocerte, tu papá me ha hablado mucho de ti». A Jack le dolió el apretón y vio cómo manchó de sangre la palma de la mano del otro que, con discreción, se la limpió con un pañuelo. Entraron a la casa y el trampero extendió las pieles sobre el piso. El comprador, pelado a rape y con un grueso bigote, caminó alrededor de ellas. Algunas las levantaba para revisarlas a detalle y luego las devolvía a su lugar. Negociaron la venta entre inglés y quebequés, el tipo ofertaba por lo bajo, el trampero no cedía en sus pretensiones. Se convirtió en un ir y venir hasta que por fin acordaron un precio. El comprador, que nunca dejó de sonreír y de portarse cordial, le entregó una bolsa con monedas. Jack descansó del enjambre de avispas que se había apropiado de su cerebro cuando salieron del pueblo rumbo a la pradera. En cuanto franquearon el arroyo divisorio, Jack tomó hacia la derecha, por el sendero hacia la sierra por el cual habían llegado, el montañés lo detuvo del hombro y le señaló un camino hacia la izquierda. «Vamos ahora a quedarnos donde viven mi mujer y mi hijo». Jack lo miró con duda, en ningún momento le había hablado de una familia, de nuevo pensó en una trampa. El hombre escondió el trineo detrás de unos arbustos y echó a andar hacia el sur, adentrándose en Vermont, otro motivo más para recelar de él. Ahí no había pretexto de que no lo buscaban. Jack sospechó que lo traicionaría. Al notarlo aprensivo, el trampero sonrió, «no te preocupes, no vamos a un pueblo, ni a una aldea, es otra cabaña perdida en las montañas». Penetraron unos espesos bosques en la cordillera. Las suspicacias de Jack comenzaron a disiparse, sería casi imposible que lo hallaran en un sitio tan remontado. Después de cruzar por una hondonada, el trampero le señaló una columna de humo que emergía de una cabaña construida con troncos, «ahí es». Arribaron y el hombre abrió la puerta. Poca luz entraba por las ventanas. Entre la penumbra, Jack distinguió dos figuras. La de una mujer regordeta que alimentaba con leños una chimenea y la de un muchacho que se hallaba sentado en el lado opuesto. El trampero se limitó a decir «llegué», se quitó el abrigo y lo colgó en un perchero. «Tenemos hambre», le dijo a la mujer. Ella los miró y sonrió. Carecía de numerosos dientes, los ojos sumidos, el cuerpo fofo, el rostro marcado por venillas rojas. «Puedo prepararles una sopa», ofreció. «Perfecto», contestó el hombre. La mujer hizo caso omiso de la presencia de Jack y se dispuso a cocinar.

1887

gente a caballo nos advirtió sobre la llegada del huracán *los vientos se prevén furiosos* indicaron *prepárense* y siguieron de largo para avisar a otros papá puso a los esclavos a clavar tablones en las ventanas ya unos años antes otro huracán había destruido la casa entraron ráfagas y arrancaron los muebles las contraventanas y las puertas un viejo nacido y criado en Nueva Orleans lo instruyó *para evitarlo remacha las tablas en las ventanas y amárralas con cuerdas pon armarios detrás de cada puerta guarda tus animales pequeños como ovejas cabras gallinas en cobertizos y protégelos con tablones si no los perderás* mi padre y mi madre de jóvenes habían sufrido el huracán anterior y sabían de la devastación terrible que traían consigo *esa mañana* me contó mi madre *primero sopló un vientecillo agradable las palmeras se agitaban con suavidad y se sentía un frescor en el rostro para el mediodía el aire incrementó su potencia me despeinó y se percibía un cosquilleo en el cuello* por esa razón apenas ella percibió los cambios en la brisa me llamó para refugiarnos los vientos eran traicioneros y en cuestión de minutos podían intensificarse vi a los negros correr a reunir a las cabras y a las ovejas para encerrarlas en el granero Jenny y otras esclavas se quedaron con nosotros en la casa antes de entrar eché un vistazo las palmeras se doblaban con las ventoleras y ramas sobrevolaban por encima de los árboles nos enclaustramos y mi padre colocó un trinchador detrás de la puerta reforzándolo con sacos de arena noté a mi madre pálida no había dejado de toser sangre y se veía débil se sentó en una silla del comedor y me miró con esa sonrisa dulce con la que solía tranquilizarme cuando era niña por la tarde arreciaron las ráfagas se escuchó su golpeteo contra las paredes cómo traqueteaban los tablones el azote de las persianas eso era apenas el prólogo del desastre por venir apenas oscureció y comenzó a llover las rachas de agua se estrellaban contra el techo que parecía venirse abajo una de las maderas que sellaban las ventanas cedió y voló hacia nosotros como si un gigante la hubiese arrojado para matarnos por suerte pasó a un lado y se encajó contra un reloj de pared pensarás que exagero fue tal como te lo cuento mi padre martilló los maderos en los postigos y consiguió atajar las corrientes de aire la casa se zangoloteaba como una barca en alta mar crujían los muros se sacudían las contraventanas arroyadas corrían por la estancia y nos mojaban hasta los tobillos las negras se abrazaban y cada una oraba en su idioma mi madre anonadada el rostro blanquecino mi padre ordenó a las esclavas contener los torrentes con toallas y sábanas el techo comenzó a tembletear y con cada sacudida parecía al borde de desprenderse mi madre cada minuto más absorta como si estuviese ausente yo no sabía si debía prestarle ayuda a mi padre o confortarla a ella los ventarrones duraron toda la noche y pararon cerca del amanecer subsistió sólo una tenue llovizna y una ligera brisa quise salir a ver los efectos de la catástrofe mi padre lo impidió *la tormenta aún no termina está pasando por encima de nosotros el ojo del huracán habrá una falsa calma antes que retornen las bocanadas* a las cuatro horas exactas volvieron los torbellinos ahora con más ímpetu como si la pausa lo hubiese fortalecido y redoblara su poderío creí que nuestra casa acabaría despedazada los pisos rechinaban se percibía el choque contra las paredes de ramas árboles piedras y me imagino que hasta de animales un tronco cayó encima del techo la mitad se desplomó y la lluvia inundó la estancia desbordado el río su cauce ahora rebasaba media legua ese quieto remanso de aguas apacibles se había convertido en un mar furioso la mansión construida por decenas de esclavos estaba a punto de ser arrancada de cuajo por el musculoso río el maldito huracán se estacionó encima de nosotros con sus brazos destructores *que Dios decida* dijo mi madre cuando las ventoleras no cedían si esto era obra del Todopoderoso entonces había en Él una morbosa satisfacción por aniquilarnos durante dos noches sufrimos los embates del coloso dos noches sin poder dormir ni un minuto con la certeza de que ese era el fin de nuestras vidas afuera se escuchaba un concierto de aullidos como si una jauría de lobos aguardara presta a devorarnos por fin luego de angustiosas horas el huracán paró en la madrugada de la segunda noche y sólo quedó una lluvia fina el estrépito del monstruoso caudal del río retumbaba en la oscuridad exhaustos los cinco nos dejamos caer sobre los muebles y dormitamos hasta que amaneció nos despertó el ruido de mi padre desclavando los tablones hallé a mi madre en el quicio de la puerta mirando hacia fuera el sol comenzaba a despuntar entre las nubes frondosos árboles sembrados desde tiempos de mis bisabuelos yacían entre el fango con las raíces desenterradas los jardines se habían convertido en barrizales y el camino a la casa desapareció bajo las crecidas del río el cobertizo donde resguardaron a los animales se hallaba destruido y los alojamientos de los negros se sumergieron bajo la corriente a numerosos esclavos se los tragó el agua y los cadáveres de algunos de ellos aparecieron millas río abajo la mayor parte de los negros que conociste pertenecieron a otra camada sólo unos cuantos sobrevivieron entre ellos Jeremiah pocas plantas de algodón se mantuvieron en pie y los maizales quedaron sepultados bajo capas y capas de lodo

1881

Ni treinta pelados juntamos para defendernos. Un montón no quiso unirse a nosotros, «ni tierras tenemos, para qué nos vamos a morir defendiendo las de otros», dijeron los muy ojetes. Ni siquiera un hoy por mí mañana por ti. Los apaches nos superaban en proporción de cuatro a uno y nos romperían la madre sin problema. Uno de los nuestros se lanzó a buscar al ejército a Monclova, donde un regimiento de quinientos soldados se hallaba emplazado y nos esperanzamos en que vinieran lo más en chinga posible. Tal y como lo previmos, entró el norte con unos aironazos brutos. Los cenizos se movían en olas y los huizaches y los mezquites se doblaban con el viento. Las ramas se desquebrajaban y salían volando. El cielo se limpió de nubes y la luna iluminaba el monte casi como si fuera de día. Los mexicanos nos apalancamos en el Santa Cruz porque era el rancho que más cerca se hallaba de donde se habían visto los apaches. A los niños y a las mujeres los metimos en las habitaciones centrales y les dejamos hachas y cuchillos a la mano por si los indios nos mataban y se metían a la casa. Chuy dijo que lo mejor era que primero las mujeres apuñalaran a los niños y luego se mataran ellas porque los carniceros indios eran capaces de quemarlos vivos para después zampárselos en barbacoa. Despachamos a un par de los nuestros como vigías y se fueron a esconder en las laderas para espiarlos. A la una de la madrugada del sábado, uno de los dos llegó a galope en su caballo. Del susto venía más blanco que la nalga de una monja. Había visto a los apaches en las crestas de los cerros, sus caballos siluetados por la luz lunar, «no son cuarenta, ni cien, son como trescientos o hasta más, hay filas y filas de ellos». Si no llegaba pronto el ejército, íbamos a acabar como mojarras fritas. Mi abuelo confiaba en que podíamos darles en la madre, desde niño había vivido estas guerras, «al final se doblan». Chuy ni tantito coincidía, «no se rinden los cabrones, o te matan o se mueren, no hay medias tintas». Mi abuelo organizó la defensa, una primera línea formada por los más jóvenes, pegada a la ventana, ahí me incluyeron a mí, según él, la muchachada recargaba las armas más rápido y tenía mejor puntería. Una segunda línea la colocó a la entrada de los cuartos, para matar a cuanto indio se colara adentro de la casa. Una tercera, con los más viejos, adentro de las habitaciones, listos para disparar al cabrón apache que se asomara y la cuarta para proteger el último reducto, donde reunimos a mujeres y niños. Los jóvenes nos mamposteamos detrás de las ventanas y pusimos sacos de maíz para protegernos. Esa primera noche nomás no pude dormir. Con cada polvareda que levantaban las ráfagas de viento, imaginaba parvadas de indios acometiéndonos. Por más que traté, no pude quitarme la temblorina del cuerpo. No quería pasar por sacatón y menos frente a mi abuelo. Si me mataban, que quedara memoria de que me había ido con los huevos bien puestos. La mera verdad es que a cada rato se me aflojaban los intestinos y apretaba duro el fundillo para que no se me salieran los churros. Morir con los calzones embarrados de caca sería la madre de todas las vergüenzas. Mi abuelo mandó que nos durmiéramos por turnos, «si no, nos agarran turulatos de sueño y vamos a dispararnos entre nosotros mismos». Me tocó un petate pegado a una pared, nomás que no se me dio lo de dormir. Andaba como búho con los ojos pelones esperando el primer grito de guerra de los apaches. «No te achicopales», me dijo Chuy, «que no pasa de que nos muramos», y soltó la risa. Cabrón, si no era lo mismo morirse a su edad que a la mía. Él ya había dado chingos de vueltas al sol y yo apenas cumplía catorce. «Me voy a morir a la misma edad que mi mamá», pensé. Como de plano no pude dormir, me levanté a hacer guardia. «Duérmete, chingados, que si no luego empiezas a alucinar». Era cierto, cuando me ganaba el insomnio se me figuraban cosas en el monte. Se me aparecían brujas, fantasmas, luces, hasta incendios. Una noche le disparé a un león. Clarito lo vi, abría la boca, movía la cola, caminaba de allá para acá. Le metí la bala en la cabeza y cuando fui a verlo, era un tronco. Así que más me valía dormir para no estar aturullado de sueño, nomás que uno no apaga y prende el cerebro a voluntad y si el cerebro no quiere, ¿cómo lo obliga uno a obedecer? Me fui a apostar detrás de una ventana con vista al oeste. La ventisca parecía que iba a arrancar los árboles. Unas vacas se habían echado debajo de un mezquite y las estaba mirando cuando comenzaron a ponerse nerviosas. Una de ellas se levantó y miró hacia atrás. Me asomé y vi claro cómo un grupo de apaches cabalgaba hacia la casa. Les grité a los demás para ponerlos a las vivas. Corrieron a parapetarse en los cuarterones. Los indios pasaron aullando junto a las vacas, dejaron caer un bulto y se siguieron de largo. Lo habían hecho para darnos una muestrecita de lo que estaba por venir. Se metió la luna y el monte quedó a oscuras. Los ventarrones ululaban y hacían vibrar las puertas. Comenzó a amanecer, con los primeros rayos de sol alcancé a ver que el bulto se movía entre las reses. Llamé a Chuy y se lo señalé. Trajo los catalejos para mirar mejor. «Hijos de su puta madre», clamó, «se chingaron a Arnulfo». Me entregó los catalejos y miré el bulto. Arnulfo era el otro vigía que habíamos enviado a espiarlos. Se revolcaba sin las dos manos y sin los dos pies. Picamos la mirada de un lado a otro para ver si no andaban por ahí escondidos los apaches y como no los vimos, seis corrimos a rescatarlo. Entre cuatro lo cargamos y lo metimos a la casa. Además de dejarlo mocho, le habían trinchado la lengua y las orejas y, encima, le tajaron el vientre. De tan extensa la herida se le habían botado los entres. Traía la mirada perdida y hacía puros ruidos de animal. Luego de un rato se desmayó. Los pinches indios le habían cauterizado los muñones con brasas para que no se desangrara. No se andaban con cariñitos y yo que pensaba que Chuy exageraba cuando describió lo hijos de la rechingada que eran. Mi abuelo le pidió a Alfonsina, una de las mujeres que vivía en el pueblo, que le empujara las vísceras para adentro y que le cosiera la panza. A la mujer le entró el jamacuco. «No, don, pos de dónde voy a saber cómo hacer eso», le dijo lívida. «Haz de cuenta que estás cosiendo un vestido», le dijo mi abuelo. Con asco, Alfonsina acomodó las entrañas en la cavidad abdominal y empezó a zurcirla. A la segunda puntada dijo un «¡ay, Santísima Virgen!» y se fue desparramando con los ojos en blanco hasta que se quedó lánguida en el piso. Y es que sí, remendar la barriga de un tipo al que se le salía el mondongo por la sajadura era para doblar hasta a la mujer más bragada. «Métanle un tiro y quítenlo de tanta sufridera», exigió Pablo Enríquez, uno de los rancheros, «le zurzan o no la panza, este se va a morir. Mejor que se muera pronto que despacio». Sacó la pistola para meterle un tiro en la cabeza, pero mi abuelo lo detuvo, «no tientes a Dios, deja que se haga Su voluntad». Hagan de cuenta que Arnulfo lo oyó, porque empezó a convulsionarse y luego de un caminito de espasmos, se murió. Mi abuelo observó cómo el cuerpo se estiraba y se volvió hacia Chuy, «no podemos salir a enterrarlo, los apaches deben andar por ahí rondando. Pónganlo afuerita para que se oree y ya luego vemos qué hacemos con él». Abrimos una puerta, lo jalamos pa sacarlo y lo dejamos debajo de un techo para que no se asoleara y se nos pudriera más rápido. A las doce de la mañana, vimos cómo una columna de apaches se asomaba por una de las cuestas. Debían ser los mismos que tasajearon a Arnulfo. Con los catalejos, mi abuelo los examinó, «están pintarrajeados, vienen en son de guerra», dijo, pos ni modo que vinieran nomás a convivir. Me pasó los catalejos, «míralos». Aun con el cabrón frío, llevaban el torso descubierto. Sobre sus espaldas colgaban los arcos y los carcaj con flechas. Traían dos franjas rojas dibujadas debajo de los ojos. Uno de ellos volteó hacia mí y se me quedó mirando, como si supiera que lo estaba observando aunque estuviera a media cuerda de distancia. Recuerdo cada detalle de sus rasgos, la nariz aguileña, el pelo largo hasta los hombros, una larga cicatriz en la frente, los pequeños ojos negros. No se me borró nunca de la memoria, porque ese fue el primer ser humano que maté.

2024

Si bien Peter Jenkins era un célebre pintor, provenía de una estirpe de banqueros. Su padre, Dean Jenkins, había sido presidente de Goldman Sachs y su bisabuelo, fundador del Commerce

Bank. Desde niño, las charlas de sobremesa giraban alrededor de las finanzas, de la bolsa, de los intercambios de divisas, del precio del oro y la plata. Su abuelo, que heredó el banco y se consideraba un halcón en los medios financieros, se dedicó a preparar a su nieto para sucederlo. Su hijo mayor, el padre de Peter, había decidido tomar un rumbo independiente como asesor de bolsa, con tal éxito que llegó a presidente de la compañía. Peter obedeció los designios de su abuelo y aceptó matricularse en Economía y Finanzas en Harvard, para después estudiar una maestría en Administración de Negocios en Stanford. «Necesitas visiones del este y del oeste para entender la complejidad de las realidades económicas de este país». Para su abuelo, era fundamental que estudiara en Stanford por su cercanía a Palo Alto y a Silicon Valley. Lo deseaba codeándose con las mentes más brillantes de las firmas tecnológicas, en las cuales el banco había apostado la mayor parte de sus inversiones. Peter fue un estudiante sobresaliente. Sus profesores en Harvard ponderaban su agudeza para entender los mercados, su conocimiento intuitivo de los ciclos económicos y su agilidad para tomar decisiones. Entre sus maestros se hallaba Herbert McCaffrey, un historiador del origen de las grandes fortunas de los Estados Unidos, especializado, ni más ni menos, en la progresión de la riqueza de la familia Lloyd en Texas. McCaffrey juzgaba relevante investigar la manera en cómo el original Henry Lloyd había acumulado tal patrimonio. Fue por su maestro que Peter escuchó de Henry Lloyd v, su futuro suegro, a quien McCaffrey describía como «el más hábil negociador de nuestro tiempo». Peter agradecía la «feliz sucesión de casualidades que me llevaron a conocer al hombre de mi vida». Los Jenkins procedían de un entorno en las antípodas de los Lloyd. El primer Jenkins arribó a los Estados Unidos desde Inglaterra para expandir el negocio familiar. Acaudalados, buscaban nuevos horizontes para la venta de los productos agrícolas que cultivaban en las colonias inglesas, en particular en la India y en Ceilán. Con la llegada de los automóviles, los Jenkins descifraron las nuevas necesidades de la industria y cambiaron de rubro al caucho. El tatarabuelo Jenkins presumía que cinco de cada seis neumáticos en el mundo se fabricaban con el hule obtenido en sus propiedades. Apenas tomó las riendas de la empresa, el bisabuelo se dio cuenta de que pronto el caucho sería sustituido por el hule sintético y entonces decidió vender las extensas haciendas que poseían en el sureste asiático y con los dividendos resolvió fundar el banco. Lo hizo justo a tiempo, sus previsiones se cumplieron y el caucho quedó en el olvido. Alabado por leer con antelación la volatilidad de comienzos del siglo xx, el bisabuelo mudaba su capital de un sector a otro de acuerdo a los vaivenes de la economía. Ni las guerras ni las crisis monetarias tambalearon la solidez del Commerce Bank. Por supuesto, el «dinero viejo» de Nueva York, donde se habían establecido los Jenkins, veía con sospecha las fortunas de los ricos de Texas, entre ellos los Lloyd. Cuando Peter le contó a su abuelo sobre las pesquisas que su profesor realizaba sobre el conglomerado texano, este le respondió con sorna, «son *rednecks* con suerte y nada más». Un soterrado clasismo y un no tan escondido racismo prevalecían en la mentalidad de los Jenkins. No tenían problemas ni con los negros, ni con los hispanos, los italianos o los asiáticos, siempre y cuando no salieran de sus guetos. No se asociaban con judíos por gusto, sino porque en Nueva York, tarde o temprano, era inevitable hacerlo. Los Rothschild, los Meyer, los Bross, poseían caudales nada desdeñables y se imponía entablar alianzas con ellos. Por supuesto, la homosexualidad de un Jenkins era inconcebible y quien lo fuera sería exiliado de la familia con un alto riesgo de ser desheredado. Peter era consciente de ello y se hizo a la idea de que las mujeres debían ser lo suyo. En la universidad gozó fama de salir con las muchachas más guapas e inteligentes. Se le envidiaba por su encanto y su don de seducción. Lo suyo era sólo una histriónica manera de enmascarar su preferencia sexual, la que achacaba a una confusión adolescente y transitoria que no echaría raíces dentro de él. Durante un par de años, para felicidad de sus padres y de su abuelo, mantuvo un noviazgo con Lisa Smith, también perteneciente a una familia de abolengo de origen inglés y con la cual terminó bajo el pretexto de que la distancia erosionaría su relación cuando se mudara a Stanford a realizar su maestría. Fue ahí donde tuvo su primer encuentro íntimo con un hombre: su profesor de estadística. Con la excusa de encontrarse en un restaurante para hablar de un próximo examen, terminaron en la cama de un motel de quinta categoría, al que, después se enteró Peter, el maestro acostumbraba a llevar a sus conquistas. A Peter le desagradó la experiencia de penetrar al tipo. Le asqueó saber que su pene se había embadurnado de mierda de hombre. Esa repulsión, según él, le bastaba para saberse heterosexual. Nunca, con una mujer, había experimentado ningún tipo de aversión, al contrario, gozaba de los olores emanados de sus vulvas y gustaba de sus pieles suaves. Su tesis de que lo suyo sólo había sido una calentura juvenil se reforzó con el aborrecimiento a su efímero encuentro sexual. Molesto con su profesor, a quien acusó de manipularlo para que se lo cogiera, dejó de asistir a su clase y trató de acostarse con cuanta mujer se cruzó en su camino. Fue un esfuerzo vano, el episodio le había confirmado cuanto, desde hacía años, pululaba dentro de él. Con timidez empezó a asistir a antros gay. Al principio se negaba a interactuar con otros hombres y se limitaba a recargarse en la barra a observarlos. Se veía a sí mismo como un antropólogo interesado en develar los códigos de *esa* otredad. Excitado veía cómo embarraban sus cuerpos en medio de besuqueos y, al regresar a su casa, se masturbaba. Aunque asistía con frecuencia a esos clubes, apenas intercambiaba unas cuantas palabras con los camareros y huía de prisa si uno de los tipos le coqueteaba. Temía toparse con algún condiscípulo que esparciera por el campus rumores de su homosexualidad. Si su abuelo se enteraba, la expulsión de la familia sería inminente. Por eso permanecía en la zona más oscura y remota de la barra, desde donde él podía ver a los demás, ellos a él no. Su siguiente relación con un hombre no provino de un encuentro en estos bares, sino de un cruce inopinado. Decidió salir con Elizabeth «Betty» Morgan, una compañera de la maestría, una belleza sureña perteneciente a una opulenta familia de Georgia con quien podía encubrir su secreto. A pesar de que era un tanto conservadora, se entendían bien y disfrutaban estar juntos. Él llegó a pensar que con Betty superaría su etapa de búsqueda y enterraría por siempre sus deseos lúbricos con hombres. Ella era buena en la cama y olía bien. Su romance caminaba en la dirección correcta hasta que Elizabeth le presentó a su hermano. En cuanto vio a Tom, Peter se perturbó. Poseía la apostura y el carácter alegre de la hermana a los que se agregaban una mirada que veía con fijeza y una sonrisa ambigua. Se dieron la mano y Tom no se la soltó durante largos segundos. «Fue como si hubiese estrechado una anguila eléctrica», le reveló a Henry años después. Al día siguiente fueron a dar un paseo en yate. Peter no pudo dejar de mirar a Tom cuando este se recostó en la cubierta en traje de baño a tomar el sol. Cariñosa, Betty no cesaba de besarlo. Cuando ella se retiró por un momento, Peter aprovechó para sentarse al lado de su cuñado. Tom parecía dormido, con los lentes oscuros tapándole los ojos. Peter recorrió con la mirada el cuerpo semidesnudo. «¿Te gusto?», preguntó Tom. Peter se turbó por la pregunta. Tom se quitó los lentes de sol y lo miró a los ojos, «tú a mí sí». Elizabeth retornó a cubierta y en el camino se entretuvo a conversar con otra de las muchachas que viajaban en el yate. Tom se incorporó, «te veo en mi camarote en dos minutos». Peter asintió como un autómata. Dos minutos después se encontraron en la recámara. Se besaron apenas se vieron y ambos entraron al baño. Por segunda vez en su vida, Peter penetró a otro hombre. En esta ocasión, lejos de repugnarle, quiso repetirlo una y otra y otra vez.

1892

En el río peces había. Anzuelos conseguimos James y yo para los domingos ir a pescar. Lombriz para mojarra, tripas de gallina para bagres. Los bagres, mis preferidos. Sabrosos, buenos para sopas. Era necesario estar precavidos: sus aletas cortaban. James un dedo se picó y al paso de los días se le infectó. Joshua quiso amputárselo. «Al brazo lo infecto va a subir y puedes perderlo». James no quiso. «Es el dedo del gatillo, no lo puedes cortar». Calenturas y malestares. Gordo y amarillo el dedo se le puso. A menudo se mareaba. La pala ya no pudo usarla. Lloyd lo notó. «El mal del bagre», a James le dijo. A atendernos con doctores los negros no íbamos. Eso era de humanos y a nosotros animales nos consideraban. Con remedios africanos el esfuerzo hacíamos por curarnos. Mas no siempre las hierbas correctas era posible conseguir. Otra tierra esta era. En una carreta Lloyd a James montó. Cuatro días después volvieron. James bastante mejorado. A una consulta lo había conducido. El dedo con un bisturí el médico abrió para de purulencias limpiarlo, ahora infecto ya no se veía. «Una me debes», Lloyd le dijo. Dos días después nos llevó a pescar. Los dedos entre las branquias a un bagre le introdujo. «Así deben cogerlo para que con las aletas no se corten». James y yo aprendimos y nunca más volvimos a pincharnos. La temporada de pizca de algodón llegó. En la madrugada se empieza, tarde se termina. El botón se arranca para en el saco de lona meterlo. En las yemas de los dedos espinas se clavan. Gotitas de sangre. Al correr del tiempo, callos. En mi cabeza: Jade. Su olor, sus estrías. En ella no ceso de pensar ni en mi odio/no odio a Lloyd. James palabras en voz alta pronuncia. «Repitan conmigo», a los cosechadores les pide, «indescriptible, indescriptible, indescriptible». Los demás repiten «indescriptible». «Miríada, miríada, miríada». Los demás: «miríada». Para mí un sinsentido. ¿Para qué la lengua de los esclavistas aprender? En lugar de cantos James propone palabras. Que dominemos el inglés es lo que quiere. Yo sus palabras no digo. En mi cabeza, Jade. Jade, Jade, Jade. Al fin de las labores todas las tardes al río con Lloyd voy. Su monólogo escucho. Habla de bosques espesos. De praderas. De ciudades. Su mirada allá parece estar. Si a mí me habla o habla para sí mismo no lo sé. De quienes ha matado sus nombres me confiesa. Incendios dentro debe tener. Furias. Su calma los negros tememos. La voz no alza. No grita. Sereno siempre. Con una sonrisa podría matar. «A los hombres a los ojos ve», los viejos de mi tribu decían, «detrás sabrás qué animales los habitan». En otros lo veo, no en él, porque Henry Lloyd todo él es animal. León, leopardo, águila, búfalo. Los nombres de sus muertos repite. Con fantasmas debe lidiar. Un rimero de muertos. Un día, un nombre susurra. En voz muy baja lo dice. A escuchar me acerco. Jack, Jack Barley. Calla y al río voltea. Por la orilla tres venados caminan. Terciopelo en los cuernos de un joven macho. Dos hembras a su lado. Pensativo, Lloyd. A verlo volteo. Ido está. En otro mundo. La mirada, su mente, su cuerpo, en un lugar remoto. Jack debe ser el más vivo de sus muertos. «Jack», musita. La bolsa de tabaco saca y un poco en papel de arroz vacía. Lo prende y aspira. El humo guarda en los pulmones y luego lo expulsa. Espirales grises en el aire. Los venados lo huelen y la cabeza alzan. Con la pata delantera el macho en el suelo golpea. Resopla. Las hembras en alerta. Como si fuera una pistola Lloyd la mano derecha levanta. Un disparo finge. ¡Pum! Los venados entre el monte se escabullen. Ruido. Vuelo de patos. Gallaretas, garzas. Barullo. Lloyd ríe. Caos en el bosque ha causado. Ver huir a los animales le divierte. El domingo al pueblo me pide acompañarlo. A caballo los dos. No ha llovido. La tierra seca. Al pasar, polvo se levanta. Frente al templo nos detenemos. «Apéate», ordena. Entramos, no hay nadie. «¿En Dios crees?», pregunta. No respondo. ¿En cuál Dios?, ¿en el suyo o en los nuestros? Traicionaría a los míos si hablo. Mi voto de silencio mantengo. La mirada me clava. Lloyd miedo da. Hormigas azules por sus ojos parecen caminar. Un azul que trepida. «Siéntate en la banca». Obedezco y me siento. Él ahí en otras ocasiones me ha llevado. Durante el servicio afuera me quedo. Sólo blancos pueden entrar. Del predicador he oído sus sermones. Del demonio más que de Dios habla. De tentación y de pecado. De castigos eternos. De un Dios furioso. A los dioses nuestros la furia no los domina. Al Dios de ellos sí. Pareciera molesto por el hombre haber creado. Cada domingo el predicador advierte, «Dios nos vigila». En su Dios a menudo pienso que debo creer. Temo equivocarme de dios y que por el error condena eterna sufra. Temo ahora estar en este templo sentado. Lugar para negros no es. «Aquí a mi hijo bautizaré», dice Lloyd, «sólo sin nombre quedan los animales». Iglesias para negros hay. Donde al Dios de ellos, los blancos, los negros veneran. Japheth más negro que blanco es. En este templo cabida no debe tener. ¿Lloyd o Adams será?, ¿esclavo u hombre libre? Lloyd se levanta. «Vámonos», me dice. Espejismos en las calles. Las hojas de los árboles inmóviles. Bajo la sombra de un árbol, un gato echado. «A los caballos al establero lleva», me ordena, «luego a la casa vas». Los caballos conduzco. Agua beben. De un grifo bebo yo. En la caballeriza los dejo y a la casa me dirijo. Sobre una rama una ardilla jadea. El calor la vida parece secarle. En el porche, sentado con el niño en sus piernas, se encuentra Lloyd. «Pasa, Jade te espera», me dice. Lo miro, ¿una trampa? «Entra», insiste, «esclava es y me obedece». Jade en la cocina la comida prepara. Abiertas las ventanas. Una olla en el fogón. Su nuca suda. Gotas por sus pechos descienden. En una tabla hay un conejo descuartizado. Naranjas partidas. Ella me saluda. Al fogón vuelve. El conejo a la olla arroja y el jugo de las naranjas exprime. «Esta receta con monos en mi pueblo la preparábamos». El calor del fuego sumado al calor de la mañana sumado al calor de mi cuerpo. Sudo. Mi camisa empapada. De la mano Jade me toma. «Ven», me dice. Al cuarto me guía.

1878

El viaje fue confuso y caótico, en la embarcación se escuchaban distintas lenguas de las cuales no comprendía ninguna y los
hombres ahora a cargo de nosotros nos exigían ejecutar ritos extraños, yo continué en la creencia de que me hallaba en un territorio
sobrenatural, guardaba la ilusión de estar sumido en una larga pesadilla de la que en algún momento despertaría, las magulladuras
en mi piel, el recuerdo de mis padres abatidos por las balas, los
llantos de mis hermanas, el deceso de la más pequeña me devolvían a la realidad, ignoraba si en adelante mi vida se convertiría en
un permanente viaje en barco, si estaría vinculado al gigantesco
cuerpo de agua y al aire salobre, nadie nos explicaba adónde íbamos ni cuál era el propósito de mantenernos prisioneros a bordo
de esa nave, ni por qué debíamos imitar cuanto nuestros captores
nos enseñaban, una tormenta cayó sobre nosotros a mitad del
océano, la tromba hizo bambolear el barco, las olas se tornaron en
muros amenazantes, los mástiles crujían, las velas revoloteaban,
daba la sensación de que de un momento a otro la nave estallaría
en pedazos, los hombres blancos, asegurados con cuerdas a las paredes del barco imploraban mirando al cielo, la tempestad cedió
no sin antes arrojar por la borda a seis de los nuestros, se sumergieron bajo las olas y ya no retornaron a la superficie, por la tarde
resplandeció el sol y el mar quedó calmo, liso, apenas unos rizos en
el espejo azulino, arribamos a un puerto de gente blanca, aún hoy
desconozco cuál era y dónde se hallaba, antes de bajarnos de la
nave nos entregaron túnicas limpias y nos encadenaron, descendimos en medio de una turba de hombres que nos vociferaban improperios, a los más grandes los condujeron hacia unos corrales,
los más chicos fuimos guiados entre calles empedradas, desde los
balcones varios niños nos observaban con curiosidad, algunos,
como los adultos, bramaron, arribamos a un edificio cuadrangular
y nos hicieron entrar, cerraron un pesado portón de madera y lo
trancaron, nos quitaron las cadenas para luego llevarnos a un patio
donde se hallaba una fuente y al centro una cruz de piedra, nos

pidieron sentarnos, arribó un hombre de edad, blanco, de ojos verdes, luenga barba y una túnica negra, con él venían unos mozos del mismo color de piel que el nuestro, cargaban viandas y el hombre ordenó que nos las repartieran, comimos con voracidad, cargábamos un hambre de meses, al terminar nos llevaron a unas habitaciones, había hileras de camas y nos asignaron una a cada uno, las camas tenían colchones, cobijas y almohadas de borra, al principio no entendía qué lugar era ese, con el tiempo supe que era un monasterio regido por monjes católicos irlandeses, ahí recibían a los esclavos aún niños como yo, a la mañana siguiente nos llevaron a un costado del monasterio por donde corría una acequia que agitaba las ruedas de un molino, nos pidieron desnudarnos y nos entregaron una barra olorosa, algunos pensamos que era comestible y empezamos a mordisquearla, los hombres blancos sonrieron y se apresuraron a impedirlo, era jabón y nos lo daban para bañarnos, como no entendíamos, uno de ellos nos mostró con señas como usarlo, nos enjabonamos y luego nos baldeamos con jícaras, creímos que las cosas mejorarían y estúpidamente lo agradecimos sin saber que era un paso más hacia la larga fila de horrores que nos aguardaba, el primer año de nuestra estancia en el monasterio fuimos bien tratados, nos enseñaron a leer, escribir y hablar en inglés, nos educaron en la doctrina cristiana, nos proveyeron de alimentos y nos vistieron con ropas cómodas en verano y abrigadoras en invierno, yo veía con buenos ojos a quienes consideraba monjes bondadosos, en realidad no lo eran, los mercaderes de esclavos les habían ofrecido una irrechazable cantidad de dinero para instruirnos y fortalecer nuestros cuerpos antes de revendernos a compradores del continente americano, a pesar de su execrable misión hallé humanidad en unos cuantos de ellos, hubo uno en especial a quien quise, el padre Francis, él me enseñó a leer y a escribir, me regaló mis primeros libros, fue paciente conmigo y tuvo el hermoso gesto de aprender algunas palabras en mi lengua para facilitar la comunicación entre nosotros, Francis no me forzó a aceptar a Cristo, me mostró cuáles habían sido Sus virtudes y cómo gracias a Él se abrieron vías para el perdón y el amor a nuestros enemigos, espléndidas enseñanzas sin duda, por completo inútiles cuando tiempo después me extrajeron del monasterio para embarcarme y volver al ciclo de humillaciones y atropellos, ese primer año en el monasterio fue uno de los más felices de mi vida, entre las muchas responsabilidades a las que me mandaron la más grata fue laborar en el huerto en la parte posterior del claustro, ahí los cenobitas cultivaban árboles frutales, duraznos, ciruelos, manzanos, peras, y sembraban tomate, cebolla, cilantro, berenjena, fresas, además en las tierras abadengas crecían añosos nogales que cada temporada producían deliciosas nueces, mi tarea consistía en desbrozar los cajetes, regar los árboles, rastrillar la tierra, disfrutaba la cosecha de los frutos, amaba la textura, los aromas de cada uno, los olisqueaba antes de depositarlos en cajas de madera, a los monjes los atendían religiosas, la madre Ann, a cargo de la cocina, con las frutas elaboraba mermeladas, compotas y postres, sin guardarse secretos me compartió cada una de sus recetas y a menudo me pedía ayudarla, así aprendí a cocinar una gran variedad de guisos, junto con otros tres compañeros, ninguno rebasaba los nueve años, fui encomendado a atender a los animales en una granja contigua, le arrojaba granos a las gallinas, recogía los huevos, le brindaba cebada a los caballos y pastura a las vacas, ordeñaba las cabras, según el padre Mark esos trabajos nos preparaban para que en un futuro pudiésemos ser autosuficientes, mentira, nos aprestaban para faenas propias de esclavos, nos instruían en el inglés porque algunos dueños de plantaciones clamaban por negros mejor formados que pudiesen seguir con claridad instrucciones y no fuese necesario explicarles con señas, sin que fuera intención de los monjes, aprender inglés nos otorgaba llaves para rebelarnos, nos permitía comprender cuál era nuestra situación y cómo podíamos librarnos de ella, con el lenguaje conseguíamos interpretar las leyes e interpelar a nuestros opresores, por eso Thomas Wilde, perteneciente a una quinta generación de propietarios de esclavos, limitaba las compras de negros que hablaran inglés, «no quiero esclavos listillos», solía decir, me tomó a mí porque apenas era un adolescente de doce años y porque requería que al menos uno de sus negros pudiese recibir órdenes en inglés, la paradoja es que, gracias a haberlo aprendido, me convertí en lugarteniente del ejército privado de Henry Lloyd y gocé de las prerrogativas que me brindó mi posición.

1816

«Emma» o «prima» llamaba el trampero de manera indistinta a su mujer, lo cual confundía a Jack. En ningún momento ella pronunció el nombre del montañés, por lo que Jack siguió sin saber cómo se llamaba. La edad del hijo era indefinida y a Jack le parecía espantoso: mentón prominente, orejas de lechuga, cara alargada, brazos desproporcionados con el resto del cuerpo, boca desdentada, ojos saltones, labios torcidos hacia la derecha, nariz ganchuda. No profería palabras y trataba de darse a entender con una especie de ladrido. El trampero sólo respondía «sí, sí» cuando se dirigía a él, la madre aclaraba, «quiere saber si la comida ya está lista» o «pregunta si te vas a volver a ir». El montañés parecía fastidiado con el niño que no cesaba de hacer ruidos. Jack se sintió incómodo cuando el muchacho se le acercó para ladrarle. Ni el padre ni la madre intervinieron para quitárselo de encima. Jack se levantó para cambiarse de sitio y el muchacho lo siguió. «Nunca en su vida ha visto a otras personas, sólo a nosotros dos», le explicó Emma, «tiene curiosidad por ti». Era incomprensible cuanto el tipo decía y Jack lo único que ansiaba era que lo dejara en paz. El trampero notó el disgusto de Jack y con rudeza tomó a su hijo por las axilas y se lo llevó al otro lado de la cabaña, «ya no lo molestes». El muchacho agachó la cabeza y prorrumpió en llanto sin atreverse a ver a su padre a la cara. «Sólo quiere charlar con Jack», dijo la madre, «no seas duro con él». El muchacho se mostró contrariado. Se balanceó de un lado a otro y se talló la cara con fuerza. Con los restregones, su cara se tornó roja y empezó un tartajeo monótono. Los padres no le prestaron atención y al cabo de unos minutos, la madre colocó un perol hirviente en la mesa y con un cucharón sirvió en tazones la sopa hecha con vísceras. Se sentaron los cuatro a comer. El muchacho sorbía con tal torpeza que el líquido le escurría por la comisura de los labios y se deslizaba hacia su pecho. Ni la madre ni el hombre reparaban en él, ambos abstraídos. A Jack la mixtura de hígado, corazón, riñones y tripas le resultó sabrosa y lo reanimó. Al terminar la comida, el hombre se tumbó en un catre y en pocos minutos empezó a roncar. Luego de lavar los tazones en un balde con agua, la mujer se acostó al lado de su marido para también soltar sonoros ronquidos. Jack se quedó a solas con el muchacho, que embobado perseguía con la mirada una mota de polvo y soltaba risotadas cuando flotaban frente a él. Nunca había visto a alguien tan tonto y feo. En Saint Justine corrían leyendas de niños abandonados en el bosque y que los lobos o los osos criaban. Ferales e indómitos, gruñían para comunicarse, ¿sería este uno de ellos?, ¿por qué ladraba?, ¿por qué tan contrahecho y deforme?, ¿sus padres se avergonzaban de él y por eso nadie más lo había visto? El trampero y la mujer no cesaban sus ronquidos y el muchacho de reírse a solas. Harto, Jack decidió salir a caminar. Los alrededores de la cabaña eran hermosos. La montaña la coronaba un espeso bosque de pinos y hacia abajo se extendía una vasta pradera cruzada por un riachuelo. A lo lejos, la zona llana que delimitaba Vermont con Canadá. Caminó hacia el arroyo. En sus aguas transparentes vio truchas nadar a contracorriente. Metió las manos ampolladas en el agua helada. Luego de unos minutos empezó a sentir alivio. Se hallaba absorto cuando escuchó pasos que de prisa se aproximaban. Por instinto, sacó el cuchillo de la funda amarrada a su pantorrilla presto a recibir de frente a una fiera. Era el muchacho que con torpeza corría hacia él con una caña de pescar en la mano. Jack guardó el filo y se puso de pie. Con ladridos el otro señaló hacia el riachuelo. Dejó la caña en el suelo, se puso de rodillas y con los dedos comenzó a escarbar. Luego de sacar algo de tierra, desenterró una lombriz. Triunfante se la mostró a Jack y después de varios intentos, logró ensartarla en el anzuelo sin dejar de reír y de ladrar. Jack dudó que pudiese pescar una sola trucha. Este perseveró y al quinto lanzamiento prendió una. El pez tironeó de un lado a otro. El imbécil debía pescar a menudo porque con habilidad logró extraerla del agua. La trucha pirueteó en la tierra. El muchacho logró cogerla por las agallas y, con una mordida en la cabeza, la remató. Contento, se la mostró a Jack. La destrabó del anzuelo y se agachó en busca de más lombrices. A Jack le dio la impresión de un ser que se quedó a medio camino entre lo humano y lo animal. Le dio pereza y paso a paso se alejó sin que el otro se diera cuenta y se perdió en el bosque para que no lo encontrara. Jack ansiaba regresar cuanto antes a las montañas donde prevalecía el silencio y no el barullo constante y fastidioso del muchacho. Una noche, ya acostado en el catre a oscuras, vio cómo el trampero sacó un bolso de cuero y vació unas monedas sobre la mesa, «esto debe alcanzarnos para un año», le dijo a Emma. Ella las volvió a guardar en el bolso y fue a esconderlo detrás de unos bultos. Le repelió escucharlos copulando unos minutos después. Sus resoplidos y bufidos los encontró grotescos y ella emanó una pestilencia a tripas podridas. El olor le impidió dormir, era penetrante y tardó en disiparse. En su insomnio se preguntó qué habría sido de su madre, si los aldeanos tomaron represalias contra ella por el asesinato de los Vincent. Se esperanzó en volverla a ver en el futuro. Quizás ella no le perdonaría que los hubiera matado sin avisarle. Temió olvidar su rostro, el tono de su voz, su estatura, su olor. A la mañana siguiente, indagó con el trampero si sabía algo sobre ella. Él le contestó que no, sólo había cruzado de pasada por la aldea donde cometió los crímenes y fue ahí donde vio los carteles. ¿Seguiría viva?, ¿la habrían desterrado de la aldea? «De lo que sí me enteré, muchacho, fue de que allá muchos ansían ahorcarte». ¿Cómo reencontrarse con su madre cuando pendía sobre él esa amenaza? En el desayuno, el muchacho empezó a ladrarle. Como en Jack no se notaban indicios de entenderle, Emma le tradujo, «pregunta cuál es tu nombre». «Jack», le contestó. El muchacho continuó con su farfullo. «Quiere saber por qué no lo has llamado por su nombre». Jack no tenía idea de cuál era. «Se llama Henry, como su padre», aclaró la madre. Al fin escuchó el nombre del trampero. «Henry Lloyd», prosiguió, «sus antepasados provienen de Inglaterra y uno de ellos, Francis Eaton, fue uno de los peregrinos que llegó en el Mayflower», explicó ella con orgullo. Como Jack no sabía nada sobre el famoso barco y su tripulación, el dato no le produjo ningún impacto. Ella se apellidaba Touraine y, como la mayoría en la región, era de descendencia francocanadiense. Ambos habían crecido en una aldea cercana a la frontera. Henry descendía de una línea de tramperos que se remontaba cien años atrás. Se sucedieron los días y Jack no notaba en Henry la menor gana de partir. La vida familiar parecía sentarle bien, pero a Jack le urgía irse. Emma era una mujer complicada que no cesaba de quejarse de él, «metiste lodo en la casa», «al destripar la liebre manchaste de sangre la mesa», cuando en realidad había sido su hijo el que ensució de lodo y el que tiró el balde con sangre. La mujer no admitía cuán estúpido era el muchacho. Jack contaba las horas para que el trampero le anunciase que volvían a la cabaña en lo alto de la sierra. Agradecía tener un lugar con comida y dónde dormir, los meses que estuvo fugitivo en el monte había subsistido con muchas dificultades. Carecía de opciones, era un prófugo de la justicia con una recompensa sobre su cabeza, la única posibilidad era irse a Canadá con la esperanza de que allá no lo reclamaran. No le quedó de otra que hacer oídos sordos a los constantes reclamos de la mujer, soportar los desagradables efluvios cuando la pareja ayuntaba y en ocasiones abofetear al muchacho para callarlo cuando se hallaban a solas. Cada mañana, antes del amanecer, Jack y el trampero salían a cazar venados. Se apostaban con un rifle en las veredas en espera de que uno cruzara de regreso de las praderas donde por las noches salían a comer. Al cazar uno, curaban la carne con sal y curtían las pieles hirviéndolas con sesos. El cuero de venado valía más sin pelo y lo tallaban con una piedra hasta desprenderlo. Con los huesos pequeños forjaban anzuelos y con los más grandes y con las astas, mangos para cuchillos. La situación empeoró cuando Emma descubrió a Jack pegándole una cachetada a Henry para callarlo. Enfurecida, la mujer se le dejó ir a los golpes. Jack la esquivó y logró derribarla con una patada en la espinilla. «Abusas de un niño inocente», le gritó. El trampero, al escuchar la batahola, dejó de cortar leña y regresó corriendo a la casa. Halló a la mujer tirada y a su hijo aullando. No entendió qué sucedía hasta que, entre sollozos, ella apuntó hacia Jack. «Ese maldito nos pegó a mí y a Henry». El hombre cargó a Jack en vilo, lo estrelló contra la pared y comenzó a patearlo. «¿Así pagas nuestra hospitalidad?», rugió colérico. «Bien mereces la horca, cabrón». Jack se quedó tumbado sin moverse. El trampero lo tomó de las axilas y lo levantó. «Pídeles disculpas», ordenó. «Perdón», musitó Jack. El hombre miró a su hijo, no se veía lastimado, ella tampoco, en cambio Jack se había descalabrado y le escurría sangre por la nariz y por la boca. Se arrepintió de proceder con tal virulencia, pero le pareció necesario marcarle un alto, «a la próxima te largas». Jack asintió. «Emma, cúralo», ordenó el trampero y salió. La mujer se negó a sanar las heridas de Jack. Ella no sabía que frente a sí se hallaba un asesino, lo veía sólo como un chiquillo majadero que precisaba de un buen correctivo. Si no fuera por su marido, hacía rato que lo habría expulsado de la casa. «Los muertos y las visitas a los tres días apestan», solía decir su madre. Este llevaba semanas y ya estaba harta. En una esquina, Henry gimoteaba como si de verdad Jack lo hubiese lesionado. Jack le agarró tirria. El muchachito chilletas la pagaría.

1887

el huracán destrozó mansiones arrasó cultivos ahogó a gente y a animales el desánimo cundió cómo rehacer lo que llevó siglos construir cómo rehabilitar los campos anegados de lodo y ramas en donde hubo edificios quedaron astillas muebles desperdigados por los campos cuando después de tres semanas el nivel del río descendió hallaron cadáveres de vacas y de caballos en lo alto de los árboles encontraron a una familia de negros la madre el padre y tres niños entreverados con el follaje costó horas bajar sus cuerpos inflados y putrefactos la crecida del río alcanzó más de treinta pies descubrieron los despojos de los negros cuando alrededor de las copas de los árboles zumbaron hervideros de moscas y la peste se tornó insoportable pese a todo la hecatombe nos trajo ventajas los vecinos que carecieron de medios para resarcir los daños remataron las tierras a mi padre y sí convertiste a Emerson en un emporio mas no llegaste a una tierra baldía sino a un paraíso esos extensos campos de algodón esos salutíferos plantíos de trigo y de maíz esos caminos delineados con perfección costaron años de trabajo por causa de caprichosas decisiones de Dios la mitad de nuestros campos quedaron intocados por el huracán la abundancia de agua y los bagazos traídos por el viento los fertilizaron nuestros negros pudieron cosechar más algodón que nunca y por eso mi padre acumuló suficientes caudales para adquirir los predios de los demás suena deshonesto aprovecharse de las desgracias de otros pero con lo que papá les pagó por sus lotes los anteriores dueños pudieron sobrevivir algunos se mudaron a Mobile otros se trasladaron a Savannah y la mayoría hizo negocios prósperos con el dinero obtenido por la venta de sus propiedades el huracán trajo también beneficios inesperados el viento húmedo limpió las miasmas de los pulmones de mi madre como si el revoloteo del aire dentro de ellos hubiese expulsado los microbios insalubres cesó de expectorar su respiración retornó a la normalidad y cejaron los dolores opresivos en el pecho el médico que apenas un par de meses antes la había desahuciado se admiró por su súbita mejoría *sus exhalaciones se escuchan nítidas no se perciben resuellos ni silbos* esa noche la celebramos con una opípara cena mi madre volvía a la vida y recuperaba su alegre carácter enérgica supervisó la limpieza de la casa y la reconstrucción de lo dañado mandó cambiar los postigos rehacer las puertas barnizar los pisos y darle una mano de pintura a las paredes los esclavos de las plantaciones que compró papá pasaron a ser propiedad de Emerson esa descomunal profusión de manos erigió nuevos cobertizos nuevas barracas y nuevos graneros Emerson volvió a resplandecer mamá se veía contenta y fortalecida y la dimos por curada fue un espejismo la enfermedad no había desaparecido de su cuerpo se hallaba al acecho lista a cazar una oportunidad a las pocas semanas la tisis irrumpió con saña después de esperanzarnos al ver a mi madre animosa y fuerte empezó a decaer con celeridad volvieron los esputos con sangre las exhalaciones silbantes la falta de aire dejó de comer y por las noches se levantaba manoteando señal de que se ahogaba era espantoso verla boquear como un pez fuera del agua el médico ordenó reposo absoluto y que durmiera desnuda para que el peso de las sábanas y las cobijas no estorbara su libre respiración su blanquecino y lánguido pecho vibraba por el esfuerzo de inspirar y la tos era más frecuente una mañana ya no respondió a pesar de permanecer con los ojos abiertos cuando le hablábamos ella sólo nos miraba por la tarde empezó a resollar con jadeos cortos que apenas insuflaban sus pulmones mi padre me sacó del cuarto y mandó llamar al pastor aguardé afuera por horas y hacia las seis de la tarde me pidió volver *despídete* mandó *y no se te ocurra llorar* le dije a mi madre cuánto la quería y le di un beso en la mejilla algo debió percibir porque su cuerpo comenzó a trepidar soltó una larga exhalación giró la cabeza y ya no se movió más *ha muerto* sentenció el pastor mi padre hizo entrar a Jessie una de las negras a cargo de la casa y le ordenó llevarme a mi habitación yo me resistí deseaba quedarme al lado de mi madre exigirle que se levantara y respondiera gritarle que no podía irse que la necesitaba por el resto de mi vida Jessie me tomó del brazo con suavidad y me sacó de la recámara en su lengua me dijo «*dazumba bassa*» sus palabras se me grabaron y fue hasta años después que supe su significado «ella ahora vive en ti» me quedé sin mapa y sin brújula quedé a la deriva mi padre obsesionado con la plantación y con comprar esclavos subsanó la falta de su esposa con un deseo de riqueza y de poder Jessie Jenny y Jemina fueron cariñosas conmigo y si no fuese por ellas habría enloquecido de dolor mi padre no pensó en volver a casarse *sería una traición a ti y a tu madre* me dijo yo en secreto anhelaba una madrastra una figura de mujer a la cual pudiese aferrarme la pérdida de mamá significó la pérdida de mi maestra quedé sin nadie para instruirme del modo tan minucioso como lo había hecho ella mi padre hubo de contratar preceptoras para continuar con mi educación *no puedes convertirte en una fierecilla necesitas continuar los esfuerzos de tu madre por transformarte en una mujercita decente* odié a mis profesoras viejas pedantes y soberbias que se sentían con el derecho a reprenderme y pellizcarme con el pretexto de corregir mis malos modos cuando arribaban a la casa yo tardaba en bajar y fingía desinterés en sus clases sólo por fastidiarlas se quejaron con mi padre por mis groserías él les exigió comportarse a la altura y hacerme rectificar el rumbo *ya bastante tengo con administrar la plantación para todavía resolver su incompetencia para lidiar con una niña insolente* las viejas redoblaron su actitud e intentaron someterme con castigos y más pellizcos aprendí a no ceder a luchar contra cualquiera que intentara imponerse así yo fuera una púber de once años y ellas viejarronas de más de cincuenta con el tiempo descubrí que con mi táctica de muchachita impertinente y rebelde no lograría nada y resolví evolucionar en la mujer que estaría atrás de papá para apoyarlo a sacar adelante la propiedad y de paso sacarnos a nosotros mismos del embotamiento en que la muerte de mamá nos había encajonado dejé de lado mi renuencia con las viejas y me concentré en aquello de valía que podían enseñarme cómo llevar las cuentas o aprender cómo se administra un negocio les pedí obviar la instrucción sobre confeccionar vestidos o coser o cocinar carentes de las herramientas para instruirme como se los pedía renunciaron y para sustituirlas mi padre contrató a un viejo agricultor que me ilustró en la siembra en cómo leer la fertilidad de la tierra en la previsión del riego en el manejo de los animales en Emerson no quedé al margen Henry como sucedió con varias mujeres en otras plantaciones a quienes se les consideraba algo menos que un adorno fui yo quien impuso orden y disciplina en las empresas de mi padre y

puedo jactarme con orgullo de que sin mí la plantación no habría
salido avante

1881

Las ventoleras arreciaron. El bramido de los jalones de viento
no dejaba escuchar ni madres. El ruidazal, la mecida de los huizaches, el vaivén de los cenizos confunden. Por eso los apaches gue-
rreaban con la entrada de los nortes. Uno no podía escucharlos y
entre tanto bamboleo de los vientos no se notaban y menos cuando
era noche sin luna. No bastaba la luz de las estrellas para mirarlos
y entre las sombras era imposible saber si lo que se movía entre el
monte era un arbusto o un indio. En la madrugada nos atacaron.
A rastras se fueron por entre los matorrales y cuando ya nos tuvieron a tiro de piedra, comenzaron a flecharnos. Las puertas y los
postigos estaban cerrados y ellos lo sabían, tiraban por si de chiripa
una se colaba y se le metía en el pecho a uno de los nuestros. Las
flechas pegaban contra la madera de las puertas y de las contraventanas con un tracateo del carajo. Disparamos a tontas y a ciegas
hacia el monte, más con ganas de asustarlos que de matarlos porque no se veía ni el contorno de los cerros. Era como si peleáramos
contra los ramalazos. Por el lado norte, los muy mañosos le prendieron fuego a la casa, justo de ese lado para que el viento avivara
la llama. El humo se empezó a meter por las rendijas y no podíamos acercarnos a taparlas porque los méndigos no dejaban de
dispararnos flechas. Era una granizada de flechazos. Adentro se
escucharon chillidos de los huercos y tosedera de las mujeres por el
humo. Mi abuelo ordenó que cuatro se mampostearan para tumbarse a los indios que se metieran a la casa. Los apaches aventaron
antorchas al techo y las vigas agarraron fuego. «Quieren que salgamos como pedo de vaca», gritó mi abuelo. Con escaleras subimos
con cubetas con agua para tratar de apagar las llamas. Aprovechando que estábamos distraídos con la quemazón, uno de los apaches
empezó a dar de hachazos contra la puerta principal. Mi abuelo
ordenó apagar las lámparas y quedamos a oscuras, con ventaja porque las llamaradas de afuera iluminaron a los indios. El tipo siguió

hachando la puerta y en cuanto abrió un boquete y se asomó, Chuy le mandó un recuerdito entre las cejas. Se escuchó cómo cayó de bulto. Otro indio intentó entrar y cuando escurría medio cuerpo para meterse, mi abuelo lo recibió con un fogonazo en la panza. El tipo dejó escapar un gemido y otro de los rancheros lo remató con la carabina. Quedaron los dos apaches muertos en la entrada. Por el techo empezó a entrar más humo y se ennegrecieron los maderos. Si se achicharraban se iban a desplomar. Los que andaban arriba trepados le metieron velocidad para apagar la quemazón. Volvió la avalancha de flechazos, sonaba como si estuvieran apedreando la casa. Si algún sonido debe tener el infierno es ese. El corazón se te pasa del lado izquierdo al derecho y luego se baja a la panza, porque ahí es donde uno siente que palpita. Sólo una chiripa podía parar las llamaradas, el viento las hacía crecer y de cubeta en cubeta no avanzábamos y pronto nos quedaríamos sin agua que beber. Si la casa agarraba flama tendríamos que salirnos para no morir tatemados y eso de felpar achicharrado no estaba en los planes de ninguno de nosotros, nomás que en cuanto cruzáramos la puerta los indios nos iban a dejar como alfileteros. Y en matándonos a los hombres, quedarían las mujeres y los niños y ahí sí se pondría fea la cosa. A las mujeres, segurito las violaban y luego las cortarían en pedacitos, vivas. Decían los rumores que los apaches abrían a las mexicanas en canal y luego las montaban para ayuntar con ellas en lo que se petateaban. Nomás de imaginarme coger a una mujer con el triperío de fuera y acabar encenegado de su mondongo me pareció la cosa más espantosa. Los niños no correrían con mejor suerte, los torturarían sin descanso. Con las mujeres violadas y los niños muertos no hay pueblo o raza que logre recuperarse. Se cuartea la esperanza y ya no quedan ganas de luchar por nada. La derrota absoluta. A los huercos más chiquitos les perdonarían la vida para llevárselos y convertirlos en uno de ellos. Qué mejor venganza que un mexicano se hiciera apache. Hacía unos años, en una escaramuza con los indios, un güero peleaba a su lado. Era Luis, un chamaco que se robaron cuando tenía tres años. Acabó herido en la batalla y los mexicanos lo atraparon. No hablaba ni gota de español, pura lengua lipán, y cuando un médico quiso curarlo, le escupió en la cara. Se lo llevaron amarrado a una misión donde los sacerdotes trataron de exorcizarlo del demonio apache. Ni tantito le removieron su amor por los indios y en cuanto pudo, se peló de retache pal monte. Lo agarraron dos meses después cuando con otros de su tribu se metió a robar chivas en una villa mexicana. Lo ahorcaron en público frente a los que habían sido sus padres y sus hermanos. Se le había dado la oportunidad de redimirse y de volver a la fe cristiana y en lugar de ello, el cabresto volvió con el enemigo. Cuando estaban a punto de subirlo al patíbulo, dijo en lipán, «más pronto de lo que creen, mi pueblo recuperará sus tierras y ustedes desaparecerán de la faz de este mundo». Su parentela lo desconoció, «para nosotros Luis se murió el nueve de diciembre de hace diecisiete años, este no es más que un indio culero». Para que los apaches no se llevaran su cadáver y lo hicieran mártir, lo partieron en pedacitos y lo aventaron por el monte. Por ahí de la una de la mañana, el ataque se puso todavía más bravo. Los canijos se pusieron a prenderle fuego a cada esquina de la casa. El humo adentro se hizo más denso y ya casi ni podíamos respirar. Tos y más tos. Yo pensé que ya no la librábamos. A Chuy le valió un pedazo de aquello y abrió una ventana para que entrara aire fresco. El viento entró, remolineó en la estancia y se llevó puños de humo. Se nos llenaron los pulmones de aire limpio, nomás que aquellos aprovecharon la ventana abierta pa tirar de flechazos y se echaron a Héctor y a Javier que estaban en la primera línea. Yo me paré sobre el cadáver de Héctor para relevarlo y le solté un balazo a un indio que estaba por meterse por el hueco de la ventana. Le di en la mera frente, pegó una machincuepa y cayó dentro de la casa. El cuerpo quedó tirado junto al de Javier. En la oscuridad se veían como dos fardos. El techo comenzó a abrasarse y una viga se derrumbó sobre nosotros. Por poco y aplasta a mi abuelo que al oír el crujido se aventó para un lado. De no hacerlo la maceta se le habría partido en dos. Empezó a tronar el techo de la casa, poquito faltaba para que se doblaran las trabes. Me encomendé a los santos, no tardábamos en morir, o aplastados o fritos o agujerados por los apaches. Por un milagro, de esos milagros que no sabe uno si los manda Dios o el Diablo, porque no se sabe a quién le apuestan, las ventoleras aumentaron sus fuerzas y, lejos de crecer las llamas, las apagaron. Sólo quedaron brasas que chisporroteaban en las vigas. Las flechas debieron acabárseles porque ya no hubo más traqueteo. Cuando amaneció, ya se habían ido. De tantas flechas clavadas, la casa parecía puercoespín. De nosotros murieron cinco hombres y una mujer que por andar de angustiosa el corazón se le arrugó. Dicen los que la vieron que estaba rece y rece y que de pronto se calló y de a poquito se fue ladeando hasta que quedó tirada en el piso con los ojos bien abiertos. De los indios contabilizamos cuatro, sin saber si se llevaron o no a algunos de sus muertos. A la luz del día, pude ver al apache que había matado. Era aquel que había visto con los catalejos. No debía tener ni veinte años. En su frente quedó un hoyo del que le escurría sangre negra. «Mataste al primero de muchos indios», me felicitó Chuy. La verdad, no me dio gusto saber que le había quitado la vida a otro. Como me vio agüitado, Chuy trató de animarme, «mejor que lloren en su casa que en la tuya». Y bien lo dijo, fue el primero de muchos, y no sólo de indios, porque en la vida maté costales de gente.

2024

Peter y Tom mantuvieron clandestino su romance. El noviazgo con Betty continuó, a Peter le convenía para evitar que el abuelo lo desheredara. Paradójicamente, de los dos se había enamorado. Le fascinaba hacer el amor con cada uno. Con Betty era placentero y plácido. Con Tom, rabioso y excitante. Los encuentros con Betty duraban horas y tres o cuatro noches a la semana dormían juntos. Con Tom eran apresurados y explosivos. Siempre era él quien penetraba y nunca le permitió a Tom asumir una postura activa. Con Betty pocas veces llegaba al orgasmo, lo opuesto sucedía con Tom, que lo hacía venirse en cada encuentro. Mimetizada su sexualidad entre los hermanos, Peter gozaba lo mejor de los dos mundos. Transgresión y calma, guerra y paz, estabilidad y locura, yin y yang. En repetidas ocasiones llegó a hacer el amor con ambos con apenas minutos de diferencia. Eso lo excitaba. Le gustaba penetrar a Tom cuando aún llevaba en su glande los fluidos vaginales de la hermana. Lo hacía pensar en un incesto figurado. Los hermanos cogiéndose a través de él. Él como un vehículo de amor para los antiguos habitantes de esa cueva primigenia que era el útero de su madre. A los tres les encantaba visitar museos. En cuanto tenían un espacio libre, se lanzaban a Los Ángeles, a San Francisco, a Portland o Seattle, a ver exposiciones. De niño, Peter soñaba con convertirse en pintor, cuando se lo contó a su padre, lo reprendió, «déjate de tonterías», le dijo, «de eso no se vive». La madre, un poco más comprensiva, lo inscribió en clases de pintura y los maestros apreciaban su aptitud. Peter pedía que le compraran libros de arte y pasaba horas contemplando las láminas de cuadros. Al entrar a la secundaria, el padre le prohibió las clases bajo el pretexto de que lo distraían de sus estudios y Peter abandonó sus anhelos. Fue en esos recorridos con Betty y Tom que redescubrió su pasión por la pintura. Después de ver una retrospectiva de Edward Hopper en el LACMA, un poco como travesura, les pidió a sus dos amantes acompañarlo a comprar unos lienzos, unos pinceles y unos óleos. Se dedicó a pintar y descuidó las clases, absorto en su nuevo pasatiempo. Y lo que inició como juego con el transcurso de los días se apoderó de él. Plasmar imágenes en la tela lo entretenía y lo emocionaba, no como sustituto de su carrera en finanzas sino como mero solaz, como hacía algunos años le había sugerido su padre. Lejos de distanciarse de los hermanos, encontró en la pintura un lazo más de unión. Asistieron con más frecuencia a museos y galerías, luego los tres se sentaban a discutir sobre las obras vistas. Estremecida por el manejo del color, de la luz y de la composición de los cuadros de su novio, Betty llamó a Richard Leicester, cardenal de las galerías neoyorquinas y amigo cercano de la familia, para que evaluara el trabajo sin decirle de qué artista se trataba. El galerista, afamado por su buen ojo para descubrir talento, fue un poco a fuerzas, molesto por la negativa de Betty de mandarle fotografías de la obra del artista anónimo, «necesito que las veas, las fotos no le harán justicia». Luego de seis horas de vuelo a San Francisco y casi dos horas de viaje en auto, Richard Leicester arribó a Stanford, enfadado por creer que perdería su tiempo con un pintorcillo amateur de los que acostumbraban recomendar sus amistades fascinadas con adefesios pictóricos de pésimo gusto. Los hermanos lo invitaron a cenar antes de presentarle a Peter. Querían su mirada virgen, sin ningún tipo de develamiento que viciara su valoración de la obra. Tampoco deseaban que la viera de noche, «necesitas apreciarla de día», explicó Tom. A las diez de la mañana, Tom y Betty pasaron a recogerlo al hotel. Richard tuvo un mal presentimiento cuando al entrar al estudio descubrió que los cuadros estaban tapados por sábanas. El despliegue de misterio le pareció cursi. Con fastidio se paró frente al primer cuadro. Tom jaló la sábana. Richard apenas pudo disimular su estremecimiento: esa era la obra de un artista mayor. Pidió que destaparan los demás cuadros. Uno le pareció mejor que el otro. Hacía años que no se había topado con un trabajo de ese calibre. Llegó a pensar que Tom y Betty lo timaban, que en realidad se trataba de un artista consagrado y no un principiante, y que era víctima de una jugarreta. Pidió conocer al autor. Tom marcó por su celular y se limitó a decir «ven ya». Cuando Peter entró, Richard creyó de nuevo que lo embromaban. A Peter lo conocía desde niño, era buen amigo de su padre y de su abuelo a quienes les había vendido numerosos cuadros. Un estudiante de finanzas, con escasa formación artística, no podía crear tan impresionante obra. Aun con los desmedidos elogios de Richard y de la firma de un contrato para representarlo en exclusiva, un logro que codiciaría cualquier artista del mundo, Peter no terminó por creérsela. Faltaba ver si algún coleccionista se interesaba en su obra y en cuánto determinaría el mercado el precio de sus cuadros. Avalado por Leicester, se desataría una probable rebatinga por ellos. Prefirió no hacerse ilusiones. Volvió a clases, en algunas estaba a punto de ser dado de baja por ausencias y redobló sus esfuerzos para librarla. Y fue por ello que la doble relación con los hermanos se descarriló, no por la entrega con la que retomó el estudio, sino por una casualidad. Al dirigirse a un salón de clases, en uno de los patios tropezó con su antiguo profesor de Harvard, Herbert McCaffrey, a quien la universidad había invitado a impartir un ciclo de conferencias. Quedaron en cenar y al término de las actividades, se encontraron en un restaurante cercano. Se pusieron al tanto de sus vidas, Peter le habló de su noviazgo con Betty, mismo que McCaffrey celebró, en los corrillos académicos se le mencionaba como una brillante alumna, además de ser hija de una acaudalada pareja de millonarios, lo cual la descartaba como una trepadora en busca de fortuna. El profesor le contó con pasión sobre sus investigaciones en torno a la familia Lloyd. «Es una historia digna de Shakespeare», le comentó, «notable cómo han logrado lavar la oscura historia de sus predecesores». Le habló sobre el futuro heredero, Henry Lloyd vi, «sin temor a equivocarme, puedo afirmar que es un líder nato. Sus ideas son de las más lúcidas que le he escuchado a cualquier empresario, de cualquier edad o de cualquier rubro, y él apenas está por cumplir veintiséis años. La semana que entra me reúno con él, creo que te interesará conocerlo». Peter, contagiado por el arrebato de McCaffrey, accedió de buena gana, con la ventaja de que conocería algo de las entrañas de los Lloyd que, de acuerdo con su padre y con su abuelo, encarnaban el arribismo en su máxima expresión. Acordaron partir a Austin el lunes entrante.

1892

¿Por qué Lloyd quería que yo con Jade ayuntara? Si alguien a mi mujer tocara yo lo mataba. Jade madre de su hijo era, ¿por su cabeza qué ocurría? O era un loco o un hombre para a otros locos volver. Y yo enloquecí. El amor con ella ambos hacíamos. Sin variar, primero con Lloyd y luego conmigo. A él ella olía. Su semen omnipresente en la roja flor de Jade. Su sudor con el sudor de ella. Huellas de Lloyd esparcidas por el cuerpo de la mujer que amaba. Seis meses después Jade de nuevo quedó preñada. Ilusión de ser el padre tuve. Aun con la barriga de ocho meses, por Lloyd y por mí Jade se dejaba penetrar. A días del alumbramiento apostaba a que el niño hijo mío sería. Sin duda alguna. El momento llegó. Jenny y una comadrona a Jade a parir le ayudaron. Lloyd y yo afuera de la habitación permanecimos. Jenny a la cocina entraba y salía para fomentos de agua caliente llevar. Por fin, el llanto del bebé. El segundo hijo de Jade había nacido. «Un hombrecito», Jenny dijo y envuelto en una manta nos lo enseñó. Rubio. Blanquísimo como un diente. Lloyd la partida había ganado. En sus brazos él lo acurrucó. Con tiernas palabras le hablaba, como si el recién nacido pudiese entenderle. «Bienvenido a este mundo dulce y amargo». Me lo pasó, «cárgalo». Sensación extraña fue la del hijo de Lloyd entre mis brazos. Un niño de piel blanca salido de mujer negra. Jonas lo nombró. Sus hijos con la letra J en el inicio de su nombre. Signo de esclavo sin importar su color. Esclavos los hijos mulatos de Lloyd. En el nombre la penitencia. Jade enfermó, «mal embarazo», la comadrona sentenció. Fiebres, vómitos. Ninguna de las pócimas con hierbas recetadas por la mujer los síntomas detuvo. Lloyd a un médico de Mobile mandó traer. «De sangre envenenada del bebé su madre sufre», el médico explicó. «Carne debe comer para la sangre regenerar». Mucha agua, descanso, más y más carne. Dos, tres días y Jade no mejoraba. Un esqueleto, cara chupada, ojos amarillos. En el trabajo yo en ella no dejaba de pensar. Mi amor, mi más grande amor. Apagada mi vida sin ella. Un erial. Lloyd a Jenny a la casa en el pueblo llevó para a los niños y a Jade cuidar. Al siguiente domingo mi amor hacia la muerte comenzó a deslizarse. La boca seca, los ojos cerrados. Resollaba. Lloyd y yo al lado de su cama nos sentamos. Él en su oído susurraba y ella sonreía. Yo su mano apreté. Jade palabras ya no podía pronunciar. Su muerte yo temía. Perderla y yo perderme. Días pasaron, Jenny en el lecho de Jade lloraba. Lloyd otro médico trajo. La revisó, «nada que hacer», sentenció, «cosa de días, si no, de horas». «No se va a morir», Lloyd rugió. En sus palabras, absoluta certeza, pero Jade se iba. Al despedirme esa tarde espíritus sobre ella con claridad vi. Tenues luces. Ánimas de niños muertos soplan su aliento en moribundos para hacerlos revivir, la gente de mi pueblo decía. De esos, uno percibí. Arriba de ella flotaba. Con estirar mi mano podía tocarlo. El espíritu a ella se acercó y sopló. Nada, Jade no respondió. «No morirá», Lloyd repitió. Le creí. Convicción en cada palabra suya. Al trabajo volvimos. Huecos dentro de mí se abrieron. Lágrimas atoradas. Lloyd su ánimo no mudó. En su caballo, erguido. La mirada al frente. Órdenes, voces fuertes. Por las tardes los dos al río a hablar íbamos. Entretanto Lloyd sus historias contaba, a unas millas Jade se moría. «Jack», Lloyd volvió a mencionarlo. «Intenté matarlo, no pude». Jade moría y él en ese hombre pensaba. Ensimismado susurró, «Jack Barley un día de estos reaparecerá». Los días contaba yo para al pueblo volver. Lloyd el jueves salió. Por la vereda al pueblo en su caballo lo vi dirigirse. Polvo a su paso levantaba. Lo peor temí: Jade muerta. Por la tarde volvió. A Japheth en brazos traía. Desmontó y a un negro los caballos a los establos le pidió llevar. Luego a sus cuarteles Lloyd entró. De pizcar algodón terminamos y al cobertizo me dirigí. En el barril, cara y cuerpo me lavé. Los demás a cenar fueron, yo a Lloyd en el pórtico decidí aguardar. A lo lejos, en su porche, lo veía con el niño en sus piernas sentado. En el pueblo, el cadáver de Jade debía hallarse. Por eso el niño con él estaba. Una hogaza de pan y un pedazo de estofado John me trajo. «Come, fuerzas necesitas». Sí, fuerzas necesitaría porque sin Jade por perdidas las daba. Mastiqué la hogaza, en el cogote el pan se me trabó. Tragar no podía. John a mi lado se sentó, «¿ese allá con Lloyd el hijo de Jade es?». Asentí. Esa tarde Lloyd no me buscó. Primer día en semanas sin con él hablar. Anocheció. Grillos. Luciérnagas. Espeso el aire. Calor. No pude dormir. Los demás roncaban. Ella muerta y los demás dormidos. Yo muriendo y los demás dormidos. En la madrugada me levanté. Noche sin luna. Al río me dirigí. Patos al sentirme volaron. En la oscuridad, su aleteo. Bufidos de venados. Mapaches en los senderos. Mosquitos. Recuerdos míos de chico a mí llegaron. En los ríos, cocodrilos. Bestias listas a devorarnos. Terror, sus ojos en la superficie. Nunca más en un río quise nadar. Bajo el agua, monstruos. Eran los otros dioses. Los rencorosos dioses de los ríos. Luciérnagas. Puntos luminosos que se prendían y se apagaban. Chasquidos de murciélagos. El rumor de la corriente. En ese río, negros se bautizaron. Una traición a sus creencias. Negra su alma, blancos sus nombres. En nombre de los rencorosos dioses al agua entré. «Por la vida de ella, la mía entrego», musité para por ellos ser escuchado. En lo hondo, algún dios me devoraría para mi vida por la de Jade intercambiar. Los ojos cerré. Nunca a nadar aprendí. Por la de ella, mi vida. En la oscura corriente la cabeza sumergí. El silencio del agua. La paz del agua. Saqué la cabeza. Respiré. Arriba de mí, luciérnagas. Breve luz en la negrura. La corriente comenzó a arrastrarme. El fondo pisar ya no pude. El agua me sumió. Mi vida por la de ella. Asfixia. A manotear empecé. Más me hundí. La muerte. Los rencorosos dioses. Mi muerte a cambio de la de ella.

1878

Así como consideré idílico el primer año en el monasterio, los que siguieron fueron arduos, llegó un nuevo regente, el padre Patrick, un hombre robusto y de gesto hosco que consideró necesario «apretar tuercas», las tareas que antes me habían confiado fueron delegadas a otros niños más chicos, dejé de trabajar en el huerto y en la granja, para el padre era cimental una mente educada en un cuerpo fuerte y saludable, *mens sana in corpore sano*, jamás olvidaré la frasecita en latín que él repetía hasta el cansancio, en realidad no le interesaba nuestra salud, sí cumplir el convenio con los traficantes, en el monasterio recibían niños debiluchos que requerían transformar en esclavos fibrosos e instruidos, mercancía de la más alta calidad, bajo el pretexto de una rutina de «ejercicios» nos exigían realizar trabajos físicos, nos levantaban de noche para llevarnos a los muelles a descargar sacos de trigo y de avena de los barcos, lo hacían por la madrugada para que la gente no nos agrediera, «vamos, chicos, fortalezcan esos brazos y esas piernas», nos gritaba el padre Mark, los bultos eran pesados, no menos de diez piedras cada uno y en cada jornada llegábamos a bajar hasta cincuenta, al amanecer nos regresaban al monasterio a la trasquila de las ovejas y al empaque de la lana, la faena que más abominaba era el sacrificio y la desmembración de las vacas, las mismas que yo había atendido con cariño el año anterior, quedaba batido en sangre y vísceras y me dolía verlas mugir de dolor cuando con un mazo les golpeábamos la testuz hasta verlas caer patas arriba, era regla bañarnos a diario sin importar si nos hallábamos en pleno frío invernal y que el agua de la acequia se congelara, la orden debía acatarse sí o sí, «nadie soporta la fetidez de los negros sudorosos», advertía el padre Patrick, «la higiene es la única manera de librarse de ella», eso sí, los monjes nunca se bañaban en invierno y sólo un par de veces en verano, quizás ellos ya estaban acostumbrados a su propio olor, su peste era más intensa que la nuestra, su piel de tan grasienta se tornaba lustrosa, sus cabellos dejaban manchas de sebo en el cuello de sus camisas, en sus barbas quedaban restos de comida que con el tiempo despedían un tufo hediento, por suerte el padre Francis sí se esmeraba en conservarse pulcro, su aroma, aunque no el más agradable, no nos provocaba arcadas como sí sucedía con los demás monjes, «además», agregaba el padre Patrick, «el agua fría les va a brindar temple y los va a alejar de pensamientos pecaminosos», no sé si para bien o para mal quedó en mí la costumbre diaria del baño y me provocaba ansiedad sentirme «sucio», en el monasterio gocé de ciertos «privilegios», además de contar con comida segura y con un lugar caliente donde dormir, había una biblioteca con decenas de libros a mi disposición, me aficioné a leer y gracias al padre Francis se me permitía el acceso a cualquier hora, él insistía en que leyera la Biblia, deseaba que en la Biblia encontrara compasión y misericordia y sí hallé algo de eso, sin embargo lo más fascinante fue descubrir la gama de posibilidades de lo humano que pululaba en sus páginas, desde el inicio, en la historia de Adán y Eva, descubrí pasiones ígneas, a pesar de la advertencia de un dios furibundo, y consciente de que puede ser merecedora de un castigo eterno, Eva desobedece y muerde la manzana, pulsa dentro de ella un anhelo por retar a su creador sin importarle la punición a la cual ella y Adán serán sometidos, la indocilidad de Eva es la reafirmación de lo humano sobre lo divino, más que una guía sobre virtudes hallé en la Biblia un manual de la insubordinación de los hombres, Caín se subleva a los dictados de Dios y dominado por envidias y por celos le revienta los sesos a su hermano con una quijada de burro convirtiéndose en un insurgente más, en tanto el padre Francis hallaba en el libro parábolas sobre el bien, yo entrelíneas leía lo opuesto, que la naturaleza humana es insobornable, que ni siquiera la severa mirada de Dios es suficiente para desviar a un hombre o a una mujer de sus intenciones, que la carne no es débil, por el contrario, es la fuerza más potente, la que hace girar al mundo, conocer de principio a fin la Biblia me hizo admirar más a Henry Lloyd, nunca se arredró frente a la ubicua mirada del Todopoderoso, decidió su destino y no paró hasta conseguir cuanto se había propuesto aun ante amenazas de pastores y de sacerdotes de que pagaría sus crímenes en el purgatorio, había en la biblioteca libros de historia, de teología, filosóficos, a mis diez años poco o nada comprendía de estos temas, pero no me negué a leerlos, los que más me gustaban eran las novelas, en la historia de personajes inventados la realidad se veía más pura, menos matizada, como dijo el sabio Santiago Gamboa, «en la ficción vienen escritos los códigos», el sacrificio de las reses me permitió vislumbrar otros misterios, empuñar el cuchillo para clavárselos develaba un instinto subterráneo, potente, inevitable, los cadáveres animales eran otro tipo de libros, con otros códigos, abrir una vaca en canal, escudriñar el secreto orden de sus entrañas, ver la sangre escurrir hacia la cuenca vacía de su abdomen, descubrir músculos en los adentros, oler los gases expelidos por las tripas, deletreaba otras formas de conocimiento tan valiosas como aquellas reveladas en los volúmenes de la biblioteca, los tres años de mi vida en el monasterio bastaron para forjar dentro de mí al hombre que en la otra vida, la de mi aldea, jamás hubiese existido, no sé a cuál dios agradecerle, si a su Dios omnipresente y soberbio o a los dispersos y caóticos dioses de mis antepasados, a quien sea de ellos, mi gratitud, porque al final fui resarcido.

1816

Emma no cesó de maltratar a Jack. El agravio contra su indefenso hijo le pareció la más seria ofensa. Trató de echarlo, el trampero se lo impidió, «cometió un error y ya se disculpó. Me ayuda con el trabajo y es un buen muchacho, deja ya de hostigarlo». Para ella, el arrimado era un hipócrita. No eran casualidad los moretones en los brazos y en las muñecas de Henry, aunque esos, desde que era niño, le aparecían a menudo, una rara condición de su sangre. Lejos de achacarlos a ese mal, Emma se los imputaba al recién llegado. Si el trampero le hubiese advertido a su mujer que, no obstante ser un niño, Jack era un asesino que acuchilló a cinco personas, quizás se hubiese atemperado. Aun con sus limitaciones intelectuales, Henry causaba desaguisados con tal de que ella culpara a Jack. Ensuciaba la ropa recién lavada, abría los postigos para que los gatos monteses entraran a comerse los filetes de los venados o apagaba el fuego donde se cocía una sopa. Al descubrir los percances, Emma increpaba a Jack con dureza y Henry sonreía divertido. A pesar de los esfuerzos del trampero por mediar entre su esposa y el niño, la relación entre ellos empeoró. Jack resolvió aguantar, la comida y el techo valían el mal humor de la mujer y, además, faltaba poco para que partieran rumbo a la cabaña en la sierra. Su paciencia se agotó una mañana. Se encontraba a un lado de la casa despellejando una piel de venado, cuando Emma, sin aparente motivo, le asestó un palazo en la espalda. Jack se volvió a verla, confundido, y ella aprovechó para darle un golpe en la cabeza y descalabrarlo. «Me tienes harta», le gritó y entró a la casa. La suerte estaba echada: Jack empezó a planear el asesinato de la mujer. Al principio, sólo pensó en deshacerse de ella, pero infirió que el hombre lo perseguiría hasta matarlo. Debía asesinarlo a él también y, por supuesto, al idiota. Estuvo tentado a anular su plan cuando el trampero le dijo que en dos días se irían a la cabaña. Dejó pasar una noche para ver si se enfriaba el deseo de despacharse a la bruja y al cretino. Podía condonar al trampero, se había comportado con él como un padre y había cumplido su palabra de no entregarlo a la justicia, pero no le perdonó su pasividad frente al trato injurioso de la mujer. La posibilidad de revertir sus intenciones la echó a perder Emma al día siguiente cuando le gritoneó sin razón alguna y el idiota lo celebró con risotadas. De manera furtiva, Jack cargó un mosquete con pólvora y munición y lo ocultó en una esquina detrás de un atado de pieles. Junto al río, con un guijarro, afiló su cuchillo. Jack oteó los alrededores, amarillos, naranjas y ocres tornaban aún más hermoso el paisaje. Al soplar el viento, decenas de hojas se desprendían de los árboles y originaban remolinos multicolores. Se escuchaba el correr de las ardillas sobre el manto de hojas secas y en el cielo se veían hileras de gansos nevados que iniciaban su migración hacia el sur. Esa podía ser la última tarde de su vida. Si fallaba, el trampero no se apiadaría de él y, en justificada defensa propia, lo mataría. Se debatió si era o no imprescindible asesinarlos. Había demasiada belleza en el mundo como para perderla por las majaderías de una gorda pestilente. Bien podía, en ese mismo momento, adentrarse en lo alto de la sierra hasta la lejana cabaña y aguardar ahí al trampero. Imposible: lo corroía la indignación. Desde que tenía memoria estaban presentes los abusos de unos y otros. Ser hijo bastardo le había acarreado un sinnúmero de agresiones gratuitas. Si no ejecutaba a la mujer y a su hijo, se arrepentiría el resto de su vida. El maestro de la aldea, que de manera intermitente enseñaba a los niños a leer y a escribir, pronunció una frase que lo marcó de por vida: «Los valientes mueren una vez, los cobardes mueren día a día». No, él jamás sería un cobarde. Preferible perecer a vivir con la carga de que a la hora buena lo doblegó el miedo o, peor aún, la desidia. Guardó el cuchillo en la funda y volvió a la casa. El sol empezaba a declinar. En otoño el aire se tornaba más transparente. A lo lejos, Jack descubrió una bola negra que se desplazaba por entre los pinos. Aguzó la mirada: un oso. Debía prepararse para hibernar. A él le gustaba su carne, los solomillos eran deliciosos y tiernos, con un ligero sabor dulce. Escuchó una voz detrás de él, «¿nos dará tiempo de cazarlo?». Era el montañés que llevaba consigo un rifle. Venía agitado por subir la ladera y, en el frío vespertino, su vaho se dispersaba. «Cazarlo no va a ser el problema, cargarlo sí», bromeó Jack. Henry sonrió, «vaya, vaya, ya piensas como un verdadero cazador». Jack se volvió a verlo. El hombre resollaba por el esfuerzo. Comenzó a pesarle la posibilidad de asesinarlo. Su ánimo oscilaba entre matarlos o dejarlos continuar con su vida. Si a uno de ellos estaba inclinado a indultar, era a él. «Vamos a cenar, muero de hambre», lo impelió el trampero. Vieron al oso perderse entre las cañadas y se dirigieron a la casa. El horizonte se tornó rojizo detrás de la línea de pinos. Una metáfora de lo que estaba por venir. Cenaron, cada uno se acostó en su catre y se hizo de noche.

1887

la tierra es el único bien tangible en el que un ser humano puede echar raíces el único en el que puede crearse una memoria que atraviese décadas o siglos el único que puede congregar a una familia por generaciones la tierra otorga sentido de permanencia y posibilita construir y reconstruir la historia Emerson fue labrada ciento cincuenta años antes de que tú o yo naciéramos erigirla costó decenios aquí había bosques pantanos insalubres víboras venenosas garrapatas sanguijuelas moscos con las puras manos mis antepasados domaron esta naturaleza mercúrica para establecerse en este territorio tuvieron que enfrentar a los creek fue una guerra despiadada hubo muertos al por mayor ganaron los míos y el progreso suplantó a la barbarie por eso hoy para donde veas hay sembradíos una economía boyante gente culta y preparada la mansión donde vivo la construyó mi tatarabuelo Benjamin Wilde con la madera de los mismos árboles que hubieron de tumbar para traer la civilización a estos agrestes reductos tan sólo tallar las escaleras y el barandal tardó dos años cada parte de mi casa fue realizada con esfuerzo y con atención al detalle y ha resistido huracanes tormentas humedad sobrevivió a un conato de incendio cuando un grupo de esclavos sediciosos con antorchas rodeó a mi abuelo y a sus guardias con el objetivo de calcinar el símbolo de su opresión no sé si notaste que en el costado sur del edificio prevalece una mancha oscura ahí prendieron fuego por fortuna los custodios actuaron pronto y con disparos terminaron con la revuelta murieron doce negros tres guardias y lo más lamentable cayó asesinado el menor de los hermanos de mi abuelo que apenas contaba con catorce años indignado mi abuelo que consideró injusto el levantamiento vendió cada uno de los esclavos que poseía y desde entonces se propuso comprar sólo aquellos que no hubiesen nacido en los Estados Unidos a esos los consideraba desagradecidos y altaneros según contó papá mi bisabuelo y mi abuelo los habían tratado bien y no justificaba su rebelión aunque tú y yo sabemos que es relativo eso de «tratarlos bien» que todo esclavo queda al margen de su propia vida y que no pueden regir una sola de sus decisiones tú llegaste a ejercer la más sutil y a la vez la más despótica de las dictaduras les hiciste creer a los negros que tú no maltratabas ni reprendías lo tuyo lo sabemos era sólo una estratagema con el pretexto de que sólo los sancionarías en casos extremos los pobres africanos te temían bien lo aseverabas la amenaza de ser el más violento es más efectiva que el mismo acto de serlo te bastó un solo escarmiento como ejemplo para que en adelante ningún negro intentara vulnerar tu autoridad recuerdo la tarde en que mi padre me ordenó subir a la recámara y que no bajara por ningún motivo me asomé por la ventana observé cómo mandaste embarrar de brea a Jokim aquel negrazo que apenas balbuceaba unas cuantas palabras en inglés y que cometió el delito de violar a una joven esclava y de destrozarle el rostro a cuchilladas al terminar de embadurnarlo te acercaste con una tea los demás esclavos miraron espantados sin saber si te atreverías a quemarlo por transgredir tus estrictas reglas no titubeaste entelerida miré alzarse hacia el cielo las lenguas de fuego que carbonizaban al pobre hombre que entre aullidos suplicaba por que apagaran las llamas que disolvían su cuerpo no sólo los atemorizaste a ellos te temimos todos yo mi padre los vecinos esa noche en la cena nadie habló tú con la mirada fija en tu plato como si en ese pedazo de pollo y en esas verduras se encontraran las palabras que precisabas articular luego de un largo rato levantaste los ojos para clavarlos en los de mi padre *nunca más un negro asesinará en esta finca ninguno violará o robará* pronunciaste con gravedad *nunca más faltarán al respeto ni a nosotros ni entre ellos fue una dura lección y sabrá entender que era necesaria* me quedé fría al escucharte no por lo que habías hecho sino porque en el fondo aprobaba tus acciones dentro de mí hallé centelleos de tu saña celebré tu valor para atajar de golpe en nuestros negros cualquier traza de malevolencia y admiré que apagaras fuego con fuego esa noche me hiciste el amor con dulzura tu cabello aún oliendo a cenizas de la hoguera humana por uno de esos extraños vericuetos de la mente en ese instante deseé quedar preñada para darte el hijo que anhelabas quise que tu semen recorriera mis arterias que atravesara mis huesos que explorara cada uno de mis órganos hasta encontrar a nuestro hijo porque dentro de mí debieron morar varios que sólo esperaban su momento para cobrar vida y aun cuando acababas de cometer una salvajada y todavía exudabas brutalidad me convencí de que eras el hombre que mi estirpe había aguardado para cuidar de nuestra genealogía de nuestra historia de nuestro clan Emerson podía descansar sobre tus hombros estaba persuadida de que tú soportarías cuanta calamidad enfrentaras y nos protegerías así fuese preciso invocar tu fiereza cuando mi prima Lucy se enteró de que habías calcinado vivo a un negro me confesó que se despavoriría de tenerte cerca y me preguntó si no recelaba de ti le respondí que tu presencia era sobrecogedora pero que el amor prevalecía era difícil que Lucy comprendiera cuanto quise decirle para ella la palabra amor debía serle un concepto brumoso mi tío la casó a la fuerza con el vejaco de Mathew que le llevaba treinta años y la obligó a un matrimonio por conveniencia sólo para robustecer sus finanzas y contar con un aliado imposible que ella sintiera lo que yo por ti no no era miedo lo que me provocabas era algo distinto como el vértigo que deben experimentar quienes se topan frente a frente con un tigre una atracción inexplicable a la belleza de sus formas pavor a su explosiva conducta cuando te vi quemar a Jokim fui presa de ese vértigo mareante saberte listo para ir a los extremos con tal de imponerte me sedujo y me aterró y así como un tigre mata por instinto así tú lo hacías la crueldad anidaba en tu naturaleza no te puedo juzgar ni descalificar cuando entre mis antepasados hubo gente igual de bárbara los delicados juegos de té las sublimes porcelanas los muebles tallados con maderas tropicales los exuberantes tapices hilados en el Medio Oriente los manteles tejidos en Bélgica y en Holanda eran parte del vano esfuerzo por dulcificar nuestros crímenes actuamos con suma propiedad para esconder las masacres de indios ejecutadas para arrebatarles sus tierras con la pantomima de nuestros modales disfrazamos el ultraje a los pobres negros que tratamos como bestias tú fuiste el sumario de las monstruosidades de quienes fraguaron esta simulada civilización nuestra rocambolesca y afectada forma de vida era sólo el cascarón del huevo de caimán que paciente esperaba para emerger por la menor hendidura listo a pegar de tarascadas

1881

Eso de ser sitiado por enemigos que nomás esperan a que te asomes tantito para sorrajarte un balazo en la choya es de lo más pinche que te puede pasar en la vida. Los apaches se aparecían de a ratos sólo para refregarnos que andaban por ahí. Era su forma de advertirnos que tarde o temprano irían por nosotros. Querían que se nos acabaran las provisiones o el agua para que, cuando saliéramos a buscarla, nos dejaran enramados de flechas. Por las noches, pasaban vueltos madre en su caballo frente a la casa para aventarnos a la puerta un coyote con las tripas de fuera. No era nomás de oquis, era una señal. A los coyotes los veneraban por sagaces y por listos, pero los tenían por arteros y alevosos. Eso éramos para ellos los mexicanos, una especie gandalla y aprovechada, marrulleros de menor orden, animales apestosos. No todos éramos así, ni Chuy, ni yo, ni mis hermanos, ni un chingamadral más. Ellos sus tierras, nosotros las nuestras, y aquí se rompió una taza y cada quien para su casa. Como siempre, salió un negrito en el arroz y este fue el grupo de rancheros a los que les ganó la ambición y se fueron a meter a donde no debían. Por su culpa, ahora pagábamos aquellos que ni la debíamos ni la temíamos. Una noche volvieron a tirarnos de flechazos. De vuelta el repiqueteo contra las ventanas, los muros y las puertas. Cabrón pedrisquero de flechas. Una tras otra tras otra. Vista desde afuera, la casa debería parecer un nopal. Y los cabrones las metían hasta por las rendijas. Así se chingaron a Manuel, estaba atarantado tropezándose en la oscuridad, porque habíamos apagado las velas para que no nos aguaitaran los indios, cuando una flecha entró y le pegó justo abajo del cogote. De tan prieta estaba la estancia que no nos dimos cuenta hasta que empezó a gorgorear como guajolote. Yo lo descubrí sentado en el piso y cuando le pregunté qué le pasaba, manoteó tratándose de arrancar la flecha. «Que no se la quite que se desangra más rápido», gritó mi abuelo y pues, demasiado tarde, Manuel ya tenía la flecha entre las manos. Se murió en segundos en medio de un chorreadero de sangre. Entendí por qué a mi abuelo le había encabronado tanto que me colgara un pedernal. Manuel era otro muerto que no íbamos a poder enterrar y en la mañana, cuando vimos que no andaban por ahí los indios, lo sacamos adonde estaban los otros cadáveres, los de ellos y los nuestros. Ya apestaban. Los muertos huelen dulce, con un dulzor empalagoso que se incrusta en el paladar y la garganta y que alborota la guácara. No se acostumbra uno a eso. Tampoco al zumbido de las moscas que se pelean por ganar un huequito donde poner los huevos. Ese zumbe y zumbe de las moscas te puede volver loco. Se mete en el cerebro y no deja de sonar aunque ya no esté sonando. Afuera se hallaba también el apache que había matado. La curiosidad me ganó y me asomé a verlo. En mala hora lo hice. Ya estaba agusanado. Un hervidero blanco brotaba por sus fosas nasales y por su boca. Se le había abotagado la cara y en sus ojos resecos bullían hormigas. Se veía cómo se llevaban pedacitos de él. Ahí, en una fila roja, iba su cadáver desmenuzado. «Los lipanes», decía Mundo Ramos, «tienen un dicho: no es mi flecha la que mata al venado, es la naturaleza». Para mí que no fue mi bala la que mató al muchacho, sino la guerra. La guerra como un coloso autónomo y maldito que no se sacia sino con sangre. Qué ganábamos con matarnos unos a los otros. De tanto matarnos no tardaríamos en dejar despoblado este inmenso chaparral. Al paso de los años, nuestro ganado se volvería cimarrón y rejego, la maleza se comería nuestras casas y desaparecerían las brechas. Nuestros ranchos se convertirían en tierra baldía e inhóspita y de nosotros y de ellos sólo quedarían huesos desbalagados. Los apaches nos asolaron durante días y ya se nos estaban por acabar las provisiones. Los cabrones se habían llevado las vacas, los puercos, las cabras y las gallinas y para comer no nos quedaba de otra que salir a cazar, sólo para ser cazados. Si nuestro emisario había llegado a buen recaudo, el ejército ya debería hallarse en camino quesque para salvarnos, nomás que las cosas pintaban tan del carajo que para cuando se aparecieran ya seríamos carnita en caldo. Las puertas y los techos calcinados se desmoronaban, y por los agujeros se colaba el méndigo frío. Un frío que se metía hasta el tuétano, de esos que lo dejan a uno turulo con las manos y los pies agarrotados y con la boca chueca. Para colmo, se nos acabó la leña. Quemábamos las patas de un mueble o una silla para poder cocinar, porque empezamos a estar hasta la madre de comer cosas crudas. Huevos crudos, pollo crudo, masa de tortillas cruda. Donde nos enfermáramos del estómago y se desatara una epidemia de chorrillo, ahí sí que la cosa se pondría del carajo. De por sí las bacinicas ya estaban rebosadas y a falta de agua ni enjuagarlas podíamos. Nomás ir al pozo, a ochenta pasos de la casa, podía significarnos un bonito lote en el infierno o en el cielo, lo que le tocara a cada quien. Los apaches no se veían por ninguna parte, pero sabíamos que ahí estaban, sólo que los cabrones se hacían monte y uno no sabía si lo que se miraba era gente o cenizos. Hora por hora, más cerca y más cerca estábamos de valer total y absoluta madre. Aquellos tampoco debían estar en un lecho de rosas, porque el clima estaba del carajo y dormían en tipis piteros que construyeron de prisa con los cueros de las vacas que nos birlaron. Ellos pasaban más tiempo que nosotros a la intemperie y los friazos debían apaciguarles un algo sus ganas de guerrear. Mi abuelo no creía ni media raya de que se les bajarían las ganas de cocinarnos, «están impuestos al clima y no les importa dormir enconchados en madrigueras de tlalcoyotes o acurrucados entre los cenizos, les vale madre si llueve, truene o nieve». Mi abuelo tenía la boca apestosa de razón, los apaches aguantaban vara. Ni el sol les tatemaba la piel, ni el frío los entumía. Como si fuera una fresca mañana uno se los topaba en la nieve medio encuerados. Chuy contaba que se los tropezó en medio de una nevada cuando todavía estábamos en paz con ellos, «los caballos apenas podían avanzar, la nieve estaba así de alta y estos andaban quitados de la pena sin camisa. Ni los saludé ni me saludaron, pasamos cada quien por su vereda y ellos tomaron su rumbo y yo el mío». Nomás por hacernos amohinar, se trajeron reses de las nuestras y las mataron como a doscientos pasos de la casa. Les cortaban el pescuezo para desangrarlas y se escuchaba su mugidera de dolor. Los muy cabrestos le rebanaron la panza a una vaca preñada y sin matarla le sacaron los dos becerrillos. Por los catalejos pudimos ver cómo alzaron los fetos sin cortarles el cordón para que patalearan. «Nos están mandando decir que van a hacerle lo mismo a las mexicanas embarazadas», dijo Chuy. Y es que cada cosa que hacían los apaches era para advertirnos algo. Sentí gacho porque entre nuestras mujeres había dos que estaban por aliviarse. Los apaches se zamparon nuestras mulas, nuestros burros y nuestros caballos. Carne era carne y poco les faltaba para hacerse tacos de chicharrón de perro. Mi abuelo intentó una tregua para que cada bando les diera sepultura a sus muertos. Se negaron. En un español mochado su emisario dijo que los espíritus de los guerreros ya estaban con sus dioses, que sus cuerpos podían tragárselos los gusanos y que no iban a parar hasta acabar con nosotros. Mi abuelo quiso meterle un plomo para que se le quitara lo alzadito al indio, nomás eso significaría que se escabecharan a Pancho, nuestro enviado, y no estábamos como para andar desperdiciando vidas. Se fue el indio y regresó Pancho, «son chingos», dijo, «más de los que pensábamos, vamos a terminar como cecina». El sitio duró cuarenta y tres días. Estar encerrado ese titipuchal de tiempo sabiendo que afuera ronda una punta de cabrones que te quiere tronchar te lleva derecho a la locura. La pura posibilidad de un ataque sorpresa no nos dejaba dormir a pierna suelta. Cualquier ruido nos despertaba y los nervios no daban ni para echar una pestaña. De tanto mal dormir y mal comer empezamos a sufrir de alucinaciones y como anticipó mi abuelo, poco faltó para que nos balaceáramos entre nosotros. El tiempo se nos hizo gelatinoso, ya no sabíamos si era de mañana o de tarde, si acababa de meterse el sol o si estaba por salir. A los chamacos, que al principio del sitio no paraban de llorar, se les consumaron las energías y las lágrimas. Se quedaban mirando el techo, embobados, sin moverse, como si ya no tuvieran cuerda. Yo creo que a estas alturas ya se habían hecho a la idea de que se iban a morir y empezaban a ver fantasmas, porque eso decían las abuelas, que cuando uno está a punto de que se lo cargue la calaca, empieza a ver muertos. En el día cuarenta y tres, lo supe porque cada día rayaba una marca en un poste de la ventana, por fin llegó el ejército. Y si aquellos eran como doscientos, estos eran quinientos. Los apaches pusieron pies en polvorosa. Como el ejército traía ojeadores que sabían leer los rastros hasta en los pedregales, les dieron alcance y una noche los agarraron en la pendeja y se escabecharon a más de la mitad. Y la matazón no paró ahí, por órdenes del gobierno central, se dedicaron a perseguirlos hasta exterminarlos. Si para los apaches nosotros éramos coyotes, para el ejército mexicano ellos eran ratas y como ratas los fueron a matar. Por fin pudimos dormir de corrido tres días seguidos y comer bien y beber agua limpia. Puro saco de huesos éramos la mayoría y nos llevó rato volver a ganar peso. Enterramos a nuestros muertos y mi abuelo, igualito a como le hizo con mi madre, ordenó que aventáramos los cuerpos de los indios en el monte, «que acaben como cagada de zopilote», dijo. Por boca del capitán Malvido, que venía a cargo del regimiento que vino a ayudarnos, escuchamos las primeras versiones de una posible insurrección de los colonos anglos en el este de Texas. «Los cabrones ahora quieren ser independientes, les dimos la mano y ahora se quieren apropiar hasta de nuestras cuñadas, así pagan la hospitalidad mexicana los pinches traidores». Para colonizar el territorio de Texas y así desplazar a los indios de sus tierras, el gobierno central les ofreció parcelas a los americanos. «Llegaron pobres y se quieren ir ricos», aseguró Malvido. Según contó, nada más acabaran con los indios se iban para San Antonio de Béjar a reforzar a las fuerzas mexicanas. «Que se queden con la comanchería entera si la quieren, los indios se los van a tragar en pozole», dijo mi abuelo. Según Malvido, los rebeldes deseaban independizar Texas hasta los límites del río Nueces. «Eso está a decenas de leguas de aquí, no nos va a afectar», afirmó mi abuelo, «y después de que lidien unos meses con los comanches, esos pobres diablos nos van a querer devolver lo que quieren robarnos». Malvido no se confiaba, «ya sabe cómo son de aprovechados los americanos, pero vamos a ponerles un hasta aquí». La tropa se fue a seguir apaleando a los apaches y luego de dos semanas de macanearlos hasta por debajo de la lengua, se fueron para San Antonio de Béjar. Días después, con Chuy y con mis hermanos Mario y Julio César, hallamos los restos de la matazón. El ejército había diezmado a los apaches. Había cadáveres de hombres, mujeres, niños, viejas y hasta bebés, esparcidos por las barrancas, por las llanuras, por las lomas. A cada uno, sin importar la edad, le habían cortado el cuero cabelludo. «Treinta ojos por cada ojo, treinta dientes por cada diente», había manifestado Malvido para justificar la atrocidad. Vaya manera de aplicar la sentencia bíblica. Era costumbre de los apaches quitar los cueros cabelludos de sus enemigos muertos, jamás se supo que se lo quitaran a niños. Las huestes mexicanas colgaban los cueros en las monturas de sus caballos para presumir su triunfo y para demostrarle a sus superiores que habían cumplido con creces sus órdenes. Cuando pasaban trotando al lado de uno, clarito se veían los pelos revolotear en el aire. Bien merecíamos el odio de los apaches, odio que no se apagó por décadas.

2024

Si Peter había descrito el conocer a Tom como «haber estrechado una anguila eléctrica», al apretar la varonil mano de Henry sintió «la descarga de una central nuclear». Por la mala leche de su abuelo contra los Lloyd, Peter pensó en toparse con un fulano vulgar y ramplón, de ideas burdas y torpes. Un texano poco cosmopolita, sin mundo, sin visión. Sucedió lo contrario, halló a un hombre sofisticado, con vastos conocimientos sobre una variedad de rubros, agudo olfato para los negocios y una incisiva inteligencia. En menos de cinco minutos ya se había prendado de él. Henry le hizo ver a McCaffrey que la herencia histórica de su familia estaba ligada, de manera íntima, al desarrollo de Texas y, por ende, de los Estados Unidos y que el primer Lloyd había construido su emporio con un instinto sagaz y valeroso. En un intento por desosar la parte oscura del imperio, McCaffrey lo tupió con preguntas capciosas. Henry resumió su réplica con una declaración cuya ambigüedad fue reveladora: «Cada hombre responde a los retos de su tiempo y mi trastatarabuelo actuó conforme a los suyos». Una forma elegante de admitir que el primer Henry Lloyd había sido un reverendo hijo de puta. «Enfrentó el momento histórico más complejo, y quizás más deplorable, de los Estados Unidos, aquel donde convergieron los tres pecados capitales de su fundación: la esclavitud, el exterminio de los pueblos originarios y el robo de sus tierras, y el descarado despojo de más de la mitad del territorio mexicano. ¿Había posibilidad de ser de otra manera?». Desde niño, Henry supo que heredaría la máxima posición en el conglomerado y había asumido con gusto su destino, lo opuesto de Peter, que descubrió en la pintura el pretexto perfecto para abandonar la vida proyectada para él por su abuelo. A Peter le apasionaban las finanzas, los negocios, los riesgos que conllevaba manejar elevadas cantidades de dinero, pero no lo suficiente como para dedicar el resto de sus días a ello. Con Henry fantaseó con la idea de ser una *power couple*, en donde él sería el *consigliere* financiero de su amado, sin dejar su camino en el arte. La fantasía se preveía inviable: Henry no telegrafió aquellos sutiles gestos que denotan atracción mutua o deseo. Ni una mirada furtiva, ni un leve coqueteo, nada. «No es gay», se lamentó Peter. Se resignó a un amor platónico que duraría el periodo que acompañara al profesor en sus investigaciones y que, pasado el tiempo, se disiparía. McCaffrey estaba fascinado con la figura del primer Henry Lloyd. Sus prejuicios de académico liberal de Nueva Inglaterra sesgaban su perspectiva y en su tesis se transparentaba la tentación de presentarlo como un monstruo, en realidad lo envidiaba y en el interrogatorio a su chuznieto su admiración soterrada se destiló pregunta a pregunta. «¿Es cierto que su trastatarabuelo entró con su caballo a la cocina de la mansión y pidió a las cocineras que les prepararan el almuerzo a ambos?», la sola imagen del hombre penetrando por el umbral de la puerta montado en su corcel trazaba más a un mito que a un simple mortal. Henry sonrió ante la pregunta, a sus ojos, el hecho enaltecía a su antepasado. «Sí, es cierto», respondió con orgullo. La historia se había narrado de una generación a otra, no como una anécdota más, sino para realzar su carácter indómito. Había otras historias, como cuando él solo confrontó a veinte negros sublevados. «Dibujó una raya en el suelo y les advirtió: entre todos me pueden matar, pero al primero que cruce esta raya lo reviento, así que decidan quién de ustedes se quiere morir». Lo dijo con tal decisión que ninguno se atrevió a cruzarla. Sin perder la calma, dialogó con ellos hasta sosegarlos. Esa era la virtud de Lloyd, afrontaba con serenidad los conflictos sin mostrarse histérico o ansioso, «era de resolver problemas, no de agrandarlos», añadió Henry. Peter, que provenía de una familia donde se apreciaban los buenos modales, la cortesía y el refinamiento, comenzó a entender, a través de los relatos de Henry Lloyd, la manida frase *larger than life*. Cuanto más McCaffrey arrinconó a Henry, más le cautivó a Peter la estampa del patriarca. Con más claridad, el profesor comprendió que un solo hombre, de una naturaleza ingobernable y desbordada, con una hercúlea fuerza mental, podía crear las bases de un imperio de ese tamaño. Durante un par de semanas, por tres o cuatro horas cada tercer día, McCaffrey y Peter se reunieron a hablar con Henry, quien, en un intento por poner en claro los orígenes de la fortuna familiar, y con la venia de su padre, aceptó cada solicitud del profesor para entrevistarse con él. «Que en Harvard nos estudien, hijo», le dijo su padre, «como solía decir Oscar Wilde: que hablen de ti, aunque sea bien».

1892

Negrísima la noche, la corriente hacia abajo me tira. El fondo, oscuro. Todo por perdido doy cuando con unas raíces me enredo. En ellas creo ahogarme. Manoteo, el aire se me acaba. De las raíces me jalo hasta que a la superficie llego. Aire, aire, aire. Un abedul enorme en la negrura se alza. Un dios de la tierra. Un dios salvador. Por las raíces trepo. Sobre la orilla rendido caigo. Lodo. Silencio. Oscuridad. Dónde estoy, no lo sé. Me levanto. A lo lejos, al lado contrario, las luces de las casas. Al puente me dirijo entre matorrales donde serpientes mocasines abundan. Descalzo, pueden morderme. Por el largo camino echo a andar. Un largo camino por recorrer. A mi paso codornices vuelan. En la oscuridad, su aleteo. Un venado en el monte bufa. En su huida rompedero de ramas. En el aire el olor de las magnolias, de las hiedras, del cieno de los márgenes del río. Ulular de un búho. Al puente con los pies cortados arribo. Voces distantes. Cielo estrellado. Al cobertizo vuelvo. Los demás duermen. En mis pies rajadas, sangre. El llanto atorado en mi garganta. Miedo de que Jade muera. A la mañana siguiente los surcos de maíz de malas hierbas debo limpiar. A las mazorcas los hongos desprenderles. El viento las matas rasga. James palabras en voz alta pronuncia. «Exterminar, exterminar, exterminar. Cauteriza, cauteriza, cauteriza». En lugar de cantos, palabras. Arduo trabajamos y al atardecer volvemos. El sol de la tarde: el sol desangrado. Cena. Pan de maíz. Sopa. Carne de cerdo. Al terminar al río voy. Sentado en la orilla, Henry. A su lado me detengo. Él en el agua piedras arroja. No habla. Minutos después me pide seguirlo a los establos y en los caballos al pueblo nos encaminamos. Anochece. A nuestra vera un carruaje pasa. Henry con la cabeza saluda. Callado, él. Leve brisa. Malas noticias yo auguro. Jade muerta en su cama recostada. Viudo de mi gran amor seré. Su cuerpo dulce inmóvil lo imagino. Su respiración, silente. Mi vida por la de ella no entregué a cambio. Los dioses enojados deben estar. Al anochecer a la entrada del pueblo llegamos. Sombras en las calles se adivinan. Lloyd su caballo para. Entre la negrura hacia mí se vuelve. «Jenny agotada está, entre Jade y los niños más no puede. Ahora a Jade tú necesitarás cuidar». Respiro aliviado. La noche a su lado pasaría. Protegerla. «Poco a poco va saliendo, falta aún, esperanza tengamos». Sólo eso deseo, esperanza. Por muchos años viva entre nosotros quiero tenerla. A la casa arribamos. Cargando al recién nacido Jenny sale. El pequeño asesino de mi amada entre sus brazos. El culpable de que Jade por morir se halle. Copia del padre es. Henry lo pide y Jenny se lo entrega. Lo acuna. La frente le besa. Otro es Henry cuando con sus hijos está. Otro muy distinto a quien conozco. Cariñoso los mima. De cenar pide a Jenny y en la cuna Henry a Jonas deposita. El otro niño duerme. En el fogón Jenny una cazuela coloca. Henry a la habitación de Jade entra. «No despierta», me dice Jenny, «va y viene de la muerte». Voces en la habitación escucho. Habla Henry, ¿reza?, ¿de ella se despide? Durante unos minutos el murmullo de su voz se oye. Jenny dos platos en la mesa coloca. «Lista la cena», anuncia. Después de un rato Lloyd sale. Era grande Lloyd. Una bestia blanca. Sus espaldas el ancho de la puerta. En silencio cenamos. «¿Guisos de zarigüeya sabes hacer?», a Jenny le pregunta. «Sí, señor», ella responde. «Caza una y prepárala», le ordena. Animales feos las zarigüeyas son. Sus crías en el lomo cargan. Comerlas no me gustaría. Lloyd se levanta y hacia mí se dirige. «Cuídala bien». Sale. A la puerta me asomo. En su caballo Lloyd monta, «en tres días vuelvo». Parte y en la noche se desvanece. A la casa regreso. Jenny sábanas me señala. «Por si ella se orina, puedas cambiarlas». Un pote con papilla me entrega. «Cucharadas en la boca dale, ella todavía sabe tragar. Con los ojos cerrados come». Con la mano la otra habitación indica. «Con los niños ahí estaré. La puerta toca si algo necesitas». Al cuarto de Jade entro. En cada mesa de noche, una vela. Al pasar por enfrente la flama se mueve y pareciera que Jade también. Sólo un efecto de la luz. Ella respira. Su pecho sube y baja. En una silla a su lado me siento. Flaco su rostro, sus brazos unas ramitas. Sólo sus senos grandes son, abundantes en leche. A un niño blanco dio vida para ella luego morir. Hijos míos Jade debió engendrar. Ellos la existencia no le habrían robado ni dentro de ella sangre blanca ponzoñosa correría. Con un hijo nuestro ella y yo felices seríamos. Ahora la muerte la sorbe. Cucharadas de papilla le doy. Como acto reflejo su boca deglute. El pote entero se termina. Suda. En su frente gotitas. Con una toalla las limpio. Sobre la silla me quedo dormido. Sueño cuando un gemido escucho. Los ojos abro. Ella gime. Su frente enjugo y me vuelvo a dormir. Jenny con el bebé llorando por la madrugada al cuarto entra. Otras dos velas prende. A Jade bocarriba voltea. Su camisón hasta el cuello levanta. Sus senos leche gotean. Jenny al bebé lloriqueante en el seno derecho lo sitúa. Con la boca el bebé el pezón busca. Lo halla y succiona. El blanquísimo hijo de Jade en el oscuro pecho de su madre. Aún sin conciencia Jade madre sigue siendo. Luego de un rato Jenny al bebé al otro seno cambia. El niño mama hasta dormirse. «Buenas noches», me dice Jenny. Carga al niño y del cuarto sale. A Jade veo. Leche de sus senos sigue manando. Líquido blanquecino que por su negra piel resbala. Acerco mi boca y con mi lengua pruebo la savia de Jade. A su lado me recuesto y comienzo a chupar. Jade me alimenta. Madre eterna, Jade. Su dulce leche bebo. Desde su casi muerte vida me brinda. Su seno sorbo y me adormilo. Cuando despierto, con los ojos abiertos ella me mira.

1878

Una mañana, los monjes nos alinearon en el patio, pensamos que, como en otras ocasiones, nos transferirían a otra ala del edificio, ellos evitaban mezclar chicos de diferentes edades para que los grandes no abusaran de manera física y sexual de los menores, y cada determinado tiempo nos cambiaban de área, nos pidieron desnudarnos frente a un grupo de hombres blancos, ello contradecía cuanto nos habían prevenido sobre el pecado y los desasosiegos de la carne, con enorme vergüenza nos tapamos los genitales, nos revisaron de pies a cabeza, nos pidieron abrir la boca, alzar los brazos, mostrar las palmas de las manos y las plantas de los pies, hicieron comentarios irrespetuosos sobre nosotros como si no estuviésemos ahí o no los entendiéramos, «este tiene cara de bruto», «este flacucho no vale ni una guinea», «este parece un desviado sexual», ninguno de los monjes levantó la voz para atajar sus injurias, se quedaron callados con la cabeza agachada, después de minutos de humillante escrutinio fui separado del grupo junto con otros cuatro, «estos están listos», dijo un tipo regordete, el padre Patrick asintió con un gesto maquinal como si sólo se limitara a recibir órdenes, «nos los llevamos», dijo el gordo, nos colocaron esposas y grilletes, intenté resistirme y un tipo corpulento me golpeó las corvas con un bordón, «quieto», advirtió y al voltear a enfrentarlo colocó una pistola frente a mis ojos, no comprendimos por qué esta infamia, habíamos supuesto que los monjes nos habían adoptado, ahora nos cedían a los esclavistas sin mediar explicación, miré a Francis que a lo lejos observaba sin intervenir, con un movimiento de cabeza le reclamé, se limitó a voltearse para el otro lado, no podía creerlo, apenas el día anterior habíamos conversado sobre un libro de Epicuro acerca de la voluntad humana y el libre albedrío, y ahora permanecía mudo ante el oprobio, comprendí por qué en el monasterio no había muchachos mayores de trece años, a todos nos arrojaban al sombrío pozo de la esclavitud, desnudos y encadenados nos condujeron hacia la salida, el silencio de los padres remarcó su hipocresía, de qué sirvieron los sermones, los rezos, las misas, los catecismos, si al igual que Cristo éramos entregados a los fariseos, distinguí un barco ancorado en los muelles, una vez más nos dirigíamos al infinito índigo, al mar que calcinaba nuestras esperanzas, retornábamos a la indefensión, a la comida putrefacta, a viajar apretujados en las entrañas del navío en espacios claustrofóbicos y malolientes, al vómito, a las llagas, al horror de nunca más tomar en nuestras manos el propio destino, para colmo de la degradación, nos colocaron unas argollas de fierro que nos estrujaban el pescuezo y de las cuales tiraron para conducirnos a la nave, al cruzar por las calles del pueblo la gente se burló de nosotros, nos vilipendiaban como si fuésemos aborrecidos adversarios capturados en batalla sin reparar que ninguno de nosotros rebasaba los trece años de edad, me chocó que fuesen niños los más energúmenos, ya habíamos sufrido su frenesí verbal a nuestra llegada, ahora los insultos fueron más virulentos, nos arrojaron frutas podridas, huevos, piedras, a la fecha no logro entender el porqué de su actuar, qué rabia burbujeaba dentro de ellos para portarse de esa manera, qué males interiores exorcizaban al denigrarnos, semejé nuestro calvario al de Cristo, Francis me contó los escarnios de los que fue sujeto en su camino a la crucifixión, de sus tres caídas, de los latigazos en sus espaldas, la corona de espinas que los soldados le apretaban para hacerle sangrar la frente y la dignidad con la que Jesús recorrió el sendero hasta el monte Gólgota donde sería martirizado, pensar en ello fue lo único que me sostuvo en medio de ese tumulto vociferante, en algún momento pensé que nos matarían, un horror transitar entre rostros gesticulantes, escupitajos, risotadas, bramidos, imposible explicarse cómo a sólo unos pasos del monasterio se agazapaba el odio, los negreros nos abrieron camino entre el gentío y nos condujeron a la embarcación, sin quitarnos los grillos nos hicieron descender hacia un sollado donde se apiñaba media centena de esclavos, nos encadenaron a los postes y luego cerraron la puerta, en mi lengua pregunté si había alguien de mi región, nadie respondió, entonces inquirí en inglés y dos contestaron, relataron que el barco había ido de puerto en puerto recogiendo cautivos y al parecer esta era la última parada antes de dirigirnos a territorios desconocidos.

1816

La leña chisporroteaba en la chimenea, se oían lejanos aullidos de coyotes y la luz de la luna se trasminaba por las rendijas de los postigos cuando Jack resolvió matarlos. Como otras tantas noches, la pareja había copulado y en el ambiente flotaba el olor acre de la mujer. Jack abominó la peste y fue tal su repulsa que se levantó decidido a asesinarlos. Fue por el mosquete y, pese a avanzar con sigilo, el muchacho se despertó e intentó decir algo. Jack se llevó el índice a los labios para pedirle que se mantuviera callado. El otro sonrió en la creencia de que estaba por realizar una travesura. Jack volteó hacia donde dormía el trampero, debían mediar ocho pasos hasta él. Caminó despacio para no hacer ruido. Henry se sentó en la cama, expectante y excitado. Jack volvió a hacerle el gesto de que permaneciera en silencio. El otro asintió con la cabeza, sonriente. Jack respiró hondo y siguió. Se acercó hasta donde se hallaba el montañés. Dormía de costado, la cabeza recargada en un cojín fabricado con la suave piel de un castor. Roncaba. Jack lo observó por unos segundos. Sintió pena por él, pero no dejaría su destino en manos de otros. Cabía la posibilidad de que, en un momento dado, lo traicionara. Escuchó un ruido, Henry se había levantado de la cama y miraba a Jack sin dejar de sonreír. Ya no hubo marcha atrás. Jack levantó el mosquete con lentitud y lo colocó a una pulgada de la sien del trampero. La sombra de Jack cubría el rostro del hombre cuando estalló el disparo. Un fogonazo anaranjado resplandeció en la boca del cañón del arma y se escuchó el traquido del cráneo cuando lo atravesó la bala. El hombre se arqueó y ya no se movió más. Emma se incorporó, aturdida por el estruendo, «¿qué pasó?», preguntó, aguzando la mirada para ajustarla a la oscuridad y descifrar lo sucedido. No tuvo tiempo, Jack saltó sobre ella y empezó a apuñalarla. La mujer manoteó en un intento por defenderse. Jack le apartó las manos y clavó el cuchillo en el pecho y en el cuello de la mujer. Borbotones de sangre salieron despedidos por las heridas. «No, no, no», chilló Emma. Henry celebró cada cuchillada como si se tratara de un juego. Reía a risotadas y brincaba de un lado a otro, entusiasmado. Jack no paró hasta que la mujer se desplomó. El fuego de la chimenea se reflejó en el charco de sangre que se deslizaba por el piso. Jack le asestó otra docena de cuchilladas para cerciorarse de que no sobreviviera. Por la espalda de la mujer empezaron a emerger burbujas y sonó un dilatado silbido. Jack se incorporó y miró sus manos y sus brazos manchados de rojo, Henry corría de un lugar a otro riendo. Jack se dirigió hacia donde habían escondido la talega con monedas y la escondió entre sus ropas. Henry barbulló frases a sus padres y los empujaba para despertarlos. Jack se sentó a ver la patética respuesta del idiota, que no cesaba de reír y de retozar alrededor de los cadáveres. Matarlo no estaba en duda. Nadie lo había visto jamás, sólo habían escuchado de su existencia. Jack podía suplantarlo, dirigirse al pueblo canadiense para personarse con el comprador de pieles, presentarse como Henry, el hijo del trampero y explicarle que por causa de un incendio había quedado huérfano de padre y madre. No podía dejar el cadáver de Henry en la cabaña como los otros dos, necesitaba asesinarlo lejos de ahí y deshacerse del cuerpo. En una mochila, Jack empacó cuantas provisiones le cupieron, pólvora y balas. Sacó un atado de pieles, un hacha, una pala, un mosquete y unos abrigos de oso y los resguardó en un sitio distante de la cabaña. Regresó a vaciar el aceite de las lámparas en los catres, en las cobijas y en los cadáveres. Cogió a Henry del brazo y lo llevó afuera. «Corre a esconderte, papá y mamá te van a ir a buscar ahora». El muchacho pegó una carrera hacia el bosque y se ocultó detrás de un pino. Con una camisa empapada en aceite, Jack fabricó una antorcha, la encendió con los rescoldos de la chimenea y prendió cada rincón de la cabaña. Pronto la lumbre comenzó a esparcirse y en cuestión de segundos la casa quedó envuelta en llamas. Lenguas de fuego enrojecieron el oscuro cielo. Jack aguardó hasta que el incendio terminara de extinguirse. La cabaña quedó por completo calcinada. Jack fue a lavarse la sangre al río. Con la luz de la luna revisó que no quedaran rastros en sus manos y en sus brazos y se enjuagó la cara y el cuello. Recogió los abrigos de osos y caminó hacia donde el cretino se había agazapado. «Henry, ¿dónde estás?, quiero esconderme contigo para que papá y mamá no nos encuentren». Como respuesta, escuchó unas risillas. Encontró a Henry ovillado junto a un tronco. «Shh», dijo el muchacho para callarlo. Jack se sentó junto a él. «Vamos a seguir escondidos hasta que nos hallen. Lo cubrió con el abrigo y el muchacho, cariñoso, se abrazó a él. Por la mañana, un ruido lo despertó. Abrió los ojos y se topó con tres venados que lo miraban con curiosidad. Apenas se movió, los venados bufaron y huyeron. Henry dormía profundo. Con delicadeza, Jack lo apartó de su lado y lo recostó sobre el abrigo de piel de oso. Se incorporó y se dirigió hacia los restos de la cabaña. Nada había quedado en pie, sólo troncos ennegrecidos y humeantes. Fue a revisar los cadáveres. Se hallaban carbonizados y con dificultad podría determinarse que esos bultos habían sido seres humanos. Sólo las manos ganchudas y las calaveras lo indicaban.

Con el hacha, Jack partió los cráneos en pedazos, desprendió las manos y los pies y los machacó hasta pulverizarlos. Si por acaso alguien trepaba hasta lo alto de la montaña y se acercaba a revisar, se tropezaría con las ruinas achicharradas sin saber que ahí había dos personas muertas. Los cadáveres bien podrían pasar por troncos o por muebles chamuscados. Al desperdigar los restos, sintió a alguien. Volteó y vio a Henry con expresión demudada. «La casa se quemó en lo que papá y mamá te buscaban». El idiota observó pasmado el desastre, se giró y echó a correr. Jack detrás suyo. Recorrieron un largo trecho hasta que Jack logró meterle el pie y derribarlo. El muchacho, desconsolado, se le lanzó a los golpes. «Calma, calma», intentó tranquilizarlo Jack. El otro no cedió y continuó pegándole. No hubo más alternativa. Extrajo el cuchillo de la funda de su pantorrilla y le asestó una puñalada en el cuello. Un chorro de sangre salió expulsado. Jack se hizo hacia atrás para que no lo salpicara. Henry se llevó las manos a la herida, se levantó y corrió cuesta arriba hasta que cayó de boca. Luego rodó por la ladera hasta los pies de su victimario. Ya no fue necesario asestarle otra cuchillada, había muerto desangrado. Jack hizo un gesto de enojo, el cadáver se hallaba a una corta distancia de la cabaña y su plan de matarlo lejos lo había arruinado el idiota. No podía enterrarlo en las cercanías. Fue por la mochila y la vació. Con el cuchillo evisceró el cuerpo, empacó las tripas en la mochila y las llevó hasta el río. Las cortó en pedazos atento a no mancharse de bolo y las arrojó a la corriente. Las truchas pelearon entre ellas para devorarlas. Volvió hacia donde se encontraba el resto del cadáver y lo destazó. Acomodó las partes dentro de la mochila y echó a andar. Ascendió la ladera hasta lo más alto y cuando consideró que se hallaba a más de tres millas de la cabaña, excavó con la pala una profunda fosa, depositó los restos adentro, los tapó con tierra, musgo y ramas, y arrastró troncos y piedras para colocarlos encima y disimular la tumba. Se alejó unos pasos para comprobar el resultado y respiró con satisfacción: era indetectable. Nadie jamás podría encontrar el sitio donde lo había sepultado. Bajó al río, lavó la mochila, guardó los víveres y los enseres, se amarró el hacha y la pala a la cintura, cogió el mosquete, el atado de pieles y los abrigos de oso, y echó a andar hacia el valle que bordeaba con Canadá.

1887

cuando esa tarde de verano me propusiste matrimonio me creí la mujer más afortunada me parecías un hombre resuelto inteligente trabajador me encantó la forma en que me preguntaste si quería ser tu esposa te acuerdas yo bebía té en el porche desmontaste del hermoso alazán que le habías comprado a los Rogers y con determinación te paraste frente a mí *señorita Wilde* recuerdo cada palabra que dijiste ojalá no se borren nunca ni de tu memoria ni de la mía *elija usted la fecha en que desee casarse conmigo en los próximos seis meses* no pude creer tu desfachatez de haber charlado en unas cuantas cenas en compañía de mi padre a tu oferta de matrimonio distaba un largo trecho y sí confieso que desde que te conocí soñé contigo anhelaba acomodarme entre tus brazos convertirme en tu mujer nada en tu conducta me hizo prever que me pedirías casarte aunque mi primer impulso fue responderte con un inmediato *sí* modosa alegué que debía pensarlo no me lo permitiste y eso me gustó aún más *señorita Wilde no me iré hasta que me diga la fecha* saltaste la baranda para plantarte frente a mí *el siete de septiembre* contesté en una subitánea reacción sin idea de si caía en sábado o domingo o miércoles fue el primer día que se me vino a la mente *perfecto* declaraste *esta misma noche pediré su mano a su padre* asentí cómo no iba a hacerlo si rezumaba felicidad no sería como otras tantas de las mujeres del condado que se quedaron con ganas de casarse pienso en la señorita Rose que se quedó esperando por años a que un forastero le cumpliera o la señorita Ball que fue desvirgada por el vivales de Seth que para incitarla a acostarse con él le juró amor eterno sólo para jurárselo a otra en el templo un mes después concluí que no habías llegado por casualidad a Emerson sino que Dios te había mandado para unirnos o quizás como dice la gente de por acá *el Diablo también sabe jugar sus cartas* quien haya sido de los dos no importa desde esa remota mañana en que te vi en el soportal de la casa supe que mi destino y el de la plantación cambiarían por siempre vaya que papá quedó deslumbrado cuando te apareciste en Emerson de improvisto en menos de quince minutos con tu legendaria labia lo indujiste a despedir a Bob el capataz y a su gente para contratarte Jenny me cuchicheó cuando tocaste a la puerta *señorita Virginia un forastero pide hablar con su padre no sé cómo llegó hasta acá* dudaba si decirle a papá o no *quién es* le pregunté *nunca lo he visto señorita dice llamarse Henry Lloyd y que esperará el tiempo necesario para verlo* no recordé haber conocido a alguien con ese nombre le avisé a papá de tu llegada cuando nos disponíamos a sentarnos a almorzar *seguro viene a sacarme dinero* dijo papá tú que lo conociste sabes que le gustaba apurar los alimentos en la mesa pero comió con calma para que aguardaras luego de tres cuartos de hora se levantó *veamos qué desea ese muchachito imprudente* salió papá a hablar contigo pensé que te echaría de la casa a él no le gustaban las visitas inesperadas y lo vi decidido a hacerlo pero los escuché hablar tu voz grave se filtraba por las ventanas yo moría de curiosidad por saber qué decían y más cuando Jenny regresó de servirles el té *su padre se nota muy atento no sé qué tanto le dirá ese hombre que por cierto es bastante apuesto* busqué la oportunidad para verte me cuestioné si sería correcto interrumpirlos con un pretexto banal sabía que en charlas de negocios a papá le fastidiaba ser molestado cacé el momento y cuando papá bajó las escaleras para hablar con Bob me asomé por la puerta volteaste a verme con tus traslúcidos ojos azules bastaron esos cuantos segundos para estremecerme temblorosa volví a meterme a la casa hube de tomar aire *está bien señorita* me preguntó Jenny no no me hallaba bien tu mirada me había encogido el estómago regresó papá y me anunció que había despedido a Bob para contratarte a ti en ese momento no la consideré una buena noticia tu presencia me había afectado y no creí conveniente que un hombre que había ejercido tal efecto sobre mí deambulàra a diario por mis terrenos le pregunté a papá por qué había tomado una decisión tan precipitada *no lo sé* respondió *me dio buena espina y demostró tener experiencia en trabajos diversos nada perdemos con intentarlo* papá explicó que le planteaste un nuevo modo de manejar la hacienda y auguraste un crecimiento sin par *trabajó en plantaciones de tabaco en Carolina del Norte aprendió a fabricar whisky en una destilería administró esclavos en las propiedades donde sembraban los cereales para la mezcla e incluso trabajó en una naviera* me aclaró impresionado por tus logros para cerciorarse de que había hecho una buena contratación papá que no era un iluso ni un bobo me reveló que esa noche te formuló preguntas de variada índole para comprobar que cuanto decías era verdad tus respuestas fueron precisas y demostraron tu amplio conocimiento en temas agrícolas y pecuarios papá que dominaba la Biblia a profundidad y que a partir de la muerte de mamá se refugió en sus páginas quiso descubrir qué tan religioso eras me contó que te sometió a un profuso interrogatorio y que respondiste con solvencia conocías cuanto pasaje te preguntó y pudiste citar línea por línea sus versículos favoritos encandilado por tus erudiciones no dudó en aceptarte en la plantación *era imposible negarle el trabajo hija nunca he conocido a alguien con tal cúmulo de virtudes* ahora sé que estudiaste la Biblia no porque fueras un creyente fervoroso sino porque sabías que en el Sur no había mejor ardid para ganarte el favor de su gente que enseñorearte en tus saberes del libro sagrado tu memoria prodigiosa ayudó te bastaba repasar en voz alta un texto para aprendértelo usaste la Biblia como el arma para penetrar la dura alma de los pobladores de estas tierras sobre tus sapiencias agrícolas he de reconocer tu don de observador y tu virtud para escuchar a diferencia de otros capataces que llegaron con actitud de sabihondos tú inquirías con campesinos y labradores sobre cosechas sobre arados sobre la recolecta de los capullos de algodón sobre técnicas de riego encomiable que lo hicieras sin distinción de a quién lo preguntabas así fuese un dueño de otra finca o el más humilde de los esclavos me alegraba que me compartieras algo de esa sabiduría contigo aprendí a leer el clima a interpretar los soplos del viento a interpretar cuánta lluvia soltaría determinada nubosidad sutilezas que según me dijiste te había enseñado un viejo labriego negro era difícil creer que alguien a tu edad hubiese juntado tantas experiencias sabías cómo construir barcos la temperatura a la que debía hervir un alambique para destilar el alcohol la forma más adecuada de combatir los pulgones del trigo tus manos callosas revelaban que habías estado ahí en el campo trabajando y que no te limitaste a dar instrucciones a otros las cartas de recomendación de tus antiguos empleadores te exaltaban como un hombre probo y hacendoso por eso papá no tuvo forma de resistirse a ti y si al principio dudó de tus habilidades terminó ufanándose de haber hecho el mejor pacto de su vida nuestra boda no pudo ser más esplendorosa durante dos semanas recé para que las tormentas septembrinas perdonaran el siete y ese justo día el sol resplandeció se celebró la boda que siempre soñé no me importaron las maledicencias de la gente que te pintaba como un hombre promiscuo y sin valores que se acostaba sin cesar con mujeres negras y que tenía hijos desperdigados por ahí no me importó que en nuestro festejo nupcial se te acercaran mujeres briagas a seducirte y que sin empacho les dieras alas con la promesa de visitarlas en las próximas semanas nada de eso me afectó porque a mí lo único que me interesaba era construir un futuro a tu lado futuro que por desgracia nunca llegó

1881

El ejército casi aniquiló al parverío de apaches de la región, pero los puñados que sobrevivieron no dejaron de chingar la marrana. En grupos de tres o cuatro incursionaban en las rancherías para robarse el ganado y de paso meterse a cuanto vaquero se les cruzara. Parecían forjados de fibras correosas y resistentes y no de carne y hueso. Aparecían de la nada, atacaban y luego se los tragaba la tierra y quedaba el puro aire donde habían estado. Las trillas de sus pisadas no eran como las nuestras, donde el pie derecho va de un lado y el izquierdo del otro. Ellos caminaban en una línea recta imaginaria, una huella delante de la otra. «El suyo es andar de puma», me dijo Chuy, «por eso no hacen ruido». Practiqué su caminado, imaginaba una raya trazada en el suelo y la seguía agachado, pasito a pasito. Funcionó, pude acercarme a un venado macho que ramoneaba distraído. Nunca me sintió y tan cerquita lo tuve que logré tocarle un anca. No se espantó, debió creer que lo rozaba una rama. Volví a tocarlo, el venado volteó masticando las hojas y al verme respingó soltando patadas en el aire. De pura chiripa sus pezuñas no me partieron la jeta en dos. Esa noche tallé un pedernal y lo amarré a una vara de mezquite para fabricar una lanza. Si a un venado casi le respiraba en la nuca, a fuerzas que podía cazar uno con un lanzazo. Durante semanas lo intenté: nada, los méndigos animales se pelaban apenas iba la lanza en camino. Mi suerte cambió cuando en una mañana neblinosa se la pude arrojar a un macho joven. La punta se le clavó arriba del codillo y el venado huyó aventando sangre. Dejó charconones rojos y no fue difícil seguirle el rastro. Lo hallé muerto a cien metros, el pedernal le había partido el corazón. Me puse a danzar alrededor del venado dando gritos de alegría. No sabía de ningún mexicano que hubiese cazado con lanza al estilo de los indios. Lo destripé, me lo eché sobre las espaldas y lo cargué hasta la casa. Chuy me felicitó y me advirtió que mi abuelo no se enterara, «donde sepa que sigues los usos de los apaches, te va a mandar a la chingada del rancho». Corrió el rumor de que los colonos americanos ya habían empezado a rebelarse contra el gobierno mexicano para independizar Texas. A Chuy, saberlo lo encabronó, «yo los vi cuando llegaron, bien jodidos, con su carita de no matar ni una mosca y míralos ahora, son unos redomados hijos de la chingada». Se decía que no estaban apoyados por Estados Unidos, que iban solos por la suya y que el ejército mexicano los tronaría en un dos por tres como lo había hecho con los apaches. «No van a durar ni una semana esos muertos de hambre», dijo don Pablo Enríquez que estaba curtido en las guerras indias. Se pensaba que los colonos texanos no estaban organizados y carecían de experiencia militar, lo opuesto al ejército mexicano que contaba con tropas disciplinadas y armadas hasta los dientes. Eran confusas las versiones del levantamiento texano. Unos aseveraban que Austin, su líder, sólo promovía una asonada contra el gobierno centralista de Santa Anna basado en las rebeliones suscitadas en Zacatecas. Para otros, que ese era sólo un pretexto para separarse de México y anexar más territorio a los estados esclavistas del Sur americano. Según Chuy, los americanos eran rateros y punto, «esos güeros no tienen llenadera, se quieren meter acá como Juan por su casa». La cosa no pintaba bien, por un lado, los apaches chingue y chingue y por el otro, los texanos, también chingue y chingue. Mi abuelo como si nada, si el ejército americano era incapaz de ponerle un estate quieto a los cheroquis menos iban a poder los andrajosos colonos contra los comanches, «déjenlos que solitos se den de topes, al rato van a andar de chillones», dijo el viejón. Por otro lado, se decía que esclavos negros se escapaban del Sur americano para venirse acá y que de tan encabronados con los gringos se enlistarían con el ejército mexicano nomás para darle en la madre a sus antiguos patrones. Como México había abolido la esclavitud, se decía que más y más negros llegaban a vivir a un lugar cerca de Múzquiz que llamaban Nacimiento de los Negros. Nomás que ninguno de nosotros había visto uno, decían que eran oscuros de piel y de melena china, y no nos imaginábamos ni tantito cómo eran. Ni un pelito de rana se le escapaba a mi abuelo aun con lo remontado del rancho y de que las noticias caían por gotas. Es que el viejo era bueno para sacarle la salsa a los forasteros y a los soldados que cruzaban por estos lares. Era de hablar poco, pero resbalaba preguntas como quien no quiere la cosa y así, de a poquito, se iba enterando de todo. A mi abuelo el papaloteo de las noticias políticas no le quitaba el sueño. A él le preocupaban cosas del día a día, que si las secas, que si los abigeos se robaban el ganado, que si las plagas, que si los coyotes andaban pegándole a los becerros, que si vieron a un puma matando vacas, que si un oso se metió al corral de las chivas, que no conseguía vaqueros para arrear las reses. Esas sí le parecían broncas serias, lo demás era puro reacomodo de la región después de estar años bajo el dominio español y le sonaban lógicos los ires y venires entre los texanos y el ejército mexicano. «Los pinches gringos han estado duro y dale con querer comprar tierras mexicanas. Como ya se atoraron a los franceses con la Luisiana, ahora se van a querer seguir con nosotros, nomás que se van a topar con pared». Los demás rancheros no la veían tan fácil y andaban más ansiosos que una pípila clueca. Las tierras que tanto les habían costado, ahora se las querían apañar los gringos. Mucha sangre había corrido por estos suelos y podía regarse más. Una alberca de sangre donde alegres chapotearían los cadáveres de estos y de aquellos. Tres meses después llegaron nuevas, en San Antonio de Béjar se había llevado a cabo una batalla entre voluntarios texanos y nuestro ejército. Las diferentes versiones coincidían en que los mexicanos les habían puesto una revolcada a los texanos. En la comarca celebramos el triunfo, pero el gozo se fue al pozo cuando supimos que los apaches habían asesinado a Mundo Ramos. Lo consideraron un traidor porque no se cumplieron los acuerdos apalabrados con él, aunque Mundo no tuviera nada que ver con los rancheros ojetes que se fueron a invadir las tierras indias. Lo secuestraron por la madrugada y sus hijos lo hallaron al día siguiente en un páramo, amarrado a un árbol sin ojos, sin lengua y sin manos. Cada parte cortada simbolizaba su traición: la lengua, porque con ella pronunció los acuerdos que fueron quebrantados; las manos, porque con esas selló el pacto roto, y los ojos, para que se perdiera en el inframundo y no hallara cómo llegar a su destino. A su lado, por supuesto, dejaron un coyote destripado. Pa colmo, una pandilla de apaches se lanzó hasta San Antonio de Béjar, se colaron en el campamento del ejército mexicano y mataron al capitán Malvido. Trajeron su cabeza sin ojos, y la colgaron a la vera del camino real.

2024

A Peter le pareció extraño que el profesor de Harvard procediera más como un recolector de anécdotas que como un académico. La ortodoxia indicaría deconstruir el imperio Lloyd basado en teorías económicas o sociológicas. No había nada extraño en la manera en que McCaffrey lo acometía. Según le explicó a Peter, no se podía entender la historia del capitalismo americano sin conocer a fondo las biografías de quienes crearon sus bases. «Analizar la personalidad y la historia de Henry Lloyd», expuso, «nutrirá no sólo el entendimiento de lo que es hoy el imperio de los Lloyd, sino también ayudará a explicar los principios sociales, antropológicos y económicos del despegue capitalista». Peter no coincidía con él, un conjunto de relatos aislados sobre un sujeto particular, por más importante que este fuera, no brindaba suficiente luz para comprender los mecanismos intrínsecos de la progresión del capital en los Estados Unidos. El desarrollo debía ser mucho más complejo y con certeza múltiples factores influían en el péndulo de la historia. McCaffrey no dudó en rebatirlo: «Muchacho, los cientos de trabajos académicos en torno al tema palidecen frente a lo que las novelas han logrado al aprehender una realidad histórica. A través de personajes ficticios, los novelistas han retratado mejor que nadie una época y qué mejor que novelar sobre un personaje que "sí" existió. Tolstoi, Dostoievski, Stendhal, Dickens, Baroja, García Márquez, Hemingway, Faulkner, diseccionaron, con el fino bisturí de la ficción, las mitologías de sus tiempos. La academia debe aprender de la literatura y acercarse al retrato vivo y descarnado de los personajes que trastocan la historia». Al reunirse para las entrevistas, Peter rebuscaba, hasta en los más minúsculos gestos de Henry, barruntos de homosexualidad. No hubo tales, su coraza era impenetrable. Si no podía relacionarse con él, al menos disfrutaría de su virilidad y de su inteligencia. Además, era dueño de una fina picardía. Deslizaba comentarios irónicos con tal sutileza que el cándido McCaffrey no lograba descifrar. Peter sonreía ante el elegante cinismo de Henry y le enternecía la falta de malicia del profesor. Al igual que su maestro, Peter comenzó a fascinarse con Henry Lloyd y se preguntaba si Henry había heredado algo de su mística, de su arrojo, de su carácter torrencial. Lo que hubiese dado por conocer a ese Lloyd. Este Henry se notaba contenido, como si midiera cada uno de sus actos. Había algo impostado en él, un actor escrupuloso en el artificio de las formas. Le preguntó a McCaffrey si concordaba con su parecer, «el paso de generación en generación debió infundir en la familia la necesidad de acoger estos modales para desenvolverse en las altas esferas. Si quieres que te sea sincero, lo estimo hasta un poco blando frente a su antepasado. Dudo que cualquiera de los actuales descendientes de Lloyd consiguiese amasar tal cantidad de tierras y de fortuna. Una epopeya de este calibre se presenta en raras ocasiones en la historia». Poco o nada se sabía del origen familiar de Henry Lloyd. Se afirmaba que había sido hijo de un trampero sin existir ningún registro escrito de ello. Los datos eran vagos, recogidos de manera informal y nada fiables. El propósito de McCaffrey era elaborar un diagrama del linaje de los Lloyd y cómo fue prosperando el imperio de una generación a otra. Peter ansiaba compararlo con su propia estirpe y ver cuáles eran las diferencias entre ambas familias. Su abuelo no se cansaba de marcar el contraste entre su prosapia y el «pancismo» de los Lloyd y él deseaba discernir si esas diferencias eran reales o una lectura prejuiciada. Henry aceptó de buen grado someterse a la siguiente ronda de interrogatorios, la excavación sobre la historia familiar le parecía un ejercicio formidable para posicionar sus propias coordenadas. Había aceptado a ciegas y sin cuestionarse su futuro rol en el conglomerado y deseaba ubicarse en la secuencia de acontecimientos que lo había llevado hasta ahí. A Peter le plació saber que seguiría viendo a Henry, pero era urgente volver a sus estudios para no arriesgar el semestre. McCaffrey le hizo ver lo provechoso que resultaría que fuese parte activa de la investigación y se comprometió a hablar con sus profesores para permitirle prolongar su estancia. Peter se veía obligado a llamarle a Betty mañana, tarde y noche, de no hacerlo, se exponía a una tanda de filípicas. No concluía su relación porque le aportaba más ventajas que inconvenientes. Asimismo se comunicaba a menudo con Tom, quien en videollamada le pedía que se desnudara para masturbarse juntos. Le daba pereza hablar con ellos. Henry ocupaba su mente y la presencia de los hermanos la sentía como una intromisión. Una noche, llegaron de improviso a Austin. Sin decirle nada se hospedaron en el mismo hotel y, en secreta concordancia con McCaffrey, quien en su ingenuidad pensó que su discípulo se alegraría con el arribo de su novia, aparecieron en la cena que cada miércoles sostenían con Henry. En cuanto los vio venir, sonrientes ambos, Peter no pudo ocultar su disgusto. Betty lo abrazó cariñosa y él se vio forzado a presentársela a Henry. «Mi novia, Elizabeth Morgan». «Su prometida», agregó ella. Le molestó aún más la forma lasciva en que Tom miró a Henry. La deliciosa trasgresión que le significaba acostarse con los hermanos se convirtió en contrariedad durante la cena. Henry se puso de pie y estrechó la mano de los hermanos. «Henry Lloyd», se presentó y mantuvo la mano de Betty entre la suya. «¿Morgan, de los del Banco Morgan o de los Morgan de Georgia?». Betty sonrió coqueta, «vaya, parece que conoces la línea heráldica de cada apellido. Somos de los Morgan de Atlanta», dijo con orgullo. «Gran negocio suyo el de las nueces y los cacahuates», agregó Henry. «*Nuts made by nuts*», bromeó Tom. Los hermanos comenzaron a dominar la plática. Su esfuerzo por parecerles simpáticos a McCaffrey y a Henry hartó a Peter, quien de súbito se levantó de la mesa y, pretextando una jaqueca, impelió a los otros dos a retirarse con él. Volvieron caminando al hotel. La cháchara de los hermanos, que se atropellaban por contarle cuanto había sucedido en su ausencia, lo fastidió aún más. Al llegar a su cuarto, Betty se puso melosa y le pidió que le hiciera el amor «como nunca me lo has hecho». Él, con la excusa del dolor de cabeza, le pidió un momento para ir a una farmacia cercana a comprar un analgésico. Ella se quedó para bañarse y «quedar limpiecita para ti». Peter se fue directo a la habitación de Tom. En cuanto lo vio, lo besó, le bajó los pantalones, lo dobló y lo penetró. Se vino dentro de él y apenas terminó, se vistió y se despidió con un breve beso. En el camino a su cuarto tomó una determinación: le confesaría a Henry cuánto le gustaba. Soltaría la bomba sin importarle las consecuencias.

1892

De su mundo lejano Jade volvió. Con los ojos abiertos, sin hablar. La lengua muerta parecía tener. Muda ella y, por decisión propia, mudo yo. Dos silencios unidos sin el estorbo de las palabras. Por la mañana Jade orinó. La sábana de amarillo manchada. Con una toalla la limpié. Cargada en mis brazos de lugar la moví para una sábana limpia tender. Sus ojos mi cara siguieron. Una lágrima. Dos lágrimas. Con el dedo las enjugué. Se abrazó a mí, de tan débil apenas su fuerza pude sentir. La deposité sobre la cama y en la frente un beso le di. Le hice la seña de que pronto volvería. A la puerta de Jenny voy a tocar. Tarda en responder. «Las cinco de la mañana es, ¿qué urgencia hay?». Con el índice el cuarto de Jade le señalo. Detrás de mí al cuarto de Jade viene. «¡Despertó!», con estupor al verla con los ojos abiertos dice. «¿Me escuchas, Jade?», le pregunta. A Jade lágrimas le escurren. «La mano agita si me entiendes», Jenny le pide. Jade moverse no puede. Más lágrimas. Jenny del cuarto sale y con el bebé en brazos regresa. «Tu hijo». Jade muda, llora. De él la mirada no quita. Jenny a ella lo acerca. El camisón levanta y sobre el seno al niño coloca. Dormido aún el pezón succiona. Un pedazo de nieve sobre tierra oscura. Jade casi no se puede mover. «Agotada debes estar», le dice Jenny. Quizás muerta estaba y al mundo de los vivos ha retornado. El niño cesa de chupar. Su hambre está saciada. Jade, madre revivida. Madre que vida da y alimenta. A despedirse de este mundo puede que haya vuelto. Del pezón Jenny al bebé quita. En sus brazos lo acurruca. «Dulce niña, descansa», Jenny a Jade le dice. Del cuarto sale. Con Jade a solas quedo. En su cabeza mi mano pongo. Una oración de las nuestras por dentro rezo. Sabios los dioses de mi tribu son. A través de mi mano pueden sanarla. Con mi voz de mudo oraciones susurro. «Sobre ella desciendan y cúrenla», a mis dioses ruego. Sudor en la frente de Jade. Quizás el mal de su cuerpo expulsa. A mis dioses mis plegarias repito. «Dentro de ella la enfermedad saquen». Su dolor mi brazo recorre. De agujas es su dolor. Me pica, quema. Beberlo quisiera. Beber su mal, hacerlo mío. Mi mano sobre su frente se empapa. Escurren gotas: mis lágrimas. Un calor de Jade emana. El veneno del hijo purga. La ponzoña del hijo blanco. Su enfermedad castigo de sus dioses debe ser. Por mezclar sangres, por negarse negra. Mi boca a sus senos pego. De su leche bebo. Me alimenta esta mi nueva madre. El bebé y yo de su pezón vida succionamos. Dormito. Afuera la otra vida. Grillos, chicharras, cantos de tapacaminos. Noche húmeda y caliente. Una voz escucho. «Jeremiah». Volteo. Ella los ojos cerrados mantiene. Busco de dónde vino la voz y alrededor miro. Nada. Un sueño. Dormito. «Jeremiah». La voz suena. «Jeremiah». Atención pongo. «Jeremiah». Me acerco a Jade. La voz de ella es, pero su boca cerrada se halla. Los ojos no los ha abierto. «Jeremiah». La mano en su frente pongo. En la palma de mi mano mi nombre resuena. Su cuerpo me habla. Mi oído acerco. «Me voy», dice. La cabeza levanto y la veo. Un músculo no mueve. Los ojos cerrados, serenos. «Jeremiah», en mi mano mi nombre vuelve a sonar, «me voy». Tres veces suspira. Más hondo cada suspiro. Profundo el tercero. Su pecho se infla y ya no respira más. Inmóvil queda, de lado su cabeza. En su frente aún sudor resbala. Cálida su piel. Ha muerto. En el cuarto donde los niños y Jenny duermen a la puerta toco. Jenny adormilada abre. A un lado la hago y entro. Al bebé tomo y salgo. «¿Adónde lo llevas?», me pregunta ella. Sigo hasta la cama donde Jade muerta yace. Su camisón levanto y al niño junto a su seno pongo. Detrás de mí, Jenny. «¿Qué haces?». Exánime a Jade percibe. Los dedos en su nariz coloca. Su respiración no siente. «Está muerta, ¿qué haces?». El recién nacido por última vez de su madre debe mamar. Sorber cuanto quede de la vital leche para ella libre irse. Jenny el bebé intenta quitar. Lo impido. Insiste. El bebé con mis brazos cubro. Jonas succiona. Jenny llora. «Por favor, Jeremiah, muerta está». Que el niño siga mamando defiendo. Con mis brazos lo cobijo. El blanco hijo y la negra madre. La víctima y el victimario. Mi mano sobre la frente de Jade pongo con la esperanza de que palabras me diga. No me habla más. Mi nombre ya no pronuncia. Por siempre Jade ha callado. Ha muerto mi amor. Mi vida se vacía. Jenny llora. El bebé dormido con el pezón en la boca se queda. Lo quito y a Jenny lo devuelvo.

Una exhalación de dentro de Jade sale cuando el cuerpo acomodo. Su aliento final. Jenny con duda la mira, «¿vive?». Con la cabeza niego. El sudor de la frente de Jade enjugo. «No me olvides», dice su cuerpo a mi mano. Le miro el rostro. No, no la olvidaré. Jamás.

1878

Me amarraron a un madero con las manos atrás, no podía rascarme ni masajear mis piernas adoloridas, tampoco espantar las ratas que corrían entre mis pies, algunos de los esclavos venían enfermos, decenas de pústulas cubrían sus rostros, sus hombros y sus espaldas, a esos los mandaron a los rincones más distantes del sollado para evitar contagiarnos, delirantes susurraban en dialectos ininteligibles, una lástima que nadie pudiese comprender las últimas palabras de aquellos que sucumbieron, temerosos de sus efluvios malsanos los traficantes no se acercaban a los cadáveres, los dejaban endurecerse por el *rigor mortis* y, pasados algunos días, con la cara y la cabeza cubiertas con trapos y con guantes de cuero, los cargaban para arrojarlos al mar, poco les importaba si algunos de nosotros nos infectábamos, unos cuantos muertos no afectarían el negocio, habían abarrotado la embarcación con esclavos para ahorrarse costos, decenas íbamos apiñados en las bodegas, en cubierta viajaban los negros con más «valor», aquellos que no querían arriesgar a que se enfermaran, los jóvenes más fuertes y saludables y las mujeres con caderas anchas y senos grandes, fisonomía que garantizaba procrear una nueva generación de esclavos, a ellos se les permitía deambular maniatados por la cubierta para ejercitarse, los demás permanecíamos en los lúgubres subterráneos del barco, jamás nos desataron, defecábamos y orinábamos en el mismo sitio, embarrados de nuestras heces, con erupciones en la piel por causa de la humedad de la orina, algunos sufrimos de fiebres y de malestares, éramos un albañal humano, los traficantes habían elegido a cuatro esclavas para darnos de comer, pasaban entre nosotros y nos ponían en la boca una pasta hedionda hecha de sorgo molido con pellejos y grasa de cerdos que yo deglutía reprimiendo las arcadas, si deseaba sobrevivir era necesario alimentarme, en silencio repetía palabras y frases en inglés, no podía olvidar mi nueva lengua, era una tabla de salvación en ese mundo oscuro y pestífero, algunos de los traficantes lo hablaban y por ello pude enterarme de lo que sucedía a bordo, supe que viruela era el nombre de la enfermedad que aquejaba a varios, que era en sumo infecciosa y que no nos soltaban para llevarnos al baño porque en un viaje anterior los esclavos se amotinaron y estuvieron cerca de tomar el control de la nave, fue necesario disparar sobre la multitud y mataron a una gran cantidad de negros, no se lamentaban por haberlos matado, sino por haber perdido una valiosa mercancía, temían que la viruela se extendiera al grueso de quienes navegábamos en el barco, negros y blancos por igual, según le contó uno de los custodios a un marino novato era conocida la leyenda de un barco en el que tanto tripulantes como esclavos se contagiaron de viruela, murieron uno tras otro hasta que no quedó nadie vivo, la nave, a la deriva en el inmenso océano, soportó tormentas sin timonel que la pilotara y fue a encallar a una playa en un remoto territorio llamado Brasil, un navío portugués topó con el barco fantasma y cuando al abordarlo descubrieron la pila de cadáveres, lo incendiaron a pesar de su sólida construcción y que bien podía servirle a la marina lusitana, el barco se calcinó con lentitud y quienes fueron testigos dijeron que en la humareda se dibujó una calavera humana, los oí hablar de las mujeres negras, «copular con ellas es como hacerlo con un animal», las mujeres de la «selva», así las llamaban, les parecían las más repugnantes, gordas, de baja estatura, nariz ancha, en cambio las del «desierto» las consideraban las más apetecibles, su color no era tan oscuro, sus facciones finas y su figura delgada, ayuntar con ellas les parecía lo más cercano a hacerlo con una mujer blanca, al igual las calificaban como animales, descubrí que los blancos nos catalogaban como negros de «selva», «costa», «montaña», «sabana» y «desierto», sobre esa clasificación decidían nuestros precios, yo estaba tipificado como «sabana», nos juzgaban más «adaptables» porque proveníamos de una cultura agrícola, diferentes a los de «selva» que subsistían de la caza y de la recolección y por lo tanto eran menos «domesticables», entre la centena de negros que transportaban ninguno hablaba mi lengua materna, temí que con el tiempo la fuese perdiendo porque había vocablos únicos que el inglés no lograba expresar y que me permitían entender quién era yo en mi realidad primigenia, aún hoy me llegan resabios de mi dialecto, destellos que iluminan por un segundo la bóveda de mi cráneo para luego desvanecerse, si regresara a mi tierra no podría comunicarme con nadie de mi tribu, mi lenguaje se estacionó en mis nueve años, la edad en que fui secuestrado, mis hermanas, por si acaso hubiesen sobrevivido la malaventura, menos probabilidades tendrían de hablarlo, eran muy pequeñas cuando fueron raptadas, hubiese dado lo que fuera por localizarlas, por verlas una vez más, por preguntarles por su suerte, inquirir si aún recordaban a mis padres, cuáles eran sus memorias de aquello que fuimos y que nunca más volveríamos a ser, me angustiaba imaginarlas violadas o golpeadas o que hubiesen muerto en la travesía, sus cuerpos arrojados al mar para ser devorados por los peces, la inmovilidad nos provocó úlceras que, por las condiciones dañosas en las que nos hallábamos, se inficionaron, quienes se quejaban obtenían un palazo como respuesta, «cállate, mono», éramos todos bestias en esa nave, ellos por su crueldad inaudita, nosotros por ser tratados como tales, empecé a pedirle a su Dios que nos ayudara, quizás si demostraba mi creencia fehaciente en Él se dignara a salvarnos del inframundo en el que nos encontrábamos atrapados, recé las oraciones que el padre Francis me enseñó, los padrenuestros y las avemarías, rogué por Su amor y Su misericordia, nada recibí a cambio, mis días se repetían uno tras otro, oscuridad, vaivén, oleaje, fetidez, rozaduras, llagas, desesperación, los monjes me habían hablado sobre la existencia del infierno, ese lugar en el que se supone purgaban pena los malditos, los pecadores, los asesinos, ¿por qué había terminado yo ahí?, al menos la mitad de los esclavos eran de mi edad, ¿por cuáles culpas merecíamos ese espacio tenebroso y asfixiante?, ¿por qué habíamos caído de la gracia de Cristo?, ¿o Él era un Dios malévolo que gozaba con el sufrimiento de quienes no estábamos hechos a su imagen y semejanza?, ¿por qué este infierno?, ¿por qué?

1816

Jack se sentó en la orilla del río a contar las monedas. Sin estar al tanto del valor del dinero, supuso que le sería suficiente para mantenerse un año, tal y como el trampero le había aseverado a su mujer. No tuvo opciones hacia dónde ir, su espacio geográfico se reducía a la parte norte de Vermont y ahora, un pueblo al otro lado de la frontera. Canadá era su única opción, en Vermont lo colgarían en cuanto lo reconocieran. A ojos de otros sus crímenes resultaban imperdonables. Si tan sólo lo dejaran explicarse. Sus asesinatos se eslabonaron uno tras otro como si tuviesen vida propia, su mano guiada por una voluntad ajena a sí mismo. El gobierno de la muerte. Había escuchado de osos que mataron a hombres sin intención de devorarlos. No había motivos en los osos, trepidaba en ellos una propensión irrevocable que cuando se echaba a andar, nada la detenía. Igual debía sucederle. El acoso sufrido, las humillaciones, disparaban en él un instinto de supervivencia que se traducía en matar. Se juró a sí mismo que nunca maltrataría a otros sólo por el placer de hacerlo o por razones frívolas. No sería jamás como Louis o como Emma o los otros estúpidos adolescentes que lo agredieron sólo porque sí. En el río, las truchas nadaban contracorriente en espera de que el flujo arrastrara insectos hacia ellas. Permanecían inmóviles con un ligero coleteo y en cuanto percibían una presa se lanzaban a acometerla con extraordinaria velocidad. Apenas se distinguía un relámpago plateado en el agua. Jack se levantó, se colgó la mochila y se marchó hacia el pueblo canadiense al otro lado de la llanura. Durante el trayecto elaboró la historia que contaría y la repitió en su cabeza hasta darle un cariz de veracidad. Sin dubitaciones se dirigió a la casa del comprador de pieles. Tocó a la puerta. Le abrió el hombre y lo miró con extrañeza. «Hola, soy el hijo de Henry Lloyd, mi padre y mi madre murieron ayer en un incendio», dijo de sopetón para no caer en vacilaciones. El hombre lo escrutó de arriba a abajo. «¿Cómo te llamas?», le preguntó. «Henry», respondió Jack. «Tú viniste con él, ¿verdad?», Jack asintió. «No sé adónde ir, perdimos todo en el fuego». El hombre le puso una mano sobre el hombro. «Lo siento». Jack apretó la mandíbula, como si hiciera un esfuerzo por no llorar. «Yo estaba pescando en el río cuando se quemó la cabaña, noté el humo y cuando corrí a ver qué pasaba ya se había calcinado». Jack se fingió conmovido. El hombre no supo cómo reaccionar frente al huérfano, «¿tienes familiares?», preguntó. Jack negó con la cabeza, «éramos sólo nosotros tres». Con anterioridad el trampero le había contado que su hijo era poco inteligente y que lo mantenía aislado en la montaña para no enfrentarlo a acosos en los pueblos. Este no se veía tonto, quizás con la edad se había avispado. «¿Cuántos años tienes?», le preguntó. «Voy a cumplir trece», contestó Jack. Levantó el atado de pieles y se lo mostró. «Esto es lo único que se salvó porque lo dejó mi papá afuera de la cabaña». El comprador lo tomó y lo colocó a su lado, «¿ya comiste?», Jack negó con la cabeza. «Pasa», le dijo y abrió la puerta. El comprador vivía solo. Su mujer y sus dos hijas, le explicó, moraban en una ciudad al norte y no las había visto en dos años. Cada tanto se encargaba de hacerles llegar los lotes de pieles que su esposa y sus hijas convertían en prendas de vestir. El negocio de la pareja era exitoso aunque para sostenerlo requerían vivir separados. Él a cargo de adquirir las pieles, ella a cargo de la confección de los abrigos, las chaquetas y los pantalones. Las vestimentas gozaban de aceptación entre los pobladores de las aldeas circunvecinas a Quebec y a Montreal por su resistencia al glacial clima. El comprador sacó una pequeña talega y le entregó a Jack unas monedas, bastante más de lo que había dado al trampero. «Toma, como pago por las pieles que trajiste». Jack agradeció con sinceridad, no esperaba una retribución así de generosa. El hombre sirvió dos tazones con sopa y se sentó frente a Jack. «Come, debes estar hambriento». Pese al hambre, no se abalanzó a devorarla en su esfuerzo por aparentar congoja. «Siento lo de tus padres, ¿sabes cómo se desató el incendio?», inquirió. Jack se encogió de hombros. El tipo, más en un intento por mostrarse empático que por dilucidar lo sucedido, continuó con su interrogatorio, «¿pudiste darles cristiana sepultura?». «No», respondió Jack, «de ellos sólo quedaron dos pedazos de carbón. Se deshicieron en cenizas cuando traté de moverlos». Jack tomó nota mental de cada cosa que decía para no contradecirse más adelante. Debía hacer automática la pronunciación de su nuevo apelativo: Henry, Henry Lloyd, Henry Lloyd. Su antigua identidad y el nombre de Jack Barley se incineraron en la cabaña. Si alguien le preguntara si él era Jack Barley, así fuera su propia madre, lo negaría. Sería Henry Lloyd y nadie más. Terminaron de comer y el hombre trajo de postre un pan frito en mantequilla bañado con miel de maple. Era un plato típico de la región que Jack nunca había probado. «No sé si pueda mantenerte conmigo», le dijo el hombre con franqueza, «salgo a menudo a recorrer aldeas y casi no estoy en casa». «Podría trabajar para usted, sé de cacería y del adobo de las pieles», replicó Jack. No podía quedar a la deriva, menos en un país extranjero donde no todos hablaban inglés. «Prometo no estorbarle, ni quejarme. No sé a quién recurrir, fuera de mis padres usted es la única persona que he conocido en mi vida». El tono del muchacho conmovió al hombre. «Ya veremos qué hacer, por lo pronto, pernoctarás aquí. Debes estar triste y cansado». Jack se mostró cariacontecido, el mínimo resabio de contento podría derrumbar su farsa. «Gracias», respondió con voz tenue. El hombre lo llevó a un rincón de la estancia y tendió en el piso una enorme piel de búfalo, «aquí podrás dormir». Prendió la chimenea y se retiró a su recámara al fondo de la casa. Jack tuvo dificultades para conciliar el sueño. Infinidad de pensamientos y de emociones se agolpaban dentro de él. Deploraría una vida de fugitivo yendo de un lugar a otro con el ansia de ser descubierto. El mero hecho de hallarse en un lugar poblado lo atribulaba. Según el trampero, en Canadá no lo buscaban, ni nadie sabía ahí de él y de sus crímenes, pero bien podía un habitante de Vermont cruzar la frontera y reconocerlo. Ignoraba si en Canadá lo ejecutarían o si sería deportado a Vermont para que ahí lo colgaran. Cargar con tantos muertos lo condenaba a una vida de simulación. Debía repetir hasta el cansancio que él había crecido en lo alto de las montañas y que sólo esa vez su padre lo llevó al pueblo. Si alguien, fuese quien fuese, delataba su verdadero nombre, debía matarlo. Nada, ni nadie, lo apartaría de su nueva identidad. Su nuevo nombre le gustaba más. Era más sonoro, más categórico. Jack Barley le parecía infantil, blando. Le pareció una paradoja que un nombre tan contundente le hubiese pertenecido a un retrasado mental, cuando la combinación de nombre y apellido incitaba a pensar en alguien de jerarquía. Jack se envolvió en la piel del búfalo, la leña se consumía y el calor no era suficiente para contrarrestar el frío nocturno. Al despertar, se habría transformado en otro ser, como si la anterior fase de su vida fuese la de una crisálida en espera de eclosionar el capullo. «Henry Lloyd», murmuró en voz baja, «Henry Lloyd, Henry Lloyd».

1887

me pregunto si siempre pulsó dentro de ti ese anhelo de grandiosidad si desde niño te enfilaste hacia ese horizonte de aventura y riqueza o si fue una progresión de sucesos aleatorios los que te propulsaron hasta la punta de la pirámide social en la única ocasión en que te vi borracho cuando en casa bebiste un whisky tras otro como si hacerlo apagara un infierno dentro tuyo te pregunté qué ansiabas a los seis u ocho años de edad tu respuesta me dejó helada *comer al menos una vez al día que no hiciera tanto frío en mi casa y conocer a mi padre* al día siguiente aún estupefacta te recordé cuanto me habías confesado y te carcajeaste *yo jamás diría una idiotez así* me hiciste creer que me habías embromado y sonreí creyendo que había caído en tu garlito con el paso del tiempo en mí se gestaron dudas un hombre de tu aplomo no podía venir de un hogar roto por la ausencia de un padre la bastardía se exuda por los poros aquellos que son hijos de mujeres pecadoras tienden a ser apocados y realizan cargantes esfuerzos por gozar de aceptación hablan demasiado y reculan ante los desafíos jamás procediste de ese modo tú cogías al toro por los cuernos un hombre sin padre no aprende lo que es la virilidad no hay modelo de dónde copiarla y tú eras varón hasta la médula los bastardos que conocí eran unos buenos para nada sin importar si su madre provenía de una familia de renombre las madres solteras son exiliadas de la sociedad y ocultas a la vista de los demás crían a sus hijos con una mezcla de amor vergüenza culpa y rabia miman a sus niños y al mismo tiempo los detestan por haberles traído tantos sinsabores pocos hombres se acercan a una madre soltera con ánimo de trabar una relación seria si fueron débiles ante la tentación de la carne no sabrán dominar las artes y las ciencias de la vida la Biblia es clara aquellas que no siguen los dictados de las Santas Escrituras deben padecer las repercusiones por lo tanto no me tragué tus respuestas ni lo de comer al menos una vez al día ni lo del frío insoportable dentro de tu casa no lo creí porque eras un hombre educado sabías comportarte en la mesa poseías finos modales no sorbías los líquidos no comías con la boca abierta no eructabas no te zampabas los alimentos uno tras otro pedías excusas al retirarte de la mesa y te ponías de pie si una dama lo hacía tú debiste de venir de una familia de cierta alcurnia es probable que no fuese rica sí decente e instruida con una exquisita educación sin padre hubieses sido un papanatas y no el hombre triunfante en el que te convertiste aunque tu pasado es inexpugnable sumido en tinieblas pude recoger ciertos destellos de tu vida y más o menos armar el rompecabezas mi única duda era saber por qué los recelos hacia Jack Barley aún me pregunto si no fuiste tú quien lo mató o si contrataste a alguien para asesinarlo porque no me creo que haya muerto por resistirse a un robo en esta región ni los negros fugitivos se atrevían a saltear los caminos nadie se comió el cuento y si las autoridades se negaron a investigar fue porque no valía la pena el gasto de tiempo y recursos en resolver el homicidio de un mequetrefe que apareció de la nada y que presumía una inexplicable y súbita fortuna el sheriff dio por válida la versión del asalto y presuroso mandó a enterrar al pobre tipo al menos se tomaron la molestia de labrar su nombre en la cruz Jack Barley no entiendo por qué considerabas como tu adversario a un fulano mofletudo y regordete de músculos fláccidos al que con facilidad podías matar de un solo golpe Jack Barley fue la única grieta por la que pude asomarme a tu pasado una anómala resquebrajadura en tu impenetrable carácter por lo demás nunca vi en ti hesitaciones no te tembló la mano cuando fue necesario poner orden no te tembló cuando quemaste vivo a Jokim ni cuando años después mataste a golpes a José el negro mandingo que habíamos traído de Cuba y que engallado por sus años como cimarrón en las sierras de la isla creyó que podía rebelarse contra ti y quedar impune laudable cómo a puño limpio acabaste con él no como los demás capataces que latigueaban a un negro y que cuando lo veían en el suelo derrotado se lanzaban a rematarlo con un machete tú les dabas oportunidad de defenderse si tumbabas a uno le pedías que se levantara que no eras un cobarde más le habría valido a ese negro no insubordinarse a puñetazos algo le reventaste dentro del cráneo porque si bien rememoro el desgraciado murió cinco días después sin que le dejara de sangrar la nariz como resultado de la pelea sufriste dos cortadas que no me dejaste curar esa noche papá te felicitó por poner en su lugar al negro insurrecto y yo no podía de orgullo te habías portado como un caballero y además le diste la oportunidad de que ganara la pelea no derrotaste a cualquiera el mandingo era fornido su musculatura desarrollada por años de cortar caña desde antes de que llegaras ya papá codiciaba los lotes de gangás y mandingos cubanos que de manera esporádica se ofertaban en Alabama yo lo acompañé a una subasta no eran esclavos baratos se les consideraba entre lo más granado de los lotes por su corpulencia y por su laboriosidad eran de temperamento difícil por eso papá apreciaba tu forma de manejarlos algunos de ellos poseían madera de líderes sobre todo quienes habían escapado con éxito de las plantaciones en Cuba y sobrevivieron como fugitivos por años escondiéndose en los bosques serranos después de probar la libertad se habían hecho adictos a ella y por eso se afanaban en recuperarla si algún logro tuyo destacó mi padre es que en tu administración ningún negro con nuestro hierro trató de huir de Emerson o les inspirabas miedo o te los ganaste con tu gobierno calmo firme y al mismo tiempo implacable ese don de mando ese conocimiento de la naturaleza humana no deviene de alguien que careció de padre no hubieses alcanzado tal trascendencia sin una figura paterna que te indicase el camino así como ahora tus hijos siguen la ruta que les marcaste y que ejecutan con disciplina y bienaventuranza

1881

Las cosas se pusieron del carajo. Los apaches decidieron cobrársela a la malagueña y desataron una furiosa venganza. Quedaron pocos indios, pero sañosos como nadie. Si hallaban a alguien a solas en el monte, vigilando el ganado o cazando, lo mataban. Aprovechaban que los hombres salían a la labor para ir a las casas y destripar mujeres y niños. Los cabrones les rajaban la barriga para botarles los entres y los dejaban vivos para que sufrieran. Como los mexicanos no habían respetado a los suyos, pues se cargaron a los nuestros. Atacaban de a poquitos y era difícil saber dónde y cuándo pegarían. La gente tenía miedo hasta de salir al baño. Con el ejército mexicano ocupado en mantener a raya a los texanos, los indios no desperdiciaron la coyuntura y así como destripaban gente, destripaban el ganado y a los caballos y a cuanto animal hallaran. Antes se los robaban para sacarles provecho, ahora nomás los tajaban por el puro gusto de dejarlos despanzurrados. Uno recorría el campo y desde lejos se escuchaba a las vacas mugir. Las encontrábamos pataleando con los bandullos de fuera y, como andaba de caliente la cosa, no desperdiciábamos parque en rematarlas ni nos bajábamos del caballo a rescatar la carne. Sabíamos que los móndrigos apaches andaban por ahí escondidos con la intención de hacernos un lindo corte de pelo. Nunca salíamos solos. Para arrear las pocas vacas que nos dejaron vivas, nos juntábamos Chuy, Julio César, Mario y yo, los cuatro con rifles, pistola, cuchillo, hacha y lo que se necesitara para darnos un entre con los indios. Nos volvíamos al rancho apenas bajaba el sol para que no nos agarrara la noche, porque de noche los apaches se escurrían con más facilidad y eran más rencorosos. Los mexicanos no es que se estuvieran quietos nomás esperando ver a qué horas los atacaban. Se juntaban veinte o treinta rancheros a perseguirlos. Y los que iban no eran ningunas hermanas de la caridad. En una de sus batidas atraparon a cuatro indios, los ataron de las manos y de los pies y los remolcaron amarrados a la montura de los caballos. Los arrastraron entre piedras, nopales, matorrales, en subidas y bajadas, los indios acabaron con las espaldas en jirones y a dos de ellos se les salieron pedazos de bofe. Se veía cómo se inflaban y desinflaban, sangre rosada burbujeándoles. Y ojo por ojo. Los colgaron bocabajo de un mezquite en lo alto de un cerro y ahí los dejaron hasta que los resecó el sol. Duraron vivos dos o tres días y no los bajaron para que los demás apaches se la pensaran antes de volver a agredirnos. Lejos de culearse, los indios se pusieron más locos y más mexicanos vinieron a matar. Y como esto era de ida y vuelta, ahí iban los nuestros a matarles a sus mujeres, a sus viejas y a sus niñas. Si Dios no paró este moridero era o porque estaba ocupado o distraído o le valía madres o de plano se divertía viendo cómo sus pequeñas criaturas se daban unas a las otras de zapatazos. Para colmo, llegó una noticia de esas que calan hondo: el gobierno mexicano había perdido la guerra contra los colonos texanos y había firmado su independencia. Una soberana vergüenza. Chuy, que la vio venir, se notó preocupado, «seremos bien ilusos si pensamos que los gringos ahí van a dejar las cosas. Estos van a querer comerse más y más pedazos de tierra hasta llegar hasta donde estamos». Según dijeron, los nuevos límites fronterizos se establecieron a cincuenta leguas de nosotros.

Nos esperanzamos en que perdida la guerra el ejército se viniera a esta parte de Texas a defendernos de los apaches, aunque yo, la verdad, prefería que hiciéramos las paces por siempre. Como íbamos, pintaba para que no quedara vivo ni uno de ellos, ni uno de nosotros. Al parecer, esa paz jamás llegaría. La expectativa del arribo del ejército se fue desinflando con el paso de los meses. No lo sabíamos en ese entonces, pero la pérdida del territorio nomás vino a voltear de cabeza el tinglado. En el centro del país, las camarillas políticas que se disputaban el poder se dieron hasta con la cacerola. Aunque el ejército trató de quedarse al margen, terminó embarrado de mierda. Un ala militar apoyaba a unos, otra a los otros. Se cocía una guerra civil sin nosotros saberlo. Qué les iba a preocupar a los políticos una región vasta y casi deshabitada sin darse cuenta de que su desidia abonaba a la codicia de los americanos que se tallaban las manos para ser ellos quienes ocuparan los espacios que quedaban vacíos. Rumores de todos los sabores y colores llegaban a nosotros sin poder confirmar o no su veracidad. Se decía que a los lipanes se les uniría una gavilla de apaches mezcaleros o, peor aún, que se alistarían con el ejército americano para invadir el norte de México bajo la promesa de que se les devolviera la mitad de las tierras que habían perdido. Algunos informes afirmaban que a Santa Anna lo habían asesinado y que a la Ciudad de México la asolaron las facciones enemigas. Hasta nuestros oídos llegaban versiones que describían un México de pesadilla. La Independencia que tanto habíamos anhelado terminó por mostrar un país desfondado, lleno de alimañas que sólo veían por sí mismas. El centro era incapaz de organizarse y quienes habitábamos las orillas navegamos a la deriva. De pasmo en pasmo recibíamos las nuevas y enderezábamos el rumbo a como Dios nos daba a entender. El peor de los rumores terminó por ser verdad: un grupo de rancheros al norte de nuestra zona, gente conocida por nosotros, desgastados por la interminable lucha con los apaches y con bandas de comanches, había rematado sus terrenos a un grupo de colonos texanos. La profecía de Chuy de que los cabrones se comerían pedazo a pedazo el resto de Texas comenzaba a cumplirse. Mi abuelo seguía montado en su macho de que más temprano que tarde los colonos se rajarían y nos devolverían el territorio. Quién sabe de dónde sacaba esas ideas, porque la terca realidad demostraba que eso no iba a pasar. Una tarde, se apareció de oquis en casa de Chuy y pidió que lo acompañáramos, «quiero que vayamos adonde quedó la piruja de mi hija», dijo, como si yo no estuviera presente o no me dolieran sus palabras. Montamos los cuatro hombres de la familia de Chuy, armados con rifles, y mi abuelo que iba entre nosotros de lo más despreocupado, según él, los indios le tenían miedo y no se atreverían a tocarlo, «para ellos soy un chamuco», parecía que se le olvidaba que unos meses antes los apaches nos habían tundido en el rancho, si tan diablo fuera, no se hubieran acercado ni tantito. Llegamos al árbol donde se hallaba la osamenta de mi madre. El cráneo se hallaba ya integrado al tronco. Decenas de espinas brotaban por la cuenca de sus ojos y quedaban vestigios de un nido de avispas. Mi abuelo desmontó para verlo. Estiró su mano para tocarlo y en cuanto puso su dedo, una capa de hueso se desprendió. «Qué delicadita me saliste. Así de rejega tuviste que estar cuando te la metieron», dijo el cabrón. «Respeta a mi madre», le dije y lo empujé. Mi abuelo sonrió y sin un agua va, me pegó un puñetazo en la barbilla. Caí de espaldas y me levanté furibundo con ganas de devolvérselo y de milagro Chuy me contuvo. Mi abuelo me barrió con la mirada, «vuélveme a tocar y en menos de diez segundos estarás muerto», me amenazó. «Tú búrlate de mi madre y el muerto serás tú». Bastó un momento, uno solo, para romper con él de por vida, aunque, a decir verdad, la ruptura se dio desde el instante mismo en que nací. Nomás por joder, hizo la cabronada de escupirle al cráneo. Su saliva se deslizó por entre el hoyo de las fosas nasales y colgó de la mandíbula. Chuy me abrazó para que no me lanzara a madrearme al viejón que aprovechó para engallarse, «estás muy chamaco y muy pendejo y sólo por eso te la voy a pasar. Vuelve a ponerte girito conmigo y verás de a cómo te toca», me retó y se giró hacia Chuy, «llévatelo a tu casa y no lo dejes salir por una semana, con lo caliente que estoy ahora, si lo veo por ahí se me va a antojar sorrajarle un balazo». Montó en su caballo y se dirigió a Mario, mi hermanastro. «Venía a ver si le dábamos sepultura a estos huesos, no quiero que los indios los vayan a usar para sus brujerías. Estaba por arrepentirme por la actitud de este mocoso y dejar que se siguieran pudriendo en el monte, guárdalos en un saco y llévenlos a enterrar al cementerio del rancho. Luego te buscas al sacerdote de Los Sabinos y te lo traes para bendecir la tumba». Se dio vuelta y, sin importarle que se lo atoraran los apaches, se alejó por la brecha.

2024

Peter se negó a que Betty y Tom lo acompañaran a la junta con McCaffrey y Henry. Iba a realizar una investigación académica, no a un convivio y no sentaría bien que llegara con ellos. Los hermanos le pidieron que se ausentara sólo esa mañana. Estarían pocos días en Austin y deseaban pasar el mayor tiempo posible con él. «Tómate la mañana y vamos al lago», le propuso Betty, «tengo amigos con lancha, me la prestan y podemos ir solos los tres a navegar». A Peter le excitó la idea de ir con ellos. La perversión lo seducía. Imaginó un trío con los hermanos y estuvo tentado a llamarle a McCaffrey para cancelar. Pero el deseo quemante por Henry se avivaba minuto a minuto y estar con él le resultó más llamativo que el retorcido e improbable plan de cogerse a los hermanos. Al decantarse por Henry, se percató de que se estaba enamorando. «Esperemos al fin de semana», les respondió, «no puedo abandonar al profesor de un momento a otro». Los hermanos continuaron con su intención de ir a pasear al lago. Antes de irse, Tom quiso llevarse a su cuñado al cuarto para un rapidín, «guardemos las ganas», le dijo Peter para zafarse. No se arrepintió, la entrevista de esa mañana resultó la más jugosa. Henry reveló cómo, con anuencia de los prohombres texanos, Henry Lloyd se apropió de múltiples propiedades de mexicanos a sangre y fuego. Fue cristalina la colusión con políticos del nuevo estado. Cuando su abuelo hablaba de «arribismo» u «oportunismo» de los Lloyd, se refería a su vandálico y sanguinario pasado. Henry lo develó como si los excesos de su antecesor fuesen inevitables, «encarnó los pecados de su época y condensó el espíritu texano». La declaración de Henry asombró al profesor, quien nunca esperó tal honestidad. En pesquisas previas sobre el origen de otras fortunas, los entrevistados no sólo trataban de edulcorar el pasado de los suyos, exponían como impoluta la progresión de su bonanza, sin admitir que la mayoría de los capitales crecieron al amparo, directo o indirecto, de las autoridades. No consideraban las desregulaciones financieras, ni la tasación cero al capital, ni las prácticas bancarias casi rayanas en lo ilegal, ni tampoco, claro está, los marcos jurídicos que atajaron la irrupción de ciertos grupos raciales en las jerarquías económicas, culturales y políticas. «La democracia funciona», ironizó Henry, «siempre y cuando no afecte la monarquía empresarial». Peter se cuestionó la raíz de los caudales de los Jenkins, el «viejo dinero» debía estar igual de salpicado de sangre o montado en fondos de dudosa procedencia y alguien, en algún momento de la historia, lo había blanqueado con eficacia. La franqueza de Henry lo tornó más atractivo a sus ojos. Estaba hastiado de la afectación de su clase social, del «nosotros pertenecemos a buenas familias», del petulante desdén por los estratos más bajos, de la arrogante certeza de creerse por encima de los demás. Henry se disculpó por no almorzar con ellos, debía recibir, junto con su padre, a unos empresarios japoneses interesados en crear una sinergia con el conglomerado. McCaffrey avisó que entonces aprovecharía para ordenar sus notas y descansar un poco. Henry le propuso a Peter verse para un café después de la comida, «si quieres, puedes traer a tu prometida». Peter aceptó de inmediato y excusó a su novia, «ella no podrá venir, se fue con su hermano al lago», «bien, así podremos hablar de otros asuntos, te espero en el Hotel Driskill a las cuatro». La ambigüedad del «otros asuntos» animó a Peter. No había sido él quien tomó la iniciativa para reunirse y se prometió no echar a perder la oportunidad de declararle su interés por él. Las tres horas que dejaría de verlo le parecieron eternas. Para almorzar decidió ir al Crab Shack, un establecimiento popular al otro lado del río, donde no se aparecerían los hermanos, tan afectos a los restaurantes enlistados en la guía Michelin. El local le resultó una sorpresa, se servían abundantes porciones de cangrejo con mantequilla derretida y pan recién horneado. Al terminar, como aún contaba con una hora, se dirigió a pie al Hotel Driskill, el más antiguo y tradicional de Austin. Ahí tenían su base de operaciones los Lloyd, alquilaban, de manera permanente, un par de suites para hospedar a sus clientes o para ellos mismos ir a reposar después de una junta. Cuando llegó al hotel encontró a Henry y a su padre aún comiendo con los japoneses. Henry se levantó a saludarlo y le pidió que lo esperara un cuarto de hora más. «Claro», respondió Peter y en su camino al bar, fue interceptado por uno de los asistentes de Henry, «por favor, acompáñeme». Lo condujo a la suite de «El Barón del Ganado», el equivalente a la suite presidencial y le pidió aguardar en la pequeña sala. Un mesero le ofreció una gama de bebidas y Peter pidió un café irlandés. El que lo recibiera en la suite le despertó esperanzas de llegar a algo con él, aunque se conformaba con verlo a solas. Pensó en guiar la charla hacia la experiencia de ambos como herederos de colosales emporios. Deseaba saber si, al igual que él, Henry se sentía abrumado por las expectativas y las responsabilidades que pronto recaerían sobre ellos o si el reto lo estimulaba. Se percató de que le sudaban las manos, nunca le había sucedido. Betty y Tom le despertaban tremendas ganas de cogérselos, los dos poseían cuerpos atléticos, pieles suaves y eran calientes como nadie. Con Henry le sucedía algo diferente, además de las manos sudorosas, se le encogía el estómago y se le secaba la garganta. Sintió perder el aliento cuando escuchó su voz. Cerró los ojos y como un mantra repitió, «no la vayas a cagar, no la vayas a cagar, no la vayas a cagar».

1892

En el cementerio de los negros, en un ataúd de nogal, Jade fue enterrada. He de reconocer que en gastos Lloyd no escatimó. Digno hogar de madera en una fosa bajo la sombra de un fresno. Jenny, Henry, los niños y yo al funeral atendimos. El hijo blanco en brazos de su padre. Al bebé yo odiaba. Con su blanca sangre a mi Jade envenenó. Un pastor al entierro vino. Palabras pronunció en honor de ella y su sepulcro bendijo. El féretro los enterradores bajaron. Aire sopló. En el viento la voz de Jade escuché. «Jeremiah, cuídame». Abrir el ataúd quise, de ahí sacarla, zarandearla hasta hacerla respirar. La mentira de su muerte pedirle que acabara. Mi aliento darle, mis latidos. Una paletada de tierra. Luego otra y otra. En las profundidades de la tierra Jade se hundía. «Jeremiah, cuídame». «Vámonos», Henry ordena y hacia la salida camina. Frente a la sepultura permanezco. «Te cuidaré», pienso en la lengua mía. «Te cuidaré». A la casa volvemos. A los niños acuesta Jenny y el almuerzo prepara. Hambre no tengo. Aún en mi boca el sabor de la leche de Jade persiste. Dulce sabor de mi nueva madre. «Come», Henry me manda. Frijoles con arroz y puerco Jenny ha cocinado. Un trozo a la boca me llevo. Escupirlo quiero. Con calma lo mastico. No me sabe bien, no me sabe mal. Aún en mi lengua la sagrada leche de Jade. A la plantación Henry y yo volvemos. Con Jenny los niños se quedan. Nubes a lo lejos una tormenta anuncian. El cielo la muerte de Jade quiere limpiar. En honor de ella los dioses lluvias envían. Con la humedad las moscas se excitan. Entre las crines de los caballos se posan. Nuestro sudor beben. Henry y yo no hacemos esfuerzos por espantarlas. En lo suyo cada quien piensa. Las pisadas de los caballos en el polvo resuenan. En su trote la voz de Jade trato de adivinar. Lo deseo, pero no la oigo. Al fondo, entre las nubes, relámpagos cruzan. La temporada de lluvias se aproxima. Días sin trabajo, anegados los campos. Intransitables los caminos. Crecidas de ríos, inundaciones. Verdes los cultivos. Verdes los bosques. Grises los cielos. En silencio, Henry y yo marchamos. A lo lejos la lluvia se ve caer. Los truenos distantes se escuchan. Al cruzar el puente, Henry hacia la izquierda toma. En el remanso el caballo detiene. Desmonta y me pide bajar. En la orilla del puente nos sentamos. Callado él. La lluvia a lo lejos. Alrededor de nosotros moscas revolotean. Con la mano Henry una aplasta. Sangre y vísceras de la mosca en su antebrazo. Lloyd mira la corriente del río que por debajo del puente corre. Una garza al otro lado aterriza. «Mañana el señor Wilde otro lote de esclavos va a comprar», me dice. En busca de peces por la ribera la garza camina. «Diez hombres y cinco mujeres llegarán. Ninguno de ellos inglés habla. De ellas, tres». La garza en la orilla se paraliza, la mirada clava en el agua, hunde el pico y un pez atrapa. Voltea con la mojarra en el pico que se agita para zafarse. La garza levanta el vuelo y se aleja. Henry a la distancia la observa perderse. «Una semana al menos va a llover, al pueblo ve y en la casa quédate. A mis hijos y a Jenny vela. Cuando las tormentas pasen ya al trabajo volverás». Se levanta y en su caballo monta. «Date prisa, no tarda en llover». Hacia la casa del pueblo en mi caballo me dirijo. A lo lejos más relámpagos. Telarañas eléctricas, viento. Una esfera gris de nubes. Gotas que al caer en el polvo se envuelven. El pueblo atravieso cuando comienza a llover. Justo a tiempo a la casa entro. Una cortina de agua cae. Velas Jenny tiene encendidas. «Termino de darle de comer a los niños y la cena preparo», me dice. Al cuarto de Jade entro y sobre la cama me recuesto. Su almohada huelo. Vestigios de su aroma ahí quedan. El techo miro. Eso fue cuanto ella vio antes de morir. En la esquina, por una humedad, una gota resbala. Por el tapiz desciende. La lluvia en el tejado repica. Con los truenos las maderas de la pared retumban. Tres días dormir sin parar quisiera. Que al abrir los ojos a Jade a mi lado hallara. Besos darle, el amor hacer. Abrazarla. Los ojos cierro. Su piel imagino. Sus suaves hombros, sus oscuros pezones. El sudor de su frente en mis ojos cayendo. Su lenta ondulación. Sus gemidos. Después, su abrazo. Jenny al cuarto entra. «La cena lista está». En la mesa, carne de res guisada con picante, una receta de su aldea que a Lloyd no le gusta comer. Jenny sólo para ella y para mí esos platillos cocina. Antes de los alimentos ella reza. A cuál dios, lo ignoro. Murmura en un idioma que no conozco. Comemos. Al fin de la cena de la mano me toma. «Duerme conmigo», me pide. A los ojos la miro. «Sola no quiero estar», me dice, «Jade mi amiga era, mi hermana». Mi mano aprieta, llanto por sus mejillas escurre. Al cuarto de ella vamos de las manos agarrados. En dos cunas los niños duermen. El techo atruena. Relámpagos. Retumbos. La ropa me quito. Jenny la suya. Desnudos quedamos. Acostados en la cama, Jenny me abraza. Su cuerpo distinto al de Jade es. Redondo, senos grandes, barriga. Jade no, un junco ella era. Quiere besarme. No la dejo. Para besarla preparado no estoy. Demasiado los besos encierran. Saliva entre sus piernas embarro y en ella entro. «Jeremiah, cuídame», escucho a Jade decirme. Gemidos de Jenny. Rugidos míos. Caliente siento cuando lo mío sale. Jenny a mí se enlaza. «Gracias», me dice. Desnudo me levanto. La lluvia. De los niños su respiración escucho. El niño blanco duerme profundo. Al cuarto de Jade me dispongo a ir. «¿Adónde vas?», ella pregunta. No me detengo. En la cama de Jade me acuesto. «Jeremiah, cuídame». En la lluvia la oigo. Su voz entre las gotas. La vela apago. «Buenas noches, dulce Jade», le digo y los ojos cierro.

1878

Después de pasar semanas en el calabozo lúgubre y hediondo, una mañana nos llevaron a cubierta, la luminosidad del sol hirió nuestros ojos, pareciese que nos encajaran agujas en las córneas, fuimos obligados a despojarnos de nuestras ropas, las arrojaron a un bote que flotaba en el mar y desde una barca contigua un marinero les prendió fuego con el objeto de eliminar trazas de la enfermedad, maniatados nos sentaron de espaldas a la balaustrada, miembros de la tripulación embozados y con guantes sacaron a los muertos por la viruela y los aventaron al mar, luego pasaron antorchas por cada rincón para según ellos desinfectarlo, nos apiñaron de nuevo en la oscura crujía y el viaje continuó, una madrugada despertamos en medio de un barullo, gritos de la tripulación se escuchaban a la distancia y el barco cesó de bambolearse, habíamos atracado en la bahía de Santo Domingo, lo sé ahora que pude revisar los registros del Clarice, la nave en la que fuimos trasladados, desnudos nos obligaron a descender por unos estrechos tablones hacia un muelle, era fácil perder el equilibrio y caer al agua, encadenados de manos y de pies nos ahogaríamos con rapidez si nadie se arrojaba a salvarnos, nos condujeron a una plazoleta por unos negros vestidos con atuendos de blancos, ahí nos volvieron a separar por edades y por género, a mí me colocaron en un reducido grupo de adolescentes, entre ellos otros tres que como yo procedían del monasterio, en mal inglés uno de los negros vestido de traje nos pidió que aguardáramos porque nosotros ya teníamos dueño, no entendí a qué se refería con «dueño», de hecho no entendía nada desde que fui raptado de mi aldea, a los demás grupos los pasearon en círculo por la plazoleta frente a varios hombres blancos que los revisaron uno por uno, se desató una rebatinga por ver quién se quedaba con uno o con otro, empecé a procesar lo de «ya tienen dueño», pasábamos a ser propiedad de una persona, al poco rato llegó a nuestro grupo un hombre vestido con una casaca roja, impropia para un lugar tan caluroso, habló con el negro en un idioma que no comprendí y que ahora sé que era español y luego se dirigió a nosotros en inglés con un acento distinto al de los monjes, más nasal y con confusos giros idiomáticos, nos dijo que dormiríamos en esa ciudad por unos días, para luego transportarnos en una embarcación rumbo a Estados Unidos, lo dijo como si nosotros supiéramos qué lugar era ese, el hombre no era nuestro dueño sino un intermediario que nos había apartado para revendernos, sin quitarnos las cadenas y custodiados por cuatro guardias nos guio hacia unas bodegas al extremo del puerto, decenas de carretas circulaban a nuestra vera, perros deambulaban por las calles polvorientas y, opuesto a cuanto nos aconteció en el puerto donde se hallaba el monasterio, nadie reparó en nosotros, caminar desnudo entre la gente, con la espalda y las nalgas llagadas, oliendo a mierda y orines, me causó una desazón tan profunda que a menudo sufro pesadillas reviviendo ese trayecto, nunca me sentí más vulnerable y humillado, si en el otro puerto fuimos objeto de vituperios e insultos, aquí dolía pasar inadvertidos, como si fuese natural entre los habitantes ver negros malolientes, sin ropa, sujetos con cadenas, plagados de costras, cicatrices y heridas en carne viva, al llegar a la bodega el hombre ordenó que nos liberaran de nuestros yugos y luego señaló unos toneles con agua y barras de jabón, «báñense y vístanse con esas ropas», dijo, pantalones y camisolas se hallaban repartidas en la paja, «descansen esta noche, mañana iremos a un molino para ver quién de ustedes sabe trabajar mejor», dijo y salió, uno de los guardias trancó el portón y nos apuntó con su arma, «a quien trate de huir lo mataremos», dijo en inglés con el mismo acento del otro, los siete, entre ellos los tres que vinieron conmigo desde el monasterio, nos lavamos en silencio, temerosos de que hablar entre nosotros hiciera que nos dispararan, por causa de mis llagas infectadas apenas soporté el roce de la tela, me recosté en la paja, fue un alivio poder estirar las piernas y aún adolorido me dormí pronto, nos despertaron al alba, nos volvieron a encadenar y en fila nos desplazaron hasta el molino, unos bueyes tiraban de las ruedas y la muela pulverizaba el trigo para convertirlo en harina, el hombre de la casaca roja nos ordenó a dos de nosotros sustituir a las reses, nos liberaron de los grilletes, nos colocaron un arnés sobre los hombros y empezamos a jalar, apenas adelantamos unas cuantas pulgadas, el hombre tomó un látigo y nos amenazó, «avancen», utilicé cuanta fuerza cabía en mi cuerpo para hacer girar la muela, sólo logramos dar medio paso, el hombre nos fustigó con el látigo, «avancen», mi compañero se volvió hacia él y le reclamó en inglés, «recién llegamos, seguimos entumidos del viaje», más le hubiese valido no hacerlo, su insolencia fue castigada con una tanda de azotes, «cállate y obedece», para evitarle otro escarmiento me esforcé por propulsar la rueda, conseguimos dar un giro completo, el esclavo a mi lado pareció desfallecer, «no pares», le dije, la espalda le sangraba, ya no podía más, resolví que sería yo quien rotara el molino, dimos tres vueltas más y a la cuarta el negro cayó desmayado, «sáquenlo de ahí», mandó el hombre, lo soltaron del arnés y los guardias lo arrastraron a una orilla, trajeron a otro, uno de mis compañeros del monasterio, le acomodaron el arnés y el hombre decretó que continuáramos, yo tampoco podía más, las piernas me temblaban, el aire me faltaba, aspiré una larga boqueada y tiré, mi compañero debía ser fuerte porque alcanzamos cinco giros, al terminar el hombre se me acercó y me hizo levantar el rostro, «mírame a los ojos», lo miré, sus facciones eran las de un reptil, «te voy a vender bien, eres fuerte y manejable, ve a tomar agua y descansa allá», dijo e indicó un rincón del molino, bebí agua de una garrafa y me tumbé sobre unos costales, el tipo latigueado seguía exánime en el piso a unos pies de mí, rayas escarlatas cubrían su espalda, los bueyes nos observaban, también en sus lomos se distinguían cicatrices de fuetazos, crucé una mirada con uno de ellos, había en sus ojos más humanidad que en los hombres blancos que nos rodeaban, casi podría asegurar que algo intentó decirme, una frase compasiva, una línea que nos fraternizara en la degradación, siguieron poniendo a prueba a los demás negros, unos resistimos más que otros, aquellos tres que mostramos más fortaleza fuimos separados de los demás, nos encadenaron y los guardias nos escoltaron hacia un dispensario, un médico revisó nuestras llagas, las cauterizó con ungüentos y polvos y las vendó con gasas, no nos dirigió la palabra durante el procedimiento y sólo al terminar puso en nuestras manos relicarios con las estampas de la Virgen María y de Cristo, «Dios ayudarlos», dijo en pésimo inglés, los guardias le pagaron por sus servicios y salimos a la ardiente calle.

1816

Al día siguiente, durante el desayuno, el comprador extendió su mano hacia Jack, «no me he presentado, Henry, soy Evariste Chenier», le dijo en francés. Jack se la estrechó, «un placer», le contestó con una de las pocas expresiones que conocía en esa lengua. «¿Tienes ropa?», le preguntó. «No», respondió Jack. «Ya te encontraremos». Aun cuando Evariste y su mujer desearon un hijo, jamás llegó. Adoraba a Regina y a Carla, sus hijas, pero le hizo falta un niño con el cual compartir su día a día, enseñarle a elegir las mejores pieles, a saber negociar. El muchachito recién llegado de ninguna manera sustituiría el anhelo de un hijo varón, aún mantenía una vaga esperanza de procrearlo, motivo por el cual, cuando se veía con su mujer, coitaban hasta tres veces al día. Era curioso que el niño se llamara Henry, Evariste había elegido justo ese nombre para su posible vástago. Henri Chenier le sonaba a poeta, a hombre dotado para grandes logros y no a alguien que se limitara a sobrellevar la vida en un remoto pueblo fronterizo. Lo imaginaba como un escritor egregio o un político ilustre, no como un simple comprador de pieles. Evariste decidió no abandonarlo a su suerte. El pobre niño debía experimentar un profundo desamparo después de la trágica muerte de sus padres. Fallecer calcinado debía ser horripilante, las lenguas de fuego quemando los pulmones, la grasa del cuerpo derritiéndose, los ojos abrasados, los gritos sofocados por el humo. Una suerte que el hijo se hallase fuera de la cabaña y no pereciera en la conflagración. Era probable que el niño se encontrara en estado de choque y eso explicaba su desafecto. O era consecuencia de su retraso mental o de la vida que pasó aislado del contacto con los demás. No se atrevió a proponerle volver al lugar de los hechos, podría ocasionarle un impacto que lo afectara aún más. En algún momento lo impelería a que fueran juntos a lo alto de la montaña para ver si rescataban algún objeto o si era posible darle sepultura a lo que subsistió de los restos. El muchacho mostraba modales pedestres a la hora de comer: masticaba con la boca abierta, cogía los alimentos con las manos, se escarbaba los dientes con las uñas, se limpiaba la boca con las mangas de la camisa. Aun cuando Evariste provenía de una modesta familia, sus padres no cesaron de recalcar la importancia de la urbanidad. Nunca se sabía si, por un inesperado golpe de suerte, la vida de sus hijos cambiara para bien y remontaran con rapidez los estratos de la sociedad. Debían prepararlos para no ser el hazmerreír en las mesas o que los discriminaran por su falta de buena crianza. De igual manera, los incitaron a expresarse con corrección, tanto en inglés como en francés, a ser escrupulosos con las normas establecidas y desarrollar su intelecto y su cultura. Evariste supo que este no sería el turno de su generación, ese tocaba a quienes los sucederían, mejor preparados para construir un futuro más firme y promisorio. Tanto él como sus seis hermanos debieron arreglárselas en una época ríspida en la que Canadá y Estados Unidos apenas prorrumpían como naciones soberanas. Evariste vaticinaba que sus hijas escalarían al tope de la jerarquía social, por ello él y su mujer se empeñaban en brindarles cuantas herramientas tenían a su alcance: civismo, escuela, enseñanzas prácticas. Henry carecía por completo de ellas, a Evariste no le pareció extraño que así fuera, su padre había sido un trampero con poca educación y escaso roce con la vida mundana. Vivir apartado debió mermar en el muchacho sus habilidades para el aprendizaje. No era el esperpento descrito por su padre. Sí, era ordinario y tosco, nada que no se pudiese arreglar. Si se alargaba el tiempo de estancia con él, le procuraría rudimentos para sofisticarlo y que no quedara como un bruto frente a los demás. Lo primero era conseguirle vestidos apropiados. Los pantalones y las chamarras de cuero crudo con que se ataviaba olían mal y no tenían cabida en un pueblo como Auverne, donde moraba una creciente burguesía. Lo siguiente sería inscribirlo en una escuela y, lo tercero, llevarlo con la señorita Maureen a que corrigiera sus modales. Por su burda inteligencia, el muchacho no avanzaría gran cosa en la vida, eso no obstaba para intentarlo. En cada misa, el sacerdote de Auverne les recordaba a los fieles que, además de la entrega del diezmo, era necesario que destinaran otro tanto a la caridad, «para ser piadosos como lo dicta el Nuevo Testamento». Mirar por el huérfano lo consideró como la obra bienhechora que satisfaría los requerimientos para ser un cristiano ejemplar. De las prendas que le enviaba su mujer para vender en Auverne, Evariste eligió una chaqueta y unos pantalones que creyó a la medida de Jack. Estaban fabricadas con atención al detalle y hechas para durar una vida. Le quedaron un poco grandes, pero a esa edad los chicos crecían con rapidez y en unos cuantos meses se ajustarían a su talla. Jack no comprendía el porqué de la generosidad de dos extraños: Evariste Chenier y Henry Lloyd, cuando su padre jamás apareció en su vida. Thérèse se rehusó a revelarle el nombre, «eres hijo mío y de nadie más». De chico, Jack pensaba que ella lo había procreado sin intervención de un hombre, tal y como le había sucedido a la Virgen María. Las burlas de los demás niños tumbaron su candorosa creencia y le hicieron ver que nada de espiritual hubo en su gestación, que él había sido producto de un pecaminoso encuentro carnal entre su madre y un fulano que no quiso saber más de ellos. Louis y sus compinches no se cansaron de restregárselo: «Violaron a tu madre por andar de puta». Jack, que ignoraba el significado de la palabra «violar», se lo mencionó a su madre y ella le respondió con un bofetón, «a mí nadie me toca si no quiero». Fue la única vez que la vio enojada de verdad. Jack supuso que su padre debía ser un residente de la aldea. Su madre sólo había salido en una ocasión al pueblo vecino y no había viajado más allá de cinco millas a la redonda. Durante su niñez, Jack miraba a cada hombre del villorrio con la esperanza de reconocerse en los rasgos de alguno de ellos. Por un tiempo sospechó de Maurice Bart, un tipo que criaba vacas. Como él, lucía ojos azules y cabello castaño claro. A Jack le dio por seguirlo a la distancia y, luego de observarlo por horas, regresaba a verse a un desportillado espejo. Las cejas eran semejantes. La nariz de uno y otro difería. La suya era recta, la de Maurice, ganchuda. Maurice tenía cinco hijos y sólo uno de ellos se parecía a él. Después de examinarse por horas frente al espejo, determinó que no, que no había suficientes similitudes. Descartado Maurice, se inclinó por Claude, un leñador capaz de cargar dos gruesos troncos de pino sobre sus espaldas. Claude rebasaba por una cabeza a cualquier otro hombre de la comarca. Jack, que era alto para su edad, se ilusionó con ser su hijo. Claude bebía desde que salía el sol hasta el anochecer. El alcohol lo tornaba en un tipo pendenciero que peleaba con quien se cruzara con él. Su carácter bronco atraía a Jack, que anhelaba algún día ser como él. Una noche, en un pleito, un desconocido golpeó a Claude en la cabeza con una pala. Claude cayó inconsciente y después de una semana sin recuperar el conocimiento, falleció. El enigma de si pudo o no ser Claude su padre se extinguió con su muerte. El abandono paterno lo había marcado y por eso le conmovía la prodigalidad de Henry y Evariste. Pensó si no se había equivocado al asesinar al trampero. Después de razonarlo, lo evaluó como justo. Si lo hubiese defendido de las agresiones de Emma, otro hubiese sido el desenlace. Con Evariste se bosquejaba una relación de respeto y además no sabía que era un homicida buscado por las autoridades de Vermont. Con él iría con tiento, sin precipitarse, sin confrontarlo. Si las condiciones cambiaban, ya decidiría su siguiente paso.

1887

cuando mi tatarabuelo Benjamin Wilde construyó la mansión enterró cuatro Biblias en los cimientos una por cada punto cardinal deseaba que los pilares de nuestra casa estuvieran soportados por la Palabra del Señor para protegernos de cualquier calamidad y de quienes intentaran causarle daño a la familia mandó bendecir por un pastor cada árbol cuya madera se utilizó en la construcción según relatos de mi abuela donde ahora se hallan los jardines crecía un extenso bosque y atrás se formaba un pantano por el constante desborde de uno de los recodos del río mi tatarabuelo mandó contenerlo con docenas de bultos de grava y al desecarlo los sedimentos de la ciénaga tornaron fértil el terreno ahí se lograron los mejores cultivos de algodón en todo Emerson con la ventaja adicional de que al sanearlo se extinguieron millones de mosquitos que proliferaban en los humedales y que día y noche hostigaron a los primeros pobladores blancos enfermándolos de un sinnúmero de males esta tierra se civilizó con manos sudorosas y esforzadas y con cariño y amor tú no imaginas la paciencia y esmero con la que se sembró cada planta en el jardín habrá quien crea que se hallaban aquí en estado natural y que eran endémicas de la región no fue así algunas fueron traídas de lugares remotos *poinsettias* de México *monsteras* de Puerto Rico *palmas* de Florida *zamias* de Guatemala y las sembraron junto a plantas de estos lares magnolias gardenias lilas este reino vegetal fue nutrido con los mejores abonos y regado de acuerdo a las necesidades de agua de cada especie el sueño de mi tatarabuelo fue que cada mujer de la familia generación tras generación se casara aquí y llevara en sus manos un ramillete de flores cortadas en este jardín en nuestra boda recuerdas porté con orgullo un precioso ramo con los capullos que elegí esa misma mañana me obstiné en combinar los colores de la manera más perfecta los amarillos con los lilas los blancos con los azules los rojos con los naranjas mis amigas mis tías mis primas encomiaron mi buen gusto y con los mismos tipos de flores adornamos los pasillos que conducían hacia la enramada donde nos casamos cuanto concibió mi tatarabuelo para sus futuros descendientes se cumplió a cabalidad una situación económica boyante prestigio roce social poder influencia con minuciosidad diseñó el proyecto para que Emerson fuese productivo por cientos de años no creo que exista en el Sur una propiedad tan bella tan señorial tan lucrativa como la nuestra y es una lástima que conmigo terminara el linaje de los Wilde como sé que no me quedan muchos años de vida he debido pensar en mis herederos y sin hijos sin hermanos sin sobrinos directos no sé a quiénes debo elegir como beneficiarios lo meditaré con calma aunque no lo creas he pensado que en lugar de cederle la sucesión a uno de los hijos de mis primas con quienes casi no conviví y en cuyas visitas de cortesía adivino su aviesa intención de agraciarse frente a mis ojos para entronizarse en la primera línea de la heredad se la ceda a Japheth y a Jonas un contrasentido es cierto luego de que odié a ese par de mulatos durante años rogué a Dios que los desapareciera de la faz de la Tierra tanto me lastimaba saber de su existencia no son mi sangre y fueron causa de diversos de mis pesares pero sólo saber que en un mundo paralelo el semen que los engendró pudo procrearlos dentro de mí me lleva a reconsiderar mi voto pronto resolveré si a Japheth y a Jonas les otorgo el dominio de la hacienda y de los tesoros arqueológicos que aquí yacen creo que nunca te lo conté antes de que arribaras a Emerson al desmontar uno de los pocos terrenos vírgenes que subsistían los trabajadores toparon con tumbas indias situadas debajo de las ruinas de lo que debió ser un poblado creek hallaron numerosos cadáveres mi padre me llevó a verlos los habían sepultado sentados en fosas de poca profundidad junto a algunos objetos que imagino que para ellos eran sacros hachas pipas platos puntas de flecha y aun cuando el mar se encuentra a millas de aquí había también conchas y caracoles se podían notar vestigios de sus ropas aún conservadas a pesar de las décadas bajo tierra se localizaron tres sepulcros de hombres cuatro de mujeres y cinco de niños o de niñas no pudimos distinguir su género como todavía era reciente la muerte de mi madre me conmovió ver las piezas que acompañaban a cada persona me enterneció saber que pensaban que sus muertos podían utilizarlos en el más allá me arrepentí de no haber enterrado a mi madre con un cepillo o una taza o una jarra para té u otro par de zapatos o una peineta o dejarle una de mis muñecas para que se acordara de mí o un mechón de mi pelo o una de las chaquetas de papá para que se cubriera del frío mi padre se estremeció con el descubrimiento de esas osamentas y mandó detener los trabajos declaró sagrado el sitio mandó cercarlo y colocó avisos en los postes advirtiendo que estaba prohibido el paso admito Henry que lo que te diré es un despropósito aun cuando sé que debo ser enterrada al lado de los míos en el cementerio de la plantación me gustaría ser inhumada en ese fosal indio junto con mis pertenencias favoritas sé que pensarás que lo mío es un delirio no es así lo he madurado durante años y mi fantasía cuando tú y yo aún estábamos juntos era que los dos fuésemos sepultados entre esos túmulos centenarios como una manera de reincorporarnos a los orígenes de esta tierra un alfa y omega personalísimo sólo a ti te lo comparto porque ya muerta harán con mi cuerpo lo que les dé la gana y es probable que acabe en una huesa al lado de mis padres lo cual tampoco me molesta porque así disfrutaré de la eternidad para conversar con ellos me pesará no tenerte a mi lado con certeza los tuyos te reclamarán para enterrarte lejos de mí serás objeto de pompas fúnebres honrado como un prócer de Texas con la asistencia del gobernador y los alcaldes y los hombres más conspicuos de ese estado ignoro si por tus acciones en el Juicio Final se determine que tu alma acabe en el cielo o en el infierno tu vida salvaje te balancea en ambas posibilidades o quizás acabes en un limbo único diseñado para ti por Nuestro Señor donde la mitad del tiempo sufras las penurias del Averno y la otra mitad las dulzuras de la Patria Celestial así de paradójico fue tu tiempo en esta tierra y si alguna petición deseases hacerle a San Pedro cuando llegue

mi momento será saber con exactitud qué sucedió contigo en el
más allá

1881

Una mañana, de las muchas mañanas que tiene la vida, le pregunté a Chuy si sabía quién le cuadraba para ser mi padre. Masticó su respuesta y cuando estaba por decir algo, se asilenció. Insistí, pero el hombre nomás no quiso darme razón. «Está complicado, Rodrigo, no es así como que pueda decirte fue este o aquel». Le rogué que me diera un norte. Rumió lo que pensaba contestar y otra vez, puro silencio. Si se lo guardaba cada que yo inquiría, era porque él tenía el nombre en la punta de la lengua. Con agarrarlo con tantito sotol adentro, seguro que lo mentaba. Que me dijera si había sido uno de los vaqueros, si uno que nomás pasaba por aquí o hasta él mismo, porque eso lo llegué a pensar: que Chuy era mi padre, porque cuando mi abuelo me rechazó, él fue el que me crio. Por algo debió adoptarme, no creo que lo hiciera nomás de oquis. Mantener a un chamaco era un engorro y más si había que darle de tragar a otros dos. La preocupación de mi abuelo de que los indios perpetraran brujería con los restos de mi madre era porque ya lo habían hecho antes. Hacía unos años profanaron unas tumbas del cementerio del rancho y se llevaron los huesos. Al mes, unos vaqueros los hallaron colgando de unos mezquites, teñidos con sangre, no se sabe si animal o humana, y cubiertos con plumas de guajolote de monte. Habría sido coincidencia o de plano sí les resultó el maleficio, pero se murieron completas cuatro de las familias de los cadáveres que habían saqueado: abuelos, padres, tías, hijos. Unos decían que por la maldición de los indios y otros que se contagiaron de una gripa bronca. El caso es que, por una o por otra causa, se petatearon. «No quiero que estos cabrones usen el esqueleto de la puta para hacernos mal», le había dicho mi abuelo a Chuy, «por si las dudas, más vale que no les dejemos tentaciones a la mano y hay que darles sepultura. Que los bendiga el cura por si los desentierran, las bendiciones sirven para contrarrestar embrujos. Si esos jodidos indios me van a matar, que sea porque nos dimos un agarrón perro y no porque yo caiga muerto de repente por culpa de un menjurje elaborado con los huesos de mi hija». A los dos días regresamos por los restos de mi madre. Se había soltado un norte y el helor calaba hasta en los ojos, nomás faltaba que se nos llenaran de hielo las pestañas. Yo me di a la tarea de recoger hasta el más mínimo pedacito, «les basta un cacho para que esos hijos de su pelona te hagan la malora, quién sabe qué acuerdos deben tener con los espíritus del desierto para que les funcionen sus chingaderas, porque de que resultan, resultan», me dijo Chuy. Él sí creía que a las cuatro familias se las había chupado la bruja apache. Lo hallado lo puse en una caja de madera, me llevó largo rato quitar el cráneo del tronco porque ya se había soldado con las ramas. Para acabarla de amolar, un titipuchal de espinas había crecido alrededor de la calavera y terminé picoteándome los dedos. Manché con sangre aquello que había sido la cabeza de mi madre, allí donde embodegó recuerdos, frases, miedos, alegrías y el secreto nombre de mi padre. Qué ganas de rascarle por dentro para ver si por acaso lograba sacárselo. No sé de qué tamaño fue en vida mi madre, muerta cupo completa en la cajita. A momentos, no supe si lo que metía eran huesos o ramas o piedras o tierra. No importaba, en ese pedazo arenoso, bajo la sombra del mezquite, ella había expirado sus últimos alientos y yo respiré mis primeros. Cuna y tumba a la vez. La enterré en lo más alto del cerro donde se hallaba el cementerio, para que desde ahí pudiese divisar las azuleadas praderas hasta donde cabalgó para darme vida. El sacerdote que trajimos del pueblo bien que sabía del pecado de mi madre y se puso rejego, quesque iba en contra de los principios de la Iglesia bendecir a mujeres que hubiesen caído en tentación. Cuando supo que había que bendecir los huesos para anular los hechizos apaches, salió con que creer en «nigromancias» también era pecado. Como andaba de pinche remilgoso, traté de convencerlo a mi manera, «si no bendice a mi madre, lo voy a matar, así que usted decida». El cura no debía de ser santa paloma, porque entre sus hábitos me mostró un cuchillo, «nos matamos, mijo, no creas que el Señor no me permite defenderme». Chuy de una se le puso al brinco, «si usted toca a mi muchacho, se muere sí o sí, mejor vámonos entendiendo, vaya usted a bendecir a la madre de Rodrigo y cuando nazcan los becerros, le pasamos uno». Lo del becerro apaciguó los ánimos y le dio buenas razones al cura para apersonarse al funeral de mi madre. Pusimos la caja al fondo de la fosa y antes de la primera paletada, el cura hizo la señal de la Santa Cruz, «bendice Señor a esta alma descarriada y perdona sus pecados como nosotros los perdonaremos en este mundo». Pensar que estuvimos a punto de matarnos porque se negaba a decir diecisiete pinches palabritas, aunque no cualquiera puede hablarle a Dios así derecho, que por eso son curas. Chuy, mis hermanos y yo le construimos una tumba de argamasa mezclando guijarros de río con arena y barro. En una lápida tallé su nombre, «Elena Sánchez, 1807-1821. Siempre vivirás en mi corazón, tu hijo, Rodrigo». Aunque fingimos que no había pasado nada, tanto mi abuelo como yo sabíamos que una astilla se nos había clavado en lo hondo y que en lugar de salir se iba más y más pa dentro. Dicen que la astilla que entra por un dedo viaja por el cuerpo hasta enterrarse en el corazón y ahí se muere uno desangrado. Igual debía pasar con las astillas de las discordancias, se encajan poquito y con el tiempo se van metiendo hasta lo hondo y el alma se llena de veneno. Como ya lo dije, la bronca con mi abuelo empezó justo el día en que nací y el encontronazo fue por lo que los dos guardábamos. Yo más que él, porque crecí de arrimado cuando tenía a un hombre de mi sangre que bien pudo criarme. Y se perdonan muchas cosas, pero el abandono no es una de ellas. O al menos, no eran de las cosas que yo pensaba perdonar. Él juzgó a mi mamá como si hubiese andado de pata suelta y coscolina, sin saber si a ella un cabrón la tomó por la fuerza y ella nomás no pudo zafarse. De todos modos le echaría la culpa, que qué chingados andaba haciendo donde no debía, que una mujer que se pasea es una mujer que se ofrece, como si el puro hecho de salir a darle de comer a las gallinas fuera suficiente razón para que un tipo la violara. Y es una chingadera eso de no tener raíz, que desde apenas nacer uno quede chiflando en la loma sin saber si va o viene. Y aunque ahí estaba cocinándose el odio, la olla no hervía lo suficiente como para cocer frijoles. No podíamos andar de enemistosos cuando los apaches no dejaban de escabecharse a los nuestros y los texanos querían tragarse nuestras tierras. A los hijos de su madre no les bastó mocharse un buen cacho de lo que era Texas, ahora andaban chingue y chingue con que el resto era un «territorio en disputa». Disputa su puta madre, porque si ganaban nada garantizaba que nos quedáramos con el rancho. Muy modositos mandaron decir que aquel que tuviera posesión legal de un terreno no sería afectado, sin importar si era mexicano, anglo o nativo. Hasta los cabrones propusieron que nos uniéramos a ellos para crear la gloriosa República Independiente de Texas y que así ya no dependiéramos del culero gobierno central mexicano al que le valíamos puritita madre. Se rumoraba que un buen de mexicanos se habían incorporado a la lucha armada contra el ejército nuestro. Entre la raza se mentaba a un tal Juan Seguín, al que se le acusaba de desertor, no sólo había peleado contra las tropas mexicanas, sino que hasta los texanos lo promovieron como teniente coronel. Ninguno de los rancheros de nuestro rumbo accedió. Hacerlo era suicida, si el gobierno mexicano se llegaba a enterar, te fusilarían por traición a la patria. Nomás que si por angas o mangas los texanos les ponían un revolcón a los mexicanos y se agenciaban lo que quedaba del territorio, corrían el riesgo de ser considerados enemigos. No había, pues, pa dónde moverse, y como no había, mejor la llevaba en paz con mi abuelo.

2024

Henry se sentó frente a Peter, llamó al mesero y ordenó que le trajeran un bourbon. El mesero debió tenerlo listo porque con presteza colocó una botella de la Experimental Collection de la destilería Buffalo Trace. «¿Lo conoces?», le preguntó Henry. Peter negó con la cabeza. Su familia desdeñaba el bourbon, lo consideraban una réplica barata y vulgar del verdadero whisky, el escocés, del cual sólo bebían marcas artesanales destiladas en especial para ellos. Si alguien osaba pedir un bourbon y no un whisky, el abuelo lo descalificaba de inmediato, «gusto de nuevo rico». Peter pensó que ese tipo de detalles marcaba una diferencia entre ambos. Henry tomó la botella y le mostró la etiqueta, «los maestros destiladores de esta marca cada año experimentan con diferentes granos y barricas; en ocasiones, los reposan en barriles de roble francés Chardonnay o Zinfandel, o combinan las mezclas con rones añejados. El producto es, en ocasiones, extraordinario. Este bourbon lo produjeron en 1992 y lo añejaron en sólo dos barricas por casi diecisiete años. Apenas lo embotellaron en el 2009. No lo he abierto y quise degustarlo contigo». A Peter la distinción lo puso nervioso, «es un honor», musitó. «Pude ofrecerte otra bebida, un tequila añejado por dieciocho años, un whisky elaborado en las Highlands escocesas, un vino de un viñedo de un querido amigo, pero elegí este bourbon por una razón simbólica: Henry Lloyd trabajó en esta destilería a principios del siglo XIX. Buffalo Trace es la casa productora de bourbon más antigua de los Estados Unidos y debe su nombre al lugar por donde solían cruzar las manadas de búfalos en Kentucky». Peter pensó en cuánto habría dado McCaffrey por escuchar el relato. «Lloyd aprendió en Carolina del Norte a cultivar el tabaco, a secarlo, a liar cigarrillos. Por esos antiguos trabajos es que mi familia ha invertido en destilerías de bourbon y en plantaciones tabacaleras. Por ahí poseemos algunas acciones». Esas «algunas acciones», se enteraría Peter, representaban 20% de la mayor distribuidora de licores de los Estados Unidos y un 15% de una de las principales marcas de cigarrillos. Producían dividendos marginales considerando el grueso de las ganancias de las otras empresas del grupo Lloyd. Henry ordenó al mesero retirarse, abrió el bourbon y lo escanció en los vasos. El aroma despedía notas de las barricas de roble con un toque dulce. Peter lo dejó reposar en la lengua, tal y como le había enseñado su padre desde que era niño, «permite que la bebida impregne tu paladar, es en la boca donde los sabores se separan y explotan». Le supo delicioso, a decir verdad, no le pedía nada a los whiskys escoceses más connotados. Henry ponderó después de saborearlo, «lograron una combinación acertada», dijo. «Desde tiempos de Henry Lloyd somos poseedores del 5% de Buffalo Trace y compraríamos hoy mismo el 95% restante, pero se niegan a vendérnosla». Henry se percibía más a sus anchas que cuando se reunían con McCaffrey. La grabadora debía tornarlo precavido. Peter quiso interpretar si la petición de verse a solas enviaba una levísima señal. No se esperanzó, quizás sólo era un deseo de hablar en privado de cuestiones que atañían a dos herederos multimillonarios. Vibró su celular y miró de reojo la pantalla: Betty. Rechazó la llamada y guardó su teléfono. «Perdona», se excusó. «¿Has leído la "Trilogía de la frontera" de Cormac McCarthy?», le preguntó Henry. «No», respondió Peter, no sabía de quién le hablaba. «Mañana mando a tu hotel los tres libros. Si te interesa un poco el mundo de Texas y de la frontera con México, es una buena manera de empezar». Peter lo agradeció y bebió otro vaso de bourbon, el alcohol podría envalentonarlo para declararle su amor. Comedido le preguntó cómo se sentía de ser el próximo mandamás de la corporación Lloyd. «Antes de responderte, quisiera hacerte una pregunta». Peter se acomodó en el sillón, «sí, lo que quieras». Henry bebió del bourbon, lo saboreó y lo pasó poco a poco, «¿te piensas casar con Elizabeth?», inquirió. «Sí», respondió Peter. «¿Estás enamorado de ella?». Peter tardó unos segundos en contestar, «sí, claro que sí». Henry sonrió, «quisiera hacerte otra pregunta, con la condición de que me respondas con absoluta honestidad». Peter tragó saliva. Nunca antes en su vida se había sentido el ratón en el juego del gato y el ratón, en toda oportunidad siempre había sido el gato. «Claro». Henry miró hacia un punto indefinido de la suite y luego, con lentitud, volvió los ojos hacia Peter. «¿Tu prometida sabe que te acuestas con su hermano?». Peter aspiró hondo, con la sensación de que el aire no entraba a sus pulmones. ¿Cómo podía saberlo Henry?, ¿quién se lo había dicho?, ¿lo habría mandado a espiar? Las interrogantes se agolpaban una tras otra. «No sé de qué me hablas», balbuceó Peter. Henry le clavó la mirada y se inclinó hacia él, «acabas de decir que siempre con honestidad». Peter trató de sostenerle la mirada, la del otro resultó más penetrante y terminó por desviarla. «No sé quién te vino con esos chismes». Henry esbozó una sonrisa, «nadie me lo contó, querido Peter. ¿Crees que no vi los roces subrepticios entre ustedes o cuando él bajaba la mano para acariciarte la pierna?, ¿y qué me dices de sus miraditas? No se necesita ser un genio para adivinar cuanto sucede entre ustedes». Peter dudó en refutarlo, Henry había desguazado cualquiera de sus contraargumentos, ¿para qué negarlo? Su bisexualidad quedaba a la vista, debía aprovechar para abrirse de capa y confesarle cuánto lo deseaba. Se mantuvo en silencio. Fue Henry el que se lo soltó a bocajarro, «me gustas, Peter, lo sabes, ¿verdad?». Ahora sí sus pulmones quedaron por completo ausentes de oxígeno. Le empezó a temblar la pierna derecha, «¿¡Ah, sí!?», inquirió con el escaso aire que le quedaba. «O de plano eres ingenuo o un cabrón hecho y derecho, ¿por qué crees que pedí verte en esta suite a solas?». Peter no daba crédito, las cosas se daban de una manera en que jamás imaginó. Henry se levantó, se sentó a su lado, le alzó la barbilla y lo besó en la boca. Y de un beso vino otro y otro. Henry lo tomó de la mano y lo condujo a la habitación. Lo desnudó con lentitud y, al terminar, lo acostó bocabajo. Le acarició la nuca, la espalda y las nalgas y luego le ensalivó el culo y lo penetró. Por primera vez un hombre entró en Peter, la primera en que él no era el dominante. Distinto a como sucedía con Tom, con quien las cogidas eran rápidas y clandestinas, esta duró hora y media. Henry se notaba versado en posiciones sexuales y lo hizo venirse cuatro veces. Durmieron un rato abrazados y cuando despertaron, Peter revisó su celular. Tenía perdidas incontables llamadas de ambos hermanos e histéricos mensajes de texto. «Vine a verte a Austin y te desapareces, hijo de puta», le escribió Betty. «¿Quién te crees?», le espetó Tom. Sin necesidad de curiosear los mensajes, por la mera expresión transfigurada de Peter, Henry se burló, «¿ya te gruñeron los hermanitos? Anda, corre a mimarlos. Mañana te vuelvo a ver acá».

1892

De los niños Jenny y yo nos ocupamos. Un error a Jonas odiar. Buenos niños ellos dos eran. Tranquilos, casi no lloraban. Noche a noche Jenny y yo ayuntábamos. Suave ella. Cálido el cuerpo suyo en las noches de lluvia. Tormenta tras tormenta. Lodazales en las calles. Moscas, mosquitos, humedad. Olor a tierra mojada. Después de copular con Jenny, a la cama con Jade volvía. Su voz en susurros escuchaba, «Jeremiah». Mi mano alargaba para tomar la suya. «Jeremiah». Jade ahí, a mi lado, por el resto de la madrugada. Ni Jenny ni yo de la casa salíamos. Diluvios como la Biblia narraba. Agua interminable de los cielos. Por las tardes Jenny y yo en el porche el amor hacíamos. Por la lluvia nadie en la calle había. Su cuerpo desnudo pegado al mío desnudo. Pieles negras en tierra de blancos. Al lado nuestro a Jade percibía. Franqueaba su fantasma por entre nuestros cuerpos desnudos. «Está bien», musitaba. Un fresno enorme, por las lluvias, junto a la casa se desplomó, las raíces al aire. Una ardilla bajo una rama quedó aplastada. Crías a su lado en un nido. Cinco diminutos seres. En mi palma los coloqué. Jenny un trapo trajo para envolverlas. Leche con el dedo les dio. Bebieron las cinco crías y junto a la chimenea las colocó. Cinco orugas grises. Con curiosidad Japheth una quiso coger, Jenny lo detuvo. «No, hijo, pueden morir si las tocas». Por las mañanas, con una sierra, las ramas del fresno cortaba, la intensa lluvia empapándome. Al entrar a la casa la ropa Jenny me pedía. Desnudo, el agua con una toalla me secaba y al terminar el amor hacíamos. Por las tormentas semanas sin salir de la casa estuvimos. Jade, aquí y allá. Entre sus hijos en la cama se sentaba. O en la mesa al cenar. Una tarde de tempestad un caballo frente a la casa se detuvo. Henry Lloyd con gabardina y sombrero apareció. Barro en botas, pantalones y cara. En la lluvia, afuera, el caballo. «Buenas noches», saluda y mojado en un sillón se apoltrona. «A mis hijos trae», a Jenny le pide. «Duermen, señor». «Despiértalos y tráelos», él insiste. Los niños lloriqueantes Jenny a Lloyd lleva. A Jonas en sus brazos carga. Al otro en sus piernas sienta. «Hambre tengo», a Jenny le dice. A preparar la cena Jenny se dispone. «A la casa una persona nueva llegará a vivir», anuncia, «limpia el cuarto donde Jade dormía». Luego hacia mí se vuelve. «Mañana, tú conmigo regresas. El caballo ahora a los establos lleva, cepillado y bien comido lo quiero». En el cuarto de Jade Lloyd duerme. Para no hacerle saber lo de Jenny y yo, en la sala me acuesto. Jade en mi búsqueda va. Frente a mí se sienta, lágrimas por sus mejillas escurren. Con una seña de su mano le pido que conmigo se acueste. Ella con la cabeza niega. Un rato más la veo. La mano alza como despedida y entre sombras se disipa. «No te vayas», le ruego. Entre la oscuridad se pierde. Un pequeño charco de lágrimas donde ella estuvo. Con mis dedos lo toco, lo huelo. En mis yemas el aroma de sus lágrimas. Sonidos escucho. Las ardillas chillan. Leche caliento y con gotas en mis dedos las alimento. Una débil se ve. Más leche a ella trato de darle. Bebe poco y el hocico aleja. Sobre mi pecho la pongo. Sus débiles latidos en mi piel percibo. «No te mueras», le demando y junto a las otras crías la acomodo. Por la mañana Henry y yo cabalgamos. El camino imposible de ver. Una cerrada pared blanca de niebla. Llovizna. Escurrían agua nuestros sombreros. Arriba de nosotros, graznidos de aves. El chapoteo de los pasos de los caballos sobre los charcos. Nada podía verse, sólo el blanco de la niebla. El río rugía. «Por causa de una inundación muertos hubo», Lloyd me informa. A la propiedad arribamos. «Ve a las cabañas a los nuevos conocer», me ordena. Difícil entre el lodo caminar. James al verme venir me saluda. «Hola, viejo», dice. Sonrío. Recorrer un solo tramo me cuesta. Chicloso, el lodo a las botas se adhiere. Los pies no puedo despegar. Esfuerzos hago. La suela se desprende. Ríe James, «vamos, viejito». En el lodo me siento. Las botas me quito para descalzo proseguir. La espalda James me palmea. «Creí que por siempre una estatua serías», bromea. Al cobertizo entro. Los nuevos en una banca están sentados. En sus rostros el miedo se percibe. «Nada de lo que decimos entienden, tampoco entre ellos», James explica. Yo igual estuve. Aterrado al llegar. Sin saber dónde se está ni por qué. De sus tierras recién los han arrebatado. Henry látigo no usa. Suerte la de ellos no ser fustigados como nosotros lo fuimos. Las heridas del látigo lacerantes son. La espalda hienden, la carne se rompe. Como ratas arrinconadas se ven. Sus ojos temor reflejan. «A escribir, a leer y a hablar inglés les enseñaré», James afirma. A mí un anciano negro a leer y a escribir inglés me enseñó. Por las noches lecciones me daba. Con su mano me guiaba para los trazos correctos de las letras hacer. Buena persona él era. Una tarde, sentados en el porche, algo dijo que no recuerdo. Su mano extendió para un punto señalar. Mucho caso no le hice. A beber agua me levanté y al volver, ya no se movió: muerto estaba. Hacia donde miró por última vez, miré. Nubes lejanas en el horizonte. Josaphat su nombre era y ya más lecciones no recibí. Los diez recién llegados jóvenes eran. Doce el más chico, veinticinco el mayor. De color azabache ocho. Claros, del color de Jade, los otros dos. Volvió a llover. Goteras en el techo de las cabañas. Agua por las rendijas. Con lodo las goteras sellamos. Juston en su lengua les habló. James en la suya. Ninguno comprendió, lenguas distintas las de ellos. James en voz alta comenzó, «perro, perro, perro». Los otros miraron. «Perro, repitan perro». No entendieron. En los próximos días entenderían. En el suelo durmieron, catres no sobraban. Al día siguiente de llover paró. Por entre las nubes, el sol. Trabajar aún no se podía, era necesario que la tierra secara. Con una negra a Henry Lloyd a lo lejos vi. Parecida a Jade: joven, negra clara del desierto, bonita, mismo físico. Diecisiete, dieciocho años. A lo lejos me llamó. «Jeremiah, ven». Descalzo hacia él me dirigí. Trabajoso entre el lodo andar. «Al pueblo vamos». Luego mis pies observó. «¿Descalzo qué demonios haces?, las botas ve a ponerte y los caballos trae», me manda. Ella una risita suelta. Henry la abraza. Jade apenas lleva semanas de muerta y él ya con otra. Lo detesté. Jade por su hijo murió y ahora una mujer nueva a su casa lleva. «Anda, apúrate», Lloyd me dice. A uno de los negros nuevos las botas le robo. Apretadas las siento. Los caballos al establo voy a buscar y a la casa los llevo. Henry a ella en la montura atrás de él sienta. Ella con pretexto de no caer lo abraza. «Jayla se llama», Lloyd me dice, «la que Dios protege su nombre significa». Ni una sola hora ella iba a trabajar. De esclava a amante del patrón. Jayla era quien en el cuarto de Jade dormiría. Una traición. A Henry odié.

1878

Me colgué los relicarios al cuello, en algo debían ayudarme, que los blancos notaran que me acogía a la tutela de sus dioses y por ello me dispensaran de malos tratos, la cicatrización de mis heridas me provocaba incesantes comezones y me desesperaba no alcanzar a rascarme, uno de los compañeros, con escarificaciones rituales en espalda y pecho, me recomendó no intentarlo, «nunca se te van a cerrar las llagas si desprendes las costras, no las toques», él era un negro de la «selva», también procedía del monasterio, poco habíamos convivido, él era un año menor y no coincidimos en las clases ni en las actividades, ninguno de los dos sabía de nuestro próximo destino, si nos quedaríamos ahí o si nos montarían en un barco más, mi amigo se llamaba Bangú, tuve por fin alguien con quien compartir mis miedos, mis ilusiones, mis ausencias, al igual que a mí a él lo arrebataron de su aldea, fue separado de sus padres y de sus hermanos y no volvió a saber de ellos, asimismo el mar lo turbó, no había en su lengua un vocablo que expresara esa inmensa extensión azul, concordamos que para sobrevivir era imperioso olvidar a nuestros dioses y adoptar el cristianismo, no veíamos otra alternativa, habitábamos ahora una visión donde prevalecía un dios único, irascible y amoroso, cuya ubicuidad no daba pie a rebelarse, con mi relicario en mano rezamos un padrenuestro para congraciarnos con Cristo y un avemaría para hacerlo con la Virgen, en el monasterio nos habían adoctrinado en la fe católica, fe que debí desechar cuando supe que Thomas Wilde, mi nuevo propietario, menoscababa el culto a la Virgen y a los santos por considerarlo hechicería, en la bodega no fuimos molestados por los guardias durante tres días y en paz nos dejaron recuperarnos de nuestras heridas, Bangú me describió su lugar de origen repleto de exuberante vegetación y rodeado de cordilleras donde a menudo llovía y cuyas cimas eran cubiertas de neblina, me habló de los «hombres del bosque», cuadrumanos gigantes y de abultada musculatura que habitaban en las partes altas de las montañas, los llamaban gorilas y, pese a su aspecto amenazante, eran pacíficos, pero si uno los molestaba con insistencia el macho más grande podía arrancarte los brazos como quien arranca ramitas de un arbusto, cuando a Bangú lo secuestraron, no lo encadenaron como a mí, sino que lo amarraron de pies y manos a un palo y, colgando, dos personas lo cargaron por leguas, «la espalda se me raspaba por el roce constante con el suelo y de tan apretados los nudos, mis tobillos y mis muñecas se laceraron, nunca me soltaron, meaba guindado y para darme de comer ponían los alimentos en mi boca», llegó el cuarto día y el hombre de la casaca roja anunció, «nos vamos hoy», encadenados salimos de la bodega rumbo al muelle, pasamos al lado de un bullicioso mercado donde negros compraban y vendían, no vi en ellos una sola mirada de compasión o de simpatía, ¿por qué ellos deambulaban libres y nosotros no?, cruzamos hasta el límite del muelle y por un andén nos hicieron subir a un barco, en cubierta el hombre de la casaca roja nos despojó de las cadenas de las manos y sólo nos dejaron los grilletes en los tobillos, creí que nos conducirían a los sollados, pero nos llevaron hacia unas hamacas en el primer piso, en tanto que al resto de los negros sí los encerraron en los sótanos, Bangú y yo fuimos estimados como mercancía valiosa por hablar inglés, por nuestra joven edad y por nuestra resistencia y fuerza y no deseaban que acabáramos maltrechos en el viaje para no disminuir nuestro precio, al mediodía levaron anclas y la nave enfiló hacia Mobile, Alabama, en los Estados Unidos.

1816-1817

Evariste se empeñó en convertir a Jack en un hombre educado y con buenos modos. Lo instruyó para conducirse de acuerdo a distintos escenarios: cómo actuar frente a una dama, cómo guardarse las opiniones propias para no contrariar a los demás, cómo comportarse con decoro en la mesa, a no masticar con la boca abierta ni hacer ruidos al comer, a sentarse derecho en la silla, a no interrumpir la conversación de sus mayores, a levantarse cuando una mujer se retiraba de la mesa y a ponerse de pie y mirar a los ojos a quien saludara de mano. Le enseñó a reconocer la calidad de los cueros y de las pieles y cuáles servían para determinadas prendas, las más gruesas para los abrigos, las delgadas para las camisolas y cuáles debía rechazar por defectuosas. Lo instruyó en operaciones aritméticas y a llevar cuentas. Cada noche lo obligaba a leer diez páginas de un libro, «si no te ilustras, muchacho, no vas a alcanzar nunca tus metas, sean las más altas o las más triviales. La llave es el conocimiento». La insistencia de Evariste le parecía cansina a Jack, pero empezó a ver resultados. Pudo articular mejor las ideas, pensar con más claridad y sobre todo, entenderse mejor a sí mismo. Evariste se esforzó porque Jack departiera con la sociedad de Auverne. Lo llevó a reuniones, fiestas, celebraciones y actos protocolarios del gobierno local. En la frontera se hablaba de manera indistinta en francés e inglés y en una extraña koiné que mezclaba ambas lenguas con palabras derivadas de dialectos indígenas de la región. A Jack lo obnubiló la opulencia con la que se vivía en el pueblo. En su aldea alguien se consideraba rico si poseía seis vacas, en Auverne había dueños de decenas de cabezas de ganado. Las casas no eran de una habitación donde el dormitorio, comedor y cocina compartían el mismo espacio. Aquí contaban con numerosos cuartos, estancias, salones. Era un mundo que jamás había imaginado, con una clara estratificación social que imponía formas de vestir, de conducirse, de relacionarse con los demás. Jack, quien había crecido en una sociedad donde los vecinos poseían más o menos el mismo nivel económico, se enfrentó a las distinciones por clase y al desprecio de los más pudientes hacia los menos favorecidos. Se percató de que él pertenecía a la clase más baja, que aquello que él antes consideraba normal encajaba en la categoría de pobreza extrema. Antes no se lo cuestionó, ahora le parecía penosa e injusta la vida que había llevado junto a su madre. Cómo le hizo ella para mantenerlos a flote, le pareció un misterio. Por lo general comían frijoles, papas, leche de sus animales y en raras ocasiones, carne o quesos. Jamás faltó alimento ni techo y la ropa su madre la ajustaba con paños conforme iba creciendo. En un crudo invierno en que murieron sus escasas ovejas, ella pidió un rifle y fue a cazar un oso. Sola lo acechó, le disparó, lo remató, lo desolló y lo descuartizó. Seis viajes le llevó acarrear los trozos y la piel. Al dueño del rifle le pagó con la mitad de la carne y ella cortó en tasajos la suya y la ahumó para conservarla. Gracias a la proteína que consumió ese semestre, Jack se fortaleció y adujo que, gracias a ello, pudo matar a Louis. Gracias también a la carne que consumió con el trampero, Jack notó cambios en su cuerpo. Sus músculos se definieron, los bíceps se abultaron, las piernas macizas y las venas marcadas en los antebrazos. Crecía tan rápido que Evariste bromeaba diciendo que lo alimentaba con levadura, «se oye cómo creces». Jack empezó a apreciar las sutilezas de la organización de las cosas que representaba la clase social de Evariste. La elegancia y el refinamiento eran más que manierismos, aceitaban las relaciones entre unos y otros, delimitaban los alcances de cada quién y establecían marcos jerárquicos. A la distancia, las normas en su aldea le parecieron ordinarias. En Auverne parecía imposible que un grupo de adolescentes abusaran de un niño y mucho menos que los padres condonaran su proceder. El maestro en Saint Justine hizo un intento fútil por establecer cánones de sana convivencia entre los alumnos. No lo logró. En la aldea, la comunidad basaba sus relaciones en una laxa interpretación de la Biblia. Esgrimían los sermones de los apóstoles y de la palabra de Cristo para hablar de amor y de compasión, pero usaban los pasajes más oscuros del Antiguo Testamento para justificar sus repelentes actos, como cuando los padres de Louis recurrieron a la Ley del Talión para vengar a su hijo. En múltiples ocasiones el maestro hubo de defender a Jack de sus acosadores. Lo expulsaron del villorrio cuando hizo notar a los padres de familia el comportamiento de sus hijos y la lenidad de sus acciones. Sin el maestro, Jack quedó sin muro de contención. En cuanto Evariste le propuso inscribirlo en la escuela, aceptó, si la experiencia iba a ser tan buena como la del maestro de Saint Justine, valía intentarlo. Sus condiscípulos eran menores que él, aunque más avispados. Sabían resolver ejercicios matemáticos, construir con corrección tiempos verbales en inglés y en francés, sabían sobre acontecimientos de la historia mundial y de Canadá, de los cuales él no tenía idea. El profesor era paciente y palmaria su pasión por la enseñanza. Jack se desesperaba por sus limitaciones y estuvo a punto de renunciar, paciente, el profesor permanecía horas con él después de clase a explicarle la asignatura. Al regresar a casa, Evariste le exigía leer las inapelables diez páginas, «llegará el momento en que me lo agradecerás». Evariste trajo a Jack cobijo emocional y sentido del orden. No lo reprendía cuando le contestaba de forma grosera o malhumorada. Con calma le explicaba las razones por las cuales no era adecuado comportarse así, «no transparentes cuanto te agita por dentro, la gente lo ve como una debilidad y se aprovecha de ello». Cuán sabio era ese padre putativo y generoso, Louis y los adolescentes abusaron de él porque era manifiesto cuánto le afectaban sus pullas. Si no les hubiera dado importancia, quizás hubiese sido diferente. «El enojo, cuando lo exteriorizas a los demás, se revierte contra ti. No les des armas a quienes quieren hacerte daño». Admiraba lo flemático del hombre, nada lo sacaba de quicio. Jack podía insultarlo, aventar cosas al piso, hacer una pataleta, él se limitaba a darse la vuelta y dejarlo a solas. Con el paso de los minutos, Jack recapacitaba e iba a ofrecer disculpas. En su sentir, Evariste era lo más cercano a un santo. No escatimaba en comida o en ropa, le costeaba la escuela y hasta le regaló un potro. Cuando Jack le cuestionó el porqué de su munificencia, Evariste evocó el dicho, «haz el bien sin mirar a quién». Fue hasta escuchar a un trampero que supo de la sombría historia de su benefactor, «¿cómo lleva su libertad tu padrastro?», le preguntó. A Jack le emocionó que se refiriera a él como su padrastro, eso indicaba que, a ojos de los demás, era reputado como su hijo adoptivo. «Bien», contestó a secas Jack sin saber de qué libertad le hablaba. «Debe ser grato ir adonde se quiera después de tantos años encerrado y máxime cuando su adversario quedó seis pies bajo tierra». El fulano soltó pistas que desasosegaron a Jack, ¿quién era ese adversario?, ¿encerrado dónde? Evariste se comportaba como un caballero, con una integridad sin tacha, no se traslucía en su comportamiento una sola grieta por donde asomara la oscuridad. ¿Habría matado como él lo había hecho? No había manera de que así fuera, Evariste parecía levitar por encima de los demás, desplegaba gracia, apostura, decencia, honestidad. Sus manos no debían estar manchadas de sangre como las suyas. No, no era él a quien el trampero se refería. «Lo que haga o no haga Evariste no es de su incumbencia», lo confrontó Jack. El trampero sonrió, «no lo hago por molestar, Henry. No sabía que tú no sabías». Cada frase del tipo rajó un pedazo de sus certidumbres. Evariste le estaba enseñando a domesticar sus pulsiones, a convertirse en un hombre mesurado y cordial, ¿por qué este imbécil llegaba a corromper la imagen que tenía de su protector? Volvió en Jack el deseo de acallar a alguien a puñaladas, pero la mera evocación del carácter circunspecto y medido de Evariste lo hizo desistir. No echaría a perder la oportunidad que le brindaba la vida para rehacerse. El insidioso trampero partió sin saber lo cerca que estuvo de que el muchachito lo tajara a puñaladas. Jack quedó sacudido. Evariste no podía ser un asesino. No él. Los demás sí, no él. Pensó en si valía la pena cuestionarlo al respecto. Era un tema delicado, podía molestarse y expulsarlo de su casa y Jack no deseaba perder cuanto había ganado. Con él aprendía a diario lecciones invaluables. Si hubiese contado con un padre con igual bonhomía, otro habría sido el rumbo de su vida. Nadie se hubiese burlado de él por ser bastardo. Gozaría del cariño, los cuidados y la educación que sólo un padre puede brindar. Habría aprendido a disuadir a los acosadores sin necesidad de matarlos. Si en verdad Evariste era un homicida, se esperanzó en reformarse como él. En la cena, Jack no pudo evitar mirarlo de otra manera. Examinó cada uno de sus movimientos, de sus gestos. Trató de adivinar si en él había atisbos de los mismos instintos violentos que los suyos. Por más que rebuscó, no los halló. Había en él un aire civilizatorio imposible de asociar con los nubosos impulsos de un homicida. Evariste le anunció que la semana entrante vendrían a visitarlos Hélène, su mujer, y sus hijas Regina y Carla. «Las vas a querer, Henry, son niñas dulces y Hélène te tratará como un hijo». La próxima llegada de la familia le provocó recelos. Qué tal si la tal Hélène era una arpía como Emma y las hijas otro dolor de huevos como lo había sido el idiota. Se fue a la cama perturbado y ansioso. La información recibida fue excesiva. Las palabras del chismoso trampero fueron ácaros en sus oídos, diminutos bichos que entraron al cerebro por el tímpano para insertar los huevecillos de la duda. El inminente arribo de la mujer y de las hijas de Evariste añadía turbulencias. Si hubiese recibido ambas noticias en momentos distintos, quizás no se habría conmocionado, arrojadas en tan poco tiempo una detrás de la otra, lo angustiaron. Cerró los ojos y respiró hondo, ya mañana sería otro día.

1887

nunca me cuestioné lo que significaba poseer esclavos no sé si por cándida o porque dentro de mi alma no existía un mínimo sentido de lo humano no es justificación pero la esclavitud la lacté desde niña lo vi como algo normal como una verdad incontrovertible se me enseñó que había diferentes razas y que por naturaleza y hasta por mandato divino la blanca debía someter a las otras porque eran inferiores no hallaba ni en negros ni en indios virtud intelectual ni los creía capaces de reconocer sus limitaciones en tanto los blancos conquistaban bosques pantanos montañas para transformarlos en vergeles en huertas en labrantíos los negros y los indios se reducían a subsistir sin aspirar a un orden superior o a un espíritu de civilización ni siquiera a las negras que me criaron con afecto y entrega se les notaban pretensiones por salir adelante ni por construir un futuro a los africanos les bastaba lo básico comer dormir copular beber trabajar no encontré en ninguno ideales ni ambiciones por ir más allá de su existencia simplona y sojuzgada sí hubo negros rebeldes y en algunos vislumbré fugaces chispazos de inteligencia o como decía papá de astucia eran un poco más despabilados pero carentes de profundidad con paupérrima lógica y torpes para desentrañar cuestiones fundamentales nunca vi la esclavitud como un mal sino como una manera de ayudar a que estos pobres seres disfrutaran de una vida más elevada más productiva y menos holgazana nanas mías como Jaliyah o Jemina me contaron de su vida en África deambulaban semidesnudas sin ningún pudor y a la vista de hombres y niños sus chozas estaban edificadas con barro y paja los hombres debían cazar para alimentar a su tribu no había libros ni lenguaje escrito y su música se reducía a monótonos ritmos tañidos en tambores en Emerson les enseñamos a vestirse con propiedad a que dominaran nociones básicas del inglés para sustituir sus inservibles lenguas los instruimos a trabajar en los campos y a algunas de ellas en labores de cocina y en la administración de una casa les brindamos un sentido del honor y de la pudibundez para que no mostraran sus cuerpos desnudos a cualquiera y para que entregaran sus virginidades o sus castidades con recato y madurez a la persona correcta los imbuimos de los principios cristianos para que su rumbo fuese guiado por la moral y se comportasen con decencia e integridad en Emerson comían caliente tres veces al día y dormían bajo techos firmes no bajo techados de varas o paja como en sus lugares de origen los hombres no necesitaban arriesgar sus vidas entre fieras para llevar alimento a los suyos y en vez de rondar en taparrabos vestían ropas ligeras en verano y abrigadoras en invierno ya no tuvieron que resignarse a ver morir a sus hijos por enfermedades curables dejaron atrás a médicos brujos charlatanes que los trataban con pociones ineficaces en rituales paganos para ponerse en manos de médicos preparados y doctos que cuidaban su salud con tino y conocimiento a ti te consta que ellos mismos reconocían que con nosotros vivían con más comodidad más tranquilos y que hubo un salto cualitativo en su vida dime que coincides conmigo porque tengo atorado en la garganta el remordimiento de no haber visto con claridad el daño terrible que les causábamos reconozco que tú sí supiste ver más allá que todos nosotros inferiste con acierto que ese déficit de inteligencia lo compensaban con una voluntad férrea y una valentía sin medida hallaste en ellos determinación y lealtad pelearon en tu ejército privado sin achicarse frente a ninguno de tus enemigos creí que tus negros manumisos estarían resentidos contigo por haber sido su capataz y que buscarían revancha contra ti me equivoqué se convirtieron en tus mejores aliados y gracias a ti esos negros libertos consiguieron enriquecerse y ostentar una vida de bienestar a la mayoría no les duró el gusto retornaron a esta comarca donde habían echado raíces y dilapidaron sus fortunas en fruslerías ropa de lujo extravagancias prostitutas alcohol comilonas y por eso volvieron a Texas a buscarte con la ilusión de que les ordenaras participar en nuevas incursiones para conquistar más tierras como antaño lo habían hecho sólo que ya no quedó más terreno que despojar ya te habías apropiado de cientos de miles de acres al saberse sin trabajo recurrieron a mí para que los contratara volvieron al plácido estado que antaño les significó ser esclavos de algunos me apiadé y como la vida disipada les mermó el cuerpo fue necesario adscribirlos a tareas que no requirieran de fuerza física a Juston lo mandé a pastorear ovejas a Jacob le encomendé el pesaje del algodón ya sabes cómo se las gastan en estas tierras los compradores intentan truquear las balanzas a su favor o corromper al encargado de las básculas sabía que Jacob no me traicionaría y que los pesos serían exactos cuando tu hijo Japheth volvió de tus guerras le confié la venta de ganado como sabes es la más difícil de gestionar los mercaderes no cesan de quejarse de lo alto de los precios y regatean con impudicia en esa época Japheth se comportó a la altura ya que determinaba cuánto valía una res no cedía al chantaje ni al barato recurso de las amenazas la gente por acá lo despreciaba por ser negro pero le temía a su mitad blanca en otras palabras te temían a ti y aun gagá infundes respeto tu solo nombre hace temblar a más de uno y aunque eres un anciano creen que no te tentarías el corazón para mandar matarlos o tú mismo estrangularlos he de admitir que me cautiva que a pesar de tu lamentable salud todavía mantengas tu leyenda de hombre invencible e indócil nadie osaría enfrentarte aun muerto despavoririan de ti como sucedió con las huestes mahometanas que se aterraron al ver el cadáver del Cid Campeador atado sobre los lomos de Babieca su caballo predilecto multitud de personas te deben favores blancos indios mexicanos negros mestizos mulatos Jacob y Juston me han confesado que ellos como cientos más darían la vida por ti es alucinante la devoción que te prodiga tu tropa de incondicionales entre quienes debo aceptarlo me encuentro yo nunca logré desembarazarme de tu conjuro de tu rotunda seducción forjaste un mito que penetra las capas más profundas de quienes te hemos rodeado y aun en aquellos que incluso sin conocerte resienten el impacto de tus coletazos

1881

Stephen Austin, el mero mero de los gringos, el Judas que armó el despapaye de la guerra con México, se fue a morir de una pinche y mísera gripa. Como quedaron cual gallina descabezada, pensamos que a los texanos se les venía abajo el tinglado y que iban a decirnos, «ya estuvo suave de desmadre, aquí tienen de vuelta sus tierritas». Nada de eso, eran rejegos los cabrones anglos y ni con su líder difunto se estuvieron sosiegos. Mandaron emisarios a cada uno de los ranchos de la región, «únanse a nosotros y juntos tendremos una república independiente, al fin y al cabo, para el gobierno mexicano, ustedes son menos que basura». Puede que tuvieran razón, pero caía de la patada que nos lo restregaran en la jeta, qué necesidad. Los enviados hablaban español medio mocho, suficiente para darse a entender. Cuando los americanos llegaron a Texas invitados por México para colonizar tierras baldías se les puso como condición que usaran nombres de mexicanos, tornarse en católicos y hablar en nuestra lengua. Se supone que debían convertirse en mexicanos, güeros desabridos, pero mexicanos. Ese «se supone» con el tiempo valió pa puro cacahuate. «Un gringo nunca deja de ser gringo», advirtió Chuy cuando se enteró que el gobierno mexicano les estaba regalando tierras y pos no le faltó razón. «Juntos vamos mexicanos y texanos por una sola patria, la República de Texas», arengaban los culeros emisarios. «Pura pinche mentira, nos quieren quesque de su lado para luego agenciarse nuestros terrenos, pendejos serán los que les crean», decía Chuy. Prometieron crear un ejército mixto para protegernos de los apaches, cuando a nuestras espaldas los caras pálidas le estaban diciendo lo mismito a los indios: «Ustedes vénganse a pelear de nuestro lado y les devolvemos las tierras que les arrebataron los mexicanos». Malandrines con ganas eran esos texanos. Chuy estaba seguro de que no tardaban en unirse a Estados Unidos, «puro cuento eso de que quieren una república independiente, gringos son y gringos quieren quedarse, lo demás es pura faramalla». De los enviados que vinieron a vernos, uno se llamaba Juan Page y el otro Jacinto Brown, se veían simpáticos, buena gente. No se portaron como si fueran la chichi de la reina, ni llegaron a amenazarnos. Se les notaba comprometidos con la «causa» y como buenos merolicos querían arrejuntar fieles para lo suyo. Parecían curas de pueblo tratando de convertir indios. Puras promesas las suyas. «¿A poco no te parece sospechoso que estos dos atraviesen solos por la apachería y la comanchería y no les haya pasado nada? O son bien reatas o diosito los cuida o traen una suerte del carajo, para mí que ya amarraron acuerdos con los indios y les entregaron caballos, ganado, rifles, munición y dinero», afirmó Chuy. A mi abuelo lo persuadieron a medias. De pronto, decía que sí quería integrarse con los texanos, luego pensaba que lo iban a traicionar. Como no se cocía al primer hervor, era listo y mañoso para negociar con otros, no en balde le había vendido ganado a los franceses cuando la Luisiana era de ellos y luego a los gringos cuando se la compraron. Decidió darles atole con el dedo y se zafó de comprometerse diciendo que le latía un buen eso de apoyar la nueva república, pero que le dieran chanza de pensarlo. Mi abuelo no quería broncas con ninguno de los dos bandos, si se quedaba con los mexicanos, podían chingarle la tierra los texanos, si se la jugaba con los texanos, el ejército mexicano le pondría un estate quieto en un paredón de fusilamiento. No había para dónde tirar y mi abuelo hizo como que la Virgen le hablaba. Eso que decía no lo supe de primera mano, me lo platicó Chuy porque entre mi abuelo y yo se acabaron las palabras, se hizo una pared entre nosotros dos y no llegamos ni a estar a cincuenta metros uno del otro. Al vernos, nos dábamos vuelta o más bien, yo me daba vuelta para no topármelo. Chuy me contó que el viejón había resuelto no dejarme el rancho, «no se lo merece ese malagradecido bastardo», dijo, como si yo no fuese de su sangre o como si él me hubiera mantenido, porque fue Chuy el que me dio de tragar y me puso techo. Además, yo jalaba en el rancho sin que me diera un centavo, malagradecido ¿de qué? ¿De no ponerme a bailar de gusto cuando me lo topaba? Luego de semanas en que los lipanes estuvieron desbalagados, corrió el rumor de que se andaban juntando, sólo que ahora los mezcaleros y los chiricahuas se dejarían venir desde Chihuahua y Sonora a reforzarlos. Chuy aseguraba que eran puros cuentos, «lo dicen los que no conocen a los indios. Los mezcaleros y los lipanes se han dado de chingadazos hasta por debajo de la lengua, no se soportan, puro robarse unos a otros. Aunque son la misma gata revolcada, no se consideran iguales y se detestan. Se pusieron en paz cuando llegamos los mexicanos, porque tuvieron con quien entretenerse y dejaron de pelotearse entre ellos. La mera verdad, no creo que vayan a congregar». Si los lipanes tenían fama de ser verdaderos hijos de la chingada, la de los mezcaleros era peor. La gente de Chihuahua ya no sabía cómo lidiar con ellos. Manuel Girón, un ranchero de por esos rumbos que hacía negocios de ganado con mi abuelo, juraba, besándose los dedos en cruz, que los mezcaleros no se morían, «en serio, yo les he metido balas en el mero pecho y los he visto caerse de los caballos y cuando vas a buscar, nomás no encuentras su cadáver por ningún lado. Y así deje rastro de sangre, su cuerpo no lo hallas ni con perros. A los días, ves al mismo cabrón montado en su caballo como si no le hubiera pasado nada. Son el demonio». Fueran o no cuentos de gente sin quehacer, eso de que las naciones indias se iban a amontonar acalambró a más de uno. No había que hacer confianza porque podía ser tanto que sí tanto como que no. Mi abuelo envió a uno de los vaqueros a hablar con los del batallón que se había asentado en Paso de Vacas para que vinieran a picar cebolla y nos dijeran si era verdad eso de que los indios se pensaban juntar. Fue un brete traer a los doscientos soldados pa acá. Había que trasladarlos, alimentarlos, darles agua y conseguirles lugar cerca de un río para que montaran su campamento. Sólo conseguir pienso para los caballos ya era una monserga. Se necesitó traer pacas de distintos lugares, algunos tan lejanos como Álamo Gordo. Encima había que darle rancho a la tropa, porque de frijoles y tortillas nomás no se puede vivir. Se acabaron los cabritos en la zona y a cada rato había que matarles una res. Pasaron los meses y fuera de las esporádicas incursiones de dos o tres pelagatos, no llegó la gran invasión de las naciones indias que esperábamos. Encabronados por hacerlos venir de oquis, los generales nos mentaron la madre y se devolvieron para Paso de Vacas. Mi abuelo les regaló ganado para que no se fueran con mohín y se les suavizara el trago amargo. El caso es que la presencia del ejército mexicano sirvió para dos cosas: para escabecharse a los poquitos apaches que quedaban y para enfurecer a los texanos que lo vieron como una provocación. No llevaban ni tres días de haberse ido los sorchos y no tardaron en venir Juan Page y Jacinto Brown a meter su cuchara: que si la gente de la región ya había tomado bando, que eso era muestra de que estábamos contra la República de Texas, que pagaríamos caro, que ya se habían dado cuenta de qué lado mascaba la iguana, puras amenazas abrotoñadas por su berrinche. Si por Chuy hubiera sido, los habría colgado en lo alto de un mezquite para quitarles lo argüenderos. Qué chingados tenían que ir esos gringos a embullar en México, porque esa parte de Texas era más mexicana que el chile. Mi abuelo, menos trabanco que Chuy, les explicó que se habían cocinado runruneos de que las naciones indias se andaban juntando para darnos en la madre y que sólo por eso, le habían pedido ayuda al ejército. Los texanos dijeron que era puro pretexto, que si así pensábamos jugar que luego no anduviéramos de chilletas. «No se me confundan, muchachos», les dijo el viejón, «que nosotros sólo queremos llevar la fiesta en paz. Los apaches nos dieron hasta con la cazuela hace dos años y si no hubiese sido por el ejército mexicano, ahorita seríamos tasajo. Vinieron a cuidarnos nada más y vean, ya se fueron». A Jacinto y Juan ni una muela de rata les satisfizo la explicación, pero como según ellos eran gente de buena voluntad, dieron su palabra de que cuando terminara de resolverse la disputa por los territorios, los texanos se encargarían de terminar el problema con los indios. Era mentira vil, años después nos enteramos de que los texanos llevaban rato azuzando a las tribus para que se unieran y nos pusieran una revolcada. Bajo la promesa de entregarles caballos, armas y dinero, convencieron a los jefes lipanes, chiricahuas, mezcaleros, comanches y navajos, de que hicieran bola para limpiar de mexicanos los terrenos y si no terminaron por agruparse fue por lo que dijo Chuy: porque no se tragaban unos a los otros. Además, no les llegó nada de lo que los gringos les prometieron, ni los caballos, ni el dinero, ni las armas. Los güeros, como bien decía Chuy, eran doble cara y ni tantito de fiar. Y luego nos enteramos de que las naciones indias sí se juntaron, porque un ojeador dijo que leguas hacia el oeste vio un huellerío bruto de caballos y de gente, «ni siquiera se tomaron la molestia de borrarlo». A una ceja de liebre estuvieron los indios de borrarnos del mapa. Porque fue verdad eso de que eran chingos y que estuvieron cerca de darnos en la madre con todo y ejército. «Había rastros como de dos mil caballos», dijo el ojeador. Con que fuera la mitad de esos, ni yendo a bailarle a la Virgen nos salvábamos. Entre que los jefes de las tribus eran rijosos y que los texanos no les cumplieron nada de lo pactado, terminaron por desperdigarse. A los texanos les salió el tiro por la culata y en lugar de tener a los lipanes de futuros aliados, el ejército mexicano se dio gusto masacrándolos. Al darse cuenta de su error, los texanos se dedicaron a armar a las otras tribus para que tundieran a los mexicanos. Los navajos invadieron Santa Fe, los mezcaleros saquearon Casas Grandes y los chiricahuas entraron por la sierra de Sarahuipa para atracar cuanto poblado de mexicanos les quedara en el camino.

2024

A Betty el enojo le duró horas, «no vinimos a verte para que nos dejaras plantados casi hasta la media noche». Peter trató de justificarse, «vine aquí a trabajar, estaba ocupado». Oler a alcohol y a sudor a Betty no le sonó a trabajo. Ella no podía creer que pese al esfuerzo que procuró por la relación aun separados por tanto tiempo, desperdiciaran la oportunidad de estar juntos. «Mi carácter es alegre, pero tú sacas lo peor de mí», le reprochó después de una retahíla de insultos y de una cantidad industrial de drama. Amenazó con cancelar su compromiso matrimonial. Para aplacar su berrinche, Peter se vio forzado a hacerle el amor. Al principio, su pene se mantuvo lánguido y hubo de pensar en Henry para excitarse. Como aún quedaban vestigios de su olor en sus manos, le fue más fácil y pudo, por fin, penetrarla. Con Tom, la refriega fue a través de mensajes de texto. Él se hallaba igual o más contrariado que Betty. Como le llevó horas calmar a su novia, cuando por fin pudo atender el celular, Peter se topó con decenas de mensajes de su amante. Si los reproches de Betty eran furibundos, los de Tom rezumaban celos, «¿por qué primero contentas a mi hermana y no a mí?», «¿crees que estar horas con los ñoños amigos de Betty sin poder verte no fue una tortura?», «deja en este instante a la perra de mi hermana y ven a metérmela ya», «no te voy a perdonar esto, no soy tu plato de segunda». Cincuenta y ocho mensajes requirió Peter contestar escondido en el baño. «Escápate y ven a verme», fue el enésimo texto de Tom. «Mañana compensaré», escribió Peter y, para finiquitar el ir y venir de mensajes, apagó el teléfono. A la mañana siguiente, en el desayuno, se escabulló de Betty con el pretexto de que había olvidado su cartera en el cuarto, fue a ver a Tom. Por más que tocó en la puerta, no le abrió. Por despecho, Tom se había embriagado por la madrugada bebiéndose el minibar entero y no despertaría sino hasta las dos de la tarde. Para reconciliarse con Betty, Peter pidió permiso a Henry y a McCaffrey para invitarla a la entrevista. Nunca imaginaron la sorpresa que ambos se llevarían con el develamiento que hizo Henry sobre su pasado familiar. Cuando arribaron a la suite del «Barón del Ganado» en el Driskill, Henry a propósito los citó ahí cuando supo que vendría la noviecita, la puerta de la habitación se hallaba abierta y las sábanas aún revueltas. Sonrió con socarronería al ver la expresión desencajada de Peter, «perdona el desorden», se excusó con Betty, «las mucamas aún no realizan la limpieza». Sobre la mesa de la sala quedaba la botella de bourbon semivacía y los dos vasos sucios. A Henry su padre lo había entrenado en el arte de las señales subliminales, «no dejes nada al azar. El inconsciente recoge cada detalle y puedes usarlo a tu favor. Expón lo que quieras que el otro guarde en su mente sin necesidad de explicitarlo». Esta lección procedía desde el primer Henry Lloyd, «todo objeto devela algo, una clase social, un gusto definido; un conjunto de objetos expresa una personalidad, una conducta, hasta un conflicto; la colocación inusual de un objeto narra una historia: un vaso roto junto a una almohada, una pistola dentro de una cuna, una camisa ensangrentada en una iglesia». El truco, comprobado por generaciones, funcionaba y Henry había aprendido a usarlo a la perfección. El *jab* contra Betty estaba dado, sólo faltaba conducirla a la trampa. Henry no aceptaría una rival, así no hubiese contemplado una relación futura con Peter, sencillamente no soportaba la competencia. «En la vida», lo había aleccionado su padre, «hay sólo dos opciones para gente como nosotros: una es ganar; la otra es vencer». Un mesero se apresuró a retirar la botella consumida y trajo otra de la Experimental Collection de Buffalo Trace, esta del 2007. «Aunque es temprano para beber, me gustaría que probaran este bourbon», les pidió Henry. A McCaffrey y a Betty les explicó las razones por las cuales se inclinaba hacia esa bebida y expuso las condiciones en las cuales se había elaborado. «Lo añejaron ocho años en una barrica de roble, luego el contenido lo trasladaron a una barrica de Cabernet Blanc donde reposó diez años más. Los taninos del vino se combinaron con las notas del bourbon. Degustémoslo y veamos». Abrió la botella y escanció cuatro vasos. «Exquisito», promulgó McCaffrey. Betty, con sospechas por la revoltura del cuarto, imaginaba que habían pasado la noche con mujeres, hizo un parco elogio, «sabe bien». Henry paladeó la bebida y se volvió hacia ella, «más que bien, diría yo, a mi parecer merece la calificación de extraordinario». Se giró hacia McCaffrey, «¿sabe usted por qué le llamamos bourbon y no whisky?». «¿Por denominación de origen?», contestó el profesor. «Cerca, pero no. A principios del siglo XIX aquí se le conocía como whisky, pero alrededor de 1850 se le empezó a llamar bourbon, porque era la bebida favorita en los bares de Bourbon Street de Nueva Orleans». Por más interesante que fuera el tema, McCaffrey no quiso que la charla se desviara y a bocajarro preguntó, «¿es cierto que en las décadas de los treinta y de los cuarenta el conglomerado Lloyd vendió petróleo a los nazis?». Henry sonrió, «profesor, usted no se anda por las ramas. Nuestros buques cisterna llevaban petróleo a Inglaterra, pero a menudo eran "secuestrados" por la marina alemana que los llevaba a Hannover y a Hamburgo». El profesor revisó sus notas, «se dice que esa era la treta para eludir la vigilancia del gobierno americano». A Henry no le perturbó en lo más mínimo el comentario, «¿y no se ha preguntado si ese "secuestro" era avalado por nuestro gobierno?». La interrogante descolocó a McCaffrey. De acuerdo con los historiadores, los Lloyd habían actuado con deslealtad rayana en traición, nunca imaginó que eso pudiese suceder en connivencia de las autoridades estadounidenses. «El mundo de los negocios, querido profesor, a menudo camina en direcciones opuestas a los intereses políticos. Las guerras son costosas y requieren de un flujo constante de liquidez, qué mejor que sea el enemigo quien mantenga la maquinaria bélica. Los nazis recibían el petróleo, los Estados Unidos, las divisas». A Peter la lógica le pareció deliciosamente maquiavélica. McCaffrey meditó por unos instantes su próxima pregunta, «¿por qué, entonces, durante la Guerra Fría, no le vendieron petróleo a la Unión Soviética?». Henry respondió de inmediato, «porque ellos nadaban en petróleo, ¿para qué querrían el nuestro?». En ocasiones, los cuestionamientos del profesor lindaban en lo ingenuo. «Vayamos un poco antes en la historia. Cuando el presidente Lázaro Cárdenas decide nacionalizar la industria petrolera en México, ustedes, que poseían innumerables pozos en el sureste de ese país y habían gastado fortunas en explorar mantos petrolíferos en la región norte, ¿por qué presionaron tan poco para recibir una indemnización justa y se contentaron con recibir menos de lo que invirtieron?». Henry sonrió, irónico. Parecía gozar del interrogatorio. «México nacionalizó la explotación del petróleo, pero carecía de buques tanque para transportarlo y ahí entramos nosotros. Si bien el general Cárdenas era un idealista de quien se decía era incorruptible, con o sin su venia, gente de su gabinete no lo era. Untados con unos cuantos miles de dólares, los funcionarios falseaban los registros. Se fingía una entrega de treinta mil barriles por tanquero cuando en realidad transportábamos cuarenta y cinco mil. Por cada barco cisterna nos quedábamos con diez, quince, veinte mil barriles. Multiplíquelo por cientos de viajes y verá que compensamos con creces las pérdidas. Negocio redondo para cada una de las partes, profesor. Además, nos otorgaron concesiones mineras y eléctricas, algunas de las cuales hasta la fecha seguimos explotando. México es un país generoso, doctor McCaffrey». Peter se admiró de la frialdad con la que Henry narraba el cinismo de los Lloyd, sin preocuparse en lo absoluto de que el académico pudiese exhibir los calzones sucios de la familia. Relató cómo corrompiendo a ministros mexicanos se hicieron del mapeo de los yacimientos petrolíferos cercanos a la frontera, «había un poco de petróleo al otro lado del Río Grande, a dos o tres millas de nosotros, no gran cosa. Hicimos una extracción en diagonal. Perforamos desde nuestras propiedades en Texas, pasamos por abajo del cauce del río y llegamos a los depósitos del lado mexicano. No hicimos más que succionar su tesoro negro y vaciarlos antes que llegaran otros políticos al poder». Peter se asombró de cómo Henry dominaba la historia de la empresa familiar. Él, a quien su abuelo había instruido en cada recoveco del negocio, no sabía ni el uno por ciento de lo que Henry sabía del suyo. En lo que el doctor McCaffrey escribía sus notas, Henry se giró hacia Betty y le formuló una pregunta capciosa, «¿te has hecho una prueba genética para conocer tus orígenes?». Ella se mostró extrañada, pero respondió con una sonrisa, «no lo necesito, si algo hacen mis padres es presumir nuestro linaje, son tan obsesivos con eso que casi lo rastrean hasta Adán y Eva». Henry se inclinó hacia ella. «Tu abuela es oriunda de Alabama, ¿verdad?». A Betty empezó a incomodarle el sondeo, «sí», contestó con orgullo. Con una seña de su mano, Henry llamó al mesero, le susurró una indicación y el tipo salió para volver al poco rato con un hombre joven que llevaba consigo un portafolios. «Él es Les, mi asistente personal». El joven saludó al grupo con una inclinación de cabeza, le entregó a Henry el portafolios y se retiró. «Tu abuela era Regina Adams Morgan, ¿cierto?», indagó Henry. Para Betty, la incomodidad pasó a desagrado, ¿a cuento de qué venía esa pesquisa sobre sus antepasados? «Sí, ella fue», respondió cortante. Henry continuó, «hija de Rhonda Lewis Adams, la antigua propietaria de la plantación Emerson, cercana a Mount Vernon, ¿cierto?». McCaffrey rio de buena gana: esa era la plantación donde Henry Lloyd había trabajado como capataz y donde se casó con Virginia, hija del propietario, Thomas Wilde. El profesor se lo hizo saber a Betty, que conturbada miró a Henry. «Todo encuentro casual era una cita, escribió Jorge Luis Borges, un escritor argentino», sentenció Henry, «no es fortuito que tú y yo nos hallamos conocido a través de nuestro querido Peter». El desagrado ahora rozaba la confusión. Había ido a acompañar a su novio a una entrevista y ahora, Henry, por inexplicables motivos, rascaba en el pasado de su familia. «Resulta, querida Betty, que somos primos en sexto grado y...», a propósito hizo una pausa para dejarla en suspenso. Ella gesticuló impaciente. «... eres descendiente de esclavos». Betty, sin tardanza, lo rebatió, «no, Henry, te equivocas, todos mis antepasados han sido blancos». Henry abrió el portafolio y sacó una carpeta, «yo sí me hice la prueba de ADN y, por si no lo sabes, el laboratorio te envía una lista de personas que se han hecho la prueba y con quien compartes líneas genéticas. Tu prima Helen también se la hizo y por eso supe que tú y yo, pues, emparentamos. Por eso, en cuanto Peter me presentó contigo tuve una corazonada». A continuación sacó dos facsímiles de antiguas fotografías en blanco y negro. En una aparecía un anciano que portaba lentes acompañado de una robusta anciana, ambos negros. «¿Sabes quiénes son?», le preguntó. Ella negó con la cabeza. «Son los padrastros de tu tatarabuelo Jonas Adams», acto seguido sacó otra reproducción fotográfica: la de un hombre blanco de ojos azules. «Este es tu tatarabuelo». Ella hizo una mueca de satisfacción, «sí, ese es, esos negros debieron ser sus sirvientes». «No, señorita Betty. Ellos adoptaron a Jonas Adams, hijo bastardo de Henry Lloyd y de Jade Adams, una esclava proveniente de Abisinia que murió en el parto. Como Virginia Wilde no tuvo hijos con Henry Lloyd, le legó Emerson a los bastardos mulatos del hombre que amaba, uno de ellos dos, tu tatarabuelo. Así que, prima, es un gusto conocerte». Peter no pudo evitar una carcajada.

1892

Jayla del cuarto de Jade tomó posesión. Una intrusa. Yo no soportaba que en su cama durmiera. Que su aroma en las sábanas quedara impregnado. En la casa la reina fue. Sonriente, bella, amable, con los niños cariñosa. Sin pudor por la casa desnuda deambulaba. Lustrosa su piel, el de una venada su andar. Henry me advirtió no tocarla. «No por ahora». Yo ningún interés en ella. Jade en mi mente a todas horas. En ocasiones sentada en la estancia me la encontraba. Bonita como siempre, su belleza por la muerte intocada, «hola, Jeremiah». En voz muy baja, para que nadie me escuchara, le rogaba quedarse. «Aquí estoy y siempre estaré», en cuanto estiraba mi mano para tocarla, Jade, con una sonrisa, desaparecía. Más lluvias cayeron. Anegados los caminos y los campos. En peligro se hallaron las cosechas, con tanta agua las matas de maíz podían pudrirse. Imposible recoger los capullos de algodón. Lloyd entre la plantación y la casa se dividía. El viernes por la noche llegaba para el domingo por la tarde irse. Por las mañanas los niños con su padre convivían. Por las noches Jenny y yo los cuidábamos para que con Jayla él pudiese fornicar. La temporada de lluvias se alargó. Lluvia y más lluvia. Yo sin poder trabajar por el pueblo rondaba sin que me importara mojarme. Preferible a en la casa de aburrición morir. Una tarde al pueblo un forastero llegó. Lloviznaba y nadie en la calle había, sólo yo debajo de un techado fumando. Desmontó del caballo y hacia mí fue. «La taberna, ¿dónde se encuentra?», inquirió. Otro acento tenía, difícil de entender. Apunté hacia donde la taberna se hallaba. «¿Cuán lejos?», preguntó. Dos calles para allá con señas le indiqué. «¿La lengua el gato te comió?». Con fijeza lo miré. «Ok, ok, entiendo, ¿y sabes dónde me puedo hospedar?». Con la mano a la casa de la viuda Flowers le pedí seguirme. Ella gente recibía. «Trabajo, ¿dónde encontraré?». De hombros me encogí. Raro vestía y hablaba. Parlanchín. Gordo. Fofo. Hombre de campo no era. Ni callos en las manos ni rastros de sol en su piel. Hacia el cielo miró. «¿Así siempre llueve?». Negué con la cabeza. «¿Mudo eres?». No respondí. «Leonard me llamo», dijo y su mano estiró. De otro país debía ser. A los negros los blancos no saludan. La mano le di. «En esa casa espero que me reciban», dijo. «Por acá te veré». Esquivó los charcos para a la casa de la viuda entrar. Más lluvia aún. A pesar de las tormentas los fines de semana el patrón a la casa no faltaba. Que viéramos a Jayla pasear desnuda no parecía importarle. Por la madrugada, en la cocina o en la sala, copulando los hallaba. Al descubrirlos Henry sonreía. «Buenas noches, Jeremiah». Yo la cabeza giraba por no verlos, ellos sin pudor seguían. Hermoso cuerpo y suave piel la de Jayla. Con Jenny mis ganas iba a desquitar. Afectuosa dentro de ella me conducía para el amor hacer. En ocasiones, en el porche, a solas a Lloyd sentado con un vaso de líquido ámbar en la mano hallaba, «esta bebida yo la sé hacer», me presumía, «whisky se llama». Nunca más de dos sorbos al vaso vi darle. Siempre en sus cinco sentidos Lloyd. A la taberna él no iba. Los borrachos lo fastidiaban. Cuando los domingos por la tarde a la plantación retornaba, solos Jenny, Jayla y los niños quedábamos. La lluvia incesante, paredes de agua día y de noche. Aun con los aguaceros por el pueblo me hice a la costumbre de pasear. Aprendí a ciertas zonas evadir. Cuáles calles de blancos eran vedadas, cuáles lugares prohibidos. A menudo a Leonard me topaba. Sin cuidado por las áreas circunscritas a negros le placía andar. «Hola, mudo». Con la cabeza yo le correspondía. «¿A la taberna por un trago no quieres ir?». Lo extranjero se le notaba, ni yo ni ningún otro negro o mulato a ese sitio de blancos podíamos entrar. Con señas me rehusaba y Leonard reía, «entonces solo iré». Una noche de insomnio a la estancia salí. La lluvia contra el techo repiqueteaba. Escuché un ruido. Era Jade, desnuda. A mi lado se sentó. El cojín con su peso se hundió. La olí. Sólo Jade olía así. «Buenas noches», me dijo. Su brazo sentí el mío rozar. Su piel cálida. «¿Me has olvidado?». Cómo podría olvidarla. «Hazme el amor», pidió. La acaricié. Su piel, lo juro, pude tocarla. Su boca besé. Me abrazó y en ella entré. A punto de venirme me detuvo. «A los ojos mírame». La mirada levanté. La cara me acarició. Su olor en sus manos. Su olor. «Págale al forastero para que Jack Barley diga que él es». ¿Por qué del inframundo ella eso venía a decirme? «No», en mi lengua, en voz muy baja, musité. Ella en mi lengua contestó. «Henry dinero me dio, debajo de una tabla junto al armario lo escondí, aquella que rechina». Miedo tuve. Henry podría matarme si ese dinero tomaba. «Prometiste cuidarme». Asentí. «Hazlo entonces», dijo y entre las sombras se desvaneció.

1878

Alcanzamos la costa de los Estados Unidos una semana después, Mobile se situaba en la embocadura de un inmenso delta, la ciudad crecía en los márgenes y numerosas naves se hallaban abarloadas en los muelles, desde la cubierta se divisaba a un sinfín de estibadores descargando mercancías, entre ellos, varios negros, llegué a pensar que nuestra embarcación atracaría en uno de esos andenes, siguió de largo por el río y navegó hacia el norte, tiempo después supe la razón, los cargamentos de esclavos estaban prohibidos en el país y para disimular su contrabando, porque durante décadas no cesaron de arribar, los barcos negreros se dirigían a puertos clandestinos río arriba, lejos del escrutinio público, en el trayecto cruzamos con un sinnúmero de barcazas que arrastraban troncos, en las orillas se encontraban aserraderos y era común ver extensos claros entre las arboledas, también pasaron pontones que, propulsados por remos, transportaban sacos de cereales y de algodón llevados al puerto de Mobile para ser exportados, a lo largo del camino vi multitud de negros en los muelles, pensé si mi destino sería laborar como ganapán o como operario, los suelos se veían fértiles, la vegetación frondosa y los bosques se extendían a ambos lados del cauce, el anchuroso río se fue estrechando, cabañas se hallaban diseminadas por los meandros, el sol platinaba el agua, garzas alzaron vuelo a nuestro paso y un águila se posó en la copa de un ciprés, el barco se adentró hasta un puerto remoto y atracamos al lado de un muelle, a los que hablábamos inglés nos ataron sólo las manos y nos hicieron descender antes que los demás, el hombre de la casaca roja me pidió seguirlo, en un extremo me aguardaba un gordo con un mosquete, «espera ahí», me ordenó, no entendí su acento y lo volteé a ver, amenazó con darme un culatazo, «¿qué me miras, estúpido?», bajé la cabeza y me retiré unos pasos, dos hombres armados se unieron a los otros, entendí sólo parte de cuanto decían, aguardaban a que baldearan a un grupo de esclavos que viajaron en el sollado, los vi a lo lejos, como yo cuando bajé del barco en Santo Domingo, iban desnudos, cubiertos de mierda y laceraciones, «no me voy a subir a la barcaza con esos mugrientos monos hasta que terminen de lavarlos, no pienso enfermarme de sarna», expresó uno de los guardias, impacientes por la tardanza en higienizarlos uno de ellos fue a averiguar y al volver explicó, «todavía tienen caca pegada a las nalgas», los demás hicieron muecas de asco, «pues que terminen ya de quitársela, no quiero viajar al anochecer, los mosquitos van a masacrarnos», luego de una hora trajeron a nuestro muelle a un grupo de seis hombres y tres mujeres, el gordo revisó un documento y leyó en voz alta, «vienen tres de selva, dos de costa y uno de sabana, dos de las mujeres son de desierto y otra de selva», nos subieron en dos lanchas, los guardias se ubicaron en la parte trasera y dos negros que venían con ellos fueron los encargados de remar, a mí por considerarme de «valor» no me encadenaron y permanecí alejado del grupo, remontamos río arriba durante dos horas hasta llegar a la vera de un camino, ahí se encontraban otros dos guardias, seis caballos, un carromato y dos cocheros, nos hicieron subir en el carromato, apretujados empezamos la marcha al declinar el sol, los seis guardias detrás de nosotros y los dos esclavos que remaron, caminando a nuestra vera, el hombre que se quejó de los moscos tuvo razón, nubes de zancudos nos atacaron cuando cruzamos por unos humedales, por entre las tablas pude ver a los guardias manoteando para ahuyentarlos, poco pude hacer para evitar su acometida, me picotearon la cara, la nuca y hasta por encima de la ropa, mis compañeros que viajaban desnudos quedaron repletos de ronchas, por la noche arribamos a un cobertizo, nos impelieron a entrar y nos formaron detrás de una fogata, un tipo robusto y velludo se plantó frente a nosotros, en su mano llevaba una lista, «¿tú eres el que habla inglés?», me preguntó, asentí, «a partir de hoy tu nombre será James Adams, ¿entendiste?», «sí, señor», le respondí, a continuación le asignó un nombre cristiano a cada uno de los demás negros, a una de las mujeres la llamó «Jade», entró al lugar un individuo alto y flaco con un fierro en la mano y lo colocó sobre la lumbre, en cuanto el fierro adquirió un color naranja intenso se puso de pie y pidió a los guardias que sujetaran a uno de los negros, lo inmovilizaron y el flaco apoyó el hierro candente sobre su hombro, el negro gritó de dolor, el otro no cedió y siguió presionándolo, una humareda emergió de la piel y olió a carne chamuscada, en el hombro se marcaron las iniciales JA, siguió el turno de otro de nosotros que, al resistirse, fue vapuleado con un látigo, largas heridas rojas rayaron su espalda, el negro cayó de rodillas y los guardias aprovecharon para someterlo, el flaco sacó el fierro ardiente de la lumbre y, al igual que con el otro, lo prensó contra su hombro hasta carbonizar en su piel las huellas de la J y la A, tanto hombres como mujeres fuimos herrados, una de las muchachas se desmayó, lo cual no evitó que aun exangüe la marcaran y uno de los hombres volvió el estómago, llegó mi turno, supe cuán inútil sería bregar por impedirlo, vi la barra incandescente acercarse, alejé la mirada, «aguanta, aguanta», me dije, la quemadura dolió como nada de lo que había experimentado antes, aún hoy al ver la fuliginosa huella evoco el siseo del hierro al abrasar mi piel, el aroma a quemado y los cordones de fístulas que brotaron alrededor de la herida.

1817

Las aprensiones de Jack fueron en vano. Hélène, Regina y Carla lo trataron con cariño y respeto, nada que ver con la pesadilla que fue convivir con el idiota, la bruja y el abúlico trampero. Hélène era una mujer obsequiosa, de trato gentil. Carla era una muchacha seria y de pocas palabras, un físico esbelto y una belleza serena. Regina, más parlanchina, de contagiosa alegría, bonita, con un cuerpo más voluptuoso. Al hablar con Jack, Evariste se refería a ellas como «tus hermanas» y a Hélène como «tu madre». Si existiese algún estrado celestial para él, sería esta nueva familia. Le perturbaba que ambas «hermanas» le atrajeran. Carla contaba con un año más que él, Regina, uno menos. La mayor era rubia, de ojos azules. La menor, trigueña de ojos cafés. Con las dos se sentía a gusto. Aunque Carla era tímida, con ella mantenía conversaciones fluidas sobre diversos temas. Con Regina se divertía, era locuaz y risueña y ametrallaba una anécdota tras otra. Se excitó al ver a Carla bañarse en tina cuando por casualidad pasó frente a la entreabierta puerta de su habitación. Atisbó su desnudez por un rato y se alejó cuando escuchó a Hélène aproximarse. Durante varias noches soñó con Carla desnuda. Días después tocó el turno de ver a Regina, también desnuda en la tina. Se preguntó si no dejaban la puerta abierta a propósito. Igual soñó con ella. A cada una la imaginaba de diferente manera, a Carla besándola por horas, a Regina acariciando su espalda y sus nalgas. Las tres mujeres eran habilidosas en la confección de las prendas de piel. Sus dedos cosían con agilidad, metían y sacaban la aguja con precisión y en menos de una hora terminaban una chamarra o unos pantalones. Las muchachas le enseñaron cómo hacerlo. No cesaron de reír con la torpeza de Jack que a menudo se sangraba los dedos al picarse con las agujas. El muchacho descubrió cuánto lo provocaban sus cuellos y estuvo tentado a besarlos. Se contenía porque no deseaba quebrar la confianza que Evariste había depositado en él, lo que no lo eximió de padecer frecuentes erecciones. Por las noches, de la manera más callada posible, se masturbaba pensando en ellas. Cualquiera de las dos hubiese sido una novia ideal. La circunspección de Carla le parecía delicada, etérea. Regina era más carnal, con la sensualidad a flor de piel. Hélène, de un modo que Jack no logró descifrar, parecía alentarlo a que tuviera un romance con una de ellas, «qué bien se ven juntos tú y Carla», «tú y Regina parecen hechos el uno para el otro», para luego confundirlo, «cuida a tus hermanas», «eres el hermano que nunca tuvieron». Él prefería leer las palabras de Hélène como una invitación al noviazgo, las hormonas lo abrasaban y descubrió lo que era ser prisionero del pedazo de carne que colgaba entre sus piernas. Se comportaba como un ser con vida propia, apenas les veía la nuca o asomaba su tobillo, su pene se erguía bajo su pantalón. A pesar de los esfuerzos por disimularlo, Regina logró percibirlo y le susurró a su hermana, quien volvió la mirada al expandido bulto bajo el cuero. En tanto a Regina le suscitó una risilla nerviosa, a Carla el cuello y el pecho se le cubrieron de manchas rojizas. A Jack le alegró saber que él también podía incitarlas. En fiestas y convivios, fue presentado como parte de la familia. El sentido de pertenencia que los Chenier le brindaban era invaluable. Había adorado a Thérèse, su madre, a quien extrañaba a diario, pero las precarias condiciones en las que subsistieron enrareció el amor entre ellos dos. Al paso de los años, Jack vio a Thérèse cada vez más quebradiza, como una rama que se secaba semana a semana, ¿cómo podía una mujer enjuta y consumida por la vida, por el hambre, por el frío, cuidar a su hijo o prodigarle amor? Qué distinta era Hélène, segura de sí misma, sonriente, con templanza, un carácter contrario al fatalista de Thérèse. Evitaría reencontrarla, hacerlo podría derrumbar su fachada. Necesitaba diluir todo aquello que lo vinculara a Jack Barley para dar paso definitivo a Henry Lloyd. Su nueva identidad debía penetrar su piel, sus emociones, su mente. Regina y Carla contribuyeron a que se acostumbrara a su nuevo nombre, «ven, Henry», «juega con nosotras, Henry», «papá te llama, Henry». Henry, Henry, Henry. Además de asistir diario a la escuela, Jack asumió labores en la pequeña empresa familiar, ya no sólo participaba en la compra de pieles, se hizo responsable de los cargamentos de ropa que fabricaban las mujeres. Los llevaba a la estación de diligencias para enviarlos a Quebec, Montreal y otras ciudades del norte y recogía las bolsas con dinero que los mayoristas mandaban a cambio de las prendas. Pese a que operaba cantidades considerables, jamás pensó en escaparse con una pequeña fortuna y huir lejos. No sólo traicionaría a Evariste, quemaría los puentes hacia el brillante panorama que se vislumbraba en su futuro. Las mujeres anunciaron su partida, lo cual le causó una profunda desazón. No contemplaba ya su vida sin ellas. Debían retornar al pueblo en el que moraban y desde donde era más práctico distribuir las prendas. El plan era que Evariste y él se mudaran con ellas en un plazo de tres años, cuando el negocio se afianzara y la familia no necesitara vivir separada. Carla, Regina y Jack trataron de aprovechar al máximo el tiempo juntos. Buscaron pretextos para convivir. Las hermanas lo acompañaban a la estación de diligencias, o él a ellas a comprar hilo en la abastecería o dar un simple paseo. En una caminata, Regina afirmó que el pasto y los árboles eran azules. «Son verdes», la contradijo su hermana. «Son azules, como el cielo», afirmó Regina. Los otros dos creían que bromeaba. Jack tomó la hoja de un árbol y se la mostró, «¿de qué color es?». «Azul, como las demás hojas», respondió Regina con firmeza. Jack y Carla soltaron una carcajada, «en serio, dinos de qué color». Regina se mostró indignada, «azul y ya paren de molestarme». Carla jamás había escuchado a su hermana hablar de los árboles «azules» o las praderas «azules». Concluyó que Regina sólo quería tomarles el pelo y ya no le dio importancia. Por las mañanas, las niñas encaminaban a Jack a la escuela y al mediodía lo esperaban para regresar juntos. Los padres vieron con buenos ojos la convivencia de sus «hijos» y después de la cena jugaban con ellos baraja o se divertían con adivinanzas. El paraíso se derrumbó una noche cuando los despertaron gritos de hombres afuera de la casa, «Evariste Chenier, sal, cobarde de mierda», vociferó uno de ellos en francés. Jack se levantó y espió por entre las cortinas. Quince hombres armados con antorchas aguardaban montados en sus caballos. «Sal o matamos a tu familia». Hurgaba por la ventana cuando Evariste entró de súbito, «vístete, tenemos que irnos». Adormilado, Jack no comprendió lo que sucedía. «Apúrate», mandó Evariste, «y toma esto», le dijo y le entregó dos pistolas y un saco con pólvora y balas y salió de prisa. Jack comenzó a vestirse y una piedra reventó el cristal de la ventana. Decenas de vidrios cubrieron el suelo de la habitación. «Cobarde, da la cara», gritaron en francés. Procurando no cortarse, Jack se calzó las botas e irrumpió en la estancia. Pálidas, Carla y Regina se refugiaban en una de las esquinas. Hélène no cesaba de temblar. Cada una de ellas llevaba una pistola en la mano. Se escucharon más ventanas rotas, una tea encendida cayó frente a ellos y Hélène se apresuró a apagarla con una manta. Evariste volvió, «prepara los caballos». Jack se dirigió a las cuadras por la puerta trasera. No vio a nadie y se coló por entre los postes. Del otro lado de la casa continuaban los gritos. Tan rápido como pudo colocó las sillas en los animales. Los demás salieron. Evariste ayudó a su mujer a subir a su caballo y Jack a Regina. Con presteza, Carla montó en el suyo. «Vámonos», mandó Evariste. Jack se aseguró de que los otros cuatro partieran. La familia se adelantó y él espoleó su potro para alcanzarlos. Justo a tiempo porque un grupo de los atacantes había dado vuelta a la casa. Los cinco escaparon por la calle trasera y pronto aparecieron varios jinetes en su persecución. Jack miró hacia atrás. La casa estaba ya en llamas. Los hombres cabalgaban veloces hacia ellos. Jack escuchó disparos. Las balas silbaron por encima de sus cabezas. Evariste giró en una esquina y los demás lo siguieron. Huyeron hacia el sur, hacia el maldito territorio de Vermont.

1887

manejé sola esta hacienda por casi cincuenta años resistí rebeliones de esclavos controlé incendios en los campos de cultivo sorteé los difíciles tiempos de la Guerra Civil y soporté los destrozos ocasionados por dos huracanes lidié con los daños ocasionados por cinco inundaciones por plagas por epidemias peleé con borrachos que intentaron violarme y que vencí tundiéndolos a golpes enfrenté los problemas derivados de la abolición de la esclavitud y me vi en la necesidad de reconstruir la estructura laboral de la plantación de esto no supiste Henry porque aconteció al mismo tiempo que tú capitaneabas tus campañas en Texas a pesar del tiempo transcurrido no cesa de dolerme la tarde de tu partida me sentí abrumada cuando me entregaste la talega con monedas de oro para comprar tus ahora legendarios esbirros negros *estos son todos mis ahorros* la recibí sin saber con exactitud qué sucedía el pesar por la muerte de papá me tenía atolondrada y mis respuestas eran mecánicas como si fuese otra persona quien las diera a mi orfandad se agregó la desolación de tu ausencia me reiteraste que aún me querías y que sólo te ibas porque anhelabas hijos y juntos no podríamos engendrarlos reconozco que en lo que duró nuestro matrimonio fuiste dulce y atento y agradezco la sinceridad con la cual me explicaste por qué te ibas de mi lado no procediste como decenas de canallas que abandonaban a sus esposas sólo porque se aburrían de ellas dejándolas a cargo de sus hijos y eludiendo de por vida sus responsabilidades y que ni siquiera poseían el arrojo para decirles que se largaban como viles cobardes se escurrían por la noche en silencio para jamás volver alabo que nunca renunciaste a tus cuatro hijos mulatos y que aun adultos no los dejaste al garete me consta que nunca los desampararaste y por ello seguiré tu ejemplo y los procuraré admiré siempre tu habilidad para manejar a nuestros esclavos si me escuchas por favor revélame en qué etapa de tu pasado lograste penetrar el alma de los negros cómo es que pudiste advertir sus cualidades James a quien vi llegar a Emerson como un niño tímido y frágil que estaba por cumplir trece años al irse contigo con más de treinta años se convirtió en otro por completo distinto Jonas me contó que fungió como el prodigioso y fiel lugarteniente que guio con mano firme tu feroz regimiento *si mi padre era el general que diseñaba las estrategias él era el coronel sagaz e intuitivo que implementaba las tácticas* un hombre brillante sin duda igual de certero te viste al elegir a Jeremiah cuántos años le creí tonto por su mudez y por su lerda manera de comunicarse con señas sólo tú con tu submarina visión de lo humano pudiste ahondar más allá de la superficie y saber que lo suyo era una pinta falsa la máscara de un hombre astuto y perceptivo con la sangre fría de una serpiente Japheth y Jonas que lo veneraban como un segundo padre aseveran que era el más sanguinario de tus matones que su actuar en Texas y en Nuevo México erizaba la piel que decapitó vivos a mexicanos y ahorcó a niños sin que se alterara un ápice su imperturbable semblante *allá era un hombre diferente al que conocíamos* me dijo Japheth *era extraño fusionar su carácter tranquilo y afable con el de un hombre cruel e inhumano* fue James quien de tus esbirros acumuló más riqueza y el que supo invertirla con mayor sabiduría al regresar acá después de sus campañas me consultó para resolver cuáles propiedades comprar y qué empresas constituir como los blancos rechazaban la idea de comerciar con un negro James contrató gerentes blancos para la gestión de sus empresas eran ellos quienes daban la cara en las negociaciones sin que los sureños supieran que el verdadero propietario era un africano manumiso me divertía ver a James como el dueño fantasma de tres o cuatro propiedades y a sus marionetas blancas desempeñar su papel para mantenerlo en la sombra y todo esto bajo tu cobijo y tu guía en realidad nunca fuiste un esclavista Henry tomaste ventajas de las costumbres y normas del Sur profundo para escalar a tu conveniencia tu talante dúctil te permitió elevarte como el poderoso hombre que todavía eres y estoy segura de que en el futuro algún estudioso de tu vida te nombrará como *Henry el africano*

1881

En el monte crecían unas plantas a las que Chuy mentaba como las «disyuntivas», porque si las ingerías «o te ilumina Dios o te chupa el Diablo». Una era el sotol. Chuy cortaba las piñas a machete porque a cuchillo nomás no se podía: las hojas del maguey rajan los dedos. Las cocía en un horno de tierra y luego destilaba los jugos hasta transformarlos en alcohol. El derivado lo colocaba en un vitrolero y luego se iba a buscar las víboras de cascabel más grandes y agresivas. Las cucaba metiendo un palo dentro de sus escondrijos y cuando salían, las atrapaba vivas aventándoles un trapo en la cabeza. Y viva echaba la más grandota dentro del sotol y tapaba el recipiente. Encabronada y con los ojos ardiéndole por el alcohol, la víbora soltaba de mordiscos y segregaba veneno hasta que se moría ahogada. El derivado era un aguardiente pegador como patada de mula y, además, a uno le hacía ver visiones. La otra planta era la que llaman la «cabeza de calvo» o la «cinco chichis». Esta era más tumbadora, la mascabas y se te aparecía hasta el Santo Señor acompañado de su corte celestial. Con tantita veías colores, luces, formas, animales, soles. Chuy contaba que los apaches la masticaban para ver el mundo que estaba dentro del mundo que estaba dentro de otro mundo. «Es como si agarraras un cuchillo y le pegaras una puñalada al aire y, de pronto, se rasga una cortina y detrás se te aparecen cosas que jamás imaginaste. Asegún los apaches, la usan para hablarse al tú por tú con los espíritus». Se decía que la rumiaban antes de entrarle a una batalla, «por eso los apaches se ponen tan locos cuando guerrean y parece que no les duele nada, les metes cinco balazos y siguen tan quitados de la pena». Del sotol enviborado, Chuy recomendaba no tomarlo más de una vez al mes, porque «se le van a uno las cabras al monte». De la «cinco chichis» sí advertía que nos anduviéramos con tiento, «esa no la masquen más de cuatro veces en la vida, porque se mete al cerebro y luego está cabrón sacarla. He conocido gente que se fue de viaje y nunca volvió. Ahí los ve uno yendo pa acá y pa allá bien turulos». El último sábado de cada mes, Chuy le turbiaba al sotol con singular alegría. Se metía un trago tras otro. Con los primeros chupes parecía que le acabaran de pulir el cerebro, se ponía filosófico y aventaba verdades bien sabrosas. Era cuando más se le aprendía, ya pal quinto, sexto trago se le embarullaba la sesera y ya no se le entendía ni madres. Balbuceaba quién sabe qué tanto y repetía y repetía una sarta de pendejadas hasta quedarse dormido. Ni a mí ni a mis hermanos nos dejó tomar sotol antes de los dieciséis y para la «cinco chichis» dijo que sólo cuando estuviéramos destetados, esto es, para cuando cada quien jalara para sus rumbos y tuviera casa propia. El día en que cumplí los dieciséis, él mismo me trajo la jarra con sotol. «Vamos a darle juntos, un sorbo tú, un sorbo yo». Más me hubiera valido no emborracharme con el mentado sotol porque en la disyuntiva se me apareció el cabrón Diablo con su carguío de hijaputez. Recibí la verdad como quien recibe un piquete de alacrán güero. Una verdad que entró en mí para emponzoñarme. Si los apaches masticaban la «cinco chichis» para abrir un mundo dentro del mundo dentro de otro mundo, a mí el sotol me llevó al abismo de un abismo dentro de otro abismo. Y lo peor, no sabía si la verdad que se me reveló ese día realmente aconteció. Empezamos a beber, Chuy, mis hermanos Mario y Julio César y don Pablo Enríquez. Puro sotol de víbora sin rebajarlo con agua porque eso era de niños. Entendí por qué Chuy no había querido que me lo empinara antes de los dieciséis y es que el sotol primero te aligera el espíritu, luego te receta madrazos sin ton ni son. Ni agachándote los esquivas. El sotol nos puso harto platicadores, nos dijimos cosas que no se decían sin miedo a que al otro le entrara el sentimiento. «Para eso somos hombres», dijo Chuy, «para vernos a los ojos». A cada trago yo sentí que la víbora se me enroscaba dentro del estómago, como si yo fuera su madriguera y nomás esperara a que se le cruzara enfrente una presa pa morderla. Clarito sentí cómo agitaba el cascabel. Quien no ha oído ese chirrido no sabe de lo que se pierde. Cuando caminas por el monte y escuchas a la chirrionera, volteas de un lado pal otro y no la hallas, y es que el ruido se oye como si viniera de todas partes. Por eso los viejos dicen que si oyes un cascabel no te muevas ni tantito porque no sabes dónde está la méndiga víbora. Yo ya andaba medio chumado cuando Julio César empezó con lo que casi hace que las cosas terminaran en tragedia, «ándele, papá, dígale aquí a Rodrigo quién es su verdadero padre». Se asilenció el bullicio de la tomadera. Chuy volteó a ver a mi hermano con ganas de atravesarlo con la mirada. «Yo creo que ya está para saberlo», siguió Julio César con el espolón bien afilado. Cuántas veces interrogué a Chuy al respecto, cuántas veces se hizo pendejo para no contestar. Ahora enviborados los dos, no había pa dónde hacerse. Don Pablo Enríquez quiso cambiar el tema, pero yo ya había mordido cuello y no solté. «Dime, Chuy, quién mero es mi padre». Chuy no iba a soltar el nombre así nomás, así tuviera el garrafón de sotol adentro. Se veía que era un peso grande el que cargaba y que si lo soltaba, lejos de aliviarlo, le iba triplicar la mole. «No tiene caso», dijo, «yo soy su padre y no tiene otro. Yo lo crie, le enseñé a trabajar, a honrar a sus mayores y he estado ahí siempre que me necesita. El otro sólo puso la verga, yo puse el amor». Julio César no aflojó, algo debía picarle por dentro para no soltar el tema, algo que a él también le pesaba, quizás eran celos porque le robé tiempo de su padre y era la forma de cobrármela, o por pura competencia entre hermanos. El caso es que no soltó. «Dígale quién puso la semillita, que sepa de dónde viene su sangre». Saber que descendía de mi abuelo y de mi madre bastaba, ¿qué pinche necesidad había de conocer el nombre de quien deshonró a una muchachita de catorce años, la dejó preñada y luego se desentendió de ella? Hombre es el que se queda, el que da la cara por los hijos, los otros son encarnación de la cobardía, para qué saberse el nombre de un pendejo sin huevos. Pablo Enríquez trataba de encerrar al león y el otro dale y dale para sacarlo de la jaula, hasta que Chuy, enjurrado porque no dejó de chupar sotol, soltó la lengua. «Mira, hijo», empezó, «nadie puede darte razón de un nombre y menos yo, porque no me consta y lo que te voy a decir es puro tanteo. Cuando tu madre estaba chamaca, no tenía contacto con ningún hombre. Tu abuelo no la dejaba ni asomarse por las ventanas. En ese entonces, sólo estaba yo aquí laborando, casado con Yolanda y con estos dos cachorros ya nacidos», dijo y señaló a Julio César y a Mario, «los vaqueros no se acercaban a la casa grande y donde yo recuerde, ningún bato vino a visitar a tu abuelo. Tu mamá sólo salía a montar a caballo con tu abuelo vigilándola en otro cuaco detrasito de ella. No la dejaba ni a sol ni a sombra. Él decía no quererla porque había matado a su señora, así como tampoco te quiso a ti por matar a su hija. Ahora, la cosa es, si no la quería, ¿por qué estaba tan pendiente de adónde iba? Y ahí es donde uno empieza a maliciar». Chuy pareció arrepentirse de lo que dijo, «mejor yo ya chitón porque estoy hablando de más». Clarito se le veía que por dentro le bullían las palabras, que las tenía entre los dientes a punto de escupirlas. No las sacaba porque sabía que iban embarradas del veneno de la víbora. «Ya se arrancó a confesar, papá, no lo deje en ascuas porque no hay nada peor que dejar a uno a la mitad». Chuy se quedó ensimismado mirando para el monte. «Si eres listo, mijo, sabrás dilucidar lo que te dije, si no, déjalo correr como si fuera agua del arroyo y haz como que no oíste nada, mañana, cuando te despiertes, no sabrás si ese nombre alguien te lo dijo, si lo soñaste o de tan borracho fue pura imaginación, porque eso sí, al que repita sobrio lo que dije yo aquí tomado, le parto el hocico a varazos. Sólo esta noche lo voy a decir y nunca más: el único hombre que estuvo cerca de tu madre fue tu abuelo». Sus palabras me calaron como si me hubiera tragado una brasa ardiente. La víbora que se me había enroscado en el vientre levantó la cabeza, sonó el cascabel y mostró los colmillos. Lo que Chuy me dijo me rajó en dos. Eso era pura suposición porque nadie podía afirmar que ellos ayuntaron. Quienes conocieron a mi madre decían que yo era igualito a ella y que ella igualita a mi abuelo. Si algún veneno carece de antídoto es una verdad de ese tamaño, una verdad colosal que lo tritura a uno y que derruye de adentro hacia fuera. Si lo que contaba Chuy era cierto, en ese mismo instante, mi abuelo se había ganado al enemigo más feroz al que jamás habría de enfrentarse.

2024

El choque de saberse descendientes de una esclava reverberó, no sólo en Elizabeth y Tom, sino en el resto de su familia. Al atar cabos descubrieron que su fortuna se había cimentado en, nada más ni nada menos, las campañas de Henry Lloyd. El rubio tatarabuelo, cuyo retrato había corrido entre generaciones como ejemplo de tesón y trabajo, resultó ser el hijo de Lloyd con Jade Adams, una de sus tantas amantes negras. Eso explicaba rasgos de algunos en la parentela, como los afamados rizos de Tom que tanto mujeres como hombres chuleaban o el tono moreno de Nancy, su tía abuela. Los Morgan, como los Jenkins, se preciaban de su vinculación con el «dinero viejo» y presumían pertenecer a la solariega aristocracia sureña de Georgia y Alabama. Aún conservaban Emerson y después de que cuatro generaciones la habitaran, decidieron convertirla en atracción turística. Por veintiocho dólares se podía recorrer la casa, admirar los cuadros y el mobiliario, visitar las vetustas cabañas donde moraban los esclavos y recibir una detallada explicación sobre la propiedad por un guía que relataba cómo esas tierras fueron conquistadas por aventureros. Por cinco dólares más, en temporada, los turistas podían pizcar algodón al estilo antiguo, con una bolsa de lona atada a la cintura donde debían depositar los copos después de arrancarlos. Los bisoños recolectores se quejaban de las espinas que punzaban sus dedos al coger las delicadas borras y los guías, en su mayoría afroamericanos, les mostraban cómo hacerlo para no lastimarse las yemas. La curaduría historiográfica en Emerson no negaba la mácula de la esclavitud, pero la matizaban, alegando que en el Sur se respetaron las tradiciones negras imbuidas de valores cristianos. «El *godspell* y los himnos religiosos devienen de la arraigada creencia en Cristo de la comunidad negra», explicaban los guías sin reparar en que dicha creencia fue impuesta con severos castigos. En la reelaboración histórica impulsada por los Morgan, el esplendor de Emerson se lo achacaban a Jonas Adams, a quien por poco atribuían su construcción, y soslayaban a los Wilde, a quienes con brevedad mencionaban como sus propietarios originales. Los Morgan desconocían por completo que las decenas de huertas de nogales que poseían en los alrededores del Río Grande al sur de la ciudad de Las Cruces, en Nuevo México, se las había cedido Henry Lloyd a sus hijos bastardos Japheth y Jonas Adams luego de hurtárselas a sus antiguos dueños mexicanos. Las Nueces Morgan, que gozaban de cuantiosas ventas en los Walmart, KMart, Target, HEB, a lo largo y ancho del país, se cosechaban en terrenos regados por sangre. Los cacahuates los cultivaban en fincas al sur de Georgia y al norte de Alabama que Jonas compró con los dividendos obtenidos en Emerson, el latifundio más extenso en el Sur. McCaffrey se talló las manos al enterarse de la genealogía de Betty Morgan. Mataba dos pájaros de un tiro: rastrear simultáneamente el origen de las fortunas de los Lloyd y de los Morgan que confluían en un mismo punto de partida y estudiar la trayectoria de sus caminos divergentes. Aun cuando en un principio se turbó por la revelación, con el paso de los días Elizabeth empezó a interesarse en conocer los sombríos umbrales de su familia. Durante múltiples sesiones, ella y Tom se reunieron con McCaffrey, Peter y Henry para ir dilucidando la historia de las empresas Morgan. Al profesor le fascinó el modo en que se desarrebozaron los pasados de ambos grupos económicos y el modo en que percibían su implicación en el desarrollo de los Estados Unidos. Fue en estas sesiones que Tom advirtió que había sido sustituido por Henry en las preferencias de su amante y lejos de encelarse e increparlo, propuso lo que Peter siempre deseó: un trío. En la suite del Driskill los tres muchachos exploraron cuantos deleites brindaba el sexo triangular y tanto él como Peter aceptaron a Henry como el macho dominante. Era Henry quien dictaba posiciones, turnos y quién hacía qué a quién. A través de su relación con Tom, de modo paradójico, Henry y Peter comenzaron a sentirse más unidos. En ningún momento Peter pensó en cancelar su compromiso matrimonial con Elizabeth, quien no sospechaba en lo absoluto de los inflamados encuentros entre su prometido, su hermano y Henry. Ellos no presionaron a Peter a terminar con ella, lo suyo era una aventura con pronta fecha de caducidad que concluiría como una excitante anécdota y nada más. Tom mismo empezó a salir con una muchacha de Austin con quien a menudo pasaba la noche. Dado que las pesquisas de McCaffrey se alargaban, Peter decidió rentar una bodega industrial para continuar con su pasión por la pintura. A sus anteriores temas, sin ser explícito, agregó el erotismo. Su aproximación era sutil, nada de cuerpos, ni rostros y, mucho menos, órganos sexuales. Su erotismo se traducía en colores, en composición, tonos: sensaciones. Henry, que había labrado su gusto en museos y galerías de Dallas y Houston que su familia patrocinaba, al ver su obra, reconoció en él un fenomenal talento. «Cuando vea estos nuevos cuadros se va a ir de espaldas», comentó cuando supo que Richard Leicester representaba a Peter. Henry mandó su avión privado a recogerlo, tal era su emoción por que viera cuanto antes el trabajo. El entusiasmo de Leicester frente a la nueva obra se tornó mayúsculo. No erró con su primera impresión, Peter alcanzaba cuotas de madurez y profundidad raras en un artista contemporáneo. Acordaron exponer los cuadros en una galería de Austin e invitar a coleccionistas texanos venidos de Dallas, Houston y San Antonio. Tom y Betty avisaron a sus maestros que se ausentarían por un mes más. Para otros estudiantes eso significaría una baja automática, pero ellos dos se hallaban entre los alumnos más aventajados y decidieron consentir su falta si se comprometían a entregar un trabajo especial. Betty le contó a su tutora del descubrimiento genealógico de su familia y ella la impelió a utilizar esa información para enriquecer sus trabajos académicos. En otra época, saberse descendiente de un bastardo, hijo de una esclava negra, habría ocasionado una profunda vergüenza, en tiempos de inclusión un pasado negro podía devenir positivo. Semana a semana, McCaffrey acopiaba un expediente más grueso y más sugerente. Henry VI respondía con hondura y desenfado, en tanto que Tom y Betty añadían datos que brindaban más luz sobre el derrotero de Lloyd y sus descendientes. Al profesor le llamó la atención que ambas familias, aun cuando provenían de la misma raíz, asumieran contrastantes «posturas éticas». A lo largo de los años la estirpe de los Morgan se comportó de acuerdo con los cánones de la decencia y de la honestidad, con una conducta que podría adjetivarse como «intachable», en cambio, los Lloyd habían acrecentado su fortuna en contubernio con las autoridades, a través de la coerción, del uso de métodos intimidatorios y con una abundante dosis de cinismo y marrullería. En el ánimo de plantear una hipótesis, McCaffrey se preguntó si la actitud de los Morgan devenía de que a Jonas lo había adoptado una pareja de esclavos o que, por ser adulterino, educó a sus hijos bajo el más estricto apego a la legalidad. La impronta de su negritud y su condición de ilegítimo debió impregnar a las sucesivas generaciones. Por el contrario, los descendientes legítimos supieron que podían salirse con la suya. El profesor se hallaba persuadido de que estudiar el carácter de las personas, sus antecedentes familiares, sus fobias y sus filias era tan provechoso como examinar los ciclos económicos y los contextos políticos. McCaffrey mandó a uno de sus alumnos de doctorado en Harvard a investigar en los archivos de la propiedad de Nuevo México el nombre de quienes habían sido los poseedores originales de las tierras donde los Morgan habían afincado su negocio de nueces y, si era posible, conseguir sus actas de defunción. Los resultados fueron esclarecedores: los dueños de esos terrenos, mexicanos o criollos españoles, habían muerto de manera violenta. Caso por caso, el padrón mostraba que, pasadas dos o tres semanas de la muerte de cada uno de ellos, las posesiones se habían escriturado a favor de Henry Lloyd. Los registros estipulaban que años después Lloyd había cedido la propiedad de las haciendas a los señores Japheth y Jonas Adams. Se preguntó McCaffrey por qué los descendientes de Japheth, contrario a los de Jonas, no habían progresado económicamente. ¿Sería porque a uno se le notaba su condición de mulato y al otro no? ¿O porque en Jonas hubo un ingenio empresarial y en el otro, un acercamiento pasivo al trabajo? En los mismos archivos venía anotado que cinco años después de la cesión conjunta a los hermanos Adams, Jonas compró su parte a Japheth para quedar como único propietario de las huertas. Igual sucedió con Emerson: Virginia Wilde había heredado la plantación a los Adams en partes iguales, pero a los pocos años, Jonas la adquirió en su totalidad. ¿Qué había sucedido con Japheth? McCaffrey se dio a la tarea de investigar su vida personal. Se había casado con una mujer negra y tanto él como sus hijos, todos negros, acabaron como trabajadores agrícolas de medio pelo. El patrimonio que Lloyd heredó a los hermanos era suficiente para que cuatro generaciones vivieran en la opulencia y sin sobresaltos financieros. ¿Qué había sucedido?, ¿había sido la de los Adams una historia de Caín y Abel?, ¿había intervenido Henry Lloyd en esta separación de bienes o se había dado de manera natural entre los hermanos?, ¿qué papel protagonizó Virginia Wilde en esto?, ¿por qué ella le heredó a ellos y no a otros hijos de Lloyd la plantación y su fortuna?, ¿cómo habían administrado sus caudales cada uno de los hermanos? A McCaffrey le fascinó indagar en estos temas y se preguntó si Henry Lloyd, el eslabón proteico de ambas familias, había planeado el destino de cada una de ellas. Bien lo había resumido Henry Lloyd VI: indagar a fondo la figura del primer Lloyd significaba entender el alma y el cuerpo del capitalismo americano.

1892

En mi tierra pocas gotas de lluvia, sequía. Terrones, campos baldíos. Tolvaneras de polvo, de huesos, de muerte. Reseco del cuerpo y del alma mi pueblo. En la oscura bóveda perdidos, noches claras, de estrellas luminosas, sin nubes, sin vida. El universo transparente, arisco. Áspero y rocoso el terreno. Nuestras oraciones pidiendo lluvia desesperadas eran. Una tormenta bastaba, una sola, para el campo revivir. Y cuando la lluvia por fin caía una bendición la considerábamos. Con el agua los suelos despertaban. El páramo florecía. Plantas, pastos, comida para las cabras. La lluvia la vida nos salvaba. En jarros la recogíamos para guardarla porque no sabíamos cuándo otra se precipitaría. Acá en Alabama, tempestad tras tempestad. Lluvia y más lluvia. Tumulto de ríos. Ruidos de insectos. Cantos de chicharras. Croar de ranas. Estallidos de relámpagos. Acá, la lluvia asesina. Inundaciones, cultivos podridos. Ahogados. Barro, moscas, mosquitos. Temporadas metidos en las cabañas bajo el flagelo de la lluvia. Enfermedades de agua. Dioses acuosos, húmedos. Allá, en lo mío, silencio, quietud. Acá estruendos, rencor de dioses. Allá, polvaredas, sol quemante. Acá, torbellinos, aguaceros. Con tierra y agua los dioses a los hombres formaron. Allá, los hombres de tierra. Acá, de agua. Allá, silencio, quietud. Acá, remolinos de vida, pasiones. Jade el amor cada noche me hacía en el cuerpo de Jenny infiltrada. Jade con la boca de Jenny besaba. Palabras de Jade en la lengua de Jenny. Desnudez de Jade en la desnudez de Jenny. «¿Me amas?», Jade en boca de Jenny preguntó. Asentí. El abrazo de Jade con los brazos de Jenny. Al salirse del cuerpo de Jenny la veía. Una gasa, una sombra. Sonreía antes de partir y con Jenny me dejaba. Una noche en voz de Jenny Jade me habló, «al forastero paga ya por decir que Jack Barley es». A Jenny volteé a ver. Los ojos cerrados. «En una nota pídele que Jack Barley afirme ser y dinero hazle llegar», Jenny los ojos cerrados aún. «Que después a Henry vaya a buscar». Asentí. Afuera llovía. Las gotas sobre el techo resonaban. «Recuerda: bajo la duela, junto al armario, monedas de oro busca, con esas a Leonard págale para el nombre cambiarse». Jade del cuerpo de Jenny emergió. «No me olvides», susurró parada en la orilla de la cama y con lentos pasos de la habitación se fue. Las monedas bajo la duela las hallé. Cierto cuanto Jade me había dicho. Pluma y papel conseguí y la nota comencé a redactar. La mano me temblaba, «Jack Barley a los demás diles que eres. Leonard, pago bien. Si Henry Lloyd el nombre de Jack Barley de ti escucha, más dinero te entrego». Falto de aire la hoja doblo. En una bolsa la nota y las monedas guardo. A la calle salgo. Noche. Lluvia. Grillos. Agua y más agua. A la casa de la viuda Flowers me dirijo. Las calles solitarias. Charcos, lodo. Llego y hacia la parte trasera de la casa, donde el cuarto de Leonard se halla, me dirijo. Un relámpago en el oscuro horizonte. El trueno resuena. Su vibración todo el aire ocupa. Por amor a Jade esto hago. Porque el amor de mi vida ella es. Madrugada. La luz de una vela el cuarto de Leonard ilumina. Por una rendija de las cortinas espío, él duerme. Dos pasos hacia atrás doy. En la bolsa donde las monedas y la nota guardé, una piedra introduzco. La arrojo hacia la ventana, el cristal estalla y la bolsa dentro de la habitación cae. Detrás de un árbol, en la negrura, me escondo. Leonard la cara asoma, «¿Quién ahí anda?». Detrás del árbol lo observo. La nota en su mano, ¿sabrá leer? Lluvia. «¿Quién eres?», grita y una pistola muestra. «¿Quién eres?», repite. Miedo se le nota. Por entre los árboles me deslizo y bordeando por el río vuelvo. A la casa mojado entro y de la ropa me despojo. Desnudo en el cuarto irrumpo. Con Jonas en los brazos a Jenny me topo. «Cólico», me dice. Jonas llora. Con la mano se lo pido y en mi palma lo recargo. Su barriga sobo. Jonas regurgita y entre mis dedos la leche cuajada resbala. Blanca, muy blanca, la piel de Jonas. Al día siguiente, más lluvia. Los dioses acuosos el cielo exprimían. Nubes de un lado a otro. De norte a sur, una cúpula gris. Amaneció. Un abrigo encima me puse y salí. La lluvia mi sombrero golpeaba. A lo lejos, en su caballo, a Leonard divisé. Sin trabajo y sin dinero por varias semanas ahora a la tienda se encaminaba. Las monedas del hambre y del abatimiento debieron salvarlo. Si el nombre de Jack Barley en una semana no pronunciaba, lo mataría. Una semana, solo una. En la tienda lo miré entrar y al salir en su caballo montó. Las alforjas llenas, «a punto de vender este caballo me encontraba», me explicó en la calle al verme, «ya para comer no tenía, Dios aprieta pero no ahorca». Se le notaba feliz, tranquilo, «si de un trabajo sabes, avísame por favor, lo necesito». Tres días más tarde, entre las nubes por fin un sol radiante. Mala noticia para mí, seca la tierra a trabajar a la plantación debía volver. Lloyd por la casa aparece, «de tanta lluvia, como el buen Noé un arca pensé construir». Sonríe, desmonta y la brida me entrega. «Al establo llévalo», me ordena. Desnuda, sin vergüenza, Jayla sale a recibirlo. Besos de ellos dos sin recato. Mirarla no quiero, de Lloyd sólo ella es. El caballo me llevo. El establero pregunta si darle de comer debe. Asiento. «El jaco cojea», me señala, «¿la herradura le cambio? Asiento. Por la calle a Leonard pasar veo. Viene a mí al notarme. «Buenas», al establero y a mí saluda. «Ese caballo, ¿de quién es?», pregunta. «Del señor Lloyd», el establero responde. «Fino se ve», apunta Leonard. «Lo es, de la región, el mejor», presume el establero. «No lo conozco a ese Lloyd, sólo de él he escuchado», dice

Leonard. «En su casa ahora está, el negro puede llevarte», el establero propone. Leonard a verme voltea. «¿Crees que él trabajo me dé?». De hombros me encojo. «Trabajadores siempre necesita, puede ser», el establero tercia. «¿Lejos vive?», Leonard inquiere. «Quinientos pasos desde aquí deben ser», el caballerizo le responde. Entre lodo y charcos camino. Detrás de mí, Leonard en el caballo. El chapaleteo de sus pisadas se escucha. El sol refulge. A la casa llegamos. Jenny afuera sentada en el porche con los niños. Jonas en su regazo. «Buenas tardes», saluda él. Jenny a mí me mira y luego a él. «¿El señor Henry Lloyd se encuentra?», ansioso Leonard pregunta. Jenny vuelve a mirarme y luego a él. «Ocupado está», Jenny responde. «¿Tardará?». De mirarme Jenny no cesa. «Sí», ella contesta. «Al rato trato de volver. Dígale que Jack Barley vino a buscarlo». Jenny asiente, «¿Jack Burl…?», ella inquiere. «No, no, Jack Barley», la corrige él, «repita conmigo: J-a-c-k B-a-r-l-e-y». Ella repite. «Jack Barley». Sonríe él. «Otra vez». «Jack Barley». Satisfecho él sonríe. «Muy bien, más tarde vendré». El caballo acicatea y parte. Por la avenida lo veo perderse.

1878

Nada me ultrajó más en mi vida que ser marcado con un hierro ardiente, un queloide infame permaneció en mi hombro como un recordatorio diario de que dejaba de ser yo mismo para convertirme en un hombre alienado propiedad de otro, cómo puede uno amar, creer en Dios, esperanzarse, cuando te lastra una quemadura que punzará hasta la muerte, al día siguiente de llegar a Emerson un compañero caminó con decisión hasta la esquina del granero, lanzó uno de los extremos de su pantalón por encima de un gancho que colgaba de las vigas, se subió a un barril, amarró la prenda a su cuello y se arrojó hacia un lado, comenzó a patalear, se desorbitaron sus ojos y un chorro de orina escurrió por su pierna, corrimos a desatarlo, su boca expelía un ronco rugido y sus pies temblaban, expiró sin que supiéramos quién era ni cuál era su nombre ni de dónde provenía, los guardias nos apartaron del muerto y ordenaron que nos dirigiéramos al lado opuesto del almacén, con docilidad ovina, hoy no me explico por qué entre todos no matamos a nuestros custodios, obedecimos, los guardias cargaron el cadáver entre risas porque uno de ellos se ensució con la orina del muerto, por fin comprendí a cabalidad lo que me sucedía, era un esclavo sometido a las decisiones de otros, mi propósito debía consistir en liberarme de mi suerte, así nunca me soltaran de mis cadenas, mi libertad radicaría dentro de mí, el inglés, lo asumí ya, era mi nuevo lenguaje, si deseaba avanzar en el entendimiento de mi nueva circunstancia requería dominarlo, ampliar mi vocabulario, a más palabras, mayor precisión para interpretar mi entorno, entendí que mi libertad dependía de la libertad de los demás, enseñarles palabras en el idioma de los prevalecientes nos permitiría descubrir sus intenciones y sus finalidades, no se puede vencer a quien no se conoce, no es posible doblegar la tiranía si no se desgranan uno a uno los armazones intelectuales y éticos de los opresores, prometí no lamentarme más de mi destino, de nada servía añorar el edén de mi infancia, el niño que fui se desvaneció en el aire en el exacto momento en que mis padres fueron asesinados y yo y mis hermanas fuimos extraídos de la aldea, era ilusorio pensar que había vuelta atrás, no existía un portal en el universo capaz de devolverme en el tiempo, debía olvidarme de la existencia de mis hermanas, mantenerlas presentes sólo me lastimaba y después de navegar por meses en una travesía tortuosa descubrí que el planeta era inmenso y que en el gigantesco espacio en que vivíamos la probabilidad de reencontrarlas era nula, convoqué a todas las deidades, las nuestras y las de nuestros tiranos, para desearles el bien y, como si lanzara una botella al mar con un mensaje, elevé plegarias al viento con el anhelo de que llegaran hasta ellas y les hicieran saber que las amaría por siempre, que jamás abandonarían mi corazón, pero que, para poder salir avante, era necesario pensarlas muertas, porque nada intoxica más la mente que las vanas ilusiones, fuimos conducidos a los que serían nuestros dormitorios, por la «benevolencia» del dueño de la plantación contábamos con catres, cobijas y una chimenea, dormimos poco esa noche, el escozor de la quemadura y la incertidumbre lo impidieron, nos despertaron temprano al día siguiente, afuera fuimos obligados a formarnos en filas, el frío comenzaba a levantarse del suelo, escruté el sitio donde nos hallábamos, nuestra cabaña era una de muchas en un complejo de instalaciones que habitábamos docenas de esclavos, Bob, el capataz, llevaba un látigo en la cintura, fui testigo de cómo azotó a hombres y a mujeres, a la menor desobediencia los fustigaba hasta sangrarles las espaldas, nos revisó a los recién llegados y luego volteó hacia uno de los guardias, «el señor Wilde ya puede venir», de las puertas de la mansión emergió un hombre vestido de manera impecable, portaba una levita azul, pantalón albo, sombrero de copa color crema y pajarita negra, caminó erguido hacia nosotros, se distinguía entre los demás blancos, pobladas cejas rubias, perilla recortada, se detuvo frente a nosotros, me tomó del mentón y me hizo alzar el rostro, «no te quiero jorobado», dijo, «eres joven aún», como si mi espalda encorvada no se debiera a meses de maltrato, a sabiendas de que los demás negros no le entendían dirigió una palabra al grupo, los africanos no se atrevieron a mirarlo a los ojos y lo escucharon con la cabeza hacia abajo, al terminar, el señor Wilde se retiró y los «nuevos» fuimos distribuidos en las cabañas de los esclavos que llevaban más tiempo aquí, a mí me tocó junto a un tipo larguirucho, de espaldas anchas y cuerpo fibroso que no hablaba, «este es Jeremiah», me explicó el guardia, «es mudo y bruto, pero es de los que mejor trabajan, es el esclavo más antiguo en Emerson, apréndele lo que puedas, en cinco minutos venimos por ustedes», Jeremiah fue hacia una esquina de la cabaña, tomó dos azadones y me entregó uno, con la mano me indicó que saliéramos, debió agacharse para cruzar la puerta y todavía así su cabeza rozó el travesaño, se detuvo frente al camino, un ligero viento levantó un remolino de hojas secas que se siguió de largo por la brecha levantando polvo, lo miramos hasta que se perdió entre los distantes sembradíos, nos integraron en cuadrillas de diez y comandados por Bob a caballo, nos condujeron hacia los campos de cultivo, caminamos más de una milla, la plantación se extendía hacia uno y otro lado y parecía no tener fin, arribamos a unos barbechos, los surcos se habían desdibujado por un aluvión y se hallaban cubiertos por guijarros y ramas, cruzamos hasta la mitad del terreno y con el azadón Jeremiah comenzó a amontonar la grava para limpiar la tierra, seguí su ejemplo, cuando juntábamos una pila considerable, otro de los esclavos arribaba con un saco de yute a recogerla y la cargaba hasta un carromato arrastrado por dos mulas, no era suficiente con escombrar el terreno, debíamos darle forma a los surcos, con la base de la azada Jeremiah compactaba la tierra, lo hacía con habilidad y a mí me costaba mantener su ritmo, durante horas despejamos los labrantíos y aun cuando éramos más de cuarenta no cubrimos ni una quinta parte del terreno, a media jornada Jeremiah detuvo su tarea, se bajó los pantalones y sin ninguna vergüenza defecó junto a mí, se limpió con la hoja seca de una mazorca, tapó el excremento con terrones y continuó con el trabajo, pronto comprendí por qué actuó con tal descaro, no nos estaba permitido retirarnos en ningún momento de nuestro sitio, ni siquiera para realizar nuestras necesidades fisiológicas, a las mujeres tampoco se les autorizaba, ellas, que bregaban en los surcos a la par de nosotros, se subían la falda para acuclillarse y evacuar, los guardias no se inmutaban, sólo si alguien se tomaba más tiempo del debido era castigado a latigazos por «perezoso» con la amenaza de más azotes si no se incorporaba de inmediato a su faena, terminé molido, con los antebrazos engarrotados y la espalda tiesa, el regreso a las cabañas me pareció eterno, cada paso estremecía mi cuerpo, los demás llegaron a lavarse la cara, las manos y las axilas en un barril con agua en el porche, yo me fui a tumbar al catre y de tan cansado no quise ni comer, en una mesa contigua vi una Biblia, luego me enteré de que Wilde ordenaba colocar dos en cada cabaña, conocía de memoria algunos pasajes de los que me enseñaron los monjes y me resolví a leerla desde la primera línea, «*En el principio, creó Dios los cielos y la tierra y la tierra estaba desordenada y vacía, y las tinieblas estaban sobre la faz del abismo y el Espíritu de Dios se movía sobre la faz de las aguas y Dios dijo: sea la luz y vio Dios que la luz era buena y separó Dios la luz de las tinieblas*».

1817

Los cinco doblaron en una calle en dirección al sur. Estaba oscuro y sin luna. Lluvias recientes habían dejado resbaladizo el terreno y corrían el riesgo de que sus caballos patinaran. Los perseguidores acortaron la distancia. Jack calculó que debían ser quince y contó el número de balazos. Habían disparado trece y pensó que a esa velocidad no podrían recargar sus pistolas. Faltaban sólo dos o tres que les tiraran. Si esos fallaban, él podía detener su caballo, dar vuelta, jalarle el freno para mantenerlo quieto y apuntar con calma a quien viniera hasta adelante. Con matar a uno se daba por satisfecho. Lo que sucediera después ya sería cosa del destino. Evariste y las demás corrían a unas treinta yardas de él. Lo más inteligente sería que el grupo se dividiera, pero Evariste no dejaría a su mujer y a sus hijas solas. Jack pensó girar hacia otro rumbo para distraerlos, de antemano supo que sería una táctica fallida. Sus atacantes sabían detrás de quién iban. En ningún momento pensó en desviarse para salvar su pellejo. No los traicionaría. Eran su familia y debía defenderla hasta donde le diera la vida. Sonaron dos balazos más. Con claridad, Jack oyó el balín zumbar a unas pulgadas de su cabeza. Esperaría un balazo más para parar su caballo y girarse para disparar. Se inclinó sobre la cresta del potro para hacerlo ir a mayor velocidad. La maniobra funcionó y aceleró despegándose de sus agresores. Lo resbaloso del barro hacía que el animal trastabillara y por segundos perdía el paso, para pronto recuperarlo. Jack se emparejó con la familia. Las dos muchachas eran buenas jinetes. No se bamboleaban sobre la montura y con los muslos apretaban con fuerza los flancos del caballo. Al bifurcarse el camino, Evariste eligió voltear hacia las zonas boscosas al oeste y no hacia las llanuras planas en el sur donde serían presas fáciles. Evariste empezó a cabalgar en zigzag entre los árboles. Era peligroso porque los giros bruscos podían hacer que los caballos rodaran en el barrizal. Serpenteaban entre los troncos cuando se escuchó un golpe y Regina gritó de dolor. Evariste preguntó si se hallaba bien y ella contestó que sí y continuó cabalgando tras sus padres. Jack volteó hacia atrás y no vio ni escuchó a sus perseguidores. Sin desmontar, se apostó detrás de un grueso tronco, sacó la pistola y apuntó hacia donde creyó que podían aparecer. Entre sombras descubrió que tres de ellos se aproximaban. Centró la mira entre el hueco de dos árboles y en cuanto apareció el primero, jaló el gatillo. El disparo retumbó en el bosque y el balazo sonó seco. El hombre exhaló un quejido y cayó de espaldas. Los otros dos huyeron. Se escuchó el trote de sus caballos alejarse por entre el pinar. Jack se dirigió hacia su víctima y lo halló revolcándose en el lodo. «¿Quiénes son ustedes?», le preguntó Jack desde lo alto de su caballo. Apenas podían adivinarse sus facciones en la negrura. El tipo comenzó a jalar aire. «¿Quiénes son?», insistió Jack sin percatarse de que el hombre estaba a segundos de morir. Desmontó y se acercó hacia el bulto negruzco. Se agachó hacia su rostro, apenas respiraba. Jack le quitó la pistola que aún empuñaba en la mano derecha. El arma se encontraba aún cargada. El tipo iba preparado para matarlos. El hombre dejó de respirar. Con la escasa luz que trasmitían las estrellas, alcanzó a ver el blanco de sus ojos que viraban hacia arriba. Jack montó en su caballo, cogió las riendas del que acababa de matar y se apresuró a alcanzar a los Chenier. No los halló durante horas. Al oír los balazos la familia arrancó hacia lo profundo del bosque. Fue hasta entrada la mañana que alcanzó a distinguir sus huellas. Las rastreó sin dejar de vigilar a sus espaldas. Se preocupó cuando vio gotas de sangre junto a uno de los caballos. No supo si esa podía ser sangre de animal o de ser humano. Las gotas salpicaban la vegetación por donde pasaba el caballo. Pudo notar cómo se habían detenido. Las huellas en círculo mostraban su desconcierto. Sí, uno de ellos estaba herido. Continuó con su rastreo y le llegó el tufo del sudor de las bestias. Debían estar cerca. «Evariste, soy yo, Jack», gritó, apenas pronunció su antiguo nombre se dio cuenta de su estupidez. Se quedó callado unos segundos antes de volver a gritar, «Evariste, soy Henry», corrigió. Nadie contestó. Revisó las alforjas del caballo del tipo al que había matado en espera de hallar indicios de su identidad. Sólo encontró dos pedazos de pan con jamón envueltos en papel, un odre con vino, una navaja y una cuerda. ¿Quiénes eran ellos y por qué la determinación por asesinarlos? El caballo no era un jamelgo cualquiera, poseía buena estampa y se notaba bien alimentado. La pistola se veía de fina elaboración, fabricada con buenas aleaciones por un armero con experiencia y sin la tosquedad de aquellas hechas de manera artesanal por aldeanos pobres. La montura y las alforjas eran de cueros de calidad. Al parecer, Evariste contaba con enemigos poderosos, bien armados y poseedores de riqueza. ¿Tendría que ver con lo que le contó el trampero chismoso?, ¿vendrían a cobrar revancha? Jack resolvió comer los panes y beber un poco de vino para recobrar fuerzas. Rayos de sol empezaron a colarse por entre las agujas de los pinos y se levantó vapor del suelo. Jack trepó a un árbol y oteó el horizonte. Del lado este no observó movimiento. Sólo vio dos venadas que con calma recorrían un sendero. Del lado oeste vio los caballos de los Chenier junto a las paredes de un peñón y pudo distinguir a Hélène caminando hacia un riachuelo. Jack descendió y se dirigió hacia ellos con precaución para que no lo balearan. Unas yardas antes de llegar, voceó su nombre, «Evariste, Hélène, soy Henry», dijo cuidadoso de no volver a cometer la tontería de usar su nombre verdadero. Evariste salió detrás de unas rocas con pistolas en ambas manos, las guardó en el cinto y corrió a abrazarlo. «Te creíamos muerto», dijo. En él se veía verdadera emoción por volver a verlo. Jack lo notó compungido, al borde de las lágrimas. Pronto supo la razón: en la huida, Regina estrelló su pierna derecha contra un tronco y se le fracturó. Con valentía, continuó montando sin quejarse hasta que amaneció. Cuando sus padres se dieron cuenta de la gravedad de la herida y quisieron detenerse, ella los instó a seguir. «Nos pueden alcanzar», alegó, sin saber que sus atacantes habían desistido. Siguieron por un par de millas. Ella no pudo más y se desplomó del caballo. Cayó de bruces y su cara se incrustó en el lodo. Evariste brincó del caballo a ayudarla. La volteó antes de que ella dejase de respirar. Se notaba débil y cuando alzaron el vestido, descubrieron que los huesos rotos habían atravesado los músculos y asomaban por entre la carne. Una abundante hemorragia manaba de la herida. Con delicadeza, Evariste la colocó sobre una manta y entre los tres la jalaron hasta la orilla del peñasco donde se sentían más protegidos. La pierna se le había hinchado al doble y Regina comenzó a padecer fiebre. Evariste lamentó no haberse entregado a su enemigo y así evitar ponerlas en riesgo, aunque supuso que aun haciéndolo las habrían asesinado. En su huida, se alejaron leguas de cualquier pueblo. Era imperioso llevarla con un médico para que acomodara el hueso e inmovilizara la pierna. Llevarla a lomo de caballo podría empeorar su estado. Era urgente conseguir una carreta. Evariste decidió ir a buscar una y le pidió a Jack que cuidara a las mujeres. Le dejó sus pistolas y un mosquete con suficiente pólvora, fulminantes y balas. El padre partió y Jack convino con Hélène que subiría a lo alto del peñasco para advertir un probable ataque de sus adversarios. Si fuese necesario, pensó, daría su vida por la de ellas. Al escalar, miró hacia abajo. Carla y Hélène se hallaban arrodilladas frente a Regina, que agonizaba sobre la manta. Si por acaso llegase a sucumbir por sus heridas, se malograría una vida alegre, vital, llena de curiosidad, desvanecido por siempre su mundo único de árboles y praderas azules, sus risas, su dulzura. Jack ansió que una fuerza sobrenatural retrasase el tiempo lo suficiente para prever el ataque y escaparse horas antes de la casa o, mejor aún, emboscar a los miserables días atrás y matarlos a todos sin piedad. No, Regina no podía, no debía morirse. Su temperamento exudaba belleza, la suya era un alma buena e inocente. Que fenecieran otros, no ella. No, ella no.

1887

en tanto tú dirigías tus algaras por Texas y por Nuevo México la situación en Alabama se complicó los yanquis deseaban acabar con nuestro modo de vida pero nuestros hombres se comprometieron a no permitirlo se gestó un tenaz movimiento secesionista Alabama se declaró en rebelión e invitó a otros estados a coaligarse para enfrentar la tiranía del gobierno federal encabezada por los sátrapas de Lincoln y Hamlin que mostraban un profundo desprecio hacia nosotros y hacia nuestros valores no sé si en lo profundo de esos desiertos pudiste saber de esto si llegaba la prensa o si te enteraste de oídas imposible que hechos tan trascendentes no corrieran de boca en boca además de que Texas pese a la compleja situación por la que pasaba fue de los estados que desearon confederarse no sé cómo lo viviste allá aquí la zozobra se experimentaba minuto a minuto como un zumbido sordo y constante se vivía con la sensación de que la contingencia política succionaba el aire hasta vaciarnos de oxígeno y ahogarnos rumores iban y venían los esclavos soliviantados por las noticias tendían a sublevarse y en la mayoría de las plantaciones fue necesario implementar mano dura Michael quien te suplió hubo de ordenar que los guardias dispararan contra los negros cuando con teas encendidas se dirigían a la casa a quemarla varios esclavos cayeron muertos entre ellos algunos que llevaban tiempo laborando con nosotros y a quienes tú conociste bien y por los cuales profesabas cariño como Jared o Jehud y que cuando partiste prefirieron quedarse conmigo y no acompañarte en tus correrías en Texas será por mi limitación de miras o porque estaba encorsetada en una rígida perspectiva del mundo pero no comprendí cómo estos fieles sirvientes a quienes traté con afecto llegaron a pensar que si incendiaban la mansión y me mataban se emanciparían fue difícil contener el alzamiento de los negros azuzada por los vulgares yanquis y que se extendía de manera progresiva por el Sur la mayoría de los varones se enlistó en el ejército confederado y las mujeres debimos enfrentar estas revueltas con escasos pertrechos y apoyadas por los pocos hombres que aceptaron quedarse a defender las propiedades fueron épocas de incertidumbre y caos en Montgomery se afirmaba que íbamos ganando cuando a ras del suelo advertíamos que nos estaban derrotando los yanquis habían inoculado la región del virus del desorden y la anarquía los nobles hijos de Alabama morían por puñados en los frentes de batalla rompía el corazón ver los ataúdes llegar al pueblo con cadáveres de jovencitos yo no dormía por el temor de perder la totalidad de mi patrimonio una noche era suficiente para convertir en polvo siglos de ilusiones y de trabajo los Martin por ejemplo no corrieron con la misma suerte que yo a ellos los negros sí les destruyeron la casa y encima quemaron sus campos de algodón desde lejos podían verse las columnas de humo que indicaban el fin de su estirpe a machetazos los negros mataron a Robert Martin y su mujer Lilian fue violada por un tumulto para luego ser asesinada nuestros políticos garantizaban la victoria de la Confederación se debía ser un iluso para creer esas patrañas era claro que nos encaminábamos a rendirnos los sobresaltos me hicieron bajar de peso de ser una mujer fuerte y vigorosa me transformé en una mujer pálida y esquelética mañana a mañana el espejo me devolvía la imagen de una Virginia desconocida era como si de pronto mi cuerpo hubiese sido habitado por otra mujer más frágil más rompediza me prometí no dejarme vencer si Alabama y el Sur eran derrotados no estaba dispuesta a ceder una sola pulgada de Emerson así estuviese de por medio mi vida a los pocos meses llegaron malas noticias los puertos de la Confederación se hallaban sitiados por los unionistas y huestes del ejército enemigo se aproximaban a las principales ciudades del Sur una riada de desasosiego se vertió sobre nosotros y hasta los negros empezaron a temer lejos de sentir una probable libertad presagiaron su muerte la guerra aseveraban quienes venían de las líneas de combate no distinguía el color de piel y cientos de negros y de blancos morían a diario no todos los pobladores de Alabama apoyaron la secesión hubo quienes gravitaban hacia el bando contrario como lo fue el condado de Winston que al principio de las hostilidades decidió separarse de Alabama para declarar su alianza con los unionistas el espantoso tironeo entre una y otra visión terminó por debilitarnos y para colmo nos enteramos que Atlanta había sido saqueada e incendiada y que los ejércitos enemigos descendían hacia el sur de Alabama camino a Mobile quienes sobrevivieron las cruentas batallas en el norte del estado y que huían hacia donde nos hallábamos relataban atrocidades perpetradas por los yanquis difíciles de digerir no se contentaban con desvalijar las propiedades torturaban a quienes hacían presos hasta matarlos así se hubiesen rendido en combate imagina Henry cómo gravitaba esta injusticia que un nutrido grupo de negros decidió pelear de nuestro lado en contra de sus supuestos libertadores que en el fondo no eran más que ladrones de pacotilla uniformados de azul y que vinieron al Sur con la consigna de atracar a ciudadanos de bien ya quisieran estos tipejos exhibir los valores de nuestros hombres que en todo momento procedieron con honra respetando la integridad de los prisioneros llegaron informes de una legión al mando de un tal Edward Canby que se acercaba a la comarca y que la ferocidad de sus tropas no tenía parangón algunos dueños de plantaciones decidieron abandonarlas ante la inminente amenaza de su arribo yo resolví quedarme a enfrentarlos pude saber a qué distancia se aproximaban por las numerosas humaredas que se divisaban a lo lejos los unionistas prendían fuego a casas cobertizos cabañas de esclavos graneros sembradíos carretas establos no querían dejar ni una sola edificación en pie la orden del perverso Ulises Grant era que destruyeran aquello que podía sostener la economía del Sur con intención de dejarnos en ruinas para que nunca más osáramos rebelarnos destrozaron las novísimas estaciones y vías de tren que con tanto trabajo los habitantes de Alabama habíamos construido tiraron los puentes derribaron comercios y casas su objetivo en Mobile era calcinar los muelles las bodegas y los almacenes hundir barcos barcazas pontones y hasta los barquichuelos la marabunta azul avanzó sin piedad olía a quemado a muerte a infierno las cenizas flotaban en el aire en los pañuelos al sonarse quedaba el negro hollín de la devastación una mañana llegó casi sin aliento a la casa Jethro un muchachito de apenas quince años que había nacido y crecido en Emerson para avisarme que los enemigos se hallaban al borde de la propiedad que eran cientos los que avanzaban por entre los labrantíos y que era probable que nos atacaran por la tarde le pedí que llevara al resto de los negros a la orilla del río y que ahí aguardaran mis instrucciones mandé llamar a Michael y a los guardias y les anuncié que pensaba atrincherarme en la casa que si alguno de ellos deseaba huir estaba en su derecho uno me pidió permiso para irse *acabo de ser padre tengo una bebé de tres meses y no quisiera dejarla huérfana* le respondí que adelante que podía partir en el momento que decidiera otro más confesó que había sido un pecador a lo largo de su vida y que apenas había puesto en orden sus asuntos espirituales y que requería de más tiempo sobre la Tierra para lavar sus ofensas y así congraciarse con nuestro Señor Jesucristo ese también desertó se quedaron a mi lado Michael y otros ocho les expresé que si por acaso morían y yo alcanzaba a sobrevivir me haría cargo de sus familias hasta el día de mi muerte a las cuatro negras que trabajaban en la casa les di la opción de marcharse si así era su voluntad dos resolvieron irse y las otras dos permanecer a mi lado alrededor de las cuatro de la tarde del seis de marzo de 1865 la plaga azul llegó a las puertas de la mansión

1881

A la mañana siguiente, se me atoró la basca en el cogote, no por culpa del sotol ni por el veneno de la chirrionera, sino por estar empachado de verdades. En mala hora Chuy me asomó a la cloaca. Ahora entendía por qué el odio de mi abuelo a mi madre y, por ende, a mí. Qué fácil manera de zafarse de lo que le había hecho a su hija, tumbársela a la mala para luego acusarla de coscolina. Pinche viejo abusador, como si a los catorce la chamaca hubiese tenido forma de defenderse de él. Me entró una rabia que nunca antes había sentido, contra mi abuelo o mi padre o lo que chingados fuera el viejón. Puro colorete y maquillaje era su «aquí mando yo y sanseacabó», se las daba de altanero para que no descubriéramos que en el fondo no era más que un ojete aprovechado. Chuy me anduvo buscando, había prendido la mecha y el muy zacate quería apagarla antes de que detonara el cañonazo, le di la vuelta para que no me encontrara porque yo sí quería que estallara la bomba. Estuvo dale y dale hasta que me arrinconó en uno de los corrales cuando yo me metí a ver una vaca recién parida. «Mijo, déjese hablar que tengo algo importante que decirle». ¿Qué podía decirme?, ¿que era mentira y que lo suyo sólo había sido un invento de borracho?, ¿que la víbora se le metió en el cuerpo y que por eso me bañó de veneno? Cuando traté de brincarme las trancas para largarme y no escucharlo, con su manaza me agarró el pie, «en serio, déjese hablar». Sólo usaba el usted conmigo cuanto el tema tenía espinas y necesitaba rasurarlas para que dejaran de pinchar. Atenazado como me tenía, no me quedó de otra que escucharlo. «Mire, mijo, lo que solté anoche son puras suposiciones y, si así quiere verlo, puro chisme. Nadie podía saber lo que hacía su mamá las veinticuatro horas, ni tampoco nadie sabía, y menos yo, lo que pasaba adentro de la casa grande. Ayer Julio César y yo andábamos chumados y eso nos hizo andar de bocas flojas. Si yo no tengo ni la más reputa idea de lo que sucedió entre su abuelo y su madre, menos van a saberlo mis hijos que eran apenas unos mocosos. Nunca vi a un hombre entrar a esa casa, nunca, pero el que yo no viera no significa que no haya entrado nadie. Ni yo, ni ninguna otra persona puede sostenerlo porque no hubo quien estuviera vigilando las puertas día y noche. Y los vaqueros ni de chiste pasaban por ahí, tu abuelo se los tenía prohibido. Con lo bilioso que es, les hubiera engastado un balazo en la mera maceta. El sotol me sacó lo hablador y en esas, hasta lo cuentero, le repito, mijo, pa que no haya confusiones, que lo mío son puros supuestos porque de constarme no me consta nada. Yo no sé si un día su madre se le escapó a su abuelo y fue a meterse con el primero que se encontró o si ella era de las que les picaba el gusanito por darle gusto al cuerpo y se le arrimó a un amigo de tu abuelo, vaya usted a saber». Esto último me pareció una verdadera mentada de madre, inferir que mi madre era una pirujita ardorosa no se lo permitiría ni a él, ni a nadie. Ya le iba a cantar la bronca cuando me oprimió el brazo con sus dedos de alambre, «no lo quiero ofender, cómo ofender a quien considero mi hijo. Usted escuche y luego saque sus propias conclusiones. Hablé porque necesito sacarme esta lumbre que me quema por dentro y porque ya no quiero que me queme más y como le decía, no sabemos nada de nada y si ayer no me hubiese enviborado, la bocota la habría tenido bien cerrada. El caso es que hablé y ni modo, ahora hay que desenmarañar esto para que usted no quede embrollado. Yo le pido que borre de su cabeza lo que dije anoche, haga de cuenta que nunca existió, que fue puro aire lo que brotó de mí, elucubraciones que sin alcohol jamás se habrían parido. Antes de terminar hay otra cosa que debe saber, aquí en los ranchos, a la mayoría de los hombres los vuelve locos la calentura. Si no se la sacan, se les inyecta el cerebro de malas ideas y por más que traten, no se libran de ellas. Parvaditas de viudos que conozco, porque ya sabe usted que aquí en el monte las mujeres aguantan menos que los hombres y se mueren más rápido, cuando se quedan solos, no les basta darse placer con la cinco dedos. Buscan con quien desahogar las ganas y en esas se les cruzan las hijas. No estoy diciendo que hacen bien, sólo que lo hacen y no quiero que piense que soy de esos. No tengo hijas y si las tuviera le juro que jamás les faltaría el respeto. Otros hombres no piensan igual que yo y no soy quién para juzgarlos. Como las hijas casi siempre se parecen a las esposas cuando jóvenes, pues a los papás se les antojan. Derecha la flecha, mijo, que no vale darse golpes de pecho. Son amores que uno no entiende, pero de que se dan, se dan y mire, no siempre las muchachas lo sufren. Le voy a contar un secreto, nomás le pido que no lo ande divulgando, Horacio es hijo de su abuelo de él. Sí, señor, así como lo oye. A él no le escondieron nada porque desde chiquito se dio cuenta que su mamá y su abuelo vivían como si estuvieran matrimoniados. Ella no le hacía el feo a su papá y, asegunes de la gente, vivían enamorados, a puros besos y arrumacos. Y así como Horacio, hay otros que aquí no pienso quemar para que no se le ennegrezca el corazón y se le alimente la corajina. Y, mijo, son cosas que pasan y pos uno necesita estar en la médula de las circunstancias para entender, esos romances son el pan de cada día en estas tierras, con esto no quiero cerciorar que así sucedió con su abuelo y con la mamacita de usted. Los ranchos son solitarios, usted lo sabe, está cabrón cuando el monte se asilencia y sólo hay cenizos y mezquites y ni un alma con quien platicar, y de tanto andar en el monte, con el sol encima tatemando la cabeza, se le agitan a uno por dentro nublazones y hasta se alucina. Quién sabe si su abuelo llegó una tarde luego de juntar ganado, vio a la madre de usted y en la confusión de la asoleada pensó que era su difunta esposa y ayuntó con ella. O quién quita que fue ella la que no se aguantó las fiebres entre las piernas y se le metió en la cama a tu abuelo. Quizás hasta se tenían amor de marido y mujer. Puede darse, mijo, y le recomiendo que no condene ni repruebe. Mejor póngase feliz de que, haiga sido como haiga sido, gracias a eso usted está aquí en esta tierra, porque de otra manera usted seguiría formado en el limbo haciendo turno. Ahora sí, váyase a hacer sus cosas y no se amohíne, que no hay nada peor que se le quede a uno chapopote por dentro». Apenas terminó, Chuy me soltó del brazo. De tanto que me apretó, se me quedaron marcados sus dedos y hasta moretones me aparecieron. Era cierto, nadie podía jurar que mi abuelo hubiese ayuntado con mi madre, cómo saberlo si las paredes no hablan y si hablaran, a cuál de las paredes habría que hacerle caso. Ella bien pudo enredarse con un hombre cuando mi abuelo arreaba el ganado o estaba vendiéndolo, porque determinado tiempo llevaba las reses hasta la frontera norte con la Luisiana y se iba por semanas. Aunque las palabras de Chuy no me calmaron la desazón, al menos me bajaron las ganas de ir a reventar a mi abuelo a balazos. Me monté en mi caballo y fui a airearme, para ver si así me liberaba del zumbido de abejas en mi cabeza. Pendejo de mí, por andar aturullado no me llevé fusil y uno nunca debe salir sin armas al campo, cuantimás porque los apaches seguían de hostigosos. Me dirigí hacia las lomas, desde donde se divisaba el rancho de lado a lado. Según Chuy, el terreno medía más de cien mil cuerdas. Cruzarlo a caballo se llevaba ocho días. Desde las lomas se podía ver, al norte, las motas que indicaban por dónde corría el río; al sur, las llanuras que azuladas se perdían a lo lejos, como si fuese un mar que no se acaba; al oeste, se alcanzaba a ver el pueblo, las colonias y el camino real; al este, los cerros que subían y bajaban. A esa loma mi abuelo la llamaba «el trono», porque desde ahí se divisaba su reino. Me senté en el mero pico a rumiar el asunto. Era cierto lo que decía Chuy, la calentura puede extraviarlo a uno y llevarlo a hacer locuras. Por falta de mujer uno quiere cogerse hasta las vacas, y hay unos que no dejan pasar hoyo de animal, ni de cabra, ni de perra, ni de oveja, ni de guajolote. Las gallinas no porque dicen que no duran, que clavan el pico apenas uno se las mete. Con la propia hija es pasarse de la raya, nomás de pensarlo se revuelve el estómago. Es indefendible. Estaba por irme cuando abajito, en un pedregal, vi una «cinco chichis». Me bajé a cortarla con el cuchillo y a limpiarle las espinas. Chuy no se cansó de decirme que no lo probara antes de cumplir los veintiún años y que nunca, por ningún motivo, lo hiciera solo. «Ten cuidado porque los espíritus te agarran del pescuezo y no te sueltan. Lo peor es que no son los espíritus de afuera, sino los de adentro y esos son los más canijos». No me importó, así como por dentro podía tener un chamuco, podía tener ángeles. Nunca se sabe a qué espíritus uno les abre la puerta. Estaba por metérmelo a la boca y todavía me la pensé. Qué tal si los espíritus me tironeaban el alma y acababa partido en dos, o en tres o en veinte. También era posible que me curaran de la rabia que se estaba merendando mis entrañas. Acabé de pelar el cacto y empecé a mascarlo. Sabía amargosa la madre esa. Me tragué el pedazo y me zampé otro y otro, como si fueran dulces de tuna. Al chico rato sentí una quemazón en la panza y lo que había comido se me devolvió a la garganta. Vomité verde. Me recargué en un mezquite para limpiarme la guácara que me escurría por la nariz y una fuerza empezó a jalarme hacia arriba. Me destanteé y por más que hice para que no me llevara, la fuerza me elevó por los aires. Fue como si volara, porque vi la tierra allá abajo. Empecé a planear por encima del monte, primero me dio miedo, aluego me acostumbré. Nunca había visto el mundo así de chiquito. Ahí abajo pude distinguir las casas, miniaturas como las que pone uno en los nacimientos. Las vacas y los caballos se miraban diminutos, como si fueran hormiguitas. El monte se extendía a lo largo y a lo ancho. Planeé de aquí para allá y luego de retache al suelo. En cuanto aterricé, vi colores y las plantas comenzaron a hablarme. No me acuerdo de nada de lo que me dijeron. Parloteaban y parloteaban y yo las oía en silencio porque me estaban revelando una verdad tras otra. Nomás que las mentadas verdades se me resbalaron y ninguna pude retener. No sé en qué momento me subí al caballo y me devolví pal rancho. Cuando desmonté, me vi rodeado de apaches. Eran chingos los cabrones indios. Supe que mi vida hasta ahí iba a llegar, nomás que al panteón solo no pensaba irme, me llevaría conmigo a un tambache de ellos. Saqué mi cuchillo y me preparé para su ataque. Se dejaron venir en montón y apuñalé a uno y a otro y a otro y a otro. Las «cinco chichis» me habían dado fuerza y astucia para pelear. Cuando terminó la batalla, conté a doce indios muertos alrededor mío y otros tantos heridos, y del esfuerzo, terminé desmayado.

2024

Leslie y Mark, los padres de Betty, viajaron a Austin en su avión privado para encontrarse con sus hijos y con Peter. Arribaron con una maleta repleta de legajos sobre sus ancestros, lo revelado por Henry suscitó su curiosidad y querían cotejar la información con la que él y McCaffrey poseían. Tom y Betty fueron a recogerlos al aeropuerto. Con emoción, ella les narró cuanto había descubierto sobre el pasado en común entre los Morgan y los Lloyd. La bomba había conmocionado al resto de la familia extendida y les causó morbo el intríngulis histórico. A los padres esta les pareció también la oportunidad para convivir con su futuro yerno y tratarlo más a fondo y, de paso, ver con Henry Lloyd VI la posibilidad de entablar futuras sinergias. Si antes menospreciaban a los Lloyd, ahora que mantenían lazos en común y que Betty y Tom alabaron a Henry sin reservas, les interesó tender puentes con ellos. Los sureños de cepa nunca vieron con buenos ojos a los texanos por su posición ambigua en los momentos decisivos de la Guerra Civil y por su aún reacia actitud independiente a más de ciento cincuenta años de agregarse a los Estados Unidos. Texas presumía ser el estado más grande de la porción continental del país, pero no superaban que California fuese el primer lugar en el producto interno bruto. Los Lloyd se tomaron como un reto propio sobrepasar a California como si el desarrollo económico de Texas sólo fuera cosa suya y vieron en el empuje y la frescura de Henry al líder ideal para conseguirlo. Leslie y Mark invitaron a cenar a Peter, a quien amistades en común lo cataloban como «una persona de excepción». Peter, entrenado desde niño para ser un seductor, les encantó. Lo consideraron un hombre sensato, con los pies bien plantados en la tierra y con valores intachables, sin imaginar que esa misma mañana había hecho un trío homosexual con su hijo y Henry. Los Morgan chocaban con Tom y Betty en asuntos políticos, ellos se inclinaban hacia el ala más a la derecha del Partido Republicano, Betty se proclamaba una republicana moderada, y su hijo, demócrata. Sabedor de las tendencias conservadoras de sus suegros, Peter optó por desviar la conversación cuando relucían temas electorales o polémicas espinosas. Para Mark, el país se encontraba al borde del colapso por las políticas «socialistas» del partido demócrata y detestaban su agenda «pervertida». «Ahora resulta que los maricones pueden casarse», alegó indignada Leslie. Tom soltó una risotada al escuchar a su madre, quien no halló en sus palabras nada jocoso. «Los tiempos han cambiado, mamá», le dijo. Para prevenir rispideces que arruinaran la cena, Peter cambió el giro de la plática y le preguntó a Mark qué sentir le suscitaba la inesperada revelación de sus orígenes. «Los caminos de Dios son insondables, pero detentan una razón profunda». A Betty le avergonzó que su padre hablara frente a su novio con el tono de un predicador televisivo de tercera categoría, «papá, ¿qué tiene que ver Dios con esto?». La mirada del señor Morgan anticipó su regaño, «Dios, apréndelo bien, porque a mi edad he sido testigo de Su continua y amorosa presencia, es omnisciente. Él no transcurre en el tiempo, el tiempo transcurre a través de Él». Peroraba como un pastor aldeano, «sureño hasta el tuétano», pensó Peter. Leslie, en el ánimo de proteger la pureza virginal de su hija, había decidido que durmiera en el hotel en el mismo cuarto que ella. Una acción ridícula, los padres sabían que desde hacía años Betty había perdido la virginidad, sólo les gustaba seguir el infantil jueguito de hacerse los desentendidos y fingir que ella debía ser alejada de las lascivas intenciones del novio. Esta sobreprotección abonó a favor de Tom, a quien le quedó el campo libre para llevar a sus amantes a su cuarto durante la noche entera y hasta la mañana siguiente. Los tres cogieron sin parar por horas y, simulando que cada quien llegaba por su lado, arribaron al desayuno al que los padres habían invitado al joven Lloyd. La impresión que Henry ocasionó en los Morgan fue ambivalente, por un lado, los cautivó su cultura, su aplomo y su inteligencia; por el otro, lo consideraron en exceso franco, al límite de lo grosero. Sus respuestas rápidas, llenas de ironía, lo pintaron frente a sus ojos como un tipo avasallador, sin miramientos para destruir a quien lo enfrentara. Mark Morgan, en cuanto se enteró de que Henry Lloyd había sido el personaje bisagra en la historia de ambas familias, se dedicó a leer cuanto documento o texto había que se refiriera a él. Halló revelador que el legendario prohombre de Texas había sido un hombre despiadado sin ninguna contemplación para asesinar a sus enemigos y a sus familias. Testimonios de la época describían sus masacres. No perdonó la vida ni a niños, ni a mujeres embarazadas, ni a viejos. En los Morgan no encontró una sola traza de esa herencia maldita, al contrario, desde las primeras generaciones se ponderó la mesura, el apego a la moral cristiana, la participación en fundaciones de caridad, la decencia en el trato de negocios, la honestidad, el valor en la palabra empeñada. En cambio, Henry Lloyd vi mostraba la cara B de ese legado genético, era imperioso, de juicio penetrante y atrevido y, al mismo tiempo, fino, articulado. De igual manera, Henry hizo su tarea e investigó a los Morgan. Estudió la trayectoria de sus empresas desde sus inicios hasta la actualidad. De memoria se aprendió el número de plantas procesadoras que poseían, sus canales de distribución, sus acuerdos comerciales con las grandes cadenas de autoservicio, su participación en el mercado de las botanas, sus ganancias por año, el impacto en las ventas de sus campañas publicitarias. Al conversar durante el desayuno, Henry soltó datos sobre sus empresas como si él fuese uno de ellos. Los Morgan no supieron si frente a tal cúmulo de información debían halagarse o preocuparse, ¿cuál era el propósito de Henry al demostrarles un conocimiento tan a fondo de sus activos, de sus estados financieros, de sus estrategias mercantiles? Cuando entre broma y broma lo cuestionaron al respecto, Henry se limitó a decirles que era un «vicio de formación». Lo había hecho como un inocuo ejercicio sin afán de demostrar nada. Mark Morgan, acostumbrado a lidiar con los halcones de la industria alimentaria, se sintió desafiado por un muchacho de veintiséis años, tres décadas más joven que él. Podría parecer una contradicción, pero lo admiró por su temple, por su llaneza y por su desparpajo. Lamentó que su hija se hubiese decantado por Peter y no por él. Peter le pareció un excelente muchacho, el ideal para cualquier suegro, sin desbarres, sin comentarios cáusticos, circunspecto, conciliador, con buenos modales, sin embargo, carecía de la garra, del talante matón y hasta soberbio de Henry Lloyd vi. En un alarde de cinismo, Peter le pidió a Henry que fungiera como su padrino en su boda con Betty, lo cual ambos recordarían años más tarde como una más de las diabluras que hicieron antes de casarse.

1892

Escampa. Pocas nubes en el cielo azul. Japheth en el patio juega. Jenny vigilante con Jonas en los brazos. A mediodía, sudoroso, descalzo y sólo con los pantalones puestos Lloyd aparece. A Japheth, Lloyd carga y un beso le da. A punto de a la casa entrar Jenny lo intercepta para del forastero hablarle. «Jack Barley vino a verlo». A Lloyd la expresión le cambia. Nunca así lo había visto. «El nombre, por favor, repíteme», pide. «Jack Barley». Su rostro se demuda. En una silla a Jade veo. Ella sonríe. Alguna victoria secreta debe celebrar. «Si vuelve, haga lo que yo haga, me llamas», a Jenny le ordena. De almorzar le pide. Jenny a Jonas en mis negros brazos deja. Una nube en mi terrosa piel. Jonas suda. Gotitas en su frente. Mi cara mira y sus manos estira para tocarla. En él los rasgos de Jade no veo. Como si hijo de otra madre fuese. Si salir de las entrañas de Jade no lo hubiese visto, no lo habría creído. En la sangre de esa carne blanca corre el veneno que a Jade mató. Un veneno que Jade no pudo neutralizar. Con una voz que no es la suya Jonas habla. Imposible que un bebé palabras pronuncie. El oído acerco. Es Jade. «Henry a Jack Barley querrá matar». Al niño veo. Apenas unos meses de edad y su boca prorrumpe oraciones claras. «Pase lo que pase, a mis hijos y a mí cuídanos». En voz baja, casi imperceptible, en mi lengua le respondo. «Los cuidaré». Nadie escucharme debe. Nadie. «Lo prometo», agrego. Jade sonríe en la sonrisa de Jonas. «Te creo», me dice, «debo irme». La voz de Jonas cambia y ahora los suyos son balbuceos. En el aire calcinante de la mañana, un soplo de aire. Es Jade que parte. Jenny nos llama a comer. A la mesa nos sentamos. Jayla desnuda, siempre desnuda. Suda. Hilos por sus pechos escurren. Bajan las gotas y en su ombligo un pequeño charco se forma. A sexo huele. El semen de Lloyd apesta. El olor conozco porque de Jade sin cesar emanaba. Ahora el olor a Jayla impregna. Por su pierna el semen de Lloyd debe deslizarse. Una lágrima blanca por su muslo negro. Los peces de Lloyd en el piso van a morir. Decenas de posibles hijos se desparraman. Gallinas en caldo Jenny nos ha preparado. Esa mañana Jenny las mató. Al arrancarles la cabeza los cuerpos revolotearon. Una aleteó y decapitada un ciego vuelo alzó. Contra el ciprés chocó regando en el camino hileras de sangre. Japheth la persiguió. El cuerpo entre la maleza empezó a correr. A nuestros pies la cabeza el pico abría y cerraba. Por fin Japheth la alcanzó y de las patas logró cogerla. El cuerpo en su mano tembló y chisguetes de sangre su mano mancharon. Ahora las pechugas de esa gallina almorzábamos y en el caldo su cabeza flotaba. Henry las patas sorbe. El caldo por las comisuras de los labios resbala. Lujuriosa, Jayla los bigotes le lame para el caldo recoger. Japheth a su padre y a la mujer desnuda observa. Jenny al niño la mirada bajar le manda. A media tarde Lloyd ordena que debemos partir. De sus hijos cariñoso se despide, una moneda a Jenny le entrega y a Jayla, sobándole las nalgas, la abraza. A los caballos montamos. Antes del camino tomar me pregunta si a Jack Barley yo había visto. Asiento. «¿Sabes dónde vive?», me pregunta. Asiento. «Llévame». A la casa de la viuda lo guío. Del caballo se apea y sin tocar a la puerta entra. Yo detrás de él. La señora Flowers en una mecedora en la sala una colcha de estambre con agujas teje. «Buenas tardes», Lloyd saluda. Con extrañeza la mujer lo mira. «¿Algo necesita?», le pregunta. «¿Cuántos hombres con usted se hospedan?». «Por ahora, sólo tres, cinco cuando bien me va». Mujer de ojos transparentes, de piel transparente. Venas como gusanos azules por debajo de la piel de sus brazos. «A mi casa los negros no pueden entrar», ella advierte. Lloyd caso no le hace. «¿Sus huéspedes cómo se llaman?». A mí la señora con molestia me mira. «A su esclavo de aquí saque, a peste de negro mi casa no quiero que huela». Lloyd los cuartos revisa, «¿sus huéspedes cómo se llaman?», insiste. La mujer me observa. «A este negro de mi casa saque». Lloyd en lo de Barley concentrado está. A una puerta camina. La abre y al cuarto entra. Se levanta la viuda y tras él va, «al alguacil tendré que llamar». Lloyd desde el quicio de la habitación revisa. Dos pasos da y un baúl abre, «¿quién aquí se hospeda?». La mujer lo empuja sin lograr moverlo, «qué le importa, de mi casa váyase». Del baúl Lloyd ropa saca. Pantalones, camisas, botas. «¿De quién son?». La mujer no contesta y sale. Al minuto con una pistola aparece, «o se van o disparo». En sus ojos los ojos de Lloyd se concentran. A la mujer se acerca. «Váyase», ella ordena. Lloyd con un súbito manotazo la pistola le quita, «si quisiera, podría matarla». Del cuarto sale. A otro entra. Lo examina. La ventana rota. Con leve viento, la cortina se agita. «¿Quién aquí duerme?», exasperado pregunta. Con la pistola le apunta. «Puedo matarla», la amenaza. La mujer saliva traga. «¿Por qué la ventana rota está?», Lloyd pregunta, crispado su rostro. «Conteste», grita. «No lo sé», responde ella, pálida, temblorosa. «¿Los tres huéspedes cómo se llaman?», él ruge. «El que aquí duerme, Leonard. En el otro cuarto, Leroy. El señor Putnam, al fondo», responde ella. «Jack Barley, ¿dónde duerme?». «No sé de quién me habla». «¿Dónde?». «Aquí, ningún Jack Barley se hospeda», ella explica. Hacia mí Lloyd se gira. «¿Cierto estás que aquí Jack Barley pernocta?». Asiento. «A la próxima, no vuelva a mentirme, señora Flowers». En los caballos montamos y partimos. De la tierra el calor sube. Empapada de sudor mi cara. A la distancia el río se escucha. Estruendo. Lloyd pensativo en la montura va. En un pasado remoto él se concentra. «Quedó vivo y matarlo otra vez necesito», susurra. Con fantasmas su diálogo es. No voltea a verme, con la mirada fija en el camino avanza. Perdida allá, en el instante en el que a Jack Barley no terminó de matar. A los límites de Emerson llegamos. Una fila de negros por la orilla de los plantíos avanza. En sus espaldas aperos cargan. Palas, picos, trinchetes. A sembrar se dirigen. Sus cuerpos oscuros brillantes de sudor. «Buenos días», Lloyd los saluda. «Buenos días, patrón», los otros en unísono contestan. A la casa arribamos. «Tú y James con la yunta el polígono de Harris aren», me ordena. Harris, en honor de un hombre por los indios masacrado, ese lote fue nombrado. Durante dos años Lloyd los terrenos deja descansar para que se regeneren. «La tierra necesita curarse», Lloyd afirmaba. Junto con James por los percherones de tiro vamos. Al llegar a los añojales el barzón les acomodamos para en la húmeda tierra los surcos trazar. Nuestros pies en el barro se sumergen. Trabajo duro es, montoso y lleno de matojos el barbecho. No se aguzaron los filos y romper terrones y raíces cuesta. James al timón del arado palabras pronuncia. «En tu mente repítelas», me sugiere. «Haza, haza, haza», y su significado me explica, «la tierra que labramos». «Sembradura y besana sinónimos de haza». Obsesionado con las palabras a todo pulmón las repite. Muchas no las conozco. «Labrador, labrador, labrador». Lee mucho James.

Libros y libros. Mejor inglés que los blancos habla. Experto en lenguaje se ha convertido. Las cuchillas del arado en la parcela penetran. Lombrices del suelo salen y aves detrás de nosotros se apresuran a comérselas. El sol en la cabeza quema. Al verme con la mano tapándome, James su sombrero me presta. El mío en el pueblo olvidé. Tanto sol a los hombres locos vuelve, sin sombra el cerebro explota. Lloyd bajo los árboles a los negros nos permite descansar. Veinte minutos por mañana, veinte por tarde. Sin frescor es imposible continuar. Bajo un roble a los márgenes del labrantío vamos. De una garrafa agua bebemos. Mi cuerpo huele a sudor, humedad, barro, insectos. El campo en nosotros penetra. Al atardecer terminamos. En la cabaña lavo mi cuerpo y de ropa me cambio. Lloyd me llama. A fumar al río vamos. En un claro junto a la orilla se sienta. La corriente del río café ahora es. Las aguas rebotadas. Troncos, raíces, ramas vueltas en remolinos dan. El tumefacto cadáver de una cabra en la corriente flota. Su barriga hinchada. Lloyd la mira. «El río cien cabras arrastró. Desesperadas balaron. Una de esas debe ser». Silencio guarda. Un cigarro enrolla. Lo enciende. Fuma. «¿Cómo es Jack Barley?», me pregunta. Lo miro. «¿Es alto?». Niego con la cabeza y levanto la mano para su altura mostrar. «Más bajo que alto», dice Lloyd. «¿Es fuerte?». Con la cabeza lo niego. «¿Flaco?», lo niego. «Gordo, entonces». Con sólo mis gestos en su cabeza una imagen de Leonard se hace. «Lo iré a buscar para por siempre matarlo». Sus ojos se encienden. A un hombre a muerte condené, pienso. Le pagué a Leonard para mentir y morir. Un ruido detrás de nosotros escucho. Por entre los arbustos Jade aparece. Me sonríe. Nos miramos y junto a mí va a sentarse.

1878

Los negros simulábamos creer en Cristo para evitar problemas con los blancos, no era la nuestra una fe firme ni llegamos a pensar que ese era nuestro dios, pero no había escapatoria, la mínima adoración a las deidades antiguas, aquellas que eran las auténticas para nosotros, se punía a latigazos, algunos esclavos, en un intento por preservar su credo, tallaban a escondidas burdas figurillas con sus númenes para ocultarlas entre sus ropas, en ocasiones, por las madrugadas, uno los escuchaba invocarlos, nadie entendía sus rezos, si cincuenta esclavos éramos, cincuenta eran las lenguas, si cien, cien, ni siquiera se parecían, sólo en poquísimas ocasiones un esclavo consiguió hablar una lengua semejante a la de otro, graduaban su uso porque si los guardias los descubrían comunicándose uno de los dos era de inmediato transferido a otra plantación, la logística de Wilde para adquirir negros de diferentes grupos étnicos y de diferentes regiones era en suma sofisticada, cien esclavos de cien tribus distintas se dice fácil, era una tarea casi imposible, para lograrlo Wilde empleaba un complejo diagrama, yo llegué a verlo por casualidad cuando me llamaron a la casa para explicarme una serie de órdenes que debía cumplir, al aguardar en la oficina vi sobre el escritorio un pliego, aparte de catalogarnos en negros de selva, de desierto, de montaña, de costa, de sabana, nos subdividía de acuerdo a los puntos cardinales, si un negro venía de la selva al suroeste entonces debía adquirirse uno en «contraparte», en este caso un negro del desierto del noreste, y así las combinaciones se embrollaban hasta el punto de la confusión, sólo Wilde podía entender el esquema y vaya que le funcionaba, gracias a este conjuró sublevaciones, ¿cómo podíamos ponernos de acuerdo los esclavos si no nos comprendíamos unos a otros?, por eso mi celo en que cada uno de ellos aprendiera inglés, requeríamos de un idioma en común para entendernos y por tanto organizarnos, para reforzar mi dominio del idioma cada noche leía la Biblia, «*vi un ángel que descendía del cielo, con la llave del abismo y una gran cadena en la mano, y prendió al dragón, la serpiente antigua que es el diablo y Satanás, y lo ató por mil años y lo arrojó al abismo y lo encerró y puso su sello sobre él para que no engañase más a las naciones, hasta que fuesen cumplidos mil años y, después de esto, debe ser desatado por un poco de tiempo*», este pasaje me lo machacaron los monjes para que me mantuviera alerta frente a la tentación de los cuerpos, «el demonio acecha», solían decirme, «y se esconde en cada pliegue de tu piel para instigarte al mal», era un chiste su cinismo, advertían de los peligros de la incitación diabólica a un niño de nueve años para que cumplida cierta edad fuese entregado sin ningún reconcomio a la más maligna de las fuerzas, la esclavitud, si Satanás escapó a los mil años como manifestaba la

Biblia y jamás volvió a ser atado, con certitud susurró en el oído de los blancos y los envenenó con la noción de que ellos eran superiores a las demás razas, sólo el Diablo pudo crear esa enfermiza jerarquía y si logró hacerlo fue porque ostentaba la misma estatura que Dios o, por qué no decirlo, hasta por encima de Él, o Dios era débil, ineficiente para dominar a su adversario o a Dios los africanos no le suscitábamos ningún interés o le daba pereza actuar o de plano era un ser siniestro en cuyo interior también habitaba el Diablo, un ser dual que en Sí mismo encerraba el bien y el mal, lo acepto, con el tiempo me convertí en un ser malvado, no por mi naturaleza, llegué a serlo por cansancio, por desesperanza, Bob el capataz de Emerson se encargó de hacernos la vida miserable, nos injuriaba sin motivo alguno, parecía buscar pretextos para tundirnos, por cometer la osadía de descansar un par de minutos de más me laceró la espalda con azotes, cada golpe, lo pueden confirmar quienes lo han sufrido, parece hendir la espalda como si penetrara hasta los pulmones, como si tajara el corazón en dos, la efervescencia del miedo me ahogaba, me sentía frágil, diminuto, me obligaron a volver al trabajo, cada que me agachaba las heridas se abrían, el mero frote de la camisa era doloroso, hilos de sangre resbalaban por entre mis hombros, cuando no soporté más y caí de hinojos, Jeremiah me levantó y con señas me apremió a continuar, seis meses después de mi llegada un grupo de esclavos fastidiados por la constante degradación se abalanzó sobre los custodios, los blancos dispararon sobre ellos matando a tres e hiriendo a varios, Bob y sus secuaces, no se les podía llamar guardias a quienes actuaban con tal saña, recargaron sus armas y volvieron a disparar, más heridos y otros dos muertos, ninguno de los lesionados fue atendido y los muertos fueron sepultados sin ningún oficio religioso en una fosa común abierta entre los humedales, carentes de una lápida o una cruz que indicara quién yacía ahí, como si de perros se tratara, el arribo de Henry Lloyd cambió a Emerson, impuso orden sin arbitrariedades y no se regocijaba al imponer castigos, con sentido común aplicó medidas, redujo nuestras horas laborales, nos permitió más descansos entre jornadas, nos alimentó con comidas más sustanciosas, nuestro rendimiento aumentó y en apenas un año la plantación duplicó sus ganancias, Lloyd aplicó novísimos métodos para recolectar el algodón y para cosechar cereales con mayor rapidez y efectividad, estableció un sistema de canales para riego, mandó rotar los cultivos y diversificó las actividades económicas, no alardeaba de su poder, ejercía su autoridad callado y sin alharacas, en una ocasión Jadon, un tipo complicado y quejumbroso, que confundió la sensatez de Lloyd con debilidad, con una piedra le reventó el cráneo a uno de los guardias, Lloyd desmontó del caballo y ordenó trasladar de inmediato al herido con el mejor médico del pueblo, acto seguido, con una calma que aún me despierta escalofríos, caminó hacia el revoltoso, se paró frente a él y con un ágil movimiento, lo tomó de la cintura, lo tumbó al suelo, colocó los brazos alrededor de su cuello y comenzó a ahorcarlo, Jadon se arqueó tratando de zafarse, las venas del cuello hinchadas, la cara violácea, los ojos girando de arriba abajo, Lloyd no aflojó hasta que el negro terminó exánime, contrario a Bob, que nunca permitió el entierro decoroso de un esclavo, Lloyd delimitó un lote dentro de Emerson para instaurar un cementerio para nosotros, un sitio apacible en medio de un sombreado bosque, mandó tallar una losa con el nombre de Jadon y permitió que ahí se realizaran las exequias, Jadon fue el primer negro en Emerson en tener una sepultura decente, a Bob lo repudiábamos, Lloyd gozaba de nuestro respeto, por eso a Bob, cuando Jeremiah y yo tuvimos la oportunidad, lo cortamos en pedazos, en cambio a Lloyd lo seguimos con absoluta lealtad hacia donde nos condujo.

1817

Desde el peñasco, Jack atalayó el horizonte y distinguió a lo lejos, en dirección al pueblo, una larga columna. Debía ser la incendiada casa de los Chenier. ¿Por qué los perseguidores se ensañaban con ellos?, ¿qué profunda ofensa los motivaba a querer asesinarlos? Él mataría a cada uno de esa pandilla mortífera. La de Evariste Chenier era una familia decente donde no asomaba la maldad. Y si eran ciertas las habladurías del trampero chismoso, razones poderosas debió tener Evariste para matar a otro. Escuchó movimientos debajo del risco y se puso en alerta. Tomó el rifle y apuntó en dirección a los ruidos. Con alivio vio que se trataba de un hato de wapitíes que en fila cruzaban por el bosque. Con Henry Lloyd había aprendido sobre los ciclos de los animales. Por la mañana se refugiaban entre los pinares y por las noches, sobre todo en luna llena, se dirigían a las praderas a comer. Ese hubiese sido un buen punto para interceptarlos. Aun cuando cazar uno les permitiría alimentarse por días, debía evitar los disparos para no delatar su ubicación. Al caer la noche, la temperatura descendió y un viento pertinaz sopló desde el norte. Jack se acomodó entre las piedras para protegerse de la inminente helada. El viento acarreó hasta él la voz de Hélène que le canturreaba a Regina para arrullarla como si se tratara de una niña pequeña. De Carla no oyó una sola palabra. Se asomó al borde del precipicio. Habían prendido una fogata, quizás para calentar a Regina. Jack lo juzgó un error, aun de noche el humo podía delatarlos. No consideró apropiado advertírselos. Hélène debía saberlo y sus motivos tendría. Se mantuvo vigilante. Más wapitíes atravesaron el bosque. El aire soplaba en su dirección y pudo percibir su olor. Era más penetrante que el de los venados, por ser más dados a bañarse en lodo y a chapotear en las charcas, la humedad acentuaba el aroma de los aceites de su piel. A pesar de sus esfuerzos, se quedó súpito. Despertó al amanecer cuando escuchó pasos en la hojarasca. Con rapidez se volvió pistola en mano, listo para disparar. Quitó el dedo del gatillo cuando vio que era Hélène quien se acercaba. En sus manos, llevaba una cantimplora de la que emanaba vapor. «Te traje de comer», dijo con una sonrisa forzada. En su rostro se dibujaban los estragos de una noche insomne. «Es un caldo de hongos que Carla recogió por la tarde». Jack sorbió un poco, era un brebaje insípido, pero más le valía tomarlo. Llevaba horas sin comer y sin beber agua. El caldo le cayó bien al estómago y se reanimó un poco. Hélène se sentó a su lado. «Mi padre nunca me dejó venir acá de niña, aseveraba que aquí deambulaban osos, lobos, pumas y duendes malignos, ¿has visto alguno?». Ambos sonrieron. «Los duendes se esconden bien», respondió Jack. Ella miró hacia el este, una delgada fumarola gris se alzaba donde el día anterior Jack avizoró la humareda. Ella permaneció meditabunda unos segundos. «Esa gente es mala», expresó. Volvió a callar. Jack bebió un poco más del cocido. «Te preguntarás por qué nos atacan. Evariste mató a un hermano de ellos, es una familia numerosa y juraron ojo por ojo». No, no habían sido hablillas las del trampero, Hélène confirmaba su versión. «No lo asesinó a mansalva, fue en un duelo y los dos estuvieron en igualdad de circunstancias». A ojos de Jack, eso exoneraba a Evariste. «Su rival, un muchacho que vivía en un pueblo vecino, fue quien pugnó para que se enfrentaran, todo por una burda discusión de taberna. Durante meses lo azuzó y le advirtió que, o se batían en un duelo o lo mataría por la espalda. Conoces a Evariste, es un hombre de paz y lo exhortó a olvidar el incidente. Le ofreció disculpas por si acaso lo había ofendido. El muchacho no cejó y exigió el duelo. El desafío se llevó a cabo en este mismo bosque un sábado a las cinco de la tarde. Evariste no me ocultó adónde se dirigía y aunque le rogué que huyéramos a otra ciudad, no quiso. Dispararon a la vez. Evariste hirió a su adversario en el pecho. A pesar de que mi marido actuó con honor y que los testigos de ambos afirmaron que los dos tiraron a la cuenta de tres, los hermanos prometieron vengarse. Evariste recibió una condena de cinco años de cárcel, y sólo porque numerosas personas testaron que en repetidas ocasiones eludió el duelo, las autoridades le perdonaron la vida, porque en este país los duelos están prohibidos y a quienes contienden se les sentencia a muerte. Lucas Gautier, el más rijoso de los hermanos, fue quien juró que nos mataría. Provienen de una familia adinerada y corrieron rumores de que contrataba a maleantes para atacarnos. Como ves, los rumores fueron ciertos. Fue Lucas el que le gritaba a Evariste que saliera. Es un cobarde, él solo no se hubiera atrevido a confrontar a mi marido. Tuvo que reunir a esa gavilla de sicarios para masacrarnos». El ojo por ojo no estaba lejos de cumplirse, Regina languidecía con la tibia y el peroné despedazados aflorando por la pantorrilla. Jack memorizó el nombre: Lucas Gautier, más adelante lo buscaría para hacerlo pagar, vaya que lo buscaría. Hélène regresó con las niñas y Jack permaneció en su puesto de centinela. La tardanza de Evariste en volver comenzó a preocuparlo. Según le explicó antes de partir, el pueblo más cercano se hallaba a doce millas. A caballo el recorrido no debía rebasar las dos horas. Era tiempo de que se apurara. Sus perseguidores tarde o temprano darían con ellos. Regina tampoco podría aguantar más. Sucia la herida, sin posibilidad de entablillarla, sufría amenaza de una severa infección. Urgía que un médico limpiara y desinfectara la fractura, que reacomodara los huesos, suturara donde rasgaron la carne y vendara la pierna. El sol salió y calentó la cima del peñasco. Jack decidió caminar un poco para estirarse. Sin dejar de vigilar el bosque, recorrió el filo del despeñadero. En una saliente descubrió un nido de águilas. Tres polluelos, ya emplumados, chillaban cuando sus padres les llevaban alimento. Se veían bien nutridos y podían asarlos. Estudió la posibilidad de llegar hasta ellos. Debía transitar por un angosto filo con riesgo de precipitarse a más de cuatrocientos pies de altura. Si contara con una cuerda le sería más fácil. Bastaba amarrarse al tronco de un árbol y avanzar con precaución. Sin esa medida las probabilidades de matarse eran altísimas. Ponderó con calma su plan para cazarlos. No había asideros en la pared del barranco y debía caminar con la espalda pegada a la pared. Entre él y el nido se interponía una distancia de unas veinte yardas. Contó el tiempo en que los padres iban y volvían para darles de comer. Promedió diez minutos, tiempo suficiente para alcanzar el nido, matar a los polluelos, guardarlos en su morral y volver. Corría peligro si las águilas lo atacaban, podría perder el equilibrio y precipitarse al vacío. Se escondió detrás de un arbusto y cuando la madre voló para ir a cazar, se apresuró. La grava suelta lo hizo trastabillar. Estuvo a punto de retroceder, pero el compromiso de ayudar a las mujeres y su hambre fueron superiores a su miedo. Ojeó el cielo para descartar que las águilas sobrevolaran por encima de él. No las halló y continuó. Al verlo aproximarse, los polluelos chillaron y cuando intentó coger uno, lo acometió a picotazos. Apenas podía maniobrar en el estrechísimo filo, un traspiés bastaba para resbalar por el voladero. Con una mano se detuvo de una hendidura en el paredón y con la otra agarró del cuello al más agresivo de los aguiluchos. Le dio vueltas hasta desnucarlo. Los otros dos pollos se arrastraron al extremo del nido, lejos del alcance de Jack, quien debió recargar la mitad de su cuerpo entre las ramas para cogerlos. Tomó otra de las crías y le torció el pescuezo. El otro pollo pio aterrado. Jack temió que llamara la atención de los padres. Esa sí sería una sentencia de muerte. De los tres, este fue el más escurridizo, se deslizaba de un lugar a otro con rapidez. Jack hubo de recostarse casi por completo en el frágil tejido de ramas del nido y por fin asió a la cría. Le tironeó la cabeza hasta que oyó el chasquido que indicaba que le había quebrado las vértebras. Guardó los tres polluelos en su morral y, midiendo cada uno de sus pasos, retornó a la punta del peñasco. Escrutó desde las alturas para cerciorarse de que los enemigos no se hallaban cerca y bajó a llevarles el alimento a las mujeres. Las llamó al acercarse, no quería que lo confundieran y en el nerviosismo le dispararan. «Carla, Hélène, soy Henry». Halló a las mujeres en estado cuasicatatónico, las dos con la mirada clavada en el suelo. Jack se aproximó alzando los pollos desplumados. «Traje de comer», anunció. Sólo Carla levantó la cabeza, observó las aves por unos segundos y volvió la mirada hacia Regina. Jack se afligió al ver a la muchacha herida. Aun inconsciente, gemía de dolor. Los huesos asomaban por entre la pantorrilla, el pie casi desprendido, la carne tumefacta se había tornado violácea y despedía un tufo maloliente. El estado de Regina explicaba el marasmo de ambas mujeres. La luz declinante de la tarde confería a la escena un tono mortecino. Si no se apresuraba Evariste, ella moriría. Jack resolvió cocinar los aguiluchos y los atravesó con una vara para asarlos. «¿Regina puede comer?», preguntó. «Lleva un día sin despertar», contestó Carla, apesadumbrada. A Jack le pareció injusto lo que las tres mujeres padecían. Hubiese cometido o no un error Evariste, ellas no tenían por qué pagar, a menos que algo oscuro latiera en el centro del conflicto. Él mismo era ejemplo de que nadie consigue penetrar los insondables piélagos de los demás. Hambrientos, los tres devoraron los polluelos. Jack apartó un poco de pechuga para dársela a Regina en caso de que recuperara la conciencia. Cuando Jack se alistaba para volver a su puesto de vigía, Hélène lo tomó del brazo y lo llevó aparte, lejos de Carla. «Si para mañana no ha vuelto Evariste, vamos a tener que llevárnosla, si nos quedamos aquí, puede morir». Ambos sabían que montarla en un caballo y hacerle recorrer varias millas sería una tortura para ella, no había más opción si deseaban salvarle la vida. Acordaron partir a más tardar al mediodía. Jack retornó a lo alto de los peñascos. Cayó la noche. La quietud permeaba el bosque. Sopló un viento helado del norte que comenzó a escarchar los suelos. «Mal augurio», pensó Jack. El trampero le había enseñado a descifrar los cambios del clima y este anunciaba una nevada. No, Regina no soportaría ni el traslado a caballo ni el abrupto descenso de la temperatura. Y ellos también morirían si no encontraban resguardo y alimento suficiente para darle calor a sus cuerpos. ¿Por qué el destino había conspirado contra él?, ¿estaba sentenciado a convertirse en un hombre errante, en un nómada emocional? Si tan sólo Regina hubiese pasado una pulgada más allá del tronco del árbol, ahora los cinco se hallarían sanos y salvos. La mala fortuna hizo que su tobillo se estrellara en pedazos. Entendió Jack que la vida dependía de fracciones de pulgadas, de segundos. Se juró a sí mismo no darse por vencido. Nada ni nadie lo detendría. Resolvió descender de la cumbre para avisar a las mujeres de la probable nevada. Lo crítico de la situación obligaba a moverse con rapidez. El viento se incrementó, se avecinaban vendavales. Se apresuró a bajar por entre los escarpados riscos. Requirió hacerlo con cuidado, las nubes taparon la luna y ya no hubo luz con la cual pudiese guiarse entre los despeñaderos. Minuto a minuto la situación se tornaba más peligrosa. En su cara percibió los primeros copos de nieve. En poco tiempo la nevada se intensificaría y se verían impedidos de salir del bosque. No había otra opción que partir cuanto antes. Encontró a las mujeres abrazadas alrededor de Regina para brindarle calor. «Tenemos que irnos ya», les advirtió Jack. La madre se volvió a verlo con una mirada implorante, «¿ahora?». Jack asintió. «Sí, ahora». Había que darse prisa. Resolvieron dirigirse hacia el oeste por la misma ruta que tomó Evariste. Con rapidez, colocaron las monturas sobre los caballos y con esfuerzos lograron subir a Regina al lomo de su caballo. Aun sin abrir los ojos, soltó un gemido. Hélène le acarició la cabeza, «todo va a estar bien, hijita», le dijo y comenzó a llorar. Las ventiscas incrementaron su virulencia. «Vámonos», mandó Jack. Ató a Regina a la silla para que no se cayera, subió en su caballo y guio a las mujeres por entre los pinos hacia el oeste.

1887

nos preparamos para la llegada de los bárbaros saberlos a punto de invadirnos causó entre nosotros una tensión inaguantable ignoro si en tus tantas batallas experimentaste lo mismo el tiempo parece transcurrir a otra velocidad las aves parecen volar más lento los ruidos se escuchan opacos los rostros se contraen las manos se crispan los músculos del cuello se anudan la espalda se envara el estómago se contrae cuesta trabajo hablar la respiración se entrecorta la espera de un enemigo multitudinario del que sabes que arrasa con vidas y propiedades quebranta hasta el ánimo más plantado Michael que no era ningún pusilánime que demostró su bizarría en innumerables ocasiones y que no se achicaba frente a nadie cuando se escucharon cercanas las voces de los vándalos fue presa de un temblor creciente la pistola le bamboleaba en la mano al grado que sentí que podía írsele un disparo y matar a uno de nosotros me asomé por la ventana de nuestra recámara y vi que a menos de una milla por entre los plantíos avanzaban los azules adelante marchaba la infantería compuesta por filas de decenas de hombres con los fusiles listos para accionar los seguían convoyes de mulas que arrastraban cañones y al fondo jinetes en caballos acostumbrados a las descargas y a los fragores de las batallas no me cupo duda de que nos masacrarían y que ni uno solo de nosotros saldría con vida el contingente se estacionó a trescientas yardas de la casa lo interpreté como la última ocasión que nos brindaban para huir le planteé a los guardias la posibilidad ninguno aceptó los nueve se comprometieron a pelear hasta la muerte hombres valerosos como los que más cuya lealtad me conmovió fue aterradora la experiencia de sentir tan próximo al enemigo de que el viento trajera a nosotros sus conversaciones el humo de las fogatas en las que cocinaban el olor de sus caballos agobiaba saber que un grupo de seres humanos se planta en las proximidades con el único objetivo de liquidar a quienes se hallan frente a ellos de saquear sus propiedades e incinerarlas me carcomía el alma admitir que el legado de los Wilde sería destruido que los negros bajo mi égida acabarían asesinados y que acribillarían sin piedad a mis valerosos guardias esa impotencia sí que ahoga la garganta tú que estuviste del lado de los invasores cuéntame qué emoción te dominaba al sitiar los ranchos mexicanos y que aniquilaras a decenas qué se siente estar del lado de los asesinos de los que desvalijan sin mediar ningún tipo de escrúpulo cómo me gustaría atisbar por entre las concavidades de tu cerebro para entender qué mecanismos actúan en aquellos que se dedican a devastar como la legión de mercenarios estacionados en las tierras en las que mis ancestros derramaron su sangre y la sangre de indios y de negros aquello que por generaciones se edificó a costa de un sinnúmero de vidas corría la amenaza de ser borrado de la faz de la Tierra daría cuanto fuese porque los yanquis supieran que por la noche se apersonaron Joshua y Jareth en representación de los esclavos para ofrecerse a pelear de nuestro lado cómo me hubiese gustado que el fratricida de Ulises Grant y el granuja de Lincoln los escucharan ellos tan mojigatos tan gazmoños frívolos defensores de esclavos sin saber que entre los negros y nosotros existían lazos irrompibles de que el Sur era una amalgama de tradiciones con arraigo entre ambas razas Joshua se ofreció a luchar a nuestro lado *señora Lloyd* aún me llamaban por tu apellido *queremos luchar junto a ustedes* agradecí su gesto pero sabía que ponerlos en la línea de combate significaría su inevitable sacrificio *pelearemos contra ellos con esto* dijo y alzó un machete *o con los puños o con palos no les tememos a los yanquis* enternecida por su anhelo de justicia me negué *no puedo aceptar su oferta no cargaré su muerte sobre mi conciencia reúne a los demás esclavos y vayan a refugiarse entre las arboledas del río y si es necesario métanse en el agua y naden hasta un lugar seguro* insistieron en unirse a nosotros me mantuve firme en mi negativa debía velar por su integridad física así tuviese que pagarlo con mi vida no pegué el ojo durante la noche deseaba estar consciente de cada segundo de las que podían ser mis últimas horas saborear cada instante del casi inequívoco final de mi existencia en la madrugada escuché relinchos gritos órdenes los esbirros azules se preparaban para acometernos en tus incursiones alguna vez atacaste por la madrugada amparado en la oscuridad como un vil cobarde lo dudo conociéndote no te veo preparando un asalto sin darle al otro posibilidad de protegerse la transparencia debería ser una ley inalterable de la guerra debe permitírsele al otro preparar su defensa o al menos contar con tiempo para despedirse de este mundo de un modo decente no fue así estos supuestos liberadores de esclavos llegaron a las puertas de Emerson cobijados por la negrura apenas iluminados por la luz de las estrellas sus figuras se delineaban en el horizonte le pedí a los guardias que aguardaran dentro de la casa prendí una tea y sola salí al porche apenas puse un pie afuera fui rodeada por decenas de soldados enemigos

1881

Desperté embarrado de vómito en medio de los corrales. Desde una de las trancas, Chuy me observaba, encorajinado, «mira nomás el pinche borlote que armaste, cuántas chingadas veces te dije que no mascaras la "cinco chichis" tú solo». Me levanté con trozos de comida revuelta apeñuscados en mi camisa, apestaba a tlacuache muerto. Miré a mi alrededor, un botadero de cabras se hallaban destripadas por todos lados. Unas cuantas quedaban vivas y balaban de dolor en medio de charcos de sangre. «¿Fueron los apaches?», pregunté como quien no quiere preguntar. «Qué apaches ni qué la chingada, fuiste tú, grandísimo cabrón». Según yo, había peleado cuerpo a cuerpo contra un espinazo de indios. Me acordaba de haberme metido doce, nomás que no había rastro de uno solo muerto. «Ni los osos matan tantas cabras, tumbaste veinte, buey». Si había sido yo, la había regado feo. En la región las cabras casi valían su peso en oro, aguantaban las sequías más canijas, se enfermaban poco y hasta pagaban por ellas más que por las vacas, que se morían tantito faltaba el agua. La gente decía que las cabras comían piedras y un buen hato le daba pa vivir a dos o tres familias. Estas que me escabeché eran el patrimonio de Chuy, que había preferido invertir sus ahorros en ellas y no en terneras. Matarle veinte le pegaba duro, casi la cuarta parte de las que tenía y para colmo, doce de las que apuñalé estaban preñadas y dos acababan de parir. Chuy había oído un escándalo en los corrales y pensando que un oso o un puma le estaba matando los animales, corrió rifle en mano para encontrarme a mí acuchillándolos. «Llegué cuando ya habías tasajeado a un madral y andabas pegándole de puñaladas al aire. Luego empezaste a devolver el estómago. Vieras las chicas arcadas que dabas. No me metí al corral porque en una de esas me rajabas el cuello, tan pinchemente poseído te veías. Te juro que de no saber que te tragaste una "cinco chichis" hubiera creído que se te metió el chamuco. Luego caíste como costal y te quedaste tumbado en el polvo. Ahí te dejé durante la noche para que el frío te calara, a ver si te desapendejabas. Pero ni madres, te quedaste ahí tirado durmiendo la mona. A ver ahora cómo chingados enderezas el entuerto». El carácter de Chuy era muy al pasito, tranquilón el viejo, ahora el encabronamiento se le escurría por el cuerpo. Verlo así me impuso. Por necio y por baboso fui a mascarme la «cinco chichis». Si me hubiera esperado a que Chuy me supervisara, otra cosa hubiese sido. Nomás de pensar que con el cuchillo me enfilé a una veintena de cabras, me encogió el cogote. Traje la cola entre las patas por un largo rato. No me habría alocado si no fuera porque el coraje de lo de mi abuelo me traía cogido de los tanates. Se me infiltró hasta los huesos y por dentro se me hizo un batidillo de emociones: rabia, tristeza, decepción, furia. La «cinco chichis» lo único que hizo fue destapar el caño. Me hizo vomitar años de orfandad, años de la perra incertidumbre de no saber quién era mi padre, del remordimiento de pensar que por mi culpa mi mamá se había muerto. Recreé en mi imaginación los que pienso que fueron sus últimos momentos: cargarme entre sus brazos, limpiarme, pegarme a su pecho para sentirme cerquita, darme un beso. Cuánto debió pesarle desprenderse del chamaco que tuvo dentro de la panza por nueve meses. Asustada, lejos de la casa, sin agua, en medio de la llanura polvorienta, la vida se le juía del cuerpo. La imagino apagándose poco a poquito, aturdida, con la respiración entrecortada, sabedora de que al morir ella, moriría yo. Sus planes, sus anhelos, su futuro se amazacotaron entre el polvo, los jugos del parto, el sudor, mi llanto, los aullidos de los coyotes, el vuelo rasante de las huilotas, el monte asilenciándose al ponerse el sol. ¿Cómo se puede crecer en paz cuando sabes que por nacer te llevaste a tu madre entre las patas? Se puede fingir que se es normal y que la vida sigue, puro cuento. Mi vida se detuvo cuando ella volteó a verme antes de desguanzarse como un espantapájaros. Esos recuerdos imaginados se convirtieron en la leña de mis pesadillas y eso debí vomitar cuando me tragué la «cinco chichis». Vomité la lejanía del señor que decía ser mi abuelo, vomité su abandono, vomité la angustia de ser, de por vida, un arrimado. Y al vomitar ese amasijo de verdades, mi cuerpo comenzó a rebosarse de otras verdades mucho más jodidas que las otras. Dos fuimos los asesinos de mi madre: yo, que algo debí reventarle por dentro, y el ojete que se montó sobre ella y la preñó. Yo me puedo excusar, ni modo que como recién nacido tuviera la intención de mandar a mi madre a la tumba. El otro, el que se la cogió cuando ella aún tenía trece años, ese sí lo hizo a la mala, con dolo, con literales ganas de chingar. Ni la calentura, ni el pretexto de los friazos del invierno para buscar un cuerpo calientito, ni quesque la confusión de los enamoramientos, justificaban al cabrón que lo hizo. Y si fue mi abuelo, qué verdadero hijo de todos los chancros fue al calificarla de puta y de ofrecida. Puto él que la secuestró para tenerla para él solo y se la empalmó nomás porque ese día trajo ganas. Hice lo que pude en esa cabeza mía para deslindar a mi abuelo de mi concepción. Lo hice porque estaba caminando pegadito a los bordes de la locura, a punto de resbalarme hasta el fondo, y cualquiera sabe que de la locura no se vuelve, que cuando se cae a los abismos ya no hay manera de trepar de regreso, que los muros son resbaladizos y que no hay ni una méndiga saliente de dónde agarrarse. Para no quedarme embovedado allá abajo, borré la idea de que mi abuelo fue el que se cabalgó a mi madre. En las pobres chivas volqué mi terror a rodar hacia los ramalazos y los desvaríos de la locura. Si no las hubiese matado, me habría matado yo mismo. Eso fue lo que las plantas me susurraron y en su momento no entendí, «estás a un pelito de la muerte, tú sabes si cruzas pa ese lado o te quedas de este». Y me quedé de este y, para eso, se tuvieron que ir ellas. Por más que trabajara en el rancho para pagarle a Chuy, no lo iba a lograr. Veinte chivas y los cabritillos que muchas iban a parir eran un dineral que ni vendiendo mi alma al diablo iba a juntar. A Chuy le llevó semanas perdonarme, se asilenciaba apenas me veía y no me volteaba ni a ver. Al principio, hice la lucha por acontentarlo, luego el que se emputó fui yo. Si había sido él el que con sus insidias y sus «puede ser pero no» hizo que me sulfurara. Una mañana me le planté. Él estaba ocupado sacándole gusanos de la nariz a las cabras que quedaron vivas. De esos gusanos que se les meten por las fosas nasales para chuparles las salsas del cerebro. Como estaba sentado, ya no le dio tiempo de pararse e irse. Le reclamé que por andar de hablador me había reventado por dentro, que él tenía la culpa de que yo estuviese de enfadoso. «El que busca la verdad merece el castigo de encontrarla», me dijo, «y tú has estado buscándola duro y dale por años, así que, o te aguantas, o dejas de estar chingando por hallarla». Su boca escupió pura razón, «el castigo de encontrarla», no pudo decirlo mejor. Y sí, la verdad puede ser como una brasa que se te mete por las venas y te va quemando por dentro. O como los gusanos que se retorcían entre las pinzas de Chuy, que se van hasta el fondo de tu nariz para sorberte los sesos. Y esta verdad, o el puro atisbo de que lo fuera, me estaba chancomiendo. Me dieron ganas de ir derechito con mi abuelo y preguntarle que si él era o no mi padre. Que ya me quitara la pinche duda, nomás que conociéndolo, como respuesta me pegaría un balazo. Él no era un hombre al que se le podía uno enfrentar así, de repente. Llevaba pólvora en la sangre y se precisaba una chispita para hacerlo estallar. Y me lo heredó, yo creo, porque a partir de ese momento empecé a prenderme con cualquier minucia. Ya no tuve humor para las bromas ni para andar en el argüende. Comencé a callar más, a concentrarme más, a no andar gastando saliva en tonterías. Quería endurecerme por dentro, ser como él: reseco, bravo, rijoso. Que nadie me contara cuentos ni me quitara el tiempo en babosadas. Me prometí nunca más beber sotol enviborado ni ningún otro tipo de alcohol. Andaría siempre al tiro, girito para lo que viniera y no embrutecido por el trago. Tampoco volvería a mascarme ni un pedazo más de la «cinco chichis». Con lo que tuve ya estuvo bueno. Nadie sería más recio que yo. Me convertiría en la tierra en la que había nacido: rocoso, cortante, violento, pugnaz. Y si mi abuelo no quería confesar la verdad, ya me las arreglaría para ver cómo la desembuchaba.

2024

Pese al esfuerzo por externar lo contrario, saberse descendientes de una esclava incomodó a los Morgan. No se consideraban racistas, sólo no creían apropiado que blancos y negros se mezclaran. «Por las diferencias culturales, no por otra cosa», aseveró la señora Morgan cuando en un exabrupto durante la comida sentenció que ella no se imaginaba un yerno afroamericano. El padre relató sobre su experiencia en el ejército y como jugador de futbol colegial. «Los negros son personas como cualquiera de nosotros, sus derechos deben ser iguales a los nuestros, sin embargo, no podemos negar que proceden de una historia distinta y, por tanto, poseen una marcada diferencia en hábitos y costumbres». Peter sonreía ante la clara negación de sus raíces negras, hablaban como si en sus venas no palpitara sangre africana. Le debían su fortuna al hijo mulato de Henry Lloyd, que habilidoso supo encubrir su identidad negra al grado de engañar a sucesivas generaciones. ¿Cuántos millonarios como sus suegros no se sabían descendientes de esclavos negros? Quizás hasta en su familia. Eso le hubiese parecido la mar de divertido. Su bisabuela Rose categorizaba «los tonos aceptables de piel» bajo una particular y arbitraria paleta de colores humanos. La bisabuela llegó al colmo de prohibir el matrimonio de una de sus hijas con un pretendiente porque, al verlo en traje de baño, juzgó «oscurita» la parte baja de su espalda. Error craso, el tipo resultó un as en los negocios y forjó una fortuna millonaria. Ambas familias habrían entablado una alianza provechosa, pero «el color es el color», zanjó la abuela cuando le cuestionaron su falta de visión. Le horrorizaba pensar que uno de sus nietos tuviese sombreada esa parte de la espalda, sin duda, remanente de una línea genética de esclavos. Con seguridad, alguna bisabuela de Betty debía pensar de manera semejante. Pensó en la espalda baja de Tom y de su novia, en ninguno de los dos renegreaba, muestra de que sus antepasados habían realizado una brillante labor de blanqueo. La piel de ambos exhibía un color digno de un vaso de leche y bastaba media hora al sol para adquirir una diversidad de carmines encendidos. Jonas se casó con una mujer blanca que, al parecer, pasó por alto que su marido era mitad negro. De los seis hijos que procrearon, dos de ellos, una mujer y un hombre, presentaron rasgos africanos: pelo rizado, tez color canela, labios gruesos, nada que no se pudiese arreglar casándolos con otros blancos. El exitoso lavado ahora pasmaba a los Morgan que, a pesar de sostener cuán orgullosos se sentían de sus orígenes, en el fondo los avergonzaba y, contrario a sus hijos, no vieron en ello motivo de presunción. En una cena, Peter, Betty y sus suegros determinaron la fecha de la boda: el doce de febrero, sin saber que habían fijado el día en que, tiempo después, él y Henry se casarían. Los Morgan acordaron reunirse con McCaffrey para una sesión. En los legajos que llevaban había registros de matrimonio, bautizos, decesos, así como estados contables, documentos legales y escrituras que databan de 1853, año en que los hermanos Adams recibieron de su padre la propiedad de las huertas de nogales en Nuevo México y las escrituras de la plantación Emerson que heredaron en 1888. Además trajeron fotografías de sus antepasados y un falso árbol genealógico que les hizo un dizque historiador, claramente un embustero. McCaffrey se preparó con minuciosidad para la entrevista con valiosa documentación que los investigadores a su cargo habían conseguido y que contrastaría con aquella que los Morgan le presentaran. Henry propuso volar a todos en su avión privado al rancho que poseía en Uvalde: el Santa Cruz, y que fue de los primeros de los que tomó posesión Henry Lloyd. Una inmensa propiedad de setenta y ocho mil acres dentro de la cual se criaban reses Angus, Hereford y Longhorn, se explotaban minas de plata y en la que doscientos pozos producían petróleo de calidad WTI. En ese y otros ranchos de su propiedad, los Lloyd habían descubierto yacimientos de gas y de petróleo de esquisto y, según lo anunció Henry, con las nuevas técnicas de *fracking*, pronto Texas sería el mayor productor de combustóleos del mundo, por encima de Arabia Saudita y Venezuela. Los Morgan aceptaron con la condición de que esa misma aeronave los llevara a Atlanta en tres días porque Mark había citado a una junta de consejo y Leslie era anfitriona en una cena del patronato de las empresas Morgan que apoyaba la educación religiosa y moral en las comunidades pobres del Sur y que no era más que una tapadera para evadir impuestos. El rancho impresionó a las visitas. Nunca imaginaron, no sólo la dimensión de la propiedad que se extendía por docenas de millas, sino el impecable gusto arquitectónico del conjunto de edificios. Diseñadas por la firma Lake/Flato, la casa principal, las seis cabañas para visitas y las palapas se integraban al paisaje de manera orgánica. Al frente habían construido un lago artificial de cincuenta acres en el cual sembraron lobinas de boca ancha, bagres y mojarras para pescar. En los terrenos deambulaban animales de especies endémicas, como osos negros, pumas, venados cola blanca, pecaríes y pavos silvestres. Un paraíso para pescadores, cazadores, observadores de aves o para quienes quisieran placerse con la naturaleza. Arribaron directo a un almuerzo de rib eyes, tomahawks, faisanes, caviar beluga, quesos franceses, vinos californianos y, no podía faltar, bourbon Buffalo Trace. Al término de la comida, Henry llevó al grupo al desierto en busca de fósiles y de puntas de flechas. «Esta región estuvo cubierta por el mar y luego por selvas, esa es la razón por la cual hay tal cantidad de gas y de petróleo en el subsuelo. También fue territorio apache, por eso es posible encontrar pedernales y algunos artefactos de cocina. Habrá un premio al que encuentre uno primero». Los invitados escudriñaron el terreno, con el pie movían piedras o arbustos y se agachaban a limpiar el sitio con las manos cuando creían ver un fósil o una punta. El primero en hallar algo fue Tom. En una cantera arenosa descubrió una almeja fosilizada y unos cuantos ostiones petrificados. Al rascar notó que se trataba de un filón: decenas de fósiles marinos se encontraban bajo el suelo arcilloso. Extrajeron uno por uno, al fondo hallaron una losa en la cual pequeños peces prehistóricos se encontraban incrustados. Debió ser una pequeña playa, al bajar la marea, decenas de seres quedaron varados y con el tiempo la arena se endureció petrificándolos. Loaron el hallazgo de Tom, a quien Henry le otorgó el título de paleontólogo honorario del Rancho Santa Cruz. El premio consistió en una calavera de toro Longhorn adornada al estilo apache. Por la tarde, Henry los llevó a recorrer los cascotes de las que fueron las viviendas de los antiguos pobladores del rancho. La casa junto a los antiguos corrales era la mejor conservada, la única del conjunto que los Lloyd habían arreglado. Aún podían verse las vigas originales que sostenían el techo y los anchos muros de adobe. La denominaban la «Casa Chuy», en honor de un antiguo caporal del rancho y la usaban para hospedar visitas. En la parte de atrás, en un cerro, se encontraba el pequeño cementerio con tumbas edificadas con piedras y en cuyas lápidas venían labrados el nombre y las fechas de nacimiento y de muerte. El grupo se detuvo frente a la más grande, enclavada en la parte alta de la ladera. Intentaron leer sin éxito las letras semiborradas por la erosión del viento. Henry reveló que un arqueólogo chicano, contratado por su padre para explorar las ruinas de la hacienda en busca de vestigios históricos, logró descifrar el misterio: «Elena Sánchez, 1807-1821. Siempre vivirás en mi corazón. Tu hijo, Rodrigo». «Está en español, si se fijan bien se marcan aún algunas letras s-i-e-m v-i-v-i-r-a e-n m c-o-r-a-z». Leslie se acercó a ver la fecha. «¿Vivió sólo catorce años?». Henry asintió. «¿Y a esa edad tuvo un hijo?», inquirió, extrañada. Al lado de la tumba de la mujer se hallaba otra con una burda inscripción tallada en piedra, «Rodrigo Sánchez, 1821-1841». «Esta debe ser la tumba de su hijo», agregó Betty, «también murió muy joven, como su madre». Leslie hizo notar la coincidencia entre los años de muerte de la mujer y el nacimiento del hijo. «La madre debió morir por complicaciones del parto», concluyó. «No sabemos si las fechas muestran los años en que vivieron o si se refieren a una etapa en específico. Esta mujer debió ser importante, el rancho contiguo al nuestro perteneció a Rodrigo Sánchez, antiguo socio de Henry Lloyd. Se llama Santa Elena en honor a ella. No sabemos cuál pudo ser la relación entre los dos Rodrigos, si uno era hijo del otro o primos, el que fue socio de Lloyd está sepultado en el Santa Elena». McCaffrey se acercó al sepulcro y miró con atención el apellido, «esta debió ser propiedad de José Sánchez Martínez, fue de los primeros ranchos que invadió Henry Lloyd. Se asevera que después de capturado, a Sánchez Martínez se le torturó hasta la muerte». La develación sobrecogió a los Morgan, «este lugar debe estar habitado por fantasmas», bromeó Betty. «No sabemos a ciencia cierta qué sucedió. No hay registros fidedignos. Pudo o no acontecer cuanto nos narró el profesor», sentenció Henry. A McCaffrey le molestó ser rebatido frente al grupo. Había estudiado a fondo documentos de la época y con claridad se especificaba, en numerosos testimonios escritos, lo que acababa de relatar. Decidió no darle mayor importancia. Se hallaba en el centro de su pesquisa, el territorio que Lloyd asoló para hurtar sus posesiones a los mexicanos que quedaron del lado americano. El grupo continuó el recorrido y McCaffrey permaneció frente a la tumba. El Rodrigo que firmaba la lápida de Elena Sánchez, ¿sería el mismo Rodrigo Sánchez que decidió unirse al ejército de Lloyd y que fue considerado un traidor entre los suyos? El apellido Sánchez en México era tan común como Smith en Estados Unidos, no sería raro que ostentaran el mismo nombre y apellido. La historia se le presentaba en su forma más desnuda y directa. Necesitaba abrir bien los ojos por si en el futuro no gozara de la ocasión de volver.

1892

Lloyd a James y a mí a vigilar a Leonard nos mandó. «Quiero saber cuánto en el pueblo hace». A la taberna cada noche asistía. Nosotros sólo por las ventanas podíamos asomarnos, la entrada a los negros prohibida. Escuchar, atisbar. En su intento por caer bien Leonard un chiste tras otro contaba. Risotadas de los demás se oían. A los parroquianos Jack Barley les aseguró ser. «Soy Jack Barley y a Henry Lloyd vine a buscar». Algunos con seriedad lo miraban. Henry Lloyd era de armas tomar, con tal ligereza de él uno no debía expresarse. Al salir de la taberna su caballo montaba para a la casa de la viuda dirigirse. En el camino al animal le hablaba como si una persona fuera. Un parloteo ininteligible. Esperábamos hasta verlo entrar y que la luz de su cuarto apagara. El cristal de la ventana roto seguía. Ronquidos suyos se escuchaban. James y yo en la casa del pueblo dormíamos. Jayla, sin que le importara que James la viera, desnuda se paseaba. Él la miraba y ella, coqueta, le sonreía. Un error grave si James deseara con ella acostarse. Lloyd no lo perdonaría. Sólo él podía autorizar a otros cogérsela. Una mañana, en un sillón, Jayla sentada se hallaba, abiertas las piernas, el oscuro triángulo al aire. James, frente a ella, observándola. Peligroso su juego. Si Lloyd de improviso llegara, a los dos mataba. Llamé a James para a Leonard salir a buscar. Necesario de Jayla distraerlo. Húmedo y cálido el día. Por la calle lo divisamos y al verme a la distancia Leonard me llamó. «Amigo, ven». James con duda volteó a mirarme. Con una seña le indiqué que con él fuéramos. Leonard con una sonrisa nos recibió, «dinero del cielo me ha caído, necesito más, ¿dónde un trabajo consigo?». James y yo, callados. Henry Lloyd en la mira ya lo tenía. «¿También tú mudo eres?», a James lo cuestiona. «No», le contesta. «Aquí llegué porque trabajo dijeron que había y nada hallo». «A Lloyd, ¿para qué lo busca?», James le pregunta. Un error pienso que James comete. Los negros discretos debemos comportarnos. «¿Tú lo conoces?». «Mi patrón es», James responde. «Con él llevarme deberías, quizás a mí trabajo podría darme. Si no, a este caballo obligado me vería a vender y no quisiera, porque desde potrillo lo poseo. Mi familia este caballo es, ¿entiendes?». El animal a vernos voltea. «¿Jade?», me pregunto. Podía ser ella, misteriosas eran sus apariciones. Jade lodo, lluvia, viento, grillos, ciervos, nube. «Entiendo», James responde, «guardias ahora Lloyd no necesita», le explica. Leonard sonríe, «ni del manejo de un arma sé», dice burlón, «en la cocina puedo ayudar, en las caballerizas, algo de números conozco, como contable experiencia tengo». En silencio permanece un momento, «Soy Jack Barley, él de mí debe saber», agrega. El plan de Jade a la perfección resulta. Ya antes Henry me advirtió que a Barley del todo no lo había matado. Ahora matarlo del todo podía. Durante la mañana a Leonard James y yo seguimos. Calor denso como un muro, charcos en las calles. Leonard de un lado a otro en su caballo transitaba. Por la tarde a la taberna entró y James y yo a la casa volvimos. A Leonard, para que la mentira hasta el fin llevara, otras monedas debía darle. Evitar que del pueblo se fuera. De debajo de la duela otras monedas saqué. En un papel escribí, «más dinero habrá si Jack Barley dices ser. A Lloyd no ceses de buscar». Por la noche de la casa salgo sin ser visto. Las oscuras calles recorro. Rastros míos no deben quedar. Me fijo por dónde piso. Procuro piedras, troncos, pastizales. Por la parte de atrás de la casa de la viuda camino y al cuarto de Leonard me dirijo. Las monedas en la nota envuelvo y por la ventana rota las aviento. Cuando por la noche vuelva las encontrará. De espaldas, por la misma ruta regreso. Con una rama borro mis huellas. A la casa vuelvo. Sólo la luz de una vela en el cuarto de Jenny. A James no lo hallo. Ruidos en el cuarto de Jayla se escuchan. Por la puerta me asomo. La luz de la luna a los dos ilumina. Ella sentada en el borde de la cama con las piernas abiertas. De rodillas él su triángulo lame. Los dedos de Jayla su pelo acarician. Chasquidos de lengua se oyen. Sin avisar entro y de la nuca a James agarro. Grita Jayla y con una bofetada la enmudezco. Apretando a James de la nuca sobre el sillón de la sala lo arrojo. Agitado respira. Jayla en el quicio de la puerta se recarga. «Nadie vio, ni verá». Sonrisa de mujer desnuda. Adentro de la habitación la empujo. Mi mano toma y la besa. «Buenas noches, negros malditos», dice con sonrisa maldita. Con James vuelvo. De la nuca de nuevo lo tomo, a la calle lo echo y la puerta tranco. Salvar su vida deseo. La de Jayla y la de él. Lloyd a los dos podría asesinar. El idiota de James no lo comprende. Al cuarto con Jenny voy. Jonas en la cama junto a ella, su rubio cabello por entre las sábanas se asoma. Japheth en su cuna. «Jonas vomita mucho», Jenny me explica. Los respiros del bebé son pausados. En su frente la palma de la mano pongo. «Temperatura no tiene, le cayó mal algo que comió». El pequeño homicida. Al lado de Jenny me acuesto. Con sus regordetes brazos me abraza. «Descansa». En sus senos mi cabeza recargo. Suaves, acolchados. Senos que a un hijo ahora muerto amamantaron. Dos días el niño duró. Por un negro fue violada. Mucho antes de que a Emerson llegara. Lloyd a quien violase lo castraría. Un negro en tiempos de Lloyd se atrevió a hacerlo. A Jedidah violó. Al enterarse Lloyd, un fierro de herrar en la lumbre mandó poner. «¿Eres caliente?», le preguntó, «caliente de por vida serás». Entre cinco los pantalones le bajaron. Henry en los genitales el fierro candente colocó. Los testículos y el pene se derritieron. Humo y gritos, peste a quemado. Horror, mas el castigo merecido era. «Lo saben ya, por la fuerza a una mujer no pueden tomar». Meses después se ahorcó el negro. Jenny en su pecho me recibe. Mi oreja pongo y su corazón escucho. Tun, tun, tun. El ruido de la vida. Tun, tun, tun. El río de su sangre. Hijos aún dentro de ella habitan y por salir claman. Parecen llamarme. «Une tu sangre a la nuestra y danos la existencia», dicen. Poco a poco, me duermo.

1878

Bob no reparaba ni en edad ni en género, niños, mujeres, hombres, ancianos, éramos forzados a cumplir con trabajos en horarios inhumanos, despertábamos a las cuatro de la mañana, sin comer, y antes de que levantara el sol ya nos encontrábamos en los campos listos para laborar, tampoco le importaba si llovía o helaba, nuestro deber era seguir adelante, así arruináramos los caminos, aplastáramos las cosechas o cayéramos enfermos, el aire frío y húmedo menguó la salud de muchos, «siento que mis pulmones son una caja de madera», me dijo Jachin un mes antes de morir, «por más que inhalo el aire no entra», trabajar en la lluvia era lo peor, los pies se nos llenaban de hongos, sufríamos de fiebres, la garganta se nos cerraba, no entendíamos por qué nos obligaba a hacerlo, al arar en terrenos inundados, más que abrir surcos, el barzón dejaba un batidero de lodo, el paso de los caballos estropeaba los barbechos y dejaba la tierra inútil para sembrar, nuestras pisadas arruinaban los brotes recientes de maíz o de trigo, eso no parecía interesarle a Bob, a quien el rendimiento de la plantación lo tenía sin cuidado, su deseo era demostrar que él mandaba, que su autoridad era incontestable, Wilde veía preocupado que la hacienda no era lo suficientemente productiva, Bob alegaba que no podía permitir que los esclavos nos sintiéramos «cómodos», según él, los trabajos excesivos nos restaban energías para confabular posibles sublevaciones, «el ocio nutre la rebeldía», en la región Bob gozaba fama de conocedor de técnicas agrícolas y pecuarias y era reputado por ejercer un firme mando sobre los esclavos, no lo demostró en ningún momento, si conociese de agricultura no habría permitido jamás los destrozos en los labrantíos al exigirnos trabajar en temporada de lluvias, su necedad de ordeñar vacas con las ubres húmedas provocó enfermedades y no hubo una sola cría que naciera viva, la lana se pudría al trasquilar ovejas con la pelambre mojada, en su avidez por maltratarnos cometía un error tras otro, eso jamás sucedió con Lloyd que, conocedor hondo de la naturaleza, le otorgaba respiro a las tierras y tiempo para regenerarse, antes de aparecerse por la plantación y hablar con el señor Wilde, investigó el estado de la hacienda y sus problemas, sabía que los campos de algodón producían menos que los de las plantaciones vecinas, supo cuán dañados quedaban los sembradíos por las malas prácticas de su administrador, se enteró de los numerosos animales enfermos, pero lo más grave, la merma económica que significaba la cantidad de esclavos muertos por su negligencia, ¿de qué le servía a Wilde comprar negros africanos de probada fortaleza física si por desatinos de su capataz fallecían?, un esclavo era un activo importante y caro como para perderlo por tonterías, Lloyd se presentó con Wilde con un plan puntual y prometió revertir las cuantiosas pérdidas provocadas por la torpeza de Bob, la suya no fue la hueca labia de un charlatán, fue metódico y preciso, y expuso un plan estructurado con metas sólidas y alcanzables, Wilde, deslumbrado por la perspicuidad y el pragmatismo de Lloyd, tomó la drástica decisión de echar a Bob y a su equipo para entregarle las riendas de Emerson, Lloyd actuó con prontitud, por la tarde ya había suplido a los guardias despedidos con hombres con los que se apalabró con anterioridad, les explicó a detalle el riguroso programa con el cual pensaba administrar la plantación, prohibió los vejámenes gratuitos y se reservó el derecho de ser él quien aplicara los castigos a los esclavos, delineó la forma en que ellos debían colaborar con él, nada de alcohol, puntualidad, respeto a los trabajadores y compañeros, rectitud e inamovible apego al plan predeterminado, cuando Lloyd se presentó con nosotros, nos reunió en círculo, expuso que él era el nuevo mandamás y que habría cambios en las reglas, la hora de comienzo del trabajo sería a las seis y media de la mañana, dos horas más tarde que con Bob, y duraría diez horas, por lo que estaríamos libres por las tardes, los guardias recibieron estrictas órdenes de no azotarnos con el látigo a menos que se presentaran casos graves que dieran mérito a una acción inmediata, nos exentó de trabajar los días de lluvia o de heladas para no estropear los sembradíos, impuso cuotas mínimas a las pizcas de algodón, quienes las cumplieran a diario durante un mes recibirían dos días de asueto extra, laboraríamos sólo hasta el mediodía del sábado y los domingos serían de descanso, si alguno de nosotros enfermaba y a su consideración era por un padecimiento serio, podíamos no asistir al trabajo y ser revisados por un médico, a partir del sexto mes de embarazo las mujeres podían laborar sólo media jornada y se les otorgarían diez días de reposo después del parto para recuperarse y para atender al recién nacido, nos quedamos atónitos, sin explicarnos el porqué de tan benévolas medidas, al enterarse de cuanto planteaba, varios propietarios se encresparon, cómo era posible que ese forastero viniese a alebrestar a los esclavos, a tornarlos en vagos y sediciosos, fueron a presionar al señor Wilde para que lo despidiera, «sus gestiones van a crear olas y repercutirán en todos nosotros», protestó uno de ellos; contra pronóstico, Wilde confió en Lloyd, su nuevo administrador no improvisaba, había trabajado en destiladoras de whisky, en navieras en Rhode Island, en plantaciones de tabaco en las Carolinas, en cada una de estas experiencias había recogido hábitos y virtudes instrumentales para aumentar nuestro rendimiento y desechaba las prácticas que menoscaban nuestra productividad, apenas a la semana de su llegada efectuó un cambio todavía más radical, incrementó las porciones de comida e incluyó carne o huevo tres veces al día cuando Bob nos alimentaba con escasas raciones de arroz y frijoles y ocasionales pedazos de vísceras de puerco; Lloyd era consciente de que esclavos bien nutridos trabajaban con mayor eficiencia y presteza, sus lineamientos brindaron frutos y apenas a los dos meses la plantación comenzó a prosperar, Bob, que había apostado al fracaso de Lloyd y que pensaba que Wilde iría a rogarle que volviera, para lo cual había pensado en exigirle un sueldo exorbitante, se frustró cuando se enteró de la floreciente expansión económica de Emerson gracias a los aciertos de quien ahora consideraba su enemigo, pero él no era de aquellos que se quedaban cruzados de brazos y fraguó su asesinato para recuperar su puesto.

1817

El temporal se intensificó. Los caballos apenas podían avanzar entre los bancos de nieve. Los ventarrones complicaban aún más la marcha. Sin estar preparados para la helada, corrían riesgo de sufrir de hipotermia. El frío también podía matar a los caballos. El aire helado los deshidrataba y llegaría el momento en que no lograran moverse más. Quedarse varados en el bosque les significaría la muerte. La opción para salvarse era sacrificar los caballos, abrirlos en canal, sacar las vísceras y meterse dentro de su vientre caliente y vaporoso para resistir la nevada. Jack no mataría a uno solo. Eran animales sagrados, compañeros de vida que debían respetarse. El viento se tornó gélido. Apenas podían sostener las riendas de los caballos por el severo helamiento de sus manos. Los copos de nieve, propulsados por las ventiscas, lastimaban sus rostros como si fuesen pequeñas agujas. Las constantes corrientes de aire substraían el calor de sus cuerpos y Carla fue la primera en mostrar signos de hipotermia. Lánguida, empezó a escurrirse sobre la montura. «No puedo más», susurró, ni Hélène ni Jack la escucharon. «No puedo más», alzó la voz. Imposible escucharla con el rugido del viento. Si por ella hubiese sido, se hubiera tirado a la nieve y abrazado las piernas para dormir. Porque eso era lo que más deseaba, dormir, cerrar los ojos al frío, a la oscuridad, a su hermana que parecía más muerta que viva. Cerrar los ojos a los enemigos que trataron de matarlos, cerrar los ojos al incierto regreso de su padre. Cerrar los ojos y no abrirlos sino hasta que se le quitara el punzante dolor de cabeza, silenciar el atronador bufido del viento. «No puedo más», volvió a decir tiritando, «no puedo más, no puedo más, no puedo más». Fue inútil, sus palabras eran inaudibles para Hélène y Jack. Clavó la cabeza en el pecho y se arrulló con el bamboleo del caballo. Por suerte, Jack notó que se dormía y la sacudió. «Despierta», le gritó. En la negrura, ella apenas logró adivinar cuanto acontecía.

Volvió a cerrar los ojos. Ya no le importaba nada, sólo quería dormir y no despertar hasta dentro de una semana. Jack sabía que dormirse la llevaría directo a la muerte y volvió a agitarla, «despierta». Ella miró la sombra que le hablaba como si viniera de un lugar lejanísimo, bien podía ser el rumor del viento, un animal. Jack supo que la única manera de salvarla era montar en ancas detrás de ella y zarandearla para mantenerla alerta. Ató las riendas de su caballo al de ella, subió por el estribo y la abrazó por la espalda. Hélène, adormecida, con el cuerpo agarrotado, ya no contaba con la fortaleza suficiente para ponerle atención a Regina, que bocabajo ya no emitía lamento alguno. Jack sabía que se encaminaban al oeste porque el trampero le enseñó que los vientos glaciales siempre provenían del norte y guio los caballos hacia la izquierda con las ráfagas pegándole en el rostro. La tempestad no daba indicios de parar. En la montaña no había experimentado borrascas de esta magnitud, eran para él un fenómeno inédito. Jack sintió laxo el cuerpo de Carla. Era claro que ya iba inconsciente. Por más que trató de reanimarla, ya no despertó. Hacia la madrugada amainó el viento. El bosque quedó cubierto por un grueso manto de nieve. Exhaustos, los caballos marchaban a tropezones. Con los primeros rayos de sol, Jack descubrió a Hélène recostada sobre el cuello de su caballo. Preocupado, Jack estiró su mano para tocarla y advertir si seguía viva. Al hacerlo, soltó a Carla por un momento y ella se desplomó del caballo. Jack desmontó y se apresuró a revisarla. Se hallaba pálida, con una blancura cercana a la muerte. Apenas respiraba. La cacheteó para hacerla reaccionar. No respondió. Procedió igual con Hélène. Tampoco. Juntó ambos cuerpos para que se dieran calor. Examinó a Regina. Estaba tiesa, los dos brazos rígidos, hacia delante y la cabeza torcida en una posición inverosímil. Debió morir hacía horas. La muerte se desplegaba frente a Jack sin que él la hubiese propiciado. Le ocasionó una sensación confusa, dolorosa. Una semana atrás, no zanjaba a cuál de las dos besaría primero, ahora una de ellas era un pedazo de carne endurecido como un bloque de hielo. Le costó trabajo desatarla, las cuerdas congeladas parecían fibras de acero y tardó en cortarlas con su cuchillo. Al librarlo de sus amarras, el cadáver se deslizó hacia el suelo. Como si sólo hubiese esperado a que le quitaran el peso de encima, el caballo se dejó caer, pataleó levantando una nube de nieve y quedó tumbado con los ojos desorbitados. Jack le palmeó el cuello para tranquilizarlo. El caballo recostó su cabeza, jadeante. Los otros cuatro caballos se veían al borde del colapso. Sin agua ni pastura no lograrían recuperarse. Jack los soltó para que por sí solos buscaran de comer. Los animales no se movieron. Con la cabeza caída, resoplaban con debilidad. Buscó leña lo más seca posible y después de repetidos esfuerzos, logró prender una inmensa hoguera. La alimentó con gruesos troncos para crear una lumbre que irradiara calor tanto a los animales como a ellas. Arrastró a Hélène y a Carla cerca del fuego. Las mujeres no abrieron los ojos. Los labios y los párpados de ambas se habían amoratado. Sus manos congeladas en forma de gancho. Las volteó hacia las llamas y cubrió con nieve el cadáver de Regina. No podía permitir que al despertar lo primero que vieran fuese a ella muerta. Consumido por la prolongada noche, Jack se sentó junto a la fogata. Levantó la mirada hacia el cielo. Un desvaído sol comenzaba a asomarse por entre las nubes.

1887

tú lo debes saber mejor que nadie Henry la guerra despliega innumerables caras no una sola quienes no han estado en medio de una creen que los actos bélicos son dicotómicos blanco negro enemigo aliado destrucción construcción victoria derrota héroes cobardes nosotros versus ellos y soslayan matices como la ternura la clemencia el miedo la amistad el perdón el arrepentimiento el amor la humanidad muchos imaginan a los soldados como seres maquinales cuya unívoca tarea es devastar a quienes se les enfrentan y que cumplen las órdenes de sus superiores de manera irreflexiva cuando en la mayor parte anidan dudas incertidumbre y hasta rebeldía contra aquello que se les manda cuando me planté esa madrugada frente al ejército azul susurré una inaudible plegaria pensando que ese sería el último minuto de mi última hora de mi último día esperé una descarga de fusiles en el centro de mi pecho que me haría desplomarme frente a la puerta que cruzaron generaciones de los míos para que los infames yanquis penetraran aullando a la casa a saquear a incendiar sin mesura nadie me disparó ni escuché gritos no sucedió lo que esperaba los bárbaros sanguinarios al pie de mi baranda no eran hombres bragados en cuyos rostros se dibujaba una expresión asesina tampoco fueron los adalides de la muerte y del caos que yo suponía era una bola de muchachos desharrapados y hambrientos sin mucha idea de qué hacían ahí y por qué combatían la generalidad eran jovencitos de dieciocho diecinueve años sus semblantes alienados denotaban los estragos de matar y de ver morir de saberse bajo artillería enemiga pávidos de que un obús los despedazara si en ese momento yo creí que afrontaba el fin de mi vida no quiero ni pensar lo que ellos padecían cuando hora por hora se cernía sobre ellos el hálito de la muerte me pregunto cómo volverían a sus hogares esos jovenzuelos después de quedar tocados por años de combate algunos con los oídos zumbándoles sin intermitencia por el resto de sus vidas por causa del estruendo de cañones y de fusiles otros sufriendo el trauma de haber visto a compañeros desangrarse entre sus brazos o volver mutilados sin una mano o una pierna o con un parche en el ojo vaciado por el estallido de una granada cuando tus hijos volvieron de tus campañas en Texas venían a visitarme y se sentaban en el soportal de la casa con la mirada perdida absentes de cuanto sucedía a su alrededor se negaban a comer sólo hablaban entre ellos en voz baja y callaban cuando alguien rondaba según me contó Jenny Japheth gritaba dormido ella corría a ver qué pasaba y él con los ojos cerrados manoteaba sin despertar una tarde descubrió a Jonas quemándose el dorso de la mano con un hierro ardiente y cuando Jenny le preguntó por qué lo hacía respondió que pese a parecer blanco su alma seguía siendo la de un esclavo negro y que se marcaba para hermanarse en espíritu con los suyos cosas raras pasaron por la cabeza de tus hijos Henry se emborrachaban a diario por semanas para luego parar en seco y no ingerir ninguna bebida alcohólica por meses Jenny se preocupaba por sus hijos adoptivos *a Texas se fueron dos ángeles y regresaron dos demonios* me decía al ver sus miradas enajenadas sus comportamientos anómalos no me atreví a preguntar qué presenciaron a tu lado para haber vuelto con tal cruz sobre los hombros sólo en una ocasión Jonas se atrevió a deslizar un comentario *mi padre encarna el mal* dijo y guardó silencio el suyo no fue cualquier silencio era un silencio metálico impenetrable denso silencio que perduró por días como si al soltar esa simple frase un órgano dentro de él hubiese reventado y el dolor le impidiera hablar cómo me gustaría que me contaras tu versión de lo que aconteció allá en Texas y en Nuevo México y no limitarme a los vaniloquios de la gente sobre ti sin saber si las suyas eran versiones tintadas de exageración o si en realidad se apegaban a los hechos reales hubiera preferido lo primero que sólo fuese palabrería ampulosa y falsa porque los relatos que contaban sobre ti eran espeluznantes hubieron de transcurrir años para que tus dos bastardos mayores soltaran poco a poco aquello que los intoxicó por razones que desconozco fue a mí a quien eligieron como su confidente para revelar cuanto les bullía por dentro me enteré que varias veces fuiste herido de gravedad las leyendas cuentan que por un bayonetazo los intestinos se te salieron del abdomen que con la mano izquierda los detuviste y que con la derecha seguías combatiendo que un lanzazo te cortó la arteria femoral y que para evitar desangrarte metiste dos dedos para cerrar la herida hasta que un cirujano logró cerrar la tajadura que un balazo en el pecho perforó uno de tus pulmones y que un silbido se te escuchaba al respirar como si una culebra te habitara amplificados o no estos relatos alcanzaste tu meta de transformarte en un ser mitológico fuera de este mundo cuyas hazañas marcarían a generaciones de tus descendientes regreso al instante en que enfrento a cientos de jóvenes soldados que me miran boquiabiertos y que creo que están a punto de fusilarme pero en lugar de eso un hombre no mayor de treinta años el capitán Elliot Mackenzie avanzó unos pasos y se apostó frente a mí *buenos días señora mis hombres llevan jornadas sin alimentarse y queremos ver si usted dispone de comida para ellos en el camino preguntamos con quién nos encontraríamos más adelante y a usted la mencionaron en los términos más encomiables sabemos que es una mujer sola y que su plantación es la más antigua y productiva de la zona no pensamos destruirla quede usted tranquila el general Canby me instruyó respetar a aquellas personas de bien con quienes nos crucemos y si usted escuchó que asolamos otras propiedades fue porque fuimos recibidos a balazos y no tuvimos otra opción si usted nos recibe y nos atiende y sus hombres no nos agreden prometemos tratarla con deferencia y de ninguna manera le haremos daño a los guardias que la acompañan y menos a sus esclavos porque es por ellos por quienes nos comprometimos a pelear sabemos que en estos rumbos no nos precede buena fama y que somos repudiados le demostraremos que somos gente proba si nuestra estadía en sus terrenos le incomoda le parece perniciosa o hará que sus vecinos la consideren una renegada que no lo será porque ser altruista con los enemigos no significa una perfidia sino que habla de un espíritu que se eleva por encima de las circunstancias nosotros partiremos sin destruir ninguno de sus bienes y empeño mi palabra de honor que nadie en esta finca será atacado* me quedé atónita frente al soliloquio del joven capitán no supe qué responderle me había preparado para insultarlos y matar por lo menos a uno de ellos y me topaba con un hombre que parecía más un refinado oriundo de Savannah que un aldeano de un pueblucho del Norte su lenguaje florido y engolado me confundió quise sacudirlo exigirle que actuara como el monstruo que esperaba odié simpatizar con esa bola de zarrapastrosos y zafios muchachitos y más odié ser seducida por el discurso melifluo del capitán aún estupefacta volví a la sala donde me aguardaban los guardias listos a acometer les ordené descargar las armas y dirigirse a los corrales a sacrificar ocho ovejas y un becerro y asarlos para alimentar al ejército que sitiaba la mansión patidifuso Michael me preguntó si había oído bien él se había alistado para morir matando y ahora le exigía darle de comer a quienes suponíamos enemigos irreconciliables *obedezcan cuando pase esto les explicaré por lo pronto ninguno de nosotros va a morir y si el capitán con quien hablé sostiene su palabra seguirán su camino en cuanto recompongan energías* a regañadientes dejaron sus armas y fueron al río por algunos negros para que los ayudaran le pedí a Jenny que preparara té porque íbamos a recibir invitados al igual que mis guardias enmudeció por mi solicitud y hube de confirmarle mi orden salí para llamar al capitán *confío en su palabra de que sus hombres se portarán a la altura y si sus ocupaciones se lo permiten me gustaría invitarlo junto con sus oficiales a beber té en lo que el almuerzo que mis guardias preparan para ustedes está listo* el capitán aceptó mi convite y junto con el teniente Wilson y el subteniente Harris pasaron a la estancia se negaron a sentarse en los sillones *venimos llenos de polvo y no deseamos ensuciarlos* insistí eran mis visitas y debían ser recibidas como tales ya limpiaríamos después se sentaron y a petición mía el capitán me contó su historia había nacido en Niantic en Connecticut hijo de pescadores descendientes de escoceses ingresó a la academia militar con la esperanza de labrar una mejor vida que la de sus padres la Guerra Civil lo sorprendió recluido en Boston donde fue llamado a filas comandaba una unidad bajo el manto de Canby a quien veneraba por su talante humanista y su don de estratega había sido lesionado un par de veces en batalla sin que ninguna de sus heridas mereciera hospitalización había perdido en la guerra a un hermano y a cinco amigos cercanos respaldaba la abolición de la esclavitud en teoría porque jamás convivió con negros y no sabía de sus evidentes limitaciones intelectuales o lo que yo pensaba en ese entonces que eran sus limitaciones *quiere liberar lo que no conoce* le pregunté sonrió y levantó su copa *salud señora* su vehemente discurso hizo que me aviniera a algunos de sus puntos de vista a decir verdad sus perspectivas me hicieron reconsiderar las mías nos sentimos cómodos el uno con el otro al grado que los otros dos terminaron como convidados de piedra no pude creer que hubiese hablado casi tres horas continuas con quien esa misma mañana consideraba un enemigo dogmático e intratable la charla pudo continuar por horas pero nos distrajeron los guardias para avisar que los corderos ya se hallaban rostizados y las carnes de la res asándose dispuse que colocaran las viandas al centro del jardín y le pedí al capitán que avisara a sus tropas que la comida estaba lista mentiría Henry si no te dijera que me enterneció ver a esos jóvenes devorar con apetito bíblico podían ser los hijos de cualquiera de los vecinos del pueblo rubios de mejillas encendidas con facciones aniñadas delgados no debía sentirme una traidora por atenderlos ni nadie en la comarca podía echarme en cara que hubiese alimentado al ejército invasor en mi defensa invocaría la caridad cristiana y el deber de ayudar a los demás que fue lo que vino a enseñarnos el Hijo de Dios no Henry no anatemizaré mis actos cuando supe que en Mobile esta turba de adolescentes masacró sin misericordia a los nuestros me escoció un acre sabor de boca y me corroyó la sensación perenne de haber cometido un error los sobrevivientes del sitio de Mobile describieron una carnicería los imberbes jovencitos que pernoctaron en mis jardines obraron con terrorífica frialdad en contra de los habitantes del puerto y de las valerosas tropas confederadas escuché de juicios sumarios de ejecuciones arbitrarias de matanza de soldados que se habían rendido de asesinato de familias enteras no pude asociar en mi mente la brutalidad de estos muchachos con la afección que me inspiraron ninguno de nuestros conciudadanos me reclamó por acogerlos eso no evitó que me sintiera miserable por haber procedido con tal candidez y por no ser capaz de descifrar antes a estos bárbaros sin embargo lo que me aplasta lo que de verdad me hizo sentir una traidora no tuvo que ver con nuestros patriotas secesionistas sino contigo Henry sí contigo porque esa noche por primera y única ocasión forniqué con otro hombre y rompí mis sagrados votos de fidelidad después de años de no sentir varón me acosté con el capitán Mackenzie

1881

Más allá de los apellidos de mi abuelo: Sánchez Martínez, no sabía de otros. Ni siquiera cuáles fueron los de mi abuela que murió en el parto de mi madre. Cuando se lo pregunté a Chuy dijo no tener ni idea, «el viejón de eso no habla y ni modo de sacarle las palabras con ganchos». La tumba de mi abuela sólo llevaba su nombre «María» y el «Sánchez» de mi abuelo. Punto. Nada más. En la lápida de mi madre sólo se labró el «Elena Sánchez». Era como si mi abuelo quisiese borrar por siempre los antepasados de su mujer o de plano la viudez le dolió tanto que no quiso ni recordar su apellido. Chingos en el pueblo echaban por delante una cascada de apellidos quesque de abolengo. Fantoches que se emparentaban con reyes, con conquistadores, con prelados de alta alcurnia. Puros pájaros nalgones, porque si así fuera serían ricos o tendrían tierras a pasto y la verdad es que eran un costal de jodidos muertos de hambre. Acá las tierras las habían ganado los más cabrones de los cabrones, los que a puro pantalón se plantaron en el desierto y dijeron «de aquí hasta allá es mío y al que diga que no, me lo meto», y se los metían, no importaba si eran indios, mexicanos, mestizos o criollos. Un regadero de muertos. Así le hicieron mi tatarabuelo, mi bisabuelo, mi abuelo y quién sabe quién más pa atrás de nosotros. A mí ya me picaban las ganas de largarme del rancho, el viejo me ignoraba como si yo fuera un perro, a la vez, tampoco quería irme, él era el único filón de familia que me quedaba y el único que podía aclararme si era o no mi padre. Decidí quedarme así el viejo no me hablara y me hiciera cara de asco cuando me veía y a mí se me retorciera el estómago. Aparte, no tenía mucho pa dónde moverme. Una mañana, Chuy me fue a buscar al monte donde yo estaba juntando leña, «tenemos que llevar un ganado a vender a la Luisiana del Norte y tu abuelo quiere que vengas», me dijo, «¿va a venir él?», pregunté con ingenuidad, «¿tú qué crees?». Era obvio que iba a ir, jamás confiaría en nadie el dinero que le pagaran por las reses. El trayecto a la Luisiana del Norte era largo y peligroso de a madre, había que atravesar por la mera mata del territorio comanche y aparte podíamos toparnos con avanzadas de texanos que seguían duro y dale con que el resto de Texas estaba en «disputa». Los pinches gringos no tenían llenadera, ya no les bastaba el pedazote que le habían agandallado a México, querían el pastel completo. Según contaban los vaqueros de esa ruta, a cada rato se los encontraban y se daban con ellos sus buenos entres. Los hijos de la guayaba exigían una cuota por cruzar por sus «tierras» cuando hasta ellos sabían que eran de México. «¿Y si me niego a ir con él?», le pregunté a Chuy. Me miró con cara de ¿es en serio?, «yo que tú, no me la jugaba. Pedirte que vayas es su manera de decir que ahí muere». El problema es que yo no quería que ahí muriera, nomás no le perdonaba que se burlara de los restos de mi madre, ni las palabras tan ojetes con las que a cada rato se refería a ella. Primero, porque era mi madre y segundo, porque no hay cosa más ruin que hablar mal de los muertos. «Lo voy a pensar», le dije. «No lo pienses mucho, Rodrigo, porque con lo rencoroso que es tu abuelo, en dos patadas te expulsa del rancho y le pide a la gente de la comarca que no te dé trabajo ni te reciban en sus casas ni te den de comer y te quedes chiflando en la loma». En otras palabras, si no iba con él me condenaba al exilio y en una de esas, hasta a la muerte. Nadie en la región me daría jale para no enemistarse con don José Sánchez Martínez. La expulsión implicaba que no me heredaría ni un pedacito del rancho para dejárselo a quién sabe quién porque no tenía más parentela que yo. Y eso de que quedara en manos ajenas sí me pesó. No me quedó de otra que aceptar y hasta en una de esas, como pensaba Chuy, nos reconciliábamos. Eran como ochocientas las reses que teníamos que trasegar por doscientas leguas hasta la Luisiana del Norte. Para eso necesitábamos una veintena de vaqueros y una docena de guardias armados para repeler los ataques de los indios o, en su caso, los texanos. Una vacada de ese vuelo nomás no se podía disimular en las planicies, la pura levantada de polvo se podía notar a millas de distancia y para los comanches robarse esa cantidad de ganado les daría de comer por lustros. Durante días nos dedicamos a juntar las reses. Algunos de los toros, de tantos años en el monte, se habían cimarroneado y era trabajoso encarrilarlos, embestían a los caballos y por poco uno mata al mío, el cuerno le pasó rozando el cuello, de haberlo corneado, lo desangraba ahí mismo. Era conocida la historia de Eustaquio, un vaquero que por sentirse don chinguetas se bajó del caballo para mover a un toro, el animal al verlo se volteó y se encarreró contra él. No lo corneó, pero de tan fuerte el topetazo le reventó la cara. Dicen que se le botaron los ojos, que le explotaron los dientes y que entre la quijada le remecía la lengua. Cada que quería hablar, de su boca desdentada sólo salían gorgoritos. Lo peor es que no se murió luego luego, todavía se lo llevaron a lomos de caballo hasta el rancho donde por más que trataron de rearmarle la cara nomás no pudieron. El hombre no pudo comer ni papillas y la hambruna lo mató a los diez días. Mi abuelo eligió una noche con luna llena para trasladar la vacada. De noche, para que estuviera fresco, porque en el día la calor podía menguarle las fuerzas a las reses y retrasar la entrega. El ganado sudado baja de peso y luego los compradores no quieren pagar porque alegan que los animales están flacos. Ir de día igual era una friega para los arreadores, del solazo podíamos tatemarnos y que por la calor sufriéramos de deliquios. A fuerzas debíamos marchar a la orilla de un río o de un arroyo, donde el ganado tuviera algo de pasto y agua. El desierto reseca los pulmones y si no bebían del diario, las reses caían desmayadas. Además, de noche llamábamos menos la atención, nomás que era imposible pasar desapercibidos: los comanches y los apaches eran duchos en pegar la oreja al suelo para oír las pisadas de los animales, así estuvieran a millas de distancia. A las siete de la noche, cuando ya había bajado el sol y estaba por salir la luna, salimos rumbo a la Luisiana del Norte. Traíamos una manadilla de perros para ayudar a que el hato no se desbalagara. Les mordían las patas a las reses cuando se ponían rejegas y andaban necias en irse por su lado. Eran chuchos costillentos y sarnosos, pero aguantaban patadones, corneadas y topes. Con nosotros venían tres carretas con provisiones, lonas para levantar los campamentos y cobijas para echarnos a dormir. Tomamos hacia el norte por la planicie y a las dos horas atravesamos el río. Era chulo de ver a las cientos de reses entrar al agua platinada por la luz de la luna, se escuchaba el tronadero de los guijarros por los pisotones de las pezuñas y luego el rumor de los cuerpos al deslizarse por la corriente. Al arribar a la otra orilla, mugían para llamar a las que se rezagaban. Esta era mi primera arreada grande y me esperancé de que no fuera la última porque en esos viajes se amontonan los recuerdos y luego da gusto revivirlos. Los vaqueros cabalgábamos en rombo para guiarlas, cuatro iban al frente, seis de cada lado y cuatro atrás. Los perros trotaban pegados a las reses para evitar que se salieran del polígono. Mi abuelo iba al frente, solo. Había recorrido ese camino pa atrás y pa delante y se sabía de memoria cada paraje, cada recodo del camino, cada loma. Marchábamos hasta que el sol levantaba un poco, y nos deteníamos alrededor de las ocho de la mañana. Montábamos el campamento en un páramo, casi siempre bajo la sombra de una arbolada y los cocineros preparaban el almuerzo. Velados por los guardias comíamos. A dos o tres mi abuelo los enviaba de avanzadilla para cerciorarse de que no hubiese indios en el camino. Al cuarto día uno de ellos regresó, pálido. Había visto una columna de comanches a lo lejos y, según relató, eran un chinguero más que nosotros. «No menos de setenta», dijo con cara de haber visto al barbas de chivo en persona. Un bolón de indios sólo podía significar una cosa: estaban listos para darnos en la madre. Mi abuelo nos llamó a Chuy y a mí y dijo que al mediodía iríamos a buscarlos para platicar con ellos. Cuando nos retiramos, Chuy me preguntó, «¿te gusta este mundo?». No entendí por qué quería saberlo, «un madral, ¿por?». Él sonrió, «porque a lo mejor mañana ya nunca más volverás a verlo».

2024

Al impartir clases, McCaffrey exponía a sus alumnos la que llamaba «la tesis del ámbar». «En gotas de resina fosilizada quedan atrapados insectos. Esa mosca u hormiga quedó encapsulada en el tiempo. Volaba, caminaba, comía, unos segundos antes de que la capturara la sustancia pegajosa hace millones de años. Los historiadores debemos hallar ese ámbar en particular donde los acontecimientos perduran suspendidos y que compendia el panorama de una época. Documentos, testimonios escritos, actas y, si existían, daguerrotipos o fotografías. Pero no olvidemos que de cada diez ámbares con insectos, siete u ocho son copias falsificadas, resinas plásticas hechas para engañar a los incautos. Igual sucede con la Historia. El que un documento pertenezca a determinado periodo, no significa que cuanto relata sea válido, legítimo o genuino. Los seres humanos tendemos a mitologizar o a engrandecer los hechos, es necesario cribar la paja para descubrir la aguja de oro». Recordó su tesis al revisar los documentos que los Morgan habían traído consigo y transcribía las decenas de horas de entrevistas, ¿cuál de esos «ámbares» conservaba al «insecto»?, ¿cuáles hacían un retrato fidedigno de lo sucedido y cuáles lo falseaban? Se encontraba en el vórtice mismo de la historia, aquel desde donde despegaron las fortunas de los Lloyd y de los Morgan. En esas tierras llanas y semiáridas se localizaba el punto cero, ahí concurrieron apaches, comanches, mexicanos, texanos, americanos, negros para forjar la nueva identidad de la región. Lo que el grupo había mirado no fueron meras ruinas de adobe, ahí radicaba el codiciado ámbar que contenía el insecto primigenio. Galones de sangre debieron regar cada terrón, cada piedra, cada arbusto. Fue un ir y venir entre grupos que se detestaban unos a otros, los apaches a los mexicanos, los mexicanos a los texanos, los texanos a los comanches y, detrás de ellos, la sombra del lobo llamado Estados Unidos, hambriento de territorio y de una salida más hacia el Pacífico. Se preguntó si en el misterio de las tumbas de Elena y de Rodrigo Sánchez yacía otro valioso ámbar. ¿Quiénes eran y qué papel jugaron en el devenir de la zona? Debía explorar los registros de propiedad de cada rancho del sur y del suroeste de Texas. Ahí debían encontrarse los veneros que alimentaron las enormes fortunas de ambas familias, la de Lloyd veinte veces más cuantiosa que la de los Morgan. Después del breve desencuentro en el cementerio del rancho, el resto de la tarde fue agradable. Se sentaron bajo una veranda a la sombra de unos frondosos fresnos. Unos meseros les llevaron una variedad de bebidas, Petrus cosecha 2005, tequilas reposados por dieciocho años, café colombiano, acompañados de quesos franceses, reblochon, époisses, crottin de Chavignol y artesanales jamones de bellota traídos desde Andalucía. Henry sabía atender a sus invitados con gracia y distinción. Contrario a su fama de «*rednecks* con suerte», no campeaba en los Lloyd el mal gusto como los Morgan llegaron a suponer. Al contrario, había exquisitez hasta en las llaves de los lavabos, en los fragantes jabones, en las toallas tejidas con el más fino algodón egipcio. Contrastaba el lujo de las edificaciones con el paisaje agreste y pedregoso. Quesos y vinos cuando afuera rondaban víboras de cascabel, coyotes, ganado cerril, escorpiones y se hallaban desperdigadas miles de puntas de flechas o de lanzas usadas por los apaches en decenas de batallas o de cacerías. La sesión de entrevistas con el profesor resultó beneficiosa para las partes. Las dos familias pudieron deshilar zonas ocultas de sus respectivos árboles genealógicos y comprender cómo se bifurcaron sus caminos. La campaña de Henry Lloyd se extendió del centro de Texas hacia el poniente, donde siguió confiscando propiedades a mexicanos hasta llegar a las huertas en los fértiles valles del Río Grande en Nuevo México. No se aventuró más hacia el oeste por dos razones fundamentales: la resistencia de los apaches mezcaleros y de los navajos y por la necesidad de afianzar su jurisdicción en los territorios expropiados. Lo que a simple vista pudo verse como un contrasentido fue el reparto de una parte de sus tierras entre mexicanos pobres. «Justicia poética», expresó Betty cuando escuchó a McCaffrey describir estas acciones. Henry rio con sorna ante su ingenuidad. «No, prima», dijo recalcando el «prima» para hacer notar las ligas entre ambas familias, «él no actuó en aras de la justicia, sino para generar legitimidad, es de manual. Ese sector de la población, olvidado por el gobierno mexicano, acosado por las incursiones apaches y harto de ser despreciado por los grandes terratenientes como José Sánchez, al quedar de este lado de la frontera después de la guerra, se perdió en un limbo y Henry Lloyd llenó ese vacío. A cambio de entregarles terrenos, gozó de su apoyo y evitó que se rebelaran contra él. Los otorgó revirtiendo la petición que antes el gobierno mexicano había solicitado a los colonos texanos: renunciar a su antigua nacionalidad para convertirse en ciudadanos americanos. Podría decirse que cedió posesiones para adueñarse de identidades». A McCaffrey lo pasmó cómo Henry se refería a los actos de su antepasado con tal claridad, sin cortapisas y sin excusas. Por desgracia, de tan informal la charla, el profesor no prendió la grabadora y se perdió el testimonio. Como el acuerdo era sólo utilizar para su libro aquello que se hubiera grabado, la cínica y contundente declaración de principios de los Lloyd quedó como una simple anécdota de esa tarde.

1892

Del dinero que le di, buen uso Leonard hizo: ropa nueva, leontina de oro y reloj. En sus paseos por el pueblo con quienes tropezaba su nombre presumía: «Jack Barley, buenas tardes», «Jack Barley, un gusto», «la deuda a mi nombre ponga, Jack Barley». En la taberna se le fiaba y como señor de imperios se presentó. En la casa de la viuda la habitación más grande rentó. Tanto dinero no debí entregarle. Algo para los niños necesité guardar, pero Jade clara fue, «las monedas dale», y obedecí. Monedas que a mí debían volver cuando Leonard muerto acabara. A él James y yo vigilábamos. En voz alta al caballo cosas le relataba sin importarle que otros lo oyeran. De la hija del señor Madison le escuchamos hablar. Le atraía y su intención era la palabra dirigirle. Madison, dueño de la tienda del pueblo, a su hija celaba. Nunca ir sola por la calle le permitía. Siempre con una negra al lado. O su madre o sus hermanas. Dolores la muchacha se llamaba. Nada bonita. Ideal para el gordo Leonard. Cuando ella salía al parejo en su caballo él avanzaba. «Buenos días». La negra y Dolores sonreían y continuaban. «Me llamo Jack». Así durante cinco días. Al sexto la madre a la muchacha acompañó. Él detrás de ellas marchó. Al gordo la madre respeto le imponía. «Buenos días», las saludó. La madre en seco se detuvo. «Buenos días», respondió ella. «Jack Barley me llamo, señora». «Ella, Dolores», dijo la madre. Tímida, la muchacha sonreía. «¿Usted yanqui es?», la madre preguntó. «No, señora, de Maryland», respondió él. «¿Un hombre de Dios?». «Por supuesto, señora». «Nunca en el templo lo he visto y fama tiene de diario a la taberna asistir», la madre reprocha. Leonard una pausa hace. «De ropas adecuadas carecía, señora, y vergüenza me daba al templo presentarme, y como usted puede ver, ya las he conseguido», él se defiende. «Ropas adecuadas en la tienda mi marido siempre ha vendido». Silencio de Leonard. Risillas de

James. Patético el forastero. «¿De bien es usted?», la madre lo cuestiona. «Sí», Leonard responde. «De pronto en usted riqueza se nota, ¿por qué?». Él una pausa toma, la cabeza yergue. «Pagos atrasados me debitaban, señora», explica. «Si a mi hija desea tratar, a los servicios los domingos deberá ir», la madre sentencia, «ahí lo esperaremos». Las dos mujeres parten. Leonard da vuelta y hacia casa de la viuda marcha. Por la tarde Jayla y James, roces y risas. Ella desnuda, siempre desnuda. Lo toca, sus senos a la cara le acerca, sus piernas abre para su molusco mostrar. Por la noche inadvertido llega Lloyd. Algo deberá sospechar porque ni siquiera a la puerta toca. Jayla se transfigura. Con James coqueteando Lloyd la ha visto. «Buenas noches», el hombrón pronuncia. «Buenas noches», ella balbucea. Jayla y James pasmados de terror. James a un rincón se escurre. En una cucaracha se ha tornado. Las manos le tiemblan. Lloyd con la mirada lo escruta. El otro quisiera desaparecer. Lloyd hacia Jayla camina y de pie le exige ponerse. La abraza y las nalgas le acaricia. A James no deja de mirar. De la mano la toma y al cuarto la lleva. Sin cerrar la puerta sobre la cama la tumba. Lloyd los pantalones se baja y sobre ella se monta. James y Jenny en silencio. Japheth por la estancia corre. Quiere jugar. Jenny le pide que se calle, el niño sus juegos continúa. James a verme voltea, asustado. Rechinidos en la cama. Jayla gime. Japheth se esconde para que lo busquen. Nadie le presta atención. Jayla gime más y más. Lloyd ruge. Japheth grita, «a que no me encuentran». Jenny y James se mantienen callados. Por la puerta abierta se mira a Lloyd los pantalones abrocharse. Oculto detrás de una silla Japheth un «aquí toy» pronuncia. Lloyd por la puerta se asoma y a James se dirige, «Jayla, ¿te gusta?». James la cabeza agacha. Lloyd hacia él camina. «A los ojos mírame». James apenas los ojos voltea. Lloyd sonríe. «Sí te gusta». James con la cabeza niega. «No, señor», responde, aterrado. Lloyd frente a él se para. Lo reta sólo con mirarlo. James no se atreve a hablar. Lloyd sonríe y sin dejar de ver a James a Jenny ordena, «de cenar, hazme». Jenny a la cocina se dirige. Desde su escondite Japheth repite, «aquí toy». Su padre finge buscarlo. El niño con ganas ríe. Henry hace como que lo descubre y en sus brazos lo carga. Lo besa y al piso vuelve a bajarlo. El niño a esconderse de vuelta corre. James se mantiene arrinconado. Diminuto se mira. Una insignificante tuza. Con su hijo Lloyd juega. La larga desnudez negra de Jayla, que sobre la cama yace, desde la puerta se observa. Salir de la habitación no se atreve. Diminuta ella también se mira. El don posee Lloyd de a los demás empequeñecer. «Lista la cena está», Jenny dice. James en la silla más lejana se acomoda. Lloyd lo intimida. Tocar a Jayla lo vio y con su mujer no debió meterse. Advertirle quise, no obedeció. En su regazo Lloyd a Japheth sienta. De su plato de comer le da. La sopa en la camisa de su padre derrama. A Lloyd no parece importarle. «Del tal Jack Barley, ¿qué saben? Con mi esposa en el pueblo habló y ustedes de eso nada me han dicho», dice el hombrón. James, sin a los ojos mirarle, le cuenta. Lloyd escucha atento. «Ropas nuevas se compró, reloj, leontina de oro». James de la muchacha le habla. «Encandilado por una tal Dolores está». «Un roto para un descosido», Lloyd musita. De cuanto ha hecho Leonard, James detalla. Adónde, a qué horas, cuánto tiempo. Descuidados fuimos por no estar pendientes de cuando a la señora Virginia le habló. Lloyd nos reconviene. «Un segundo no pueden dejar de vigilarlo». James intenta defendernos. «A la casa de la viuda fue, que saliera más no lo pensamos». Lloyd molesto se nota. «Su obligación, noche y día, es seguirlo». James su comida casi no toca. Si miedo tenía antes, ahora se aterra. Lloyd su sopa termina y al niño de sus piernas baja. Japheth a esconderse corre. Lloyd de la mesa se levanta. A Jayla mira y luego a James. «Al cuarto entra y cógetela». Con absoluto terror James respira. «¿No es eso lo que querías?». Levantar la mirada James no se atreve. «Anda, cógetela, es una orden». James traga saliva. Una vena en la sien le salta. «Ahora ve», decreta Lloyd. Con la mano a Jayla el cuarto le señala. Ella implora, «Henry, por favor». Lloyd la mano no baja. Ella se levanta y desnuda al cuarto entra. James la sigue y Lloyd la puerta cierra. En un sillón se sienta. «Aquí toy», grita Japheth. Henry se levanta y tras su hijo corre. El niño por la sala vueltas da. Henry lo atrapa y lo levanta. Japheth ríe. Jenny y yo aún turbados. La puerta se abre y Jayla se asoma. «El pobre muchachito de temblar no cesa». James desnudo atrás de ella se ve. «Como hombre en mí no puede entrar». Con su hijo en brazos Henry voltea. Más que una sonrisa en sus labios una mueca. Del cuarto les manda salir. James comienza a ponerse la ropa. Henry la voz alza. «Salgan ahora». Jayla y él desnudos de la habitación emergen. Un flácido pedazo de carne entre las piernas de James. «Ser hombre se gana»,

Henry le dice. Los dos desnudos en la estancia frágiles se ven. Ninguno de ellos a mirar a Henry se atreve. De los brazos de su padre Japheth se zafa. Lleno de energía por la sala no para de correr. «De él cargo hazte», le pide Henry a Jenny, «y tú al cuarto métete y la puerta cierra», a Jayla manda. Sin mirarlo aún ella obedece. Lloyd hacia James camina. Delante de él se para. Tampoco James a los ojos puede mirarlo. «Nunca me desafíes», le advierte. «No quise...», James trata de disculparse. «Nunca», Lloyd repite y hacia mí se vuelve, «ni tú tampoco». Con la cabeza niego. Como decirle que no se me ocurriría hacerlo. La desnudez aún más a James lo disminuye. A ambos voltea a vernos, «pasado mañana, una cita temprano con Jack Barley organicen. En el puente quiero verlo». Se gira y se dirige hacia la habitación que con Jayla comparte. Entra y la puerta cierra. En silencio James desnudo permanece. Suda. Sus manos todavía tiemblan. La puerta del cuarto se abre y Henry la ropa de James bota. James la recoge y a un rincón va a vestirse. A mi recámara voy. En sus cunas los niños duermen. Junto a Jenny me acuesto. Las velas apagamos y ella me abraza. Pronto cae dormida. Henry su presa ha olido. La sentencia de muerte de Jack Barley se ha dictado.

1878

Si diferenciara los modos en que Bob y Lloyd mandataban, diría que el primero se regodeaba en desplegar su dominio sobre nosotros, el segundo, en desplegarlo sobre el negocio, Lloyd era un hombre con un agudo instinto para generar dinero, Bob era un empleadillo centrado en sí mismo que creía que su importancia se acrecentaba procurándonos dolor y castigos, Lloyd apuntaba hacia la grandeza, cada paso suyo orientado hacia metas claras y, por qué no aceptarlo, trascendentes, los horizontes de Bob no rebasaban los linderos de la comarca, Bob se ufanaba en el ejercicio del poder, Lloyd en labrarse un aura de autoridad, si Bob era ruido, Lloyd era furia, una furia siempre en control, rara vez desbordada, Bob era unególatra que sobreestimaba su valía sin reparar en su probada ineptitud, ineptitud que terminó por conducirlo a su muerte, vociferó en el pueblo su anhelo de liquidar al «foráneo», además tachó a Thomas Wilde de malagradecido, a sus ojos Lloyd no había sido más que un embaucador que endulzó el oído de su patrón con promesas imposibles de cumplir, además el farsante lo había denigrado frente a propios y a extraños, patentizando los bajos logros de su gestión, «¿bajos logros?», inquirió con molestia cuando se enteró de lo que decía de él, «¿bajos logros?», repitió indignado, «gracias a mí esos cabrones negros trabajan, yo domé a esa caterva de africanos salvajes que acostumbraba comer carne humana, o qué piensa Wilde, ¿que eran peritas en dulce?, no, señor, yo los transformé en gente esforzada y obediente, el mamarracho de Lloyd sólo se aprovecha de lo que yo consolidé», se quejó como si fuese un amante dolido porque su mujer lo abandonó por un hombre de menores virtudes, sintiéndose en confianza entre los suyos, él era oriundo de la comarca y lo conocían desde niño, expresó en la taberna a viva voz sus planes para eliminar al extranjero y lo divulgó después a la salida de los servicios religiosos, como si matar a alguien fuese cosa de todos los días, hasta nosotros, los esclavos, nos enteramos, era increíble su descaro, o no le importaba poner sobre aviso a su enemigo o creyó que, amedrentado por su pirotecnia verbal, el «foráneo» pronto se largaría, Lloyd lo tomó como los desplantes huecos e inocuos de un tipo resentido y continuó con su trabajo, a las pocas semanas fue objeto de una emboscada, camino al pueblo, al cruzar un claro, varios individuos ocultos entre los matorrales le dispararon, en cuanto escuchó el primer tiro Lloyd espoleó su caballo y arrancó, no por el sendero, donde sería presa fácil, sino hacia una mota de cipreses para protegerse con los troncos, logró evadirlos pero fue herido en el hombro derecho, serpenteó entre los árboles hasta encontrarse con otra brecha que conducía al pueblo y se dirigió a casa del doctor Rogers quien atendió su herida, el balín había astillado la clavícula y provocó serios destrozos a los músculos, el médico la extrajo y cerró la cisura con diez puntadas, esa noche Lloyd pernoctó en el bosque, se sabía cazado y no cometería el error de darle tiro a sus perseguidores, Bob no se reservó su participación en el atentado y lo ventiló con cuanta persona se cruzó con él con la ingenua creencia de que Lloyd desertaría para dejarle el paso libre y él pudiese volver a Emerson por la puerta grande, Lloyd regresó por la mañana directo al trabajo, notamos la mancha de sangre en su camisa que evidenciaba su lesión, no mostró desánimo y laboró por el resto de la jornada, por andar de arriba a abajo a pleno sol en los labrantíos la herida se le infectó y, debilitado por las altas fiebres, ya no pudo continuar, Wilde lo recibió en su casa y la señorita Virginia se hizo cargo de él, «ahí fue donde nos enamoramos», nos confesó Lloyd a Jeremiah y a mí años después, nosotros dos fuimos sus hombres más leales y a quienes encargó las misiones más complejas y delicadas desde sus primeros meses en Emerson, a los pocos días de su llegada Lloyd entabló lo que podría llamarse una «amistad» con Jeremiah y cuando se recuperó de la infección, que según el doctor Rogers lo tuvo al borde de la muerte, lo invitó como cada tarde a ir con él al río, se sentaron a la vera de un meandro a fumar, Lloyd le preguntó si quería ganarse un dinero extra y Jeremiah asintió, le dijo que necesitaba a alguien más para cumplir con el «trabajo» y que lo consiguiera pronto, al día siguiente Jeremiah me llevó con él al río, en cuanto me vio Lloyd sonrió, «te pedí que trajeras a un hombre, no a esta lombriz flacucha», Jeremiah lo miró, el negro decía más con los ojos que otros con mil palabras, «está bien, confío en ti», Henry enrolló tres cigarrillos y nos los repartió, encendió el suyo, le dio una chupada, en la corriente las lobinas saltaban para devorar las libélulas que volaban a ras del agua, yo nunca había fumado y no supe qué hacer con el cigarro, Henry me enseñó a jalar el humo hacia dentro, lo imité y sentí que me ahogaba, empecé a toser, «ya aprenderás», dijo, se quedó en silencio un rato y luego se volvió hacia nosotros, «quiero que maten a Bob y a cuantos puedan de sus compinches», Jeremiah y yo entrecruzamos una mirada, no deseaba convertirme en un asesino, pero mi odio a Bob y a sus imbéciles guardias era mayor a mis pruritos, ambos aceptamos el encargo, Lloyd nos estrechó la mano para sellar el acuerdo, esa noche no dormí, la posibilidad de asesinar me causaba horror y a la vez me embriagaba, había padecido infinidad de humillaciones y este podía ser mi desquite, según mis cálculos, porque perdí la noción del tiempo, cumplí catorce años en Emerson, a esa edad en mi aldea ya se nos consideraba hombres y nos veíamos obligados a cazar para mantener a las familias, la petición de Lloyd me hacía traspasar la frontera invisible entre niño y adulto para entrar de lleno a la hombría, Henry nos pidió paciencia para actuar, Bob era

sabedor de que Lloyd iría por la revancha y con seguridad esperaba un ataque, necesitábamos cazarlo cuando menos se lo esperara,
Lloyd dejó pasar mes y medio, durante ese lapso Jeremiah y yo
trabajamos por la noche abriendo canales, era una tarea fatigosa,
debíamos palear la tierra sumergidos en el lodo hasta las rodillas,
empezábamos poco antes de caer la tarde para finalizar por la madrugada, mojados y exhaustos, regresábamos al alba y dormíamos
hasta el mediodía para ir a arar y por la tarde cavar canales, pasado
el mes y medio Lloyd volvió a citarnos en el río, «es hora de cumplir con su encargo», nos dijo, para no levantar sospechas no lleva-
ríamos armas de fuego, a los negros las autoridades nos prohibían
cargar con una, sino que esconderíamos puñales entre nuestras
ropas, el mandato de Lloyd fue no acometerlo de día, debíamos
buscar la oportunidad de noche, nos reveló que Bob trabajaba
ahora como herrero en un establo y que los sábados por la tarde
solía ir a un lupanar oculto por una robleda a un par de millas del
pueblo, ahí frecuentaba a una prostituta llamada Linda y al anochecer volvía solo, casi siempre bebido, «no deberá significarles ningún problema matarlo, la vereda al prostíbulo es solitaria y poco
transitada», había escuchado que Bob conspiraba para ejecutar-
lo dentro de los límites de la plantación, «el estúpido ha intentado
sobornar a un par de esclavos nuestros para que sean ellos quienes
me ataquen, los dos me han puesto sobre aviso», Bob pensó que
los negros que durante años tiranizó iban a serle fieles, sin saber
que Lloyd había avivado en todos nosotros una férrea lealtad hacia
él, «este viernes próximo irán al pueblo y dormirán en la casa que
poseo en las inmediaciones, al día siguiente, apóstense en el camino al burdel para seguirlo y por la noche, lo asesinan», de la manera
en que lo planteó sonaba la mar de fácil, sólo era cosa de tomarlo
desprevenido, bajarlo del caballo y agujerearlo a cuchilladas, llegó
el viernes y al rayar la tarde nos dirigimos al pueblo, apenas llegar
lo avistamos a lo lejos, montaba un hermoso palomino, demasiado hermoso para quien, en veinticuatro horas, se transformaría en
un cadáver.

1817

En la cantimplora Jack hirvió agua y la vertió sobre unas franelas. Las dejó enfriar un poco y frotó los brazos y las piernas de las mujeres para hacerlas entrar en calor. Hélène abrió los ojos, «¿me escuchas?», le preguntó Jack. Ella lo miró como si mirara algo desconocido. No podía saberse si estaba consciente o la suya había sido una mera reacción involuntaria. «¿Me entiendes?». La mujer se mantuvo callada. Jack decidió seguir masajeándole los brazos con los paños calientes, ella le agarró la mano. Jack intentó zafarse. «Soy Henry». Hélène no lo soltó. El trampero le había dicho que las personas que sufrían hipotermia, en ocasiones padecían de estados de locura y tardaban horas en recobrar el juicio. «Suéltame», exigió Jack. Ella se aferró aún más. Un quejido hizo voltear a ambos. Carla abrió los ojos y se volvió hacia ellos con la mirada perdida. Ambas se notaban anonadadas, distantes. «Van a estar bien», les dijo Jack. Hélène lo soltó y él volvió a fregarles los brazos y las piernas. Poco a poco las mujeres superaron la hipotermia y recobraron la conciencia. Las dos miraron estupefactas el cuerpo congelado de Regina apenas cubierto por la nieve. Por más que Jack les dijo que estaba muerta, se negaron a creerlo y trataron de reavivarla tallándole con desesperación el cuerpo con los paños calientes. «Está muerta», insistió Jack. Las mujeres no cejaron, «necesitamos despertarla», dijo Hélène. Después de refregarla por algunos minutos, Carla paró y se giró hacia su madre, «no va a volver», dijo y se dejó caer de sentón sobre la nieve, sollozante. Hélène abrazó el cadáver, «perdón, hijita, perdón». Jack las instó a partir, había aún probabilidad de que se desencadenara otra nevada e ignoraban si sus enemigos proseguirían en su busca. Con muchas dificultades colocaron el cuerpo helado y tieso de Regina sobre la montura y pesarosos recorrieron incontables millas hasta dar, tal y como lo previeron, con un villorrio. Al verlos venir, la mayoría de los pobladores se encerraron de prisa en sus casas. Interceptaron a un hombre y Jack se apeó del caballo para preguntarle dónde podían darle sepultura a Regina y por un sitio para pernoctar. «Ustedes deben ser a quienes los facinerosos vinieron a buscar. Allanaron casa por casa y amenazaron con matarnos si los ayudábamos, mejor váyanse». Al escucharlo, Hélène desmontó y, furiosa, se le plantó, «irnos,

¿adónde? Traigo una hija muerta por culpa de esos malditos y yo y mi otra hija tenemos casi gangrenados los dedos de los pies y de las manos, ¿y usted nos pide que nos vayamos?, ¿no puedo ni siquiera enterrar a mi hija?, ¿no hay aquí una sola alma piadosa que nos dé de comer y nos permita calentarnos a la vera de un fuego?, ¿en qué momento esta nación se convirtió en tierra de cobardes?». A Hélène le temblaba la barbilla. El tipo se rehusó a debatir con ella, «señora, nosotros no queremos enterrar a ninguno de nuestros hijos ni perder nuestras casas en un incendio, ya bastante hicimos ayudándole al que supongo que es su marido y, por ello, estuvimos a punto de pagarla caro. Este es un pueblo de campesinos, no poseemos ni siquiera armas con qué defendernos que no sean rastrillos y hoces y esta gente llegó en tropel, bien pertrechados, a golpearnos y a torturarnos. A la señora Victoria, en cuya casa se escondió su marido, le pegaron una paliza y aún no recobra el conocimiento. Llegan sin aviso, sondeándonos si las hemos visto. Díganos si es necesario que paguemos con muerte y destrucción para protegerlas». El discurso desarmó a Hélène. Estaba en lo cierto, ellos no podían peligrar por dos mujeres desconocidas. La mención de Evariste le dio esperanza, «¿está vivo mi marido?». Antes de responder, el hombre miró a un lado y a otro de la calle hasta cerciorarse que nadie venía. «Arribó malherido con tres disparos en la espalda, el doctor lo atendió en casa de la señora Victoria y logró extraerle las balas. Cuando los forasteros llegaron a buscarlo, Serge, un muchacho del pueblo, se lo llevó hacia las montañas, allá hay una cabaña para cazadores cuya ubicación sólo él y Matthieu, su hermano, conocen». Hélène rogó que un médico las examinara, que le permitieran enterrar a su hija en el camposanto y que pudiesen dormir una sola noche al amparo de una chimenea. Frente a la desesperada imploración de la mujer, el hombre accedió. Enterraron a Regina en el cementerio de la iglesia. El cura prometió colocar una lápida con su nombre cuando los forajidos ya no volvieran. El médico, un albéitar que igual curaba personas que vacas y caballos, revisó las amoratadas extremidades de las dos mujeres, «todavía no es necesario amputar ningún dedo, se salvaron de milagro, pero no pueden exponerlos más al frío. Necesitan usar guantes, ropa interior de lana y abrigos gruesos. El invierno pinta crudo». ¿De dónde sacarían dinero para comprarlas si no cargaban con una sola moneda?, ¿qué alma generosa les donaría tales vestimentas? Dado su lamentable estado, Gérard, el hombre, llevó a las mujeres a su casa para alimentarlas y para que se calentaran frente al fogón. Jack se dirigió a intercambiar el caballo de Regina por ropa. Sólo consiguió usada y no en buen estado, suficiente para sobrellevar las inclemencias del clima. El caballo de su atacante lo guardó en un establo. No podían verlo los enemigos y saber que ellos se hallaban en el villorrio. Regresó a la casa donde hospedaban a las mujeres y las encontró dormidas junto al fuego. Gérard le señaló un lugar junto a ellas en la piel de oso que habían tendido para acostarlas. Jack se acomodó, cerró los ojos y en menos de un minuto se durmió. Despertó entrada la mañana. Exhausto, había dormido por casi doce horas. Se levantó y buscó a Hélène, a Carla y a Gérard. No los encontró. Salió a la calle y se dio cuenta que no estaban los caballos de ellas dos. Volvió a la casa a llamarlas. Nada. Volvió a la calle. Se encontró con una vieja que jalaba una mula. Le preguntó y la mujer dijo no saber de ellas. Interrogó a quien se encontró y nadie pudo darle respuesta. Escudriñó los alrededores de la casa en busca de su rastro. Encontró las huellas de sus caballos que se adentraban en los bosques hacia el norte y que una nevada borró más adelante. Debían dirigirse a la secreta cabaña de cazadores en lo alto de la sierra a reencontrarse con Evariste. En zigzag recorrió el bosque en un intento por reencontrar la trilla o una rama rota que indicara que habían transitado por ahí. No halló ni un indicio. Al devolverse al pueblo se topó con Gérard. Le preguntó por ellas, «las conduje a la entrada de la cordillera, a partir de ahí, las guio Matthieu y yo me regresé. Ellas estarán bien ahí. Pidieron que no las buscaras ni que las esperes aquí y que te vayas cuan pronto puedas para que no seas presa de los matones». A Jack le costó digerir que lo hubiesen abandonado. Él habría dado su vida por la de ellas. Esa era su familia, no otra. Pidió a Gérard que le diera pistas de cómo llegar a la cabaña. El hombre juró no saberlo. «Serge y Matthieu son tramperos y nunca revelarán a nadie su lugar secreto. En esos páramos abundan las martas, los glotones, los gatos monteses, los osos y temen que, si alguien más lo conoce, decenas irán a cazarlos. Si las llevaron allá es porque no son de estos rumbos. La mujer anotó una dirección y me pidió dártela. Dijo que ahí vive un primo suyo y que en ese lugar pueden reencontrarse en unos meses». Gérard entró a la casa y volvió con el papel. Con pulcra caligrafía venía escrito el nombre del primo y el sitio donde debía ir a buscarlo: Martin Cambron, Buffalo Trace Distillery, Frankfort, Kentucky. «¿Es cerca eso?», le preguntó. El otro se encogió de hombros. «¿Alguien sabrá qué rumbo tomar?», cuestionó a Gérard. «Quizás el médico sepa», le respondió y juntos fueron a buscarlo.

1887

no sé si otras mujeres hayan llorado al acostarse con un hombre pero mientras tuve adentro al capitán Mackenzie no pude dejar de hacerlo no había luna esa noche y como por pudor apagué las velas la habitación se hallaba por completo a oscuras no creo que se haya percatado de mi llanto él estaba concentrado en penetrarme lejos de sentir placer me agobié qué hacía yo con ese hombre bastantes años más joven que yo a quien apenas había conocido unas horas antes y que para colmo encabezaba las fuerzas contrarias cuál era la razón de prodigar mi desnudez a un extraño cuando había hecho la promesa de sólo desvelarla ante ti por qué permití que vaciara su semen en lo más recóndito de mis entrañas no no fueron los vinos que tomamos en la cena si apenas fueron unas cuantas copas no puedo pretextar su efecto como justificación de mi flaqueza terminé en la cama con él por inercia porque me tomó de la mano y me condujo por las escaleras al piso de arriba me preguntó dónde dormía y cuando le señalé la habitación me jaló hacia allá nos tendimos en el mismo lecho donde tú y yo nos amamos donde con frenesí buscamos procrear un hijo cada beso suyo cada caricia cada palabra me provocaban más y más desconcierto como si quien estuviese ahí fuese otra persona y no yo porque aún ahora siento que fue otra mujer quien se acostó con el capitán una mujer que me usurpó por unas horas y en la que no me reconocí comencé a arrepentirme en el momento mismo que cerró la puerta y me tomó de la cabeza para besarme quise invocar tu nombre llamarte en silencio para que me enviaras una señal así fuese la más leve que me obligara a detenerme en mi mente repetí tu nombre *Henry Henry Henry* la señal nunca llegó y permití que el joven

capitán me desvistiera al principio quise hacerme a la idea de que
por algún incognoscible motivo las circunstancias se habían con-
catenado para que él y yo acabáramos juntos que el hado había
prescrito nuestro encuentro y que era inevitable que coitáramos
recuerdo como en sordina sus palabras el barullo que afuera hacían las decenas de sus soldados los cánticos que entonaban recuerdo el crujir de mi vestido al caer al suelo los chasquidos de sus
besos en mi cuello su lengua caliente recorrer mis pezones y cada
segundo me alejaba más y más de mí misma Mackenzie olía a sudor de caballos y a pólvora y a humo de fogatas un olor tan distinto
al tuyo olor del que jamás podré desprenderme y que impregna
cada instante de mi vida él se balanceaba sobre mí y yo como loca
busqué en la almohada y entre las sábanas vestigios de tu aroma con
la esperanza de que al ventearlos parara en seco y lo empujara a un
lado y sí ahí encontré un ligero rastro de tu olor pero no tuve la
voluntad suficiente y con displicencia porque no puedo hallar otra
palabra que describa la dejadez de mi carácter abrí las piernas para
consentir que entrara en mí fue una sensación chocante repulsiva
acostumbrada a tu ternura a tu lentitud a tus besos pausados y cá-
lidos a la fibra de tus músculos él me pareció torpe ramplón no
hubo en él ni un solo gesto sutil lo único que tú y él compartían es
el tenebroso velo que cubre a quienes han matado a otros seres
humanos eso sí pude percibirlo en el capitán es una corazonada
inefable que por más que tratara no lograría explicar con certeza
mujeres que se han acostado con hombres que han terminado con
la vida de otros pueden detectarlo aun cuando no lo sepan de antemano fuera de ese punto en el que ambos convergían no había
nada más en común entre ustedes dos lo cual hizo aún más lastimoso copular con él me sentí desamparada por eso mi llanto fue
incontenible fueron lágrimas que derramé por ti por mí por nosotros por los hijos que nunca pudimos concebir lágrimas por saber
que fornicaba con el hombre que había mandado a fusilar a decenas de los nuestros y que después de pasar la noche conmigo avanzaría hacia Mobile a seguir ajusticiándolos traición sobre traición
sobre traición Henry y en tanto él descargaba dentro de mí sus
fluidos inmundos y pegajosos y gemía como un becerro y susurraba en mi oído no sé cuántas vulgaridades en ánimo de excitarme
tú estabas más presente que nunca y en su mediocre éxtasis del

cual yo no gocé ni un segundo estiré mi mano hacia el lado de la cama donde tú dormías y acaricié la almohada como si hacerlo me rescatara de mí misma y de la estupidez que en ese momento cometía el tipo apenas alivió su placer se giró para alejarse de mí sobre mi vientre y sobre mi pecho quedó un charco de sudor me pasé la mano para enjugarlo y luego limpié mis dedos en la sábana le tomó un par de minutos recuperar el resuello y en ningún momento me preguntó cómo me sentía ni siquiera reparó en que yo hipaba desconsolada el idiota interpretó mis sollozos como una prolongación del deleite que él supuso me había provocado sin saber que fue inexistente se levantó de la cama para vestirse *tengo que volver con mis hombres* dijo y con prisa por irse no me dio un abrazo ni un beso y con un breve *hasta luego* salió de la recámara sin cerrar la puerta lo escuché descender las escaleras como tantas veces te oí a ti hacerlo me quedé aturdida mirando el techo lentamente me desprendí de la mujer que había tomado mi lugar y retornó a mí quien había sido antes no me moví durante horas y sin cesar de pensarte deseé un hipotético regreso en el tiempo para cancelar lo que recién había acontecido y permanecer inmaculada para ti y para mí y para los míos y para nuestra dolida patria llevaba ya marcada en mí la insidia y la deslealtad cuando por fin me incorporé resbalaron entre mis piernas sus malditas gotas de semen me dirigí a la jofaina y con agua y jabón me tallé los muslos y mis partes íntimas intentando limpiar lo que por siempre quedaría sucio a la mañana siguiente desde la ventana los vi partir ordenados en escuadrones Mackenzie avanzaba en medio de la caballería rodeado de sus oficiales permanecí observándolos hasta que se perdieron al cruzar el puente me alegré de que se largaran quise vomitar cuando me enteré de la innumerable cantidad de vilezas que perpetraron estos jovencitos en apariencia inocentes contra la población de Mobile jamás pensé que en la guerra se llegara a tales grados de oprobio deben prevalecer el honor y el respeto al adversario máxime si quienes combaten pertenecen a un mismo país esta gentuza mostró su verdadera faz en la batalla en la que las fuerzas de Alabama terminaron por rendirse porque esa fue la única forma de detener las animaladas de los yanquis contra blancos y negros esos jóvenes sanguinarios carecían de principios y no se detuvieron frente a nada hipócritas asesinos de rostros angelicales que me engañaron haciéndome pensar que eran bondadosos e indulgentes hoy hubiese preferido que quemasen la hacienda y así revelaran lo lóbrego de sus almas en cambio yací en la cama con el más execrable de ellos por sus abominables actos en contra de la población civil el capitán Mackenzie fue ascendido a coronel como si el asesinato la rapiña la ratería el estupro contra niñas y adolescentes indefensas fuesen causa de merecimientos nunca un soldado del ejército del Sur habría procedido como ellos y si lo hiciese no dudo que sería sujeto a un juicio marcial donde se le deshonraría por desertar de los sagrados principios de la guerra el doble cara de Lincoln que se erigió como el faro moral de la nación debió regocijarse de que sus tropas ganaran la guerra sin importar el costo un presidente con ética habría mandado a ejecutar a Mackenzie o al menos lo habría encarcelado por décadas por el contrario al tipejo lo ensalzaron en los encabezados de los periódicos yanquis por su valeroso liderazgo en el sitio de Mobile deploro que ese hombre con mi absoluto consentimiento se haya montado sobre mí para mancillar mi cuerpo mi alma y mi corazón lo confieso para que sepas que aun en mis momentos más umbrosos fui por siempre la mujer que te amó

1881

«Los comanches son tan hijos de la chingada como los apaches, si no es que más, son traicioneros de a madre y no reculan a la hora de los madrazos, pero son gente de más razón. Con ellos se puede pactar, sólo hay que saberle cómo y en eso tu abuelo es el más pintado». Chuy pensaba que como ellos eran más que nosotros, no iban a querer transar. Pa qué, si podían quebrarnos y apropiarse del ganado. Tampoco les convenía que se clausurara esa ruta y que los rancheros prefirieran vender pal sur y no para la Luisiana del Norte. Ni locos mataban la gallina de los huevos de oro. Lo que les interesaba era negociar con los mexicanos, quedarse con una raja de las reses y dejar que el resto pasara. «Los cabrones comanches te esperan al regreso cuando saben que ya hiciste la venta y traes las alforjas repletas de dinero. El mañoso de tu abuelo siempre les ha dado la vuelta, sólo hay que ver cuantimás le dura la suerte». Desde el cerro donde avistábamos, la llanura se veía quietecita, solitaria, pura ilusión. Si se aguzaba la vista, era posible detectar que lo que parecía un árbol era un guerrero comanche montado en su caballo y si se aguzaba más, se descubrían pastizales de ellos. Los canijos se pintaban los cuerpos y los de sus caballos con los colores del desierto para hacerse monte. Parecían mezquites o peñas. Los apaches eran más de pegar y pelarse, incursionaban en los pueblos, saqueaban las casas y les prendían fuego para largarse lo más rápido posible. Los comanches eran más de echarle coco. Cuando atacaban, no destruían los pueblos. Dejaban intactas las casas para que regresaran a habitarlas y así volverles a romper su madre. Ordeñaban, pues, los poblados. Así como los apaches, los comanches no le tenían ni tantito miedo a la muerte. Morirse en medio de un combate los llenaba de honor y les daba pase directo a su paraíso en el más allá. Por el contrario, si eran cobardes su paso al inframundo era una monserga y tan monserga era que no llegaban nunca a ningún lado, sus almas se quedaban divagando por ahí, en el limbo. Desde la loma conté cuarenta de ellos, debía haber puñados más porque tenían la costumbre de acostarse con sus caballos y entre tanto chaparral no se distinguían. Mi abuelo amarró una camisa blanca a un palo y la levantó. De entre los cenizos apareció un comanche, también con una bandera blanca. «El jefe es el que está atrás», me señaló con la mano Chuy. Lo miré por los catalejos. Era un hombre joven, con el torso desnudo pintarrajeado y, en la cabeza, un penacho más grande que el de los demás. «Ese tiene nombre en español, se llama Diego Barrazas. Lo educaron los curas que vinieron quesque a evangelizar a los indios. Estos indios son los peores porque hablan nuestro idioma, conocen nuestras costumbres y nuestras formas de vida, por eso saben darnos donde más nos duele. Lo más jodido es que ellos saben que nosotros sí nos cagamos de miedo de morirnos». Igualito pasaba con los apaches «cristianizados». Jamás los misioneros les quitaron sus mañas de indios y nomás les dieron entrada a nuestros modos. Chuy era de los que creía que el mejor indio era el indio muerto y detestaba a los curas que «nomás vinieron a batir el pulque». Y a pesar del desgarriate que armaron los padrecitos, ninguno de los indios terminó por creer en Cristo. Diego Barrazas tenía sangre de blanco. Según Chuy, su bisabuelo, para colmo uno de los misioneros se arrejuntó con una india y, cuando la preñó, la dejó botada. La familia de la comanche lo tomó como una afrenta grave, ellos lo habían recibido bien y lo aceptaron como uno de los suyos. Se dedicaron a cazarlo, «los comanches no lo dejaron en paz hasta que lo mataron. Los cabrones lo persiguieron para donde se movía el cura y cuando el hombre llegó a San Luis Potosí, que está un poquito más allá que en casa de la chingada, pensó que ya la había librado. Pues hasta allá lo fueron a buscar para matarlo. Del grupo que se echó al padrecito sólo uno sobrevivió, porque el ejército los correteó hasta Texas. Era un y venir de gente con puras ganas de vengarse», me dijo Chuy. La historia se la había contado su abuelo que había conocido al cura y luego la oyó de uno de los soldados que fueron tras los comanches que se lo escabecharon. El caso es que el tal Diego Barrazas se había comprado el odio de los suyos hacia los blancos por culpa de lo que el misionero le hizo a su abuela y ni tantita pena le daba matar mexicanos. De hecho, apenas se hizo jefe mandó sacar de la misión a los mismos curas que lo habían educado y los cortó en pedacitos como carne para los perros. Barrazas y mi abuelo se conocían por otros viajes de ganado. Diego era un adolescente en esos tiempos y todavía no era el cacique. Mi abuelo supo que algún día lo sería y lo trató como si fuera uno de los principales. A Barrazas las deferencias de mi abuelo en el pasado le valían puritita madre. Si se le pegaba la gana matarnos, nos mandaba matar, así mi abuelo creyera que eran cuates del alma. Con los indios nunca se sabía. Mi abuelo me entregó el palo con la camisa blanca y me ordenó que la mantuviera alzada. Descendimos la cuneta. Me percaté de que eran más de cien indios. Me empezó a latir el corazón como cascabel de chirrionera. Ni un pedacito de la lengua de Chuy se había equivocado: esa bien podía ser nuestra última hora en este mundo. Llegamos hasta ellos, nosotros éramos cinco y el contingente de aquellos como unos veinte. Se pararon frente a nosotros en una media luna y por en medio pasó el mentado Diego Barrazas. De las personas que conocí en mi vida, este era el que más parecía una serpiente. No se le movía un músculo de la cara y nunca bajó la mirada, la mantuvo fija todo el rato en nosotros. Por ningún lado se le notaba sangre de blanco. Ni una gotita, era indio hasta la médula. Su penacho estaba hecho de plumas de águila y llevaba colgadas en el pecho las garras de un oso. Su caballo era pinto, como lo era el de la mayoría de los indios de por allá y le habían amarrado ramas de cenizos en las cinchas para hacerlos más montosos. En la cintura Barrazas llevaba un hacha adornada con plumas tornasoladas del pecho de un guajolote silvestre. «Buenos días», dijo. «Buenas», contestó mi abuelo. El jefe nos escrutó a los otros cuatro. Se detuvo en mí y me clavó la mirada. Decidí no bajarle los ojos, si quería, que me matara, pero que no se dijera por ahí que anduve de agachón. Nos quedamos viendo uno al otro, lo que sentí fue una eternidad, diez, veinte horas, cincuenta semanas, siete años y después de unos segundos, se volvió hacia mi abuelo. «¿Pa dónde van?», le preguntó. «Adonde siempre, a la Luisiana a vender ganado», le respondió mi abuelo. Hasta cuando hablaba Diego no se movía, como si estuviese hecho de piedra. «Ya no hay franceses allá», dijo, «vendieron las tierras a los ingleses». Si bien no cometía errores al hablar en español, había en su acento un dejo raro, un siseo que le hacía parecer aún más una serpiente. «Lo sé», dijo mi abuelo, «ya he hecho trato con los americanos». Algo de mí no debió gustarle a Barrazas porque volvió a fijarme la mirada. La mantuvo otra eternidad y continuó hablando con mi abuelo. «¿Y si no te dejo pasar?», lo amenazó. Mi abuelo no se inmutó, «entonces me regreso y no vuelvo a traer mi ganado por acá. Le diré a los míos que tú estorbas la ruta y a ustedes se les acaba el negocio». El jefe comanche miró a sus hombres, como si les anticipara lo que iba a decirle a mi abuelo, «podemos matarlos y quedarnos con sus vacas». El viejón permaneció calmoso. No sé de dónde chingados sacaba esa sangre fría. Empecé a verlo a él también como una serpiente. Dos víboras de cascabel midiéndose para ver cuál mordía primero. «Sí, pueden matarnos, eso lo saben ustedes y lo sabemos nosotros, nomás que acuérdate de lo que pasó cuando tu finado padre decidió echarse al plato a unos mexicanos que traían reses para acá. El ejército se enteró y vino a matar a chingos de ustedes. Ya saben cómo se las gastan los soldados mexicanos, no importa si son niñas, abuelas, guerreros, matan parejo». Era puritita verdad lo que decía mi abuelo, hacía unos años los comanches asesinaron a un grupo de vaqueros que arreaba ganado hacia la Luisiana del Norte y como entre ellos iba el primo de un general mexicano, el ejército se lanzó con todo contra ellos. Devastaron sus aldeas y se chingaron a cuanto indio se les cruzó. Para que no se les olvidara con quién se metían mandó a que desollaran vivos a varios y cuando las tropas iban en retirada, dejaron un despellejado cada cien yardas, nomás pa darles una probadita. El último desollado fue el padre de Diego Barrazas, que imploró a su hijo que lo rematara. Barrazas era cabrón, no pendejo, y no se la jugaría como su padre. «¿Cuántas vacas traes?», preguntó. «Por ahí de ochocientas», respondió mi abuelo. «Dame la mitad y nos quitamos de problemas», le propuso el jefe. «No'mbre, ni muerto te doy la mitad, ¿a poco crees que las vacas crecen en los huizaches?». Me aguanté la risa, el semblante del jefe se mantuvo inalterable y no quería faltarle al respeto. «Te doy cincuenta vacas, que son muchas», ofreció mi abuelo. «Dame ciento cincuenta», contraofertó Diego. Mi abuelo negó con la cabeza, «no'mbre, ni loco». Después de un largo regateo, acordaron setenta. Diego aceptó siempre y cuando él fuera el que escogiera las reses. Se dirigieron al hato y los comanches separaron las más gordas. Antes de irse, mi abuelo preguntó con qué sellaban el acuerdo y qué garantizaba que otros comanches no quisieran despeinarnos el cráneo. Diego desamarró el hacha de su cintura y se la entregó. «Los demás numunuu saben de quién es esta hacha. Te dejarán si cuando te los encuentres la alzas por arriba de tu cabeza». Mi abuelo tomó el hacha y se despidió. Los indios se alejaron llevándose el ganado y nosotros continuamos nuestro camino hacia el norte.

2024

Para despegarse del grupo e ir a desfogar sus ganas en el monte, Henry, Tom y Peter idearon ir a cazar marranos alzados con carabinas Winchester 30-30, el arma preferida por los texanos a finales del siglo XIX. Betty preguntó qué tipo de animales eran esos. «Cerdos domésticos que escaparon hace décadas y ahora asilvestrados destruyen cuanto encuentran a su paso. Son una plaga y, por cierto, muy sabrosos». El plan era que el grupo se distribuyera en espiaderos que se hallaban diseminados por el rancho. Betty, Leslie y Mark se apuntaron y McCaffrey preguntó si en lugar de ir de caza, él podía recorrer el rancho a caballo. Henry accedió con gusto. En los espiaderos, explicó, sólo podía permanecer una persona. «Los marranos son muy avisados y sensibles, quizás entre los animales más difíciles de cazar». Ellos tres irían a los espiaderos sólo accesibles a caballo y al resto los vaqueros los llevarían en camionetas a sus respectivos puestos. A Betty le entusiasmó la aventura. Había cazado antes codornices y patos, jamás una pieza mayor. Antes de partir, Henry les impartió una lección de tiro con la carabina. Les mostró cómo cargar la bala en la recámara subiendo y bajando la palanca y cómo apuntar con mira abierta. «Hay que dispararles en la cabeza para asegurar la pieza. Algunos machos tienen gruesas placas de cartílago entre los omóplatos y en ocasiones la bala no penetra lo suficiente». Dispusieron la salida. Betty y Leslie viajarían en una de las Land Rover y Mark en otra. A caballo los demás. McCaffrey acompañaría a los jóvenes por un tramo y luego ellos se separarían para ir a los espiaderos correspondientes. Arrancaron las camionetas y los otros cabalgaron hacia el oeste con las carabinas Winchester guardadas en una funda de cuero afianzada a la montura. Los muchachos espolearon sus caballos para avanzar a toda carrera. Pronto, McCaffrey quedó rezagado, poco le importó. Absorto, divisaba las extensas praderas. Se preguntó por qué, de todos los ranchos que se apropió, Lloyd había elegido este para sentar sus reales. Pudiese ser por la belleza del paisaje, por la serenidad que brindaba, porque era el sitio ideal para basar sus operaciones o por las oportunidades económicas que vislumbró. Las leyendas aseveraban que, por casualidad, Lloyd descubrió en esas tierras las fuentes de su riqueza. Una, al asar una pierna de venado en una fogata descubrió que de las piedras alrededor del fuego fluía un líquido metálico: plata. Inspeccionó una roca tras otra, en estas destellaban líneas argentinas: una veta madre yacía justo bajo sus pies. La segunda, ocurrida años después, fue otro hallazgo fortuito. Uno de sus vaqueros, al rodear el ganado, descubrió unos charcos oscuros que parecían brotar del subsuelo. Avisó a Lloyd: petróleo. Las exitosas perforaciones realizadas por coronel Drake habían impulsado un boom de hidrocarburos en el norte del país y Lloyd contrató a prospectores venidos de los campos de explotación en Pennsylvania que habían trabajado bajo sus órdenes.

Los mandó a revisar cada una de sus posesiones en Texas y en Nuevo México. Con excepción de tres ranchos, los restantes contaban con yacimientos petrolíferos. Y en la búsqueda encontraron subproductos como gas y mantos de carbón. Lloyd, quien hasta ese momento se preciaba como un barón del ganado, actividad con la cual forjó una gran fortuna, se vio favorecido por el advenimiento de la segunda revolución industrial en los Estados Unidos que demandaba combustibles y derivados de la plata. En pocos años sus haberes se quintuplicaron y fundó las bases para el emporio que sobrevino. Años después, Henry Lloyd VI habría de descubrir las ventajas de la energía eólica y creó granjas de molinos en las propiedades que poseían a lo largo de la frontera entre Nuevo México y Texas. McCaffrey buscó en el suelo para ver si hallaba, como en su tiempo Lloyd, piedras veteadas con plata o cenagales de petróleo. Su única preocupación fue no perder de vista a los demás para no extraviarse en las desoladas llanuras. Por suerte para él, un vaquero, por órdenes de Henry, lo vigilaba a lo lejos. A Betty la colocaron en un espiadero hecho con ramas con vista a un arroyuelo. El vaquero le dijo que ese era el mejor puesto de todos, que los marranos acostumbraban a bañarse en sus márgenes. A la media hora descendió una piara de cerdos. Al frente venía un corpulento macho. Nerviosa, Betty apuntó a la cabeza del animal que cauteloso se aproximaba al agua. El cañón le bamboleaba en las manos. El cerdo daba un paso y se detenía a olisquear. Sus crines se erizaron y cuando se disponía a huir, Betty disparó. El marrano cayó desplomado en tanto el resto de la piara se desperdigaba entre las breñas. Betty no pudo reprimir un grito de alegría y cuando fue a verlo se maravilló de su tamaño. Debía pesar más de cuatrocientos libras. Colmillos de cuatro pulgadas asomaban en la mandíbula inferior. Le tomó fotos con su celular y de inmediato se la envió al grupo de WhatsApp que había abierto con sus papás, con Tom y con Peter, pero la zona carecía de señal y el mensaje no se envió. Ya lo presumiría al regreso. Al notar que habían dejado atrás a McCaffrey, Henry condujo a Peter y a Tom a una caverna de enormes dimensiones en la que pudieron entrar los caballos. Henry desmontó y con una linterna iluminó el techo. Petroglifos con imágenes de animales, de hombres y figuras geométricas se revelaron con la luz, «hemos traído arqueólogos y sus interpretaciones han sido variadas. Aquel parece la representación del sol, ese otro, un bisonte, y eso podría ser un calendario, no lo sabemos a ciencia cierta». Peter y Tom se apearon de los caballos y miraron maravillados la bóveda. «Aquí también hubo un asentamiento apache, adentro corre un río que deviene de un venero subterráneo del que sacaban agua. Hallamos artefactos de cocina, puntas de flecha, bolsos de cuero casi desintegrados. Parte la donamos al museo de San Antonio, otra la conservamos en el rancho». Les explicó que espeleólogos se habían internado al fondo de la gruta y que habían hallado gigantescos pabellones, «sólo que para entrar hay que arrastrarse a través de pasajes estrechísimos. Por mi claustrofobia no he ingresado, si ustedes algún día quieren intentarlo, bienvenidos». El sistema de cuevas se alargaba por millas y los espeleólogos estimaban que sólo habían recorrido un pequeño porcentaje. Describieron cámaras con estalactitas y estalagmitas que a la luz parecían carámbanos azules. «Allá abajo hay remansos del río color turquesa y es el agua más pura que jamás podrán beber». De las alforjas, Henry sacó una manta y la tendió en el piso, «lo mejor es que esta caverna es mi departamento de soltero», dijo y soltó una carcajada, «no perdamos tiempo». Cogieron durante dos horas. Al principio, les daba risa cómo el eco devolvía sus gemidos, «esto es coger en sistema *surround*», dijo Tom. Al fondo podía escucharse el goteo que resbalaba por las paredes. «Esto es de película», comentó Peter. «Sí, al estilo *Garganta profunda*», agregó Henry en clara referencia al clásico porno. En pleno éxtasis, Tom mordió el cuello de Peter que, molesto, lo empujó, «no, ¡carajo!, se va a dar cuenta tu hermana». «¿Crees que es tan pendeja que no sabe?, ya no sé si el ingenuo eres tú o ella». Antes de que se desataran más reclamos, Henry puso bocabajo a Tom y lo penetró. Se onduló hasta que los dos se vinieron juntos, Peter masturbándose a su lado. Volvieron al anochecer. La luna menguante iluminaba a medias los senderos, pero los caballos se sabían de memoria el camino de vuelta. Al arribar vieron que un vaquero desollaba al cerdo colgado de una barra de metal. «Lo mató la señorita Betty», reveló el hombre. Cuando se acercaron a felicitarla, Betty recibió enojada a su novio y a su hermano, «¿dónde se metieron?, llevan cuatro horas perdidos». «Tres», bromeó Henry, «sólo tres. Cazamos en parajes remotos, debimos cruzar terrenos muy escabrosos». La explicación no le quitó el mal humor.

Mark y Leslie apremiaron su regreso, «necesitamos viajar esta misma noche a Atlanta». Henry mandó alistar el avión, «antes cenen los exquisitos filetes de este cerdo que Manuel, el chef, nos va a preparar en salsa de ciruela». Entre que estuvo listo el lomo y la sobremesa, los Morgan terminaron por viajar a la medianoche. Al desnudarse Betty y Peter para dormir ella notó el moretón en el cuello de su novio, «¿y eso?». Peter había previsto el interrogatorio, «me tocó un caballo levantisco y cuando me bajé para guiarlo de la rienda, me pegó una mordida». Ella escrutó el cardenal, «parece la huella de dientes de una persona». «Sí, fue como un pellizco», respondió él. Ella besó la herida y luego siguió lamiendo su cuello. Él no se había lavado después de penetrar a Tom y no le importó metérsela todavía sucio con vestigios fecales. Deseó que ella tuviese una infección vaginal para así no tener que hacerle más el amor. Ella tuvo un par de orgasmos y se quedó dormida. Peter, aún caliente por el trío de la tarde, se liberó de su abrazo y salió hacia la cabaña de Tom.

1892

En la calle, a pie, James y yo a Leonard esperamos. La orden de Lloyd debemos obedecer. Ondas de calor, espejismos. De la tierra el sudor pareciera subir. Gotas por nuestros cuellos escurren. Cuatro blancos con sospecha nos miran. A nosotros se acercan. «¿Qué hacen aquí?», pregunta uno de ellos. «Nada», James responde. «Entonces, lárguense», en tono de amenaza nos dice. De hombros James se encoge. «Nada malo hacemos», les contesta. «En la calle, dos negros juntos siempre algo malo confabulan», el otro advierte. «No, señor, a nuestro amo esperamos». Miente para de encima a los tipos quitarnos. «¿Quién su amo es?», el otro inquiere. «Henry Lloyd», James responde. Conjura temor en los demás sólo mencionarlo. Matices en la voz del blanco al hablarnos ahora. «En otro lado pueden esperarlo». «No, señor. Aquí ordenó que aguardáramos», James explica. La calma no pierde. «Hacia el pueblo no miren, nada ahí de su interés debe ser. Hacia el bosque volteen, aquí no vengan a husmear», el de la voz cantante dice.

A replicarle James se dispone, la mano en el hombro le pongo. Con la cabeza al bosque apunto y hacia allá lo giro. El otro envalentonado en el piso escupe. «Así me gusta, negro, que entiendan». Nos miran los demás, amenazantes. Si de Lloyd no fuésemos esclavos, de sospechosos de cometer delitos ya nos habrían acusado. Unos minutos hacia el bosque miramos. De reojo a los hombres veo. Pendientes de nosotros nos vigilan. Provocarlos un error sería. De otras plantaciones guardias deben ser. Pretextos buscan para los negros molestar. Un cuarto de hora aguardamos. Con disimulo la calle escruto. Ya los blancos se han ido. Del hombro tomo a James y lo volteo. La mandíbula apretada mantiene. Los ojos de rabia inyectados. «¿Hasta cuándo esto soportaremos?». El escupitajo del blanco al lado nuestro señala. «Tarde o temprano nuestro momento llegará». En silencio permanece. Más calor, el sudor resbala en nuestras espaldas. Nuestras camisas se empapan. Por fin por el camino Leonard aparece. Con su caballo como siempre charla. Solo debe sentirse para una cosa así hacer. Lo interceptamos. «Buenas», nos saluda. «Buenas, señor Barley», el saludo James devuelve. Leonard a cada lado mira. «Aquí, ¿qué hacen?». «Esperándolo», James responde. «¿Para?, nadie nunca en mi vida me ha esperado». Leonard ríe. «El patrón Lloyd con usted quiere hablar». «Ja, nunca nadie conmigo ha querido hablar». A su alrededor mira como si algo perdido buscase. Las calles de calor parecen hervir. «Es broma, ¿verdad?». Con la cabeza niego. La leontina con el sol refulge. Gotas de sudor sus cejas pueblan. Una escurre y al ojo le entra. Con el antebrazo se limpia. «¿Ofrecerme trabajo quiere?», me pregunta. Yo asiento. «Vaya, por fin». Sin importar el calor Leonard chaleco de lana lleva puesto. Con certeza a Dolores desea impresionar. «Con usted una cita Lloyd quiere», James le avisa. «Adonde diga voy», Leonard se emociona. «Mañana a las nueve de la mañana en el puente del río», James le indica. Leonard ríe. Una y otra vez su risa. «En punto de las nueve ahí estaré». Se despide y hacia la avenida en su caballo trota. Pronto a lo lejos se pierde. A la casa volvemos. Henry en el porche espera, Japheth sobre sus piernas. El niño suda, Lloyd no. Da la impresión de al clima inmune ser. «¿Pudieron verlo?», nos pregunta. Asiento. «¿Qué dijo?», inquiere. «Aceptó. Al puente del río, a las nueve, mañana lo citamos», James responde. Jayla al porche desnuda sale. James a mirarla no se atreve. «La comida lista está», anuncia. «Vamos», manda Lloyd. Al niño de sus piernas baja y lo pone en el suelo. Una zarigüeya frente a la casa cruza. Lloyd corre y con habilidad de la cola la atrapa. La zarigüeya inmóvil se queda. A su hijo llama. «Ven». Japheth no se atreve a ir. El animal lo asusta. Detrás de Jayla se oculta. La mano al niño le ofrezco. La toma y conmigo hacia su padre caminamos. «Tócala», le ordena Lloyd. El niño le teme. El animal cuelga de cabeza, el hocico abierto. «Tócala», Lloyd insiste. Como el niño la mano no estira, Lloyd sus dedos entre los dientes del marsupial mete. «No muerde, más asustada que tú está». Japheth se pasma. Su mano Lloyd toma y hacia la zarigüeya lo jala. «Tócala». El niño apenas la roza, nervioso ríe. El animal se retuerce. Satisfecho, Lloyd sonríe. Pone la zarigüeya en el piso y la deja irse. «Sabrosas son», Lloyd dice a Japheth. «De niño, las comía a menudo». A la mesa nos sentamos. Jenny y Jayla de pie permanecen. «La comida sirve», Lloyd a Jayla ordena. Ella obedece. Ollas con la comida a la mesa trae. «A cocinar aprende», Lloyd le dice. «Sí», responde Jayla. Un precio por su coqueteo con James va a pagar. Jonas, en la otra habitación, llora. Lloyd a Jayla manda a verlo. Con el niño en brazos ella regresa. Lo pide Lloyd y lo acuna. Una canción le susurra para su llanto apaciguar. Jonas se tranquiliza. De comer terminamos y a Jayla al cuarto le ordena ir. Lloyd detrás de ella entra y la puerta deja abierta. Jenny y James en silencio en la mesa. Gemidos de ambos y luego bramido de Lloyd. Nos miramos los tres. Cae la noche y a dormir nos dirigimos. Jenny y yo con los niños. James en la sala. Lloyd con Jayla. En la madrugada toquidos en la puerta escucho. Abro. Lloyd es. «Ven», me ordena. La sala cruzamos, James en un sofá yace perdido en sueños. Al porche salimos. Un cigarro Lloyd me entrega. Con una cerilla el suyo prende y el mío después. Al vacío oscuro de la noche Lloyd mira. Una chupada a su cigarro da. Expele el humo, volutas hacia el techo se elevan y con la ligera brisa se dispersan. «Sabía que Barley iba a volver». Lo escucho. Por razones profundas Jade quiso que Leonard la identidad de Jack Barley usurpara. Ella por ahí debe estar. Cuanto decimos con certeza escucha. Nada a ella se le escapa. «Mañana iré a matarlo», Lloyd declara. «Si yo no puedo, tú lo matas». Asiento. James y yo leales a él somos. Cumplirle buenas cosas trae. «Ese gordo grasiento Jack Barley ya quisiera ser». Me pregunto si Lloyd de la mentira sabe. Lloyd fuma. La brasa en lo oscuro fulgura. Grillos. Perpetuos grillos de las noches de Alabama. En las noches en Texas, años después, grillos no escuchábamos. Coyotes sí. Sus aullidos, sus ladridos. Ulular de búhos. En las lluvias, en Texas, croares de sapos y ranas en los barrizales del desierto. Ruidos como de bebés llorando. En mi tierra, con las escasas tormentas, sisones aparecían en el lodo en busca de gusanos. Desde las acacias los secretarios los lodazales oteaban en busca de serpientes. Cuando volaban para atacar una, mi padre y yo corríamos para robárselas. Un buen caldo una serpiente hacía. Nunca más secretarios volví a ver. El puente de la nariz Lloyd se aprieta. «A ese gordo estúpido matarlo para siempre me conviene». Más volutas en círculo de la boca de Lloyd emergen. Intento hacerlas, pero fracaso. Henry sonríe, «los labios junta», me instruye. No puedo. Vuelve él a hacerlo. «Es el círculo de la vida, los indios decían». Amanece. Una línea naranja en el horizonte se dibuja. «A Jenny despierta, hambre tengo». Los restos del cigarro arroja y hacia la calle mira. «A las ocho cuarenta y cinco en punto a Barley nos vamos a buscar», me dice sin verme. A la casa se mete. Fumo. Volutas en círculo intento hacer. Una, por fin, me sale. El círculo de la vida. Hago otra y otra. Círculos de vida. A las nueve a un hombre vamos a matar. Una última voluta. Esta resulta la más perfecta. El cigarro apago y a despertar a Jenny a la casa entro.

1878

Me pregunto cuál de todos los dioses dispuso trocar mi destino, quién de ellos escuchó mis plegarias, quién desde alguno de sus ubicuos rincones observó mi sufrimiento y me dio oportunidad de tomar revancha, una leve revancha, sí, pero que con el tiempo cobró peso por ser el primer paso hacia mi reivindicación, ¿cuál de esos dioses, entre sus perpetuas ocupaciones, volteó a mirarme?, ¿los dioses de mis antepasados?, ¿algún dios desconocido y generoso?, ¿Zeus, Thor, Zoroastro, Marte o quizás una diosa?, sí, debió ser una deidad femenina, ellas vaya que se desvelan por sus hijos, no traicionan su naturaleza materna, en cambio los dioses masculinos se preocupan más por demostrar su poder sobre nosotros y no en cuidarnos, porque si de cuidar se tratara, los dioses, o al menos los míos, con certeza se distrajeron, nadie merece el trato del que fui objeto, nadie, aunque en mi vida terminé de sobra recompensado, mi premio comenzó ese sábado por la tarde cuando el abominable Bob pasó frente a nosotros en su caballo dorado, nos cruzamos y ni siquiera se volvió a vernos, como si fuésemos una nada, porque eso éramos los negros para él, nada, bestias de carga que no valían el esfuerzo de un saludo, en alguna ocasión cuestionó a Wilde, «¿para qué le pone nombre a estos animales?», Wilde no concordaba con él, a los negros nos conceptuaba como seres humanos inferiores, de una categoría muy por debajo de los blancos, pero humanos al fin, por eso su afán de ponernos nombres que iniciaran con J y tuvieran un origen bíblico, pensaba que al hacerlo nos acercaba a Dios y, por consecuencia, dejaríamos atrás lo resabios de animal que conservábamos, Bob sostenía que en ninguna de las plantaciones donde había laborado antes los esclavos llevaban nombres cristianos, «los amos blandengues que le tienen consideración a las sabandijas negras tarde o temprano la pagan caro, a los negros les da por creerse al mismo nivel de los blancos y exigen trato de personas cuando apenas saben hablar», agradecí que Wilde nos diera nombre, avalaba el sentimiento de que no éramos parte de una masa informe de la cual se podía prescindir y que al fenecer no acabaríamos en el más inhóspito de los infiernos, el anonimato en vida y el olvido en la muerte, ese sería nuestro castigo a Bob, no concederle el privilegio de una tumba, negarle un lugar donde los suyos, si alguien por acaso le guardaba cariño a ese miserable, pudiesen ir a visitarlo, o hablarle o rezar por él, que muerto quedara a la deriva, náufrago en la otra vida, Bob continuó por la calle hacia la salida del pueblo rumbo a donde Lloyd nos había avisado que quedaba el burdel, lo seguimos a la distancia, el sol declinaba y una luz ámbar relucía en su sombrero y en las crines del caballo, las motas de polvo que levantaba a su paso revoloteaban entre los rayos de luz, la avenida estaba flanqueada por encinos, de algunos de estos colgaban ramas y se creaba una impresión de túnel, era el paisaje ideal para que unos novios caminaran tomados de la mano, la estampa perfecta para ser retratada por un pintor cuyo título podía rezar, *las horas finales de un hombre*, me excitaba matar a Bob en esa bucólica tarde, ensuciar con su sangre la serena campiña, pero la instrucción de Lloyd fue clara, no matarlo de día, «esperen a hacerlo a oscuras en la parte más solitaria de la vereda», el camino era recto, una larga línea rojiza que cruzaba por arboledas y planicies, más allá un sendero perpendicular se adentraba hacia un bosque de pinos y a trescientas yardas, escondida de la vista de miradas indiscretas, se hallaba la casa de citas, era exclusiva para blancos y nos desconcertó ver a tres prostitutas negras sentadas afuera en una banca al lado de putas rubias y pelirrojas en espera de clientes, al llegar Bob una de las rubias se levantó a abrazarlo y entraron juntos al recinto, dejamos los caballos amarrados a los troncos de unos pinos, ocultos por la maleza avanzamos hacia el sitio y espiamos el movimiento del lugar, más hombres arribaron, la mayoría solos, una de las negras recibió afectuosa a un barbón que la besuqueó y le sobó las nalgas frente a las demás, las mujeres rieron como si lo que hacía el hombre fuese gracioso, se escuchaba música de un piano desafinado, voces ebrias cantaban discordantes, cuando anocheció, nos acercamos a mirar por las ventanas, las prostitutas se hallaban desnudas, un par sentadas en el regazo de sus clientes, en una barra un cantinero servía tragos, el prostíbulo era iluminado por inmensos candelabros, al llegar los parroquianos eran despojados de sus armas por dos guardias malgeniosos, sobre una mesa dejaban cuchillos, navajas, pistolas que les eran devueltos al salir, examiné el lugar, por ningún lado pude ver a Bob y a su ramera favorita, me calentó ver desnudas a mujeres blancas, me incitaban sus senos esponjosos, sus pezones color caramelo, la curva entre sus espaldas y sus nalgas, el fino vello rubio que aduraznaba su piel, Jeremiah se mantuvo impávido, me quedaba claro, la suya era la actitud de un cazador con la mirada fija en su presa, estuvimos observando por entre las rendijas del cortinado hasta que vimos a Bob descender por la escalera abrazando a la rubia, se despidió de ella con un largo beso y cuando se disponía a salir Jeremiah dio dos pasos hacia atrás y empezó a correr hacia nuestros caballos, apenas los montamos vimos a Bob atravesar por la vereda, lo seguimos a una prudente distancia, pasado de copas al tipo le costaba mantenerse erguido sobre la silla, al aproximarnos a la parte más solitaria del camino, Jeremiah apresuró el paso de su caballo y se colocó detrás de él, Bob volteó a verlo, «¿qué quieres, negro de mierda?», Jeremiah conservó el ritmo de su caballo, yo a veinte pasos de ellos, Bob volvió a girarse, «¿qué te pasa, imbécil?», logré ver un resplandor en la mano de Jeremiah, el cuchillo, se emparejó con Bob, quien lo trató de patear, con tan poca coordinación que casi se va de boca, se cogió del estribo para enderezarse e intentó darle otra patada, Jeremiah lo atrapó del pie y acicateó su caballo para que arrancara, Bob cayó a la tierra de costalazo, sin soltarlo, Jeremiah lo remolcó por un sendero de venados hacia un pinar, la cabeza del abominable Bob rebotaba contra el suelo y se escuchaban golpes secos cada que pasaba por encima de una piedra, Jeremiah se detuvo en un claro, me apresuré a alcanzarlos, saqué el cuchillo y desmonté rápido, Bob se retorcía para zafarse de la manaza de Jeremiah, me acerqué a él, pataleó y bufó enfurecido, le di la vuelta, le clavé el filo entre los omóplatos y lo removí dentro de él, soltó un leve quejido, su camisa blanca se ennegreció con sangre, se viró para defenderse, desde la montura Jeremiah brincó y le cayó en la cara con los dos pies, crujieron sus huesos, aproveché para enterrarle el cuchillo en el ojo, recargué mi peso sobre este para meterlo hasta el fondo, Bob abrió la boca en un intento por gritar, de su garganta sólo emergió un gañido, con su cuchillo Jeremiah empezó a apuñalarlo, «aprende, aprende, aprende», musité, le agujeramos el rostro a puntazos hasta convertirlo en una masa sanguinolenta, Jeremiah paró y contuvo mi mano, miró al tipo que mistaba un apenas audible «basta», no, no bastaba, requería mil cuchilladas más para pagar su vileza, en la negrura brillaba la sangre que escurría por las decenas de orificios, «basta… por favor», murmuró el abominable, lo volvimos a picotear, mi brazo parecía obedecer a una voluntad ajena a mí, encarnaba el resentimiento de generaciones de esclavos, seguimos acuchillándolo sin detenernos un solo instante, aun minutos después de escucharlo expirar su último aliento.

1817

«¿Kentucky?». No, el médico no sabía si ese era el nombre de un territorio, de un estado o de una ciudad. Preguntaron a varios si sabían qué era, ninguno supo responder. El tiempo apremiaba. Los enemigos podían atacar. «Quizás el tendero sepa», le dijo Gérard. Se dirigieron a su local. En el establecimiento se vendía todo tipo de productos: artículos de talabartería, herramientas agrícolas, abarrotes, granos, pastura. Apenas entrar al local, Jack se paralizó: en uno de los postes venía pegado el aviso en el que se ofrecía la recompensa por él. El trampero no había mentido, el dibujo era una fiel reproducción suya. La misma nariz, los ojos claros, el pelo peinado hacia la derecha, la mandíbula cuadrada. Si alguien miraba la imagen y luego a él, de inmediato lo identificarían. «*Se busca a Jack Barley. Asesinó a cinco miembros de una familia. Once años de edad. Peligroso. Se paga recompensa de veinte dólares vivo o muerto. Pueblo de Saint Justine, Vermont*». ¿Qué hacía ese cartel al otro lado de la frontera?, ¿por qué lo había pegado ahí el tendero? Había pasado ya tiempo, ¿por qué seguían buscándolo? Ya el padre Castés lo había exonerado del homicidio de Louis, ¿por qué le achacaban su muerte si había sido en defensa propia? Si mató al resto de la familia fue para salvaguardar su vida porque ellos antes intentaron asesinarlos a él y a su madre. ¿Por qué al padre de Louis no lo buscaron para colgarlo si quiso quemarlos vivos? Si el tendero o Gérard lo reconocían, estaría perdido. Veinte dólares era una fortuna. Nadie se conmiseraría con él. El tendero atendía a una mujer que le compraba trigo molido y aguardaron a que terminara la venta. Cada segundo se aceleraba el corazón de Jack. Temía que sus latidos fueran tan fuertes que Gérard pudiese escucharlo y lo delatara. Se supo lívido porque las piernas a duras penas lo sostenían. Bastaba que el tendero, que a diario veía el maldito cartel, lo reconociera para que se echase a andar la maquinaria de su muerte. Habían pasado dos años desde que huyó de Saint Justine y a pesar de haberse robustecido y de que un bozo cubría su labio superior, sus facciones no se habían transformado lo suficiente para no parecerse a la imagen. La mujer pagó, tomó un pequeño saco de trigo y salió de la abacería. «Buenas tardes», saludó el tendero. Gérard le señaló a Jack, «hola, Lucien, él es Henry, el hijo del tipo que los forajidos hirieron». El abacero lo miró a los ojos e inclinó la cabeza en saludo. El corazón de Jack palpitó aún más de prisa. «Él, su madre y sus hermanas fueron atacados, una murió». El tendero inclinó la cabeza como dando a entender que estaba al corriente de los sucesos, «sí, escuché sobre la terrible tragedia». Gérard le extendió la nota donde venía la dirección. Con lentitud leyó en voz alta, «Martin Cambron, Buffalo Trace Distillery, Frankfort, Kentucky». «¿Martin Cambron es una ciudad o un pueblo?, preguntó. «No lo sé», respondió el otro. Jack decidió bajar la mirada para que el tendero no escrutara su rostro. Con la mano palpó el cuchillo atado a su pierna por debajo del pantalón. Si fuese necesario, mataría a esos dos. Lamentable, porque el extraño lo había tratado con amabilidad, pero entre la vida de ellos y la suya, no tuvo dudas. «No sé tampoco a qué se refieran con Buffalo Trace Distillery, si usan la palabra *distillery* en el mismo sentido que nosotros o posee otro significado». El abacero estaba más perdido que los demás. En mala hora habían ido a verlo. Jack agachó más la cabeza con la esperanza de que la sombra de una viga le tapara el rostro. El tendero comenzó a elucubrar, «puede que el lugar al que se refieren esté en las llanuras al sur, donde emigran los búfalos en el invierno, los he visto en ese lugar cuando he pasado por ahí». Un «no sé», hubiese bastado, pero el tendero alargaba sus deducciones, cada una más equívoca que la otra. Era un tipo pagado de sí mismo que creía resolver el enigma con sus tontas hipótesis. Si no fuera tan lenguaraz, ya habrían salido de la tienda. Jack sintió toques eléctricos vibrar por su cuerpo para concentrarse en su mano. Sus músculos se tensaron, su mirada se fijó en la parte superior izquierda del pecho del tendero, el punto donde debía encajar el cuchillo. La pulsación hacía saltar las venas en su muñeca, en sus sienes. En su jactancia, el abacero no caía en cuenta que cada sílaba que pronunciaba lo conducía más y más a su probable muerte. «Hay un pueblo al norte que se llama Francesville, quizás escribieron mal el nombre…». Las frases del tendero las escuchaba sofocadas, como si las ondas de sonido se detuvieran justo antes de entrar a su oído. Ya no prestó atención a su logorrea, se concentró en su pecho, en la manera más relampagueante de sacar el cuchillo y clavárselo. Justo atrás de él se hallaba el cartel. Si el tendero parara su verbosidad y levantara la mirada, vería que frente a él se encontraba en carne y hueso la imagen del niño asesino. Aún a sus espaldas, Jack visualizaba cada una de las letras en el cartel, «*se busca a Jack Barley…Once años de edad…Se paga recompensa de veinte dólares vivo o muerto*». Podía reconocer cada uno de sus rasgos ahí dibujados. En unos cuantos segundos más, Lucien le diría que lo recuerda de algún sitio, que de dónde es y al atar cabos, saltaría el mostrador para tumbarlo al piso y advertirle a Gérard que es el niño asesino, que entre los dos deben someterlo y atarlo y avisar al alguacil del pueblo que han capturado a un homicida prófugo y que ellos mismos desean llevarlo hasta Saint Justine para que rinda cuentas por sus espantosos crímenes y ellos recibir la recompensa y quedarse en la aldea a ver cómo lo ahorcan en un cadalso y verlo patalear y orinarse y que sus piernas se agiten en el aire hasta que sus estertores se apaguen y su cadáver cuelgue inerte escurriendo meados y la gente se congratule por haber ejecutado a un ser miserable al que debieron ajusticiar desde su primer crimen y no ser absuelto por un torpe cura que no supo atisbar dentro de él el germen de maldad y presenciar cómo a la madre le ponen la soga al cuello para castigarla por su ineptitud para educar con valores al siniestro muchachito y tirar los cuerpos en el bosque para que las sabandijas se alimenten con ellos y caguen sus restos y su alma quede apestada entre heces y moscas. «Gracias, Lucien, eres muy amable», escuchó a Gérard. Jack volteó y vio que se aprestaba a partir de la tienda. «Espero haberles servido de algo, mucho gusto, Henry, y ojalá llegues con bien a tu destino». Jack sólo alcanzó a musitar «gracias» y sin levantar la cabeza salió con el otro a la calle. «Este pobre no tenía ni idea de qué hablaba», dijo Gérard y le preguntó si tenía hambre, ignorante de cuán cerca estuvo de que Jack lo tajara a cuchilladas por culpa del tonto tendero. «Te llevaré a comer a casa de mi hermana y al terminar, creo que debes irte. Esa gente no tardará en volver». La hermana les preparó de comer un guisado de cerdo que Jack devoró. A la mesa se sentaron los tres hijos de la mujer. Gérard le preguntó a su hermana si sabía dónde se hallaba la dirección a la cual Jack debía dirigirse. Ella respondió no saber, pero la hija mayor, de la misma edad de Jack, explicó que uno de sus maestros les había enseñado los nombres de los estados americanos y recordó que uno de ellos se llamaba Kentucky. Cuando le preguntaron si sabía en qué dirección se hallaba, ella dijo creer que al sur. Era una pista suficiente para que Jack pudiese emprender su camino. Gérard y su hermana lo proveyeron de víveres, cobijas, utensilios de cocina, odres con agua, pólvora, balas y un saco de cebada para alimentar a su caballo. Jack montó, se despidió de la familia y prometió pagarles el favor en cuanto tuviera la primera oportunidad. Marchó rumbo al difuso Sur. Escampaba por fin y no se vislumbraban señales de una próxima tormenta. Se orientó y con el anhelo profundo de reunirse con su nueva familia, guió su caballo hacia la frontera.

1887

no puedes imaginar Henry la catástrofe que sobrevino cuando el Sur se rindió al Norte desconozco cómo experimentaron en Texas la Gran Derrota supongo que de manera distinta a nosotros aquellos eran territorios nuevos y no debieron tardar en adaptarse a las recientes circunstancias aquí fue un caos los yanquis vinieron a derrumbar la noble ensambladura de nuestra historia la dinamitaron sin oportunidad de que pudiésemos restaurarnos su torpe idea de abolir la esclavitud de golpe provocó confusión no sólo en los blancos sino también en los negros no sabían cómo proceder cómo relacionarse con sus antiguos amos algunos fueron comprensivos y por apego y hasta podría decir por cariño aceptaron continuar laborando con nosotros bajo el mismo régimen a pesar de la anárquica realidad a la cual fuimos sometidos otros aprovecharon la ocasión para sacar a flote resentimientos y enconos se portaron con insolencia y nos restregaban que había llegado *su* tiempo robaban con descaro insultaban a la menor provocación y cualquier pretexto les servía para armar zacapelas *somos libres* nos espetaban con burla y si no fuera porque los hombres se organizaron para realizar patrullajes los negros nos habrían exterminado no podrías dar crédito de su descaro recorrían las calles en corros para molestar a las damas y hasta violarlas para asaltar a los viandantes para despojar a los jinetes de sus caballos fue tal la barbarie que en bacanales depravadas los negros sacrificaban a los pobres corceles y se los comían no sin antes torturarlos volvieron a sus antiguas y tenebrosas religiones a sus dioses malévolos y rencorosos practicaban ritos sombríos volvieron a batir los tambores provenientes de ese mundo lejanísimo que era África y de la cual sólo habíamos escuchado de oídas no sabíamos qué habitaba dentro de esos rostros lóbregos la abolición abrió la caja de Pandora y desató fuerzas indomeñables sí lo admito hubo dueños de plantaciones que gozaban de maltratar a sus esclavos nosotros mismos en Emerson caímos en el error de contratar al infame Bob que ocasionó que nuestros negros nos fueran adversos por suerte llegaste tú a corregir el rumbo los maniobraste con sensibilidad atento a las señales no los trataste con fingida camaradería como lo intentó el capataz que te sustituyó y que terminó despreciado por los mismos negros cuando quiso echar marcha atrás y ganarse su acato con castigos Job lo recordarás un negro silencioso con músculos acerados se le abalanzó a golpes cuando Larry así se llamaba el desdichado mequetrefe se atrevió a pegarle de latigazos a una negra sólo porque no le sirvió la sopa bien caliente tan poco respeto suscitaba el insignificante tipo que ni los guardias lo defendieron si otros negros no hubiesen detenido a Job lo habría matado fue mi error lo acepto haber contratado a ese papanatas lo hice por la velocidad de los acontecimientos que tuve que enfrentar con la muerte de papá y tu partida aprendí la lección y en adelante procuré ser más cuidadosa al elegir a mis empleados de confianza y puedo decirte que no volví a equivocarme y tuve la fortuna de contar con Michael me vi obligada a vender a Job al mejor postor no podía permitir que su ejemplo cundiera entre los demás esclavos lo vendí en apenas una quinta parte de su cuantía *me arriesgo a su violencia* alegó el comprador para justificar su bajísima oferta las reglas del viejo Sur quedaron trituradas el antiguo sistema de valores estalló en pedazos y se impuso un absurdo canon sin respeto al legado de quienes edificaron nuestra nación el Norte silvestre e ignaro derrotó la índole civilizatoria del Sur trayendo consigo una visión deforme torcida cuando tomé posesión de Emerson y ya soplaban los incipientes vientos libertarios me propuse como meta educar a los hijos y a los nietos de los esclavos ampararlos bajo las alas de la buena voluntad para que poco a poco se incorporaran a la sociedad americana y no liberarlos de un día para otro como lo hicieron los yanquis sólo para que se transformaran en enloquecidos mastines prontos a destrozar a sus amos a tarascadas en lugar de extinguir la esclavitud los yanquis la derogaron sin mediar un proceso sano y gradual fue una suerte que no todos los negros se comportaran como una horda primitiva sedienta de sangre varios entendieron que la rebelión era el camino inmediato y fácil pero a la larga poco satisfactorio y que permanecer bajo la tutela de quienes poseíamos las plantaciones era la decisión más acertada que con nosotros disfrutarían de empleo de casa de comida de vestido de seguridad aquellos negros que tomaron la vía del quebrantamiento ya no fueron tomados como trabajadores en las plantaciones nadie quería que llegaran a contaminar a los demás con sus ínfulas de superioridad esos acabaron como mendigos en los campos o en las ciudades flacos con los ojos amarillos las costillas salientes a las mujeres negras que se unieron a estas sublevaciones les fue todavía peor hambrientas sin trabajo sin futuro algunas arrastrando consigo a su prole hubieron de hurgar en los basureros en busca de sobras para alimentarse las muchachas negras con cierto atractivo acabaron prostituyéndose regenteadas por lenones mulatos que las ofrecían a cambio de gallinas o de cerdos sólo algunas afortunadas por no decir las más bellas acabaron como incubadoras de hombres blancos como tú no sé qué placer hallaban en las oscuras carnes de sus concubinas para procrear hijos adulterinos que nunca acabaron por definir si pertenecían a la sociedad de los blancos o al submundo de los negros la abolición no mejoró las condiciones de vida de los manumisos no accedieron a niveles superiores no se les devolvió su supuesta dignidad ni disfrutaron de empleos bien pagados no alcanzaron los escalafones políticos más altos no tuvieron autonomía para organizarse en cambio se agudizó su pobreza se extraviaron en la falta de identidad y fueron reprimidos con mayor fiereza unos cuantos viajaron al Norte a disfrutar de los hipotéticos beneficios que los yanquis les prometieron no tardaron en volver desencantados el cacareado progreso al que se les invitó no fue más que una vana ilusión se derramaron galones de sangre y al final nada se ganó Henry nada sólo los visionarios que intuyeron el futuro y supieron ganarse el alma y el corazón de los negros como lo hiciste tú terminaron por vencer

1881

Viajamos por mero en medio de la comanchería. En algunos tramos, el paisaje era fragoso, árido, con hartos pedregales. En otros, pastizales donde tiro por viaje se topaba uno con víboras de cascabel. Cruzamos cañones por senderos delgaditos llenos de lajas sueltas que hacían que las pezuñas de los animales no agarraran firme y se tambalearan con amago de caerse. Tres o cuatro becerros, por atrabancados, rodaron por la ladera y fueron a estrellarse al fondo de los precipicios. De puro milagro, nuestros caballos no tropezaron y llegamos enteros al otro lado. A los comanches los veíamos a cada rato en las crestas de las lomas, vigilándonos. Entre ellos había muchas tribus y no todas honestaban los acuerdos que se hacían con otras. Algo de respeto debían merecerle al mentado Barrazas porque en cuanto los veíamos, mi abuelo alzaba el hacha y aquellos ya no se acercaban. Topamos con un par de piquetes de texanos, pero nomás nos miraban de lejecitos. Eran cuadrillas pequeñas, de no más de diez hombres. Estaban ahí con el jodido asunto del territorio «en disputa». «Puro agandalle de estos ojetes», dijo Chuy, «nomás vienen a ver cómo se piensan repartir las tierras. Hasta mojoneras ponen para demarcar los terrenos, como si ya estuvieran cinchos de que nos las van a quitar. Ojalá los comanches se los traguen en salsa verde». Lo de los texanos eran puras ganas de provocar, mandaban gente de la suya para que en una de esas se dieran un agarrón con los nuestros y con el pretexto de que los agredimos, los gringos entraran a darnos hasta con la cubeta. Chuy me enseñó a pegar el oído al suelo al estilo de los indios. Si los alrededores estaban callados podía uno percibir una vibración ligerita, como si fuese un susurro. Se podían sentir las pisadas del ganado a lo lejos y hasta como mordisqueaban el pasto. Era como si la tierra fuera una caja de resonancia. Eso se lo enseñó un apache renegado que trabajaba para el ejército mexicano como huellero. «Por eso los cabrones saben cuándo viene una caballería detrás de ellos». Al dormir armábamos las tiendas dentro de un círculo formado con las carretas para protegernos de cualquier ataque de los comanches o de otras tribus indias. Los guardias se quedaban a velar y con la ayuda de los perros juían a los coyotes o lobos que iban tras el ganado. No faltaba una méndiga manada que se echara una res al plato. A mi abuelo le tenía sin cuidado que estuviera semidevorada, si la carne todavía no se echaba a perder, mandaba destazarla para comérnosla. Era raro eso de monchar carne que aún tenía baba y marcas de los colmillos de lobos o coyotes. «Cómala, mijo», me decía Chuy, «pa que los lobos crean que eres uno de los suyos». Por fin, luego de semanas, llegamos a la frontera con la Luisiana del Norte que ahora ya le pertenecía a Estados Unidos. Perdimos un buen de reses en el camino, las que mataron los predadores, unas que se ahogaron y las que se cayeron por los precipicios. «Cuarenta y siete», sumó mi abuelo. Esas, más las que les dimos a los comanches, sumaban ciento diecinueve. Según Chuy, no nos había ido tan mal, porque en otras corridas se habían perdido hasta la mitad. En uno de esos viajes, me contó, la caída de una tormenta en la sierra provocó una venida de agua que ahogó a cientos de reses, una docena de caballos y a nueve vaqueros. «Los cadáveres quedaron ahí medio enterrados en el lodo. Asomaban las patas de un caballo, la mano de uno de los vaqueros, el cuerno de una vaca. Buscamos a los compas para darles cristiana sepultura, pero sólo hallamos a cuatro. Tu abuelo dijo que no nos íbamos hasta encontrarlos a todos. Metidos en el lodo hasta la cintura, picando con varas para ver si topábamos con los cuerpos, pos nomás no se pudo. Pa acabarla de amolar, después de la tempestad salió un sol de esos que dejan la tierra como comal y coció los cadáveres. No te imaginas la pudrición. Moscas y peste. Las vacas infladas, los gusanos comiéndoles la lengua. Convencimos al viejón de que si seguíamos ahí los hedores se nos iban a meter a los pulmones y nos íbamos a enfermar. Aceptó que pusiéramos unas cruces ahí en el lodazal y así dejamos el cañón como cementerio. Ya no volvimos a cruzar por ahí, era una trampa del demonio y la mentamos como la Barranca de los Muertos». Mi abuelo había decidido que arreáramos a las vacas a finales del verano para evitar las tormentas, aun así, nos tocaron un par. Desde lejos veíamos los arañazos de relámpagos y cómo se apelotonaban las nubes antes de los aguaceros. A Chuy le entraba preocupación cuando soplaban los ventarrones, «cuando pega el aire caliente es cuando se dejan venir los tornados». Me explicó que eran unos remolinos gigantes que se llevaban todo a su paso. «Yo vi cómo uno de esos aironazos levantó a las vacas como si fueran hojitas secas, las alzaba por arriba de la copa de los árboles y luego azotaban contra el suelo. Las hallaba uno destripadas como si las hubiera aplastado el dedo de Dios». Acampamos a la orilla del Río Rojo del lado mexicano, con la vacada junta lista para entregarla a los compradores. La Luisiana todavía era territorio salvaje. Según los gringos era de ellos, pero había tantos indios que quién sabe si de verdad podía decirse que era suya. Ya manojos de rancheros americanos se habían asentado ahí y necesitaban ganado, por eso íbamos a vendérselos. Por la mañana los compradores cruzaron el río para parlamentar con nosotros. En el grupo venían colonos franceses que decidieron quedarse aun cuando Napoleón les había vendido a los americanos la Luisiana completa, la del Sur y la del Norte. Un tipo llamado Frank fue el que negoció en nombre de los demás. Al principio, ofreció una bicoca, una mentada de madre porque mi abuelo y él habían mandado mensajeros de ida y vuelta para acordar el precio, por mala pata, los comanches se habían escabechado a uno de cada lado y se tardaron en apalabrarse. Cuando mi abuelo oyó la oferta, se hizo como que no le mellaba, pero clarito se le veía que por dentro echaba lumbre. «Mira, Franquito, no vine hasta acá para ver cuánto estabas dispuesto a pagarme, sino porque como hombres que somos ya habíamos pactado un precio. Si no me pagas en lo que quedamos, a mí me vale regresarme. Prefiero matarlas o, de plano, regalárselas a los indios para que se las coman y se pongan fuertes y luego vengan a partirles su madre. A mí no me vas a hacer pendejo». El americano se fue a deliberar con los demás. Se pasaron un largo rato hablando y Frank volvió con un costal de excusas que soltó en pésimo español. «Difíciles tiempos. Hartos indios. Malos negocios. Hubo sequía». Hizo una oferta un poquito más alta y mi abuelo lo mandó a pelar elotes. «En serio, Franquito, lo tuyo son chingaderas. Me llevo mi ganado de retache, prefiero a malbaratarlo. Ya no des más machincuepas y deja de ir a cuchichear con aquellos. Decide a lo macho ahorita mismo, o pagan lo que quedamos o chingan a su madre y me retacho». Tal era el coraje de mi abuelo que se le empezaron a saltar las venas del cuello. Frank se quedó con los ojos clavados en el suelo, se notaba que hacía cuentas mentales. «Te dije que los gringos son puro jarabe de pico, hablan y hablan para ponerte mielecita en el oído, y a la hora buena, se echan pa atrás. No son nada de fiar». El tal Frank se quedó un rato rumiando y luego soltó un pago más elevado, ni cerca de lo que acordaron. A mi abuelo se le acabó la paciencia. «Te advertí que me devolvía pa mi tierra, pinche calzones miados». Se volteó hacia nosotros. «Vámonos a la chingada, levanten el campamento». Recogimos las tiendas y preparamos las carretas y el cabrón güero se quedó muy orondo mirando con cara de aquí yo mando. Ha de haber creído que mi abuelo nomás faroleaba, se veía que no lo conocía bien, porque lo de la regresada era un hecho. Si el gringo no tenía palabra, él sí. Terminamos de empacar y viramos al ganado para enfilarlo hacia el sur. Mi abuelo dio la voz de arranque y pa atrás que el mundo es chico y no cabemos todos. Frank y otros dos corrieron en sus caballos a alcanzar a mi abuelo. «¿De verdad prefiere irse que dinero?», preguntó el gringo con su español de niño chiquito. Mi abuelo ni lo peló. «Ellos pierden más que nosotros», me explicó Chuy por lo bajo, «traer ganado hasta acá no cualquiera y les sale más barato que traerlo del norte. Se van a rajar y verás que tu abuelo los manda a la chingada». Frank y los otros dos cabalgaron al parejo de mi abuelo. Subieron su oferta y mi abuelo mantuvo su cara de piedra. Después de subirle de a poquitos, terminaron por ofrecer la cifra convenida de antemano. Ni eso hizo que mi abuelo los volteara a ver. «Es cuanto prometimos», dijo el americano. Mi abuelo siguió como si sólo zumbara una mosca. Frank estuvo insiste e insiste y cuando ya habíamos recorrido como media legua, mi abuelo se detuvo, «si quieren el ganado, ahora me tienen que pagar el doble por el puto coraje que me hicieron pasar». El americano soltó una carcajada, como si mi abuelo hubiese contado un chiste, yo sabía que mi abuelo no estaba fintando. Siguió pa adelante. Los compradores se dejaron venir hasta donde se hallaban los otros y se pusieron a discutir en inglés. Después de un rato, uno se desprendió del grupo para ir con mi abuelo. «Cuarenta véndame a mí, yo sí lo que usted pide pago», propuso en mal español. Mi abuelo soltó la cifra y el otro aceptó sin bronca. «Te dije que se iban a rajar», se rio Chuy. Mi abuelo ordenó que separáramos las cuarenta reses. El otro pagó y con sus vaqueros se llevó el hato. Atrás, Frank y el resto se veía que estaban dándose un agarrón. Le manoteaban al otro, encabronados porque rompió filas y le gruñían en inglés. Frank debió creer que se iba a atorar a mi abuelo, que pasadas dos leguas iba a arrepentirse y que volvería con ellos con la cola entre las patas. No, señor, mi abuelo no iba a desdecirse. Se veía que el nalgas guangas de Frank nunca había negociado con él, porque otros sabían que mi abuelo no gastaba pólvora en infiernitos. Al final, los que terminaron cediendo fueron ellos y si no le pagaron el doble, sí tuvieron que soltar un billete grande. Chuy estaba que no cabía de contento, «pinches gringos, se estrellaron con pared. Ya parece que tu abuelo se iba a doblar». Sin ganado, el viaje pa atrás se fue como agua. No había que esperar que las reses bebieran en los ríos o que pastaran. Y por fin dormimos de noche y no de día. Mi abuelo nos llevó por caminos enrevesados para sacarle la vuelta a los indios. Nada confiado, se dormía encima de las alforjas donde traía el dinero con una pistola lista pa disparar amarrada a cada mano para que no se le soltaran dormido. Durante el trayecto me la pasé piense y piense si debía o no preguntarle si él era mi padre. Debía hacerlo suavecito para no quemar naves, pero con los suficientes huevos para que no se zafara del nudo. Cuando ya nomás faltaban dos jornadas para llegar al rancho, decidí que por la noche iba a confrontarlo. No iba a perder la oportunidad y si al viejón se le metía el diablo al cuerpo y me expulsaba del rancho, pues ni modo, yo ya estaba resuelto a aventarme el tiro.

2024

En la soledad de la lujosa cabaña, McCaffrey revisó sus notas. Su trabajo intentaba revelar, no sólo los orígenes del capitalismo en América sino cuánto pesaron las voluntades individuales en el proceso, como fue el caso de Henry Lloyd. Teóricos sostenían que las divisiones de clase se generaban por cuestiones sistémicas. En la sociedad precapitalista americana regían ordenaciones que beneficiaban a determinados grupos, sobre todo a aquellos que descendían de europeos blancos con fuertes lazos con el protestantismo cristiano. Los demás: mexicanos, negros, nativos, asiáticos eran relegados y les costaba incorporarse a puestos jerárquicos. El razonamiento de esta tesis no sólo era correcto, sino evidente. Sin embargo, al recorrer estas tierras áridas, adversas para la vida humana, McCaffrey juzgaba que el análisis pretería elementos fundamentales, como la personalidad y la intrepidez de quienes fundaron las bases de las estructuras precapitalistas. Ciertas teorías sociales hacían creer que el sistema se autorreproducía, como si se tratase de un organismo que se engendró a sí mismo y no que fue construido por individuos particulares. Esa era su crítica más acerba hacia sus colegas marxistas. Los análisis y propuestas teóricas del viejo Karl, a su entender, explicaban la Europa decimonónica en la cual confluían siglos de civilización, de instituciones, de ideas, de prácticas, pero, ¿podría aplicarse el mismo tenor a América?, ¿qué habría pensado Marx sobre la riqueza arrancada a ese territorio hostil y áspero que ahora miraba por la ventana de su cabaña?, ¿podía alegarse que los europeos trasplantaron, tal cual, su sistema a Estados Unidos y que los individuos no hicieron más que adaptarse a él o, por el contrario, el sistema americano se fundó sobre la influencia de determinados individuos? Debía de ser, sin duda, una mezcla de ambas posiciones teóricas, porque si no se hubiese trasladado el sistema no se habría desatado tal explosión de progreso. Esto desencadenaba otros cuestionamientos: ¿por qué las tribus no produjeron ese grado de riqueza si habitaban las mismas tierras?, ¿por qué la economía de México era tan débil en comparación con la americana?, ¿por qué los Estados Unidos habían alcanzado tal escalada económica en tan poco tiempo y ahora su producto nacional bruto era mayor al de los países de Europa Occidental en su conjunto?, ¿qué aportaron hombres como Lloyd al rediseño americano del capitalismo? Las ganancias del conglomerado Lloyd superaban a economías de países como Paraguay o Gabón. Se podía argüir que el imperialismo americano había saqueado sin cesar los bienes naturales de los países al sur de su frontera, ¿por qué los gobiernos de esos países fueron incapaces de frenar la rapiña estadounidense? Entre sus notas hubo una en particular que le llamó la atención: el rancho Santa Elena. Según sus registros, el rancho Santa Cruz se había fraccionado en dos a mediados del siglo xix. La porción más extensa se la había quedado Henry Lloyd, quien mantuvo el nombre original del rancho: Santa Cruz; la otra pasó a posesión de Rodrigo Sánchez. Conforme a lo hallado en los archivos, Sánchez y Lloyd se asociaron en diferentes empresas; de hecho, el mexicano administró y explotó las minas de plata. Ignoraba si había parentesco alguno entre el Rodrigo Sánchez enterrado junto a la tumba de Elena Sánchez y que indicaba su fallecimiento a los diecinueve años y el otro, que feneció en las postrimerías del siglo xix. En tanto el rancho Santa Cruz permanecía indiviso de acuerdo a sus límites originales, el Santa Elena se había subdividido en decenas de pequeñas propiedades y sólo quedaban nueve mil acres. ¿Qué había sucedido para que aconteciera así?, ¿cuál fue la suerte de los descendientes de Sánchez?, ¿por qué Lloyd estableció relaciones de negocios con un mexicano?, ¿Rodrigo Sánchez tendría algún vínculo familiar con José Sánchez Martínez, el original poseedor del rancho Santa Cruz? Se hallaba inmerso en estas interrogantes cuando escuchó una conmoción afuera de su cabaña. Se asomó por la puerta, por el pasillo vio a Betty gritoneándole a Peter que trataba de alejarse de ella. Tom siguiéndolos de cerca. McCaffrey dudó en si intervenir o no, eran adultos y ellos solos debían resolver sus desacuerdos. Ganó su deseo de ayudar y se apresuró a alcanzarlos. Betty vociferaba, «¡con mi hermano, cerdo asqueroso!». Peter hacía esfuerzos por eludirla. Tom detrás de ellos. McCaffrey tomó a Betty del brazo, «¿qué pasa?». Con brusquedad, ella se zafó para continuar increpando a su prometido. «¿Crees que no los vi?», le gritó con el rostro enrojecido. «Párate, cabrón». Peter la rehuía y ella intentaba atajarlo. De la casa principal salió Henry y al ver a Betty enfurecida, no disimuló una sonrisa. McCaffrey se giró hacia Tom, «ayúdame a controlarla». «Nadie podrá controlarla, profesor». Si no fuera porque la muchacha se veía profundamente dolida, McCaffrey podría calificar la escena como cómica, el coyote persiguiendo al correcaminos por los pasillos de un complejo de lujo en medio del desierto. McCaffrey interceptó a Peter, «deja de rehuirla y habla con ella». Peter miró al profesor, «esto explotó». Nunca en su carrera de académico imaginó quedar en el centro de una disputa pasional entre los herederos de dos de las familias más prominentes del país. Cuando Peter se deslizó de la cama, Betty, entre sueños, lo miró partir. Después de un rato, intranquila porque su novio no volvía, se vistió para ir a buscarlo. No lo encontró en los alrededores y se dirigió a la cabaña de su hermano. Tocó y nadie le abrió. Dio vuelta para asomarse por las cortinas. En la estancia, a oscuras, no vio a nadie. Caminó a la recámara en la que se hallaba una luz encendida y al asomarse, descubrió a Peter y Tom desnudos, su prometido arriba de su hermano, penetrándolo. Pegó un grito agudo y comenzó a golpear contra el cristal. Al saberse descubiertos, Peter se vistió de prisa y huyó por una ventana. Fue ahí donde empezó la persecución. Henry ya se había metido a la cama a leer. Un par de horas antes condujo a Mark y a Leslie al aeropuerto del rancho que se encontraba en una planicie a veinte minutos del complejo. Al regresar a casa no encontró a nadie y decidió retirarse a su cuarto. Escuchó los gritos y bajó las escaleras. El desastre

310

se preveía inminente, sólo había faltado el catalizador que lo detonara. Esa mañana Peter le había declarado su amor, «eres el hombre que quiero a mi lado el resto de mi vida». Henry sonrió, «la verdad, no me importa quedar en segundo lugar detrás de la mujer de tu vida». «A ti te amo, a ella no», reviró Peter. Ahora sonreía al ver a su amante pelearse con su prometida por cogerse al cuñado y a un aturdido McCaffrey intentando mediar entre ellos. El zafarrancho terminó después de varios minutos. Al descubrir a Henry en la puerta de la casa, Betty fue a refugiarse a sus brazos. No dejó de gimotear y repetir que su hermano le había destrozado la vida sin percatarse de que se consolaba con el futuro esposo de quien se había comprometido a ser su esposo. Tom volvió a su cuarto y se tumbó en la cama a ver el techo. Debía compeler a su hermana de no chivatearle a sus padres. Anticipó la tremenda bronca que le armarían si ella decidiera delatarlo. La mera posibilidad le provocó náuseas. No sólo se descubriría que era homosexual, lo cual supo disimular por años, sino que le había birlado el pretendiente a la hermana. Una nota digna de *People Magazine*. McCaffrey permaneció sentado en una banca con Peter, que a lo lejos veía a su prometida reconfortada por su verdadero amor. Un desastre por donde se le viera. McCaffrey hizo vanos intentos por alentarlo, «no hay nada que hacer», musitó Peter. Después de un rato de abrazarla, Henry llevó a Betty a la sala y sin prender las luces la sentó en un sofá. Le preparó un té, le hizo una caricia paternal en la cabeza y le pidió que aguardara un momento. Henry salió a hablar con Peter, «esto iba a pasar tarde o temprano», le dijo sin importarle la presencia de McCaffrey. Peter soltó un suspiro en respuesta. Habían estirado la liga más y más hasta que reventó. Peter se odió por haber lastimado a Betty. Era una buena muchacha, poco maliciosa. «Dios perdona el adulterio, pero castiga el escándalo», soltó McCaffrey de la nada. Henry y Peter se volvieron a verlo, «¿por qué dice eso?», inquirió Henry. Él mismo no lo sabía. Tiempo atrás escuchó la frase y por años buscó el momento para pronunciarla. La suya había sido una vida en una sola línea, sin altibajos. Una existencia cómoda, tranquila, un sueldo seguro, el reconocimiento de sus pares, un departamento cercano a la universidad, pago por conferencias, éxito relativo con sus libros citados en numerosos artículos de sus colegas. Estudiaba a los poderosos para a través de su vida darle sentido a la suya. Así como Scott Fitzgerald, uno de sus ídolos literarios, se había acercado a la alta burguesía americana para narrarla, él hizo lo mismo. Como a las palomillas, le seducía la luz de esa nueva aristocracia, sólo que, a diferencia de Fitzgerald, nunca pudo integrarse a la alta sociedad, ni sufrió los embates del alcoholismo, ni se enamoró de una mujer medio loca. Estuvo a punto de subirse a una montaña rusa cuando se prendó de una alumna. La prudencia lo hizo desistir al día siguiente de una larga serie de besos. Fue lo más cerca que estuvo de la trasgresión, el temor a ser descubierto y que el escándalo arruinara su carrera lo acobardó. Jamás imaginó que la frase que se guardó por años la formularía en una noche texana a un grupito de juniors en medio de un estallido emocional. «¿Algún consejo, profesor?», preguntó Henry. McCaffrey caviló su respuesta. Su vida era tan desabrida que no se sentía apto para sugerir algo medianamente valioso. «Deja que se le pase la rabia», atinó a articular. «Después de esto, no habrá perdón alguno», masculló Peter. «A ti te va a mandar al carajo y punto», le dijo Henry, «al que va a querer reventar es a su amado hermano». Peter recargó su cabeza en su hombro en busca de consuelo. Henry pasó su mano por su cara y le dio un suave beso en los labios. El gesto de amor entre ellos se sumó al desconcierto de McCaffrey. ¿Qué pasaba ahí que no había percibido? No había atisbado un solo amaneramiento en los tres muchachos, nada que indicara su homosexualidad. Ahora las señales aparecían por aquí y por allá. Se preciaba de ser tolerante y respetuoso de las preferencias sexuales de cada quien y jamás le importaron los arrumacos gays de sus alumnas o alumnos. Pero lo melodramático del asunto empezó a sobrepasarlo. Se levantó de la banca. «Creo que ustedes tienen asuntos de qué hablar», dijo y partió hacia la cabaña. En cuanto lo supieron lejos, Peter besó las manos de Henry. «¿Piensas dejarme por esto?», le preguntó. Henry lo cogió de la barbilla y le alzó el rostro. «No», le contestó categórico, «¿tú a mí?». Peter negó con la cabeza. «Voy a calmarla, trata de dormir», le dijo Henry y retornó a la casa. Peter se quedó sentado en la banca conteniendo las ganas de llorar.

1892

En silencio desayunamos. Lloyd en su plato se halla concentrado. Ideas en su cabeza rondan. Jayla un blusón se ha puesto. Distinta persona parece. Otra mujer. Lloyd, en su regazo, a Jonas lo sienta. Cosquillas en la panza le hace. Las blancas y rollizas piernas el bebé agita. «¿A mí se parece?», Lloyd pregunta. Jonas una copia suya es. «Mucho», agrega Jayla. «Ojalá se componga», dice Lloyd y ríe. En un extremo de la mesa James come sin atreverse a los ojos levantar. Con Jayla teme cruzarlos y que Lloyd cuenta se dé. Entre las manos de Lloyd diminuto el bebé se mira. Vellos rubios en sus gruesos antebrazos. Por la ventana el sol entra y sus vellos en los rayos dorados relumbran. Japheth a la falda de su padre intenta subirse. Lloyd lo ayuda y junto a Jonas lo coloca. En tarabilla Japheth le habla. Lloyd atención le presta como si de un adulto se tratara. De arañas, de la zarigüeya le cuenta. Jenny a Jonas toma de los brazos de Lloyd, «su hora de comer es». Japheth de hablar no cesa. Habla y habla y su padre lo escucha. De su pantalón Lloyd un reloj saca. «Es la hora de irnos», a James y a mí nos dice. A Jayla el niño le entrega. «Practica para el bebé que viene», dice. A nosotros voltea a vernos. «Un hijo Jayla y yo tendremos». James la cabeza aún más agacha. A una mujer embarazada desear un error sería. «Si es mujer, Jerioth se llamará, Jabin si hombre es». Lloyd se levanta, a su hijo besa en la frente y luego se inclina sobre la barriga de Jayla para besarla. «Llega pronto», le susurra a quien dentro se halla. «¿Cuchillos traen?». Asentimos. «Por los caballos ve», a James le ordena. Los dos en la puerta permanecemos. Al cielo Lloyd mira. Unas golondrinas por encima de nosotros vuelan. «En dos meses se irán», dice. Con los ojos las sigue. Rompen el aire con sus alas. Giran, suben, bajan. Con los caballos James llega. Montamos los tres y al puente nos dirigimos. A lo lejos a Leonard vemos en la baranda del puente recargado. A su caballo no deja de hablarle. Sonríe al vernos. El cuerpo de Lloyd tensarse lo percibo. Las riendas los dedos aprietan. Un músculo en la mandíbula se marca. Nunca a él así lo había visto. Arribamos. De su caballo Lloyd se apea. Leonard a él se acerca y la mano le extiende. «Jack Barley», saluda. Lloyd el gesto no devuelve y al otro con la mano al aire deja. Leonard, desconcertado, la baja. James y yo desde arriba del caballo miramos. «A sus muchachos una oportunidad de trabajo con usted les pedí», dice Leonard en un esfuerzo por agradable parecer. Lloyd los ojos de encima no le quita. «¿De dónde eres?». Leonard a verme se vuelve. «De Maryland», responde. «¿De Vermont no procedes?». Con la cabeza el otro niega. «Ni siquiera conozco». Lloyd a Leonard escruta. «¿A mí por qué me buscas?». Leonard de nuevo me mira. «Trabajo necesito». Lloyd un paso hacia él da. «A otra gente en esta zona pudiste pedírselo». La cercanía de Lloyd nervioso lo pone. «Me han dicho que usted la plantación más extensa maneja». Golondrinas a ras del río vuelan. Mosquitos o moscas deben cazar. Una raya en el agua a su paso. Pocos minutos de vida a Leonard le quedan. «Trabajaré en lo que sea», dice en un intento por el intercambio suavizar. «¿De dónde tu apellido proviene?», le pregunta Lloyd. Leonard suda. En sus labios, gotitas. Una en su frente resbala, por su mejilla se desliza y al piso cae. «Soy descendiente de irlandeses», explica el gordo. «¿De qué parte de Irlanda?». Una mirada siento. Volteo. Jade en el otro lado del puente sonríe. Espejismo no es, ilusión tampoco. De carne y hueso ella está ahí. De mirarla no dejo. James hacia allá voltea. «¿Qué pasa?», me susurra. Levanto el índice y a Jade señalo. Con la mano James la luz tapa para mejor mirar. «De qué parte, no sé», responde Leonard. «De Vermont o de Canadá, ¿a quién conoces?», Lloyd le pregunta. A lo lejos sus voces escucho. Apagadas como si de otra dimensión vinieran. Jade tararea. A ella con claridad la escucho. Una canción de mi tierra. Cierro los ojos. Mi madre, cuando yo niño era, la entonaba. Por la melodía oír con los ojos cerrados a Lloyd matar a Leonard no vi. Cuando la canción finaliza y los ojos abro James hacia abajo mira. Las manos de Lloyd en el cuello de Leonard se hallan. Ya está muerto, Lloyd no cesa de apretar. Como si hasta la última gota de vida quisiera exprimirle. El caballo de Leonard con la cabeza al patrón quitarlo de su dueño trata. «Mi familia es», Leonard de su caballo había dicho. Ahora lo defendía. El corcel intenta a Lloyd patear, con mi caballo lo atajo. Lloyd el pescuezo de Leonard vuelve a oprimir. «Muerto está», James le advierte. A verlo Lloyd voltea. «Más muerto lo quiero». Por la nariz a Leonard sangre le escurre. Su rostro una manzana roja. Hinchado. Abultadas las venas en el cuello. Sus ojos al cielo miran. Las golondrinas debió ser lo último que en su vida vio,

¿o fue el furioso semblante de Lloyd? Hacia Jade volteo. Una sonrisa en su rostro. En despedida la mano alza y por el puente camina. La muerte de Leonard a atestiguar vino. Lloyd se incorpora. A sus pies el cadáver del gordo. Los ojos de su caballo abiertos, atónito. Su único dueño, inerme. Lloyd dos pasos hacia atrás da. El caballo el cadáver olfatea. Su crin se eriza. En su mirada tristeza se nota. Lloyd frente al cuerpo se arrodilla. Los bolsillos le vacía. Algunas de las monedas de Jade, el reloj y la leontina le quita. Monta en su caballo y en las alforjas el botín guarda. El dinero de Jade que era suyo a él regresa. «Toma su caballo de las riendas y con nosotros tráelo», a James le ordena. Melancólico, el corcel a andar se rehúsa. Leonard, su familia, frente a sus patas yace. Es hermosa la bestia. James lo jala. El caballo a abandonar el cuerpo se niega. Por fin, luego de repetidos tirones, con nosotros acepta ir. El ruido de los cascos en las piedras del puente se escucha. A la calle de tierra entramos. Volteo atrás. Leonard diminuto se mira. Las golondrinas, por encima de él, vuelan.

1878

Despojamos al abominable Bob de cuanto llevaba de valor, cubrimos con tierra los rastros de sangre, espantamos su caballo y a lomos del mío acarreamos su cadáver hasta una pocilga, lo aventamos al lodo y lo cortamos en pedazos para arrojarlo a los cerdos, se devoraron las entrañas, los huesos, las piernas, su cabeza fue disputada entre dos voluminosos machos hasta que la rompieron en dos y cada uno se llevó su parte, los puercos hozaron en el fango en busca de sobras, se escuchó el crujido de los huesos en sus mandíbulas, Jeremiah saltó al corral y con una antorcha revisó que no quedaran vestigios del cuerpo, sólo halló dos dedos que aventó a una hembra que se los tragó apenas olerlos, el cerdo Bob acababa entre los suyos, moraría en el infierno de las vísceras porcinas para terminar excretado como lo que siempre fue, un pedazo de mierda, volvimos a nuestras barracas satisfechos de haber cumplido con un buen trabajo, antes de matarlo temía que se grabaran en mi mente la imagen de nuestros cuchillos penetrando su torso y su cara, pero sólo de recordarlas me sentí liberado, dormimos durante la mañana dispensados por Lloyd para no ir al trabajo, al mediodía se presentó en el cobertizo, el resto de los negros se hallaban en los campos, «¿pudieron cumplir con lo que les pedí?», inquirió, le respondí que sí, preguntó qué habíamos hecho con el cadáver y nos felicitó cuando le contesté que se lo habíamos dado de comer a los marranos, «ni a mí se me hubiera ocurrido tan brillante idea», dijo, nos entregó unas monedas, no supe cuánto valían los tres trozos de metal que colocó en la palma de nuestras manos, nunca en mi vida había comprado algo, mi ropa, mis zapatos, la comida, hasta los libros, me los proporcionaba el señor Wilde, «si algún día quedan libres, con eso podrán vivir por años», nos dijo y sugirió que las enterráramos en un lugar secreto, se fue el patrón y nos quedamos revisando las monedas, pasé mis dedos por ambas caras, en una se hallaba troquelado el perfil de una mujer con una tiara que decía «Liberty», en el anverso venía un águila con las alas abiertas y en el pecho un escudo con rayas transversales, en una garra aferraba unas flechas y en la otra, unas ramas con hojas, me parecía inconcebible que en esas redondas piezas se hallara la posibilidad de subsistir por cierto tiempo, Jeremiah salió del cobertizo para dirigirse al río, supongo que al sitio donde ocultaría las suyas, yo las escondí bajo el tronco de un frondoso roble y disimulé el hoyo con musgo y hojas, Jeremiah y yo nos sentamos en el porche, una ligera brisa nos refrescó, me pregunté si dentro de él se agitaban las larvas de la culpa, si se arrepentía de haberle quitado la vida a Bob porque lo hallé meditabundo y serio, no me atreví a interrogarlo al respecto, lo más prudente era que cada quien guardara para sí las emociones suscitadas por nuestro crimen, concluí que el cúmulo de circunstancias que se sucedieron tras raptarme de mi aldea convergían hasta llegar al instante en que propiné la primera cuchillada, Bob no lo supo, pero su sentencia se firmó ese día aciago para mí y por consecuencia para él, años después Jeremiah y yo ejecutamos a decenas en Texas y en Nuevo México, ejecuciones que iniciaron en el momento que Lloyd le compró a Virginia Wilde a veintisiete de nosotros para enrolarnos en su ejército, el día en que partimos hacia Texas fui sigiloso a desenterrar mis enlodadas monedas, después de limpiarlas por varios minutos reaparecieron la mujer sentada y el águila rampante, con retazos de telas las cosí en el interior de mi camisa, una la zurcí pegada a mi corazón para que me brindara fuerzas, otra en la espalda para que me alentara a seguir adelante y otra en mi plexo solar para que ahí confluyeran mis energías, si Jeremiah era el silencioso confidente de Lloyd y, más tarde, el ejecutor más sanguinario de sus órdenes, yo me convertí en el otro lado de la moneda, aquel que le ayudó a ceñir su poder sobre los demás, el que disciplinó a sus tropas y en quien depositó la operación de su ejército.

1817

Cruzar la frontera hacia Estados Unidos le causó un profundo desasosiego. Kentucky le sonaba a un lugar lejanísimo y exótico al cual no supo si alcanzaría a llegar. Para colmo, debía franquear Vermont en donde decenas de carteles con su nombre se hallarían pegados en comercios y calles. La espectral identidad de Jack Barley sería un fardo por el resto de su vida y tarde o temprano, en un lugar u otro, reaparecería. Saltó el arroyo que delimitaba a ambos países y marchó hacia el sur. A menos de que alguien lo orientara hacia otro rumbo, proseguiría en línea recta. Evitó aldeas o pueblos. Se alimentó con aquellas presas que logró trampear. Lidió con un par de nevadas y por momentos creyó que no había ningún propósito real en efectuar la travesía. El reencuentro con la familia le pareció una mera ilusión. ¿Cuánto tiempo tardarían en aparecer en el punto predeterminado?, ¿se habrían querido librar de él?, ¿los habrían matado los sicarios de Lucas Gautier? Estuvo tentado a abandonar su empeño para refugiarse en las montañas donde se sentía protegido. Del trampero había aprendido las habilidades necesarias para sobrevivir en parajes agrestes y en climas mortíferos. Sabía cómo construir una cabaña, dónde colocar los cepos, curtir pieles. ¿Para qué arriesgarse a ir a un lugar remoto y desconocido en busca del tal Martin Cambron de quien nada sabía? Tampoco deseaba la soledad de vivir remontado. Presagiar una existencia de ermitaño por el resto de su vida le provocó ansiedad. El aislamiento era una manera anticipada de morir, una muerte morosa y angustiante. Conforme avanzaba hacia el sur, la campiña se tornó más llana, con menos bosques y más praderas y lagos. Cuando cumplió un mes de viaje, resolvió entrar a un pueblo. Requería de provisiones y que su caballo comiera pienso de buena calidad. Había enflaquecido y se le dificultaba superar cuestas inclinadas y colinas. Él también había perdido peso. No había logrado más que coger conejos y liebres, insuficientes para nutrirse como debía. Vio el pueblo desde lo alto de una loma y con cautela se encaminó hacia allá. Numerosas granjas con vacas se hallaban en los alrededores y varios molinos se alzaban en las cercanías. Topó con un viandante y le preguntó sobre un lugar donde comprar víveres. Con amabilidad el muchacho le señaló un almacén al final de la calle. Jack notó en él un acento por completo distinto al que conocía. Le preguntó si aún se hallaba en Vermont y el otro rio, «no, amigo, estás en Cheshire, Massachusetts. El linde con Vermont queda treinta millas al norte». A Jack le alivió saberse lejos de Saint Justine y más relajado se dirigió hacia el almacén. Un grupo de diez hombres se hallaban haciendo fila para entrar. Jack desmontó, amarró su caballo en un poste y se formó en la cola. Los hombres aguardaban en silencio. Eran grandes, de aspecto rudo, sus rostros requemados por el sol. Detrás de él se colocaron otros tres. Uno por uno los tipos pasaban al interior del establecimiento y, luego de unos minutos, salían en diferentes direcciones sin ninguna compra en las manos, lo que le extrañó a Jack. Tocó su turno. Apenas entró, escrutó el sitio para cerciorarse que no hubiera un cartel con su imagen. No halló ninguno. Un hombre sentado en una silla de madera frente a una mesa lo llamó. «Es aquí», dijo. «Nombre», preguntó el tipo. Jack dudó en si revelarlo o no. No entendía nada de lo que estaba sucediendo. En esas tierras debía ser otro el procedimiento para comprar víveres. «Nombre», repitió el otro con exasperación. «Henry Lloyd», respondió Jack y el tipo lo anotó en la libreta. «¿Edad?», preguntó. «Casi catorce». El hombre levantó la cabeza y lo abarcó con la mirada. «Estás muy flaco», le dijo. «¿En el molino o en los astilleros?», inquirió. Jack no supo de qué le hablaba. «Quiero comprar pan, harina, un poco de vino, frijoles, papas». El otro se mostró aún más impaciente. «Lo comprarás después, ¿molino o astillero?». Jack, que ignoraba qué significaba «astillero», respondió «astillero». El hombre escribió en la libreta. «Está bien, pero si sigues así de escuálido no vas a aguantar. El transporte los va a estar esperando en la siguiente esquina a la derecha. No te equivoques y vayas a ir a la izquierda, que esa es para los que se van a trabajar al molino». Jack se quedó parado frente al hombre, «¿quién me puede vender lo que pedí?», preguntó. El tipo le clavó la mirada. «Las comidas están incluidas». Jack pensó en largarse, no le gustó nada la actitud del fulano y menos sin saber de qué le hablaba. Salió y uno de los que estuvo antes de él en la fila lo aguardaba en la puerta, «¿tú vas al astillero?», le preguntó con timidez. Pese a ser un hombrón más alto que él y de mayor edad, se comportaba con un aire sumiso. «Sí», respondió Jack. «Si no fuera por la paga, no iría, somos de los pocos valientes en trabajar allá en invierno». Jack se cuestionó de qué iba el trabajo. «¿Cuánto nos van a pagar?», inquirió. El hombrón soltó una risotada, «¿no sabes?». Jack negó con la cabeza. «Suficiente para que con tres meses de sueldo sobrevivas los próximos cinco años». Del otro lado de la calle caminaba un grupo más numeroso rumbo a las carretas que conducían al molino. «¿Cuánto ganarán los que van al otro trabajo?», preguntó. «Una sexta parte de lo que ganaremos nosotros, esa es faena para niñitos». Sí, se veían más enclenques, no como los tipos forzudos que se marchaban delante de ellos rumbo a las diligencias que los conducirían a los «astilleros». «¿Adonde vamos queda cerca de Kentucky?», preguntó Jack con ingenuidad. El otro volvió a soltar una risotada, «eso es lejos, muy lejos de aquí. Vamos a Providence». Jack no quiso demostrar más su ignorancia y se devolvió por su caballo. «¿Adónde vas?», inquirió el grandulón. Jack apuntó hacia su potro. «Vaya, eres rico». Si sólo los ricos poseían caballos, él debía sentirse muy afortunado de quedarse con el que le regaló Evariste. En su aldea, un caballo era signo de opulencia. El padre de Louis tenía tres, lo que lo situaba en la punta de la pirámide de Saint Justine. «Véndelo cuanto antes porque muchos van a querer robártelo», le avisó el tipo. ¿Qué lugar era ese donde no se respetaba la propiedad de un caballo? En ningún momento, ni en su aldea ni en el pueblo canadiense, a alguien se le ocurriría hurtar uno. Si un ladrón se acercara a su caballo, no dudaría en matarlo. Juntos fueron a recogerlo y luego caminaron hacia las diligencias. «Me llamo Charles», se presentó. Debía contar con unos veinticinco años de edad pero su actitud era la de un chico de doce. «Henry», respondió Jack y se estrecharon la mano. A pesar de la estatura, la mano de Charles era pequeña. A Jack le pareció femenina, sólo que llena de callos. «¿Nos van a dar de comer?», inquirió Jack. El hombre volvió a reírse. «Sí, en Providence». Jack no sabía si eso era cerca o lejos. «Tengo hambre», protestó, llevaba día y medio sin alimento. Regresó al almacén, no esperaría a que le dieran de comer. Charles fue tras de él. Jack compró tres hogazas de pan, una libra de jamón, dos libras de queso y un saco de forraje que su caballo engulló de prisa. Jack compartió una barra de pan y jamón con su nuevo amigo, «gracias, a decir verdad, me moría de hambre». Cuando llegaron a las diligencias el encargado se veía molesto, «¿creen que tenemos todo el tiempo del mundo?». Jack se encogió de hombros. Ni siquiera sabía la razón por la cual estaba por involucrarse en ese trabajo. Había entrado al pueblo con el único objetivo de comprar provisiones y ahora se embarcaba en un viaje con rumbo desconocido. Si Charles no hubiese mencionado la sustancial paga, él habría seguido con su camino. Tuvo la esperanza de que Providence se hallara al sur y que la diligencia lo acercara al intangible Kentucky. Montaron en una de las dos diligencias y Jack amarró su caballo a uno de los travesaños. Partieron hacia el este justo cuando copos de nieve empezaron a caer.

1887

fue pavoroso el desplome casi podía escucharse cómo se resquebrajaba cada pilote de nuestro maderamen decenas de plantaciones y de campos de cultivo quedaron en el abandono o ya no se recuperaron de los incendios o sus propietarios fueron asesinados la naturaleza no perdonó mansiones casas cobertizos quedaron cubiertos por maleza ni negros ni blancos supimos acomodarnos al nuevo sistema ignorábamos cómo debíamos pagarle a los trabajadores en qué condiciones laborales cuánto de salario la economía del Sur se estancó sobrevinieron hambrunas crisis epidemias la muerte como lo sabes llama a la muerte hubo escaramuzas entre los negros rebeldes y los blancos que se resistían a que se suprimiera el orden de las cosas no era raro ver cadáveres regados por las calles o en los sembradíos la guerra no se detiene de súbito los conflictos no se resuelven de la noche a la mañana permanecen agazapados en espera de su oportunidad la guerra es un león herido que antes de sucumbir atiza sus últimos zarpazos suficientes para asolar con centenas de vidas aun cuando el Norte dejó en nuestras tierras batallones de sus ejércitos para corroborar que se cumplieran los compromisos derivados de la capitulación no pudieron frenar el descontento ni los soterraños movimientos de resistencia los más afectados fueron los mismos negros a quienes blancos resentidos por el nuevo orden torturaron y asesinaron descargando sobre ellos la furia por sus pérdidas como si ellos fuesen los responsables de la barbarie traída por los blancos del Norte conforme los yanquis se replegaron las milicias homicidas pasaron al lado de la legalidad y coparon los sistemas de justicia sí los negros fueron liberados por los decretos de los impresentables yanquis pero al irse la autoridad quedó en manos de los blancos más reaccionarios y virulentos se construyeron dos sistemas judiciales uno para nosotros y otro para los negros cualquier delito por mínimo que fuera se convirtió en pretexto para encarcelarlos ejecutarlos o lincharlos se diseñó una nueva esclavitud más sofisticada y más represiva los negros aprendieron a andarse con cuidado si alguno osaba salirse del redil sabían bien cuáles serían las implicaciones la horca en el mejor de los casos la muerte tumultuaria en el peor no había suceso más penoso que ver a una turba arrastrar negros a las afueras de los pueblos para golpearlos y luego quemarlos vivos levantar a Emerson fue más complicado de lo que puedas imaginar de nada nos servía cosechar el algodón si no había compradores de nada servía sembrar cereales si los barcos para transportarlos o los graneros para almacenarlos habían sido reducidos a cenizas intenté comercializarlos por diversas vías por mi condición de mujer pocas veces fui tomada en serio en el nuevo régimen fueron desplazados los hombres de honor aquellos con educación pertenecientes a prosapias de renombre para ser sustituidos por la ralea blanca más baja e ignorante el populacho culpó a la vieja guardia de la derrota frente a los yanquis y permitió el ascenso de una caterva revanchista el vulgar Norte terminó por contagiarnos de sus espantosos vicios para transformarnos en el vulgar Sur comarca a comarca los alguaciles fueron reemplazados por individuos pedestres sin ningún respeto por la gente de bien la grosería se convirtió en moneda de cambio los léperos que llegaron a gobernarnos no tomaron en cuenta la contribución que habíamos hecho a la historia del Sur y nos trataron como si fuésemos una antigualla sin valor logré imponerme a varios miembros de esta soez camarilla y enrabietados comenzaron a mandarme mensajes amenazadores o le bajaba a mi tono prepotente o harían cuanto estuviera en sus manos para destruirme tú que me conoces Henry sabes que nunca fui déspota ni soporto a la gente soberbia y fatua y por ningún motivo me convertiría en alguien así yo sólo me mostré firme y no cedí ante sus chantajes por procurar las condiciones ideales para que nuestros trabajadores realizasen sus labores con eficacia en sintonía con los sistemas de productividad que tú impusiste fui acusada de protectora de negros de fomentar su insurrección de otorgarles excusas para sublevarse *si usted les facilita las cosas a los negros que son perezosos por naturaleza y de lerda inteligencia empezarán a demandarlo en las demás plantaciones y nadie podrá cumplir con sus pretensiones esos animales no merecen condescendencias de ningún tipo y si usted se obstina en otorgárselas se meterá en problemas le sugiero use mano dura con ellos* me advirtió el concejal del pueblo uno de esos blancos pobretones que en la posguerra se enriquecieron con su llegada al poder intenté explicarle que no se trataba de mejorar la vida de los negros ni por caridad ni por amor a ellos sino para crecer el rendimiento de la plantación no entendió y enseguida deslizó una retahíla de advertencias veladas *señora no permitamos que los negros se enfervoricen concurramos en la misma dirección sería un gravísimo error que usted se opusiera a nuestros esfuerzos entre nosotros quedaría marcada de por vida como una renegada* este idiota me hablaba como si yo fuese una yanqui que vino acá a comprar tierras para aprovecharme de la anarquía prevaleciente y no como una heredera de generaciones que engrandecieron Alabama y la dotó de un espíritu de progreso como me empeñé en mantener tus métodos de trabajo los dizque gobernantes boicotearon mis intentos por transportar las pacas de algodón a los estados colindantes o contratar barcazas para llevar el maíz y el trigo al puerto de Mobile naufragué en tierra Henry y hubo momentos en que deseé rematar la plantación al mejor postor y largarme a vivir en un castillo en Europa o cumplir con la más loca de mis fantasías reunirme en Texas contigo y reavivar el amor con el que tantas veces nos incineramos

1881

«Cuando el tecolote canta, el indio muere», era un dicho que repetía Yolanda a cada rato. A las pobres lechuzas la gente les endilgaba poderes quesque del más allá y los ojetes en el pueblo apenas veían una la desplumaban a pedradas, «es que si no las matamos, ellas nos matan». Yo, de niño, una noche me topé con una en el granero, la verdad es que casi me orino del espanto. Tenía cara de vieja y no me dejaba de mirar. Pa donde yo iba, ahí iban sus ojos como si quisieran traspasarme. No me atacó ni nadie se murió al día siguiente, nomás me quedé con el susto. Y achacarles la culpa de que alguien se muere es como llevarle la contra a Dios. Porque en eso se contradecían los dichos de la gente: «Dios decide» o «así lo quiso Diosito» y pues que siempre no, que eran los pinches tecolotes los que decidían si uno iba o venía pal más allá. Cuando por fin me apreté los huevos para ir a hablar con mi abuelo, una lechuza estaba trepada arriba de un mezquite ulule y ulule. Por si las dudas y pa no tentarle a la suerte, esa noche me aguanté pa no hablar con mi abuelo sino hasta hallarnos cerca del rancho. El tecolote siguió cante y cante, como si quisiera advertirme que dejara en paz el asunto y ya no estuviera de terco porque si no alguien terminaría muerto. Pero hay de asuntos a asuntos y eso de no saber quién es tu padre es una de esas cosas que nomás no se pueden olvidar. Queda uno mocho, extraviado, dando de tumbos, los padres son brújulas, te indican caminos así tú no los veas, y es que pa eso están los padres: pa enseñarte lo que ellos ya vieron. Y pese a que se hayan largado, al menos ayuda un poco saber que andan por ahí. Bueno, hasta para odiarlos sirven. No saber quién es el tuyo hace que des palos de ciego a una piñata fantasmal. Y aquí reconozco que soy injusto con Chuy, porque el hombre siempre vio por mí. Ahí estuvo, en las buenas y en las malas y nunca hizo distingo entre sus hijos y yo. Y se dice que padre es el que cría, no el que deja la semilla, pero yo a Chuy siempre le dije Chuy y no padre y para que alguien sea padre de verdad hay que ponerle el título. Yo me fijaba en mis otros hermanos, eran diferentes a mí, hablaban y se movían de otra manera, hasta miraban distinto. Yo me veía en el espejo y trataba de adivinar cuáles de mis facciones venían de mi madre y cuáles de mi padre, sin la menor idea de cómo habían sido ellos dos. Con frecuencia Chuy y Yolanda me describían a mi mamá, que si era así o asá, de muy chula no la bajaban, luego no se ponían de acuerdo en su color de ojos o si tenía las manos grandes o chicas. Me daba por imaginar a mi mamá como Yolanda, una señora ya entrada en años, pero me venía la recordación de que mi madre se murió todavía muy chamaca. Al día siguiente, aún a tiro de piedra del rancho, seguíamos dando vueltas y vueltas por entre cañones y arroyos donde los matojos estaban bravos. No había modo de entrar a caballo. Había que bajarse y guiarlos entre las motas por las veredita de los jabalines. Yo quedé rasguñado de la cara, de los brazos y de las manos. Harta uña de gato crecía entre sus aguajes apestosos a mierda de marrano, en esas matas uno se enreda a tiro por viaje y sus pinches púas se te clavan y no dejan que te zafes. Y los pobres cuacos también quedaban arañados. De milagro las púas no los dejaban ciegos. Cabrón laberinto espinoso por el que mi abuelo decidió que nos fuéramos para que no nos robaran. Fue una soberana chinga, pero ni modo de andar con chico dineral en plena llanura. Los comanches, los apaches y quién sabe qué bola de cabestros más debían rondar por ahí saboreándose esa suculenta merienda de billetes. Montábamos los campamentos en lo más metido del monte y hasta en cuevas. Ya casi por llegar, en el mero último día, acampamos dentro de la caverna de los indios. Así la llamábamos porque las paredes estaban repletas de pinturas de ellos. De niños, Chuy nos explicó dónde estaba y nos advirtió que por nada del mundo nos acercáramos. Por prohibirnos ir, más ganas nos dieron de encontrarla. Y la encontramos. No era fácil hallarla, había que meterse por costales de barrancas y entrar por una angostura. Fuimos chingos de veces y no nos pasó nada, hasta pensamos que Chuy había exagerado. Una mañana nos reventó un susto cuando llegamos muy quitados de la pena y ahí estaban metidos los indios. De puro milagro no nos vieron. Tan grande era la cueva que adentro tenían guardados como veinte caballos. Cocinaban en una fogata. Se notaba que venían de cazar porque tres venados colgaban de unas reatas y unos chamacos de nuestra edad los estaban pelando. Callados, nos bajamos de nuestros caballos, los tomamos de las bridas y despacito, muy despacito, nos escurrimos por entre las peñasqueras. En cuanto sentimos que ya estábamos lejos, pusimos pies en polvorosa y galopamos sin parar hasta el rancho. Esos indios fueron los que mató el ejército en esa misma cueva. Ahí quedaron sus cadáveres por meses. De morbosos a cada rato íbamos Mario, Julio César y yo a verlos. Sentí feo cuando vi que se habían escabechado a los niños de nuestra edad. A la camada completa le habían mondado el cuero cabelludo. Me entró culpa porque yo fui el que le avisó a Chuy que ahí andaban. Chuy le dijo a mi abuelo y mi abuelo al capitán. Los nuestros no les tuvieron ni tantita misericordia, los masacraron en caliente y los caballos que quedaron vivos, porque en la refriega se encajaron como a siete, se los repartieron entre mi abuelo y los soldados. Eran caballos guapos y vivarachos que cuando se arrancaban corriendo no había manera de pararlos. Dentro de la cueva se escuchaba cómo al mero fondo corría un río. Desde la matanza, los apaches ya no volvieron a usar la cueva. Yo creo que debieron considerarlo un lugar maldito porque ni siquiera se molestaron en recoger los cuerpos. Se hizo una pudrición y tan fuerte debió ser el olor que desde las alturas los zopilotes dieron con ellos. Parecía gallinero de zopilotes, sobrevolaban por encima de las peñas, luego bajaban y dando saltitos se metían a la cueva para servirse con la cuchara grande. Quedaron los huesos regados y luego, nadie supo si fueron los apaches u otra gente, alguien se apiadó y los sepultó en la boca del cañón. Cuando llegamos mi abuelo ordenó que no prendiéramos una fogata, no quería que el humo atrajera a los malosos. Comimos carne seca y unas tunas que cortamos en el camino. Ya a punto de pardear, hallé a mi abuelo en lo profundo de la gruta mirando el hilo de agua que brotaba del manantial y luego se hacía río. Era agua azul turquesa, transparente, fría y la más sabrosa que jamás podría alguien beber. Estaba solo y todavía no se ataba las pistolas. Le pregunté si podía hablar con él. Ni me volteó a mirar. Volví a preguntarle y otra vez, como si yo no estuviera ahí, como si mi voz fuera un ruido más, como el goteo de los techos húmedos o la reverberación del río en las paredes. No iba a permitir que me ignorara. Había pedido que fuera a la arreada, me había roto la madre atajando el ganado y hasta lo acompañé cuando fue a parlamentar con el mentado Diego Barrazas, «así, con ese silencio, ¿es como usted paga la lealtad?». Nada, como si hubiese sido el ruido de una hoja al caer. Quién sabe qué pensamientos había ido a lavar al río, porque nomás no le quitaba de encima los ojos al agua. «Le estoy hablando», le dije. Supe que mis palabras le causaron efecto porque empezó a apretar la mandíbula. Le brincaban los músculos como si rechinara los colmillos igualito a como los rechinan los jabalines cuando están encabronados y te advierten que te quites porque se van a ir sobre ti. Yo no me pensaba desandar de mis intenciones, me había llevado meses decidirme para confrontarlo y rajarme a estas alturas nomás no iba a suceder. Si afuera se sentía el friecillo de otoño, acá en lo profundo parecía que el invierno se había adelantado. Congelaba el aire que venía de la garganta de la caverna y me congeló la mirada de mi abuelo cuando me volteó a ver. Igual a la mirada de las lechuzas, fijas, de esas que te estudian sin moverse. A mí el viejón no me iba a amedrentar y nos quedamos viendo uno al otro. Su perfil parecía el de una piedra rugosa y afilada, de esas que cortan cuando uno pasa pegado a ellas. «Vengo a hacerle una pregunta», le dije y nomás decirle me di cuenta de que lo hice porque ya no le aguantaba más los ojos encima de mí. Más frío emanó del tenebroso hocico de la gruta. El sonido del río retumbaba en las murallas. La mitad del perfil de mi abuelo lo iluminaban los rayos del sol que se metía, la otra mitad en la sombra y era el ojo, apenas perceptible en la negrura, el que más temor me suscitaba. «¿Usted es mi padre?», le solté como quien suelta el aire después de aguantarlo por minutos debajo del agua. Brilló su ojo derecho, el que la oscuridad no dejaba ver. «Debería matarte aquí mismo», respondió con su voz rasposa, helada. No, no me achicaría, no después de haberle formulado la pregunta. «Si me vas a matar, al menos respóndeme antes de hacerlo», le dije, tuteándolo por las meras ganas de provocarlo. Su ojo fulguró todavía más, nunca vi tanto odio concentrado como en ese destello. «Al diablo no se le roza», dijo y sin más se lanzó sobre mí. Me agarró mal parado y me tumbó. Me apretó el pescuezo con sus manazas. Por más que traté de librarme de él, nomás no pude. Se giró, se trepó arriba de mí y, empujándome por el cuello, sumergió mi cabeza en el agua. Pataleé para tratar de quitármelo de encima y no aflojó el cabrón. Desde abajo del agua podía ver sus brazos que me atenazaban, su cara desfigurada por las ondas, por el odio y por no sé qué maldita rabia que lo incineraba por dentro. Mi abuelo, mi padre, mi abuelo, mi padre. Me quería matar porque no aguantaba la puta culpa de haberse envarado a su propia hija, de preñarla de mí, de condenarla al infierno insultándola cuando ya era una muerta y ella no tenía manera de defenderse, de condenarla a parirme en el desierto y, por tanto, condenarla a morirse sola, aterrada, a sabiendas de que la vida se le vaciaba sin poder protegerme del sol, de los coyotes, del polvo que parecía tragarme. ¿Qué carajo diablo fui a tentar? Fue al diablo que el viejo traía por dentro, el cabrón averno en el que vivía cada uno de los segundos de su vida. Por eso me mantenía hundido en la corriente gélida, para matar la prueba de su maldita ignominia que era yo, porque la carne de su carne, la sangre de su sangre, lo destruía. Ahí sumido en la corriente, al ver su rostro lleno de odio, vi el reflejo de mi propio rostro. Ya no me cupo duda, contestó a mi pregunta con la más rotunda de las respuestas: matándome.

2024

Henry hizo lo posible por desmontar la bomba. Abrazó a Betty y le besó con suavidad la frente. A oscuras, en la sala, trató de hacerle entender que la vida era compleja y que ningún giro, por drástico que fuera, podría preverse. «Creí que conocía a Peter», dijo ella entre sollozos. «Nunca se termina por conocer al otro», le respondió Henry y lejos de consolarla, la frasecita de calendario agudizó su crisis. «Peter me fue infiel con mi propio hermano», masculló con rabia. A Henry le pareció que ella olía bien y encajó su nariz en su cuello. Ya se lo había advertido Peter, «ella me gusta por como huele». Henry, al igual que Peter, no le hacía el feo a las mujeres. Sólo por demostrar que podía, se acostaba con una, sin el menor intento de establecer una relación duradera con ellas como lo había hecho Peter con Betty. Eran acostones en los que, desde el inicio, ponía en claro que se trataba de pasarla bien y ya. Betty se deshacía de dolor entre sus brazos y él no dejó de pensar en la textura de sus senos, en el olor que debería emanar de entre sus piernas, en las vibraciones de su abdomen en el orgasmo. Pensó que, si se la cogía, ella podría tomarlo como una revancha que la igualara con el desleal acto de Peter y Tom y, entonces, quedaría en paz. Se pegó a ella y puso su mano sobre su bajo vientre para ver qué efecto provocaba. La cercanía, lejos de descerrajar en ella excitación, la hizo gimotear aún más. «A menudo hablamos de los nombres que le pondríamos a nuestros hijos», se lamentó ella, «habíamos decidido que si era niño se llamaría Tom». Evocar a su hermano la hizo farfullar un «reverendos hijos de puta». Si ella se enterara de que los tres a menudo armaban tríos, o se pegaba un balazo o los mataba a cuchilladas. Peter y Henry pensaron que ella intuía los devaneos entre ellos. No pudieron estar más equivocados. Dentro de Betty pulsaba una moralista despechada que le impedía procesar la infidelidad de su novio y la deslealtad de su hermano. Henry le planteó que las copas habían disparado en ellos pequeñas dosis de locura y que podía tratarse de un evento pasajero y sin trascendencia. Ella se enfureció todavía más, «¿sin trascendencia?», dijo crispada, «¿te parece intrascendente que mi novio se la meta por el culo a mi hermano?». La frase de Betty le pareció de antología, digna de reguetón. McCaffrey dio en el blanco: «Dios castiga el escándalo, no el adulterio». Era fundamental evitar que la batahola se desparramara hacia la prensa. «Contención de daños», lo había aleccionado su padre, «no busques al causante del problema, sino a quien pueda resolverlo». Henry concluyó que él era el único que podía lograrlo, pero el maldito olor de Betty y lo tentador de llevársela a la cama debilitaban sus intenciones de sofocar el conflicto, aunque conjeturó que acostarse con ella desarticularía su furia. Probó besar las lágrimas para acercarse a su boca. Las mejillas de Betty estaban empapadas. A Henry le agradó su sabor salado y estuvo a punto de lamérselas. El juego era arriesgado, pero estimó que valía la pena intentarlo. Comenzó a besar sus ojos y bajó por su nariz hasta la comisura de los labios en espera de que ella volteara hacia él y sus bocas se juntaran. Ella no cesaba de salmodiar con el rostro contraído de furia, «hijos de puta, hijos de puta, hijos de puta». Cada que lo decía, sus músculos se tensaban. Henry percibió lo maciza que Betty se sentía debajo de la blusa, efecto de sus años practicando canotaje, ciclismo y natación. «Sí, sí es un buen partido», pensó Henry. Era inteligente y culta, pero su conservadurismo arruinaba un alto porcentaje de sus virtudes. Si fuese más abierta, más predispuesta a aventurarse en las aguas profundas de la trasgresión, sería una *all-round*, una mujerota clase AAA. En vez de hallar divertido el affaire, hizo tremendo berrinche y eso la colocaba en la banal liga de las anodinas. Con todo el potencial que veía en ella y su enorme atractivo, Betty no era más que una mujer amante de las convenciones y del «buen matrimonio». Henry cejó en su intento de seducirla. Como el estado de ánimo de Betty oscilaba entre el relámpago y el trueno, entre la autoconmiseración y el instinto asesino, Henry le propuso servirle un trago. «Te va a ayudar», aseveró. Ella lo rechazó. A pesar de la negativa, Henry se dirigió a la barra donde se hallaban decenas de bebidas, eligió un tequila reposado y le sirvió un caballito. Se lo llevó con la botella y ella se zampó el vaso de un jalón. Él le vertió dos veces más y en las dos, Betty se empinó el tequila. Henry ya no pensó en cogérsela, eso pasó a quinto, sexto plano, sino embotarla para aliviarle la rabia que la estaba matando. Sería porque el oleaje de emociones descargó en ella copiosas secreciones de adrenalina, pero el alcohol parecía no afectarla. Se mantuvo articulada y furibunda durante un buen rato, hasta que Henry recurrió a la infalible táctica de combinar alcoholes y le sirvió whiskys y vodkas que Betty se bebió uno tras otro. Por fin, empezó a balbucear, a proferir incoherencias y a alternar arranques de cólera con explosiones de llanto hasta que se quedó laxa en el sofá y se durmió. Henry se sentó a observarla. Aún predominaban en ella las facciones aniñadas. Verla exánime y con el rostro tumefacto por el lloriqueo le despertó una inmensa ternura. La sureña con su linda carga de genes esclavos. ¿Tendría el vello púbico ensortijado?, ¿en la separación de sus nalgas perduraría una raya oscura que denotara su pasado negro? A simple vista era la estampa perfecta de una WASP: pelambre rubia, abundantes pecas, ojos verdes, piel lechosa, cuerpo de diosa nórdica, en la que por dentro debían nadar aún los pececitos africanos listos a dar la sorpresa. Qué astuta se vio la rama de Jonas Adams para blanquear su piel. Su tío tatarabuelo debió maniobrar con grácil inteligencia para sobrevivir en la infestada Alabama. Que un mulato diera origen a una fortuna como la de los Morgan en el epicentro del racismo no era mérito menor, más si se tomaba en cuenta que su hermano Japheth y su descendencia se extraviaron en las ciénagas de las clases bajas. ¿Dónde se hallarían esos primos lejanos?, ¿por qué esta prima dormitaba ebria y dolida en su rancho y los otros parecían tragados, literalmente, por la oscuridad? Tom y Peter deberían estar en sus respectivas cabañas cagados del susto, cada uno tratando de recomponer el desastre. Henry pensó en aplicarles la terapia del tequila, pero prefirió tomar la botella y dirigirse a la cabaña de McCaffrey. El cincuentón cada vez le caía mejor y si iba a escribir un libro sobre su familia, que al menos arrojara una luz menos severa sobre su convulsa historia.

1892

Lloyd y nosotros con el alazán de Leonard a la oficina del alguacil nos dirigimos. El caballo reacio a avanzar. Precioso caballo, crines pobladas, alta cruz. En su mirada: miedo. Sin su amo perdido debía sentirse. Desnuda, Jade el caballo monta y lo logra calmar. Con soltura lo guía. Hermosa la imagen de Jade contra el azul del cielo recortada. «Lo logramos, Jeremiah», susurra. Sólo yo la escucho. James y Henry, en silencio, por la polvosa brecha. En lo suyo reconcentrados. Atrás, en el puente, el cadáver impostor de Jack Barley. Atrás quedaba el pasado del que Henry Lloyd huía, si es que de verdad atrás quedaba. Jade su mano estira para la mía tomar. Suave su piel, sus dedos con los míos entrelazados. A la oficina del alguacil llegamos. Jade mi mano suelta. «Luego te buscaré», me dice y desaparece. Lloyd de su caballo baja. Al alazán de las riendas lleva. «Kenny», grita. «Kenny». El alguacil por la puerta aparece. «Esas formas de llamar no son», reclama. «Este caballo por las calles suelto mis negros y yo hallamos». El alguacil al caballo examina. «¿A quién pertenece?», Lloyd le pregunta. El alguacil alrededor del animal camina. «Antes lo he visto. Del forastero creo que es». James en su montura se petrifica. En su expresión la muerte de Leonard teme reflejar. Yo a un lado miro. Los blancos se molestan si uno de frente los ve. Más si poder detentan. «¿Dónde estaba?», el alguacil inquiere. «En el camino a Emerson». A la cabeza del caballo el alguacil se acerca. Su mano su testuz acaricia. El caballo lo mira, ¿podrán sus ojos la muerte de Leonard reflejar? El animal tiembla. Recula. El olor de la muerte en sus ollares debe permanecer. «Si el caballo nadie reclama, yo lo quiero», Lloyd exige. «El dueño por costumbre mucho bebe, por ahí andará», el alguacil replica. «Por si acaso, lo pido». La comisaría dejamos. En el camino, silencio. Las chicharras en los árboles comienzan a sonar. Insoportable el ruido. El calor del suelo sube. Sudamos. Un río de agua cálida en el aire. Las golondrinas de volar han parado. Cientos en las ramas descansan. Testigos ellas también del asesinato. A la casa llegamos. Jayla desnuda en el porche aguarda. El embarazo empieza a notarse. Una pequeña bola sudorosa es su abdomen. Jenny en sus brazos a Jonas mece. En una silla, desparramado, Japheth dormita. De su caballo, Lloyd se apea, desprende las alforjas y junto a Jayla va a sentarse. Una jarra con limonada a su lado se halla. Lloyd un vaso se sirve y se lo bebe. Sirve más en el mismo vaso y me lo ofrece. «Jeremiah, toma, y tú», le dice a James, «a los caballos al establo lleva». El vaso tomo, un negro bebe en el vaso de un blanco. Un blanco del de un negro, jamás. Deliciosa me sabe la limonada. Melaza y limón. Lloyd a Jayla más limonada le manda hacer. Ella obedece. Con el embarazo sus nalgas comienzan a desbordarse. Lloyd la sigue con la mirada y luego el horizonte otea. Me pregunto qué pensara. La cabeza se rasca. Sus manos observo. Nudosas, gruesas. Dedos largos y fuertes. Por un dios umbrío forjadas para matar. «Al cuarto a los niños a dormir lleva», Lloyd a Jenny ordena. Ella a Jonas en un brazo acurruca y en el otro a Japheth carga. Lloyd los ve a la casa entrar. «Se acabó», en cuanto estamos solos dice. En las alforjas escudriña. Una moneda saca y me voltea a ver, «unas cuantas de estas a Jade entregué, de cuño corriente no son, ¿por qué el forastero las traía?». Sólo Jade la respuesta tiene. A su viento espectral Lloyd debe preguntarle. ¿Él podía verla?, ¿cómo a mí le habla? Unos segundos nos miramos y él dentro de la alforja rebusca. Apenas su mano por la boca de la alforja cabe. La leontina y el reloj extrae. En su palma los sopesa, «oro puro», Lloyd asevera. En sus bolsillos los guarda. Jayla la limonada y otro vaso trae y sobre la mesa los coloca. Lloyd se sirve en el vaso limpio y yo en el vaso en el que él bebió. En los pequeños detalles el poder se demuestra. Por la tarde, como ya es costumbre, ayuntar con Jayla lo escuchamos. La puerta los gemidos de Jayla traspasan. Caballos por la ventana se miran acercarse. James y yo salimos. Viene el alguacil y sus oficiales. Frente a la casa se detienen. «A tu patrón llama», el alguacil le manda a James. Unos minutos después, ajustándose los pantalones Lloyd la puerta cruza. «Buenas», saluda. Desde su caballo el otro le anuncia, «al forastero encontramos». Lloyd la ropa termina de acomodarse. «¿Borracho, por ahí tirado?». El alguacil no responde. A James y a mí nos escruta. «¿Los negros estaban contigo?», inquiere. «Sí, de mí no se han separado», Lloyd le contesta. «¿Ni un minuto?», el otro interroga. «Desde antier, ni uno solo». El tipo no cesa de escrutarnos. «¿Por qué la pregunta?». El alguacil, desde su montura, responde. «Muerto al forastero encontramos». El patrón tranquilo se muestra. «Del caballo beodo debió caerse, barricas enteras se bebía». El alguacil y sus hombres con la mirada nos registran. «¿Seguro que tus negros contigo estaban?», el alguacil insiste. «Sí, ya lo dije y más no lo volveré a repetir». El alguacil con la manga de su camisa el sudor en su frente seca. «Lo asesinaron y robaron», revela. «Por eso su caballo suelto andaba», Lloyd concluye. El alguacil dubitativo se nota, «¿dónde dices que lo hallaron?». Lloyd molesto se muestra. «Ya te lo dije, Kenny». Hasta él camina y se le planta. A los ojos lo mira. «Mis negros ladrones no son, así que de ellos no puedes sospechar». El alguacil más no discute. «Sólo quería asegurarme, tres días esperaremos y si nadie el caballo reclama, podrás quedártelo». Los hombres se alejan. Lloyd los mira partir hasta por las calles perderse. El calor en la tierra espejismos ocasiona. Los tres entre las ondas de calor desaparecen como si el aire inmóvil se los tragara. Lloyd a mí y a James a ver voltea. «Para el nuevo caballo, un nombre vayan pensando».

1878

Desaparecer a Bob fue el golpe de gracia que encaramó en la cima a Lloyd, sin señales de su líder sus antiguos guardias se sintieron vulnerables y decidieron huir de la comarca temerosos de que Lloyd los persiguiera, su boda con la señorita Wilde lo convirtió en el amo y señor del sur de Alabama, nadie cuestionaba su poderío ni siquiera los políticos, aun cuando Thomas Wilde era el propietario de la finca y la señora Virginia su única heredera, la gente sabía que era con Lloyd con quien debía tratar, Wilde no se transformó en una figura decorativa, sí en un patriarca benevolente que cedió el gobierno de su dominio, fue Lloyd quien propuso que una vía férrea cruzase por en medio de la finca cuando los ferrocarriles comenzaban su incipiente desarrollo, habló con A. W. McGehee, otro dueño de plantaciones, quien veía en los primitivos trenes la mejor forma de comerciar el algodón y que financió las primeras vías de ferrocarril en el Sur, el señor Wilde temió que el proyecto no fuese reditualble y se opuso, convertidos en confidentes de Lloyd, Jeremiah y yo lo escuchamos irritado por la falta de visión de su suegro, «tendríamos salida inmediata de nuestros productos», era un proyecto ambicioso que no se había realizado antes en Alabama y que conduciría de Emerson a Mobile por cuarenta millas, «tenemos esclavos y dinero de sobra para costearlo», aducía, no hubo manera de persuadir al timorato de Wilde y la posibilidad se desbarató, eso no impidió que Lloyd cesase de discurrir planes, su meta era obtener un corredor hacia el mar, para ello se planteó adquirir cada una de las propiedades que se interponían entre Emerson y Mobile o al menos comprar aquellas que colindaban con los ríos Alabama y Tombigbee para hallar vías expeditas hacia el puerto, le fue imposible inducir a los dueños de las tierras al sur a que se las vendieran, eran propiedades heredadas de generación en generación y desprenderse de ellas les significaba denigrar el legado de sus antepasados, además por su cercanía a Mobile costaban mucho más, fue exitoso en la compra de aquellos terrenos que limitaban al oeste y al este y consiguió el tan anhelado acceso a ambos ríos, ideó la creación de una compañía de barcazas para transportar los productos no sólo de Emerson sino de todas las plantaciones ubicadas al sur del estado, Lloyd confió en mí para supervisar la edificación de dos puertos fluviales, uno en cada río, al principio me abrumó la responsabilidad, no sólo por su enorme escala, sino porque podía desagraciarme frente a los ojos de los demás negros, él se rehusaba a que un blanco estuviera detrás de la obra, «un blanquito sólo querrá ver para sí, son codiciosos y no siempre inteligentes y terminarán viendo la manera de sacar provecho, les encanta dárselas de importantes, los Bobs abundan, son una plaga», un negro como yo, me dijo, agradecería de por vida la oportunidad sin pretender más que reconocimiento, mi labor consistía en distribuir el trabajo entre los esclavos, elegir a los más adecuados para cada faena y cerciorarme de la solidez de las estructuras, como era de esperarse, los guardias nos vigilaban de cerca, pero por mandato de Lloyd no podían meterse en asuntos propios de la construcción, Jeremiah se encargó del orden, a los negros reticentes a cumplir su labor y a los insidiosos que provocaban disrupciones los ponía en su lugar antes de que los guardias intervinieran, no necesitaba hablar, con pararse frente a ellos era suficiente, irradiaba respeto y no hubo quien se atreviera a retarlo, construidos los muelles, los atracaderos, las plataformas de carga, las bodegas y los andamios, Lloyd se dio a la tarea de conseguir los lanchones para la empresa, adquirió seis de segunda mano, fabricó diez y contrató a bateleros expertos, el negocio en Emerson explotó, ya no fue necesario subcontratar a compañías que desplazaran el algodón, los granos o los animales, eliminar intermediarios elevó de modo considerable los márgenes de ganancia, fue estratégico su plan de expandir Emerson para dominar el triángulo en que confluían los cauces del Tombigbee y el Alabama para dar paso al río Mobile, lo que le brindó a la plantación la salida al mar, abrió canales para construir un sofisticado sistema de riego, Lloyd era una máquina, ingeniaba una idea tras otra y poseía la voluntad necesaria para ejecutarlas, no era un soñador que gastaba recursos y energía en proyectos fútiles, decidía, a la vez, por su instinto y por la frialdad de los números y si los números no cuadraban desechaba la idea por más brillante que pareciera, no era posible ver lo que él en su cabeza concebía y era hasta que estaban terminadas las obras y comenzaban a funcionar que uno vislumbraba la envergadura de su propuesta, no dejó de sorprenderme la confianza que depositó en Jeremiah y en mí, Jenny sostenía que detrás de la piel blanca de Lloyd palpitaba un corazón negro, debía serlo porque cuando se aventuró a la conquista de las vastas planicies texanas constituyó su ejército con veintisiete de nosotros y ningún blanco.

1817

Cuatro días de viaje les llevó arribar a Providence. Fue un trayecto accidentado en medio de copiosas nevadas. Temeroso de que alguien quisiera hurtarle el caballo, por las noches, al dormir en la carreta, Jack amarraba un extremo de una larga cuerda a la brida y el otro a su muñeca. Al primer tirón sacaba el cuchillo de su funda, listo a picar al posible caco. Por lo general, era el caballo el que se movía, ya fuera para sacudirse la nieve o para tumbarse a descansar. Jack no dudaría en clavarle el filo al ladrón. Ese caballo era su único bien y no pensaba descuidarlo ni un minuto. Las comidas prometidas fueron un fraude. De desayuno, de almuerzo y de cena les daban avena cocida endulzada con miel de maple. De tanto comerla, a los hombres el estómago se les abotagó. Su abdomen distendido parecía el de alguien invadido por lombrices. Jack reclamó, la avena no les brindaba energía para soportar el frío. Los demás trabajadores se le aliaron para demandar alimentos más sustanciosos. «Si no, renunciamos». Para evitar un motín, el encargado accedió a detenerse en el próximo pueblo a comprarles carne. Consiguió un lechón a buen precio y lo sacrificaron en medio de una pradera. El cerdito chilló en cuanto el encargado le picó el corazón. Se zafó de las manos de los dos que lo detenían y huyó dejando el rastro de su sangre en la nieve. Charles y los otros corrieron detrás de él en la creencia de que se escapaba, pero a las pocas yardas el cerdo rodó muerto. Las vísceras y las patas las cocieron en un caldero. El corazón lo doraron junto con el resto de la carne y la cabeza la asaron a las brasas. La piel la limpiaron del pelo y la frieron en un cazo para hacer chicharrón. Charles pidió la cabeza, «es la parte más sabrosa», le dijo a Jack. Con habilidad sacó los sesos con un cuchillo, los embarró en unas lonjas de pan y les puso algo de sal. A pesar de que no se veían apetitosos, Jack los saboreó con delectación. Entre los dos dieron cuenta del resto de la cabeza: los ojos, la lengua, la trompa, los cachetes. No lo engañó su nuevo amigo, la cabeza resultó un manjar. Conforme se acercaban a Providence, Jack se admiró de la cantidad de gente a caballo y de carruajes que iban y venían por la calzada. Jamás había visto tal cantidad de personas. Empezaron a aparecer casas, primero unas cuantas diseminadas. Luego, decenas apiñadas, hasta que entraron a la parte central de Providence. La ciudad maravilló a Jack, no sólo por su vasta extensión, sino por la belleza de sus construcciones. Edificios, puentes, templos, amplias avenidas. Una muchedumbre pululaba por las aceras y el tráfico de carruajes, diligencias y tartanas, era abrumador. Tomaron por una calzada que bordeaba un río y que remataba frente a un enorme cuerpo de agua. Jack les preguntó a sus compañeros si eso era un lago. «Es la bahía», le contestó uno de ellos. «¿Qué es bahía?», inquirió. El otro sonrió, «la entrada al mar». En la escuela había escuchado lo que era el mar, pero superaba cuanto imaginó. La «bahía» se ensanchaba hacia el este y Jack no supo qué eran esas moles gigantescas que cruzaban sus aguas sin hundirse, con telas que flameaban al vaivén del viento. «¿Qué son?», preguntó. Charles sonrió, se les había contratado para trabajar en un astillero y él desconocía lo elemental. «Lo que vas a construir», respondió y dejó a Jack aún más confundido. ¿Cómo se podían construir cosas de ese tamaño que además flotaran? Avanzaron por una avenida que circunvalaba la bahía y en un punto distante de la ciudad, se detuvieron frente a un complejo de viviendas alrededor de un gran edificio en cuyo frontispicio un rótulo anunciaba: Edward Carrington & Co. Un muelle y diversos almacenes se avistaban a lo lejos. «Llegamos», anunció el encargado. Los hombres descendieron de las diligencias para encaminarse al edificio. Se notaba que la mayoría había laborado ahí con anterioridad. Jack se preocupó por su caballo. Lo desamarró del carro y se quedó parado en la calle sin saber qué hacer con él. Charles le propuso buscar un establo donde pudieran cuidarlo. «¿Y si me lo roban?», preguntó Jack, ansioso. «Véndelo, es más fácil guardar los billetes que un animal». Imposible. No sólo en ese caballo pensaba llegar hasta Kentucky, era el único lazo que lo unía a la familia Chenier. «No», respondió cortante. Con fastidio, el encargado les pidió apurarse. Hallaron una cuadra al final de las casas. El caballerizo le pidió un adelanto. Jack le entregó unas monedas, «esto alcanza para sólo dos días», espetó, «necesito que pagues al menos una semana». El tipo debía estar equivocado, en el pueblo canadiense ese dinero bastaría para pagar el mantenimiento de su potro por un mes. Jack le dio cuanto le quedaba. «La pensión se paga cada viernes, si para el domingo no saldas tu cuenta, vendemos tu caballo, ¿queda claro?». Jack no entendía por qué el hombre lo trataba con tal rudeza. «Está bien», respondió. «Nosotros nos encargamos de alimentarlo, de brindarle un corral con paja fresca y de cepillarlo, si quieres que lo saquemos a ejercitarse tiene un costo extra, si no deseas pagarlo, puedes venir por él a la hora del almuerzo o al terminar la jornada para que lo hagas tú. Cambios de herraduras se pagan por aparte». Aprensivo por no saber si podría sufragar la cuota semanal, dejó el caballo en el establo. Charles lo animó, «con lo que vas a ganar acá en una mañana podrás costear dos semanas de la caballeriza, ya verás». Le pareció una barbaridad, no había manera alguna de obtener tal suma de dinero en un trabajo. Eso equivalía a la venta de un buen lote de prendas de piel en Canadá. El encargado los aguardaba en la puerta, «¿piensan llegar tarde siempre?». Charles se excusó por los dos. Antes de cruzar la puerta, el hombre detuvo a Jack del brazo. «Si te preguntan la edad, di que tienes quince, no se te ocurra decirles que trece, no te contratarían», le advirtió y los llevó a un escritorio donde un viejo vestido con un traje gris y gafas redondas les pidió sus datos. «Charles Langley». El viejo revisó la lista y luego alzó la mirada hacia Jack. «¿Nombre?», preguntó. «Henry Lloyd». «¿Edad?». «Quince», respondió Jack. El tipo lo escrutó de arriba a abajo y luego volteó hacia el encargado. «Este no nos va a servir, parece una anguila». Charles intervino para salvar la situación, «usted sabe que conozco el trabajo. Yo le enseñaré cuanto sea necesario». El viejo no le dio más importancia y continuó. «El desayuno se sirve a las cinco de la mañana y el transporte hacia los astilleros parte a las cinco y media. Cualquier retraso se les descuenta el día y si deciden no trabajarlo, se les despedirá de inmediato. No se justifican faltas por enfermedad a menos que el doctor de la empresa determine que están incapacitados para laborar. La hora del almuerzo es a las doce del mediodía y cuentan con una hora de descanso. La cena se ofrece a las siete de la noche, al terminar la jornada. En ningún caso se suspenderá el trabajo por causa del mal clima. Se les paga bien y eso deberá bastarles para resistir tormentas o nevadas. El salario se devenga los viernes después del almuerzo. La empresa no se hace responsable por accidentes de trabajo y es su obligación seguir las medidas precautorias». El viejo se comportaba con la misma aspereza que el establero, el malhumor parecía prevalecer entre los habitantes de la ciudad. Al terminar les entregó dos fichas, «a ti», le dijo a Henry, «te toca la cama 13 y a ti, la 14 de la casa 2. En quince minutos saldrá la transportación hacia los astilleros». Sin decir más, el viejo cerró el libro, se acomodó el abrigo y, sin despedirse, salió del recinto. Charles llevó a Jack a los aposentos. La casa 2 era un amplio galerón en el cual había cuarenta catres. Se dirigieron a los suyos. Los demás trabajadores ya habían colocado sus pertenencias sobre los que les correspondían y se apresuraban a llegar a tiempo a la salida de los carromatos que los llevarían a los astilleros. Charles y Jack se apuraron y pudieron acomodarse en el último de los coches. Jack se asomó por una ventanilla, frente a ellos se alzaban gigantescas instalaciones en las cuales se percibía un intenso trajín de hombres y de animales.

1887

en múltiples ocasiones me encontré con Jonas después de su regreso de Texas me visitaba con Jenny o con Japheth e incluso a solas desconozco si tus hijos legítimos heredaron tus facciones o se parecen a su madre a Jonas desde aquella vez que me lo encontré caminando por el pueblo de la mano de Jenny cuando apenas era un niño de cuatro años lo vi como una exacta réplica tuya no necesité que nadie me dijera que él era uno de tus bastardos su similitud contigo no podía esconderse además un niño blanco de la mano de una matrona negra sólo ratificaba su condición de espurio ella me saludó nerviosa y quiso escabullirse cuando le pregunté si ese era su hijo respondió *sí lo es señora es hijo mío y de Jeremiah* reí con sorna no había en la comarca par de negros más oscuros que ellos *no sabía que ustedes dos eran esposos* le dije *espero que no vivan en pecado* agregué sólo para molestarla porque a decir verdad a la Iglesia le tenía sin cuidado que los negros vivieran en concubinato *las bestias no pecan* afirmó el pastor cuando alguien acusó a otra pareja de negros de vivir bajo el mismo techo sin haber cumplido los sacramentos en realidad a nadie de nosotros importaba la vida sexual y amorosa de los esclavos siempre y cuando no interfiriera con su trabajo *sí señora somos esposos bajo la ley de Dios nos unimos hace dos años* se notaba en Jenny la urgencia de irse para evitar mi interrogatorio *te extrañamos en casa Jenny ojalá que estés contenta trabajando aquí en el pueblo para mi marido* le dije con mala intención *yo también los echo de menos señora pero ya sabe cómo es el señor Henry y él me pidió que viniera a trabajar acá con él* no me cabía la menor sospecha de que ese hijo era tuyo anhelaba escucharlo de su boca que me confesara cuanto sabía de tu vida paralela *estoy confundida no sigue laborando Jeremiah en Emerson* le pregunté ella caviló su respuesta *trabaja con su esposo a veces tiene quehaceres en la plantación a veces acá en el pueblo* yo sabía que Jeremiah era tu mano derecha que por las tardes ambos se dirigían al río no sé a qué porque él era mudo o al menos eso pensaba me imagino que en el río fornicabas con tus amantes negras y él te protegía las espaldas o quizás sólo disfrutabas que alguien te acompañara a fumar sin el engorro de una molesta cháchara *no sabía que Jeremiah colaboraba tan de cerca con mi marido* me incliné sobre el niño *cómo te llamas* le pregunté *Jonas* respondió *Jonas qué* insistí en espera de que me revelara su apellido *Jonas Adams* respondió con inocencia *vaya* pensé un mini esclavo de blonda caballera cuya nariz y boca eran calca de las tuyas me incorporé y sonreí *por qué tu hijo es rubio Jenny* la pobre mujer tragó saliva *lo adoptamos señora* reí socarrona y la confronté con agresividad *de cuándo acá una pareja de negros puede adoptar a un niño blanco eso es ilegal en Alabama* ella dejó escapar una profunda exhalación como si le hubiese pegado un puñetazo en el estómago *no es blanco mi niño es mulato señora* Jonas fue el menos mulato de los mulatos que llegué a conocer en mi vida había que rebuscar en su físico para encontrar trazas mínimas de su negritud quizás su cabello era un poco más crespo de lo normal la nariz un poco más ancha fuera de esas minucias a ojos de cualquiera Jonas era blanco por donde se le viera *ah no lo parece* exclamé *y se puede saber quiénes son los padres* hoy me avergüenzo de la forma en que asedié a Jenny no tienes idea cuánto me carcomían los celos desde antes de casarnos estaba al tanto de que ayuntabas con africanas y que sin cohibición alguna habías procreado hijos con ellas que las visitabas a menudo y que compraste una casa en el pueblo para poder actuar a tus anchas y para resguardar a tus numerosas amantes y a tu prole para nadie era un secreto que de los lotes de esclavas elegías a las más bellas por no decir las menos desagradables para convertirlas en tus mancebas en mi candor de recién casada yo acariciaba la esperanza de que sólo fueran chismes pero en cuanto vi a Jenny cruzar la calle con ese niño de piel albugínea supe que eran ciertos los rumores *la madre era Jade* respondió Jenny *por qué era huyó o qué pasó con ella* pregunté sabedora de que ningún negro o negra prófugo podía evadirse en el estado de Alabama *murió de parto* respondió recuerdo con vaguedad a Jade porque apenas llegó a Emerson te la llevaste era una mujer con cuerpo estilizado y cuyo color de piel tiraba más al café que al negro quizás por no ser tan retinta fue que Jonas resultó blanco Japheth sí les salió moreno no me explico cómo la naturaleza te hizo engendrar dos hijos tan dispares entre sí *lo lamento* le dije en mi único comentario sin malicia sí lo acepto a Jade y a tus demás barraganas negras las consideraba mis rivales y las aborrecía por robarme la intimidad que sólo deberías tener conmigo de ahí a que me alegrara de su muerte distaba si de algo me precio es que mis valores cristianos me impiden el contento por el infortunio ajeno *por eso lo adoptamos señora porque él y otro hijo de ella quedaron huérfanos y* la interrumpí *y no tienen padre que se haga responsable de ellos* pregunté con jiribilla Jenny enmudeció bajo ninguna circunstancia me revelaría la filiación del procreador biológico *sí tiene y sí se hace responsable* contestó *y ese es Jeremiah y puedo decirle sin temor a equivocarme que es un excelente padre* yo quería azuzarla a que me revelara sin cortapisas tu nombre que aceptara frente a mí que ella y Jeremiah no eran más que la escenografía para ocultar tu progenie adulterina *sí debe serlo se nota un hombre serio y trabajador me refería al padre blanco de este niño* en su cabeza debió repetir tu nombre Henry Lloyd Henry Lloyd Henry Lloyd antes de responderme *lo siento señora no estoy autorizada para develar la identidad del padre natural de mis hijos* e hizo énfasis en *mis hijos* me pidió permiso para retirarse y sin obtener mi respuesta se dio media vuelta para alejarse miré cómo se perdían por la avenida detesté a Jonas por no ser mío por provenir de la cueva uterina de otra mujer para colmo esclava ese bien pudo ser mi hijo y por eso ahora que viene a visitarme me contenta recibirlo en algunas ocasiones lo he visto sentado en una banca en el jardín contemplando los prados el parecido contigo es sorprendente además de poseer características físicas tuyas comparte ciertos rasgos de tu temperamento como tu obsesión por lo perfecto o tu tendencia a arriesgarte sin embargo él alberga una vulnerabilidad que nunca encontré en ti y que lo torna en un hombre dulce y comprensivo no hay asomos de tu sangre fría ni de tu carácter voluntarioso ni de tu infatigable tesón eso no le resta méritos al contrario le brinda balance y un cariz benevolente en Jonas hallo a un hombre centrado que como tú perfiló metas claras para su futuro a Japheth me ha costado más trabajo descifrarlo es más sobrio y de talante melancólico quizás pesa más en él su herencia negra y hay en sus modos la percepción de que por dentro lo abruma una honda herida no podría determinar si tú eres la causa porque ambos me han confesado que nunca dejaste de estar presente en su vida y que tampoco les faltó ni dinero ni oportunidades Japheth presenta atributos físicos semejantes a los tuyos la nariz y la boca por ejemplo y si alguien lo ve de espaldas casi podría afirmar que se trata de ti se para como tú mueve las manos de forma idéntica incluso comparten la misma cadencia al hablar es curioso como cada uno de ellos se vinculó a uno de sus dos orígenes Japheth se esforzaba por identificarse y por pertenecer a la cultura blanca Jonas se mostraba orgulloso de su raigambre negra ambos fueron rechazados los blancos no aceptaron a Japheth como uno de los suyos los negros desconocieron a Jonas como piezas de ajedrez cada quien se acomodó en la parte del tablero que les correspondía Japheth terminó por admitir que su negritud lo definiría y Jonas se decantó por su horma blanca Jenny y Jeremiah fueron sabios al incitar a Japheth a casarse con una mujer negra y a Jonas de hacerlo con una mujer blanca fungí como celestina para que Jennifer la bella hija de los Lawrence los recuerdas los hacendados cuya propiedad se hallaba al norte de la nuestra y que la perdieron en la Guerra Civil se casara con Jonas el mío fue un alcahueteo sutil y los padres decidieron darle la mano de su hija cuando en una cena insinué que pensaba heredarle Emerson a Jonas sin mencionar que asimismo a Japheth temí que supieran que el prometido de su hija era hermano de un negro y que ambos eran tus bastardos mulatos por lo cerrado de nuestro entorno lo más probable es que estuviesen al tanto de ello pero los pruritos raciales y morales se desvanecen cuando detrás ronda una gran fortuna los Lawrence cuya caída después de la guerra fue estrepitosa se acercaban al terrible precipicio de la pobreza y vieron en Jonas la tabla de salvación debes de aceptar que fue un lance maestro amado Henry se cubrieron varios flancos en una sola jugada ellos encontraron en su yerno a quien los rescataría de su acechante miseria y yo pude proteger a uno de los tuyos y casi podría decir que de los nuestros porque empecé a querer a tus hijos como míos a pesar de que Japheth gozaba caudales equivalentes a los de su hermano no pudo penetrar los círculos de los viejos linajes sureños por más que estos linajes no fuesen más que estropajos que se deshilachaban día a día imposible que un negro fuese hijo de quien fuese y así poseyera un patrimonio sustancial se le acogiera en estas familias venidas a menos preferible hundirse en la miseria a ensuciar su abolengo con una inocultable sangre negra como la de Japheth tu hijo mayor terminó casándose con una analfabeta nieta de esclavos una buena mujer he de decirte que adoraba a su marido Lucy su esposa carecía de ambiciones y de horizontes y como tú y yo lo sabemos un hombre sólo brilla en función de la mujer que lo acompaña en su vida Lucy lo arrastró a la indolencia a la falta de apetito por progresar no fue el caso de Jennifer que en su avidez por devolverle relumbre a su estirpe empujó a Jonas a doblar las apuestas en los negocios y pese a que en este país el color de piel prefija el tipo de trato que alguien merece siempre hay rendijas por las que uno puede escalar ve a James que a pesar de ser un negro marrón terminó rico gracias a su perseverancia y a su agudeza así que no hubo excusas para el lento y fatídico declive financiero de Japheth

1881

Abrí los ojos, pura oscuridad. En lo negro sólo alcancé a percibir el runrún del agua que corría por el río. Ni idea de cuánto tiempo había permanecido ahí ni qué hora era. Me senté y escuché una voz a mi lado, «nomás porque te vi resollar supe que no te habías muerto, pero por más que te sacudí no despertaste. Pensé que ya no te devolverías a esta vida». Reconocí la voz de Julio César y estiré la mano. Rocé su pierna. «¿Qué me pasó?», le pregunté. No contestó, sólo se escuchaba su respiración, quedita, como un murmullo más del río. Mi último recuerdo era el de mi abuelo sumergiendo mi cabeza bajo el agua, de tan oscuro ahora, no sabía si me había muerto o no. Quizás Julio César también estaba muerto y éramos dos fantasmas platicando en el infierno. «Te estabas ahogando», respondió después de minuto de silencio, «si papá no te apachurra la panza para sacarte el agua, hace rato que estarías en el otro mundo». Traté de pararme y no pude. Era como si las patas me las hubieran amarrado. Un día, a un vaquero se lo llevó la corriente del Río Bravo. Por más que sus compas trataron de lazarlo el río iba tan atrabancado que nada pudieron hacer. Fueron a hallarlo flotando bocabajo en el agua, como a una milla de donde se hundió. Creyeron que estaba más pa allá que pa acá, cuando lo voltearon se dieron cuenta que estaba acá, de este lado de la vida. Quién sabe cuánto rato estuvo con la cabeza metida en el agua, porque estaba vivito, pero no coleando. El hombre abrió los ojos, pero ya nunca más pudo moverse o hablar. Quizás me había pasado lo mismo y por el resto de mis años debía arrastrar las piernas como los venados cuando les rompe uno el espinazo con una bala. «No me puedo levantar», le dije. «Debes estar entumido, la pinche agua está helada, espérate a que entres en calor, si después de un rato sigues tullido, entonces nos preocupamos, por ahora estate sosiego». Y pos sosiego estuve porque mucho no podía hacer. Estaba tan oscuro que no se miraba si había una grieta por la que pudiera caerme o que al resbalar se me clavara una estalagmita en el cogote. Porque de verdad no se veía nada, y cuando digo nada, es nada, ni siquiera mi mano podía mirar aun poniéndomela frente a los ojos. «¿Tienes con qué prender una lumbre?», inquirí. «No, pero no tarda en amanecer, cuando entre la luz, si puedes caminar, nos vamos». Le pregunté cuánto llevaba ahí tumbado, «pues como diez horas. Te sacamos del río y luego de que echaste pa fuera el agua, te quedaste como piedra». «¿Y los demás?». «Se fueron pal rancho». Se quedó callado y oí clarito cuando levantó la cabeza como buscándome los ojos en lo negro, «tu abuelo mandó decir que si de pura chiripa no te morías, que ni se te ocurra aparecerte por el rancho, que apenas te viera te iba a matar otra vez y que te mataría las veces que fueran necesarias hasta matarte para siempre», me dijo. «Pos nos mataremos», le respondí, «y que sepa que yo nomás mato una vez y que esa es la buena». Volvió a quedarse callado y no hablamos durante largo rato. Julio César no era de muchas palabras y yo no andaba de ánimo de platicar. Poco a poquito se empezó a colar la luz del amanecer, primero eran unas astillas de sol y luego se iluminó parte de la bóveda. Se comenzó a calentar la gruta y el calorcito me fue desentumiendo. Tuvo razón Julio, era cosa de que se me fuera el frío de las piernas para que pudiera caminar. Por fin me levanté. No lo supe bien a bien en ese momento, pero mi vida, como la había conocido, se acababa de ir directito al carajo. Quedaría a mis expensas porque sin duda mi abuelo amenazaría a cuanta gente del pueblo me quisiese ayudar. Julio César dijo que a ellos los expulsaría del rancho y les quitaría la casa si se atrevían a darme comida o techo. «Estaba bien encabronado, si se detuvo fue sólo porque mi papá le dijo que ya estaba bueno cuando dejaste de patalear. Te sumió chico rato debajo del agua». Caminamos a la salida. En cuanto me vio al sol, Julio César hizo cara de susto. «¿Qué pasó?», le pregunté. Mi hermano se asilenció. De tanto insistirle, contestó, «en el cuello tienes marcados los dedos de tu abuelo, se ve que te apretó con ganas». Sí, debió apretarme con cada una de sus fuerzas, porque sólo de pasar saliva me dolía la garganta. De puritito milagro no me hizo puré la manzana de Adán. Como la caverna era parte del rancho, Julio César dijo que ni ahí me podía quedar. «Lo más que podemos hacer por ti ahora», me dijo, «es dejarte pólvora, balas y tu caballo. Ya más delante papá verá que hace con tu "güelo". No se te ocurra arrimarte al rancho. Quédate por el rumbo de las lomas, cercas del río, por la pasta del Compadre y allá luego te vamos a buscar para llevarte comida». Se fue Julio César y yo me quedé mirando hacia dentro de la cueva. Por un pelito de rana no acabé ahí muerto. La sangre asfixiando a su propia sangre. Sí, me había echado encima de enemigo a mi abuelo, lo que él no sabía es que su peor enemigo iba a ser yo. Ni mil apaches podrían juntar el rencor que iba a latir dentro de mí. Apenas era la yesca de una pequeña lumbre que terminaría como un incendio. Esa mañana no calibré lo que había pasado, la mente tarda en acomodar el desorden, pero ya que lo acomoda, dentro de uno nace una persona distinta a la que antes era. Me fui para donde me dijo Julio. La pasta del Compadre quedaba afuerita del rancho, así que nada podía alegarme mi abuelo. La llamaban del Compadre porque ahí los apaches dejaron colgada de un mezquite la cabeza de un compadre de mi abuelo. Dicen quienes la hallaron que había norte y que la cabeza se balanceaba de un lado al otro con el viento. Juraban que parecía que estaba viva. Esa pasta era de las que mejores forrajes tenía, le crecían pastizales altos porque abajo se decía que corrían veneros. No era parte del rancho porque en esa tierra los apaches se hallaban por puñados y de tanta matazón con ellos, mi abuelo decidió que hasta allí eran los límites de la propiedad. A los apaches les gustaba el terreno porque abundaban los búfalos, los venados, los guajos y los jabalines. A mí me convino irme para allá porque podía cazar y sobraba el agua. Quedaban poquitos indios en la zona, el ejército mexicano se había despachado fardos, y estaban rabiosos de a madre y no les podía hacer confianza. Me fui pues a la pasta del Compadre. Me levanté una casita de ramas en medio de una nogalera pegada al río, no muy aparatosa para no limarle el filo a la suerte. Los indios se conocían tan bien el monte que se daban cuenta hasta de cuando uno movía una piedra, cuantimás de una enramada. Limpié el suelo de hojas secas para que no se me fueran a trepar las garrapatas. Pinches animalillos, no sólo sacaban ronchas de esas rojas e hinchadas, también pegaban fiebres. Chuy decía que había que tenerles más miedo que a los pumas. Me las arreglé como pude. Tallé un anzuelo con los huesos de una vaca que andaban desperdigados por entre los árboles y, con tendones de una liebre que atrapé en una trampa, hice un hilo de pescar. Saqué robalos, bagres y mojarras y con eso pude comer. Los cocinaba en lajas para no hacer mucho humo y que los indios se vinieran a dar la vuelta. A la semana vino Chuy con mis dos hermanos. Me trajeron tasajo, leche y quesos. Chuy me contó que lejos de que se le pasara la muina a mi abuelo le crecía por minuto, «te mandó enterrar», me dijo. No entendí de qué hablaba. «Pues eso, que te enterró. Ordenó que fabricaran un ataúd, metió adentro una camisa tuya, unos pantalones, unas botas y hasta tus calzones. Luego hizo traer al capellán del pueblo para que oficiara el sepelio. Hasta avisó en los otros ranchos que te habías muerto y que te iban a sepultar. La gente vino en la creencia de que de veras te habías finado y cuando vieron que sólo le iba a dar sepultura a tu ropa, creyeron que era broma, pero tan serio notaron a tu abuelo que le siguieron el juego. El capellán echó sus bendiciones a la fosa y hasta el viejón arrojó la primera paletada de tierra». No podía creerlo, ¿pa qué había hecho mi abuelo tanta faramalla?, ¿qué chingados ganaba? Y no sólo eso, Chuy me dijo que mandó poner una lápida con mi fecha de nacimiento y mi supuesta fecha de muerte, y que me enterró junto a mi madre. «La puta y el hijo de puta», me enteré después que dijo el muy perro. Si alguna esperanza tuve de que se arreglaran cosas, mi «entierro» vino a desmadrarlo. Era claro que para mi abuelo yo me había muerto, más bien que me había matado en la caverna y que se aventó el ridículo numerito de mi funeral para enterrarme en vida. Así, difunto, yo ya no podría recordarle lo culero de haberse acostado con su hija o violarla o forzarla o engañarla o lo que chingados haya hecho para henchirle el vientre de mí. Mi abuelo, mi padre, mi abuelo, mi padre. Brincos diera porque yo me hubiera muerto de verdad o que por miedo me largara para otro rancho o para otro estado. Pues no, más ganas me dieron de joderlo, de quedarme en la mera orillita del rancho para que se enterara de que, hiciera lo que hiciera el viejón, yo no me iba pa ningún lado y que si él estaba loco, yo estaría cien veces más loco y que si él era cabrón, yo sería mil veces más cabrón. A Chuy lo de mi abuelo le pareció una reverenda estupidez, «creí que después de que te puso el estate quieto se iba a llevar tranquila la cosa, pero se está dando cuerda él solito y ya se pasó de tueste. Si sigue así de necio y chiflado, nosotros nos vamos a jalar para otro rancho. Ni quien lo aguante al pinche viejo mamón. Eso sí, si nos vamos, te vienes con nosotros». Puro cuento eso de que pensaba irse, si su ombligo lo tenía enterrado en el Santa Cruz. Desde su bisabuelo su familia vivió en el rancho y ahí estaban impuestos. Chuy se sabía los terrenos de memoria y en el cementerio del rancho estaban las tumbas de los suyos. Qué se iba ir del Santa Cruz si eso era como irse de sí mismo. Lo había dicho para consolarme, más de dientes pa fuera que pa dentro. Me quedé solo, metido en mi pequeña choza, esperando que los indios no me hallaran, pescando de noche para que nadie me viera, trampeando animales para no gastar balas. Me ganó la curiosidad y dos noches después me lancé a ver mi tumba. Me fui a pata iluminado sólo por la rajita de luna que colgaba en el cielo. Tardé horas en llegar porque estaba retirado. Tal y como me lo había descrito Chuy, mi sepultura la había excavado junto a la de mi madre. «Rodrigo Sánchez 1821-1841», venía tallado en la lápida. Nomás faltó la fecha en que mi abuelo quiso matarme: 21 de octubre. Y puede ser que sí, que ese día algo mío se murió y así como las víboras cambian de piel, yo cambié la mía. Y ese fue el error más grave que el insigne hijo de puta de mi abuelo pudo cometer jamás.

2024

«¿Se ha acostado con un hombre?», a bocajarro le preguntó Henry al profesor, quien, no acostumbrado a franquezas de ese calibre, pidió que le repitiera la pregunta. «¿Que si ha tenido sexo con hombres?». McCaffrey apretó el vaso de tequila en su mano, quizás debía apurarlo de un trago para estar en la misma sintonía que su joven anfitrión. «¿Sabes quién era Nicos Poulantzas?», inquirió el profesor. Henry sonrió, había pulsado el botón correcto y con seguridad McCaffrey soltaría un aluvión de confidencias con el tal Nicos. Nada le divertiría más que le compartiera sus intimidades sexuales. «No, querido maestro, no sé quién era», respondió Henry. El profesor se acomodó en su silla y empezó a disertar. «Nicos era un teórico marxista estructuralista griego-francés que se dedicó a estudiar los procesos políticos e ideológicos del capitalismo. Fue famosa su controversia con Ralph Miliband en torno a si las élites políticas estaban o no al servicio de las oligarquías económicas dominantes». Henry estimó que, para contestar una simple pregunta, el profesor recurría a prolijas explicaciones por completo innecesarias. Qué le costaba decir sí o no. «Nicos, que había sido miembro del partido comunista griego, abandonó su país para ir a estudiar a París con Louis Althusser, el mayor exponente del estructuralismo marxista con quien, no está por demás decirlo, mantuvo serios desacuerdos. Poulantzas era un hombre brillante, cuya valía se basaba en su destreza para formular cáusticas preguntas». Henry escuchaba anonadado al académico. En su mente jugueteó con atinar con quién de ellos el profesor había perdido su virginidad anal. «¿Era guapo?», le preguntó. McCaffrey se tomó una pausa y continuó, «lo conocí en un simposio. Si bien nunca he sido partidario de las teorías derivadas del marxismo, me parecen reduccionistas en ocasiones, como alumno me parecía imprescindible estudiarlas para contrastar con lo que nos enseñaban en Harvard. Nicos era un excepcional y convincente expositor que desarrollaba argumentos sólidos y rigurosos. Sin embargo, el tres de octubre de 1979, a los cuarenta y tres años, subió al piso veintidós de la Torre de Montparnasse y, aferrado a sus libros, se arrojó al vacío. Hay quienes afirman que lo suyo no fue un suicidio, sino que lo asesinó una secreta organización subvencionada por la CIA para acabar con los pensadores de izquierda». Henry se desconcertó con lo que le contaba McCaffrey, ¿en qué momento giraría al tema amatorio?, «¿y?», preguntó. «Y», prosiguió el profesor, «esa historia me parece, por mucho, más interesante que mi vida sexual». Henry soltó una carcajada, «salud, profesor», dijo y se zampó de golpe el vaso de tequila. Los dos rieron por un par de minutos y luego se quedaron serios. «¿Piensa incluir en su libro lo que presenció hoy?», lo cuestionó Henry. «Voy a escribir un libro, no un pasquín», respondió McCaffrey fingiendo indignación. Scott Fitzgerald habría amado lo sucedido, un periodo y una clase social reflejada en una trama lastimosa a la vez que chusca. El conflicto le pareció demodé, en otra época habría sido degradante, obsceno, vergonzoso, ahora decenas de sus alumnos expresaban su homosexualidad sin ningún tipo de restricciones. Estaba acostumbrado a verlos sobetearse en los jardines de la universidad. Sólo las viejas élites económicas y políticas, impregnadas por un conservadurismo trasnochado, podían perturbarse con un trance, a sus ojos, tan nimio. Cierto, a Betty le sobraban razones para estar lastimada, su novio y su hermano la habían traicionado. Lo que extrañaba a McCaffrey era que Peter se preocupara porque su abuelo se enterara. Era claro que la relación con ella era sólo una adarga donde pertrechaba sus inclinaciones sexuales, ¿para qué?, ¿por qué la ficción del compromiso matrimonial? McCaffrey había crecido en un suburbio de Chicago, no lejos de donde era originario Ernest Hemingway, su escritor más admirado. Hijo único de dos profesores de preparatoria, su vida transcurrió rodeada de libros y de un fervor, lindante en el fanatismo, en las bondades de la educación. La leyenda de Hemingway lo marcó como a todos los jóvenes de su barrio. A menudo peregrinaba con sus amigos a la que había sido su casa en Oak Park con la ilusión de embeberse de algo de su grandeza, de su machismo, de su talento, de su personalidad. McCaffrey hizo cuanto pudo por imitarlo: pescó, cazó, se involucró en peleas callejeras, tomó alcohol hasta perder la conciencia, pero su timidez no contribuyó a su identidad hemingwayana. Tampoco poseía su fortaleza física, ni el carisma para impresionar mujeres. Sabedor de sus limitaciones, desistió de ser un remedo del ilustre vecino y, como sus padres, se concentró en la vida académica e intelectual, con una salvedad, la figura mastodóntica de Hemingway lo hizo interesarse en personajes como él: magnéticos, aventurados, fanfarrones. Así como había Hemingways en la literatura, debía haberlos en las altas esferas de la economía. De ahí devino su atracción hacia Henry Lloyd, otro hombre complejo, audaz, ambicioso, carismático. Veía en él a una fuerza telúrica que destruyó la tierra para luego reconfigurarla. Henry Lloyd VI lo reputó como su sucesor más indicado: corrosivo, maquiavélico, manipulador, cínico, pero además reflexivo, de una inteligencia superlativa, una mente sistemática y un innato sentido del poder. Los siguientes días, McCaffrey se encerró en su cabaña, no quería inmiscuirse en los asuntos privados de los jóvenes herederos. Lo sucedido podría semejar una opereta cómica, pero era en realidad una tragedia griega. En las esferas del poder cada acto reverbera en las demás franjas de la sociedad. Ya lo había divisado antes, las peleas entre los encumbrados desplegaban tintes bíblicos con consecuencias imprevistas. Chantajes, cárcel, presiones, titulares de prensa, bancarrota, fraudes, divorcios y hasta atentados formaban parte del menú. Pleitos de hermanos por el control de las empresas terminaban en el despido de miles de obreros. Disputas entre padres e hijos eran subsanadas con asesinatos. Desde su ventana, McCaffrey vio el ir y venir de los jóvenes por los pasillos. Peter con Betty, Betty con Henry, Henry con Tom, Tom con Peter. Se percibía devastación en la muchacha, que deambulaba con la mirada perdida. Tom, con la cabeza gacha, sin el valor de ver a su hermana a los ojos. Las marcadas ojeras de Peter hablaban de desvelos y angustia. McCaffrey se compadeció de los tres. En un breve instante su tinglado se vino abajo. Boda, planes, acuerdos, negocios, puestos, a la basura. A su parecer, Tom y Peter, aun de manera inconsciente, empujaron a ser descubiertos. Se habían expuesto sin más. Había infinidad de lugares apartados donde pudieron revolcarse a gusto, hacerlo en la cabaña demostró que los sentimientos de Betty les valieron un pepino. En tanto los otros sufrían el empelote, Henry lo visitó a menudo. Lo trataba como un tío cercano y con familiaridad le divulgó detalles secretos de las empresas Lloyd que, de ser publicados, permitirían entender la envergadura de sus finanzas y su peso en la política y en la sociedad. McCaffrey entendió que hacerlo traicionaría la confianza depositada en él, sin embargo, intuyó que si Henry se los revelaba era con un propósito. Era delicado el equilibrio, profundamente retador, y McCaffrey por fin pudo hilar fino y urdir la estructura definitiva de su libro.

1892

«Huracán» al caballo Lloyd nombró. Tres días después de que el cadáver nadie reclamara Lloyd a la comisaría lo fue a recoger. Confundido y triste el animal se notaba. Lloyd sobre él montó y Huracán no quiso andar. Otro hombre al caballo con la fusta lo habría azotado. No Lloyd. Nunca a una bestia lo vi maltratar. Ni caballos ni vacas ni burros ni perros. Desmontó Lloyd y al frente del animal se colocó. El caballo trató de morderlo. Los animales a quienes les ha causado dolor lo recuerdan. Lloyd un paso hacia atrás dio y con voz suave comenzó a hablarle. «Huracán, olvida todo cuanto viste. De ti cuidaré, buenos tratos te prometo». Si Leonard a su caballo sus avatares contaba, Lloyd promesas le susurró. Paso a paso se fue acercando. El animal, rejego, volvió a dentellarlo. La calma Lloyd no perdió. «No, Huracán». Con lentitud se acercó a él para la testuz acariciarle. Luego su cuello. «Huracán, amigos seremos». Con el tiempo en su caballo favorito se convirtió. A alta velocidad al potro por los prados lo hacía correr. Cola al aire, buena estampa. Polvaredas a su paso cuando por los caminos galopaban. Una mañana, al volver de la jornada, Lloyd a la cocina de la mansión a Huracán hizo entrar. Sin apearse del caballo a las cocineras ordenó, «a él y a mí mi platillo favorito sírvanos». Atónitas las mujeres a responder no atinaron. «Lo mismo que me sirvan, a él le sirven». Lloyd con paciencia aguardó. Veinte minutos más tarde un plato sobre la mesa al caballo sirvieron y otro a Lloyd en su montura. Pato en salsa de zarzamoras con papa dulce y repollo. «Es un caballo huérfano», a las cocineras Lloyd les explicó, «y confiar en mí debe». El caballo el platillo devoró y Lloyd, sentado arriba de él, del suyo dio cuenta. Las cocineras la cabeza agacharon, «nunca a negro alguno pato en salsa de zarzamoras de comer nos han servido», entre dientes una de ellas dijo. Lloyd a medio bocado se detuvo. «Escuché, y eso se solucionará». Tres días después, montado en Huracán, a todos los esclavos mandó llamar. «Siéntense». Cuando todos en el suelo se acomodaron, las cocineras a cada esclavo un pato con zarzamoras, papa dulce y repollo pasaron a servirles. Para darle de comer a los ciento treinta y cuatro negros tres días hubieron de guisar. Doscientos patos se sacrificaron. Necesario fue que James y yo a otras comarcas fuéramos a conseguirlos. Como sorpresa para los otros negros este banquete era, a solas James y yo tuvimos que matarlos y desplumarlos. Laborioso fue hacerlo. Con un hacha la cabeza del pato cortábamos y en agua hirviente los metíamos para las plumas arrancarles. Horas a la tarea dedicados. Se hizo costumbre que Lloyd, seis veces al año, un banquete de platillos finos a los negros nos ofreciera. Cerdo con manzanas, cordero al vino tinto, filete de res a la pimienta, pescado en aliño de ajo, ganso a la naranja, lomo de venado en salsa de ciruelas, codornices a la mantequilla. Un festín de sabores para nosotros habituados a comer cocidos. Wilde de la ocurrencia de Lloyd reía. «Días de gracias», los llamaba. Huracán de lo mismo que nosotros comía. La muerte de Leonard cosas buenas a nosotros trajo. Lloyd más generoso y compasivo. Al poco tiempo Jayla la hija de ambos parió. Negra clara como la madre. Los ojos azules como los del padre. Jerioth Adams fue llamada. Con su hija Lloyd feliz estaba. Jayla, buena madre. Más redonda después de su embarazo. Desnuda dejó de pasearse. Más recatada y prudente. Lloyd, James y yo semana a semana a la casa en el pueblo íbamos. Yo con Jenny dormía y Lloyd con Jayla. Con los niños yo jugaba. En el bosque me escondía y a la cuenta de diez iban a buscarme. Carcajadas cuando me hallaban. Lloyd, James y yo de la vida hogareña disfrutábamos. Entre semana jornadas en el campo cumplíamos, los viernes volver al lecho con Jenny contento me producía. Esclavo era, pero los privilegios de la confianza de Lloyd gozaba. Jenny y yo decidimos casarnos. A Lloyd avisamos. «De mi cuenta los gastos de la boda corren», nos dijo. Un pastor negro nos casó y los sacramentos del matrimonio prometimos respetar. «¿A Jenny Adams como mujer aceptas?». Asentí. En el templo, entre las sillas sentada a Jade hallé. Antes de asentir a ella volteé a ver. Con la cabeza aprobó. Dos monedas de oro el regalo de boda de Lloyd. En la noche, en el cuerpo de Jenny a Jade el amor le hice. Me despedía de ella porque ahora casado estaba. Muy distinto el amor hacían, aun cuando en el mismo cuerpo estuvieran. Feliz a los tres meses estuve cuando la noticia de su embarazo Jenny me dio. Padre de un hijo propio sería. La barriga de Jenny empezó a crecer. Entre ella y Jayla a los niños cuidaban. Embelesado Japheth a Jerioth, su hermana de unos meses de nacida, con curiosidad veía y la oreja sobre la panza de Jenny colocaba, «¿habla?». «Sí, adentro los bebés cosas dicen». Atento Japheth a los ruidos en la barriga de mi mujer. A Jonas, más chico y más serio, el proceso del nacimiento de Jerioth y el embarazo de Jenny lo confundían. En una esquina a observar se guardaba. Celos debía tener de Jerioth y del hijo nuestro que iba a llegar. Berrinches no hizo, lo suyo sólo silencio era. Los meses pasaron y por dentro de Jenny mi hijo crecía. Cada tarde, sin falta Lloyd conmigo en el río charlaba. «Con Virginia hijos no he podido tener», me confesó. Notorio su pesar era. «El problema, es claro, yo no soy». Herederos legales deseaba. Que su apellido con orgullo portaran. Poder pasear por el pueblo de la mano tomados. Un viernes a la casa en el pueblo llegamos. Afuera Jayla en el porche sentada, rojos los ojos, hinchados. A nuestro arribo no se levanta. En el estómago un hueco siento. Lloyd desmonta. «¿Qué pasó?». Ella levanta la cabeza y me mira. «El cordón en el cuello el bebé tenía enredado. Hace tres días muerto nació». A la casa de prisa entro. A Jonas y Japheth en el piso de la sala los hallo sentados. Jerioth en la cuna, llorando. Japheth callado, como si la gravedad del asunto entendiera. Al cuarto entro. Jenny en una mecedora a nuestro bebé abraza. Nunca más ganas de llorar tuve, pero no lloro. Estiro la mano para la cabeza de mi bebé acariciar. Detrás de mí Lloyd entra. Jayla le ha advertido que tres días lleva Jenny sin comer y sin el bebé soltar. «Jenny, dámelo». Ella no responde. El cuerpo del recién muerto apesta. Con suavidad Lloyd sus manos debajo del cadáver mete y poco a poco hacia sí lo jala. Jenny por retenerlo esfuerzo no hace, como si desde hace rato pidiese que se lo quitaran. Por las mejillas de Jenny lágrimas escurren. Una niña hubiese sido. Lloyd el cadáver me entrega. Es una roca fría. En mis brazos a mi hija/no hija arrullo. Cerrados los ojos, semi abierta la boca. Sus rasgos observo. Hija de Jade habría sido. Igual a ella, misma nariz, idéntico mentón. Hija de Jade en el cuerpo de Jenny. Esta vez ganó ella. Matar a la hija antes de que la hija a la madre matara. Aprieto contra mi pecho a la que pudo ser y ya no fue. La pongo en la cuna que pudo ser y ya no fue. A Jenny abrazo. Sus mejillas húmedas siento. Fláccida su barriga donde habitó lo que pudo ser y ya no fue. Al día siguiente a la recién muerta en el cementerio de los negros enterramos. El pastor que nos casó una oración eleva cuando la pequeña caja en la tierra entra. La hija de Jade y de Jenny y mía. A Jade en la orilla del panteón veo. Llora. Victoriosa ella ahora en la muerte y llora. Jenny, la otra madre, también solloza. Y Jayla con Jerioth en llanto. Jonas y Japheth de la mano de su padre. James en silencio. Una paletada, dos paletadas. Extinto el súbito centelleo de vida. Ahorcada por el cordón que la nutría. Meses flotó dentro de Jenny dándome esperanzas. Giró en su mundo acuoso hasta en la muerte enredarse. Días libres Lloyd me dio, «a ellas y a mis hijos cuida», me dijo. Jenny y yo el techo por horas mirábamos. Se escondía Japheth y Jonas con un carro de madera a mi lado jugaba. «¿Dónde estoy?», Japheth oculto detrás de un mueble preguntaba. La mirada del techo no pude quitar. Algo escrito ahí debía hallarse, una explicación, un manifiesto, una invisible escritura de Dios, para la asfixia de mi hija comprender. Sopa Jayla nos preparó. «El cuerpo y el alma caldos fortalecen», dijo. En pequeños sorbos bebimos. Por la barbilla, el líquido a Jenny le escurría. «Mi hija», sollozaba, «nunca supo lo que la luz era». El fin de semana Lloyd sin James llegó. Llovía. Relámpagos a lo lejos. Truenos. Mi hija en su diminuta tumba debía mojarse. Ganas de sacarla de su ataúd y a la casa traerla. Lloyd del impermeable se despojó. Agua por su rostro resbalaba. Entró a la casa y a nuestro lado fue a sentarse. «Ustedes padres de mis hijos han sido. Como suyos los han querido». Jenny la mirada levantar no pudo. La tristeza la cabeza hacia abajo la jalaba. Para ser cortés yo en los ojos de Lloyd mi mirada fijé. «Padres ya han sido, así la vida de su hija se haya apagado». En qué dirección sus palabras iban, no lo sabía. «Como suyos legales a los hijos míos háganlos». Su propuesta entendí, adoptarlos. Ser padres a pesar de que no lo fuimos. La mirada de Jenny busqué. Sin la cabeza levantar asintió. «Sí», Jenny en nombre de los dos respondió. En adelante Jonas y Japheth nuestros hijos serían.

1878

A pesar de que en raras ocasiones Thomas Wilde y Virginia morigeraban sus descomunales proyectos, Lloyd se sentía maniatado, deseaba convertirse en patriarca de una estirpe propia fundada a partir de él, ver su sangre irrigarse en el emporio que él había diseñado, Emerson se multiplicaba gracias a sus delirantes planes, pero transcurrían los años y Virginia no se empreñaba, «no me veo sentado en el porche de viejos mirando el atardecer bebiendo té tomados de las manos», nos confesó, sin hijos ni nietos que continuaran con la expansión de su obra no le encontró sentido a su matrimonio, Lloyd comenzó a interesarse en otros horizontes, le atrajo el proceso de independencia de Texas y su posterior anexión a los Estados Unidos, «Texas es un diamante en bruto», sentenció, devoraba los diarios en busca de cuanto ocurría allá y se obsesionó más cuando Estados Unidos le declaró la guerra a México, «nada nos beneficiaría más que ganarla», Emerson, reveló, comenzaba a quedarle chico, le molestaba que el «espíritu de los sureños», en clara referencia a su suegro y a su esposa, atemperara su anhelo de crear un feudo sin paralelo en el país, «Alabama es un cinturón de castidad», afirmó desesperado cuando Wilde no le autorizó la compra de tierras boscosas para montar un aserradero y luego, un astillero, «Emerson podría vomitar dinero, excretar dinero, supurar dinero», Lloyd auguraba que el futuro se asentaría en los trenes y en los barcos, Wilde estimaba adverso el crecimiento excesivo y se corría el riesgo de perder el control de la fortuna, fueron escasas las negativas de su suegro, esa bastó para que Lloyd afirmara que el «calor y la humedad embrutecen, el Sur es un estado inamovible del alma», Texas le sonaba a territorio virgen donde las oportunidades debían abundar, sin conocer a un solo mexicano Lloyd los tildaba de holgazanes y tontos, «trescientos andrajosos texanos vencieron a cinco mil soldados mexicanos, sólo un pueblo de ineptos puede perder una guerra en la que se lleva tanta ventaja», estaba confiado en que los Estados Unidos vencerían para apropiarse del resto del codiciado suelo texano, Texas le sonaba a vastas planicies cruzadas por ríos que regaban productivas tierras sin sufrir del aire malsano del sur de Alabama, Lloyd nos preguntó a Jeremiah y a mí si estaríamos dispuestos a abandonar Emerson para dirigirnos con él a las novísimas regiones que Estados Unidos estaba por obtener, yo asentí sin convicción, luego del largo periplo que sufrí después de mi captura no podía arriesgarme a más virajes, en Emerson había encontrado cierta tranquilidad, la cual podía perder de llegar otro capataz abominable como lo fue Bob, la propuesta de Lloyd seducía, nos pintó un panorama de aventura, de conquista, «podemos despojar de sus terrenos a los mexicanos que se queden de este lado de la frontera», explicó, «no creo que ninguna autoridad americana se nos oponga», Lloyd concibió un ejército formado por los esclavos de Emerson más valerosos y con más determinación, su plan era comprarnos a Wilde para luego otorgarnos la libertad y protegernos, en Alabama, donde su nombre pesaba, nadie osaría enfrentarlo ni se metería con «sus» negros, decidió no fraguar su ejército con hombres blancos, recelaba de ellos y con certeza uno de ellos lo acuchillaría por la espalda para arrebatarle sus logros, detrás de cada blanco habitaba un potencial traidor, en una banda de negros libertos palpitaría el más profundo agradecimiento y por tanto la más absoluta fidelidad, Lloyd apuntó hacia Texas y sobre ese objetivo comenzó a mover sus piezas.

1817

«Barco», una palabra alejadísima del medio rural donde había crecido y sin mayor sentido para él, empezó a cobrar forma frente a sus ojos. Nunca imaginó cuánto encerraba la palabra y lo que había representado en la conformación del mundo. Cuando en Saint Justine se referían a Francia, Europa, él pensaba en lugares limítrofes a su comarca, no más allá de unas docenas de leguas. Cuando Emma presumió que los antepasados de Henry arribaron en el Mayflower, Jack pensó en canoas. Nada lo preparó frente al volumen de esas bestias marinas que no sólo podían flotar, sino también llevar carga y decenas de hombres en su interior hacia países remotos a cientos de millas marítimas. En los astilleros había un barullo permanente, rumor de voces, ruido de serruchos, de martillos, relinchos, murmullo de olas, estruendo de troncos rodando por las laderas, graznidos de gaviotas. Había en el aire un olor salobre que antes jamás percibió. Hubo de conocer vocablos que sonaban a una lengua extranjera: bao, quilla, cuaderna, varengas, forro, durmiente, trancanil, amura, proa, popa, velamen, sentina, sollado, timón, ancla, barbiquejo. Supo de profesiones de las que jamás tuvo conocimiento antes: marineros, grumetes, capitanes, almirantes, más decenas de aquellos que construían los barcos. Jamás imaginó la magnificencia del mar, su infinito y su potencia. Charles le mostró los destrozos que cuatro inviernos antes había provocado un vendaval en Providence. Enormes barcos fueron arrojados calles adentro y sus restos aún permanecían varados a media ciudad, como el «Ganges», un afamado buque de guerra cuyo bauprés quedó encajado en lo alto de un inmueble de seguros. El mar se tragó personas, caballos, carruajes, viviendas. Edificios enteros quedaron reducidos a astillas. «Algún dios habita en el mar que cuando se enoja hace que las aguas devoren la tierra», le dijo Charles. A los cuantos días, en la bahía contigua, un barco gigante remolcó un animal gigante y lo descargó frente a la playa. Jack jamás había visto un ser de tales dimensiones. Entre una treintena de hombres lo arrastraron a la orilla y con cuchillos y sierras comenzaron a desmenuzarlo. Las aguas del litoral enrojecieron con su sangre y flotaron sus serosidades grasas. «Ballena», le dijo un hombre que se llamaba el monstruo. Recordó el pasaje de la Biblia que su madre le leyó una noche en el que Jonás era engullido por una ballena mandada por Dios para salvarlo en altamar de una tempestad y conducirlo a tierra firme para que predicara Su Palabra. Mar y ballena no cobraron significado alguno en su mente infantil, ahora comprendía la hondura del hecho bíblico. El colosal monstruo, inmenso como una hilera de casas, inspiraba una vastedad de leyendas, de historias, de sueños, de obsesiones, de pesadillas. ¿Cómo los hombres no temían cazar a semejante ser?, pero, sobre todo, ¿cómo se atrevían a matar a una criatura tan majestuosa? «Balleneros», escuchó que nombraban a quienes cometían el pecado de cazarlas, un pecado, pensó Jack, del que no había expiación posible. Los admiraba, se debería ser valiente para perseguirlas, pero a sus ojos jamás podrían redimirse. En honor a las ballenas, se juró a sí mismo que si llegaba a tener un hijo, lo nombraría Jonas. Al llegar a los astilleros desconocía cómo proceder. Eran disímiles y complejas las tareas. Al principio, le asignaron las más simples. Cortar los troncos de modo longitudinal y lijarlos para convertirlos en tablas. Si con el trampero al jalar el trineo las manos se le llagaron, aquí se le caían a pedazos. Tomar la segueta congelada, sin guantes, y serrar para partir un tronco, le ocasionó ampollas sangrantes. Cuando se detuvo a ver la masa sanguinolenta en que se habían convertido, el capataz le llamó la atención, «a ver, tú, no te detengas, sigue con tu trabajo». Con una seña de su cabeza, Charles lo instó a que continuara. «Habrá un momento en que dejarás de sentir dolor». Jack prosiguió apretando los dientes. Al fin de la jornada, la palma de su mano había desaparecido para dar paso a una desolladura, la carne tan viva que los blancuzcos tendones asomaban. Aconsejado por trabajadores más experimentados, sumergió las manos en la nieve hasta que el entumecimiento apagó el ardor y luego las talló con sal de grano para curtir la herida. La escocedura empeoró al correr de los días, hasta que un alma caritativa lo curó untándole las heridas con grasa de ballena y le regaló unos guantes de carnaza. Sólo así logró continuar porque estaba a punto de rendirse. Aun exhausto, tarde a tarde visitaba a su caballo. Agradecido, el animal agitaba la cabeza en señal de alegría. Jack lo llevaba a trotar a la playa para ejercitarlo. El caballo se divertía enfilando contra las bandadas de gaviotas que se alimentaban en la orilla del mar con las sobras de las ballenas. Las aves revoloteaban a su paso y giraban para volver a posarse en la arena. Al regresar, Jack le daba terrones de azúcar que el potro recogía con suavidad de su mano estirando los belfos. Sin problemas pudo cubrir los estipendios del establero. Tal y como le había avisado Charles, la paga en el astillero era considerable y trastocó su aldeana idea del dinero. Con tan sólo tres semanas de trabajo, en Saint Justine hubiese comprado una granja con vacas, gallinas y ovejas. Una lástima que no pudiese volver porque le habría dado a su madre una vida que ella jamás imaginó. Para precaver posibles robos, cosía los billetes y las monedas en el interior de su ropa y no dejó de portar el cuchillo amarrado a la pantorrilla. Por órdenes de los gerentes, los obreros debían rotar las faenas. Jack pasó de serrar troncos y transformarlos en tablones, a construir el armazón de los navíos. Era una tarea laboriosa que requería colocar con exactitud cada pieza, hacerlo mal ponía en riesgo la estabilidad y la flotación del barco. Lo supervisaban expertos carpinteros que indicaban cómo doblar los listones, cómo unirlos, dónde martillar los clavos, cómo determinar el largo de la quilla y su grosor. Jack disfrutaba el proceso, sin importarle los helados vientos que le congelaban la nariz y los labios o palear la nieve que había caído por la noche y que sepultaba el maderaje. Se enteró de que los barcos que ayudaba a construir eran capaces de navegar a lugares de los cuales antes jamás escuchó:

China, África, Tailandia, Rusia, Estrecho de Magallanes. Se sentía orgulloso de ser parte de una operación de tal envergadura. Se fijó como meta algún día ser propietario de una naviera que intercambiara mercancías alrededor del mundo. Deseaba aprender cómo funcionaban los astilleros y bajo qué criterios se establecían las rutas comerciales. Su curiosidad lo llevó a interrogar a cada trabajador y a estudiar cada detalle del armado de los barcos. Los domingos se dirigía a las playas donde destazaban las ballenas y se sentaba con los arponeros a comer lonjas de sus filetes asadas en fogatas. Memorizó los cánticos de los marineros cuyas letras relataban los avatares de las tormentas, la nostalgia de los amores perdidos en otros puertos o los homenajes a compañeros que naufragaron y de los cuales jamás se volvió a saber. A las dos semanas lo cambiaron del armado de los maderajes a fabricar los velámenes y las gruesas cuerdas. Se fascinó con el despliegue de las extensas telas de algodón que había que zurcir para darles forma. Nada había más bello a sus ojos que las velas flameando con el viento. Si Kentucky no fuera un llamado íntimo a reunificarse con su familia putativa, Jack habría hecho de Providence su lugar de residencia. La camaradería de los hombres de mar, la belleza de la ciudad, la satisfacción de crear tan perfectas obras, lo seductor del vasto océano, el aroma del aire salino, eran en suma atrayentes para él. Una tarde en que cosía las lonas de las velas, cruzó a lo lejos una comitiva de hombres vestidos con trajes finos en cuyo centro avanzaba un personaje al que, a su paso, los demás reverenciaban. Jack preguntó de quién se trataba, «es el dueño de la compañía, el señor Edward Carrington». Jack admiró su compostura y su donaire. Empequeñecía a los demás sin proponérselo, su dominancia le era connatural. A menudo se paraba a inspeccionar tal o cual trabajo, hacía comentarios que quienes lo rodeaban oían en silencio. Jack supo que tenía centenares de preguntas que formularle y que debía abordarlo así le costara ser despedido. Alguien que había creado una empresa de esa magnitud era un genio y un visionario. Sin pensárselo, Jack esquivó a sus compañeros y se encaminó hacia él.

1887

me revuelve el estómago mencionar su nombre Sandra Reynolds la mujer que frente a los ojos del mundo presentaste como tu legítima esposa como si nuestro matrimonio hubiese sido sólo un fallido ensayo Sandra Reynolds la jovencita con el rostro repleto de pecas la hermosa pelirroja que elegiste para sustituirme y que ahora que resbalas por el tobogán de la decadencia se ha olvidado de ti la texana oportunista favorecida por una fértil matriz procreó los anhelados hijos legítimos con quienes podías por fin fundar la prosapia de la cual fueras el primerísimo patriarca al que sucesivas generaciones le rindieran pleitesía en todo esto hay una duda que me escuece por qué después de mostrar tanto odio hacia Jack Barley a tu segundo hijo varón lo bautizaste como Jack y en este tenor de suspicacias me pregunto si hay un motivo oculto o un homenaje secreto a una tal Thérèse para elegir un nombre tan poco común para tu hija era evidente que a tu primogénito lo llamaras Henry suspirabas porque el primero de tus vástagos ostentara tu nombre y fuiste muy afortunado de que el primero fuese un niño me imagino que se te llenaba la boca al pronunciar el Henry Lloyd II en nuestras ensoñaciones de recién casados jugamos a adivinar quiénes de nuestros hijos heredarían tus rasgos y cuáles los míos o quiénes serían vivo retrato de nuestros padres a menudo me confundías con la descripción de los tuyos en ocasiones los pintabas de una manera para meses después hacerlo de otra aseverabas que te quedaste huérfano a los once años cuando se incendió la cabaña donde vivías con tus padres recuerdo la noche en que me dijiste que algún día esperabas volver a reencontrarte con tu madre cuando desconcertada te pregunté si no estaba muerta como antes me habías aseverado manifestaste entre titubeos que era sólo un deseo de que reapareciera en tus sueños tu ambigüedad me hizo recelar y hoy me carcome la interrogante de saber si ella en realidad había fallecido o no cuando hallaron muerto a Jack Barley volviste a casa con un semblante de alivio por qué pesaba tanto ese hombre en tu ánimo sabía él algo de tu pasado que no querías que se supiera y él te extorsionaba para no develarlo dímelo porque no logro explicarme el hechizo que ejerció sobre ti ocupado en fornicar con tus negras o en el trazo de tus desmesurados planes no debiste enterarte que

Dolores la hija del tendero se encasquetó en el papel de su viuda sin que hubiese de por medio un compromiso matrimonial nada tonta y con seguridad instigada por su madre exigió que los bienes del difunto se trasladaran a su nombre por ser este su pretendiente con el que se había apalabrado para casarse dicho que no pudo sostener porque al ser interrogada por el alguacil la negra que la acompañaba mañana y tarde y a la que se le amenazó con cárcel y azotes si mentía declaró que jamás escuchó de boca del forastero una sola promesa de enlace y que ni siquiera llegaron al intercambio de misivas primer paso en toda pareja que sostiene intenciones serias de casamiento tenía más sentido el reclamo de la viuda Flowers *el tipo me debía dos meses de renta de la habitación* podía ser otra mentira para agenciarse unos cuantos dólares y alegó que el mentado Jack Barley que también se hacía llamar Leonard Smith le había firmado pagarés constatando la deuda pero que tan bien los había escondido que no los hallaba a falta de juez porque el anterior el ministro Monroe murió sin ser reemplazado el alguacil fue quien tomó cartas en el asunto como tú ya te habías apropiado del caballo y no quería embrollarse en líos contigo determinó que el animal quedaba fuera de la repartición de los bienes y tomó la salomónica decisión de dividir el menaje del finado entre las dos mujeres una maleta para Dolores la otra para la dueña de la pensión las eligió al azar cada una se esperanzó con hallar tesoros lo único con lo que se toparon fueron calzoncillos calcetines camisas pantalones y zapatos ni monedas ni la leontina y mucho menos el reloj esa pequeña fortuna conjeturó el alguacil había sido el motivo por el cual lo asaltaron y ya no le movió más al asunto ojalá algún día alguien me revele los móviles de tu misteriosa ojeriza contra Barley que me ilustre las causas por las cuales resolviste nombrar a tu hijo Jack y que me revele la razón del extraño Thérèse porque la verdad no creo que en el morganático matrimonio que entablaste con Sandra Reynolds ella haya gozado de la prerrogativa de determinar cómo se llamarían sus hijos quisiera exhumar del fondo de tu cerebro los entresijos de cada una de tus decisiones y así redondear la esquiva figura que has sido

1881

Mi abuelo no dejó ni pa dónde moverme. Amenazó a cuanto pelado se topó en los ranchos y en el pueblo, «no se les ocurra darle ni trabajo ni asilo al perro ese si no quieren meterse en una bronca conmigo», dicen que les dijo. Con la fama de cabrón que se cargaba, nadie se atrevió a mirarme, cuantimás a hablarme. Cuando llegué a bajar al pueblo a conseguir mandado, la raza se hacía la desentendida y no me dirigían la palabra. Un tambache de ellos odiaba a mi abuelo, de alguna manera u otra se los había chingado, pero le tenían más miedo que a una tribu de lobos. Desde cuatro generaciones atrás mi familia expolió las tierras de otros. Uno a uno fueron sacando a los que no quisieron vender, la mayoría encajonados derechito al panteón dejando una ristra de huérfanos y de viudas. Quienes en el pueblo o en el rancho no se alinearan con lo que mi abuelo por sus pistolas mandaba, no iba a encontrar jale ni de vaquero ni de peón ni de nada. Como acá el trabajo era escaso, la gente dependía de los dueños de ranchos como él. Entre ellos se corrían la voz, «no le des jale a tal y a tal porque son unos pasados de vergoña» o «ese buey es una patada en el culo, pa qué lo quieres cuando sobran manos por estos rumbos». Y como no querían buscarle tres pies al gato, mejor la llevaban calmada con mi abuelo y por eso a mí ni caso me hacían. Chuy decía que no se podía gobernar en estas tierras secas y duras si uno no era seco y duro, y que en eso el viejón se pintaba solo. Y si mi abuelo era seco y duro, yo me haría seco y duro, que para eso yo acarreaba dentro de mí tanto desierto. No me quedó de otra que quedarme a vivir en el monte. Tuve que aprender a exprimirle a la tierra sus secretos. Aprendí a rastrillar la lechuguilla para extraerle las fibras y tejer mecates. Aprendí a curtir los cueros de animales para hacerme chaparreras y monturas. Aprendí a olisquear para saber si por allí andaban los cochis o los venados. Aprendí a imitar los berridos de las venadas para que los venados vinieran hacia mí, los chillidos de las liebres para llamar coyotes, el canto de las pípilas en época de celo para atraer a los guajolotes machos. Aprendí a montar a pelo y a esconderme detrás del costado del caballo para no darle tiro a los indios. Aprendí a labrar puntas de flechas con pedernales, a tallar ramas para hacer flechas y arcos y a fabricar las cuerdas con tripas de venado. Aprendí a atrapar víboras de cascabel a mano limpia, sacarles el veneno y luego comerlas asadas. Aprendí a orientarme en noches nubladas y oscuras sin estrellas y sin luna contando los pasos que daba a la izquierda y los pasos que daba a la derecha. Aprendí a seguir el rastro de los venados y a saber, por la pura pisada, si se trataba de hembras, de machos jóvenes o de venadotes. Aprendí a prender fuego con dos piedras y hojarasca. Aprendí a domar caballos salvajes hablándoles como si se tratara de personas. Debí asumirme como hijo de la naturaleza. Mientras más montaraz, más entendía quién era yo. Como los apaches, que parecían moldeados por la arcilla de esta zona, labrados por el viento y las rocas, tan fantasmales como los pumas, cuya forma de vida se alimentaba de las arterias del desierto, así quería ser yo. Después de unos años me mudé de lugar. La enramada que me hice en la nogalera seguido se llenaba de arañas y garrapatas y yo no andaba para estar picoteado todo el santo día. Poco a poco, para no llamar la atención, me construí una casa en una loma debajo de unos mezquites en la pasta de Santa Elena desde donde podía vigilar las llanuras. La levanté con enjarre, entrecruzando varas de chapotes y tapiándolas con adobe. Las paredes las hice de una brazada de ancho para que no le entraran las balas y los portones y los postigos los fabriqué con tablones de tronco de mezquite para que aguantaran los flechazos de los indios. La casa la tapé con ramas y me fui a verla de lejos, parecía una mota más. Si alguien no sabía que eso era una casa, no se daba cuenta. A mi caballo le armé un corralito con piedras y varas bajo la sombra de un huizache. Era apacible mi animal, no era de esos caballos brutos que tratan de escaparse en cuanto pueden. Él era entendido y no necesitaba ni amarrarlo. A nadie, ni a Chuy ni a mis hermanos les diría adónde me fui a vivir. Debía arreglármelas solo para no meterlos en problemas. Aprovechando la negrura de algunas noches, me lanzaba hasta su casa a verlos llevándoles de regalo carne de venado o de jabalín, y en veces, les dejaba uno de los caballos que había amansado. Chuy se preocupaba por mí y me pedía mis nortes, nunca le dije pa qué rumbo vivía. Para que no vieran pa dónde me iba, salía de madrugada caracoleando entre los pedregales y así no dejar marca de las pisadas de mi caballo. Nunca dieron conmigo. De cuando en cuando veía rebaños de indios a lo lejos. Yo prefería darles la vuelta, no por miedo, porque el miedo se me quitó desde que morí en esa cueva, sino porque quería reservarme para matar para cuando de veras lo necesitara. Una tarde, a lo lejos vi merodear a un tipo barbón y de pelo largo, vestido a la usanza de los indios, pero con cara de mexicano. No nos divisó ni a mí ni a mi caballo. Parecía un perro del desierto. Se paraba a la mitad del monte a husmear y se iba de un lado a otro. Me llamó la atención porque andaba despreocupado, como si nada le pudiera pasar. De pronto, le perdí la pista. Cabalgué hasta donde lo había visto y ni sus huellas hallé. Podía ser un alma en pena o un espectro, de los que decían los vaqueros que había manojos, «son de apaches o mexicanos que entregaron el equipo en batalla. A esos muertos les cuesta trabajo irse al más allá, como que sienten que no era su tiempo y se quedan acá yendo de un lado para otro buscando la forma de volver». Los describían como sombras o como cuerpos que se transparentaban, «crees ver remolinos, no lo son, son almas dolidas revoloteando en el polvo». Nomás que el tipo que yo había visto sí parecía de verdad, lo andaba yo buscando cuando escuché una voz detrás de mí, «¿qué quieres, cabrón?», volteé y me lo topé con su rifle apuntándome al huequito que queda entre los ojos. Tenía la cara requemada por el sol, con arrugas que parecían labradas a cuchillo. La barba le colgaba hasta el pecho y la melena se la sacudía el viento. Sus ojos eran como dos gotas de agua que centellaban. Parecía hecho de siglos. Como se apareció de repente, pensé que a lo mejor sí era un espectro, porque ni ruido hizo ni su olor me llegó. «Nada», le respondí. «Bájate del caballo y no se te ocurra tratar de pelarte porque te mato». Hablaba el español como cualquiera de nosotros, así que indio borrado no era. Desmonté despacito para no provocarlo, de reojo lo miré, llevaba un titipuchal de cueros cabelludos en el cinto, como si trajese un faldón de pelos. De que el tipo sabía matar, sabía. Alcé las manos. «¿Por qué me sigues?», preguntó. «Porque creí que estaba viendo un espectro», le respondí. Mi contestación no debió parecerle porque le llamearon los ojos. «No me quieras hacer pendejo, cabrón». «Es la mera verdad», le aseguré. «Sácate el cuchillo, la pistola y el hacha y déjalas junto a tus pies. Ni se te ocurra hacer algo porque te reviento». Obedecí y coloqué mis armas donde ordenó. Era un hombre viejo, correoso, alambrudo. Se veía a las vivas, de esos que no bajan la guardia. «¿Cómo te llamas, chamaco?», me preguntó. «Rodrigo Sánchez». Me barrió de arriba a abajo. «Ya sé quién eres, el nieto del hijo de la rechingada de José Sánchez. Debería matarte nomás porque traes su sangre», dijo, ahora sí con los ojos prendidos como lumbre. «No se preocupe, que él ya me mató antes», le reviré. Se rio de buena gana. Estaba chimuelo, sin varios dientes. «Nomás falta que me digas que el espectro eres tú». «Si no me cree, vaya al rancho, ahí está mi tumba junto a la de mi madre». Algo de lo que le dije debió resonarle porque se puso serio. «Mi abuelo me odia y yo lo odio». Volvió a sonreír con su boca desdentada. «Ya somos dos». Me extrañó no haberlo olido antes, porque los cueros cabelludos que llevaba colgados apestaban a coyote muerto. «¿Apaches?», le pregunté. «Apaches, mexicanos, texanos, comanches, cheroquis, mezcaleros». Empecé a atar cabos. Debía tratarse de Miguel Mier. De ese se hablaba como se hablaba de alguien que ya estuviera muerto. Se peleó con mi abuelo que le arrebató sus tierras y cuando fue a matarlo en venganza, mi abuelo fue el que casi lo mata a él. Dicen que lo dejó tasajeado como marrano en carnicería y que Mier se montó en su caballo y se peló escurriendo sangre y lleno de heridas. De tan jodido se fue que lo dieron por difunto. Bien lo había puesto Chuy: para gobernar estas tierras duras y secas, se debía ser duro y seco y en eso mi abuelo era el más. Y ahí estaba la prueba viviente de lo dicho por Chuy. Ahora, faltaba que Mier quisiera matarme a mí como revancha.

2024

McCaffrey resolvió iniciar su libro relatando su viaje al Santa Cruz. Escribiría sobre los considerables hatos de cuernos largos, de los pozos de petróleo diseminados por la propiedad, de las minas de plata, hasta un retrato de las espléndidas instalaciones del complejo: el cine para treinta personas, las cómodas cabañas, la magnificencia de la casa principal, los establos y los graneros diseñados con exquisitez arquitectónica. El Santa Cruz compendiaba el sueño americano llevado hasta sus últimas consecuencias. De ese primer capítulo, saltaría a las campañas de Lloyd y su séquito de negros libertos por Texas y Nuevo México. Las luces y sombras de Lloyd y el misterio de su impreciso origen compondrían la médula de la narración. Había escasos registros fotográficos suyos. Lloyd sentado en una rústica silla de madera, con el sombrero puesto, un rifle en la mano y mirando con fijeza a la cámara sería la portada. Era raro que una fotografía se empleara como cubierta de una publicación académica, pero para el profesor hacía sentido mostrar su inescrutable rostro. ¿Qué secretos ocultaba su mirada?, ¿de dónde provenía su audacia? Su biografía era una maraña de vaguedades y contradicciones, para unos un héroe, para otros, un asesino. Él debía poner orden a su turbia historia, llenar los huecos hasta donde fuera posible. En los siguientes apartados mancomunaría su trayectoria y la de sus descendientes al desarrollo del capitalismo en Estados Unidos y, como colofón, extractos de sus entrevistas con Henry Lloyd vi y un análisis prospectivo del conglomerado. Los postreros días en el rancho decidió efectuar recorridos por los alrededores. Quería empaparse del paisaje, de la fauna y flora, del clima, para relatarlos con la mayor exactitud posible. Se preguntó si él, con su mansedumbre de académico, hubiese conseguido sobrevivir en esos páramos dos siglos atrás. La respuesta se la brindó el suelo pedregoso y los cactos: no. En una decisión prudente, Henry canceló los almuerzos o cenas en grupo y, como si fuera un hotel de cinco estrellas, mandaba un menú diario del cual sus huéspedes podían elegir los platillos que quisieran para llevárselos a su habitación. No había forma de sentar juntos a los tres involucrados en el affaire sin que estallaran reclamaciones, insultos y remordimientos. Henry hizo un intento por reunirlos, pero apenas vio Betty a su hermano se le lanzó a los golpes. Henry pospuso la salida del vuelo a Austin. Sólo pensar a los cinco en el reducido espacio de la aeronave garantizaba una melé de campeonato. La solución ideal era mandar a unos en el avión y otros por carretera, al fin y al cabo era sólo un corto viaje de cuatro horas. Con certeza McCaffrey disfrutaría transitar por los áridos parajes del sur de Texas que al acercarse a San Antonio se transformaban en campos de alfalfa. Ni Peter ni los hermanos presionaron para irse del rancho. Regresar a su vida cotidiana significaba enfrentarse a nuevas reglas del juego para las cuales no estaban preparados. Su estupor no les permitía procesar la drástica mutación que sobrevenía. Henry decidió albergar a Betty en la casa para evitar que se tropezara con Peter o Tom. Para distraerla, Henry le exhibía película tras película en el cine de la casa. Con frecuencia las veían abrazados, ella recargada en su pecho donde sollozaba calladamente. Aun conscientes de que la habían lastimado a un grado sin retorno, no cesaron de practicar sus tríos. El que la bomba hubiese estallado no domó sus deseos. Henry era quien los azuzaba, «ya el daño está hecho y todo se fue a la mierda, no tienen nada que perder». Peter y Tom se vieron renuentes, las cosas podían salirse aún más de control, Henry activó sus mecanismos de persuasión y a los dos días ya estaban los tres cogiendo en la «casa Chuy», a millas del complejo. Peter y Tom necesitaron unos cuantos tragos de tequila y unas líneas de cocaína. La culpa aún los ensombrecía y coger entre ellos lo estimaban como una insensatez. Pudo más la testosterona. En el revoltijo de cuerpos, Henry y Peter comenzaron a verse a los ojos, a besarse con suavidad y a entrelazar las manos. Cuando uno de los dos penetraba a Tom, se miraban y sonreían o se acariciaban. En una de esas veces, Henry se abrazó a Peter y lo besó en la boca, «te amo», le susurró al oído. Peter se hizo hacia atrás y lo tomó del rostro, «¿es en serio?». Henry asintió, «sí, muy en serio». Tom los escuchó y entendió que pronto se desharían de él y que lo de ellos pintaba para una relación duradera. La declaración de amor aceleró la partida. Ya los hermanos estorbaban a la pareja y era necesario devolverlos a California o a Atlanta o a donde se les diera su gana. Betty determinó volar a Georgia a hablar con sus padres. Ella se encontraba indecisa entre revelarles o no el amasiato de su hermano con su prometido. Debía digerir lo sucedido y valorar sus próximos pasos. Lo que era un hecho es que rompería cualquier vínculo con su hermano. Tom era consciente de que su futuro quedaba a merced de ella. Sabiendo cuán conservadores eran sus padres, si la verdad quedaba expuesta sería proscrito de inmediato de la familia y se le desheredaría para ser relegado de cualquier posición en las empresas Morgan. Henry mandó a Betty a Atlanta en el avión privado. Esa noche, Tom se emborrachó hasta perder la conciencia y acabo tirado bocabajo en una jardinera. Henry lo volteó de lado para que no se ahogara en su vómito y pidió a Peter que lo dejara ahí, «necesita encontrar respuestas», le dijo en una críptica sentencia. Por la mañana, en otro de sus aviones, Henry mandó a Tom a Stanford, que no cesó de llorar en la despedida. Ni Peter ni Henry volvieron a verlo más ni a saber de él, hasta que Betty les llamó tres años después, cuando ellos ya estaban casados, para avisarles que su hermano había fallecido por una sobredosis. Henry, Peter y McCaffrey manejaron hasta Austin por una ruta más larga para mostrarle al profesor otro par de propiedades de los Lloyd. Por una carretera vecinal los llevó a conocer al rancho hermano del Santa Cruz: el Santa Elena. A pesar de que los separaba sólo un río de temporal, era manifiesta la diferencia de terreno entre uno y otro. El Santa Elena era más fértil, con innumerables lomeríos. Los propietarios, que no se encontraban en ese momento en el rancho, habían sido socios de los Lloyd en diversas empresas y mantenían estrechos lazos de amistad. Se encontraba sólo el administrador quien, gustoso, les hizo un recorrido por los predios para que McCaffrey pudiese conocer lo que Henry denominó «la otra cara de la moneda», y explicó, «para llevar a cabo su conquista por Texas, Henry Lloyd hubo de crear alianzas con algunos mexicanos. Uno de ellos fue Rodrigo Sánchez, que le ayudó a derrotar a José Sánchez, el propietario original del Santa Cruz, y sus huestes». El profesor preguntó si había alguna relación entre ellos dos, «no lo sé a ciencia cierta», sentenció Henry. Explicó que luego de que Lloyd y Rodrigo Sánchez se apropiaron del rancho Santa Cruz, lo dividieron en dos, «la parte más extensa se la quedó mi trastatarabuelo; Sánchez, esta. Y cada uno entregó una porción para ser repartida entre mexicanos pobres del pueblo de La Encina, que años más tarde se convirtió en la ciudad de Uvalde, y entre los negros del ejército de Lloyd». A McCaffrey le maravilló la variedad de fauna exótica que deambulaba por la propiedad: cebras, kudús, antílopes negros, ciervos axis, elands, órix de cimitarra, ciervos rojos traídos de Escocia, jabalíes importados de Rumania y Hungría, más venados cola blanca de alta genética. «Es un rancho cinegético, la cacería reditúa más que el ganado», explicó el administrador. Contaba con un pequeño hotel de catorce cuartos para hospedar a los cazadores, alberca, bar, pista de aterrizaje, hangares. A lo largo del rancho había casetas elevadas desde donde los cazadores tiraban a las presas. A los dueños les apasionaba la historia y en la casa principal se hallaba una vasta colección de artefactos arqueológicos: puntas de flecha, trajes apaches, penachos, tipis fabricados con piel de búfalo, vasijas, cestas, y diversas armas de fuego: mosquetes españoles, arcabuces, pistolas, rifles Winchester de palanca originales, escopetas con incrustaciones de oro. Se exhibían vajillas del siglo XIX, vasos, cubiertos de plata, adornos, joyería, cuadros, vestidos. «Todo esto que ve aquí, profesor, fue hallado en los confines de la propiedad, nada ha sido traído de fuera». La cantidad de objetos revelaba el rico pasado de ese en apariencia vacuo y estéril territorio. El profesor pidió permiso para tomar fotos con el objeto de incluirlas en su libro, a lo que el administrador accedió gustoso. La siguiente parada fue en Rocksprings, donde los Lloyd poseían otro par de ranchos, el menor de doce mil acres y el mayor de treinta dos mil. En ambos se explotaba ganado, petróleo y minas de plata. En el más pequeño había una mina para materiales de construcción: piedra, arena y grava. Innumerables camiones de carga entraban y salían. En el más extenso se habían descubierto fósiles de dinosaurios que agregaban una veta más a los negocios de los Lloyd: un museo y recorridos turísticos por lo que se suponía fueron las arcillosas orillas de un caudaloso río en el cual se encontraban huellas petrificadas de dinosaurios y cráneos, fémures y espinazos fosilizados que eran vendidos a coleccionistas alrededor del mundo. McCaffrey calculó que las empresas de los Lloyd abarcaban más de cincuenta rubros diferentes, eran duchos en hacer negocios y en encontrar filones invisibles a los ojos de otros. Él había estudiado a otras familias de abolengo, su fortuna y su poderío se diluían en las sucesivas generaciones. Bien rezaba el dicho: «El abuelo construye, el padre administra, el nieto despilfarra». No era el caso de los Lloyd, quienes acrecentaban su fortuna década a década. De Rocksprings viajaron a Kerville donde cenaron en el restaurante del hotel del Y.O. Ranch. Daban cuenta de unas chuletas de cordero en salsa de menta cuando Peter y Henry le pidieron a McCaffrey que fuera su padrino de boda. El profesor casi se ahoga con un pedazo de carne y, una vez repuesto de su sorpresa, aceptó honrado.

1892

De los hijos de Jade en su padre me convertí. Ante la ley de los hombres su custodia me fue entregada. Si los dioses lo aprobaron no pude saberlo. Caprichosos en estos asuntos los dioses son. Jenny y yo frente al juez la adopción tramitamos. A nuestro lado Jade se sentó. «¿Hijo de negra este niño es?», el juez preguntó. Lloyd en antecedentes al juez había puesto, pero el niño blanco dudas le suscitó. «Sí», Jenny aclaró. Quitarles problemas a los padres blancos de hijos mulatos una función de los jueces era. Lloyd nunca padre de sus hijos dejó de serlo. Por el resto de su vida los procuró y atendió. A él y a mí «padre» nos llamaron los hijos suyos. Un río de dos corazones. Con atención Jade al juez escuchaba. En boca de Jenny preguntó, «¿alguien podrá molestarme si con ellos me viera?». «Sus hijos, frente a la ley, ahora suyos son», el juez dictaminó, «nadie podrá perturbarla». Jade mi mano tomó. «Gracias». Desde antes como hijos propios a Japheth y a Jonas consideré. Ahora por ley míos eran. También a Jerioth como mi hija veía. Yo y Jenny los educamos y cuidamos, las cuentas siempre Lloyd las pagó. Nunca en casa ropa y comida faltaron. Cada fin de semana a jugar con ellos Lloyd venía. A los niños a cazar empezó a llevarlos. «En el polvo, las huellas busquen». A distinguir la pisada de cada animal les enseñó. «Esta es de pavo, esta de venado, esta de zorro». Trucos sabía Lloyd para cazarlos. En los aguajes o en veredas de paso se apostaba. «El buen cazador a la presa aguarda, no la busca». Yo a su lado de cacería mucho aprendí. A disparar, a poner trampas, a las presas desollar. Cazador o trampero en otra vida Lloyd debió ser. Al cumplir Jerioth tres años Jayla se volvió a preñar. Las caderas más anchas aún, los senos de leche llenándose. A pesar del embarazo Lloyd con ella no cesó de acostarse. Al octavo mes de gestación otra mujer a la casa Lloyd trajo. Parecida a Jade y a Jayla. Joven, bonita, delgada, negra clara. Una negra del desierto. Jezebel Adams su nombre. Dieciocho años. Seria, casi no hablaba. Celosa se puso Jayla apenas verla. Molesta, a Lloyd en el almuerzo la palabra no quiso dirigirle. Lloyd a su berrinche importancia no le dio. Al terminar de comer, al cuarto donde con Jayla dormía a Jezebel llevó para el amor hacerle. Si callada con nosotros era, en la cama fue ruidosa. Sus gemidos los más vociferantes de cuantas mujeres con Lloyd se acostaron. Jayla con su redonda barriga, sus nalgas desbordadas, sus pechos rebosantes de leche, su enojo exhibía. «Matarla quiero, envenenarla, ahorcarla, el cuello rebanarle». A Lloyd el enojo de Jayla mella no le causaba. «Dos hijos míos tendrás», Lloyd le decía para calmarla, «especial para mí siempre serás». Era mentira, la preferida Jezebel ya era. Oronda, con su panza por delante, Jayla se paseaba. Dueña de la casa quería sentirse. La única, la predilecta, la mandamás. La habían destronado y a aceptarlo se negaba. Con tablas en una carreta Lloyd una tarde llegó. Por mandato suyo una habitación contigua a la casa James y yo construimos. Buenos tapices, alfombras. Muebles finos. Lujos en cada detalle. Al terminarlo Lloyd una cama y dos cunas trajo. «Aquí Jerioth, tú y el recién nacido dormirán», a Jayla le dice. Ella furiosa a Lloyd a gritos increpa. «En ningún otro lado dormiré, yo tu mujer soy». Lloyd con calma la escucha. «Esa negra una basura es, una puta». Lloyd sonríe y ella con furia una cachetada le planta. Impávido él en su sitio permanece. «El error más estúpido de tu vida acabas de cometer». Sus ojos fulguran, con la mirada puede quemarla. «En cuanto el bebé nazca, tú de aquí te largas. El recién nacido y Jerioth conmigo se quedan». Jayla suplica, «es por amor que así respondo, a tu lado quiero quedarme». Lloyd no se conmueve. «Al día siguiente del parto te vas, Jeremiah y Jenny sus padres adoptivos serán». Ella perdón implora. Llanto y más llanto. Las manos en su vientre entrelazadas como si con ellas al bebé dentro quisiera retener. «Mi vida tú eres, no puedes echarme». Lloyd no cede. A la mañana siguiente, esférica y maternal, desnuda Jayla se pasea. Lloyd no la mira. Jezebel en silencio la observa. Jayla con furia la ve, Jezebel le demuestra que miedo no le tiene. Dos panteras sin rugidos se retan. Una lista para el ataque, la otra para el contraataque. Una ronda, la otra se agazapa. Día a día crece Jayla. Un pez inflado. James y yo con Lloyd a construir el puerto en el río partimos. Barcazas y más barcazas. Enormes cargamentos de algodón, maíz, trigo, cebada. El negocio en plena expansión. Lloyd va y viene al pueblo. Con sus hijos juega. Jerioth en su regazo. Japheth y Jonas de sus pies se cuelgan para balancearse. Luego a hacerle el amor a Jezebel va. La puerta abierta deja. Que sus gemidos en la casa retumben. Jayla a James coquetearle intenta. Encelar a Lloyd si eso posible fuera. James a verla no voltea, el pavor a Lloyd lo paraliza. Los días continúan. Jezebel buena muchacha es, en la cocina a Jenny ayuda. Con Jonas y Japheth cariñosa se porta. Como una niña actúa cuando con ellos retoza. A Jerioth los pañales le cambia. No le importa la mierda de la hija de su rival, ella sin ascos su culo limpia. Una mañana de lluvia y de moscos en un ardiente verano el parto llega. Jayla aúlla al pujar. Jenny con Candace, la negra comadrona del pueblo, a su hijo ayuda a parir.

Un varón nace. Más negro que Japheth, más negro que Jerioth. Por la tarde James a Lloyd avisa del alumbramiento y en la casa se presenta. A su recién nacido entre sus brazos recuesta. Con amor lo mira. Jabin es el nombre que Lloyd selecciona. A la recámara entra y frente a la cama donde Jayla yace se para. «Perdón», Jayla le implora a sabiendas de que Lloyd está por echarla, «por favor, de ti y de mis hijos no me expulses». Lloyd cargando a Jabin en sus brazos con una mirada fría la cata. «Necesito amamantarlo, no hay quien lo haga». La escena la interrumpen Japheth y Jonas que son llevados por Jenny a la habitación para que a su nuevo hermano conozcan. Japheth de once cumplidos y Jonas diez por cumplir. Más diferentes ellos no podrían ser. Mi hijo negro y mi hijo blanco. Un eclipse hecho de carne y hueso. A Jabin su cabeza Japheth acaricia, «hola, hermanito». Lloyd a sus cuatro hijos mira. A mí se me acerca, «mañana Jayla se va, una nodriza consigue», en voz alta lo dice para que ella lo oiga. «No, por favor», Jayla ruega. Una tontería haberlo abofeteado. Se equivocó al no entender que esclava era. Nunca a Lloyd el respeto debió faltarle. Los celos a las personas locas las vuelven. Jezebel desde un rincón de la recámara escucha. Callada. Seria. Lloyd del cuarto sale. Jayla llora. Jezebel al patrón afuera alcanza. «Déjala quedarse». Lloyd niega con la cabeza. «No», tajante responde. «Yo puedo irme, ella sus hijos no debe perder». Lloyd con la cabeza niega. «Mis hijos son y de nadie más». Prosigue su camino. «James, vámonos», ordena. James a salir se apresura. Ambos en sus caballos montan. Jayla aún parturienta se levanta y a la puerta corre. «Por favor, no me hagas irme», a Lloyd le grita. Los caballos se alejan.

1878

A los cincuenta y ocho años un accidente tornó a Thomas Wilde de un hombre fuerte y saludable en un espantapájaros, era un caballista diestro, montado en Nieve, su yegua favorita, con un trote apacible revisaba a diario los plantíos, los fines de semana la hacía galopar a velocidades extremas saltando entre setos y troncos caídos, Nieve era sensible a las riendas y giraba a derecha o izquierda con un leve tirón, correr por entre las breñas y serpentear por entre los árboles le permitía a Wilde mantenerse en forma, su pasión terminó por matarlo, Harold Smith, un vecino, lo invitó a cazar zorros con sabuesos junto con un grupo de amigos, los jinetes se reunieron un sábado por la mañana, al detectar el aroma de un zorro, los perros iniciaron su persecución, los cazadores detrás de ellos, la jauría debió olisquear rastros diversos porque se desperdigó, en su frenética huida uno de los zorros zigzagueó hacia un arroyo, Wilde siguió al grupo de sabuesos que trataba de darle alcance, intentó tomar un atajo y al descender a toda carrera por una pendiente, de modo inexplicable la cincha de su silla se rompió, Wilde cayó de costado sobre unas piedras y rodó hacia el fondo del barranco, se partió la pelvis, la cadera, un fémur, el omóplato derecho, cuatro costillas y la clavícula, como iba solo nadie se percató de su caída sino hasta que los cazadores se reagruparon al llamado del corno y no apareció, los esclavos ayudamos a buscarlo, cinco horas después lo hallamos inconsciente en la cañada del río con la noble yegua parada junto a él, Lloyd ordenó hacer una camilla con bordones y camisas y entre cuatro lo cargamos hasta una carroza para llevarlo al pueblo, el médico le vendó la pierna fracturada y le colocó un cabestrillo para inmovilizar el brazo y así proteger el omóplato, por la pelvis y por la cadera no pudo hacer mucho, su expresión preocupada hizo prever futuras secuelas, le indicó total reposo por dos meses y fue necesario acondicionarle una habitación en la planta baja ya que fue imposible subirlo a su recámara, los gritos de dolor de Wilde cuando lo movían de posición se escuchaban hasta nuestros cobertizos, los huesos de la pierna derecha soldaron, pero le quedó dos pulgadas más corta que la otra, perdió la movilidad del brazo derecho y por causa de las fracturas de la cadera y de la pelvis no podía andar por sí solo, por encima del daño físico se quebrantó su espíritu, no volvió a ser el mismo, los rasgos de su cara se desdibujaron y poco a poco se fueron borrando hasta cuajar en una única mueca, del hombre dinámico y decidido quedó un esperpento, una sombra, cada mañana, sosteniéndolo de los brazos, la señora Virginia y las criadas negras lo conducían a la veranda donde se sentaba a contemplar los jardines como si fuese un viejo mono de circo que se ha cansado de hacer piruetas, el médico le recomendó caminar para fortalecer los músculos y los huesos, Thomas Wilde ya no dio para más, cojear le provocaba intensas punzadas en la coyuntura del fémur con la cadera y el esfuerzo de respirar le lastimaba las costillas que nunca terminaron por sanar, una mañana ya no pudo moverse más, Lloyd nos ordenó a Jeremiah y a mí ayudarlo, lo hallamos sentado en un sillón en el porche, encorvado, pareciera que su cuerpo se había comprimido y despedía un olor fétido, Wilde se había cagado en los pantalones, por pundonor no levantó la mirada, soportando la peste lo cargamos entre los dos para llevarlo a su cama, los borborigmos en su vientre se tradujeron en hediondas flatulencias, «esto ya no es vida», Wilde se quejó, Lloyd no parecía condolido por la suerte de su suegro, se notaba distante y cuando su esposa se lo reprochaba se mantenía callado, Jeremiah y yo sabíamos que desde tiempo atrás su mente no estaba en Emerson, que sus miras apuntaban a millas de distancia al oeste, a Texas, por respeto, por decencia o porque intuía que aún vivo Thomas Wilde podía entorpecer sus planes Lloyd no los compartió ni con él ni con la señora Virginia, sólo nosotros dos sabíamos que estaba a punto de quemar sus naves y que junto con nosotros elegiría a otros veinticinco esclavos para consumar la aventura de su vida, la decadencia del padre derivó en la decadencia de la hija, ella se convirtió en una sombra, marchita, abstraída, no sólo se acercaba a la orfandad sino que debía presentir que su marido la abandonaría, la llegada de la canícula aceleró el declive de Thomas Wilde, el calor y la humedad lo debilitaron, a menudo volvía el estómago lo cual lo achacaba a los miasmas provenientes de los pantanos, una copiosa temporada de lluvias anegó los campos, aparecieron nimbos de mosquitos que no cesaban de picotearlo, su hija decidió mantenerlo en una habitación oscura con la esperanza de que las cortinas detuvieran los ardientes rayos de sol y Thomas no quedara ensopado en sudor, era necesario cambiarle de ropa mañana, tarde y noche por la cantidad de veces que deponía, algo en la fractura de la pelvis debió descomponer su aparato digestivo porque nada explicaba su pérdida del control de esfínteres, esa infausta mañana salió a cazar un Thomas Wilde y regresó otro, bastaron dos segundos, el tiempo que le llevó salir expulsado de la montura hacia el guijarral, para acabar en la decrepitud, se deterioró conforme avanzó el verano hasta que su cuerpo cedió al oleaje de muerte un veinticinco de julio, recuerdo y recordaré por siempre esa fecha por una sencilla razón, cuatro días después, el veintinueve, Lloyd nos convirtió a mí, a Jeremiah y a otros veinticinco esclavos en hombres libres y soberanos, las últimas palabras de Thomas Wilde fueron «Cuiden los jardines», qué pasaría por su mente para pedirle a una criada negra, la única que presenció su expiración final, tal banalidad, no pidió velar por su hija ni por la plantación ni mucho menos pensó en nosotros, los oscuros hombres que nos partimos los lomos para construir su riqueza, tampoco en Lloyd que acrecentó su fortuna, «cuiden los jardines», vaya petición ridícula antes de enfilar su alma hacia las puertas de San Pedro, el sepelio convocó a cientos de dolientes de toda la comarca, Virginia no pudo disimular su abatimiento, ella adoraba a su padre y perderlo la devastó, recibió los pésames con dignidad a pesar de que se le notaban los esfuerzos por contener el llanto, Lloyd se comportó amoroso con ella, marcharse no era señal de que no la quisiera, pero gravitaba más su deseo por fundar su estirpe que defender su matrimonio, cuando el desfile de personas que brindaron sus condolencias a la pareja llegó a su fin, se decretó un duelo de tres días, al cuarto, Lloyd se presentó con una talega con monedas, le anunció que partiría y que le entregaba los ahorros de su vida para comprar a veintisiete esclavos y a veintisiete caballos, según contaron las mucamas, Virginia tomó mal la noticia, se desencajó y perdió el aliento, no hizo sin embargo un espectáculo de ruegos y lloriqueos, recibió el dinero, acarició el rostro de su aún esposo y le deseó suerte.

1817

Jack fue detenido por un par de hombres en su tentativa por encontrarse con Carrington, «¿adónde crees que vas, mocoso?». «Sólo quiero hablar con él», tronó Jack cuando tomado de los brazos lo arrastraban lejos del magnate. Los demás trabajadores levantaron la vista cuando escucharon la conmoción. Carrington preguntó a sus gerentes qué pasaba. «Un impertinente intentó acercarse a usted». Los empleados de alto nivel celaban a su patrón, nunca se sabía cuándo un obrero descontento, aun entre los mejores pagados de los Estados Unidos, podía atacarlo. Carrington aguzó la mirada para escrutar al jovencito que forcejeaba con los guardias. «Sólo quiero hablar con él», repitió vociferante Jack. Carrington levantó la mano, «suéltenlo». Uno de los grandulones se volvió hacia él para justificar la detención, «señor, no sabemos si…». «Suéltenlo», reiteró Carrington con firmeza. Los hombres lo dejaron ir y Jack se quedó pasmado en su sitio. El naviero se aproximó a él. Por lo general, los trabajadores lo abordaban para protestar por las condiciones de trabajo o para pedir favores. Él se tomaba el tiempo para escucharlos, mantener contenta a su gente era clave para el crecimiento de la empresa. Había pocas deserciones y los hombres se esforzaban para desquitar los generosos sueldos, por eso el diálogo con los quejosos le parecía fundamental. «¿Qué deseas, muchacho?, ¿en qué puedo servirte?». La amabilidad del dueño impactó a Jack. Se volvió a ver a los dos forzudos antes de plantear la pregunta. Tragó saliva, Carrington imponía. «Quisiera saber de dónde le surgió la idea para hacer un negocio como este», inquirió Jack. La interrogante descolocó a Carrington. Había pensado en cualquier pregunta menos en esa. Frente a las quejas de los obreros había aprendido a interpelarlos con una pregunta que los desarmaba, «¿qué podemos hacer nosotros para que te sientas reconocido y contento en tu trabajo?». Desconcertado por la calidez del patrón, el obrero bajaba la guardia para sincerarse sin ser belicoso. La táctica era inaplicable para responderle al muchacho. «Es una larga historia que no quisiera narrarte con premura. Te invito un té en mi oficina al término de la jornada laboral, ¿te parece?». Los trabajadores veteranos quedaron boquiabiertos. Jamás en sus años laborando en los astilleros habían escuchado al dueño invitar a alguien a departir con él. Sin saberlo, Jack había conquistado la admiración de sus pares. «¿Puede ser un poco más tarde?», indagó Jack, «tengo que pasear a mi caballo». La respuesta del chico hizo sonreír a Carrington. «¿Dónde alojas a tu caballo?». Jack señaló hacia las casas, «al final del facero hay un establo, ahí me lo cuidan». Carrington preguntó por el nombre del caballo y se comprometió a que uno de sus empleados lo iría a pasear. «Gracias», dijo Jack, «entonces paso a verlo en cuanto acabe el trabajo». Carrington lo detuvo cuando se retiraba, «¿cómo te llamas?», inquirió. «Henry, Henry Lloyd», respondió Jack. «Muy bien, te espero al rato». La comitiva prosiguió la supervisión de las obras. A lo lejos, Jack vio cómo los capataces le explicaban a

Carrington tal o cual avance. Charles se acercó a Jack y le palmeó la espalda en un gesto de estima, «te convertiste en el héroe de todos nosotros, muy pocos se atreven a dirigirle la palabra al jefe». Ambos continuaron con su labor de fijar las costillas de proa. Jack pudo captar las miradas apreciativas de los demás y, al término de la jornada, cuando los hombres se dirigían rumbo a los transportes, lo congratularon, «muy bien, muchacho, por favor habla en nombre de todos nosotros», «qué agallas tuviste para hablar con él». Jack recibió con agrado los halagos, aunque estimó que no había hecho nada sobresaliente. Al llegar a la fila para montarse en los carromatos, los dos guardias que antes lo habían interceptado lo guiaron hacia un suntuoso carruaje, «el señor Carrington pidió que viajaras en su vehículo». Solícitos, le abrieron la puerta. Jack se sentó en los acolchados asientos de terciopelo y absorto contempló los detalles en su interior: los remaches de piel en las puertas, el cortinaje de las ventanas, el laqueado de la madera. El coche arrancó y llegaron a la entrada del edificio. Un conserje lo recibió y le pidió que lo acompañara. Subieron las escaleras hasta unas oficinas en el quinto piso y el hombre lo invitó a tomar asiento frente a un enorme escritorio tallado en caoba. Las paredes estaban adornadas con pinturas de barcos y de paisajes marinos. Al poco tiempo, entró Carrington. «Hola, Henry», lo saludó. La afabilidad del empresario lo hizo sentirse en confianza de inmediato. Si algún distante día llegase a poseer una fortuna como la de él, imitaría la finura de su trato. Jack se puso de pie y se estrecharon las manos. En lugar de sentarse detrás del escritorio, Carrington jaló una silla junto a Jack. El conserje entró a la oficina y en una mesa contigua depositó una bandeja con una jarra de agua caliente y dos tazas. «Este té lo traje de Cantón, China», explicó Carrington. Jack ignoraba a qué sitio se refería. El naviero se puso de pie para servir el té, «¿lo quieres con azúcar?», le preguntó. Jack asintió, estupefacto por la llaneza del patrón. Carrington le entregó a Jack la taza. El aroma le pareció delicioso. «A lo largo del día he pensado en cómo responder a tu pregunta, lo que te puedo decir es que la idea de esta empresa la tuve en mi cabeza durante años. Nací en New Haven y desde niño me enamoré de la inmensidad del océano y de los barcos. Deseaba conocer lugares remotos. Luego, mi familia se mudó acá, a Providence y conocí de cerca a marineros y a capitanes de navíos. Mi anhelo de ser hombre de mar se acrecentó con las historias que me contaban. Años después, tuve la suerte de ser elegido cónsul en China, donde representé los intereses de los mercantes americanos. Poco a poco fui observando cómo funcionaba el negocio, dónde se adquirían los productos, qué clase de barcos se requerían, qué tipo de tripulación. Decidí que una naviera sería un negocio rentable. Al regresar a Providence, no contaba con dinero, sí con experiencia. Animé a Samuel Wetmore, un buen amigo de mis padres, a que invirtiera y mira en unos cuantos años lo que hemos logrado». Jack escuchó con fascinación la historia. En su cabeza se agolpaban decenas de preguntas que deseaba formularle. No podía desperdiciar la ocasión. Fue, sin embargo, Carrington el que lo interrogó. «¿Cuántos años tienes?». Jack no se sintió cómodo con escamotearle la verdad, «a punto de cumplir catorce», contestó. Carrington meneó la cabeza en desaprobación, «alguien, que no eres tú, va a perder su empleo», bromeó. «¿De dónde eres?». «De Vermont, mi padre era trampero, murió junto con mi madre en un incendio hace casi tres años». «Lo lamento», le dijo Carrington. Antes de que el hombre siguiera averiguando sobre su vida, Jack soltó la interrogante que lo acuciaba, «si quisiera ser alguien como usted, ¿qué consejos me daría?». El patrón sonrió, el jovencito frente a él manifestaba una garra que no había visto nunca en otro trabajador suyo. «Mi primer consejo: no tengas sueños, ten metas. Ten claro qué quieres en la vida y avanza paso por paso. Las oportunidades no llegan, se generan. Así que jamás te sientes a esperar una oportunidad, ve en busca de ella. El segundo: absorbe cuanto veas. Guarda en tu cabeza todo conocimiento que te pueda ser útil más adelante. Tercero: ten una visión y persíguela sin importar los obstáculos. Cuanto imagines, concrétalo. Cuarto: convence a los demás de tu visión y haz que te sigan. Bríndales la misma claridad que posees y márcales el camino a seguir. Quinto: prepárate, cuando vayas a emprender una acción, hazte de antemano todas las preguntas pertinentes y llega con las soluciones ya pensadas. El rigor es fundamental y eso significa visualizar un problema desde todos los ángulos posibles antes de abordarlo. Sexto: trata bien a tus empleados, págales salarios competitivos, procura su bienestar, no los explotes. Un trabajador que siente que percibe una buena remuneración y que se gratifican sus necesidades será tu aliado incondicional. Sin ellos sanos, bien alimentados, bien descansados, tu empresa no prosperará. Siete: escucha, escucha, escucha. No importa en qué nivel jerárquico se encuentre alguien, así esté en el nivel más bajo, siempre tendrá algo valioso que aportarte. Desde el peón hasta el gerente. Los empresarios dictamos los objetivos, los trabajadores los ejecutan. Es la gente que está a ras del suelo la que día a día resuelve los avatares laborales, la que entiende a cabalidad qué se requiere para que seamos más eficientes. Ocho: reparte la riqueza entre tus trabajadores, no sólo por un ineludible precepto moral, sino también por tu propio interés. Si haces sentir a los obreros como parte de tu proyecto, no te robarán, no van a flojear, no propalarán habladurías sobre ti, no promoverán huelgas ni se te voltearán. Contarás con lo más valioso que pueden ofrecerte: su lealtad. Nueve, y quizás el más importante: toma riesgos. Preferible decir lo intenté y no pude, a pude, pero no lo intenté. Recuerda tomar riesgos con rigor, no a tontas ni a locas. Diez: sé siempre amable, es crucial seducir a los demás, pero, y esto no lo olvides nunca, sé despiadado con quien te rete. Ser buena persona no está peleado con portarse implacable con quien te estorbe, te confronte o te amenace». Jack se estremeció al escucharlo. Estos serían sus diez mandamientos y se prometió seguirlos al pie de la letra. Los escribiría uno por uno en cuanto saliera de la oficina y luego los memorizaría. Ser poderoso y rico como Carrington sería su objetivo de vida. Crearía un imperio tan grande o mayor que el de él. Durante una hora y media, Carrington le narró anécdotas de sus viajes, de sus arduas negociaciones con los mercaderes chinos, de sus proyectos a futuro, de su proyecto de poseer una flota de al menos treinta naves. Al término de su reunión, Carrington le brindó un último consejo: «No te quedes aquí como un trabajador más, por mucho dinero que te paguemos, ve a descubrir el mundo, *tu* mundo. Me parece que tienes un futuro promisorio, no lo desperdicies».

1887

no tuve tiempo de procesar ni la muerte de papá ni tu abandono porque apenas finalizaron las exequias aparecieron los buitres saboreaban quedarse con la plantación deseosos de que yo la rematara para zafarme del problema de gobernarla no podrías creer las insultantes ofertas que me plantearon debían creerme una mujercita afligida y despechada ávida por desprenderme de Emerson el mismo Harold Smith el amigo de papá con quien sufrió el funesto accidente que arruinó su vida me ofreció una bicoca por la propiedad *quedará en buenas manos hija* me dijo el muy imbécil de revivir mi padre le habría pegado un bofetón por tan ofensiva propuesta *quedará en familia ya sabes que tu padre y yo éramos como hermanos* vaya serpiente escurridiza y nociva se buscó papá como amigo ni siquiera el luto respetó no habían pasado ni siete días de su muerte y tres de tu partida cuando se apareció por la casa no preguntó cómo me sentía o si necesitaba algo se sentó en la veranda pidió un té a la criada y sin mediar las cortesías indicadas hacia una mujer doliente quiso aprovecharse *la responsabilidad de Emerson debe ser una monserga para ti y más que no hay ya un hombre en la casa no te preocupes permíteme comprártela así yo me hago cargo hija y te quito de ese terrible peso* no sabes cómo odié que me dijera hija *podrás conservar tu recámara y hospedarte con nosotros cuando lo desees sabes que siempre contarás con nuestro apoyo* a continuación soltó una ínfima cifra *no pienso vender* fue lo único que atiné a responderle *si quieres y te conviene puedes vendernos sólo la tierra y quedarte con la casa con los jardines y unos cuantos acres para que puedas salir a pasear a caballo* el cadáver de mi padre todavía caliente en su ataúd y los vestigios de tu aroma flotando en la casa y el carroñero Harold Smith persistía en su objetivo de sacar ventaja para mi satisfacción un par de años después una jugarreta de la vida trastocó las cosas por torpeza de sus administradores y por ende de él mismo su plantación sufrió dificultades financieras y necesitó endeudarse para sacarla a flote a los seis meses ya no pudo saldar sus pagarés y los prestamistas comenzaron a presionarlo enterada de sus problemas monetarios fui yo quien ahora le hizo una oferta para adquirir su finca procuré presentarla tan baja como había sido la suya esta vez fue él quien se sulfuró me acusó de lucrar con su precaria situación económica que la amicicia entre él y mi padre había sido fraterna y cercanísima lo cual era mentira apenas convivían en las cacerías o al coincidir en la taberna nunca mis padres lo invitaron a cenar a la casa lo cual sí hicieron con otros dueños de plantaciones ni vino a visitar a papá cuando convalecía de su grave accidente se levantó molesto mascullando improperios y me pidió retirarme de su casa su indignación no duró a los pocos días fue a Emerson a pedirme que elevara un poco más mi ofrecimiento me negué hizo una pataleta y sin dejar de apuntarme con su índice advirtió que él no necesitaba de migajas por prudencia no le restregué en la cara que justo igual yo me había sentido cuando en pleno duelo vino a regatear mi plantación se largó iracundo y no supe de él sino dos semanas después cuando un abogado se presentó con un contrato de compraventa Harold Smith había aceptado cada uno de mis términos y aun cuando no era una propiedad de la extensión de la nuestra fue un estupendo negocio y así como él a lo largo de los años llegaron otras hienas anhelantes por adquirir mi hacienda bajo el pretexto de que era una carga para una mujer sola a algunos rechacé con amabilidad querían sacar tajada pero al menos sus ofertas eran respetables a otros me vi forzada a echarlos de la casa no sé quiénes se creían no sólo no escondieron su intención de hacerse de Emerson a un precio irrisorio se comportaron además de manera ordinaria uno de esos oportunistas tuvo la desfachatez de proponer que me convirtiera en su querida *nadie más va a desear una relación con usted yo le ofrezco comodidades protección y cuidados si acepta acostarse conmigo de cuando en cuando de este modo usted obtiene lo mejor de dos mundos un hombre a su lado y seguir morando en casa de sus antepasados sólo le pido discreción para que mi esposa no se entere ella permanecerá en el domicilio conyugal y así evitaremos fárragos innecesarios* no lo abofeteé en ese mismo instante porque bien me ilustró mi madre *una vez que actúas con violencia contra un hombre esta se puede revertir contra ti nunca le pegues a un tipo ni lo zahieras porque puedes propiciar una réplica todavía más agresiva y acreditas su maltrato hacia ti si te ofende un fulano mantén la compostura y sólo dedícale una mirada de repudio* sin alterarme llamé a los guardias y les pedí que lo escoltaran hasta los confines de la finca antes de que se lo llevaran se giró hacia mí *piénselo los dos podemos ganar con este acuerdo* vomitivo Henry un asco de persona uno a uno decliné los intentos de compra hasta que se corrió la voz de que yo no abrigaba ni la más mínima probabilidad de deshacerme de Emerson no hay duda que la muerte los infortunios y las desgracias atraen a los rapaces incontables propiedades cambiaron de manos en los tiempos posteriores a la Guerra Civil una casta mezquina y usurera se benefició de los quebrantos económicos y emocionales de nuestra clase social y comprando quintas plantaciones o haciendas como bagatelas se apropiaron de un sitio en la sociedad que en otra época jamás habrían soñado con ocupar la guerra embruteció al Sur anestesiados por la derrota quedó en nosotros el sentimiento de que el mundo era un cascarón hueco a punto de romperse lo que creíamos sólido templado como el acero terminó agrietándose hasta cuartearse el Sur escoró como un barco a la deriva en altamar o peor aún como un barco encallado en una isla desierta al que las mareas lo zarandean pero no logran moverlo de lugar ha sido difícil superar el aturdimiento de los tiempos amorales en los que nos sumergimos y de los que ignoro si los lleguemos a superar

1881

El viejo caminó en círculos a mi alrededor sin dejar de apuntarme. Me quedé quietecito, sin mover ni una pestaña, se notaba que era de pocas pulgas y pa qué tentar la suerte. «¿No te dieron de tragar de chiquito?, te ves todo lombriciento», preguntó nomás por puras ganas de torcerle la cola al marrano. «Sí me dieron, sólo que llevo rato remontado, además, usted no es precisamente un toro de raza». Mier, si en verdad ese era Mier, rio con su dentadura de mazorca arrasada por el chahuistle. «Cabrón muchacho, vuelve a decir otra estupidez y te meto un balazo, a mí me respetas», dijo con una media sonrisa. «Pues a mí también váyame respetando y me chito», le reviré. «Eres igual de respondón que tu abuelo, y sólo porque hoy no amanecí con ganas de matar, te voy a dejar que veas amaneceres por un tiempito más». Dejó de apuntarme, limpió el suelo de piedras y de ramas y, sin hacer el menor esfuerzo, se sentó. Debía estar viejón, unos cincuenta años, como mi abuelo, sólo que este se veía más cascado. «Siéntate», ordenó, «vamos a platicar». Me senté, el hedor de los cueros cabelludos hizo que me acomodara un par de pasos más atrás. No debía ser muy ducho en curtirlos, porque en tres de ellos bullían masas de gusanos blancos. El tipo se dio cuenta de mi cara de asco y los levantó, «las larvas terminan de limpiar lo que les queda de sesos y estos todavía están frescos, son apaches que maté la semana pasada». Las manos y los antebrazos los tenía llenos de arañazos con costras de sangre. «Agarré una pinche gata montés a mano pelada y mira cómo me dejó», explicó cuando notó que se las miraba. «Salé su carne, ¿quieres una poca?». Asentí, llevaba días sin comer carne, pura chocha revuelta con huevos de guajolota de monte. De su morral sacó un pedazo y me lo aventó. Olía a madres, pero no lo iba a ofender haciéndole el feo. Arranqué un pedazo con los dientes y comencé a masticarlo. Ya dentro de la boca no sabía tan mal. Él mascó un cacho, «¿estás peleado con tu abuelo?», preguntó con los trozos de la gata montés dando de vueltas en su boca. «Sí», le respondí, «peleados a muerte». «¿Y se puede saber por qué?», preguntó. «Porque ofendió al cadáver de mi madre». Mier chasqueó la lengua. «Ah, cabrón, ¿tú eres el chamaquito que encontraron recién parido en el monte?». Asentí. «No sé cómo los coyotes no te agarraron de botana», dijo riéndose. «Chuy me contó que un venado me cuidaba». Soltó una carcajada, «ah, qué Chuy tan cuentero, ya parece que un venado iba a estar pendiente de un mocoso, si les valen madres hasta sus crías». Yo no supe cómo le hacía para desprender pedazos de carne con tan poquitos dientes. Debía tener muy afilados los que le quedaban. «¿Sabes que una parte del rancho donde naciste, esa que mentan ahora como la pasta de Santa Elena, era mía?», soltó así nomás, como si se le hubiera perdido una muela y no un terrenal de miles de cuerdas. «¿Usted es Miguel Mier?», le pregunté. «El mismo que viste y calza», contestó. «No, no sabía que esa pasta era suya», le dije. «Esa y las otras del arroyo para acá, el hijo de la chingada de tu abuelo me las robó a la mala». Según me explicó, desde sus tatarabuelos esas tierras le pertenecían a su familia, pero cuando mi abuelo heredó el Santa Cruz armó gente para ir a sacar a Mier y a los suyos de su propiedad. Como no se esperaban el ataque, los de mi abuelo mataron a hatajos de los trabajadores de los Mier y a dos de sus hermanos, y a él lo dejaron como alfiletero. Mier y otros cuantos huyeron hacia el monte y detrás de ellos las huestes de mi abuelo con intención de rematarlos. Mier se salvó porque se fue a esconder en territorio apache, «ahí no me quedó de otra que ser un maldito, maté indios a diestra y siniestra, porque o los mataba yo o me mataban ellos. Me di cuenta de que si me colgaba los cueros cabelludos al cinto, se iban a culear al verme, así fue como se me hizo costumbre traerlos amarrados». Luego de unos meses, se fue a vengar de mi abuelo. Lo agarró en la babia revisando el ganado. Mier le disparó y no le pegó porque justo cuando jaló el gatillo, mi abuelo se agachó a recoger una herradura, por eso luego dicen que las herraduras son de buena suerte, y cuando vio que no le había dado, se le dejó ir con el cuchillo. Error, porque mi abuelo era mucho más alto y más nervudo que los indios que Mier estaba habituado a matar. En cuanto lo vio venir, mi abuelo se inclinó, lo tomó de la cintura y lo aventó contra las trancas del corral. «Me tronaron las costillas», explicó el chimuelo, «y como también se me rompió el brazo derecho, ya no tuve cómo apuñalarlo. Tu abuelo recogió mi cuchillo y como si yo fuera una piña de sotol, se puso a pegarme de puntazos. Nomás sentía caliente donde encajaba el filo, en la espalda, en el cuello, en las piernas. No sé ni cómo le hice, pero logré treparme en su caballo y salí vuelto madre. Tu abuelo me dejó lleno de hoyos y con un chingamadral de huesos rotos. No sé cómo no me morí porque todo yo era un sangradero. Poco a poquito fui sanando. El brazo derecho, míramelo, me quedó chueco, como asa de jarra y las costillas yo creo que pegaron mal porque todavía me duele al respirar. Y mira, aquí sigo en este mundo, listo para romperle la madre al viejón en tantito se descuide». Se levantó la camisa, estaba agrietado de cicatrices. Vaya que mi abuelo lo fileteó, le conté no menos de veinte puñaladas repartidas entre la espalda, los hombros y el pecho. «Y en las piernas tengo otras tantas, pero ni modo que me quite los pantalones para enseñarte, ni que fuera marica». Además de las cicatrices, el viejo cargaba con enjambres de garrapatas. Parecía perro sarnoso. Cuando le dije que estaba garrapatoso, me pidió que se las quitara, «yo tampoco soy marica para andarle espulgando», le respondí. En algunas partes, le negreaba de tanta pinche sabandija. Prendió un fuego, quemó un tronco de mezquite y cuando se había abrasado, me pidió que se lo pasara por encima del garrapaterío. Con el calor del rescoldo se le fueron zafando los méndigos bichos. Apenas caían al suelo yo los despanzurraba con una piedra para que no se me fueran a trepar. Cada que apachurraba uno salía disparada la sangre que le habían chupado a Mier. Son canijas las garrapatas, le sorben a uno la energía y luego no se puede ni caminar diez pasos sin cansarse. Luego de que le pasé la brasa por la espalda, me dio su cuchillo y me pidió que le rasurara las que le quedaron incrustadas. Estaba bien filoso el cuchillo y apenas lo pasaba, las partía a la mitad. Gotas y gotas de sangre le escurrieron donde le habían mordido. Parecía Cristo de iglesia. Terminé de desengarrapatarlo y me siguió contando su historia. «Al pueblo no pude ir, amenazó que si alguien me ayudaba, él se encargaría de elegirle lote en el panteón». Le conté que igualito me había hecho a mí y que ni siquiera mi padre adoptivo, que era Chuy, ni mis hermanos, podían echarme la mano. «No sé cómo le hizo para agarrar tanta fuerza en la comarca», dijo, «y menos entiendo por qué la gente termina por hacerle caso». Era obvio el porqué: le temían. Mi abuelo no se tentaba el corazón y la plebe lo sabía porque él se había encargado de que todos se enteraran. Nada tonto, premiaba la lealtad con trabajos bien pagados y con regalos. «¿Dónde vives?», me preguntó. Me quedé callado, no le iba a decir mi secreto a alguien que no sabía si era amigo o enemigo. «Por ahí», le contesté. «No te hagas menso, dime dónde mero», me exigió. «No, don Mier, usted primero lléveme donde vive y aluego vemos si yo lo llevo adonde yo», le volteé la tortilla. «Mira, muchacho, te propongo algo. Si de verdad odias a tu abuelo como dices que lo odias y lo odias tanto como yo, vamos a juntar fuerzas y al pasito le colegimos para ver cómo nos lo chingamos. Tú no confías en mí, menos confío yo en ti. Vamos viendo cómo nos acomodamos, ya sé que andas por estos lares y arrieros somos y en el camino andamos. Vete pa tu casa y yo pa la mía. En una semana nos vemos aquí mismo. Tú me traes algo de regalo para confirmarme tu buena voluntad y yo te traigo uno a ti para que veas la mía. Si nos entendemos, le buscamos modo, si no nos entendemos, cada quien agarra sus chivas y jala pa su lado. ¿Estás?», preguntó. «Estoy», le respondí. Se levantó del suelo como si flotara y en menos de un minuto se perdió por el monte y por más que lo busqué, ya no lo volví a ver. Me pregunté si con quien había hablado era un hombre de carne y hueso o si me había topado con un espectro o, peor aún, con el Diablo en persona, porque ya saben que ese se disfraza de lo que quiere. Como fuera, yo cumpliría y en una semana volvería con el regalo prometido.

2024

McCaffrey pensó en el mejor título para su trabajo académico. Era costumbre entre las editoriales universitarias emplear uno que de modo implícito planteara una hipótesis: *Henry Lloyd, el desarrollo del modelo capitalista en el siglo XIX; Texas y la familia Lloyd, el crecimiento de la economía en una sociedad precapitalista en el siglo XIX y su progreso en el siglo XX; Los Lloyd y los Morgan, apasionante recorrido por el despegue de los Estados Unidos a través de dos poderosas familias.* McCaffrey garrapateó más de cien títulos posibles para su libro. Era una obra para estudiosos, una disección de los procesos que facilitaron el rápido despegue del capitalismo en los Estados Unidos. Era necesario entender los resortes que llevaron al país a convertirse en la mayor potencia mundial en el breve periodo que mediaba entre la mitad del siglo XIX y los albores del siglo XX y el título requería expresarlo. Revisó trabajos similares al suyo con la intención de encontrar el más apropiado. Encajar en los patrones academicistas lo alejaba más y más de la verdadera naturaleza de su obra. Quería acercar su libro lo más posible a la literatura. No desestimaba la investigación documental, pero los testimonios vivos de los Lloyd y de los Morgan y conocer las tierras donde sucedieron los hechos le brindaban un cariz humano que no hallaría en la revisión de textos y de archivos. Se dio cuenta de que su libro quedaría inconcluso sin una visita a Emerson y al sur de Alabama. Se sintió obligado a ir al sitio de donde partió Lloyd y donde reclutó a su famoso y temido ejército de mercenarios negros. Era imprescindible saber sobre los esclavos manumisos que se enlistaron a su tropa. Si bien el motor fue el brío sobrenatural de Lloyd, los negros libertos fueron la máquina ejecutora y no podía desdeñarse su aportación a la conquista de los territorios. McCaffrey escuchó a un historiador decir que la Casa Blanca se había construido sobre cimientos negros, ¿habría crecido la economía americana con tal rapidez sin el envión de la mano de obra esclava? La mayor parte de los teóricos apuntaba a que no había sido el esclavismo lo que permitió el auge desmedido del capitalismo americano, sino la industrialización de los estados del Norte y que el modelo agrícola/feudal del Sur, que se sostenía por el trabajo forzado de los esclavos, fue un lastre para este avance. El florecimiento del Norte industrial fue decisivo en su victoria contra el Sur. En otras palabras, en esa guerra se midió la riqueza de unos contra la riqueza de los otros. El igualitarismo del Norte no sólo luchó por la emancipación de los esclavos por razones éticas y humanitarias, sino porque consideraba fundamental insertar a cada individuo en las cadenas de producción y, más adelante, incorporarlos a la nueva masa de consumidores que requería la manufactura en serie. Las prácticas discriminatorias del Sur sólo permitían un modelo de crecimiento unilateral y jerarquizado que impedía la expansión del capital. A juicio de McCaffrey, Lloyd entendió lo oportuno de vincular ambos modelos en uno solo. Aprovechar las ventajas de las estructuras agrario/feudales del Sur, basadas en la propiedad y en la explotación de la tierra, con el sentido empresarial del Norte. Se preguntó cuál había sido la razón por la cual el ejército de Lloyd estuvo compuesto sólo por negros. ¿Por qué no reclutó a los numerosos guardias blancos que laboraron para él en Emerson? De acuerdo con los registros de la época, sus filas estaban compuestas por veintisiete negros de apellido Adams, lo cual indicaba que todos pertenecían a la hacienda de los Wilde, ¿sobre qué bases había elegido a cada uno?, ¿por qué a dos de ellos: James Adams y Jeremiah Adams les había otorgado más bienes que a los demás?, ¿por qué Lloyd permitió que Jeremiah y Jenny Adams adoptaran a los hijos bastardos que procreó con mujeres negras?, ¿por qué terminó Emerson en manos de Jonas Adams?, ¿cómo se concatenaron los destinos de las familias legítimas e ilegítimas de Lloyd y en qué momento divergieron? Las interrogantes se sucedían unas tras otras. McCaffrey se preguntó si seguir indagando no lo llevaría a alargar la terminación de su libro de manera indefinida. Los hechos se ligaban en una progresión interminable. Investigarlos a profundidad le tomaría nueve vidas. Por rigor debía hacer un esfuerzo e ir a Emerson a realizar las pesquisas finales. Le expuso a Peter su plan, pero su discípulo no se entusiasmó, «es propiedad de los Morgan y no sé cuánto les haya revelado Betty a sus padres sobre lo sucedido. Quizás no nos permitan la entrada». El profesor le manifestó lo primordial de visitar el sitio para entender la historia de Lloyd. Acordaron proponérselo a Henry, a quien poco habían visto desde su regreso del rancho por una serie de reuniones que debió sostener con su padre y con el consejo de administración de la compañía. En el ínterin, Peter volvió a pintar. Lo sucedido en el Santa Cruz le trajo un borbotón de imágenes y de temas que volcó en su obra. Al enterarse de que Peter había creado nuevos cuadros, Richard Leicester viajó a Austin. Quedó sobrecogido por la voraz manera en que el color y las formas se apropiaban de los lienzos. «Esto es algo que nunca había visto», le comentó a Peter. Le preguntó si había algún artista que lo influenciara. «La vida es la que me influye». En palabras de Leicester, él era «un talento generacional». Quedaron que, en cuanto terminara, exhibirían su obra en galerías en Nueva York, en Chicago, en Los Ángeles, en Dallas. «Serás rey en la corte de las vanidades», pronosticó Leicester. Betty reapareció a las pocas semanas, le llamó a Peter para «hablar con más calma» y le pidió que se enlazaran en una videollamada. Él aceptó sólo por la curiosidad de saber cómo había manejado lo sucedido frente a sus padres. Hablaron por una hora. Betty quería saber si lo que pasó con su hermano fue un evento efímero o si se venía dando de tiempo atrás. Peter le confesó que llevaban meses viéndose. «¿Por qué decías entonces que me amabas?», lo enfrentó ella. «Te amaba», le respondió él. «¿Amabas?, ¿ya no me amas?». Peter se debatió entre conjurar otro arranque de ira de su exnovia con una mentira piadosa o revelarle la verdad. «Sí, te amaba», contestó. «Respóndeme, ¿me amas ahora?», exigió ella. Peter negó con la cabeza. «Amo a otra persona». Betty se mostró dolida. «¿A Tom?», inquirió. «No, no es Tom», respondió él. «¿Entonces quién?». Revelar el nombre podría exacerbar a Betty, qué importaba ahora, de un modo u otro, pronto se enteraría de que planeaba casarse. «Henry», respondió Peter. Betty hizo un gesto de incredulidad, «¿Henry?, él no es maricón como tú o mi hermano», dijo subrayando el «maricón» para humillarlo. Peter resolvió no contestarle y permaneció callado. Betty levantó la cara, altanera, «¿sabes que Henry me cogió en el rancho varias veces?, hasta cinco por noche. Por cierto, coge mejor que tú». La noticia le cayó de sopetón. No sólo le despertó celos, se cuestionó la supuesta honestidad que se prometieron él y Henry. También podía ser que mintiera para lastimarlo. «Nos vamos a casar el año que entra». Betty sonrió, irónica. «Por lo visto, lo tuyo es comprometerte, lo sé por experiencia propia. Si supiera Henry la fichita que eres». Peter decidió no caer en provocaciones. «Siento mucho haberte lastimado», le dijo. «Eres mi gran amor, ¿lo sabías?», sentenció Betty. El uso del presente reveló que la llamada era un intento desesperado por reparar la relación. «Te perdono. Entiendo que esas cosas pasan y el alcohol y las drogas nos hacen tomar decisiones equivocadas. Volvamos a como estábamos antes y sigamos adelante con nuestros planes». ¿Qué parte de la ecuación ella no había entendido? Le acababa de develar el futuro matrimonio con Henry. «Seamos amigos», le sugirió. Betty lo miró con desprecio, «¿amigos?, ¿es en serio?». Peter asintió, «sí, amigos». La mirada de Betty se tornó despectiva, «vete a la mierda», le espetó y colgó. La visita a Emerson que tanto anhelaba el profesor podía darse por cancelada.

1892

La negra Jayla otra estupidez perpetró. Cuando al despertar la busqué no la hallamos, con Jerioth y Jabin se había ido. ¿Qué negra huye en un país de blancos? Encontrarla debía yo antes de que Lloyd se enterara. De saber su fuga con certeza la mataba. Con una niña pequeña y un recién nacido lejos no podría ir. A buscarla Jenny me apuró, «el bebé el trajín no aguantará, puede morir». ¿En dónde la cabeza Jayla tenía? Pocas pertenencias suyas en un atado metió. Desordenado el cuarto. En el suelo ropa, un pañal sucio, juguetes rotos. Zumbidos de miedo y desesperación en su cabeza debieron enloquecerla. Sólo una negra loca en la madrugada escapa. Al porche salgo. Una llovizna la tierra rocía. Las pisadas de Jayla en el barro se dibujan. En el bosque se adentran. Las sigo. La niña al principio a su lado camina, luego Jayla la levanta por un rato y más adelante, sus piecitos se vuelven a marcar. Empapados los tres deben ir. En partes resbalones se notan. De boca Jayla debió irse, porque un hueco y una de sus manos en el lodo se imprimieron. De la casa cuatro o cinco horas antes salió. Ventaja me lleva. Hacia los humedales se dirige. El rastro muestra que hasta las rodillas en el fango se ha hundido. Palpable es que con el lodo batalla. La llovizna no cede. Moscos y más moscos. No tiene idea Jayla adónde va. Da tumbos. El cenagal a la cintura me llega. Si levantar cada pierna me cuesta, a ella el doble. Una brecha en el limo ha abierto. Relámpagos. Más moscos. En mis piernas, sanguijuelas. Decenas. Las arranco.

Sangro. Así sangra ella porque manchas rojas en el lodo hay. Ella y los niños invadidos por los bichos deben hallarse. La lluvia de fina a goterones cambia. La tempestad se desata. Perder el rastro de Jayla temo. Ella más y más en el pantanal penetra. Más sanguijuelas, más barro, más moscos. Tocar las ramas nubes de moscos levanta. A través de la ropa pican. Mi espalda, mi nuca, mis manos, mis brazos de ronchas están cubiertos. Es estúpida Jayla. El fango se espesa. ¿Con Jerioth y Jabin cómo avanza? Con mazacotes de ronchas en sus brazos y en su cara los niños deben hallarse. Pestañas, boca, nariz de lodo cubiertas. Jayla la muy imbécil a los niños a la muerte conduce. Quizás adelante los cadáveres de los tres halle, moscas poniendo huevecillos en sus bocas, sanguijuelas entrando a sus gargantas, las lenguas apelmazadas por el légamo. «Légamo», esa palabra a nosotros James hizo aprendérnosla. Légamo, légamo, légamo, nos hacía repetir. Cieno, cieno, cieno. Limo, limo, limo. «Sólo seremos libres si las palabras poseemos, sin palabras el mundo no se explica». Más lluvia, cortinas de lluvia. Una pared de agua. Me ciega tanta agua. No me detengo. La pista de Jayla y los niños no puedo perder. Ramas abajo del cieno me lastiman, me cortan, me hacen tropezar. Un barullo se escucha. Truenos, relámpagos, golpeteo de lluvia sobre el pantano. Croar de miles de ranas. La lluvia de su sueño las despierta. Ensordecen las ranas. Cocodrilos silenciosos nadan. Un bocado para ellos los niños serían. Un buen desayuno. En las ramas, bandadas de tordos se refugian. Garzas vuelan. ¿Qué busca hacer Jayla? ¿Adónde quiere ir? Abajo del lodo una raíz se me entierra. Mi pantorrilla siento rasgarse. La pierna saco y la reviso. Entre el pulular de sanguijuelas, mi herida descubro. Maldita Jayla, la detesto. Limpiar el tajo no puedo. Un hoyo profundo en la carne. Resbala la sangre por la pierna. Más lluvia. Un muro impenetrable de lluvia. Croar de miles de ranas. Entre las gotas a Jade distingo. Sonríe. ¿Qué hace Jade aquí? Hacia mí camina. A un brazo de distancia se detiene. Mojada no está. La tormenta a ella no le afecta. «Jeremiah». En mi lengua le contesto. De tanto tiempo de no emitir una sola palabra mi voz a la de un extraño me suena. «Dime». Jade sonríe. «Encuéntrala», me dice en inglés. «Lo haré», en inglés le respondo. Mi voz por los truenos es silenciada. Una voz ajena a mí por otro afuera de mí pronunciada. «Encuéntrala, poco tiempo queda, los niños están por morir», Jade me advierte. A los ojos me mira. A los ojos la miro. «No tardes», me dice. «Voy», le contesto. «Ve». Sólo ella y el pantano han escuchado. Callo, mi voz guardo. Sigo. Trabajo cuesta remontar el sedimento por decenios acumulado. El rastro de Jayla pierdo. Lo recupero. Lo pierdo. Lo recupero. Su cuerpo grietas en el lodo ha abierto. El agua sus huellas borra. Círculos doy hasta hallarlas. En el humedal el agua sube, más arriba de la cintura ahora me llega. En un tronco la espalda recargó. Del cieno la pierna saco. Agua sucia y sangre escurren. El boquete en la pantorrilla me duele. Sanguijuelas a la herida se han pegado. Una a una desprendo. Con las uñas las aplasto y mi sangre de su cuerpo sale expulsada. En mi rostro salpica mi sangre por esos gusanos bebida. Mi sangre por los moscos bebida. Mi sangre brotando en la ciénaga, batida con fango y hojas y ramas podridas. Mi sangre hecha lodo. Hambre tengo. Busco una rana. La hallo y al intentar atraparla salta y entre las charcas se sumerge. Busco otra. Una grande debajo de un árbol croa. Un globo en su cuello se hincha. Sus ojos saltones parecen mirarme. Una vara tomo, con sigilo me acerco y en la cabeza un golpe le asesto. La rana se atonta. La cojo y patalea. Resbalosa, casi se me escapa. Saco mi cuchillo y la panza le rebano. Las vísceras le extraigo. El vientre en canal hacia la lluvia alzo para lavarlo. De destriparla termino y limpia queda. Con el filo, la piel le desprendo. Las carnes de sus ancas muerdo. La mastico y los huesos escupo. Me como los lomos y el resto lo tiro. Sigo. Jayla lejos no debe encontrarse. Las huellas de los pequeños pies y manos la lluvia borra. Quizás sus cuerpos en el fondo del limo ya se hallen sumergidos. Las ramas y raíces bajo el cieno no me permiten avanzar. «Jade, ¿cerca están?», al aire pregunto. Jade debe escucharme. Mi voz parece emanada por alguien más, mía no la reconozco. Cansado estoy. ¿Dónde Jayla fue a meterse? Empiezo a creer que ella un demonio es. Por eso desnuda se paseaba. Un demonio de carne. Pero los hijos de Lloyd lleva consigo y mi obligación es encontrarla. Continúo. La lluvia amaina. Las ranas callan. Los moscos vuelven. Zumbidos. Graznan las garzas. Los tordos vuelan. Un ruido distinto escucho. El oído aguzo. Es un llanto. Jerioth llora. Hacia ellos avanzo.

1878

A lo largo de las semanas Lloyd estudió a los esclavos para decidir a cuáles veinticinco elegiría para llevar consigo, no buscaba a los más fuertes sino a los más resueltos, aquellos que mejor pudieran soportar los rigores de la guerra, llegado el momento habló con cada uno, explicó su intención de liberarlos para que se enrolaran en su ejército y conquistar tierras y fortunas para ser repartidas entre todos, la mayoría no comprendió la relevancia y los alcances de su plan, ni siquiera captaban el significado de quedar libres, la esclavitud se había incrustado de tal forma en su mente que no concebían la emancipación como posible en sus vidas, varios se mostraron dubitativos, indecisos frente a la propuesta, heridos en su alma al ser arrancados de sus lugares de origen en África temieron a las vicisitudes de ir a guerrear a una tierra lejana, no encontraban razones válidas para abandonar el protegido capullo de Emerson, la certeza de un sitio donde dormir y comer, de un trabajo fijo, ¿para qué lanzarse a una aventura que bien podía acabar en muerte y desolación?, la incertidumbre los pasmó y Lloyd me pidió que les explicara de qué se trataba sin yo mismo saberlo a ciencia cierta, los reuní por la noche un par de días antes de que Lloyd pagara a la señora Wilde por su propiedad y posterior manumisión, con Jeremiah al lado mío les expuse punto por punto cuáles eran las intenciones de la campaña y por qué les convenía unirse a nosotros, y me sorprendí al pronunciar el «nosotros», de los veinticinco, cuatro determinaron no embarcarse en el proyecto, una lástima, porque eran hombres jóvenes y musculosos, avisé a Lloyd que ellos se habían rehusado y que ni siquiera se interesaban en que comprara su libertad, nos pidió que eligiéramos sustitutos, escogimos a Jonathan, un adolescente enclenque que luego mostró enorme valentía en el campo de batalla, a Jimnah, el primero de nosotros que resultó herido, a Julius, un hombrón que junto con Jeremiah se convirtió en uno de nuestros sicarios más eficaces y a Jebus, quien terminó contratándose como vaquero al fin de la guerra, me enorgullecí por nuestra selección, porque los cuatro fueron clave en nuestro ejército, con la lista de los esclavos y de los caballos que deseaba comprar Lloyd cerró el trato con su esposa, fue un trámite expedito y sin dramas, ella firmó los certificados de compraventa de cada uno de nosotros, incluidos los de Japheth y Jonas, que por ser mulatos, hijos adoptivos de esclavos propiedad de Emerson, ella debía liberar, y los papeles que refrendaban la adquisición de los caballos, a cambio recibió de su marido dos talegas con monedas de oro, se despidieron y nos preparamos para partir, en una junta general Lloyd planteó nuestra forma de proceder, viajaríamos lo más alejado a poblados y ciudades para evitar problemas con la autoridad, de preferencia de noche, un grupo de negros guiados por un blanco levantaría sospechas en los territorios rabiosamente esclavistas que cruzaríamos, aun con los certificados y documentos probatorios no faltaría un alguacil celoso de su deber que nos encerraría a los veintiocho con pretexto de comprobar la veracidad de los papeles, los estados de Mississippi y Luisiana preveían severas legislaciones en contra de los esclavos fugitivos, incluso, en algunos condados, era inválida la compra para efectos de liberarlos dada su condición de seres infrahumanos, un esclavo debería serlo para toda la vida, antes de nuestra salida Lloyd viajó a Mobile para asesorarse con abogados sobre las leyes en torno a la emancipación y transporte de esclavos, previsor como era, detalló la ruta a seguir y se provisionó de textos legales para ampararse en caso de que fuéramos detenidos, no sería un trayecto fácil, explicó, deberíamos acampar en zonas despobladas y quizás confrontaríamos turbas de blancos, a cada uno de nosotros entregó una pistola, un rifle, pólvora, municiones, cuchillo y un par de botas extra, «en el camino, quien lo desee podrá largarse, no lo detendré, pero cometerá dos graves errores, uno, lo hará en comarcas donde detestan a los negros y, al considerarlo prófugo, lo matarán, dos, perderá la oportunidad de volverse rico, ustedes decidan», Lloyd nos imbuyó de su confianza en sí mismo y ninguno de los elegidos pensó en desertar, nos seguirían dos carromatos con tiendas de campaña, enseres de cocina, víveres, pienso para los caballos y garrafas de agua potable, al mediodía marchamos, los demás negros se reunieron a las puertas de los cobertizos para vernos partir, en sus rostros no logré adivinar si nos veían con envidia o con aprensión, con certeza muchos pensaron que nos enfilábamos hacia una muerte segura, qué de bueno podríamos obtener de esa aventura, desde una de las ventanas del piso superior de la mansión creí ver a la señora Virginia atisbando por entre las cortinas, cuánto debía dolerle ver a Henry Lloyd irse de su lado, echamos a andar por el camino que conducía hacia el oeste, me volví a ver la casona de Emerson y las cabañas donde había pasado casi toda mi vida, afrontaba un exilio más y la nostalgia se apoderó de mí, atrás quedaban los campos de algodón, los sembradíos de maíz, los canales, los puertos ribereños, traspasamos el río que demarcaba los límites de la plantación e irrumpimos en otras propiedades, los negros que trabajaban en los labrantíos y los guardias nos veían con perplejidad, como Lloyd era conocido en esos rumbos ningún blanco se atrevió a pararnos, seguimos durante leguas y al anochecer acampamos en medio de un bosque cerca de un pequeño lago donde los caballos pudieron refrescarse, a dos de los negros los había seleccionado Lloyd por sus habilidades en la cocina y se dispusieron a preparar la cena, Lloyd nos reunió a Jeremiah, a sus dos hijos y a mí para exponernos el itinerario del viaje, en un par de días cruzaríamos la frontera de Alabama con Mississippi y para evitar encuentros con desconocidos Lloyd había previsto avanzar por zonas deshabitadas, inhóspitas y peligrosas, «si por alguna causa muero o me matan, regresen de inmediato a Emerson, tú, Jonas, serás quien comande al grupo, si son detenidos por blancos, muestra los certificados, si todavía así quieren llevárselos presos, mátenlos sin dejar uno solo vivo y por ningún motivo se dispersen, manténganse siempre juntos», Japheth no lo exteriorizó, pero fue innegable que resintió que por su blancura su hermano menor fuese el designado para suceder a su padre al mando, y aunque Lloyd procuró siempre darles trato de iguales fue inevitable que la brecha entre uno y otro se abriera con el tiempo, tal y como lo predijo Lloyd tuvimos que remontar pronunciados cerros con tupidos boscajes sin caminos por los cuales conducir las carretas, fue necesario abrir brechas con machetes y hachas, a menudo topábamos con ríos o humedales en los que los vehículos se atascaban, por las noches debíamos colgar los suministros en lo alto de un árbol para que los osos no se los robaran, Lloyd cazó un par y los rostizamos ensartados en una espada como si fuesen cerdos, la carne resultó mejor de lo que esperábamos, la región era de una soberbia belleza que nunca imaginé que se encontrara a sólo unos días de viaje de Emerson, el calor era insoportable y millones de chicharras provocaban un ruido estrepitoso que impedía que nos escucháramos unos a los otros, en los ríos pescamos bagres y mojarras, era un edén intocado por el hombre, en esas tierras desocupadas Lloyd se vio tentado a establecerse y crear su propia plantación, «estos son terrenos fértiles, vean cuántos caudales los riegan, podríamos serrar estos bosques y con la madera construir casas para todos nosotros, más adelante traer negras para que ustedes puedan formar una familia y juntos instaurar la civilización en este vergel olvidado de la mano de Dios», a pesar de lo atractivo de avecindarse en estos frondosos rincones, Lloyd resolvió que continuáramos, Texas le sonaba a un lugar de promisión, el paraíso al final del arcoíris.

1817-1818

El invierno entró en su etapa más cruda. La consigna de la empresa naviera era no suspender el trabajo bajo ninguna excusa. El comercio internacional había entrado en una fase de rápido crecimiento y Carrington y sus socios no querían desaprovechar la coyuntura. Cada barco amortizaba su costo en apenas cuatro viajes, así que los tres construidos a marchas forzadas recuperarían la inversión antes de fin de año. Carrington pensaba botar los buques en los últimos días de abril, cuando los ventarrones septentrionales cesaran y los céfiros permitieran una navegación más fluida. Los altos salarios, los bonos, las prestaciones y la seguridad laboral satisfacían a los trabajadores, pero las arduas condiciones causaban que algunos cayeran enfermos o lastimados o que el cansancio les impidiera continuar. Previsor, Carrington había establecido un dispensario con médicos y enfermeras para atender cualquier eventualidad. A Jack le tocó pulir los forros de proa. Había que recorrer de arriba a abajo las tablas con el cepillo y con la lija hasta alisarlas para evitar la resistencia al agua del casco de la nave. Acometer la monótona y rítmica tarea, que en otro clima resultaría fácil, en las bajísimas temperaturas invernales se tornaba cansina. A Jack pronto los músculos le ardieron y se le envararon las articulaciones del codo y de la muñeca. Sentía que su torso se desarmaba y que sus extremidades congeladas se desprenderían. El viento glacial le lastimaba los pulmones, era como respirar estalactitas de hielo. Nunca en la montaña sintió tal congelamiento. La brisa marina, el aire salino, la humedad amplificaban los efectos de los vendavales. Ni un solo día dejó de cumplir con su compromiso de pasear a su caballo sin importarle la devastación de su cuerpo. Después de horas constreñido en el diminuto corral, el caballo disfrutaba de correr a sus anchas. A Jack le placía montarlo aun en esas temperaturas, cabalgar por la orilla de la playa, sentir el filo del frío en su rostro sin importarle que el esfuerzo le destemplara el cuerpo y lo dejara como una piltrafa. Años después, recordaría esos paseos entre los momentos más felices de su vida. Como no gastaba más que en la pensión del caballo, que cubría con medio día de trabajo, ahorró lo que para él era una fortuna. Jamás, ni en los más lucrativos negocios con Evariste, vio tanto dinero junto. Con lo guardado podía comprarse un solar, vacas, cabras, gallinas, una casa de cinco habitaciones y vivir con holgura el resto de su vida. A menudo, pensaba en Evariste, en Hélène, en Carla. Decidió que en cuanto acabara su contrato marcharía a Kentucky a buscarlos. A estas alturas, ellos tres ya deberían hallarse ahí. A su lado trataría de rehacer la promisoria familia que estaban formando aun con la pesadumbre de la ausencia de Regina. ¿Podrían los padres superar su espantosa muerte?, ¿el tal Lucas Gautier los perseguiría hasta donde se encontraran? Kentucky, lo había averiguado, se hallaba a semanas de viaje. Entre los trabajadores conoció a un tipo que provenía de Tennessee y que le describió la región. La pintó como un paraíso verde, con colinas suaves y clima benigno, nada como el clima gélido que sufrían en Providence. Su inseparable amigo Charles resultó más frágil que él. Con frecuencia caía en cama, preso de fiebre y de extenuación. Una tos persistente lo ahogaba a media jornada y requería sentarse hasta recuperar el aliento. El médico le recetó láudano para fortalecer el organismo y tan dependiente se hizo Charles del brebaje que no lograba trabajar sin antes beberse medio vaso. Su carácter afable se fue agriando y por las noches sufría de insomnio. Se le percibía decaído y con poca disposición. Una tarde, al volver de los astilleros, Jack ya no lo halló. «No aguantó más», le dijo uno de los compañeros que por causa de una gripa había permanecido en cama, «me pidió despedirlo de ti». Era de esperarse, después de cuatro inviernos consecutivos laborando en los astilleros, su salud debió mermarse. Jack lamentó su partida y nunca más volvió a saber de él. Se acercaba la terminación del contrato y vio con orgullo cómo las tablas desperdigadas por aquí y por allá, y lo que parecía un cascarón informe se transformaron en una nave de gran envergadura. Barnizar la cubierta, disponer los avíos, montar las jarcias y el resto de los aparejos y empotrar el mascarón fueron los toques finales. Le pareció prodigioso cómo con lentitud se desentrañó la forma del buque y empezó a sentir nostalgia por su futura partida. El ambiente de los astilleros, los cánticos, las anécdotas relatadas por los hombres del mar, las ballenas traídas a la costa para ser destazadas, el olor a vísceras y a sal, todo lo extrañaría por siempre. Una mañana, Jack charolaba las paredes de un camarote y uno de los capataces lo mandó llamar, «el patrón te busca», le dijo y lo condujo hacia Carrington, que observaba con satisfacción el gigantesco navío. «Qué bien les quedó el barco», le dijo sin voltear a verlo. Jack apreció el «les quedó». Carrington se giró hacia él, «mañana botaremos *El León*. Es un evento importante, se bautiza la nave en una ceremonia y luego se rompen amarras para que ruede hacia el mar. Atienden las personas más connotadas de Providence, el alcalde, el gobernador de Rhode Island, empresarios, damas distinguidas, clérigos, embajadores. Realizamos un pequeño viaje alrededor de la bahía para confirmar que todo funcione bien y ofrecemos bocadillos y champaña a quienes nos acompañan. Por regla, invitamos a los capataces de cada área y, en esta ocasión, me gustaría que vinieras». Jack se sintió halagado y le agradeció estrechándole la mano con fuerza. Al día siguiente, Jack, ataviado con un saco y un corbatín, fue testigo del bautizo de *El León*. Un pastor la bendijo y luego una mujer emperejilada rompió una botella de vino de Madeira contra el casco de proa. Según le comentó un marino, no bautizar embarcaciones traía mala suerte. Jack presenció el suceso detrás de una muchedumbre que se arremolinaba en torno al gobernador, al alcalde y a Carrington. El barco se erigía contra el cielo grisáceo montado en gigantes tambores de madera que facilitarían su desplazamiento hacia las aguas. Carrington agradeció a quienes habían sufragado el «titánico esfuerzo» y reconoció la labor de los obreros en la construcción del buque. Al terminar la ceremonia, cortaron los cabos y el navío se deslizó sobre los rodillos hasta posarse con suavidad en el agua. Subieron los invitados a la nave, levaron anclas y soltaron velas. Pronto el barco comenzó a surcar hacia mar abierto. Desde la cubierta Jack miró cautivado cómo la nave rompía las olas y se remontaba hacia la vastísima extensión de agua. El tremolar de las velas por el viento provocó un sonido que a Jack le pareció único e irrepetible. El barco recorrió unas cuantas millas náuticas y luego de dos horas volvió a puerto para desembarcar a los invitados que en corros no cesaron de alabar al novísimo buque. Jack vio cómo a lo lejos Carrington se perdía rodeado de una multitud. Por más que intentó acercarse para agradecerle, fue imposible. Se encaminó a la posada, tomó sus bártulos, miró la cama donde pernoctó por seis meses y arrancó la placa metálica en la cabecera con el *13*. Se prometió que en adelante ese sería su número de la suerte y que por siempre llevaría la placa como un talismán. Al pasar por las oficinas, el administrador le entregó un sustancial bono por sus servicios y una carta de recomendación firmada por el propio Edward Carrington. Fue un gesto inesperado que agradeció. Se dirigió a la caballeriza, pagó su deuda, ensilló su caballo y se enfiló hacia el oeste. Como le había sugerido Carrington, iría en busca de su destino.

1887

no sé si esté preparada para la muerte Henry no porque tema al castigo divino no he sido una pecadora consuetudinaria y sólo cometí el terrible y tonto desliz de acostarme con el capitán enemigo fuera de ese error creo que he hecho suficientes merecimientos para no ser condenada al purgatorio y sí para que Cristo me acoja en su amor eterno no me quejo de mi vida sé que para algunos lamentarme sería un despropósito en razón de los privilegios que he gozado pero siento que una parte de mí vivió una existencia que no era la mía como si me hubiese desdoblado en dos mujeres distintas que en la bifurcación del camino una tomó hacia la izquierda y la otra hacia la derecha y que esos caminos divergieron hasta quedar equidistantes y que con el tiempo torcieron sus ángulos hasta volverse a unir en uno solo mi vida fue como dos ríos que surgen de un solo cauce y cada uno posee un recorrido propio y luego empujados por la topografía se juntan de nuevo en una misma vertiente cuando de niña jugaba con muñecas imaginé una familia numerosa que se expandiría en hijos nietos bisnietos anhelaba ser la matriarca que irrigara con mi sangre la carne de mis descendientes heredándoles principios virtudes y valores que mis antepasados me legaron ha sido una paradoja que fuesen tus bastardos quienes me regalaron ese hálito familiar que mi esterilidad canceló los hijos de Jonas de Japheth de Jerioth me visitan y me colman de obsequios me narran sus avatares cotidianos sus logros y desgracias en algunas ocasiones las familias de unos y otros coinciden Jonas ha sido cuidadoso en marcar distancia con sus hermanos no debe desear que sus vástagos blancos convivan con sus primos negros porque vaya diferencia sustancial hay en el color de piel en las tonalidades de los ojos en la textura del pelo me asombro de los sentimientos que profeso hacia tus nietos yo que nunca imaginé abrazar a un negro a ellos los estrecho con genuino cariño y acepto sus besos sin repugnarme nunca ni en mis más deschavetadas fantasías me vi actuando con tal efusión sí mantuve cierto apego por algunas de las esclavas que me atendieron desde niña pero no al grado de mostrarles afecto tus nietos se montan en mi regazo me acarician me despeinan Japheth y Jerioth tratan de poner orden y les llaman la atención yo como abuela consentidora los retengo y les prodigo palabras dulces y cuando me visitan los agasajo con caramelos o juguetes cuánto me placería que Jonas no se apartara de sus hermanos lo entiendo él apostó por ser blanco y llevará su decisión hasta las últimas consecuencias ha logrado sortear las traicioneras aguas del racismo y ha alejado a sus hijos de todo aquello que los vincule con la cultura y los hábitos de los negros Japheth y Jerioth no tienen modo de ocultar su negritud Laurie la hija de Japheth es una negra hermosa he de reconocerlo posee unos ojos azulados como los tuyos el color de su piel es marrón oscuro su pelo rizado y sus labios gruesos Jonas va y viene entre las tierras que le heredaste en Nuevo México en donde ha sembrado cientos de nogales que le brindan una cuantiosa producción de nuez tus tres bastardos ven a menudo a Jeremiah y a Jenny al volver a estas tierras después de la guerra Jeremiah se convirtió en un abuelo paciente de una bondad a flor de piel por décadas lo creí mudo impedido para pronunciar una sola palabra pero un día sin que él me viera lo escuché hablarle a Marie tu nieta de tan sólo tres años la hija menor de Jerioth *eso no toques que daño puede hacerte* dijo con una extraña construcción gramatical cuando la niña se acercó a uno de los rosales del jardín salí detrás de una de las columnas del porche y lo miré atónita *hablas* le pregunté Jeremiah lo negó con una sonrisa enigmática y siguió jugando con su nieta conforme pasa el tiempo su rostro adquiere una hermosa gravedad pareciera que su alma se reconcilia con su parte más pura y benévola aquella que hizo que adoptara a tus cuatro hijos bastardos y los criara con amor su barba que rasura cada mañana para la tarde ha crecido y tiñe de blanco su mandíbula la calvicie le sienta bien parece la efigie de un numen africano tallada en caoba que se alza mítica por encima de los mortales es divertido verlo al lado de Jenny a quien tanto odié cuando la vi llevar de la mano a tu pequeño bastardo rubio y que con el tiempo mutó de una criada de confianza a ser una buena compañera aun con la grotesca diferencia física entre ellos dos creo que no hay pareja mejor avenida acostumbrada al mutismo de Jeremiah han aprendido a entenderse con gestos mínimos con miradas subrepticias con sonrisas apenas esbozadas y a pesar de que Jabin terminó como un borracho pendenciero al que asesinaron al salir de una taberna ellos dos fueron padres responsables y educaron con tino a tus otros tres hijos Jonas es quien heredó lo mejor de ti es disciplinado trabajador y tiene claro el camino que quiere seguir Japheth es un buen hombre que carece del empuje y la visión de su hermano menor es más familiar más sosegado no halló un derrotero claro y su falta de ambición le hizo vender sus bienes a Jonas él no forjará una fortuna como su hermano porque el dinero no es su prioridad para él lo son su mujer y sus hijos y se nota que disfruta pasar tiempo con ellos hay quien confunde ese tenor apacible con blandura de carácter y más cuando se le compara con la personalidad avasallante de su hermano se le nota feliz y tranquilo en paz con el destino que le correspondió Jonas parece en estado de permanente insatisfacción preso de una necesidad constante de reforzar su posición jerárquica de asegurarse que su familia encajará en la cultura de los blancos ninguno de los dos hasta donde he visto heredó tu veta asesina y retorcida Jerioth debió resentir el homicidio de Jabin es una mujer apagada sin muchas luces de los tres es aquella en la que la esclavitud marcó una mayor impronta habla piensa siente articula como una sierva no mira a los ojos responde con sumisión se contiene al expresar sus emociones y su sonrisa parece acarrear tristezas centenarias quizás fue porque su madre desapareció cuando ella era niña o porque se enraizó en ella el vasallaje no con esto quiero decir que sea una muchacha sin futuro o que su apocamiento vaya a durarle para el resto de su vida sólo que le falta la chispa de Jonas o la sencillez de Japheth ella se casó con un hombre con alma aún más de esclavo que ella pazguato sin iniciativa atento con sus hijos y poco conflictivo me imagino que Jerioth huyó de tipos semejantes a Jabin que hacen de la bravuconada un estilo de vida y que sólo adquieren seguridad en sí mismos si la aderezan con pintas de alcohol de maíz de tus cuatro hijos bastardos Jabin fue el único que despotricó contra ti es entendible que así fuera porque te fuiste para Texas cuando él acababa de cumplir cinco años y aunque lo procuraste en cada una de tus visitas y jamás le escamoteaste recursos experimentó tu partida como un abandono quedó al cuidado de Jenny y de Jerioth quien a pesar de sólo llevarle tres años era la encargada de que comiera a sus horas o se durmiera temprano semejaba uno de esos cachorritos que quedan desamparados cuando una carroza atropella y mata a su madre y corre detrás de quien pasa frente a él agitando la cola para ser acariciado a pesar de su indocilidad de su altanería de su comportamiento agresivo y grosero no cesaba de despertarme ternura mientras más fuerte quería aparentar ser más frágil me parecía con él tuve escaso trato y no llegué a crear los sólidos vínculos que luego entablé con tus otros hijos sabía que varios blancos en el pueblo lo tenían en la mira y que más de uno buscaba el más leve pretexto para lincharlo que piropeara a una mujer blanca que robara un estanquillo propiedad de blancos que insultara a un anciano Jabin era rebelde no estúpido y supo siempre que sus alcances los restringía su negritud fue un contrasentido que odiado por tantos blancos fuese un hombre negro quien le propinara las treinta y seis puñaladas que lo dejaron con los intestinos y con el corazón de fuera para Jenny no fue fortuita su muerte *yo sabía que tarde o temprano mi hijo iba a morir sólo aguardaba el momento y cuando llegó de alguna manera descansé se acabaron los sobresaltos y las noches de angustia en que esperaba que alguien llegara a avisarme que lo habían asesinado o que apareció colgado de una viga Jabin llevaba la muerte tatuada en el pecho* por mala suerte o por coincidencia o por una de esas perversas jugarretas de Dios que jamás terminan por entenderse Jerioth justo pasó por la esquina de la taberna cuando recién habían apuñalado a Jabin lo halló moribundo y aún consciente declarantes contaron porque ella jamás pudo rememorar lo sucedido que él intentaba recoger sus tripas para guardarlas dentro de su vientre y que por entre la camisa rota podía verse a través de una rajadura cómo palpitaba su corazón cuando Jabin descubrió a su hermana pidió que le trajera un caballo para que lo trasladaran al doctor sin darse cuenta de que de su pecho borbotaba sangre sin parar cuando el asesino se percató de que seguía vivo y sin importarle que una docena de curiosos y su hermana rodeaban al herido regresó a asestarle trece puñaladas más la gente recordó el número porque en cada una recitó el nombre de los apóstoles Simón Mateo Juan Jacobo y al final acabó proclamando el nombre de Cristo como si hubiese sido Él quien validara la vileza de su acto Jerioth presenció cómo el filo penetró las carnes de su hermano según Jenny durante años su hija sólo pudo comer frutas y vegetales porque la carne de cualquier animal le recordaba el homicidio Jonas me contó que cuando en Texas te avisaron del atentado preguntaste el nombre del asesino y sin aspavientos ni dramas llamaste a Jeremiah y a James y les pediste que volvieran a Alabama para buscar al tipo que le cortaran brazos y piernas le sacaran los ojos le cortaran la lengua le extirparan los genitales y que se aseguraran de que quedara vivo y así fue que hallaron al muñeco descosido y descoyuntado en la misma esquina donde meses antes ejecutó a tu amadísimo hijo

1881

Cumplí como hombre de palabra que soy. No me rajé y volví adonde acordamos Miguel Mier y yo. En el morral llevaba el regalo prometido para que comprobara mi buena voluntad y mis ganas de llevar la fiesta en paz. El otro también se presentó a la hora y el lugar en que habíamos quedado. De verdad que sí era como espectro. Yo andaba mirando de un lado a otro para ver de dónde venía y de pronto me habló a mis espaldas. «Quiubo», dijo con voz que parecía raspada con colmillos de jabalín. Ahí estaba el cabrón, macizo como tronco de mezquite, los pelos alborotados por el viento, los cueros cabelludos danzándole en la cintura. «Quiubo», le reviré el saludo. «¿Trajiste lo que te pedí?», preguntó. «Sí, pos eso apalabramos». Se acercó. No traía cueros nuevos y los que traía frescos la vez pasada ya empezaban a curtirse, pero seguían apestando a coyote muerto. Más bien, todo él olía a coyote muerto. «A ver, pues», dijo. Abrí mi morral y le entregué un trapo donde venía envuelto el regalo. «Qué misterioso me saliste». Lo desdobló y me sonrió con su dentadura llena de agujeros. «Creía que me ibas a traer una mugre, pero esto sí está chingón». Era un collar que fabriqué juntando garras de puma. Se lo puso, «ahora sí voy a estar protegido contra los espíritus del mal, me la van a pelar los indios». Así era, los collares de animal de uña sirven para resguardo de las almas. Eso pensaban los apaches, eso pensaba Chuy y, hasta en una de esas, mi abuelo, que era bastante descreído. Le pregunté a Miguel Mier qué me había traído él. Me miró serio a los ojos, «conocimientos» me dijo, abrió la mano derecha y sopló sobre su palma en dirección hacia mí. Pensé que me estaba tomando el pelo. Yo que me tardé días haciendo el méndigo collar. Me encontré al puma enterrando a un venado. No me venteó y le metí un tiro detrás de la oreja. Pegó un brinco, se puso a dar de vueltas en círculo y empezó a dar de alaridos como si fuese una mujer lamentando un difunto. Estaba enojado porque le pegaba de mordiscos a los cenizos y se puso a soltar zarpazos sin ton ni son. Yo recargué rápido el rifle pa que no se me escapara y cuando ya estaba listo para rematarlo, se levantó una polvareda y cayó de costalazo. Empezó a patalear como si quisiera correr y luego ya no se movió. Me acerqué y vi que sólo pestañeaba un poco. Todavía alcanzó a girar los ojos para verme como con ganas de mentarme la madre. Soltó dos resoplidos y empezó a estirarse como si recién se despertara y pum, se petateó. Me lo eché en la espalda y lo cargué hasta la casa. Pesaba el móndrigo gato. Lo colgué de una rama, lo desollé y sequé la carne. Me llevó un chico rato quitarle las garras y fabricar el cuero para hacer el collar. Hay que amarrar las uñas una por una y eso es laborioso. Chingo de trabajo y ahora el viejón salía con que su regalo era un sopladito pitero. «No sea cabrón», estuve a punto de decirle, pero Mier yo creo que me lo adivinó porque me hizo la seña de que aguantara carrizo, que ahí venía lo bueno. «Sígueme, te voy a dar un regalo que nadie acá tiene», me dijo. Me tuvo a la vuelta y vuelta por un arroyo. Se detenía a recoger una piedra, la revisaba y si le latía, la echaba a su alforja, si no, la volvía a tirar. Cuando hubo juntado como veinte, me pidió seguirlo. Caminamos y caminamos hasta llegar a un montículo cubierto con rastrojo cerca del río. Quitó las ramas y las hojas, «este es un horno, lo hice con barro de aquí mismo». Se sentó y en una laja plana se puso a romper las rocas que había recogido en el arroyo. Estuvo dale y dale hasta que las hizo cachitos. Me los mostró, «míralos bien y apréndete cómo son». Metió leña en el horno, le prendió fuego y ya que había agarrado brasa, arrojó encima la pedacería de piedra. Con un fuelle de cuero de venado le echó aire para avivar la lumbre, «la brasa tiene que quedar bien roja». Luego de como una hora de soplar, con una pala de madera recogió lo que había aventado a la lumbre y todavía medio hirviente, lo metió al agua del río. Siseó el agua y salió vapor. «Fíjate en todo lo que haga», me ordenó. Ya que se apagó el vapor, llevó la pala a la laja y ahí esparció lo que quemó. Se había hecho como una costra y con otra piedra empezó a pegarle. «Esto gris que ves es hierro, ahora tengo que quitarle la escoria». Escoria era lo que traía adherido el hierro de residuos de la piedra. Después de un rato, juntó unas bolitas negras. Las metió en un cuenco de arcilla y retache, pa el horno. Estuvo sople y sople con el fuelle. Luego de un rato, con la pala de madera sacó el cuenco. Burbujeaba negro adentro. Lo metió al agua y cuando se enfrío, lo puso sobre la laja. Rompió el cuenco y quedó una chapa negra. Con un guijarro grande la aporreó hasta adelgazarla en una lámina. Luego talló la hoja de fierro para darle forma. De la alforja sacó un hueso, lo pulió hasta dejarlo cóncavo. En el hueso colocó la hoja, la amarró con unas tiras de cuero de venado y me entregó un cuchillo terminado. Lo probé contra la yema de mi dedo, vaya que cortaba. Su regalo había sido enseñarme a hacer uno. «Esto no lo saben hacer los indios, por eso hacen sus puntas de flecha con pedernal. También así puedes hacer tus puntas, puñales, balas». Mier tuvo razón: me había entregado un regalo que nadie más tenía. Miré el cuchillo. Brillaba su filo con el sol. Se sentía ligero en la mano y se balanceaba bien. No podía creer que en apenas unas horas eso había sido un montón de piedras. No se había burlado de mí como al principio creí. Decidí que no debía separarme del viejo. Si ese tipo de cosas me iba a enseñar, más me valía sacarle jugo. Me lo traje a vivir a mi casa. La suya era un tipi hecho con retazos de piel de búfalo al estilo de los apaches. No es que estuviera mal, pero en la que yo me había construido se aguantaban mejor el frío y el calor. Mi casa era apretada, suficiente para que cupiéramos los dos. Nomás que en mala hora lo invité a quedarse. Roncaba como sapo. Y tuve que pedirle que dejara sus cueros afuera porque no se podía de la hediondez. Valió la pena el sacrificio de soportar sus manías y su roncadera, porque con él aprendí a sacarle cosas a la tierra. Pude forjar un hacha de hierro. Me mostró cómo hacer cuchillos con puro hueso, tan filosos como los de metal. Era tan cabrón que podía acercársele a un venado dormido, aventársele a los lomos, montarlo y con una navaja rebanarle el cuello. Me enseñó a curarme males con plantas. Se ve que llevaba años remontado porque le sabía a los modos del desierto. Era bueno para contar historias y por las noches me entretenía escuchándolo. De cuando en cuando, nos separábamos para cada quien cazar por su cuenta. Una mañana, iba montado en Lobo cuando vi un hilo de humo salir del monte. Debían ser apaches, porque sólo ellos hacían fogatas con humareda delgada. Amarré a Lobo entre un huizachal y me arrastré hasta donde lo había divisado. Eran tres apaches. Andaban platique y platique en su lengua y asaban la carne de un jabalín recién desollado. Eran apenas unos muchachitos. A mí no me gustaba matarlos, pero iba a correr el riesgo de que luego ellos quisieran matarme a mí. Se veía que se la estaban pasando a toda madre, risa y risa. Me arrastré hasta llegar debajo de un chapote, cuidando la dirección del aire porque los indios tenían mejor nariz que los mismos venados. Y donde me ventearan, yo valía pa puro queso. Dos de ellos, los de más edad, se hallaban sentados lado a lado. Si aguardaba a que se enderezaran, podría tener sus cabezas en un mismo plano y matar a los dos con un solo tiro. Apunté y me esperé a que se pusieran en línea. Se movían de un lado para otro y nomás no se estaban sosiegos. Se me empezó a cansar el brazo y, junto con los nervios, el cañón se me mecía de aquí pa allá. Por fin, dejaron de chacotear y se serenaron. Los dos levantaron la cabeza al mismo tiempo y quedaron parejos. Tiré y escuché cómo la bala tronó los dos cráneos. Cayeron como pajaritos. El otro se apendejó y no supo qué hacer. Saqué mi cuchillo y me lancé sobre él. Cuando quiso pelarse, le metí el pie y azotó cual res. Lo inmovilicé poniéndole las rodillas sobre los brazos. «Por favor, no me matas», imploró en español.

Me detuve, era aún un niño, a lo mucho tenía diez años. Me la pensé en si matarlo o no. Los apaches eran traicioneros y, hasta donde yo sabía, ninguno de a los que se les perdonó la vida, le perdonaron la vida a los que se la perdonaron. Ni uno. Al contrario, se les trepaba el encabronamiento y se iban con más ganas contra los que los indultaron. No iba a hacer la misma pendejada que hicieron los finados por andar de perdonavidas. Alcé el cuchillo para encajárselo en el cogote. «Por favor», repitió. Estaba cagado del susto el cabrón escuincle. No lo debieron educar los apaches porque esos no mostraban miedo así se les quemaran los frijoles por dentro. Este debía ser uno de los que criaron los misioneros quesque para convertirlos. Como ya lo había dicho, de los peores entre los peores. Eran redomados hijos de la chingada que nomás esperaban el momento para volverse contra nosotros. «No me matas», volvió a decir, confundido el pobre diablo con los tiempos verbales. No podía dejar de presionarlo con las rodillas porque se podía escurrir por abajo y salir corriendo. Y esos indios, pa correr en el monte eran como liebres. Al lado mío, uno de los otros dos indios nomás no terminaba de morirse. Abría y cerraba la boca como si quisiera pegarle de mordidas a la vida que le quedaba. No había manera de que reviviera, el plomo le había atravesado la cabeza y le borbotaba sangre como si fuera manantial. El chamaco, al oírlo volteó la cara para verlo y comenzó a llorar. Según yo, los apaches no lloraban, pero a este no se le cerraba el grifo. Lágrimas y más lágrimas. Algo dijo en su lengua y le puse una cachetada para que dejara de hablar. «Cállate», le dije y más se puso a chillar. Sin quitarle la rodilla de encima, le amarré mi cinto al cuello y se lo jalé. Si se trataba de ir, lo ahorcaba. Lo dejé levantarse. Era de esos apaches miniatura que nunca crecen y que por chaparros se esconden mejor en el monte. De tan chiquitos parecen ramas. Me miró suplicante, «deja ir», rogó. Negué la cabeza. No había forma en que se me escapara. Lo traía bien agarrado del pescuezo. Me agaché a recoger mi rifle y me lo llevé adonde estaba Lobo. Lo amarré de las manos y del cuello con una reata, le até un paliacate en la boca pa que no pudiera ni hablar ni gritar, me monté en el caballo y me lo llevé caminando detrás de mí hasta donde creí que andaba cazando Miguel Mier. Que él me ayudara a decidir qué chingados hacer con él.

2024

«En su época de mayor esplendor, Emerson llegó a contar con trece mil acres, de los cuales, siete mil se adquirieron bajo la administración de Henry Lloyd. Fue considerada la plantación más grande en el Sur, haciendo palidecer a otras como la Bell Grove en Luisiana. Llegó a operar con ciento noventa y ocho esclavos y cuarenta y seis esclavas. Su extensión cubría la mayor parte del territorio donde confluyen los ríos Tombigbee y Alabama, en el delta conocido como Mobile/Tensaw, donde abundaban ríos menores, arroyos, pantanos, lagos y bosques. Lo fértil de la zona permitió que Emerson produjera cifras récord de algodón, de maíz, de trigo, de centeno y de sorgo. Se calcula que, en el siglo XIX, Emerson cultivaba hasta el 25% de la producción total de algodón del estado de Alabama». McCaffrey terminó de escribir este párrafo y se sintió decepcionado de sí mismo. Le pareció una entrada de Wikipedia que desentonaba con el estilo «literario» con el cual había escrito el resto de la obra. Consideró la historia de Emerson como su Waterloo y atribuía la debilidad de estos pasajes a no conocer el lugar. Bien aseveraba Hemingway que para poder escribir la experiencia era necesario saborearla con los cinco sentidos. Presionó a Peter para ir a visitar la plantación, pero se mostró reticente. «No quedé en los mejores términos con Betty». Tampoco la relación con Henry se encontraba en un buen punto. Mientras en el rancho él se había preocupado por el estado emocional de su prometida, su novio se la estaba cogiendo con singular alegría. Un batiburrillo de sexo, sentimientos, confusiones, dudas. Cuando le reclamó, Henry, sin el menor ápice de culpa, arguyó que esa fue la única manera de evitar que el escándalo creciera. «Necesitaba calmarla», dijo con su acostumbrada dosis de cinismo, «y los orgasmos liberan la furia. Además, a sus ojos, coger conmigo los ponía a ustedes dos a mano». El razonamiento de Henry sería impecable si no fuera porque Peter estaba loco de amor por él y, al parecer, correspondido en la misma medida. El reproche de Peter no tenía que ver con el sexo, sino con la falta de confianza. «Si vamos a casarnos, no quiero que me ocultes nada», le espetó. «Por sanidad mental y emocional, mi amor, siempre será necesario guardarnos algo para nosotros mismos», argumentó Henry. «No me importa si te coges a cien tipos o a cien tipas, te lo juro, no pienso celarte nunca, ni te detendré, podemos hacer tríos, cuartetos, orgías o lo que quieras, sólo te pido que no me escondas nada». Henry sonrió, «está bien, te lo diré, sólo te advierto algo, tú te metes con alguien y te mato». A Peter la amenaza lo confundió, «¿y si hacemos un trío?», inquirió. «Es diferente, ahí estoy yo viéndote. Esa es la única circunstancia donde podrás cogerte a otro o a otra por tu cuenta, a solas, nadie», sentenció. «¿Y tú sí puedes?», preguntó Peter con un dejo de indignación. «Sí, yo sí puedo, ¿entendido?». Peter aceptó. Henry era distinto a él y debía asumirlo, además, él en realidad no quería acostarse con nadie más. Lo dejaría libre con una única condición: la verdad por delante. Eso convinieron y les funcionó de maravilla. «Si no puedes o no quieres venir, iré por mi cuenta», advirtió el profesor. A decir verdad, a Peter le seducía ir a Emerson, mucho más que a Henry, quien nunca había pisado la mítica propiedad desde donde Lloyd salió a fraguar su imperio. Los tres acordaron viajar el jueves y para evitar el desaguisado con Betty, Henry le llamó a Mark, quien no sólo expresó su gusto porque visitaran la plantación, sino que ofreció que fueran atendidos por las historiadoras a cargo para una visita guiada. «Es probable que los Morgan la hayan convertido en un parque temático», se lamentó el profesor. Volaron en el avión de los Lloyd rumbo a Mobile. Desde la ventanilla, McCaffrey estudió la ruta que Henry Lloyd tomó para ir de Emerson a Texas. Debió ser un recorrido complicado, se veían numerosos cuerpos de agua, bosques impenetrables, pantanos. Al llegar a Alabama, los pilotos pidieron permiso a los controladores aéreos para sobrevolar los terrenos donde se hallaba la plantación para que los pasajeros pudiesen contemplar su magnificencia desde el aire. Era un lugar de difícil acceso por tierra. Los dos ríos que limitaban la propiedad eran anchurosos y para llegar desde Mobile era necesario cruzar puentes o con barcazas. En el área de vuelos privados, los esperaban Kezia Frayjo, doctora en Historia que dirigía la fundación Emerson y la subdirectora Susanne Preissler, doctoranda y discípula de la profesora Frayjo. Ambas encomiaron el trabajo de McCaffrey, a quien consideraban uno de los más importantes investigadores de Historia de los Estados Unidos en el siglo xix. No acostumbrado a escucharlos, los elogios sonrojaron al profesor. «También es un honor recibirlo, señor Lloyd. Aquí encontrará importantes vestigios de su antepasado». Salieron rumbo al estacionamiento. La humedad hizo menos soportable el calor y les bastó recorrer unos pasos para sudar con profusión. «Bienvenidos a Alabama», bromeó Susanne. Para su suerte, una Suburban con aire acondicionado y chofer los condujo directo a la plantación. En el camino, la doctora explicó los orígenes de la familia Wilde, quienes arribaron a Alabama desde Delaware, y contó la historia de Virginia, la última de la estirpe, quien cedió la propiedad a Japheth y Jonas Adams. Los temores de McCaffrey de que a Emerson lo hubiesen convertido en un decorado falso, donde se descafeinaba la historia, se cumplieron a medias. Los guías, tanto hombres como mujeres, se hallaban disfrazados con atuendos a la usanza del siglo xix y quienes no deseaban la visita guiada podían acceder a audífonos con explicaciones en cinco idiomas. Había paseos en carrozas con cocheros afroamericanos ataviados con levita, una tienda de regalos y un pequeño restaurante de «especialidades sureñas» que no era más que un repertorio de lugares comunes: pollo frito, tomates verdes fritos, *gumbo*, costillas en salsa *barbecue*, pan de maíz. A pesar de la parafernalia turística, de lo artificioso del discurso de los guías, se podía vislumbrar cómo había sido la vida en los tiempos de Henry Lloyd. Los cobertizos donde albergaban a los esclavos se mantenían fieles a aquel periodo, amueblados con los catres originales, las mesas rústicas, las sillas de madera. En los percheros colgaban réplicas de las ropas y el calzado que usaron los esclavos. Se respiraba tristeza, humillación, los catres apenas separados por una pulgada. En ese reducido espacio debieron hacinar a treinta o cuarenta esclavos. La ventana más grande estaba orientada hacia el norte para recibir los vientos fríos y ventanas pequeñas para el resto de los puntos cardinales. El calor en las noches en verano debía ser insoportable. Dejadas a la intemperie durante meses por los curadores, las réplicas de la vestimenta de los esclavos se notaban raídas y los colores deslavados por la acción del sol, tal y como debieron ser en esa época. Visitaron la mansión. Conservaba el mobiliario original. El arquitecto que la construyó, casi trescientos cincuenta años atrás, había conseguido que la estancia permaneciera fresca. Cada pieza de la casa estaba acordonada y jóvenes voluntarios llamaban la atención a quienes transgredían los límites demarcados o fotografiaban con flash. En una de las paredes de la sala se hallaba enmarcado el retrato en blanco y negro de Jonas Adams y sobre la chimenea colgaba un cuadro de Virginia Wilde, bastante logrado y con una técnica pictórica depurada. El pintor, Hubert Columbus, había sido famoso por retratar a varios dueños de plantaciones y su trabajo se exponía en los principales museos de historia de la nación. Virginia debía contar, en ese entonces, con unos veinticinco años. Su rostro agradable lo encuadraban mechones de cabello castaño que caían a los lados de sus mejillas. Los ojos color miel, la piel blanquísima, el cuello largo y el talle delgado. Era una obra vívida y el profesor se quedó observándola. Ahí estaba uno de los personajes fundamentales de la historia que deseaba narrar. La doctora Frayjo pidió que la acompañaran. Había transformado uno de los graneros en oficinas y en un archivo donde se resguardaban, no sólo documentos referentes a Emerson, sino a las plantaciones vecinas. Contrario a lo que McCaffrey creía, la profesora no aprobaba las modificaciones al conjunto de edificios ni que disfrazaran a los guías. «Pero no está en mis manos esa decisión. Lo que a mí me corresponde es que de este centro de estudio salga material histórico de alto nivel que se comparta con universidades y otros organismos de investigación». Recién acababa de adquirir una colección de anuncios sobre ventas de esclavos en el siglo XIX y los invitó a revisarlos. Una sensación de náusea se apoderó de los tres. «*Moza de veintidós años con un bebé de uno. Se pueden comprar juntos o separados. La mujer sabe cocinar*». «*Subasta en el embarcadero norte del Tombigbee. 94 negros recién llegados de África. Gran variedad*». «*Por deceso de Frank Whitaker, se rematan esclavos de su propiedad. Cinco adultos, dos hembras en buen estado, dos niñas, un niño y un recién nacido. Se hace descuento si compra todo el lote. Sólo se aceptan pagos en efectivo*». «*Tres mozas que ya padecieron viruela y sarampión están en venta. Han trabajado como cocineras y lavanderas. Honestas. Se aceptan ofertas*». «*Se venden cerdos, vacas, gallinas, implementos agrícolas, muebles, camas, cobijas y doce negros. Se aceptan pagarés*». La deshumanización llevada al extremo, bebés, niños, mujeres, adultos vendidos como si fueran animales, herramientas o artículos saldados. Al notar su expresión de disgusto, la doctora los invitó a un anexo donde dijo resguardar la ropa y los objetos personales de Henry Lloyd que su exesposa depositó en un baúl sellado y que no habían sido exhibidos jamás. Los tres se dirigieron emocionados al anexo. Susanne abrió una gaveta en un armario con temperatura controlada. Ahí estaban, detrás de una vitrina, la camisa, el pantalón y los zapatos de Henry Lloyd.

1892

Más fuerte el llanto se escucha. Jerioth sin duda debe ser. Con el agua podrida hasta el pecho avanzo. Ramas y raíces abajo en el fango mi caminar entorpecen. Los llantos más cerca se oyen. A lo lejos a Jayla con el bebé en brazos y a Jerioth colgando de su madre veo. El paso apresuro. Jayla detrás de unos árboles intenta esconderse. Jerioth llora. Tropiezo y en el agua me sumerjo. La cabeza levanto y a Jayla y a los niños ya más no alcanzo a ver. Los llantos de Jerioth sigo oyendo. Por su gimoteo me guío. Detrás de un sauce ocultos se hallan. Frente a ellos me detengo. Jayla con ojos de espanto me mira. Cortaduras en los brazos y en la cara en ella y en los niños. Muerto a Jabin creo. En una tela Jayla atado lo lleva. Jerioth a su brazo enganchada, con el agua cubriéndola. Llenos de barro los tres. Ronchas de piquetes de moscos. Sangre escurriéndoles por las rasguñaduras, costras. «De regreso no me lleves», Jayla implora. Con calma me aproximo. Ondas en el río produzco al avanzar y bajo el agua la cabeza de Jerioth en cada ola se hunde. Jayla dos pasos hacia atrás da. «Mis hijos no quiero perderlos». La observo. Error llevárselos. Lloyd jamás la perdonará. En riesgo de muerte los puso. «Llévate a Jabin, yo con Jerioth me quedo». El bulto inmóvil levanta para mostrármelo. «A su padre entrégalo». No me muevo para no levantar más ondas de agua y que a Jerioth la cubran. Con la mano los dos niños le indico que me los entregue. Ella se rehúsa. «Mi hija no, por favor». Hacia el río miro. Una gallareta frente a nosotros nada. De una rama a otra las ardillas saltan. Un trueno a lo lejos estalla. Estiro la mano para que Jayla los niños me pase. Ella niega con la cabeza. «Por favor, Jeremiah, te lo ruego, sin ellos no podría vivir». La mano hacia ella mantengo. Por encima de nosotros una garza grazna. «A Jabin sí, Jerioth no», pide. Mi mano no quito. Ella otro paso hacia atrás da. «Jayla, dámelos», le ordeno. Los ojos de Jayla se desorbitan. Con temor me observa. «Hablas», dice como si un muerto hubiese visto. Me aproximo despacio. «Dámelos», vuelvo a pedirle. Jayla comienza a temblar. «Hablas», repite. Con lentitud mi mano a Jerioth acerco. Con un movimiento, del brazo la tomo y hacia mí la niña atraigo. Jayla de su otro brazo se prenda y arrancármela intenta. La niña llora. El jaloneo de uno y otro debe dolerle. El atado donde va Jabin entra y sale del agua. Ahogado el bebé debe estar ya. Cedo, Jayla a Jerioth me arrebata y cuando darse vuelta trata del cuello la cojo. Jayla a los ojos me mira. «Déjame ir», pide. El pescuezo le aprieto. La boca abre. Aire intenta jalar. Con la otra mano a Jerioth le quito y por arriba del agua a la niña sostengo. A Jayla contra un tronco empujo. Su cuello oprimo. Palabras pretende decir, pero en su garganta ahogadas se traban. La quijada de Jayla temblequea. La boca abre para aire inhalar. Ruge. Los ojos de sus cuencas parecen salirse. Contra el tronco su cabeza azoto. Sangre explota. Jerioth llora. Jabin en su envoltorio en la superficie del río se balancea. Con la mano la estrangulo más. En el agua a sumirse empieza. Con la mano la alzo. Rápido la suelto, cojo el atado donde al bebé trae y lo paso a mi mano izquierda sin a Jerioth soltar. Con la derecha a Jayla bajo el agua la hundo. Sus brazos agita en una tentativa por zafarse. Empujo su cabeza hacia el fondo. Crispa las manos. Sus dedos tiemblan. Jerioth llora. Una nube de mosquitos a nuestro alrededor revolotea. Gallaretas una estela a su paso dejan. Sanguijuelas en el brazo de Jerioth descubro. Gordas de chuparle sangre. Burbujas emergen a la superficie del agua, el último aire que Jayla en los pulmones guarda. Moscas zumban. Ardillas por arriba de nosotros entre las ramas corren. Más burbujas. Los puños Jayla aprieta y dedo a dedo comienzan a abrirse. La muerte en sus dedos como una flor se abre. Con más ímpetu hacia abajo la cabeza de Jayla presiono. Sus manos en el agua se hunden. Unos minutos más abajo la mantengo. Luego del cabello la saco. Muerta está. Su cuerpo flota bocabajo, su pelo ondea en el agua. A los niños reviso. Jabin aún vivo se halla. Los ojos, la nariz, la boca, de lodo están cubiertos. Se los limpio. Abre la boca, hambre debe tener. Jerioth llora y a su madre llama. «Mamá, mamá». La cargo y las sanguijuelas le quito. Sangre de sus brazos escurre. Con la boca la chupo. El cadáver en el agua lodosa se columpia. Parece un tronco flotante. Error fue llevarse a los niños. Error por el río huir. Sólo una mala madre una idiotez como esa hace. En mi pecho el envoltorio con Jabin amarro. A Jerioth con mi brazo izquierdo la cargo. Con las botas el cuerpo de Jayla presiono hasta que en las ramas de abajo queda enredada. Los pies quito y ella no flota, entre las raíces trabada. Los gases la inflarán y en algún momento emergerá. Como una barca río abajo habrá de naufragar. Alimento de peces, cangrejos y cocodrilos. Nadie debe encontrarla, lejos está y si la hallan, ¿a quién una negra muerta podría importarle? Animales para los blancos somos, animales entre nosotros somos. A salir del río me dirijo. A Jerioth levanto para que las sanguijuelas no se le peguen. Jabin chilla. El hambre lo incomoda. Infinidad de ronchas en los cuerpos de ambos. Cordilleras de pequeños volcanes rojizos. Al salir en un tronco me siento. Mi pierna herida reviso. Un hoyo profundo en mi pantorrilla hay. Por el fango pútrido puede infectarse. Con hojas de un roble la limpio. Jerioth por su madre llora. La abrazo y en su barriga trompetillas soplo para hacerla reír. Llora más. Jabin con los ojos cerrados gime. Rumbo a la casa continúo. No me percaté de que tantas millas recorrí. Horas para dar con el camino correcto. Por fin por la tarde a la casa llego. Jenny en la puerta con preocupación me aguarda. «¿Adónde andabas?», pregunta. En cuanto ve a Jerioth con los brazos la enlaza, «¿mi niña, bien estás?». Jerioth puchero hace. «Mami, mi mami…». Jenny a mirarme voltea. «¿Jayla?». Con fijeza la miro. Si es inteligente sabrá. En su hombro la niña llora. «No volverá, ¿verdad?». No respondo. Ella sabe. Entro a la casa y sobre la mesa a Jabin de la tela desenvuelvo. Con preocupación Jenny lo examina. «¿Dónde se metieron?». Con la mano hacia el rumbo de los pantanos apunto. «Jayla, ¿allá los llevó?». Con la cabeza afirmo. «Agua trae», pide. En una palangana agua del pozo acarreo y la llevo a casa. Ella a ambos lava. Lodo y más lodo de sus cuerpos elimina. En sus delicadas pieles las bocas de las sanguijuelas y las ronchas por las picaduras se marcan. Jonas y Japheth a sus hermanos con curiosidad los ven. Jonas la cabeza de Jabin acaricia. «Muy chiquito es», dice. Callada, Jezebel a los niños lastimados contempla. Seria se ve, culpa debe sentir por hacer que Lloyd a Jayla de la casa expulsara. Jenny una cebolla a la mitad parte y en las pieles de Jerioth y de Jabin la unta. Luego una papa machaca y se las embarra. Limpios y curados los niños, mi herida en una palangana enjuago. Sanguaza por mi tobillo resbala. Con pólvora la herida cubro y con un fósforo la prendo. Una llamarada mi piel quema. Arde. Un poco más de pólvora. La enciendo. Un chispazo y de mi carne humo se eleva. Negruzcos quedan los bordes: la herida he cauterizado. A la casa regreso. Con un paño de leche empapado Jenny a Jabin de beber le da. El niño con ansia el paño succiona. Con sus hermanos, en la mesa Jerioth come. De tanto llorar los ojos hinchados tiene. Guiso de pollo y zanahorias, un trozo tras otro a la boca se lleva. Horas sin alimento la pobre niña sufrió. Jenny al pueblo me manda. «El hijo de la negra Lisa ha muerto al nacer, ahora como nodriza se contrata. Por ella ve». Esclava de los Burton, a niños blancos le autorizaron darles de comer. Su leche negra la vida blanca nutre. Semanas dando leche lleva. En la choza del establero mora. Ahí a buscarla voy. A niños negros no se le permite alimentar, es condición de su amo Burton. Jabin sólo mitad negro es. La negra Lisa a darle leche se rehúsa. Requiere Lloyd ir a hablar con Burton. «Hijo mío es a quien Lisa dará de comer. Invisible su color para ti debe ser». Nadie en el pueblo a Lloyd se atreve a contradecir. Al día siguiente la negra a la casa me sigue. Entra y al niño ve. «Negro es ese niño, de sangre blanca ni una gota debe tener», dice con burla. A Jenny la broma no le sienta. «Dale pecho y tus tonterías guárdate». La inmensa Lisa en el sofá se sienta y su enorme seno de la blusa extrae. «Al niño traigan», manda. «A la próxima por él tú irás», Jenny le advierte. Mi mujer a Jabin le entrega. El niño del pezón no se prende. La mujer la boca de Jabin coloca en su oscuro brote, pero el bebé no mama. Japheth y Jonas observan hipnotizados. El seno morbo debe provocarles. «Ya a mí este niño se acostumbrará», la gorda Lisa dice. En una silla me desplomo. Matar cansa, entra un peso de más en el alma. El difunto dentro de uno se anida y lleva días expelerlo. Todavía en mis manos las últimas vibraciones de la vida de Jayla siento. Un cosquilleo que no se apaga. Las manos me tallo con el anhelo de suprimirlo. No se borra, hormiguea. Cierro los ojos. La voz de Jade en un susurro escucho. «Jeremiah, bien hiciste». Dormito. Los niños a salvo están.

1878

Japheth y Jonas fueron criados en circunstancias distintas a las de los demás negros, aunque legalmente eran esclavos, crecieron con privilegios que ninguno de nosotros tuvo, no los arrancaron de sus hogares, no les arrebataron la lengua y no se les obligó a ejecutar trabajos forzados, protegidos por Lloyd vivieron exentos de sufrimiento, no los marcaron con hierro candente, no llevaban en sus espaldas cicatrices de latigazos, no durmieron apretujados con otros negros, nadie intentó violarlos a medianoche como sucedió con algunos jovencitos recién llegados a los que, a falta de mujeres, los esclavos más veteranos sodomizaron, no se quedaron dormidos de pie con una pala en la mano por el exceso de cansancio, no sufrieron la humillación de los grilletes, no les mataron a sus padres ni los separaron de sus hermanos, apenas habían ejecutado trabajos manuales que su padre les impuso para fortalecer el físico, arar con azadón por unas cuantas horas, cortar leña, Lloyd los educó para regir, para administrar, para forjarse un futuro promisorio, no era iluso, sabía que eran mulatos bastardos y que tarde o temprano su condición podría revertirse en su contra, en esta primera salida de su protegido entorno su padre no los dispensó de talar la maleza a machete, de serrar árboles, de desollar y descuartizar las piezas de caza, debieron sentir lo que los demás negros experimentamos, ampollas, fatiga, mal dormir, ir a la cama empapados por la lluvia, ser acribillados por mosquitos, en su defensa pondero que no se mostraron engreídos ni actuaron con soberbia ni se escudaron en ser hijos de Lloyd, tiempo después, en el fragor de las batallas, cuando hubo que mostrar la verdadera fiereza, no resistieron y retornaron a Alabama horripilados, las tierras que Lloyd pensó vírgenes tenían dueño, la tribu choctaw, nos enteramos al topar con un poblado de nativos, lejos de comportarse hostiles nos acogieron con desprendimiento, se habían convertido al cristianismo y esos terrenos eran de los pocos que aún les pertenecían, en acuerdos con el gobierno americano habían cedido millones de acres y signaron convenios a cambio de apoyo económico y sobre todo de paz, Lloyd preguntó si estaban dispuestos a vender una parte y el jefe, un viejo que portaba un penacho con plumas de la cola de pavos silvestres, respondió que no, pero que el gobierno americano los acorralaba para que los cedieran, «ahora quieren mandarnos a territorios al otro lado del río de la gran boca», se refería al Mississippi, «y no sabemos qué encontraremos ahí», profesaban cariño por los negros porque algunas de sus mujeres se habían emparejado con esclavos cimarrones, a los hijos de estas relaciones ellos los llamaban «zambos» o «lobos», en español, en Emerson habíamos escuchado sobre cuán sanguinarios eran los indios, hallamos un trato amable y cordial, a Lloyd por ser nuestro comandante le regalaron una pipa y una dotación de tabaco, Lloyd les obsequió pieles curtidas de los animales que habíamos cazado, antes de partir el jefe nos indicó los lugares más propicios para cruzar los ríos y nos puso sobre aviso de bandas de vigilantes blancos cuya misión era recapturar esclavos prófugos, «son violentos y proclives a la maldad, acechan las orillas de los ríos o emboscan en los pasos, cobran por negro entregado, vivo o muerto, así que anden con precaución», ya iba advertido Lloyd de estos cazarrecompensas y justo a esa gentuza era la que deseaba evitar, los negros éramos inexpertos en cuestiones militares y apenas sabíamos tirar con rifle, pero Lloyd confiaba en nuestra temeridad y en el deseo de ser libres, atravesar los ríos suponía una logística compleja, algunos eran poco profundos y los caballos y las carretas podían franquearlos con facilidad, había otros con cauces anchurosos, con corrientes traicioneras y con remolinos que en segundos podían hundir a un caballo y su jinete, tocó atravesar el Chickasawhay, la tardía temporada de lluvias lo tornó en un torrente de aguas rebotadas, el jefe choctaw había recomendado subir hacia el norte veinte millas, donde el curso del río se adelgazaba y era más sencillo trasponerlo, pero se perdían dos días en llegar y aumentaba la posibilidad de tropezarnos con una gavilla de cazarrecompensas, la otra era salvarlo en ese punto con el peligro de que varios podíamos ahogarnos, Lloyd resolvió que acampáramos en las orillas en lo que se decidía, mandó a cuatro a montar guardia y los demás dormimos en las tiendas de campaña, en cuanto anocheció inició un concierto disonante de ruidos de diversa índole, croares, graznidos, aleteos, chasquidos, aullidos, acompañados por el incesante rugir de la corriente, tanta bulla me impidió dormir y salí a tomar aire fresco, a la luz de la luna descubrí a Lloyd parado a solas en el margen del río, su camisa blanca contrastaba con la oscura maraña vegetal que crecía al lado opuesto, si algún poder anhelaba era penetrar en la mente de ese hombre, qué pensaba, qué deseaba, qué le dolía, cuál era su pasado, a quién amaba, aun cuando Jeremiah y yo fuimos sus confidentes hubo en él un velo impenetrable, lo contemplé por un momento, volteó y me descubrió mirándolo, «buenas noches, James», saludó, «buenas noches», le respondí, caminó hacia mí, «¿qué haces despierto?», preguntó, «no puedo dormir», le contesté, «más te vale que duermas porque mañana será un largo día», dijo, dio vuelta y se dirigió hacia la carpa que compartía con sus hijos.

1818

«Dirígete hacia el oeste en diagonal», le sugirió un posadero cuando preguntó cómo llegar a Kentucky. Había pernoctado en Hartford en una habitación para él solo. Llevaba tal fortuna encima que se rehusó a dormir con otras personas. Decidió que, pasara lo que pasara, no se quitaría la chaqueta, en cuyo interior había cosido la mayor parte del dinero. No caería en la tentación de acostarse con una prostituta, ni se bañaría hasta llegar a Kentucky. El propietario de la posada, al verlo tan joven y tan estragado, le negó el servicio al creer que carecía de fondos, pero Jack pagó por adelantado el hospedaje y el establo para su caballo con la única condición de dormir a solas. El posadero sabía que quien solicitaba un cuarto privado o pertenecía a un linaje aristocrático o cargaba con una gran cantidad de dinero. Salteadores de caminos le ofrecían la mitad del botín si él les anticipaba a quiénes pensaba que valía la pena desvalijar. Pactaba con ellos para brindarles la información y así se había hecho de una pequeña riqueza. No creyó que el adolescente llevara consigo dinero suficiente para avisar a los ladrones y además, por recordarle a su hijo, resolvió aconsejarlo. «Por ninguna razón se te ocurra pasar por Nueva York, esa es la mayor cueva de ladrones del país. Tampoco cabalgues por los caminos principales, ahí los bandoleros asaltan día y noche. Procura tomar atajos y por ningún motivo acampes, en estos parajes es difícil encontrar posadas, pero no te preocupes, en toda aldea habrá quien te aloje y te dé de comer por una módica suma». La sugerencia de no pasar por Nueva York lo contrarió. Sus compañeros de trabajo le habían descrito la ciudad como un lugar fascinante que había que visitar al menos una vez en la vida. Odió traer encima tal cantidad de dinero. Se había encadenado a un grillete del cual no se podría librar sino hasta depositarlo en un banco en donde decidiera establecerse. Se sentía más feliz cuando vagaba con unos cuantos peniques en la bolsa. A pesar de la tentación de desviarse a Nueva York, prevaleció en él la prudencia y, siguiendo los consejos del mesonero, transitó sólo por caminos vecinales. Al atardecer, preguntó en un villorrio si había alguien dispuesto a hospedarlo y lo remitieron a una casa en medio de la campiña en la que una viuda rentaba un cuarto a viajantes y ofrecía la cena y el desayuno más un establo con piensos para los caballos. La dueña era una mujer joven de buen ver cuyo marido se había ahogado en un río. Alquilaba la habitación para mantener a sus dos pequeños hijos de cinco y seis años. Vestía de luto y con Jack se comportó seria y circunspecta. Guio a Jack al cuarto, le anunció que la cena la serviría a las seis de la tarde y sin decir más, se retiró. Jack llevó su potro a la caballeriza, lo desensilló y le sirvió un balde con agua. Al terminar, se percató de que la viuda lo observaba con fijeza desde la puerta. Durante la cena, la mujer sirvió dos copas de vino. «El vino es el mejor amigo de las mujeres que nos quedamos solas», dijo y apuró un trago. «Salud», dijo cuando ya su copa se había vaciado a la mitad. Achispada, se tornó conversadora y agradable. A la tercera copa, empezó a coquetear con Jack. Le tocaba el brazo a menudo y lo miraba con fijeza. Jack, cuyo intercambio con mujeres se reducía a Regina y a Carla, no supo cómo interpretar los acercamientos de la viuda. Desconfiado, pensó que quizás ella intuía su dinero oculto y quería bolsearlo. Al mismo tiempo, empezó a excitarle la seducción de la mujer. A la cuarta copa de vino, la mujer ya no disimuló sus intenciones. «Qué guapo eres», le dijo acercándole el rostro. El juego de luces y sombras provocado por las llamas de las velas la hacía ver hermosa. Sus ojos verdes brillaban y era ostensible el rubor de sus mejillas. «He estado muy sola», reveló y aproximó su boca a la de él. Jack se paralizó. «¿Te gusto?», preguntó ella. Jack asintió. La viuda le tomó la cara con las dos manos y lo besó. La serpiente cálida de su lengua recorrió su boca. Sabía a vino. El pecho de la viuda comenzó a llenarse de manchas rojizas. Ella cogió la mano de Jack y la restregó en su entrepierna, «he estado sola, muy sola». Intentó acariciar el torso de Jack. Él le quitó la mano para impedir que la viuda palpara los billetes y las monedas zurcidas entre los paños. La mujer montó una pierna sobre él y le lamió el cuello. Nunca gozó Jack de una sensación tan delectable. La mujer se incorporó, se alisó la falda y se acomodó el pelo. «Vamos a mi recámara», dijo y se adelantó. Jack se quedó inmóvil sin saber cómo actuar. «¿No vas a venir?», preguntó ella. Jack la siguió y apenas entró al cuarto, la viuda se desnudó. Por primera vez tenía frente a sí una mujer sin ropa. Con el dorso de su mano rozó sus senos. La mujer lo jaló de la cabeza hacia ellos y Jack chupó el pezón derecho. Ella soltó un pequeño gemido y con lentitud se dejó caer sobre la cama. Jack perdió su virginidad sin despojarse de su chaqueta. La mujer pensó que lo hizo por vergüenza. Durmieron abrazados y por la madrugada, la mujer volvió a besarlo y en cuanto él se espabiló, se le trepó. Tanta humedad, tanta tibieza hizo a Jack venirse con rapidez. A ella no le importó y continuó con el vaivén de su cuerpo. Las oscilaciones de la viuda lo volvieron a excitar y volvió a venirse. A la hora del desayuno, la mujer le propuso quedarse a vivir con ellos. «Cuento con treinta acres, podríamos criar vacas y caballos, son buenos los pastos aquí. Poseo una docena de ovejas. Por mis hijos, me es difícil trabajar la tierra, pero entre tú y yo podemos hacerla productiva». Los niños la escuchaban callados. El menor trató de comerse el único pedazo de queso que sobraba y la mujer lo detuvo, «es para él», le dijo y señaló a Jack. El niño retiró la mano y agachó la cabeza. Jack empujó el plato en su dirección. «Cómetelo». El niño alzó la mirada y sonrió. Cogió el queso para llevárselo a la boca. La mujer le volteó una bofetada y el trozo salió volando. «Te dije que era para él». Jack miró a la viuda con coraje. Hizo el amago de ponerse de pie y la viuda lo detuvo del brazo. «Tengo más queso menos maduro», explicó, «casi listo para comerse». Se giró y caminó hacia la alacena. Jack miró a ambos niños, tomó sus pertenencias y se dirigió a la puerta. La viuda se apresuró a alcanzarlo. «¿Adónde vas?». Jack no le contestó, salió y se encaminó hacia el establo. La mujer detrás suyo. «Todo esto puede ser de nosotros», le dijo, «no quiero seguir sola». Sí, sería un buen lugar para vivir, la casa era grande y espaciosa y los pastos se veían de calidad. «Tengo que ir a Kentucky», respondió. «Eso es muy lejos», rebatió la viuda, «muy, muy lejos. Aquí podemos ser felices». Con cada palabra que pronunciaba la mujer, Jack menos quería permanecer a su lado, su parloteo la hacía verse fea y patética. «Quédate, por favor». Los dos niños se pararon en el quicio de la puerta a observarlos. Jack eludió a la mujer y entró a la caballeriza. Empezó a ensillar su caballo y la mujer jaló la montura para tirarla al suelo. Enfurecido, Jack le propinó un empujón y la mujer rodó entre la paja. Jack recogió la silla y la acomodó sobre el lomo del caballo. Apretó la cincha y en las alforjas guardó sus cosas. La mujer se incorporó y trató de acariciarle el rostro, «no te vayas», insistió. Como si el tocarlo hubiese sido una afrenta, Jack volvió a empujarla. La mujer se desplomó de sentón. Los niños comenzaron a llorar. La rabia de Jack no fue por la reiterada súplica de que se quedara, no soportó que le hubiese pegado al niño. Si se le acercaba, la molería a golpes. Ella debió adivinarlo, porque se quedó quieta. Jack montó al caballo y lo acicateó para avanzar. Pasó a un lado de la mujer, rebasó a los niños que lloraban asustados y continuó por la vereda que serpenteaba entre las colinas. Volteó la mirada atrás, ella se encontraba parada en la cerca. Ni siquiera supo cómo se llamaba.

1887

fue Jenny quien me avisó que habías vuelto al pueblo y que venías con tu nueva mujer y con tus hijos a arreglar asuntos pendientes y a llevarlos al cementerio a honrar la memoria de Jabin las malas lenguas en el pueblo insinuaron que quien mandó matarlo fue tu hijo Henry en aquel entonces apenas un adolescente debió ser un chisme elucubrado por esa gente que se excita con desenjaular mentiras para que a sus diecisiete años tu hijo Henry concibiera el asesinato de Jabin debía poseer un carácter artero y un sofisticado talento para planear a la distancia dado que así fuese de maquiavélico no habría buscado que un negro asesinara a Jabin en un vulgar pleito de taberna lo elegante hubiese sido que lo lincharan por el agravio contra una persona blanca sin mediar juicio o la comprobación del delito no debiste enterarte de esta inmunda calumnia contra tu primogénito que divulgó un corrillo de ociosos impulsados por la envidia con afán de debilitar tu imagen por estos rumbos desde la muerte de Jabin Jenny vistió de luto y sin importar el calor o la humedad portaba a diario un vestido negro su pérdida la golpeó como si de su madre de sangre se tratara perdió peso con rapidez y Jerioth ni se diga ser testigo del asesinato de su hermano la consumió hasta reducirla a una muchachita esmirriada y abúlica Jeremiah pareció entrar en trance a su mudez se agregó una mirada extraviada y un automatismo creciente *ninguno de los dos podemos superar su violenta partida* me expuso Jenny me perturba que todavía algunos blancos piensen que los negros no padecen de emociones humanas que sólo las simulan para despertar conmiseración primates que imitan a los hombres para obtener algún beneficio confieso que yo fui de aquellas que creían a pie juntillas tan horripilante razonamiento fue la vida la que con su vértigo y su ebullición corrigió uno a uno mis prejuicios y me brindó un enfoque más compasivo y hondo del alma negra cuando Jenny me dio la noticia de tu presencia acá tuve que sentarme *está bien señora* me preguntó era claro que no sufrí un soponcio y quedé al borde de desvanecerme *le traigo un té señora* me preguntó Jenny *se ve usted muy pálida* nunca imaginé que yo reaccionaría así ni siquiera tener al ejército enemigo a los pies de la casa me provocó tal nerviosismo son disparatados los efectos del amor nos inyecta de sustancias que nos tornan en sus peleles sufrimos repercusiones imprevisibles ni siquiera te había visto a lo lejos y sólo saber que respirábamos el mismo aire convulsionó mi cuerpo y mi espíritu resistí la tentación de ir a espiarte permanecí encerrada en Emerson sin el menor amago de salir al pueblo donde era inevitable que me topara contigo con tu mujer o con tus hijos el deseo de verte me significó soportar una comezón exacerbada una urticaria que enardeció mi sangre acepto que peco de sentimental y que a ojos ajenos mis aprensiones ameritarían mofas por ridículas me pregunto si otros hombres o mujeres no responden igual frente a la súbita aparición del ser que amaron y que no han visto por años me ofusqué y me ilusioné cuando Jenny me reveló que a solas le preguntaste por mí no como quien quiere cumplir con las formas sino como alguien en verdad interesado *no paró de inquirir sobre usted que cómo estaba que si tenía hombre en su vida que cuál era su forma de operar Emerson que si yo la frecuentaba que cuál es su sentir sobre Jonas Japheth y Jerioth que cuál había sido su reacción frente al asesinato de Jabin y hasta preguntó si usted seguía tan guapa y distinguida si me permite dar mi opinión al respecto ese hombre todavía la ama* ningún bien me hizo su confidencia la comezón se tornó en picor y el picor en quemadura en mi interior imploraba porque vinieras a Emerson a visitarme a solas *ese hombre debe mantener pacto con el diablo señora* me dijo Jenny *sigue igual no envejece* lo que hubiese dado porque cruzaras la verja del jardín y tocaras a la puerta me interesaba sólo verte sin afanes de besos ni caricias mucho menos que hiciéramos el amor me era suficiente intercambiar unas cuantas frases preguntar cómo te iba que me contaras de tus hijos de Henry de Jack de Thérèse que insinuaras que me habías extrañado tanto como yo a ti sé que ante un juez y ante el pastor invocaste mi esterilidad como razón válida para anular nuestro matrimonio y no incurrieras en bigamia lo supe cuando me llegó el decreto que oficializaba nuestra separación no quería que le fueras infiel a tu mujer aunque no sabes cuánto deseaba desnudarme y que me besaras como antaño que te montaras sobre mí y con lentitud y paciencia me penetrases no llegó ese momento no te apercibiste por Emerson y ni siquiera transitaste por los caminos contiguos me enteré de tu jugosa donación a la iglesia de los blancos y otra cantidad igual a la de los negros sé que reuniste a tu hijos legítimos con tus bastardos con la intención de que se reconocieran unos a otros como hermanos difícil no sólo por los tonos de piel sino por la marcada diferencia de edades Jonas se acercaba a los treinta y tres y tu hija Thérèse apenas había cumplido los trece y Jack quince y a pesar de que antes habían convivido un poco con Japheth y Jonas en Texas nunca se sentaron a almorzar en la misma mesa y como tú planteabas nada une más a las personas que el sagrado acto de compartir los alimentos en las cenas con amigos no te cansabas de repetir la etimología en español de la palabra *compañero* aquel con quien compartes el pan te ilusionaste en que se aceptaran como familia o para ponerlo en otros términos que tus hijos legales consintieran a los bastardos fueron cándidas tus intenciones Sandra debió tomar aquello como una aberración y en cuanto salieron de ese almuerzo con certeza habló con sus hijos para pulverizar el incipiente acuerdo que intentaste construir con todos tus vástagos cómo se te ocurrió pensar que tus blanquísimos y legítimos hijos favorecerían una relación de afecto con tres adultos de sangre negra aun cuando Jonas fuera tan rubio y albo como ellos tu esfuerzo no dio frutos y los caminos de ambas familias se tornaron todavía más discordantes lo sé porque me lo han dicho Jonas y Japheth de hecho lo que prevalece entre unos y otros es un recelo creciente que roza el peligroso borde de la confrontación

1881

A Mier no lo hallé en el monte, más bien él me halló a mí. Como era su costumbre, se apareció de la nada a cinco varas de distancia. De verdad, era como si fuese invisible. Salió de detrás de unos cenizos y se le quedó mirando al niño apache, «esos no se comen», me dijo con sorna, «mejor hubieras cazado un venado». Al viejón era raro verlo de mal humor. Desmonté a Lobo, «estaba con otros dos cerca de la casa», le expliqué. «¿Se pelaron?». «No, los maté», le respondí. Echó un vistazo a mi cintura, «¿on tan los cueros?». Le contesté que no se los había cortado. «Matas dos indios y no los tusas, ¿pues en qué país crees que vives?». Examinó al pequeño apache como si revisara un saco de maíz. «Habla español, es de los convertidos», le dije. Mier se burló, «estos no se convierten ni aunque se les aparezca la Virgen». Azorrillado, el apache no se atrevía ni a levantar la mirada. Se le escurrían las lágrimas por los cachetes. «¿Cómo te llamas?», le preguntó Mier. El chamaco se tardó en responder. «Dime, ándale, o te comieron la lengua las ardillas», insistió el viejo. «Joaquín», contestó. «No te hagas menso, tu nombre apache». «Baishan», reveló el niño. Mier le preguntó algo en su lengua y me quedé tolondro, ni idea de que el méndigo chimuelo hablaba apache. Al escuchar su idioma, el escuincle por fin alzó la cabeza y se pusieron a chorchear, yo sin entender ni madres. Luego de un rato, Mier me tradujo. «Dice que él y sus hermanos se perdieron, que pertenece a los Ku'ne Tsá, que los traían cortitos unos rancheros mexicanos y que agarraron para el norte porque para el sur los iban a hacer barbacoa. Que vinieron a dar hasta acá porque los mexicanos les pisaban los talones». El niño, de la nada, como si trajera atoradas las palabras y quisiera sacarlas todas, se puso a hablar sin detenerse. Mezclaba el español con el lipán y yo le entendía de a cachos. Mier me volvió a traducir. «Dice que creció en las tierras entre el Río Escondido y el Río San Rodrigo, que a sus papás los mataron los mexicanos y que él y sus hermanos se quedaron solos en el monte cuando él tenía cinco años y los otros dos, diez y once, que los hallaron unas mujeres y que los llevaron con el padre Javier, un misionero de San Fernando de Austria, que los educó en español, que a los dos años sus hermanos se escaparon de la misión, pero que él se quedó ahí, que cuando él tenía ocho, sus tíos mataron al sacerdote y lo sacaron de la misión para llevárselo con la tribu». El niño hipeaba y moquillento y lacrimoso, no paró de hablar. Mier volvió a traducirme, «dice que unos meses después, rancheros mexicanos los anduvieron correteando encabronados por haberles matado al cura y que la tribu se mudaba de un lugar a otro hasta que una noche los agarraron desprevenidos y le mataron a sus tíos, a sus esposas y a sus primos y a todos los demás indios. Que él y sus hermanos lograron escaparse y que por eso vinieron a dar hasta acá. Que sus hermanos no le habían hecho daño a nadie, que no tenías por qué matarlos, que si les hubieras pedido que se largaran, se habrían ido en paz, que ahora se quedó sin familia y que no quiere que lo matemos». El apachito lloraba con sentimiento, con tanto sentimiento que hasta culpa me entró de haberle reventado la calabaza a sus dos hermanos. Yo de verdad no los quería matar, cuando los hallé se veían mansos, chamacos que nomás estaban chacoteando pero con el ir y venir de matazones de un lado para el otro, de plano no me arriesgué a dejarlos vivos. Además, una bola de lipanes se había unido a los texanos para darle en la madre a los mexicanos, así cómo podía confiar en ellos. Eso que decía Chuy de que el mejor indio era el indio muerto, me lo metió en la tatema con tanto fervor que ni de chiste se me ocurrió perdonarles la vida. A estas alturas, ya los coyotes debían estar devorándoselos y como no eran de las tribus de por acá, ningún otro apache estaría buscándolos. Ahora faltaba saber qué haríamos con el niño, porque soltarlo así nomás era como soltar una fiera que luego volvería para comernos. Matarlo así, en frío y viéndolo chillar, era gacho. «¿Qué hacemos con él?», le pregunté a Mier. «No me matan», contestó el escuincle con sus verbos raros. «Se dice "no me maten"», lo corregí. Mier caminó alrededor suyo. «Es dejar un alacrán vivo», dijo. Maldita la guerra que nos aventamos entre apaches y mexicanos. Maldita, maldita, maldita. Tan fácil hubiese sido un ustedes de aquí para allá, nosotros de aquí para acá. Pero no, ahí estuvieron los rancheros mexicanos chingue y chingue con más tierras y los pinches apaches quemándoles los huevos para luego dejarlos destripados vivos colgando de los huizaches. Qué puta necesidad. Y generaciones de apaches y de mexicanos matándose ahora nos ponían a mí y a Mier a decidir la vida de un pobre muchachito que se estaba deshaciendo en llanto. «Tenemos que matarte», le explicó Miguel, «porque apenas puedas, vas a volver para vengar a tus hermanos y nos vas a matar tú a nosotros». El niño soltó un berrido, «no, no, no, se los juro que no», dijo en español. El apache se volvió hacia mí, «dile que no me mata», rogó. A buen árbol se arrimaba el iluso, si yo también estaba entre que me lo escabechaba o no. Miguel tumbó al niño al suelo y lo amarró de pies y manos. Luego me llevó aparte, «un apache nunca cumple su palabra, nunca de los nuncas», me dijo, «te apuesto que no pasa de tres años en que este viene con una banda de salvajes a darnos matarile». Era mentira, los apaches sí habían cumplido su palabra y se retiraron a vivir a las tierras que acordaron con Mundo Ramos. Fueron mis paisanos los que se pusieron locos y rompieron el pacto. Después de tanta revoltura, ya estaba podrida la relación con ellos y no había manera de recomponerla. Quedaban poquitos apaches, entre el ejército y las cuadrillas de rancheros, los habían diezmado. Por eso se habían hecho más cabrones y corajudos. El apachito no daba pinta de amenaza, lo más probable es que quisiera devolverse a su lugar de origen al otro lado del Río Bravo y dudaba que los apaches de estos lares quisieran aventarse el tiro de vengar la muerte de sus hermanos, ya bastante ocupados en vengar la de los suyos. Comencé a inclinarme a perdonarlo y dejarlo ir. Se lo propuse a Mier y él no sonó ni tantito de acuerdo, «no creo, compa, hablando al chile, yo por mí le sorrajaba un balazo y nos quitamos del quién sabe». Miré al niño atado entre los matorrales. Si resolvíamos meterle un tiro, no sería yo quien lo hiciera. Que Mier se echara sobre los hombros el peso de quitarle la vida. Por muy apache que fuera, asesinarlo amarrado de manos y pies era cosa seria. Nos quedamos callados los dos. Igualito que a mí, a Mier la culpa debía zumbarle en la cabeza. Se le veía, porque cada que iba a decir algo, se tragaba la palabra. Es que sacar palabras cuando la vida de otro queda en tus manos no está de enchílame otra. Volví a ver al niño. Chillaba como las liebres cuando las mordisquean los coyotes. «Lo voy a desamarrar», le dije a Mier. Cuando me disponía a hacerlo, me detuvo del hombro. «Mejor vamos a dejarlo amarrado a un árbol y que los sueños nos digan qué hacer», propuso. Negué con la cabeza. «No, este niño se nos muere del susto si se queda aquí atado y yo no quiero que se muera». Ya bastante carga llevaba en el corazón por haberme echado a los hermanos. Más solo no podía sentirse el chamaquito. Debía traer clavos de dolor en su alma apache por verlos caer con la cabeza agujerada. Tanto huir hasta acá a salvar la vida, para que la muerte los alcanzara. ¿Para qué martirizarlo más? ¿Para qué atarlo a un mezquite nomás de oquis y ver si amanecíamos o no con ganas de volarle los sesos? No, yo no estaba dispuesto a hacer eso ni dejar que Mier lo hiciera. Caminé hacia el niño y saqué el cuchillo que me había forjado el viejo. Me agaché hacia él. Joaquín, o como se llamara el apache, cerró los ojos y tragó gordo en la creencia de que lo iba a degollar. Empezó a rezar bajito en su lengua. Corté las cuerdas y el niño abrió los ojos. «Vete», le dije. El apache se quedó acostado en el suelo, resollando. Miguel Mier se me acercó y me susurró al oído. «¿Por qué rumbo mataste a los otros dos?». Le di señas. «Voy a ver si les saco provecho, si traían pólvora o balas o un hacha o una buena chamarra. Y de paso, les corto los cueros», dijo. Caminó por donde se había aparecido por la mañana y en menos de cinco segundos, ya era invisible. Pensándolo bien, a lo mejor sí era un espectro. Me encaminé hacia Lobo, volteando a cada rato para asegurarme de que el chamaquito no agarrara una piedra y me la estrellara en la maceta. Me monté en mi caballo, lo espoleé y arranqué a toda carrera. Lobo voló cortando entre los cenizos, era un caballo hecho para los pedregales y el terreno lajoso. Eché la vista atrás y a lo lejos vi al apachito que corría detrás de nosotros. Le piqué más duro las costillas al cuaco y aún más velocidad le metió. Después de darle un rato, me frené. La pequeña figura se perdía entre las breñas nomás su cabecita asomando. Esperé a que se acercara y le pregunté qué quería. El niño no respondió. Se quedó parado tratando de recuperar el resuello. Eché a andar y de vuelta a perseguirnos. Troté un buen tramo y me volví a detener. Corrió hasta donde me encontraba. «¿Qué chingados quieres?», le grité. El niño boqueaba, parecía que se le iba a salir el bofe. No contestó. No le vi un solo rasgo de maldad en sus ojos papujos de tanta lloradera. Resolví ya no hacer correr al caballo para irme al pasito. El chamaco ahí pegado, detrás de nosotros. Llegué a la casa y desmonté. Una estupidez haberlo llevado hasta donde vivíamos. Donde quisiera venganza ya se sabía el camino. Podía ser malora y su intención era ver nuestro jacal para luego chingarnos, aunque se le veía más cara de susto que de revancha. Amarré a Lobo entre la mota de mezquites atrás de la casa, donde lo dejaba para que se pudiera sombrear. «¿Tienes hambre?», le pregunté. Joaquín asintió. Con la mano le hice la seña de que me siguiera. Entramos a la casa y le indiqué dónde sentarse. Todo modoso, obedeció. Le aventé un guaje con agua y se la bebió de un jalón. Corté un poco de tasajo de venado y se lo di. Se lo devoró haciendo ruidos como hacen los jabalines cuando mastican. ¿Qué demonios quería ese niño? No habían pasado ni tres horas de que me había escabechado a sus hermanos y el cabrón me seguía como si fuera una chivita recién destetada. Chuy decía que a los apaches se les veía la maldad en la cara desde que nacían, pero este de maldad no tenía ni un pelo. Debía llevar años asustado y se le erosionó el revestimiento. Le regalé más tasajo y se lo zampó en menos de un minuto. De pedazo en pedazo se acabó un filete entero. Debía traer la barriga agusanada, porque dicen que cuando uno come mucho es porque debe darle de comer a sus gusanos. Me senté frente a él y bajó la mirada. «¿Tienes más hambre?», le pregunté. Por suerte, negó con la cabeza porque tenía facha de acabarse cuanto le pusiera enfrente. «¿Crees en Cristo?». Se quedó pensativo. Debió creer que su vida dependía de su respuesta, porque asintió con vehemencia. En realidad, debía de creer en toda la ristra de dioses apaches, que si el dios-coyote, el dios-búho, el dios-venado, el dios-tortuga y todos los dioses que veían cuando se embuchaban la «cinco chichis». Nos quedamos callados. En ningún momento el apachito se volvió a verme a los ojos. Vi que tallaba con ahínco unas manchas en su pantalón. Era sangre de uno de sus hermanos. Se ponía saliva en el pulgar para seguirla tallando. Era como si borrando la mancha borrara su muerte. Como a la hora llegó Miguel.

Quién sabe si Joaquín notó que el viejo traía frescos los dos cueros de sus hermanos colgados al cinto, todavía grasientos y con coágulos. En cuanto entró, se fijó en el niño, «y ahora, ¿qué hace este mugroso aquí?». Me encogí de hombros, no había mucho que explicarle. «Lo piensas adoptar, ¿o qué?». Sonreí. Hasta eso, Mier era chistoso, muy de ocurrencias. Se volteó hacia el niño y con todas las ganas de chingar, comentó, «¿o lo vamos a engordar para comérnoslo?». El chamaquito debió pensar que hablaba en serio porque se soltó a llorar. Era muy llorón para sus nueve o diez años. Yo, ni con lo hijo de puta que fue mi abuelo conmigo, lloré. Este parecía que le habían abierto la llave. «Ya cállate, pinche escuincle, que no te vamos a hacer nada», le dijo Mier con más ánimo de silenciarlo que de calmarlo. Despacito, el niño cesó su chilladera. Llegó la noche y el niño no hizo el menor amago por irse de la casa. Como no confiaba en él, le amarré las manos detrás de la espalda, le puse una piel de venado junto a mi cama para que se acostara y nos echamos a dormir los tres.

2024

«Pocos objetos revelan más de la historia que la vestimenta de una persona», expresó McCaffrey, subyugado frente al conservado atuendo de Henry Lloyd. En la camisa debía venir impregnado su sudor; en los zapatos, la tierra; en el pantalón, salpicaduras de sangre de quienes llegó a matar. Quien se conmovió más al verla fue Henry. En las oficinas de la dirección general del conglomerado había una reproducción de un daguerrotipo de Henry Lloyd vistiendo la misma ropa. En su celular, Henry les mostró la imagen a sus acompañantes. «Nosotros contamos con el original, en el retrato que nos acaba de mostrar, se recortó a otra persona», explicó Susanne. Se dirigieron a unas gavetas y la doctoranda abrió una de ellas. Apareció la misma imagen de Henry Lloyd sentado en una silla, sólo que aquí aparecía junto a Virginia Wilde, quien porta un vestido con los hombros descubiertos. Ella se mira diminuta a su lado. En Lloyd se adivinan ojos casi transparentes, el pelo rubio. En ella, largos rizos de pelo castaño, ojos oscuros. Se adivina bronceada la piel de él, nívea la de su esposa. «No sabía que la copia en la oficina estaba recortada», comentó Henry. Susanne terminó de tirar de la gaveta para que el retrato se viera completo. «De acuerdo con nuestras investigaciones, este daguerrotipo fue realizado por Mathew Brady, el famoso daguerrotipista, que tenía su estudio en la ciudad de Nueva York y que viajó hasta Emerson, pagado por Thomas Wilde, para tomar imágenes de su hija, de su yerno y de él mismo. Esta imagen debió tomarse alrededor de 1847, cuando Lloyd aún estaba casado con Virginia. Se separaron poco después, al término de la guerra con México, evento que llevó a Henry Lloyd a su legendaria expedición en Texas. Al morir Lloyd, Virginia mandó sacar duplicados de este daguerrotipo, temerosa de que se perdiera el único recuerdo de ellos dos juntos. Además del original, quedó aquí una reproducción. Otra fue a dar a manos de Jonas Adams y la que creo que ustedes poseen fue entregada a Henry Lloyd II, quien, con seguridad, para no ofender a su madre, Sandra Reynolds, mandó mutilar la figura de Virginia». McCaffrey se acercó a examinar el retrato. La fotografía de Lloyd que él pensaba usar como portada había sido tomada veinticinco años más tarde y fuera de algunas canas y de un endurecimiento en las facciones, su físico se advertía casi igual. Peter resaltó la diferencia entre las miradas de la pareja. La de Lloyd, enigmática, amenazante, retadora. La de Virginia es apacible, esboza una sonrisa y se muestra alegre. Lloyd mantiene una mano recargada en el respaldo de la silla, la otra metida en la chaqueta. Virginia, con más compostura, descansa ambas sobre su regazo. Lloyd lleva un corbatín negro desarreglado y el cabello revuelto, como si no le otorgara importancia al momento que lo inmortalizaría. En Virginia se refleja esmero, ensortijado el cabello a la usanza de la época, dos pendientes, de los que podría suponerse engarzan piedras preciosas, cuelgan del lóbulo de sus orejas. El vestido plisado, sin arrugas. Da la sensación de que ella sí valoraba la gravedad del instante. «¿Es la única imagen de ellos dos?», inquirió el profesor. «Traer a Brady desde Nueva York con sus ayudantes no debió resultar barato y con certeza Wilde hubo de contratar la impresión de más placas. No fue fácil hallar otras y luego de una rigurosa investigación, descubrimos una en la que Lloyd aparece de pie detrás de ella. Es una copia muy maltratada. El poseedor, un hombre afroamericano que vivía en el pueblo, se negó a vendérnosla. Aseguró que Lloyd era su antepasado», comentó la doctora Frayjo. «¿Sabe dónde podemos encontrarlo?», preguntó McCaffrey. «Al parecer se mudó de casa. Cuando volvimos con una oferta sustancial, ya no estaba. Su arrendador ignoraba si se había ido a otra casa dentro del pueblo o si se fue a Mobile u otro lugar». El profesor especuló que podría tratarse de uno de los descendientes de Japheth Adams. Preguntó por el nombre del tipo. «Jemuel Dawson», respondió Susanne. Que llevara un nombre que empezara con J le llamó la atención a McCaffrey. Podía ser una coincidencia o que la tradición esclavista de Thomas Wilde de bautizar a sus esclavos con J se hubiera heredado de generación en generación. «¿Saben a qué se dedica?», preguntó. «Arreglaba motores de autos y de tractores en el patio de su casa, no sabemos si siga trabajando en lo mismo». El tal Jemuel podía ser la clave para rastrear los eslabones perdidos de la descendencia de Japheth que se perdían en la vorágine de los tiempos. «Otro primo lejano», bromeó Henry. «Hay todavía más», dijo la doctora. Fue hacia otro estante y extrajo una libreta encuadernada con cuero crudo. «Este diario perteneció a Henry Lloyd. La leyenda señalaba que el forro era de piel humana, al estudiarlo se determinó que era de cuero porcino. Su contenido es una extraña mezcla de inventarios y digresiones personales. Es un caos ordenado, por así decirlo. Hemos digitalizado página por página y lo hemos transcrito en formato Word», explicó Kezia, abrió el archivo en la computadora y les mostró algunos pasajes selectos en la pantalla. «*Apremié a Conrad Stevenson a vendernos sus parcelas. Logramos extender la plantación hacia el Tombigbee. El señor Wilde me felicitó*». «*Quinientos acres irrigados*». «*Se surcarán las tierras pasado mañana para sembrar la semana entrante*». «*Acordamos la venta del algodón en cincuenta centavos la arroba. Mañana sale el primer embarque*». «*1500+ 1730+769+435*». «*Cobertizo uno: 44. Cobertizo 2: 21. Cobertizo 3: 30. Cobertizo 4: 28. Cobertizo 5: 37*». «*Llegó otro embarque al puerto del río. Adquirimos 8 hembras, 15 machos y 2 crías*». Kezia se detuvo y se volvió hacia el grupo. «Hasta aquí parecen notas normales de cualquier administrador de una plantación, les mostraré ahora acotaciones escritas en los márgenes que nadie ha sabido descifrar», dijo y presentó texto por texto: «*Sé que ha llegado un forastero al pueblo. Su acento es norteño. Presuntuoso, dice buscar* trabajo». «*Me preocupa el forastero. Demasiadas preguntas*». «*Dice ser Jack Barley. Algún día tenía que llegar*». «*Problema terminado, por ahora*». La doctora Frayjo terminó y volteó hacia Henry. «¿Tienes idea de a qué se refiera?». Henry negó con la cabeza. «Quizás mi hermano Jack sepa», dijo y rio de buena gana. «Hay una tumba en el cementerio del pueblo con una lápida con su nombre», agregó la doctora. «Ni idea de quién pueda ser», replicó Henry. En la pantalla, Kezia exhibió más fragmentos herméticos: «*Jade, Jayla, Jezebel*». «*Hallaron a Jezebel a diez millas de aquí. Se resiste a hablar*». «*Jezebel volvió a huir*». «*No sé qué pasó con Jayla*». «*Japheth es idéntico a Jade, hasta huele a ella*». «*Jade, Jade, Jade. La mató Jonas*». «*Jeremiah y Jenny aceptaron adoptarlos*». «*James es más listo que cualquier blanco de por acá*». «*Jeremiah es un viejo zorro*». «*República de Texas*». Kezia se detuvo. «Sabemos quién era Jade Adams, madre de Japheth y Jonas que murió de parto, ¿quiénes son Jayla y Jezebel?». McCaffrey y Henry se miraron uno al otro, para ambos era una zona oscura de la historia de Lloyd. «Ni idea», contestó Henry. «Aún hay más», prosiguió la doctora. Otro grupo de textos apareció en la pantalla. «*Virginia aceptó casarse conmigo*». «*Nadie hace el amor como ella, su piel es tersa*». «*Quisiera que nuestros hijos se parecieran a ella*». «*La quiero*». «*Si alguien encuentra este cuaderno, favor de quemarlo*». La doctora Frayjo se recargó en su escritorio, «Virginia Wilde y Lloyd estuvieron casados por quince años. Ella era estéril, por eso Lloyd no la llevó consigo a Texas y anuló el matrimonio. Hubiese sido otra la historia si ella hubiese engendrado un hijo suyo». A Henry, Virginia le pareció una mujer atractiva, más guapa que bonita. Se miraba más distinguida que la segunda esposa de Lloyd, su trastatarabuela. Había garbo en Virginia, una elegancia delicada. Su pose en la foto indicaba una educación de aristócrata. Sandra era más hermosa, lo demostraban las innumerables fotos de ella, pero lucía con menos gracia, más vulgar. Si le dieran a elegir, Henry VI se habría inclinado a tener a Virginia como su antepasada, pero la moneda cayó cruz y los mecanismos del destino se echaron a andar ciento ochenta años atrás.

1892

Curar a Jabin y Jerioth duro fue. Sus cuerpos de magulladuras cubiertos. Mordidas de sanguijuelas, piquetes de mosco, rasguños, cortadas, erupciones. Los ojos infectados. De seguir con Jayla habrían fallecido. «No creo que sobrevivan», el médico dijo. Dos días después de rescatarlos Jerioth de vomitar no paraba. Diarrea. Jabin de los pezones de la nodriza no comía. Con los senos al aire la corpulenta mujer al bebé de su pecho intentó quitar, «no succiona, a otro niño puedo darle alimento». Con la mano la detuve y a mantener pegado a Jabin a su montaña de leche la obligué. Jenny preocupada estrechaba a Jerioth, «mi niña, mi niña». Entre sus brazos la mecía. Jerioth por el culo y por la boca vaciándose. Japheth y Jonas, asustados. Sin hablar, sin hacer travesuras, sin pedir nada. Jezebel miraba silenciosa la catástrofe por su presencia provocada. Ella culpable no era. Jayla sí y perdonarla no pude. Matarla por mi gusto no fue. Ella lo mereció. Sumergida por siempre entre ramas, raíces y lodo. Pudriéndose. Sus huesos en cieno convertidos. Jabin pensamos que moriría. Débil, sin poder mamar. Un pez entre los brazos de la nodriza. Un pez quieto y moribundo. Jerioth, un volcán de vómito. Cuanto comía por su boca expulsaba. A ácido el piso olía. Llenos de lagañas sus ojos, sin poder abrirlos. Al pastor Jenny me pide llamar para las almas puras de ambos niños despedir. Me niego. No morirán. La muerte de ellos la de Jenny y la mía significaría. Lloyd no perdonaba y menos que dos hijos suyos por un descuido se perdieran. Obligación nuestra es curarlos. Jonas a su hermano recién nacido no cesa de observar. Como si un adulto fuera le habla. «Aquí amor para ti hay», le dice. Jabin extraviado entre los senos de la nodriza. Jenny a Jerioth con caldos alimenta. «Con un poco que retenga su salud mejoraría». Caldo de gallina, elíxir de vida. «Elíxir», palabra que James me enseñó. Remedio maravilloso dice James que significa. En los caldos la vida de las gallinas se absorbe. Sus jugos sueltan para a mi niña esperanza darle. Mi herida con la pólvora no mejora. Supura. Es un hueco maloliente. Más pólvora le pongo. Incrusto granos bien adentro. La prendo. Un chispazo. Hedor a carne quemada. La mandíbula aprieto. La quemadura arde. La infección que se come mis músculos necesito detener. Matar por dentro lo que quiere matarme. Jenny en los ojos de los niños gotas de té de manzanilla administra. El té es bueno para los males arreglar. Las pestañas de Jerioth y de Jabin con las lagañas se pegan. Con té cada hora Jenny y Jezebel las lavan. Jezebel intenta ayudar, ser útil ante el desastre. El viernes Lloyd llega, quedan miércoles y jueves para salvarlos. A la negra Lisa una idea a la cabeza le viene. Con una mano la boca de Jabin abre, con la otra su pezón exprime. Chisguetes de leche expulsados. El niño regurgita pero poco a poco traga. Chorro tras chorro la nodriza a Jabin alimenta. Por fin, luego de dos días, el bebé llora. Cólico debe tener. Sus pequeñas manos agita. En su hombro Lisa al crío coloca. Con la mano palmadas pequeñas en su espalda da. Jabin eructa y un pequeño hilo de leche por su boca resbala. La negra sus senos tapa. Agotada ella se ve. En su regazo a Jabin acuesta. La cabeza hacia atrás hace y dormida se queda. En segundos de su boca abierta ronquidos expele. Japheth y Jonas ríen. Primeras risas en la casa. Jenny, Jezebel y yo sonreímos. La mujer sonora es. Un atronador croar de batracios. Jerioth, sin los ojos abrir, también ríe. A la niña los rugidos le divierten. Reímos todos. Los esfuerzos de Jenny fructifican. Jerioth cesa de vomitar. Pedacitos de pollo empieza a comer. Por la noche a Jenny y a mí Lisa nos llama. Con orgullo materno a Jabin prendido a su seno nos muestra. Jonas abre los ojos y embebecido a su hermano mira. «Te queremos, Jabin». Sale Lisa y Jenny y Jonas vuelven a dormirse. Yo no puedo. Insomne, salgo y en un sillón me siento. Un vientecillo por las rendijas de las ventanas se cuela. El aire del pantano me llega. Efluvios del cadáver de Jayla deben traer. Por mi nariz entra Jayla. Su olor reconozco. No quiero que ella como Jade se me aparezca. Jayla mujer mía no fue, conmigo no tiene por qué hablar. Su desnudez nunca logró excitarme. Su aroma por mi nariz penetra. Revueltos el tufo de sus axilas y el salobre semen de Lloyd. Desnuda en el porche la recuerdo. Gotas de sudor por su pecho escurriendo. Charcos en los pliegues de su abdomen. Su cueva velluda con rojos labios, almeja abierta para que la miremos. En mi vida un fantasma más no quiero. Una voz oigo. Los oídos me tapo. A Jayla escucharla no deseo. La voz crece. Presiono mis manos en mis orejas. Una sombra. La mirada levanto, es Jezebel. «Jeremiah, no puedo dormir». Aliviado respiro. No es Jayla quien viene a recriminarme. En la oscuridad el blanco de sus ojos sobresale. Jezebel con la boca abierta respira. Dos negras muertas antes de ella. Espantada se percibe.

«Jeremiah, voces en el cuarto escucho. Objetos se mueven». Una niña casi es Jezebel. Tragar saliva la oigo. «Jayla, ¿muerta está?». Espero que en la negrura mi expresión no distinga. Su muerte en mi rostro pintada debe mirarse. Con la cabeza niego. Ella mi movimiento nota. «¿Por qué así de maltratados Jabin y Jerioth llegaron?». Me incorporo. Un paso hacia atrás da. Miedo debe tenerme. No es fuerte como Jade ni como Jayla. Frágil Jezebel es. A la puerta camino y la abro. Con la mano seguirme le pido. Hacia la orilla del río me enfilo. Ella detrás de mí. Ranas. Grillos. Lechuzas. Una uña de luna por entre los árboles. La corriente sosegada del río. Señalo hacia la parte pantanosa. «Entiendo», Jezebel me dice. Caminamos un poco más. Pavos silvestres sobre las ramas de un roble duermen. Al sentirnos se asustan y vuelan. Su aleteo en la noche atruena. Jezebel en la oscuridad los mira perderse. «Parecido a mi país es esto», dice. «Árboles y agua. A mi país extraño. Volver allá un día quisiera». Abarca cuanto en la negrura alcanza a verse. «Para allá, ¿Jayla huyó?». Asiento. Mi respuesta parece calmarla. A la casa volvemos. Como una rama a punto de romperse Jezebel es. Entramos a la casa y cada uno a su cuarto se dirige. Junto a Jenny me acuesto. Cierro los ojos. Duermo. Voces escucho por la mañana. Jerioth con sus hermanos juega. Recuperada del todo parece estar. Jenny desde la puerta me mira despertar. «¿Sabes dónde Jezebel está?». Me levanto. Hacia su habitación apunto. «No, se fue», Jenny afirma. Cruzo la estancia. Lisa a Jabin amamanta. En el piso sentados Japheth, Jonas y Jerioth juegan. Pocas lagañas en los ojos de la niña. Salgo a la puerta y la tierra reviso. Mis pasos y los de ella por la noche se perciben. Otras pisadas al lado se marcan. Jezebel hacia la ciénaga huyó. Su rastro sigo. Casi idéntico al recorrido de Jayla el suyo es. Escuchar espíritus no debió soportar. Sus huellas en el fango. Sanguijuelas y mosquitos su sangre deben beberse. No sigo más. A su país imaginario Jezebel quiso volver. Que en paz a su destino llegue.

1878

No quiso tomar riesgos Lloyd, prefirió perder dos días y correr el peligro de toparnos con bandas de cazaesclavos a que uno de nosotros se ahogara en la corriente, aunque en él prevaleciera el instinto daba la impresión de medir cada paso, de jamás improvisar, al recorrer el río me convencí de que tomó la decisión correcta, en el torrente se formaban remolinos y rápidos y a menudo veíamos flotar árboles completos arrancados desde la raíz, ningún caballo hubiese salvado las tumultuosas aguas, llegamos al cruce sugerido por el jefe indio, aunque la corriente ahí era turbulenta el nivel era bajo, cruzamos el Chickasawhay casi al anochecer, montamos el campamento en la otra orilla y al día siguiente proseguimos hacia el oeste, Lloyd se apegó a la ruta preestablecida y continuamos zigzagueando por entre bosques remotos para alejarnos de aldeas y pueblos, Mississippi era el estado donde más linchamientos y juicios sumarios había contra negros y contra los *nigger lovers*, blancos amantes de los negros, evitar autoridades o patrullas de cazarrecompensas era el objetivo de nuestras largas circunvalaciones, logramos eludirlos por una semana hasta que una mañana escuchamos perros ladrar a lo lejos, Lloyd dio la señal de alto y nos detuvimos, se oyeron los graves aullidos de los dogos negreros, las voces de los cazadores, el trote de los caballos al subir y bajar por las colinas, se acercaban y se alejaban, por el ruido de los cascos de los caballos y por los ladridos calculé que debían ser ocho o diez jinetes y unos doce dogos, Bob criaba esos perros para perseguir a los fugitivos, eran cruzas de sabuesos con mastines, la mayoría importados de Cuba, eran animales imponentes, casi todos los negros les temíamos, una tarde Bob colgó de una viga el cadáver de Jehiah, un esclavo que escapó, tenía casi arrancados los brazos y las piernas, el cuello destrozado por las dentelladas, las vísceras aflorando por entre el vientre mordisqueado, Bob nos obligó a presenciar el grotesco espectáculo, «esto les pasará si se les ocurre huir», nos amenazó, él no era de la idea de contratar partidas externas para perseguir a los prófugos, sino de que Emerson debía contar con su propio cuerpo de patrullaje, los dogos los guardaban en jaulas y les daban de comer carne cruda envuelta en ropa de negros para que la diferenciaran del olor de los blancos, apenas cruzar a sesenta pies de sus jaulas, nos olisqueaban y despertábamos su agresividad, se les erizaba el lomo y gruñían mostrando los belfos, me preguntaba cómo reaccionaría un perro negrero frente al aroma de un mulato blanco como Jonas, ¿podría su agudo olfato detectar la sangre negra o atacaban por el color de piel?, al fugarse un esclavo Bob llevaba alguna prenda del evadido, la sábana del catre donde dormía, una camisa o un pantalón y la restregaba en la nariz de los dogos, así los animales podían saber, entre los cientos de olores, a quién debían perseguir, los perros eran implacables, no abandonaban el rastro por días hasta hallar al negro, la intención era regresarlo vivo, a los dueños no les gustaba perder el dinero invertido y preferían darles un severo escarmiento a que los mataran, pero Bob disfrutaba con el martirio y la tortura, en ocasiones, cuando llegábamos del trabajo, alineaba a los perros a nuestro paso para que nos ladraran y nos gruñeran, una advertencia de que al primer brote de rebelión los soltaría contra nosotros, gozaba poner los perros a pulgadas de nosotros, era escalofriante tenerlos a esa distancia, ver los colmillos, los ojos inyectados de rabia, la baba expulsada por el hocico, los músculos marcados en sus gruesos cuellos, la cadena a punto de romperse, los perros eran el símbolo más brutal de la esclavitud, oímos aullar a los dogos por un largo tiempo hasta que los escuchamos perderse al otro lado de los cerros, por la noche, en el campamento, Lloyd nos aleccionó a que, si los cazarrecompensas amagaban con dispararnos, disparáramos nosotros primero, sin vacilaciones, a la mañana siguiente topamos con ellos, venían descendiendo por entre los bosques con la rehala al frente, era una cuadrilla de once tipos bien armados, entre los cuales, para mi sorpresa, iban dos indios que fungían como rastreadores, en cuanto los vimos nos formamos en U para rodearlos, el líder de la patrulla se desconcertó de ver a una tropa de negros comandada por un blanco, «¿eres un *nigger lover*?», le espetó a Lloyd, era un grupo de hombres jóvenes, fornidos, malencarados, a pesar de su expresión dura había en ellos algo infantil, bobalicón, en los perros sí que había un rictus de ferocidad, como si sólo esperaran el mandato de sus amos para atacarnos, la balanza se inclinaba de nuestro lado, treinta contra once, los dogos eran lo único que podía cargarla del suyo, eran más grandes que los que criaba Bob, se veían de raza pura, si nos acometían podían saltar a nuestra altura, prendernos de una pierna, tumbarnos del caballo y matarnos a tarascadas, sin alharacas, Lloyd le respondió, «sí, sí soy un *nigger lover*, ¿algún problema con eso?», la respuesta era una clara provocación, el hombre hizo una mueca de disgusto, antes de que respondiera, Lloyd continuó, «¿tú no amas a los negros?», los cuasiadolescentes adelantaron dos pasos sus caballos, preparándose para una probable escaramuza, «amo a mis perros», contestó el otro con afán de elevar la temperatura del encuentro, «¿traes sus papeles?», inquirió con suficiencia, «¿eres el alguacil o te arrogas una potestad que no te corresponde?», lo confrontó Lloyd, «algo parecido, cuento con el respaldo de las autoridades del estado de Mississippi para revisar a quien se me pegue la gana», respondió el jefe de aquellos, Lloyd sonrió con esa sonrisa que significaba que la sangre le bullía por dentro, «yo cuento con el respaldo de mis testículos para ir con mis negros adonde se me pegue la gana», la declaración de guerra estaba hecha, sólo hacía falta que el otro se enganchara para que tronaran las armas, nos alistamos para combatir, coloqué mi mano en la culata del rifle, listo para sacarlo de su funda, los llevábamos listos para disparar, sólo era necesario poner la mira en su pecho y jalar del gatillo, los perros debieron intuir la tensión porque la pelambre en sus espinazos se encrespó, volteé a mi izquierda, las manos de Japheth temblaban, Jonas, por el contrario, se mantenía tan imperturbable como su padre, quizás la diferencia entre ser negro y ser blanco, el líder de la banda permaneció en silencio, «mira, muchachito, mi nombre es Henry Lloyd, no sabes quién soy, pero no por mucho tiempo, apréndetelo porque en adelante vas oír de mí hasta el cansancio, contarás con orgullo a tus nietos que me conociste y que te perdoné la vida, te vas a quitar de mi camino y te vas a alejar de nosotros, no se te ocurrirá informarle a ninguna autoridad del estado de nuestra presencia, si lo haces, te buscaré para matarte y no descansaré hasta ahorcarte con mis manos, llévate a tus niños a otra parte si quieres que vivan unos años más, me tiene sin cuidado si matas o no negros, y no, no amo a todos los negros, sólo a estos, ¿entiendes?, así que ya sabes, date vuelta y no se te ocurra seguirnos», el tipo se quedó paralizado sobre su caballo, las palabras de Lloyd cobraron efecto en los demás cazadores porque sus rostros se tornaron lívidos, la batalla mental ya estaba ganada, nervioso, el líder de la partida se volvió hacia sus compinches, varios bajaron la cabeza, «buscamos a dos negros, van descalzos y llevan tres días huyendo por entre los bosques, sólo les pedimos que si los ven, no los ayuden», Lloyd asintió con la cabeza, «cuenta con eso, ahora lárguense», los otros se perdieron por una cañada, respiré con alivio, de desatarse la trifulca, nuestra aventura se habría abortado cuando apenas se gestaba, continuamos nuestra travesía, nos aproximábamos al gran dragón de agua, al rey de todos los ríos, a la descomunal arteria de los Estados Unidos, franquearíamos no un caudal, sino una bestia, era forzoso hacerlo desde uno de sus puertos, imposible cruzarlo con los caballos y con los carromatos, era casi un mar de aguas abiertas y su corriente avanzaba a una velocidad insólita, cuando tuvimos frente a nosotros al Mississippi, no pudimos más que sobrecogernos, daban ganas de arrodillarse frente a este dios acuoso y magnífico, para realizar nuestro cruce, Lloyd, a sugerencia de Ruffin Gray Stirling, amigo suyo y propietario de una plantación llamada Myrtles, eligió Waterloo, un pequeño pero concurrido puerto, su importancia se debía al trajín de espaciosos lanchones que transportaban algodón, caña de azúcar, cereales y ganado del este al oeste del país, por ahí cruzaban también forajidos, ladrones, prostitutas, desertores del ejército, buscafortunas y, de no creerse, esclavos prófugos, las autoridades de Waterloo carecían de escrúpulos y se hacían de la vista gorda si en sus manos les untaban unos cuantos billetes, sin embargo, el arribo de veintiocho negros y dos blancos causaría sospecha, por lo que Lloyd ordenó que acampáramos a dos millas al norte a esperar a que la fuerza de la corriente disminuyera y que él arreglase con los lancheros una salida expedita y cauta, regresó a los tres días, cuando ya las aguas se habían calmado y los lanchones podían navegar el río sin dificultades, partimos al oscurecer y arribamos a Waterloo un par de horas después, los lanchones estaban listos para recibirnos, navegamos en diez diferentes embarcaciones y durante el trayecto no hablamos para no llamar la atención, a la media noche atracamos al otro lado del río y emprendimos la cabalgata hacia nuestro destino final, Texas.

1818

En el verano, Jack arribó a los límites de Kentucky. Fue un largo periplo, sobre todo por su decisión de marchar sólo por senderos y no por los caminos principales. Pernoctó en casas de campesinos, graneros, cobertizos, establos. A Kentucky penetró por un macizo de montañas por donde corrían numerosos ríos, salpicado de lagos y virginales paisajes. Eran extensas las zonas despobladas y se le dificultó hallar lugares dónde hospedarse. Hubo de dormir a la intemperie. Más de tres años habían transcurrido desde su fuga. Su vida al lado de su madre le pareció remotísima, como si hubiese acontecido hacía decenios. Le aterró olvidar el rostro, el olor, la voz de su madre devorados por la marabunta de los días. Le espeluznó también olvidar cómo había sido su propio rostro cuando decidió irse de Saint Justine, cuál el tono de su voz, su estatura. Si lo viera ahora su madre, ¿sabría que era él?, ¿podría una madre reconocer a un hijo luego de años de no verlo? Después de semanas de no bañarse, resolvió hacerlo en un río. No había visto un ser humano en millas a la redonda y se sintió confiado. Se desnudó y descosió la entretela de la chaqueta donde había escondido su dinero. Ocultó los billetes y las monedas debajo de una piedra y lavó su ropa que apestaba a sudor y a mugre. Talló las prendas sobre unas piedras hasta dejarlas limpias y las colgó sobre unas ramas para que se secaran. Nadó un rato y luego metió a su caballo al agua para que se refrescara. Los dos chapotearon un largo rato y al salir se tumbaron sobre la hierba. Jack detestó la idea de ser un hombre solitario huyendo el resto de su vida. Se esperanzó en que sus crímenes no fueran sabidos más allá del norte de Vermont o que se desecharan con el paso del tiempo. Su motivación para seguir adelante era volver al perdido vergel de afectos que le representaban los Chenier. En Kentucky podría reconstruirse, retomar el camino que el amor de esos seres generosos le había señalado. Para retribuir su cariño, les entregaría el total de cuanto ganó en los astilleros. Esa noche durmió desnudo junto al río. A pesar del fresco de la noche que lo despertaba con frecuencia, se sintió liberado, como si el río fuese un Jordán en cuyas aguas se purificó y que lo relevaba de cargas y dolores. Las montañas del este de Kentucky remataron en extensas praderas donde abundaban venados y osos. Logró cazar una venada cuya carne curtió como tasajo. Se alimentaba también de bayas, de peces y de ranas que lograba atrapar en los meandros de los ríos. Cada mañana su único propósito era avanzar hacia el oeste y no detenerse más que a dormir y a comer. Al cabo de varios días, arribó a un pequeño poblado. Ahí logró dormir por fin en una cama que le alquilaron en un granero. El propietario le brindó instrucciones precisas para llegar a Frankfort. Al día siguiente no paró hasta encontrar a Martin Cambron en las proximidades de la destilería de Buffalo Trace. Lo halló después de preguntar en varias casas. Cuando tocó a la puerta, no tuvo necesidad de identificarse. «Henry, te esperaba desde hace meses», le dijo Martin. La casa era modesta y contaba sólo con una pieza donde se hallaba una cama, un fogón y una pequeña mesa. Martin era primo de Hélène. Ella le había enviado una carta avisando de su llegada. Martin le ofreció un pedazo de pan con lonjas de jamón que Jack devoró. Le preguntó por Evariste, Hélène y Carla. Martin guardó silencio. Jack insistió. «Entonces, ¿no sabes?», inquirió Martin. «¿Saber qué?». Martin volvió a permanecer callado. «¿Saber qué?», insistió Jack. «Lucas Gautier y sus hombres los hallaron cuando venían hacia acá. A Evariste y a Hélène los torturaron hasta matarlos y a Carla la violaron entre varios, ella quedó malherida, pero sobrevivió». Jack se mareó, turbado por la noticia. «Ellos creyeron que habían evadido por fin a Gautier, se encontraban en las cercanías de Montpelier cuando los interceptaron. Alguno de los cocheros debió traicionarlos y reveló su itinerario. A ninguno de sus acompañantes tocaron, sólo a ellos tres. Se los llevaron a un paraje despoblado para martirizarlos durante días. Quien los halló, describió una escena atroz. Los tres desnudos en la nieve, sus cuerpos repletos de cortaduras. Evariste, atado a un árbol, sin orejas, ciego por haberle extirpado los ojos. Hélène, bocabajo, amarrada de manos y pies, la espalda llena de excoriaciones, con el rostro enterrado en el fango. Carla, colgada de los pies de una rama en lo alto, balanceándose con el viento. Hubo que amputarle todos los dedos de las manos y de los pies por congelamiento. Ya no volvió a ser la misma». Cada palabra de Martin enardecía a Jack. «¿Dónde está Carla?», preguntó. «Unas misioneras se apiadaron de ella». Jack pidió ir a verla, Martin trató de disuadirlo, «lo mejor es que no vayas, no es la muchacha que conociste». «No me importa», replicó Jack, «quiero verla». Reluctante, Martin accedió a llevarlo a casa de las religiosas. Les abrió la puerta una anciana que apenas veía. «Digan», inquirió la mujer. «Buenas tardes», saludó Martin, se notaba mortificado, «el muchacho está aquí de visita en Frankfort». La anciana aguzó los ojos para enfocar a Jack. «Bienvenido», le dijo con afabilidad, «¿en qué podemos servirles?». «Él es…», comenzó a decir Martin e interrumpió la frase. Intercambió una mirada con Jack con la esperanza de que se negara a proseguir. «Continúa, hijo», pidió la mujer. «… es el hermano de la enferma, desea verla». La anciana se acercó para escuchar mejor, «su hermano, ¿dices?», preguntó. «Sí, su hermano», respondió Martin. «Un momento, voy a enviar a una madre a acompañarlos». La vieja entró y cerró el portón. A los pocos minutos salió una mujer enjuta, vestida de modo austero. «Síganme», les ordenó sin voltear a verlos. Fueron a un cobertizo detrás de la casa, la puerta cerrada con una pesada cadena y dos candados. Displicente, la mujer les abrió, y antes de quitar los pestillos, se giró hacia Martin, «necesitamos dinero, no nos alcanza para mantenerla». Abrió y se quedó en la puerta esperando a que ellos pasaran. Era un lugar oscuro. En una esquina, vestida con andrajos percudidos, atada de manos y pies sobre un montón de paja, se hallaba Carla, que en cuanto los sintió comenzó a balbucear palabras sin sentido. «¿Carla?», inquirió Jack. Ella continuó profiriendo incoherencias. Martin abrió uno de los postigos para que entrara más luz. Jack se horrorizó. Frente a él se hallaba un ser escuálido y macilento con cierto aire a Carla. Se acuclilló para quedar frente a ella. Tal como lo dijo Martin, sus manos se hallaban severamente mutiladas. Carecía de dedos, con excepción de un muñón del meñique izquierdo. Parecía una mujer milenaria. «¿Estás bien?», preguntó Jack con ingenuidad. Carla parloteó en lo que sonaba a una lengua extranjera y arcaica. «Fanáticos trataron de quemarla viva en la creencia de que era una bruja», explicó Martin. Jack hizo el intento de acariciarle el rostro y Carla le soltó una mordida. «Tiene miedo», aseguró Martin, «ataca a quien se le acerca, por eso la tienen amarrada». Jack se aproximó más a ella, «soy Henry, nunca te haría daño». Carla permaneció con la mirada perdida, sin cesar su monótono silabeo. «Mataron a Evariste y a Hélène frente a ella. Creemos que estuvo colgada desnuda en el frío invernal por cerca de cinco días. La violaron repetidas veces, la destrozaron por dentro». No quedaba más que un caparazón hueco de lo que había sido. Su piel ajada, el rostro cruzado por cicatrices, brazos amoratados, huesos salientes. El maxilar debieron rompérselo porque se veía fuera de sitio. También el hueso orbital del ojo izquierdo, desalineado con el derecho. No debió dejarlas solas, ya lo de Regina había sido un aviso de lo que estaba por acaecer. «Quiero que la saquen de aquí», musitó Jack.

440

«¿Adónde?, sólo las religiosas se atrevieron a recibirla. La gente le teme». Jack se incorporó y se dirigió hacia la agria misionera. «¿Cuánto quiere por soltarla de sus amarres y tratarla como una persona y no como un animal?». La mujer lo miró con desprecio. «Ni con todo el oro del mundo dejaríamos libre a esa fiera», espetó. «Ya veremos», aseveró Jack. Salieron del recinto dejando a Carla en su mundo de oscuridad. La monja cerró cada uno de los postigos y trancó la puerta con la gruesa cadena y candados. «No volverán a verla a menos que hagan un donativo a la orden», decretó la mujer, dio media vuelta y se perdió por la calle. Volvieron a casa de Martin y apenas arribar, el hombre se despidió. «Nos veremos por aquí», le dijo sin invitarlo a pasar. Jack creyó que se hospedaría con él y le insinuó si no tenía un espacio donde pudiera dormir. «Hay un par de posadas en el pueblo. Si careces de dinero, junto al río hay una cabaña abandonada donde algunos vagabundos o viajeros pernoctan». Jack se sintió desconcertado. Pensó que por ser familiar de Hélène lo recibiría como un pariente o un amigo. «Si estás interesado en trabajar en la destilería, mañana ven conmigo. Te presentaré con mi jefe, ¿sabes algo de cómo producir whisky?». Jack negó con la cabeza. Había visto cómo en Saint Justine elaboraban una bebida fermentando maíz y bayas, pero nunca supo la técnica. «Ya aprenderás si te contratan, buenas noches», dijo Martin y le cerró la puerta. Jack preguntó por las posadas y sólo verlas por fuera supo que eran caras. Aunque podía pagar con facilidad, no quiso que en el pueblo se supiera que cargaba con dinero. Decidió ir a la cabaña al lado del río. Era una construcción vetusta, seguramente uno de los primeros edificios en la zona, una cabaña de cazadores que debieron apostarse en los márgenes del río para atajar las manadas de búfalos que cruzaban por ahí. Entró y se encontró con un borrachín que roncaba envuelto en una cobija. El lugar, que olía a meados y a vómito, no era el mejor para refugiarse. Como no amagaba con llover, prefirió pernoctar a la vera de un sendero en el bosque. Se recostó sobre un tronco y de su morral extrajo un pan y unas lonjas de jamón. Un par de ardillas lo vigilaban desde lo alto del follaje, ladrándole en un intento por expulsarlo de su territorio. Irritadas, brincaban de una rama a otra, molestas con el intruso. Pensó en Carla, él sabía que detrás de esa fachada derruida debía pervivir la muchacha dulce e inteligente que conoció. No, no debía estar loca, sólo golpeada por los terribles acontecimientos a los que se le forzó a vivir. Algo podía hacerse para abrir dentro de ella un canal por el que depurara su dolor. La mañana siguiente buscaría, no una habitación para rentar, sino una casa donde ambos pudieran vivir y ella volviera, paso a paso, a la dignidad de aquella que fue.

1887

durante semanas te enseñoreaste en el pueblo con tu prole y tu mujer como una anacoreta me atrincheré a canto y lodo para no abatirme a la tentación de ir a buscarte hice cuanto pude para que salieras de mi mente por las noches me refugiaba en la lectura al meterme a la cama y esto me apena contarlo porque quizás haya cometido pecado grave me tocaba mis partes íntimas arrobada por el recuerdo de nuestros besos y de nuestras caricias no me detenía hasta que mi bajo vientre explotaba al terminar el desayuno salía a los campos más con el afán de distraerme que el de decretar órdenes ataviada con mi armadura de matriarca solitaria a solas sin escolta recorría a caballo los labrantíos para supervisar el trabajo de mis decenas de esclavos he de decirte para mi orgullo y espero que también para el tuyo que esa banda de negros me honestaba y me obedecía sin chistar a ti puede que no te parezca gran cosa sólo piensa que bastaban tres o cuatro negros para derribarme de la montura y que entre los surcos cada uno empotrara su grueso miembro dentro de mí para después rebanar mi cuello con un hocino y dejarme semienterrada en una zanja ninguno de ellos ni uno solo me alzó la voz ni cuestionó mis mandatos y aunque eran labriegos sudorosos ávidos de mujer y su sueño fuese penetrar a una hembra blanca ninguno me faltó al respeto podrás argumentar que como dueña de la hacienda ejercía potestad sobre ellos no es el caso porque si fuese así los negros de Mandy Rogers no la hubiesen violado al enviudar ella se hizo cargo de Whitehead la propiedad al oeste de la nuestra la recuerdas y de suerte no la mataron porque negros leales se percataron del abuso y su intervención la salvó justo a tiempo porque estaban a punto de arrojar una enorme roca sobre su cabeza yo la fui a visitar después de aquel suceso aquella mujer voluptuosa y alegre se transformó en un alfeñique la mirada ausente la boca torcida hacia abajo los ojos henchidos circundados por dos manchas violáceas la cabeza gacha inclinada hacia el piso obsesiva restregaba las palmas de sus frágiles manos contra las rodillas parecía que el llanto y el dolor se habían fijado en su rostro y un permanente gesto de derrota colmaba su cuerpo los agraviadores no llegaron a juicio aunque el veredicto sin duda los habría condenado a la horca y no se les juzgó porque los esclavos que detuvieron la agresión los asesinaron a machetazos uno de los guardias testigo de la ejecución relata que actuaron con saña y que no se detuvieron hasta que los cuerpos quedaron partidos en pequeños pedazos no fue el suyo un intento por hacer justicia sino de evitar que las autoridades entraran a la propiedad y en sus interrogatorios torturaran y condenaran a inocentes ya no se dio aviso al alguacil y fue el administrador quien le contó a Mandy de la ofrenda de carne huesos tendones y tripas que los otros negros ejecutaron para resarcir el daño que esos brutos le habían ocasionado Mandy escuchó impertérrita odiando a su sexo y a su vientre por despertar instintos tan bestiales aun cuando había gestado tres hijas que la adoraban nunca se sabe cuándo la brutalidad africana puede desbordarse como una pleamar de sangre y destrucción en ocasiones pienso si tú mismo no te imbuiste de ese espíritu de selva y de fieras venido del África profunda si no cómo explicar tu apego a esas mujeres y hombres de color no podemos olvidar que en la mitad de tu descendencia corre sangre negra y por los siglos de los siglos tu nombre estará vinculado a un clan africano en Emerson me mantuve atenta a los relatos que sobre ti me traía Jenny *hoy fueron al templo por la mañana visitaron la tumba de Jabin ayer recorrieron los alrededores viajaron en una lancha por el río e hicieron un día de campo el señor Lloyd se fue a cazar con sus hijos Henry Jr mató un espléndido venado de doce puntas y lo asaron en una fogata* día a día me detallaba cada una de tus actividades me contó sobre los regalos que le habías traído a tus hijos a Japheth y Jonas una casaca de cuero y un cuchillo a cada uno a Jerioth un hermoso vestido de algodón y un sombrero Jenny señaló que tus cuatro hijos varones eran apuestos y con un aire gallardo y que tus dos hijas eran garbosas y de agradables contornos *son el vivo retrato una de la otra* aseguró *mismas facciones*

misma estatura misma forma de las manos ambas esbeltas Thérèse es la
versión blanca de Jerioth y Jerioth la versión negra de Thérèse se mofan
cada una del acento de la otra Thérèse alega que su hermana habla con
pausas como si canturreara una melodía Jerioth afirma que el tono de
Thérèse es gangoso y apresurado y que le es difícil seguir su conversación
según narró Jenny tu anhelo de unión familiar se arruinó cuando
tus tres hijos legítimos se resistieron a tocar a Jerioth y a Japheth y
que al reconvenirlos Jack protestó *huelen distinto apestan a cebolla*
y huevo podrido y su piel es pegajosa no me gusta estar cerca de ellos aun
dicho sin mala intención la frase traslucía un lacerante desprecio
Jenny relató que se te encendió el rostro y le propinaste una cachetada *nunca más vuelvas a hablar así de tus hermanos* si es cierto lo que
cuenta se refuerza mi idea de que en ti pervive algo de negro como
tu pasado es indescifrable no sé si en algún antecesor tuyo corrió
sangre africana o algo de su cultura te marcó porque de otra manera no me explico tu inclinación hacia ellos tampoco comprendí tu
deseo de ayuntar con mujeres negras me enloquecía de celos cuando
volvías los fines de semana impregnado de su olor Jack estaba en lo
cierto huelen distinto es fácil detectar su aroma ajeno al nuestro me
perturbaba que ni siquiera te tomaras la molestia de bañarte o de
disimular con perfumes de dónde venías y me dolía imaginar que las
abrazabas en la oscuridad que ellas te escuchaban respirar dormido que con sólo estirar la mano podían acariciar tu cuerpo desnudo
cuando te reclamé me tiraste de loca *deja de imaginar cosas que*
no suceden y mira cuatro vástagos mulatos confirmaron que lo
mío no fue un acto de imaginación Jenny me enteró de tu regreso
a Texas después de que pasaste dos meses y medio en esta comarca
la gente comentó la estela que dejaste a tu paso boquiabiertos por la
cantidad de terrenos y de comercios que adquiriste por los innumerables negocios que entablaste tuvieron que callarse aquellos
que pensaron que nuestro matrimonio había sólo sido una pantalla
para encaramarte en la alta sociedad sureña yo sé que no fue así tú
agregaste valor a Emerson y Emerson a ti Jenny me confesó que
en agradecimiento por cuidar a sus hijos pusiste a nombre de ella y
de Jeremiah tres o cuatro propiedades para que tuvieran asegurado
su futuro que a Jerioth le abriste una abultada cuenta en un banco
de Mobile y que por si acaso Japheth y Jonas fracasaban en el manejo de las huertas en Nuevo México los protegiste con cuantiosos

depósitos bancarios me quedé con ganas de verte de conocer a tus hijos legítimos no sucedió y no importa por alguna razón la vida no quiso que eso ocurriera

1881

Tener a Joaquín metido en la casa era como criar un pichón de víbora de cascabel esperando a que creciera para clavarnos los colmillos. «Un apache es un apache aunque deje de ser apache», decía Chuy, «lo llevan en la sangre, lo vistas como lo vistas, le enseñes lo que le enseñes, algo traen por dentro que nunca se les sale». Hasta eso, el escuincle se portaba bien. Se sentaba en un rincón, quietecito, sin estar jodiendo, sin interrumpir. No se le quitaba la cara de susto y a mí me tenía más miedo que al feo de Mier. Una noche, con la luz de las brasas, lo descubrí sobeteando los cueros cabelludos de sus hermanos con un arroyito de lágrimas escurriéndole por los cachetes. Era sensible el chamaco, tiro por viaje se le aguaban los ojos. Me daba lástima y luego de verlo, tan indefenso, tan poquito, tan menos, me entraba culpa por haberle dado matarile a sus hermanos. Estaban desbalagados de los suyos, bien perdidos y no sabían ni dónde andaban. Y pos como decía Chuy, «de que lloren en mi casa, a que lloren en la suya, pos que lloren en la suya». Al chamaco le daba por seguirme adonde yo iba. Yo le aventaba piedras como se las avienta uno a los perros cuando quiere que se regresen a la casa, pero pos nomás no se iba. Hacía cara de puchero y de que estaba por abrírsele el pozo de las lágrimas y para que no se le soltara la lloradera, ya no lo apedreaba y lo dejaba seguirme. Ni pío decía, calladito, pegado a mí como una sombra. Por las mañanas, yo le pedía a Mier que se lo llevara, «anda, te toca a ti». El Mier nomás se reía y jalaba pa sus rumbos. Le pregunté al mocoso si no prefería volver con los suyos y él respondió que no había más suyos, que los rancheros los habían matado a todos y que él y sus hermanos eran los únicos que habían quedado de la tribu, y yo que me había encargado de darle baje a las dos terceras partes de la población restante de los ñuñu, ñañi o como se llamaran. Una tarde, pelábamos un venado y empezó a hablarme sin levantar los ojos. «Yo te perdono», dijo. Me volteé a verlo, «¿de qué hablas?», le pregunté. «El padre de la misión me dice que Cristo vine a enseñarnos a que nos perdonaron unos a otros y yo te perdono», dijo en su mal español. Yo de Cristo, la verdad, sabía poquito porque remontados en el rancho nos ocupábamos en otras cosas. Sí, sabía de la Virgen María y José y el Espíritu Santo y Dios Padre y Dios Hijo, pero era como si me hablaran de unos que fueron mis antepasados y ya nadie se acordara de ellos. Ya no quise darle más hilo porque, para empezar, no le creía ni tantito su cursilería del perdón y de Cristo y eso, y para que no se le destapara el lagrimerío. Apache apache no debía ser, porque de verdad traía las emociones a flor de piel y los apaches que yo conocía, así tuvieran dos años de edad, parecían labrados en piedra y en sus ojos no veía ni un asomo de lagrimitas, al contrario, te miraban con ganas de atravesarte los sesos. Una mañana en que afuera de la casa cocinaba unos filetes de jabalín, vi a lo lejos que se levantaba una polvareda. Rápido le eché tierra al fuego para que dejara de humear. Entré a la casa por los catalejos y miré. Era un ejército, nomás que no era el ejército mexicano. Estos traían casacas azules. Eran como ciento cincuenta pelados y observándolos bien, me di cuenta de que tenían cara de gringos. Joaquín se notaba cagado del susto. Mier también debió verlos porque en chinga se retachó a la casa. «¿Quién sabe quiénes son estos cabrones?», dijo. Iban con dirección al oeste y si seguían derecho, pasarían debajo de la loma donde estaba la casa. Volví a mirar y descubrí que al frente venían Juan Page y Jacinto Brown, los texanos que vinieron a exhortar a los rancheros a unirse a la República de Texas. Cuántas veces no le dijeron a mi abuelo, «le conviene unirse a nosotros, don. Mande a la chingada a los mexicanos y hágase texano». Y mi abuelo, como ya lo conté antes, les dijo que sí, nomás que no les dijo cuándo. Qué hacían esos cabrones acá era algo que no sabíamos ni queríamos averiguar, pero de que picaba la curiosidad, picaba. «¿Nos fueron a matar?», preguntó Joaquín. «Pues en una de esas, pueque sí», le respondió Miguel. Al pobre apachito se le anegaron los ojos y se fue a esconder a la casa. Era lógico que se culeara, si creció entre puras matazones. «Voy a ver quiénes son estos güeros», dijo Mier y en lo que quise convencerlo de que se estuviera sosiego, ya iba bajando la loma a caballo a hablar con ellos. No sé cómo le hacía el méndigo, ni mirándolo con los catalejos lograba yo ubicarlo. Él y su caballo se desaparecían en medio del chaparral, como si se hicieran de aire. De pronto, lo veía uno cabalgar por un lado y se dejaba de ver, para aparecer más adelante a doscientas yardas. En cambio, los rubios no se ocultaban para nada. Venían muy opados, muy yo estoy aquí por mis rechingados tanates y qué. Y no sólo venía una caballería, atrás de ellos los seguía una hilera de diez carretas. Después de que Mier se perdió y reapareció, lo vi llegar hasta donde estaban. Llegó con ellos como quien llega a preguntar por la salud de una tía. El ejército completo se detuvo en cuanto lo vio venir. Jacinto y Juan se adelantaron a hablar con él. Se notaba que ya se conocían de antes, porque se percibían relajados, de piquete de ombligo, y de jijí y jajá. A menudo, Juan señalaba para un lado y luego para otro. ¿Qué hacía acá el ejército gringo? Luego de unos diez minutos, vi cómo Mier se despidió de los texanos. No hice el esfuerzo de seguirlo con los catalejos porque sería inútil. Prendí la fogata y me puse a asar los filetes. Que vieran el humo ya no importaba. Miguel Mier apareció por la cuesta, se apeó del caballo y como si hubiese ido a hablar del clima con los vecinos, se sentó a comer los filetes recién salidos del fuego. «Me moría de hambre», dijo, así, como si nada. Echó tortillas a las brasas para calentarlas y hacer tacos. Joaquín salió ciscado de la casa y despacito caminó hasta la orilla de la loma para otear hacia donde se alzaba la nube de polvo. Ya que vio que iban lejos, también se sentó a almorzar. Como Miguel Mier no soltaba prenda, hube de sacársela con gancho. «¿Quiénes eran?». Me vio con cara de ¿en serio no sabes?, y volvió a acometer su taco. Como no me gustó que no me hiciera caso, le detuve la mano justo cuando la tortilla y la carne estaban a punto de entrar en la hedionda cueva que era su boca. «Respóndame, no se haga el menso», lo insté. No debió caerle nada bien que le trabara el taco a medio camino. «Pues los gringos, ¿quiénes más van a ser?», respondió. «¿Y qué hacen acá?», lo interrogué todavía sin dejar que se zampara el taco. Bajó la mano y me miró a los ojos. «No sé si tú sabías, porque yo no tenía idea, pero los americanos se agarraron a chingazos con los nuestros y asegún esto, nos pusieron en la madre», contestó, «¿Y?», pregunté. «Pues resulta que aquí donde estamos sentados tú y yo comiendo tan a gusto, ya no es México». El estómago se me engarrotó, «¿cómo que ya no es México?». Miguel se zafó de mi brazo y se embuchó medio taco. Como los dientes no le daban para masticar la carne, se la sacaba y con los dedos la jaloneaba para trozarla en cachitos y de nuez se la metía. Empezó a hablar con la boca llena, el bolo de taco rolando por entre su lengua. «Se agenciaron lo que les faltaba de Texas y se fueron de largo hasta California», dijo. No capté la trascendencia de lo que me decía, «no entiendo», le dije. Mier deglutió la mitad del taco y se engulló el resto. «Pues como lo oyes, se chingaron la mitad del país. Todo lo que está al norte del Río Bravo y de ahí hasta al mar, ahora es territorio americano». Quise vomitar. Escondido siete años en el monte no había oído sobre la dichosa guerra y ahora daba la casualidad que era extranjero en mi propio terruño. Desde donde vivíamos al mar eran meses de viaje, chingos de meses. Eso era lejos. No podía ser que se hubieran robado tanto terreno. Miguel continuó, «se quedaron con Texas, Nuevo México, Arizona, California, la Nevada y las tierras coloradas». No pude ni respirar, «¿cuánto de país nos quedó?», le pregunté. «Pues una rajadita, nomás». Con razón Jacinto Brown y Juan Page habían dado tantas vueltas para acá. Venían a tantear el terreno, a sondear quién, a la hora de los putazos, se había puesto de su lado y quién en contra. «Vienen de ver a tu abuelo y a otros rancheros», explicó, «les van a respetar las propiedades, por ahora». El «por ahora» sonaba a que no tardaban en apañárselas. Generaciones de mexicanos viviendo acá por décadas y de pronto, con su permiso, pero se van a ir de puntitas a la chingada. «A tu abuelo creo que no le van a quitar las tierras. Al parecer, le dio dinero a escondidas a Jacinto Brown para financiar al ejército texano. Brown nomás me dijo que había sido buen contribuyente a la causa y que por eso lo iban a respetar». Si ya mi abuelo me repugnaba, ahora me daba verdadero asco. Mierdero traidor, por un lado, llamaba al ejército mexicano para ayudarnos contra los apaches y por el otro, pagaba cuotas para reforzar el armamento de nuestros enemigos. Las tropas americanas, según Miguel, iban camino a San Felipe del Río, porque como ahora el Río Bravo era la nueva frontera, ahí iban a dejar un regimiento y luego irían a medio trayecto entre San Felipe y la Encina a construir un fuerte. «Se veía venir», soltó Mier, «allá en el centro los liberales y los conservadores jalándose del chongo y estos güeros tallándose las manos para ver cuándo nos agarraban de bajada para invadirnos. De milagro no se quedaron con todo el país, y no se lo quedaron porque para los gringos, los mexicanos somos peor que una plaga de cucarachas». Se me quitaron el hambre y el sueño. ¿Qué demonios iba a pasar ahora?

2024

«Me gustaría vestir la ropa de Lloyd», pidió Henry a la doctora Frayjo. Ella sonrió, «tenga en cuenta que fue confeccionada hace ciento ochenta años y que hemos logrado mantenerla en buen estado gracias a un complejo mecanismo de refrigeración. El sudor, la humedad, la luz pueden dañar sus delicadas fibras». A Henry le pareció una explicación poco satisfactoria, «¿cuánto tiempo lleva preservada en las gavetas?», inquirió. «Ocho años», respondió Kezia. «¿Y cómo perduró los otros ciento setenta y dos años?». La doctora sabía por cuál grieta pensaba colarse Henry para salirse con la suya. «La ropa estuvo guardada en un cofre con bolsas de lavanda y de laurel en su interior que impidieron que se apolillara o que sufriera el embate de otros insectos, en un lugar umbrátil, protegida del sol, del calor y de la humedad. Fue un milagro que llegara hasta este siglo sin que se deslavaran los colores o se deteriorara la forma. Del cofre, que al parecer nadie abrió en décadas, pasó directamente a las gavetas refrigeradas. Imagino cuán tentador debe ser portar la vestimenta de su ilustre antepasado, pero corremos el riesgo de estropearla. No sabemos cómo se comportarán los paños al exponerlos a los elementos. Indumentaria decimonónica con esta apariencia y calidad es escasísima. De estas prendas, los historiadores y los arqueólogos de la moda pueden obtener valiosas conclusiones». A Henry el razonamiento le sonó impecable. En estricto sentido, no había forma de rebatir a la doctora, sin embargo, el vínculo de parentesco con Henry Lloyd y el llevar su mismo nombre y apellido, debían otorgarle ciertas prerrogativas. Vestir sus ropajes, aunque fuera por unas horas, le brindaría sentido de identidad y de pertenencia. En múltiples ocasiones contempló la copia del antiquísimo daguerrotipo colgado en las paredes de la empresa con el objeto de dilucidar por qué había Lloyd elegido tal saco, tal pantalón, ese tipo de botas, de qué manera su vestimenta le había ayudado a forjar su imagen que, a casi doscientos años de distancia, aún provocaba veneración y respeto. «No es que quiera ir por la calle paseando como si fuera un hacendado del siglo XIX. Deseo probármela y verme en un espejo. Me basta un par de horas». Para la doctora, acceder le significaría quebrantar las severas normas que había impuesto a sus veinticuatro colaboradores, a quienes obligaba a manipular los materiales con guantes y a usar cubrebocas. A quien quisiera revisar documentos en los archivos se le exigía dejar en resguardo su teléfono móvil y así cumplir con la prohibición de tomar fotos. Al contratar a ambas especialistas, Leslie y Mark Morgan estipularon la rigurosa conservación de cuanto se recuperara: libros, cuadernos, mobiliario, vajillas, cristalería, cubiertos, manteles, ropas, utensilios de cocina, registros contables, mapas, alhajas, así como los objetos recobrados en excavaciones arqueológicas: artefactos indígenas, pedazos de cerámica del siglo XVII, pecios de barcazas que naufragaron en el río. También rescatar los desoladores hallazgos en los cobertizos: zapatos de esclavos desintegrándose, restos de látigos con los cuales los negros eran castigados, los grilletes con los que los mantenían prisioneros, monedas herrumbrosas, los oxidados fierros con los cuales herraban a los esclavos con las iniciales JA, pequeñas esculturas de númenes talladas en madera, así como una variedad de objetos traídos por los esclavos desde África: garras de león, pedazos de piel de leopardo, dientes de cocodrilos, pulseras, collares de cuentas. Los vestigios permitirían que los historiadores y arqueólogos reconstruyeran no sólo la vida en el siglo XIX, en el que Emerson gozó de su mayor auge, sino pasados aún más remotos, trescientos o trescientos cincuenta años antes, cuando llegaron a la región los primeros colonizadores blancos y se enfrentaron a la arcaica cultura Creek. Contaban con piezas suficientes para montar un museo y hacer aún más atractiva la visita a la plantación. En Emerson los estudiosos y especialistas tenían a su alcance vastos archivos para investigar sobre la época. Era deber de Kezia y de Susanne proteger el legado que brindaba al mundo e impedir, aun con la autorización de los Morgan, que un presuntuoso jovenzuelo vulnerara un valioso patrimonio de la colección. Si la obligaran, consideraría presentar su renuncia y la de su equipo y así se lo hizo saber a Henry. McCaffrey le pidió hablar con él a solas, «te sugiero que ya no presiones más. Estás llevando las cosas a un terreno pantanoso». Henry lo escuchó con atención y al terminar, colocó las manos sobre sus hombros, «querido maestro, créame que no soy un hombre necio, pero mi motivación es genuina y no cejaré en mis intenciones. No es de mi interés disfrazarme de mi antepasado ni hago esto como juego. Las autorrevelaciones provienen, usted debe saberlo bien, de estímulos misteriosos. Iré con Peter al hotel a descansar. Le pido que permanezca aquí y trate de convencer a la doctora. Le ruego que le haga ver que probarme esta ropa puede ser un momento definitorio en mi vida». No había duda, pensó McCaffrey, que Henry desplegaba el don de persuadir, por no decir, manipular. Consciente de que la doctora no transigiría con él, Henry puso en manos del profesor la negociación del asunto y se largó a tomar una siesta. Dos horas y media después, sonó el teléfono en la habitación del hotel de tres estrellas que la doctora les había reservado en el pueblo. Desnudo, abrazado a Peter y aún somnoliento, Henry contestó, «la doctora aceptó con la condición de que no saques los atavíos del recinto ni que los mantengas contigo más de una hora», dijo el profesor. «Vamos para allá». En lo que arribaban, la doctora accedió a que McCaffrey revisara la libreta de Lloyd. Le prestaron unos guantes y lo llevaron a un cuarto con temperatura controlada. El profesor había tenido en sus manos inestimables legajos históricos, sí, pero este era especial: frente a él se hallaba la letra manuscrita del legendario prohombre. No en vano entre los historiadores había quienes se especializaban en analizar la caligrafía: era una ventana a la personalidad. Podía determinarse si alguien era caótico o puntilloso, apasionado o proclive al control de sus emociones. Sin ser un experto, McCaffrey adivinó en los trazos de Lloyd el carácter de a quien poco le importa seguir las reglas. Sus notas al margen no seguían un patrón, algunas venían escritas en las esquinas, otras garabateadas en el lado izquierdo, una más casi de cabeza. Parecían pinceladas a lo Pollock, la hoja como un lienzo donde las ideas se vaciaban con una secreta ligazón. Las líneas hirsutas, anárquicas, fascinaron a McCaffrey, un contraste con su propia manera de escribir: ordenada, pulcra, escrupulosa, sin salirse nunca de un renglón. No dejó de maravillarle que las oraciones sucias y crípticas borroneadas en la libreta las había escrito Lloyd de propio puño. Lo imaginó sentado en una mesa, apenas iluminado por una vela, escribiendo en el silencio de la noche, los dedos terrosos, la mano rugosa deslizándose por el papel. Algunos pliegos venían manchados, unos de tinta, otros de polvo, una era una salpicadura marrón indefinida que podría ser sangre. En una de las páginas venía impreso, por acto del sudor y de la tierra, lo que parecía ser el borde cubital de su mano derecha. Podían verse marcadas con claridad las líneas de la parte carnosa de la palma. En buena hora se le había ocurrido viajar a Emerson. Aunque detrás del cristal de la gaveta, la ropa de Lloyd se veía similar a las que había visto en decenas de ilustraciones de la época, mirarla de cerca, hasta olerla, podía discernir otros secretos. Una rotura de la tela, una sombra amarillenta, un rasgón de la camisa, raspaduras en las botas, residuos de lodo en las suelas, podrían delatar un poco más del tipo de hombre que Lloyd había sido. En desacuerdo con la doctora, que veía en la apetencia de Henry por vestir las ropas el capricho de un muchachito rico y mimado, él avalaba la intención. Cómo se vería frente al espejo el futuro líder del conglomerado vestido justo como el fundador lo hizo dos siglos atrás. Se preguntó si se podría trasminar una particularidad inmaterial de Lloyd sobre su descendiente. No en el sentido esotérico, sino por efecto de lo simbólico. Al llegar Henry, la doctora les prestó su espaciosa oficina para que se mudara. A regañadientes extrajo la vestimenta del compartimento refrigerado y con exagerada escrupulosidad la colocó sobre su escritorio, el que con obsesión maníaca limpió con un desinfectante. Quedaron a solas en el despacho Henry, Peter y McCaffrey. Con reverencia, y algo intimidado, como si tocase el manto sagrado de Turín, Henry pasó el dorso de sus dedos por la tela. Había sido elaborada con el mismo algodón que se recolectaba en la hacienda. Esa era una de las grandes satisfacciones de los Wilde: que se procesaran los capullos en telares de la región para manufacturar paños que un sastre cortaría a su medida. Igual sucedía con los cueros curtidos en la propiedad, se usaban para fabricar botas, morrales, cinturones, chaquetas, albardones. Sin pudor, se desnudó frente a Peter y el profesor hasta quedar en calzoncillos. Se puso los pantalones. En cuanto cintura compartían una talla casi idéntica, pero el tiro de la pierna fue más largo en casi dos pulgadas. Él medía uno ochenta y siete metros, ¿cuánto debió medir Henry Lloyd? Él era un tipo atlético, que se ejercitaba en el gimnasio y que perteneció al equipo de remo de la universidad, la camisa de Lloyd le quedó ancha en los hombros. Peter bromeó, «era una bestia ese hombre». En la manga derecha y en la espalda se adivinaban rasgaduras remendadas. ¿Qué las habría provocado?, se preguntó McCaffrey, ¿por qué un hombre en matrimonio con una rica heredera se había tomado la molestia de que le arreglaran esos desgarrones y no mandó a hacerse otra camisa? El pantalón mostraba un círculo oscuro a la altura de la rodilla izquierda, ¿sería un lamparón provocado por el paso del tiempo?, ¿sangre? En ambas entrepiernas se notaba cierta erosión de la tela, con seguridad, pensó el profesor, se debía al roce con la silla de montar. Henry se calzó las botas, se ajustaron con comodidad a su pie. La medida debía ser semejante a la suya: doce. El saco se ceñía a la cintura, pero holgado en las espaldas y las mangas más largas. «Sí, debió ser una bestia», comentó Henry. Se dirigió al baño a mirarse en el espejo. Se sintió mareado. Dimensionó la gravedad del puesto que estaba próximo a recibir. Antaño, no le había prestado la suficiente atención a la violenta historia de Henry Lloyd. Vestido como él, intuyendo el tamaño y la fuerza de Lloyd por la anchura de sus ropas, alcanzó a vislumbrar lo terrorífico de su presencia. No había desvariado cuando presintió que ataviarse con su vestimenta le daría sentido de identidad. McCaffrey lo notó lívido, «¿estás bien?», le preguntó. Henry se detuvo en el lavabo para no irse de bruces. Le costaba trabajo respirar. Había escuchado decenas de bobos cuentos de vestidos de novia embrujados o del hechizo que prendas de gente muerta ejercía sobre los vivos. No, no había nada mágico ni fabuloso. Lo que le ocurrió fue percatarse de la losa histórica que esa ropa representaba. Salió del baño y tan pronto pudo, se despojó de la vestimenta y como si le temiera, la arrojó sobre el escritorio sin atender a la expresa solicitud de la doctora de tratarla con delicadeza. Semidesnudo se sentó en una silla y se llevó las manos al rostro. Peter y McCaffrey anonadados por su reacción. «¿Qué pasa?», lo cuestionó su novio. Henry volteó y fingió una sonrisa, pero su palidez lo delataba. Se levantó y comenzó a vestirse mientras McCaffrey acomodaba la ropa con el mayor esmero posible. Siguiendo las instrucciones de Susanne, la dejaron sobre el escritorio y salieron. «¿Qué tal?», preguntó la doctoranda, «¿cómo te quedó la ropa?». Henry la miró como quien sale de un oscuro túnel y se deslumbra con la luz, «era una bestia», contestó y partió de prisa.

1892

Lloyd hasta el sábado llega. Por suerte, los niños con mejoría. Jerioth ya bien se alimenta, las heridas por cerrar. Lloyd del caballo las riendas me entrega, «a la caballeriza llévalo, para que lo cepillen y pastura le den». Unas urracas sobre el árbol se paran y graznan. «Hermosas aves», Lloyd dice. Urracas los blancos a las jóvenes negras acá las llamaban. Por negras. Por sus graznidos. Lloyd nunca una cosa así diría. Él a los negros no denigra. Pregunta si Jayla se fue como él lo ordenó. Asiento. Jonas de la casa sale y a las piernas de su padre se abraza. Lloyd su cabeza acaricia. Jenny con Jabin en brazos en la puerta espera. Lloyd a su hijo recién nacido va a verlo. Las cicatrices descubre, «¿qué le pasó?». Jenny no responde y se vuelve a verme. En sus ojos temor se nota. Jerioth de la falda de Jenny se agarra. Las heridas de ella también Lloyd observa. Su rostro enrojece, «¿a estos niños qué les sucedió?». Jenny demudada. «Contesta», Lloyd exige. «Al pantano Jayla se los llevó», Jonas con su voz infantil responde. Lloyd hacia mí se gira, la mirada me clava, «¿por qué lo permitiste?». Jenny dos pasos da hacia nosotros. «De madrugada huyó con ellos, por la mañana Jeremiah fue a buscarlos. Horas en encontrarlos tardó». Ira en el rostro de Lloyd. Al recién nacido de los brazos de Jenny arrebata. Sus grandes dedos por las heridas pasa, «Jayla, ¿dónde está?», a mí me pregunta. Lo miro. En mis pupilas su muerte debería leer. «¿Dónde?», repite. Con una seña a Lloyd puedo decirle que muerta está. Nos miramos. Ligeramente la cabeza muevo. Lloyd voltea a su alrededor. Parece entender. A llevar al caballo al establo me dispongo, del brazo me detiene. «¿Pagó Jayla su error?», me pregunta. Nos miramos de nuevo. Pensativo por unos segundos permanece. Jonas de las piernas de su padre no se suelta. Jenny al bebé recupera y en sus brazos lo arrulla. Japheth a su padre a saludar sale. Cariñoso, Lloyd la mano sobre su hombro pone. «¿Jezebel?», a Jenny pregunta. Ella en silencio se vuelve a verme. Aprobación mía debe buscar. Hacia el pantano señalo. Lloyd a Jenny interroga, «¿con Jayla huyó?». Jenny lo niega, «no, señor, dos días hace que se fue». Lloyd no pregunta más, «ahora hablamos». El caballo al establo llevo. Hermoso es el caballo del forastero. Inseparable de Leonard parecía. Ahora inseparable de Lloyd es. A la casa vuelvo. Lloyd en sus piernas a Jerioth sentada tiene. Revisa una a una sus cicatrices. Jenny con Jabin en brazos en la puerta me intercepta. «La niña a su padre la muerte de Jayla le contó». Saliva trago. Cómo responderá Lloyd no puedo adivinarlo. A Japheth y a Jonas con la cabeza señalo. «No, ellos no oyeron», aclara Jenny. Un padre para ellos también soy, saberme asesino no deben. «Jerioth dijo que en el agua su cabeza empujaste, que burbujas salieron y que su madre manoteaba», Jenny me cuenta. Al verme Lloyd de sus piernas a la niña baja y hacia mí se dirige. Con una seña me pide que lo siga y lejos de la casa nos detenemos. «Jerioth me ha dicho que a Jayla la ahogaste». Asiento, sus ojos azules en los míos fija. Quizás en ese instante mi muerte ordene. Deja de mirarme y voltea al suelo. En la tierra palabras debe buscar. «Bien hiciste». Con alivio respiro. Nunca a Lloyd yo mataría. Nunca. Aunque matarme a mí él quisiera. «A Jezebel busca y tráela». Sus órdenes obedezco. De inmediato en su caza salgo. Las huellas ya frescas no son. Casi la misma ruta que Jayla al parecer Jezebel sigue. Por el pantano bordea y luego al bosque se adentra. Más difícil será hallarla. Ligera avanza y en tramos corre. De niño mi abuelo a seguir rastros de animales me enseñó. «Piensa como animal», me aleccionaba. Si fuera un kudú o un león o un leopardo o una gacela, ¿hacia dónde iría?, ¿dónde me escondería?, ¿por cuáles rutas huir? Mi abuelo me enseñó a olisquear para detectarlos. «En el monte vestigios de sus aromas quedan, aprende a reconocer cuál es el de tu presa». Jade olía dulce, como la savia de algunos árboles. Jayla, agria, a sexo, a transpiración, al olor de una venada en celo. Jezebel huele a como huele la leche de vaca recién ordeñada. A observar entre los árboles me detengo. «Cada veinte pasos, al norte, al sur, al oeste y al este debes mirar», mi abuelo me instruía, «ningún animal en línea recta avanza. El león aparecerá detrás de ti para atacarte. El kudú caminará unos pasos y se detendrá a espiarte por entre las enramadas. El leopardo trepará a un árbol para eludirte. Las gacelas correrán en zigzag. Casi todos a su querencia intentan volver. En círculos terminan». A perseguir seres humanos mi abuelo no me enseñó. Eso aquí necesité aprender. Impredecibles los humanos son. Impredecible Jezebel es. Entender su ruta no logro. Del bosque entra y sale. Como ella intento pensar. Quiere confundirme, culebrea de un lado a otro. Sabe que por ella iré. Culebreo yo también. La estrategia funciona. Pisadas suyas frescas encuentro. Venteo. Su aroma a leche recién ordeñada percibo. Me guío por el olfato y detrás de un tronco la hallo. Hacia ella me dirijo con cautela, no me ha visto. Cuando me ve intenta correr, ya escapatoria no tiene. Del brazo la aferro, intenta zafarse. Con una seña le pido que se calme. Aterrada se nota. Sus ojos de las cuencas parecen salirse. «Por favor, no me mates», grita. Tranquilizarla trato, sigue forcejeando. Le aprieto el brazo y la jalo. No ceja. Pelea, los pies clava en el suelo. Inútil. Nada frente a mi fuerza puede hacer. «Auxilio, auxilio», vocifera. Entre el bosque, unos muchachos blancos aparecen y hacia nosotros corren. Son cazadores y armas en sus manos llevan. Nos miran y a unos pasos se detienen. Son cuatro. «Es una urraca», uno de ellos dice. A Jezebel sigo jalándola. «Por favor, ayúdenme», Jezebel implora. Los blancos nos miran. Con la mano el gesto de que todo está bien les hago. Uno de ellos sonríe. «Negros», exclama. Los otros risotadas sueltan. Sonidos de macacos hacen. «Por favor, ayúdenme», los chillidos de Jezebel imitan. «Va a matarme», ella grita. «Va a matarme», la arremedan. En un pleito familiar deben pensar. Ruidos de macacos repiten. De macacos no deben saber nada. Jamás uno habrán visto o escuchado. Alguien de fuera trajo a América esos lenguajes de monos y los blancos los copiaron para según ellos nuestra habla simular. «Una blanca pensamos que era la que auxilio pedía», uno de ellos dice. Nos rodean y con los rifles nos apuntan. «Calla a la urraca». Un jalón a Jezebel le doy para silenciarla, ella sigue aullando. «Auxilio, auxilio». A nuestros pies uno de ellos dispara. La bala a unas pulgadas de nosotros pega. El tronido entre los árboles retumba. «Cállate, perra». Jezebel, asustada, por fin enmudece. «Monos», uno de ellos nos espeta. Monos y macacos de niño yo vi. Seres nobles, hermanos de los hombres. Hablar parecen. Gestos semejantes a los nuestros. Sabiduría poseen. Si estos blancos los conocieran, diciéndonos monos no nos insultarían. Se van sin dejar de burlarse. Por entre los pinos se pierden. Jalo a Jezebel y por los pantanos la llevo. A la mitad de nuestros pechos el agua nos llega. «Como a Jayla no me mates», implora. Niego con la cabeza. A unos pasos de nosotros un caimán nada. Aterrada, ella los movimientos del reptil vigila. Animales malignos y traicioneros los caimanes y los cocodrilos son. Aquí personas han sido devoradas. A la casa llegamos. Lloyd en el porche nos mira venir. Jezebel y yo a fango olemos. Peste a pantano y al cadáver de Jayla y a los cadáveres por los caimanes devorados. Lloyd a Jezebel con placidez recibe. En sus pantorrillas sanguijuelas descubre. La mano le extiende, «conmigo ven, niña». Ella dócil acata. «Morir no quiero», le ruega a Lloyd. Él sonríe. «Eres buena, nadie te matará, mi promesa tienes». Con suavidad a la casa la lleva. A Jenny un baño para Jezebel ordena prepararle. Las dos negras a la casa entran y Jerioth a su padre busca. En su regazo la sienta. «Una sanguijuela en el codo derecho traes», Lloyd me avisa. Volteo mi brazo y la veo. Su cuerpo verdoso se encoge y se dilata al chupar mi sangre. La arranco. Un hilo rojo por mi antebrazo resbala. La sanguijuela en mi mano se agita. La oprimo con los dedos para matarla y explota salpicando mi sangre. Jerioth ríe como si una gracejada hubiese hecho. «Apestas», Lloyd me dice. Una palangana tomo y atrás de la casa voy a bañarme. Me desnudo. Más sanguijuelas en mis muslos descubro. Mis brazos por mosquitos picoteados. Mi herida en la pierna casi cierra. Con estropajo y con jabón me lavo. Me enjuago y a la casa regreso. Lloyd con sus hijos juega. Lloyd me señala a Jerioth, «a esta niña y a Jabin tú y Jenny deben adoptar. Mañana al juzgado irán. Suyos y míos serán mis cuatro hijos, con dos padres y una sola madre». Con la cabeza asiento. Por la noche, en silencio cenamos. Más tranquila Jezebel se percibe. Lisa a Jabin amamanta. El chupeteo del pequeño el silencio rompe. Abundante y nutritiva leche en sus senos debe tener porque Jabin día por día crece. Un niño robusto y sano ahora es. Llega la hora de recogernos. Japheth, Jonas y Jerioth conmigo y con Jenny duermen. Lisa en el piso de la estancia. A su lado Jabin en una cuna. De Jezebel sus gemidos por la puerta abierta se escuchan. Nunca cuando hace el amor con sus mujeres Lloyd la cierra. Algún placer deberá gozar en que los demás lo escuchemos. En algunas noches los lloriqueos de Jabin nos despiertan. La gorda Lisa dormida sigue, la sacudimos para de su profundo sueño espabilarla. Agotada por cada tres horas dar leche. En la oscuridad sus senos se bambolean. Más negros que la noche son. La nodriza en el suelo se sienta y su espalda en el sillón recarga. Cierra los ojos al amamantar. Vigilo que el bebé de su pecho no resbale. Dormida parece, pero susurra, «¿a la madre de esta criatura mataste?». Los ojos no abre. No debe interesarle mi respuesta porque sabe que no hablo. «Dos madres en esta casa han muerto, ¿de la otra también asesino fuiste?». Una bofetada deseo darle. Los chillidos de Jabin debieron despertar a Lloyd y con Jezebel de nuevo fornica. El rechinido de su cama no cesa de sonar. Los sorbos de Jabin a los pezones de Lisa lo contrastan. El bebé de mamar termina y la negra me lo entrega. En la cuna lo deposito y la negra, como si un desmayo sufriera, hacia el suelo se desparrama. En unos segundos ronca. En el cuarto de Lloyd los ruidos persisten. La puerta de mi cuarto cierro a pesar de que Lloyd me ha pedido dejarla abierta para asegurarme de que la gorda a Jabin amamante. Dormir con los ronquidos de Lisa no puedo. De dejarla abierta, a Jezebel huyendo la habría visto. En silencio, desnuda, de la recámara salió. Sin nada se fue, descalza y sin ropa. Por la mañana a mi puerta Lloyd toca. Abro, él sin camisa está. El gélido azul de su mirada me clava. «Te pedí que la puerta no cerraras, por hacerlo, no velaste cuanto aquí sucedía», me regaña. Razón tiene, el error mío ha sido. «Se largó Jezebel y ni cuenta te diste». Con la mano le pido un momento para vestirme para tras ella ir. «No te apures», dice, «desnuda y sin zapatos se fue. Lejos no llegará». Termino de vestirme, salgo de la casa y en la dirección que ha huido busco. Las huellas de sus pequeños pies descubro. Su olor a leche recién ordeñada percibo. Hacia el pantano de vuelta se ha fugado. «Prisa no hay», escucho a Lloyd a mis espaldas. «Ven a desayunar». Los niños en la mesa sentados aguardan. Jenny en la cocina y echada en el piso, Lisa aún duerme.

1878

En la Luisiana debimos cruzar extensos esteros, arroyos y riachuelos, era más húmedo aún que Alabama y Mississippi, nuestras camisas se empapaban por el agua que flotaba en el ambiente, durante dos semanas seguidas sufrimos el embate de tormentas, llovía día y noche y el nivel de los esteros subía con rapidez, necesitamos cavar canales de dos pies de profundidad alrededor de las tiendas de campaña para que el agua no entrara con fuerza y arrastrara nuestras pertenencias, fue difícil conservar en buen estado los alimentos, el calor, la humedad y los bichos los echaban a perder en cuestión de horas, miles de insectos voladores y rastreros nos picaban, nos mordían, nos provocaban ámpulas o salpullidos, una plaga bíblica que nos ponía a prueba hora por hora, una tarde, después de avanzar por terrenos cenagosos, llegamos a un claro, montamos el campamento y al amarrar una soga a una rama uno de los compañeros golpeó un panal de avispas, cayó al suelo y de las celdas brotó un enjambre furioso, nos picotearon sin piedad tanto a hombres como a caballos, las pobres bestias coceaban al aire como si ello ayudara a evadirlas, Jonas y yo corrimos para huir de su ataque, sus aguijones penetraron mi cuello, mis orejas, mi cabeza, mis manos, no paramos hasta recorrer doscientas yardas y arrojarnos a un pequeño lago, aun así las avispas nos sobrevolaron en espera de que sacáramos la cabeza, el rencoroso zumbido duró lo que pensé fueron horas, las avispas se aplacaron cuando oscureció, su lugar lo ocuparon cientos de luciérnagas que revoloteaban entre los palos de lluvia, habría sido un espectáculo gozoso si no hubiésemos tenido las caras hinchadas y los párpados como rendijas, un par sufrió convulsiones, otros se vieron impedidos para hablar, la garganta cerrada, los labios amoratados, la lengua apelmazada, uno de los caballos murió asfixiado y otro a duras penas sobrevivió entre atroces dolores, nadie durmió esa noche, quedamos tumbados entre el lodo, sin energías para armar las casas de campaña, sólo aquellos que se refugiaron en los carromatos no sufrieron el embate del aguacero que siguió al ataque de las avispas, hombres y caballos amanecimos tumefactos, si así era Texas acabaríamos derrotados por los insectos antes de intervenir en nuestra primera batalla, porque no fueron las avispas las únicas en infligirnos daños, también sufrimos quemaduras de gusanos azotadores que caían sobre nosotros desde las copas de los árboles, de hormigas que nos atenazaron con sus furiosas mandíbulas, de arañas cuyas mordeduras provocaban fiebres y escalofríos, varios flaquearon, indecisos en continuar, ¿cuál era el objetivo de sumergirnos en el demencial plan de Henry Lloyd?, veíamos cómo nos alejábamos del luminoso futuro augurado por el gigante blanco para ingresar más y más en el corazón de las tinieblas, a pesar de que él mismo había sido picoteado y mordido por un sinfín de insectos, de que sobrellevó calenturas y náuseas, su voluntad se mantuvo indeclinable, no colapsaron sus certezas ni dejó de centellar en su mirada la esperanza de un porvenir pleno de riquezas y de logros, aun presa de vómitos, montaba en su caballo para guiarnos a la tierra prometida, si no fuese por su volcánica energía algunos habríamos desertado para volver al plácido remanso de Emerson, preferible ser esclavos en un régimen tiránico, pero seguro, a ser devorados vivos por una infinidad de alimañas, Lloyd no permitió nuestra defección, sonámbulos avanzamos catequizados por la fe de nuestro alucinado líder que no cesaba de repetir que estas desgracias eran el preludio de gloria y fortuna, ebrio de una utopía inalcanzable, Lloyd ejercía sobre nosotros una hipnosis a la cual no podíamos sustraernos, un misterio su inagotable facultad de persuasión, cuando pensamos que jamás lograríamos abandonar el sofoco de esos inacabables pantanos y de sus omnipresentes miasmas, arribamos a tierras más benignas, donde ya no tuvimos que enfrentar los millones de bichos ni el denso fango de los humedales, escampó por fin y pudimos marchar con más ligereza, para nuestra fortuna, en el camino no topamos con otras patrullas de cazarrecompensas, exhaustos y enfermos no habríamos tenido el temple necesario para enfrentarlos, contrariando su pretensión de no atravesar por sitios poblados Lloyd resolvió dirigirse a dos villorrios para abastecernos de provisiones y para que se atendieran aquellos que no se recuperaban de sus males, los residentes, tanto blancos como negros, nos recibieron con azoro y temor, fue una dicha poder comer pan recién hecho, sopas calientes, carnes asadas en su punto óptimo, dormir bajo la sombra de cipreses, las autoridades de esos pueblos, apenas armadas con una o dos pistolas y en un inicio reacias a tratar con nosotros, cedieron ante la labia de Lloyd, «son esclavos míos y de mi hijo», dijo y señaló a Jonas, «ostentamos los títulos que nos acreditan como sus propietarios y los documentos legales para trasladarlos de un estado a otro, vamos hacia Texas, donde trabajarán a mi servicio en diversas haciendas que he adquirido», ante la seguridad con la cual se expresaba, ninguno de los menesterosos campesinos disfrazados de alguaciles se atrevió a cuestionarlo, sólo hallamos a un hombre con conocimientos de medicina que recetó a los enfermos infusiones depurativas, pomadas para cicatrizar las heridas y brebajes para combatir la fiebre, luego de cinco días de descanso continuamos hacia el oeste, llegamos una mañana al río de Sabinas, la frontera entre Texas y Luisiana, por fortuna el caudal había descendido y pudimos franquearlo con facilidad, en cuanto pusimos pie en Texas, Lloyd desmontó, se arrodilló y besó la tierra, se incorporó y se giró hacia nosotros, «su verdadera libertad empieza a partir de ahora», lo que por momentos nos pareció un capricho irrealizable comenzó a cobrar forma, y sí, allá adelante se encontraba la esperanza.

1818

Jack se tomó su tiempo y tardó dos semanas en decidir cuál casa comprar en Frankfort. Encontró placentero dormir a la orilla del río. El murmullo de la corriente lo arrullaba y fuera de una que otra vaca que llegaba a pastar y de las quisquillosas ardillas, nadie lo importunaba. Consiguió un trabajo en la hechura de los barriles para la maduración del whisky. La labor era semejante a la que realizaba en Providence: lijar y pulir listones de madera. En un clima benévolo y cálido como el de Kentucky, la tarea se le facilitaba y por ello conseguía avanzar al doble de la velocidad de los demás. Entregó a las monjas una donación que le permitió visitar a Carla todas las tardes al terminar la jornada. Sólo en una ocasión vislumbró en ella vestigios de quien había sido. Por un instante, Carla lo reconoció, «Henry, nos hiciste falta», pronunció para a los pocos minutos regresar a su canturía disparatada e inentendible. Martin intentó desanimarlo de llevarse a Carla a vivir con él, «aquellos que la consideran una bruja, quemarán tu casa en cuanto sepan que vive contigo. Dicen que el Diablo habla a través suyo». No sería fácil la convivencia con ella. Continuaba mostrando un carácter agresivo y mordía a quien intentara tocarla. Las monjas la bañaban con baldazos de agua helada y no la liberaban de sus ataduras ni por un momento. Jack consideró que en cuanto se sintiera libre ella comenzaría a recuperarse, que el problema estribaba en el maltrato que las monjas le procuraban y al encierro a oscuras. Eligió adquirir uno de los cobertizos que los hermanos Lee habían construido para los primeros trabajadores de la destilería. Su ubicación en una pradera y su cercanía al río, lo hicieron decantarse por este. Pasó tres días limpiándolo y realizando las composturas más urgentes. Al terminar contaba con tres habitaciones, un fogón y sitio para un comedor. Encontró entre los tablones del piso el hueco ideal para esconder su dinero. Se resistió a depositarlo en el banco, no porque no fuese una institución seria y responsable, sino porque por su edad podría ser sospechoso de robo. A los trabajadores más veteranos les solazaban los constantes interrogatorios del jovencito recién llegado que quería saber todo sobre los procesos de destilación. Al principio, el señor Blanton, el nuevo dueño, miró con suspicacia el interés de Jack. Podría ser el espía de alguien que deseaba montar una empresa semejante. Martin quiso disipar sus recelos haciéndole saber que se trataba de un huérfano al que le habían asesinado la familia, aun así, se mostró desconfiado. Pieza por pieza, Jack amuebló el cobertizo con la ilusión de brindarle un espacio confortable a su hermanastra. Escogió para ella la habitación más luminosa, con vista al río, para que ella se relajara con el murmullo de la corriente y con el verdor de los árboles. Las monjas se resistieron a dejarla ir con él, no sólo porque era un peligro real, sino porque no querían dejar de exprimir al muchacho, quien no escatimaba para procurarle mejores condiciones. La madre superiora instigó a Jack a creer que de verdad ella era presa de una posesión demoniaca, «nunca se pueden saber los artilugios de Satán para apoderarse de las almas nobles». Como no portaba ningún certificado que lo avalara como pariente directo de Carla, si las monjas solicitaban un juicio para no sacarla, lo perdería. Ningún juez dictaminaría en contra de la poderosa orden católica fundada por monjas alemanas a finales del siglo anterior. La mayor parte de ellas estaba emparentada con la mitad del pueblo y ninguna autoridad se les opondría. Jack supo que no contaba con otra alternativa que pavimentar el camino con billetes. Ofreció una cantidad sustanciosa que la madre superiora regateó como si se tratara de la venta de un animal de granja. Acordaron un precio, con la condición de que Jack la sacaría un domingo por la madrugada para evitar que la gente se enterara. Se cumplió el plazo y Jack y Martin fueron por ella a la una de la mañana, sin antorchas para no atraer la atención. Hubieron de llevársela encadenada. Al intentar liberarla, ella se lanzó a mordidas contra Jack. No pudieron montarla en un caballo y requirieron conducirla descalza hasta la casa. Cuando arribó, las plantas de los pies le sangraban. La metieron y Martin partió de inmediato para no verse obligado a tratar más con ella. Jack la sentó en una silla frente a la chimenea en la cual chisporroteaba un fuego. «¿Tienes hambre?», le preguntó. En respuesta, ella se orinó sobre la silla. Jack fingió no haberse percatado. Ella comenzó a entonar frases sin sentido. «Carla, ¿te acuerdas de nuestra casa?». Ella no respondió y siguió canturreando. Con la luz emanada del fuego, los muñones en sus manos cobraban un aspecto más dantesco. Jack intentó devolverla a la realidad. Fue en vano. No había manera de acceder al mundo en el que Carla se hallaba sumida.

1887

no sé si sea una anécdota cierta o sólo uno de esos cuentos inventados por la gente para abrillantar la leyenda de hombres como tú y que corre de persona a persona hasta llegar a lugares impensados en este caso la estancia de mi casa adonde llegó por azar Linda Hudson una mujer proveniente de Texas a tomarse un té conmigo ella acompañaba a Roger Harrison un comprador de algodón de Mississippi sin que ambos supieran al parecer que yo había estado casada contigo Roger salió a negociar con Jacob el pesaje de las pacas y yo me quedé a solas con ella *Henry Lloyd es de por acá verdad* preguntó al principio creí que deseaba embromarme *vaya que lo es* le respondí *llegó a conocerlo* inquirió todavía dudé si me estaba aguijando *sí un poco* le contesté *creo que esta historia sobre él le puede interesar* me dijo y comenzó a relatarme la supuesta estrategia con la que encandilaste a Sandra Reynolds y de la que ella se presentó como testigo presencial ojalá tú me confirmaras su veracidad porque no sé cómo tomarla contó que una vez que tomaste posesión de incontables propiedades pero aún no terminaban tus correrías en contra de ranchos de mexicanos fuiste invitado a una pomposa cena en San Antonio de Béjar en la que se celebraba el aniversario del sitio de El Álamo a la cual concurría la crema y nata de los independentistas rebeldes y de la novísima sociedad texana *la familia Reynolds no se encontraba ni entre las más acaudaladas ni entre las más ilustres fue invitada porque Arthur Reynolds había colaborado de cerca con próceres como Austin Bowie y Houston* narró que tu futuro suegro no supo catalizar las relaciones con estos connotados personajes y que con dificultades consiguió la medianía económica que te apersonaste en esa cena multitudinaria precedido de un aura de mito no necesariamente halagüeña pues tus tropelías y las de tu ejército de libertos no eran aprobadas por la generalidad pero que incitaste en ellos el suficiente interés para que te abrieran las puertas aseguró que llegaste acompañado de un negro altísimo y mudo descripción exacta de Jeremiah que entraste con aplomo de general romano y que la gente te abría paso intimidada que saludaste con afabilidad a tus anfitriones para luego estrechar la mano a cada uno de los más de cien invitados según Linda tu amable talante no correspondía con tu fama de hombre maldito y feral el evento se había convocado en una tarde del ardiente estío texano y antes de la cena habían ofrecido una bebida en el patio de la hacienda para que los convidados se refrescaran antes de pasar a la mesa en los salones interiores en donde el encerrado e inmóvil calor bañaría en sudor a los comensales que había entre las asistentes un buen número de damas casaderas y muchas empujadas por sus madres coqueteaban contigo con poca fortuna porque a ninguna hiciste caso hasta que posaste tus ojos en una hermosa pelirroja que con sus hermanas te escudriñaba desde una esquina te acercaste a ellas y te presentaste *Henry Lloyd buenas noches* Linda afirma que percibió en Sandra la más joven de las tres un suspiro atorado y un ligero temblor de manos *Arthur el padre quiso congraciarse con Lloyd a sabiendas de que era un hombre de estruendo en Texas y propuso una reunión en fechas venideras para agasajarlo por sus triunfos Lloyd prestó oídos sordos al patético hombre y no le quitó los ojos a Sandra prendado por su belleza marmórea* Linda que sostuvo estar a sólo unos pasos de la escena dijo que Sandra apenas se atrevió a levantar la mirada y que cuando notaste cuán modestos eran sus pendientes declaraste a viva voz y sin importar la presencia de sus padres que le desmerecían *Lloyd dio vuelta por el patio revisando los aretes de cada una de las invitadas hasta que descubrió entre ellas a una mujer poco agraciada que portaba unos zarcillos de diamantes se trataba de Rachel Ellis esposa de George Ellis un opulento ranchero que sonaba para ocupar puestos políticos de alta envergadura en el estado* Linda asevera que atestiguó cómo te acercaste a la mujer y la saludaste con cortesía *buenas noches señora que lindos aretes trae usted puestos* dijo que George terció *las gemas son genuinas y los diamantes son extraídos de lo hondo del África Negra están coronados por esmeraldas y rubíes provenientes de las selvas sudamericanas* que sonreíste ante la información para observarlos de cerca y que tu físico de fiera atemorizó a la mujer que desconcertada se hizo hacia atrás *cuánto quiere por ellos* dijo que le preguntaste a Ellis *no están en venta* te aclaró que entonces lo miraste a los ojos *cuánto* insististe dijo Linda que George no se arredraría contigo que si bien no era un hombre de gran talla ni musculatura corpulenta sí gozaba de fama de atrabiliario y repitió que no pensaba venderlos y he aquí donde la historia cobra un giro fantasioso e inverosímil aunque Linda afirme que fue verdad según ella llevaste ambas manos hacia las orejas de la mujer y con un movimiento vertiginoso se los arrancaste desgarrándole los lóbulos que Rachel gritó de dolor y tú permaneciste inmutable *lo siento señora pero hay quien los portará con más garbo que usted* contó que pretextaste para justificar tu feroz acto *con su permiso* te excusaste ante el turbado esposo y cruzaste por en medio de la alta sociedad texana para llevarle los pendientes a la joven que pasmada y con terror te vio venir hacia ella se los mostraste aún con gotas de sangre de la señora Ellis y le pediste permiso para ponérselos *ninguno de los invitados se atrevió a reclamarle ni hizo un intento por defender el honor de la mujer despojada mucho menos George Ellis quien a pesar de su carácter explosivo no se atrevió a una pelea con Lloyd* que diste dos pasos hacia atrás y contemplaste el rostro de Sandra *estos aretes tienen tu nombre escrito en cada faceta de los brillantes y te pertenecen desde el momento en que un minero los halló en un remoto lugar del mundo y un orfebre los montó te hacen lucir bellísima* que con cinismo le diste el brazo y en su compañía te sentaste a la mesa con el resto de los comensales la parlanchina Linda contó que te comportaste con tal donosura que el incidente pasó a segundo plano y la cena prosiguió como si nada hubiese sucedido a personas que procedían de Texas los interrogué sobre esta historia y las versiones se dividieron unos juraban que era verídica y otros la achacaban a mentes con imaginación prolija y sin ningún sustento en lo factual Japheth y Jonas se indignaron cuando se las expuse *nuestro padre jamás hizo una barbaridad así el incidente posee parte de verdad sí se aproximó a la señora Ellis y después de un ríspido*

intercambio accedió a canjear los pendientes por unas tierras que papá
había obtenido al sur de San Antonio por su nerviosismo la señora Ellis
se lastimó cuando intentó quitárselos jamás él se los arrancó manifestaron convencidos que las hablillas habían sido elaboradas por
enemigos tuyos para presentarte como un bruto aun con sus visos
de exageración me inclino por la historia que narró Linda Hudson
que enriquece tu halo mitológico y justifica que Sandra y todos
los asistentes a esa cena quedaran embelesados por tu osadía y
tu desenfado

1881

El regimiento gringo se lanzó a erigir un fuerte en el Arroyo de
las Moras. Ahí acamparon mientras conseguían los materiales para
construirlo. Me lo dijo Chuy que se lo dijeron unos vaquerizos de
por esos rumbos, «ya los cabrones gringos vinieron a plantar su
patota acá», se lamentaba. Me lancé a buscarlo porque eso de que
ya no éramos México, sino Estados Unidos, me trajo revuelta la
panza. Lo fui a visitar de noche para que no me descubriera el mi-
totero de mi abuelo, aunque el viejón era tan mañoso que sólo ver
pisadas en el polvo debía saber que se trataba de mí. Como no quería meter en broncas a Chuy, amarré dos hojas de palma a mi caballo para borrar las huellas, igual daba, porque si notaba borrones
era porque por ahí había andado yo. Chuy me dijo que Juan y Jacinto llegaron muy alzaditos a hablar con mi abuelo y cómo no, si
detrás de ellos traían a un animalero de soldados americanos. «Le
advertí a tu abuelo que estos güeros eran ojetes y que no les hiciera
confianza. ¿No te lo dije?». Era cierto, nunca les confió y de ladinos
no los bajó. «Esos son de los que invitas a comer y te vacían la alacena, nomás que estos se quedaron con la casa completa». Le pregunté cómo veía el viejón la cosa y dijo que aparte de encabronado,
estaba armando a la gente por debajo del agua para ir a partirle su
madre a los americanos. «Desesperado intentó arreglarse con los
apaches para unir fuerzas, pero se nota a leguas que los indios ya
amarraron acuerdos con los gringos. Los pinches apaches son muy
tiquismiquis, que si esto, que si lo otro, nomás quieren sacar dinero,

armas y ganado. A ellos les vale madre si los que se los dan son los güeros desabridos o los mexicanos». Le pregunté qué pensaban hacer él, Yolanda o mis hermanos, si quedarse acá a ver qué pasaba o se regresaban a lo que había quedado de México. «Acá nacimos, hijo, aquí sepultamos a nuestros muertos, ni modo de dejarlos solos o ¿a poco aquí dejarías a tu mamá?». Era obvio que jamás la abandonaría como ella no me abandonó a mí. Cuando supo que estaba preñada, bien pudo comerse hierbas de esas que botan a los chamacos pa fuera o meterse un alambre y jalarme pedacito por pedacito, aguantó mecha y me parió a pesar de que eso le podría significar lo que terminó pasando: que se murió. Mi abuelo podía expulsarme del rancho o tratar de matarme, pero con los huesos de mi madre no se iba a meter. Ni él, ni los gringos invasores. En ese lugarcito de la tierra se quedarían para el resto de la eternidad porque el polvo de los sepulcros es sagrado. Le dije a Chuy que traía el estómago hecho nudo desde que me enteré de que los gringos se habían chingado más de la mitad del país y que justo nosotros tuvimos la puta mala suerte de quedar de su lado. Tantito más que hubieran puesto las fronteras al norte, la librábamos y seguiríamos tan mexicanos como antes, nomás que por pinches caprichosos o por las puras ganas de chingar, fueron a elegir el Río Bravo para el tú-pa-allá-nosotros-pa-acá. Tenía razón Chuy: lo de la República de Texas fue pura faramalla para que los gringos se metieran hasta la cocina. Eso de que eran texanos e independientes y la cola del marrano era puro cuento, porque en cuanto pudieron, se anexaron a Estados Unidos y se siguieron de corrido para robarle a México. Me largué de vuelta pa mi casa con la esperanza de que el viejón no se hubiese dado cuenta de que estuve a cien yardas de su jeta de huelepedo. Empezaron a verse más y más columnas de soldados americanos. Parecían moscas con las patas embarradas de caca. Pa donde uno mirara con los catalejos ahí estaban ensuciando el paisaje con sus uniformes azul con gris. Eran peor que apaches, al menos esos se escondían, a estos les encantaba mostrarse, como para decirnos que en adelante, aquí sólo sus chicharrones tronaban. Joaquín se veía más cagado que nosotros. «Nos fueron a matar», repetía a cada rato. Y puede que no se equivocara, daba la impresión de que traían escoba y que nosotros éramos la basurita que debían de barrer. La mera verdad, el escuincle llorón fue menos latoso de lo que pensamos. Fuera de que le salían las lágrimas por cualquier babosada, era muy ayudador y ni se sentía que estaba en la casa. Le sabía a lo de la cazada y era bueno para huellear. «Aquí pase un venado, acá un venada», «esta rama la ha rompido un oso», «un león está cercas», «esta marcas es de guajolote esponjados», nos decía con su peculiar español. Si cazaba un venado, yo me iba a dormir una siesta y se lo aventaba para que lo pelara él solo. Las pieles le quedaban limpiecitas de pellejos y de grasa y la carne cortadita y sin hueso. Mier seguía en lo suyo, haciéndose invisible en el monte. En veces regresaba con venado, en veces con oso. Si Joaquín era desapercibido por callado, Mier era una cajita de ruidos, o se reía a carcajadas o roncaba o rechinaba los dientes o nomás no cerraba el pico. Eso sí, era entretenido y nos hacía reír, aunque era un brete dormir con él en el mismo cuarto, porque ya no sólo era la roncadera, también era sonámbulo y tiro por viaje me hacía brincar del susto. Le daba por sentarse con los ojos abiertos y ponerse a platicar en quién sabe qué idioma porque no se le entendía ni madres. Lo peor es que le respondía a uno, si yo le preguntaba algo se encarrilaba y se seguía hablando por horas. Luego, por la calor, le daba por dormir desnudo y así en cueros se paraba y se salía de la casa. Ahí tenía yo que ir a buscarlo en la oscuridad y a cada rato se enredaba entre las matas de uña de gato, y entre que dormido y que no veía ni madres, se aferraba a seguir pa adelante aunque estuviera bien atorado en las espinas. Pa sacarlo del arbusto necesitaba cortar las ramas con machete. Y de milagro no le corté una mano o un brazo porque nomás no se estaba quieto. Y aunque él estuviera sangrando hasta por los huevos, no se despertaba. Al día siguiente se miraba el cuerpo lleno de arañazos y según él que un gato montés se había metido a la casa a rasguñarlo. Cuando le decía lo que le sucedió, me tiraba de a loco, «ya parece, muchacho menso, que dormido voy a salirme de la casa en traje de Adán, ni que estuviera pendejo». Y ni manera de hacérselo ver. Para que no se escapara, Joaquín y yo le amarrábamos las dos patas con un lazo y en cuanto se paraba dormido, se iba derecho al suelo y ahí se quedaba desparrancado sin dejar de roncar. Soldados gringos iban y venían mañana y tarde. Eran manadas, quién sabe de dónde sacaban tantos. Cuando hacía viento, hasta la casa se escuchaban sus voces. Puro inglés del que yo no entendía ni madres. Si el ejército mexicano hubiese estado a las vivas como lo estuvieron estos móndrigos, dándose sus vueltas por acá todos los días, nada de esto habría pasado. Pero, o les dio flojera venir hasta el norte o de plano les valía madre el territorio, porque eso de perder más de la mitad del país o fue porque nuestro presidente o nuestros generales estaban muy pendejos o porque le sacaron raja al negocio y se embolsaron un dineral. Llegó la época de lluvias y se soltaron los temporales. Me dio chingos de gusto ver a los gringos atorados en el lodo chicloso sin saber qué hacer. Se les veía bien tarolas en eso de andar en estos montes. Los muy brutos acampaban junto a los arroyos y cuando se venían los palos de agua, pues a nadar se ha dicho, porque las trombas se llevaban todo a su paso. Al día siguiente, con los catalejos, veía cómo andaban buscando a los ahogados, que eran pilas de hasta veinte. No sabía si debía contentarme o no de que se quedaran sus cadáveres patujados en el lodo. Me emputaba lo abusivos que eran y por eso merecían que se los chupara Judas. Pero por otra parte, casi todos eran chamacos babosos que rayaban los dieciocho. Quién sabe de dónde los sacaban porque parecían hechos en molde: blanquitos, rubios, rojos por el sol, los brazos con vellos pelirrojos. Sus caballos eran distintos a los nuestros, bien comidos, grandotes, lustrosos, no como los nuestros llenos de cicatrices y de garrapatas, polvosos, pintos, bayos y colorados. Los de ellos eran negros y algunos blancos. Los caballos negros los traía la tropa, los blancos, los que comandaban. Llegué a ver un palomino que montaba un general. Cosa más chula de caballo nunca había visto en mi vida. Era como si el sol trotara por el monte. Brillaba su piel como si fuera de oro, las crines le volaban al correr. Me prometí que un día yo tendría uno tan hermoso como ese. Las lluvias pararon a los gringos y dejaron en paz los caminos que se echaron a perder con tanto ir y venir, luego, cuando se secaba la tierra después de su paso, se hacían tremendos hoyos y bolas de terrones que les rompían las patas al ganado y a otros caballos y era imposible cruzar por ahí con las carretas. Eran la pura salación los güeros. Volvieron los días sin nubes, el sol quemaba como si fuera aceite ardiendo. Una mañana muy temprano, Joaquín me despertó más asustado que de costumbre. Le dije que no me estuviera chingando, que me dejara dormir. «A viste esto ven», me pidió. «Despierta a Mier, que él vaya», le dije. «No, tú tuviste que verlo», insistió. No se sosegó hasta que me paré, agarré los catalejos y con la baba aún escurriéndome, miré hacia donde apuntaba. Ahora sí que tenía razón para estar asustado. Debajo de la loma cruzaba un regimiento dividido en dos columnas, estos no eran soldados ni traían uniforme y con excepción de dos que venían hasta adelante, ninguno de los otros era güero. Tenían la piel tatemada, oscura, color carbón. Nunca antes había visto gente como esa. «Ve a despertar a Miguel a la de ya, dile que tiene que ver esto».

2024

Al llegar al hotel por la tarde, Henry se excusó para no ir a cenar con ellos y fue a acostarse. «Me atropelló un tráiler», bromeó en el desayuno al día siguiente. Se sentía apaleado, podría parecer simpático zambullirse en el pasado de su antecesor, pero la subterránea carga emocional que ello representaba le había ocasionado un malestar nebuloso. No creía en el cuento de las «vibras» o el karma ni todas las bobadas que a sus compañeritos de universidad les gustaba aducir cuando las cosas iban mal. Las nuevas generaciones habían sustituido el «te va a castigar Dios» con «vas a sufrir por tu mal karma». Los moralistas se escondían bajo antifaces diferentes, pero con la misma receta punitiva: serás sancionado por tus actos. La más horrorosa de las condenas *new age* era el «karma generacional», no importaba el tipo de persona que fueras, sobre ti caería el peso de los actos cometidos por tus antepasados. Una variante más del pecado original que había anegado de culpa a millones y millones de cristianos. En una entrevista, un reportero le espetó a su padre, «¿qué se siente gozar de una fortuna salpicada de sangre y de violencia?». Como gato bocarriba, su padre enumeró una interminable lista de acciones que el conglomerado Lloyd realizaba para beneficiar a las comunidades más desprotegidas de la sociedad. El periodista no soltó la presa, «eso no quita que su riqueza provenga de felonías cometidas por un asesino y un genocida». En su interior, Henry deseó que su padre contestara: «Que cualquier americano tire la primera piedra, somos un pueblo de asesinos», pero eso no concordaba con el discurso humanista pregonado por la corporación. Su padre no se enganchó y continuó enlistando logros de las empresas. Lo triste del asunto era que el periodista estaba en lo correcto, no sólo por los desmanes violentísimos que llevó a cabo el original Henry Lloyd, sino también por la estela de corrupción, fraudes, sobornos, despojos, estafas, homicidios, que efectuaron las sucesivas descendencias. Verse en el espejo con la ropa de Lloyd condensó el escabroso camino de su familia aun cuando su figura lo llenara de orgullo. McCaffrey propuso que buscaran a Jemuel Dawson, «faltan decenas de claves para completar el crucigrama». La humedad y el calor hicieron desistir a Peter y a Henry, «hagámoslo más tarde, ahora nos vamos a achicharrar». McCaffrey los apremió a salir de inmediato y no desaprovechar el día, «es sábado y podemos tener suerte. Entre semana será más difícil». La doctora Frayjo les había escrito en un papel la última dirección de Dawson: Daugherty Avenue #58. No debía ser difícil encontrarlo, las familias negras debían estar interconectadas y, una u otra, brindarían pistas para hallar su nuevo paradero. Pese a la resistencia de Henry, que prefería pasar la mañana tumbado en un camastro junto a la alberca, un chofer condujo a los tres al domicilio anotado. Las casas se hallaban diseminadas entre los bosques. Más que una avenida, Daugherty Avenue era un estrecho camino asfaltado al que la hierba había invadido. Después de varias vueltas, Waze no indicaba la dirección exacta, dieron con la casa. Se notaba abandonada. Decenas de promociones de supermercados y de distribuidoras de automóviles se hallaban apiladas junto a la puerta. ¿Quién iría hasta esa casa perdida en un pueblo perdido a dejar folletos que nadie leería?, ¿cuál era la necedad de amontonarlos ahí si era claro que nadie la había ocupado en meses? En el pequeño jardín frontal el pasto crecía hasta la rodilla y por obra del polvo, las ventanas se habían tornado opacas. Henry meneó la cabeza en desaprobación, «si ya sabíamos que no estaba aquí, ¿para qué vinimos hasta acá?». La actitud del joven heredero no arredró a McCaffrey. Dejó a Peter y a Henry en la Suburban para que se refrescaran con el aire acondicionado y él fue a pie casa por casa a preguntar por Jemuel. Era un barrio de clase trabajadora, donde vivían operarios de una fábrica cercana, la mayoría blancos. En cuatro de las casas aseveraron conocer a Jemuel sólo de vista. Uno había tratado con él porque le arregló la trasmisión automática de un destartalado Subaru. «Es un mecánico hábil», le dijo el hombre. No sabía adónde se había mudado y lo refirió a otro vecino en la siguiente cuadra. «Eran camaradas, él debe saber». McCaffrey caminó entre el arbolado barrio, la camioneta detrás. Era una metáfora de la diferencia entre él, un académico de clase media alta, con los jóvenes herederos de fortunas incalculables. Llegó a la vivienda indicada. El tipo que buscaba y su esposa se encontraban a punto de salir. McCaffrey los saludó con amabilidad y el hombre lo miró con desconfianza cuando vio que venía seguido de una lujosa camioneta. Se suavizó su expresión cuando el profesor le preguntó por Dawson, «¡Ah!, creí que era un inspector de impuestos», rio el tipo. De Jemuel, confirmó su destreza como mecánico. «Puede desarmar y armar un motor con los ojos vendados, podría ser hasta mecánico de aviones», presumió de su amigo. «¿Dónde lo puedo encontrar?», preguntó McCaffrey. El hombre entró a su casa y en un pedazo de periódico garrapateó una dirección, «Hayle 1563, está al final de la calle, casi cuando se convierte en Midway». Henry agradeció y volvió a la Suburban. Peter y Henry se hallaban recargados sobre las ventanillas, dormidos. Sin hablar en voz alta para no despertarlos, le susurró al conductor el domicilio y se enfilaron hacia allá. El barrio se veía más pobre que el anterior, las casas apiñadas, sin tanto espacio entre unas y otras. Los automóviles estacionados a la orilla de la vereda, porque en realidad no podía llamársele calle, eran carcachas con antigüedad de veinticinco, treinta años. Unos niños negros jugaban baloncesto en una canasta colocada en la división entre Hayle y Midway. Un par de esqueletos de carrocerías, invadidos por la maleza, se hallaban abandonados en un predio contiguo. Oxidadas rastras de tractor arrinconadas bajo los árboles. McCaffrey abrió la ventanilla y les preguntó a los niños si sabían cuál era la casa de Jemuel Dawson. Señalaron una vivienda al fondo. Era una modesta casa preconstruida, de esas que tractocamiones depositan en cualquier lugar del país y que sólo basta conectarlas a las tuberías de agua y a los registros eléctricos. En el garaje se hallaba un carro con el motor desmantelado cuyas piezas aparecían colocadas en hileras en el piso de grava repleto de manchas de aceite. «Una paradoja de la historia», pensó McCaffrey. Dos descendientes de Henry Lloyd se encontraban a unos pasos de distancia, uno un millonario dormitando en una camioneta de lujo, el otro, rentando una casucha desvencijada en un arrabal lumpen. El profesor se volteó sobre el asiento del copiloto y rozó la pierna de Henry que cabeceaba con la boca abierta. «Henry, ya llegamos». Él abrió los ojos y miró hacia un lado y hacia el otro, «¿aquí es?», preguntó dubitativo, como si no creyera que Jemuel viviera en un lugar tan miserable. Los tres se apearon del vehículo y tocaron el timbre. Les abrió una niña de doce años. «¿Aquí vive Jemuel Dawson?», preguntó McCaffrey. Sin contestar, la niña les cerró la puerta. Del interior se escuchaba la narración de un partido de futbol americano colegial. Oyeron unos gritos de mujer. «Jemuel, te buscan». Abrió la puerta un tipo esmirriado, vestido con una camiseta sin mangas, las rayas de las manos penetradas por grasa automotriz, las uñas largas y sucias. «¿Jemuel Dawson?», preguntó Henry. El tipo escrutó con la mirada a los blanquitos atildados antes de responder. «Sí, soy yo», espetó con altanería. Henry estiró su mano para estrechársela, «mucho gusto, soy Henry Lloyd vi, tu primo en séptimo grado». Cedió el tufillo arrogante de Jemuel, Henry Lloyd era un nombre que se había venerado por décadas en su familia. «¿De los Lloyd, Lloyd?», preguntó, demudado. Henry asintió. El negro extendió su brazo para invitarlos a pasar y gritó a su mujer, «Shanice, tenemos visita».

1892

Para nosotros la vida cambió. Un hijo perdimos, cuatro ganamos. Al juzgado fuimos Jenny y yo y a Jerioth y a Jabin como nuestros registramos. Japheth, Jonas, Jerioth y Jabin, hijos de Jenny y Jeremiah Adams. Amarlos prometí. Traídos a nosotros por la buenaventura. «Edúquenlos», petición de Henry fue. «A amar la tierra enséñenlos, a nadie ni a nada temer». Jerioth en especial nos la encargó, única niña entre sus cachorros. «A defenderla sus hermanos deben aprender y que nunca se separen». Henry a los cuatro adoraba y cada fin de semana a visitarlos venía. Preferencia sobre alguno de ellos no hizo. Igual de atención ponía a sus hijos negros como a su hijo blanco. Asombroso pensar que los cuatro de un solo padre provinieran. Distintos en carácter, tamaño y color. Japheth, discreto, tímido, apocado. No muy alto, no muy bajo. Canela su piel. Rizado su cabello. Nariz ancha, amarillos los ojos. Cara redonda, labios anchos. Jonas, como el padre, atrabancado, rijoso, más intrépido. Pelo quebrado, rubio, ojos azules, cuerpo de negro, piel de blanco. El cuello ancho, la mandíbula cuadrada. Las manos grandes. Jerioth. Suave, risueña, asustadiza. Piel oscura, lustrosa. Ojos como agua. Dientes blanquísimos. Pelo ensortijado. La nariz de su madre, respingada, fina. Delgada la boca. Negra del desierto. Por fortuna, la muerte de su madre con el tiempo olvidó. Al principio, pesadillas a diario padecía. Luego de Jayla ni un solo recuerdo. Jabin. Niño mimoso, pedigüeño, enfermizo. Lisa por más de dos años debió amamantarlo. De sus tetas no se despegaba, en la enorme barriga negra pasaba largas horas recostado. De ella no quería separarse. Junto a ella pasaba día y noche. La mujer cariño hacia él tuvo. «Mi niño», le decía. Apenas transcurrían cinco minutos sin verla Jabin lloraba. Hasta al baño tenía que llevarlo, cagar y orinar con el mocoso al lado. Cuando sin la negra al juzgado fuimos para registrarlo como nuestro Jabin berreó. Fue necesario con nosotros traerla. En el juzgado el niño a Lisa «mamá» la llamaba. El juez pensó que Jabin hijo nuestro no era. La blusa le abría para su teta buscar. «¿Por qué mamá a ella le dice?», el juez preguntó. «Su nodriza es», Jenny aclaró, «leche yo no pude darle». Problema fue convencerlo. Henry antes dinero le había dado para que rápido resolviera. En el pueblo se rumoraba que sus hijos eran, pero el juez la adopción no podía darla si la madre vivía. «Ella madre del niño no es», Jenny insistió. «Pues lo parece», el juez dijo. «Puede parecerlo, pero no lo es». Lisa, mustia, no desmentía. Al niño como su hijo consideraba. Por fin el juez las actas firmó. Jerioth y Jabin a nosotros pasaron a pertenecer. Meses después Lisa la negra le pidió a Jenny con Jabin quedarse. «Será el hijo que no tuve». «Imposible», Jenny le dijo. «Más mío que de nadie es, yo lo he alimentado», Lisa aseguró. «De las vacas, su leche bebemos e hijos de ellas no somos», reviró Jenny, «no intentes llevártelo, Lloyd mandaría matarte». Lisa de la suerte de Jayla supo por boca de Jerioth, «el asesinato de su madre por tu marido la niña me contó». «Imaginaciones», Jenny le respondió, «porque buen hombre es Jeremiah». La muerte de Jezebel en mis manos la gorda también insinuó. «Nadie a esa muchacha una mano le puso encima, ni Jeremiah ni Lloyd. Ella sola al pantano fue a perderse», Jenny en claro le puso. La guerra se había desatado. Lisa, al principio una buena mujer, en una arpía se transformó. Demasiado tiempo amamantando a Jabin. Lloyd creyó que la leche de la negra a su hijo robustecería. «De esa negra mi hijo fuerzas podrá sacar, la leche de mujer a los niños protege». Lisa con quedarse con Jabin se obsesionó. Jenny por las noches preocupada no dormía, «¿con ella qué hacemos?». Ya Japheth y Jonas como una forastera entrometida la tenían. «Mi papá Henry de la casa debe expulsarla», Japheth me comentó. Lloyd a sus hijos les pedía acompañarlo. Adonde él iba, Japheth, Jonas, James y yo íbamos. Decenas de proyectos en su cabeza y para desarrollarlos negros y más negros adquiría. Negros leñadores, negros estibadores, negros alijadores, negros albañiles, negros carpinteros, negros remadores, negros cargadores. Negros iban y venían por los bosques, por los talleres, por el río, por los andenes. Bajo el sol Lloyd al gigante hormiguero comandaba. Sudoroso, requemado. Su mente no se detenía: aserraderos, astilleros, naviera, muelles, sistemas de riego, transporte, nuevos cultivos. A sus dos hijos mayores los aleccionaba: cómo pensar, cómo resolver, cómo ejecutar. Obviaba que por ambos sangre negra corría, que uno negro era y que el otro disimulo de su negritud debía hacer. Cada noche al pueblo a dormir Lloyd me mandaba, «a casa regresa, nuestros hijos te necesitan». Dulces palabras en mis oídos: «Nuestros hijos». Dos hombres compartiendo paternidad, dos hombres que a una misma mujer el amor le hicieron, dos hombres por hilos invisibles unidos. Cada noche a cenar con la familia yo iba. Jabin en la oscura gruta del regazo de Lisa. Una sola persona semejaban. Siameses de tamaño desigual, un osezno colgado a un frondoso roble. Jenny un día aparte me llamó, «algo con ella debemos hacer, órdenes da, como si patrona mía fuera. Es una mole inmóvil. Su corpulencia estorba. Donde se sienta, charcos de sudor deja. Como una piara de cerdos devora, la comida con ella no alcanza y un dedo no mueve. Está echada sin otra cosa que darle a Jabin de mamar». A la casa entro una noche, Lisa reclinada sobre un sillón se abanica. A su lado, siempre Jabin. Frente a ella me siento. A los ojos la miro. Ella la cabeza levanta. Me observa y luego vuelve a bajarla. Para que voltee a verme la pierna le toco. La barbilla alza, pero no me mira. Jenny desde la puerta nos observa. Con la mano darme a Jabin le indico. Ella con la cabeza niega y entre sus brazos lo aprieta.

Me desespero y trato de quitárselo. Ella se gira para eludirme. Tomo a Jabin de la cintura y lo jalo. El niño de berridos pega. Lisa me grita. «En paz a mi hijo deja». Jenny desde lejos la confronta. «Tu hijo no es». Hay más gritos. Jabin chilla. Jerioth del cuarto sale, nos ve y desconsolada llora. Lisa la gorda contra la pared se pega. Como Jerioth de gimotear no para, la cargo y la beso para tranquilizarla. Al porche salimos. Luciérnagas en la oscuridad vuelan. Se las señalo. Una en mi mano atrapo. Jerioth su cabeza a mi puño acerca. Soplo, abro los dedos y la luciérnaga libre vuela. Jerioth ríe.

1878

Texas era tan racista y tan pro esclavitud como Mississippi, Luisiana y Alabama, pero a diferencia de esos estados, en los que se imponía un aire vetusto y las élites disfrutaban de un modo de vida cuasiaristocrático, Texas experimentaba la efervescencia de la victoria de la guerra contra México, recién se abrían las afluentes para las ilusiones y para la construcción de un mundo a la imagen y semejanza de la utopía diseñada por los rebeldes independentistas, cruzamos la parte oriental de Texas sin mayores contratiempos, ocupados en afianzar la posesión de los nuevos territorios, a los jóvenes se les llamó a engrosar las filas del ejército americano y dejaron de distraerse en la persecución de negros fugitivos, nos dirigimos a Austin, aún más pueblo que ciudad, que apenas llevaba un par de años fungiendo como capital del estado, la finalidad de Lloyd era presentarse con las autoridades, ratificar la aquiescencia legal de nuestro estatus de esclavos manumisos y solicitar permiso para adquirir propiedades o tomar posesión de los llamados «territorios baldíos», que no eran otra cosa que ranchos en manos de mexicanos o terrenos abandonados por los indios, Lloyd consiguió la anuencia del gobierno de Texas para transitar con libertad junto con su ejército de negros armados, era difícil que le pusieran peros, había una gigantesca extensión de tierras por domar y no estaban para negarle su beneplácito a aquellos que arribaban con el ánimo de combatir para la causa de los Estados Unidos, así fuese una banda de negros capitaneada por un blanco y sus hijos mulatos, el Destino Manifiesto no detendría su marcha con remilgos ni era tarea para hombres melindrosos y blandengues, había que dejar los escrúpulos para más tarde, mexicanos, apaches, comanches, navajos y decenas de tribus de indios podían rebelarse contra el nuevo orden de las cosas, era apremiante la limpieza a fondo y extirpar o desterrar todo lo que interfiriera con los planes de los Estados Unidos, la instauración de leyes y mandatos americanos en el territorio recién despojado no presuponía una tarea almibarada y sencilla, se vislumbraban torrentes de sangre y carretadas de muertos, un holocausto donde los perdedores serían los propietarios actuales de las tierras y quienes ganaran serían aquellos que ayudaran a implantar la *pax americana*, de Austin partimos hacia San Antonio de Béjar, ahí Lloyd se reunió con los encargados de elaborar la nueva cartografía y de fijar las nuevas demarcaciones, en San Antonio se hallaban archivos recopilados por dos exploradores y espías, Juan Page y Jacinto Brown, en los que detallaron cuáles eran las propiedades que se hallaban en el territorio recién arrancado, sus colindancias, nombres de sus dueños y qué tan afines habían sido a la génesis de la República de Texas y su posterior mudanza a estado de la Unión Americana, el informe de Brown y Page también advertía cuáles territorios de indios se consideraban hostiles y qué tribus de apaches habían colaborado de manera secreta con el ejército texano, Lloyd, Jeremiah, Jonas, Japheth y yo estudiamos durante semanas los planos morfológicos, las vías de acceso, la orografía y las cuencas hidrológicas de los ranchos que salpicaban la topografía texana, Lloyd concluyó que el territorio era tan vasto que debíamos enfocarnos en una sola región, conquistarla, establecer el dominio y de ahí movernos a la siguiente, luego de un análisis meticuloso, Lloyd resolvió que empezaríamos por el suroeste de San Antonio de Béjar, donde se hallaban las propiedades más extensas y cuyos dueños eran en su mayoría mexicanos, el esfuerzo debía significarnos una recompensa considerable, la estrategia radicaría en ir con los poseedores de los predios y sugerirles de manera atenta que los desalojaran ya que, bajo las leyes americanas que ahora regían, sus escrituras carecían de validez, lo cual era falso, el gobierno de Estados Unidos, en aras de pacificar con rapidez los territorios y evitar sublevaciones, había garantizado el irrestricto respeto a las propiedades, al mismo tiempo había propiciado las suficientes lagunas legales para justificar la invasión, el desahucio y, por ende, el despojo, además, en el vago orden de grises, los mexicanos carecían de instrumentos jurídicos y frente al desconcierto valía más largarse a México que ser asesinados, Lloyd puso su mira en una gigantesca hacienda en las cercanías del pueblo de Encina, el rancho Santa Cruz, cuyo poseedor era un tal José Sánchez, según los expedientes, Sánchez había favorecido la causa de la independencia de Texas y había sufragado la compra de armas y de municiones para el ejército rebelde, sin embargo, el informe de Brown y Page lo pintaba como un hombre propenso a la doblez y se sospechaba que de igual modo había financiado las campañas del ejército mexicano contra las patrullas texanas que se adentraban en los territorios en «disputa», «su simulación salta a la vista y no es de fiar, cuenta con un buen número de elementos armados que, bajo el disfraz de vaqueros, protegen sus tierras, conviene mantenerlo de nuestro lado y vigilar sus movimientos», para nosotros José Sánchez encarnaba el adversario ideal, no sólo poseía un inmenso y expropiable rancho de millas y millas cuadradas que creó robando a otros mexicanos y a los apaches, sino también causaba hondos recelos entre los mandos estatales, Lloyd no creyó oportuno que fuese el Santa Cruz el primer rancho que invadiéramos, Sánchez era un hombre de considerable poder en la región y bien podíamos agotar nuestros pertrechos y arriesgar nuestras vidas al atacarlo, prefirió incursionar en ranchos menores e ir creando aliados entre la población mexicana, «deben ser centenas los que odien a terratenientes codiciosos como Sánchez», planteó, «debemos ganar su confianza e ir enrolándolos a nuestro proyecto», a principios de septiembre salimos rumbo al suroeste, conforme avanzábamos el paisaje se tornaba más agreste y desértico, aunque era terreno árido lo atravesaban riachuelos y arroyos, en estos páramos era común hallar decenas de cabezas de ganado, las reses se detenían entre los matorrales a observarnos y huían si nos acercábamos, en el camino topamos con cinco arrieros mexicanos que vestían ropas distintas a las nuestras, cuatro no hablaban inglés, el quinto, Eduardo Valenzuela, lo hacía con corrección, nos dijo que el rancho Arroyo Hondo, el primero al que pensábamos ir, se hallaba a quince leguas de distancia y nos dio indicaciones claras de cómo llegar, en agradecimiento Lloyd le obsequió una moneda de plata y se apalabró con él para que en adelante se uniera a nosotros como traductor, acampamos a la orilla del río que daba nombre al rancho, como nuestras provisiones comenzaban a escasear, Japheth propuso que matáramos ganado para alimentarnos, Lloyd se negó con vehemencia, «de ninguna manera, no daremos excusa a las autoridades para ser acusados de abigeos, no somos vulgares ladrones, respetaremos las leyes», me pareció paradójica la postura de Lloyd, veníamos a apropiarnos de ranchos ajenos y sin embargo se rehusaba a cometer delitos menores, con el tiempo entendí, quería evitar que la población se pusiera en nuestra contra, no sabíamos a quiénes pertenecían esas vacas y no deseaba causar animadversión entre la gente, en las arenas movedizas de ese crucial momento histórico había que andarse con cautela, evitar querellas inútiles y no suscitar discordias vanas, debíamos encauzar las energías a nuestro objetivo, delineado por Lloyd con absoluta claridad, y no desviarnos ni un ápice.

1818

Jack no pudo soltar a Carla de sus amarras. Estimaba que con el paso del tiempo ella retornaría a su estado normal, que su padecimiento era transitorio y que con paciencia y cariño lo lograría superar. Se equivocó. Carla había traspasado un umbral del que, en apariencia, no había regreso. Sus facciones, que tanto le habían agradado a Jack, se contorsionaron en una pavorosa mueca de gárgola. Su voz parecía usurpada por un ser venido de las profundidades de la tierra. Aunque la madre superiora había dicho que estaba poseída y que la extraña lengua que farfullaba era la del Diablo, Jack sabía que no: era una mezcolanza de palabras en francés con inglés, salpicada con *patois* quebequense. No por hallarse inmersa en la locura Carla se había trasfigurado en una mala mujer. Enajenada de sí misma, perdida en un laberinto, más animal que humana, pero no malvada. El encierro en el cobertizo del convento debió acentuar el deterioro de su mente y de su corazón. La luz de las ventanas, el paisaje, el leve rumor del río, habían de ejercer como panacea. Jack no podía contratar a alguien del pueblo para que le ayudara. No sólo se espantaría de su aspecto, podría revelar el sitio donde vivían y azuzar a la multitud para quemarla. Decidió cuidarla a solas y pronto la tarea comenzó a rebasarlo. Salía por las mañanas al trabajo y al volver por la tarde, la encontraba batida de mierda y orines. Arrojándole agua lograba limpiarla un poco, pero ella continuaba sucia y apestosa. Como carecía de dedos, no podía llevarse la comida a la boca. Tampoco podía Jack dársela, porque de inmediato ella intentaba morderlo. Como si fuera un perro, le dejaba el alimento en el suelo y un platón con agua. Ella se empinaba a recogerlo con los dientes y con gruñidos los deglutía. La desnudez de Carla a menudo se atisbaba por entre su camisón. Lejana era la posibilidad de que Jack se excitara al verla como aquel instante en que la avistó sin ropa. Era un cuerpo sin avenidas para el deseo. Aunque el trabajo lo distraía, a Jack le aburrió lijar la madera para los barriles. Le interesaron los procesos de producción y preguntó a Martin si podía abogar con los jefes para que lo cambiaran a esa área. «No lo creo, el maestro destilador es muy celoso de sus secretos y sólo los comparte con gente con probada lealtad. Deberán pasar años para que eso suceda». Jack decidió no darse por vencido. Le atraía ver desde lejos cómo combinaban los cereales, su fermentación, su paso por los alambiques hasta ser vertidos en las barricas para madurar la bebida. Le pareció fascinante que, dependiendo de las mezclas y del tipo de madera con la que se construían las barricas, los sabores variaban. Desde su sitio de trabajo poco podía ver de los pasos de la elaboración. Por rendijas avizoraba al maestro destilador dar instrucciones, «ajusta la cantidad de maíz», «pon un poco más de centeno», «maltea la cebada». Seguido lo veía prender fuego al interior del barril. «Carbonízalo quince segundos», «ese déjalo prendido un minuto», «apágalo ya». Era complejo fabricar el whisky y como Jack sólo veía la ejecución de ciertas acciones, ignoraba el modo en que se unían para dar paso al dorado líquido. Le insistió a Martin interceder para que el maestro lo aceptara, el otro se negó. «Es imposible, sólo unos cuantos son elegidos y de esos, sólo dos aprendices pueden seguir el proceso completo de elaboración». Martin le comunicó las reservas que Blanton tenía de él, «piensa que viniste a merodear para robarte las fórmulas de la destilería». A Jack le pareció absurdo. Él había recalado ahí por pura casualidad, sin la menor idea de que Buffalo Trace era una compañía de bebidas espirituosas. Su resquemor era por completo infundado y necesitaba hacérselo saber. Pero el acceso a Blanton no era fácil. No acostumbraba a hablar con los trabajadores de menor jerarquía, ni nadie podía abordarlo sin más. Sólo se comunicaba con empleados de cierto nivel, entre ellos Martin, y únicamente con cita. Ya hallaría la forma de hablar con él. Por las tardes, al volver, se encontraba a Carla frente a la ventana mirando el paisaje. Lo tomó como un avance en su salud. Al menos la había librado del infierno de estar atada a oscuras en el cobertizo. Jack le hablaba, sin idea de si le entendía o no. Le contaba sobre aquello que habían vivido juntos, de la mirada en azules de Regina, de cómo le enseñaron a coser los cueros para confeccionar prendas, de las excursiones a caballo. Ciertos fragmentos de la narración debían tocar puntos dentro de Carla, porque detenía sus estribillos para verlo. Se creaba un silencio entre ambos y luego de unos segundos, ella volvía a barbotar incongruencias. Una mañana, Jack se presentó en el convento y pidió hablar con la madre superiora. Se comprometió a entregar otro donativo sustancioso si una monja atendía a Carla durante las horas en que él laboraba. La mujer se negó. «No sería bien visto que una hermana visite la casa de un hombre soltero». Él se comprometió a no estar ni un solo minuto en la casa mientras la monja estuviera adentro. «Quiero que le lea pasajes de libros a Carla y que converse con ella, no pido otra cosa». La madre intentó negociar, Jack fue tajante y puso en claro que no elevaría su oferta. Ya bastante dinero le habían sustraído. La mujer quedó en pensarlo. Cada hora en la destilería, Jack se fascinaba más y más con la preparación del whisky. El señor Lewis, el maestro destilador, le semejaba a un alquimista versado en sabidurías antiquísimas, ¿cómo una mezcla de granos fermentados en reposo en barricas de roble alcanzaba tales sabores?, ¿dónde lo había aprendido? Jack no estaba dispuesto a trepar la incierta escalera del ascenso dentro de la empresa que le había planteado Martin. Los dos aprendices del señor Lewis llevaban veinticinco años laborando en Buffalo Trace y sólo a la muerte o el retiro del maestro, uno de ellos sería el elegido para continuar con la tradición. Él no anhelaba ese puesto, podía matarse el resto de los empleados para obtenerlo, él sólo quería aprender, así en el futuro no se involucrara más en la producción de whisky. La única manera de conjurar la suspicacia de Blanton era hacerle saber su completa falta de ambición y jurar que jamás usaría las sapiencias adquiridas para compartirlas con otras destilerías. Ni Blanton, ni Lewis, de quien se decía era un hombre intratable y prepotente, accederían a escucharlo. Sólo había una manera de conseguir una cita con ellos: con dinero. Urdió un plan: ir a hablar con el presidente del Banco de Frankfort, un tal John Hanna y proponer su mediación para que él pudiese invertir en Buffalo Trace. Sería venturosa la compra de acciones en la destilería, él había visto cómo infinidad de carretas se detenían frente a la fábrica a adquirir garrafones y hasta barricas. El consumo de whisky crecía en proporciones inesperadas para abastecer a las centenas de tabernas que abrían en la región. A la mañana siguiente, portando la chaqueta donde ocultaba los billetes, se presentó en el banco. El cajero no le prestó la menor atención cuando el muchachito pidió hablar con el señor Hanna. Ante la insistencia de Jack, el cajero le exigió largarse. Calló cuando Jack descosió los entrepaños, extrajo un fajo y lo colocó sobre el mostrador, «dígame si prefiere que deposite mi dinero en el Union Bank». Azorado por la cantidad, el cajero miró a Jack a la cara, como si quisiese cerciorarse de que frente a él tenía a un adolescente y no a un potentado. «Ahora mismo le aviso», dijo y se retiró a la parte posterior del establecimiento. Apareció un hombre de patillas venerables, «John Hanna», dijo y extendió su mano para estrechar la de Jack, «¿en qué puedo servirle, señor…?». «Lloyd, Henry Lloyd». El banquero sonrió. «Necesito su ayuda para invertir este dinero», agregó Jack. «Será un placer». Lo condujo a su oficina y cerró la puerta. «Veo que usted carga con una fortuna», le dijo, «raro para alguien de su edad. Espero que sea de origen lícito». Jack había anticipado el cuestionamiento y puso encima del escritorio la carta de recomendación de Edward Carrington. Hanna la leyó y se la devolvió. «¿Trabajó usted en Edward Carrington & Co, la naviera?», lo interrogó. «Sí, esto es lo que percibí como salario por seis meses», respondió Jack, sin confesarle que aún escondía la otra mitad de su dinero. «Pagan bien», dijo sonriente Hanna. Jack decidió hablarle sin rodeos y le compartió su propósito de invertir en Buffalo Trace a través de su banco. «Es una buena idea, sólo que Blanton es un hueso duro de roer y no creo que ceda. Mejor deposite su dinero con nosotros, podemos entregarle buenos dividendos. Somos especialistas en la compraventa de esclavos. Hoy por hoy el negocio más redituable en el Sur». Jack no había escuchado antes la palabra «esclavo». Jack le pidió abundar. «Negros adquirimos y negros revendemos». Jack se había cruzado con unas cuantas personas negras en Providence, pero sólo las había visto a lo lejos. No logró mensurar el significado del comercio con seres humanos. «Blanton es exitoso porque posee fincas donde los esclavos cultivan y cosechan los granos, ¿no ha ido a visitarlas?». Jack negó con la cabeza. Ni siquiera sabía de su existencia. Hanna le contó sobre cómo funcionaba el negocio, «buscamos fincas con problemas en Kentucky y en los estados circunvecinos, compramos los terrenos y los haberes, entre ellos, los esclavos. Como la mayoría son insolventes, conseguimos transacciones ventajosas. Si las tierras no podemos venderlas al doble, las rentamos; los aperos y los esclavos los revendemos o, mejor aún, los alquilamos. Debería invertir con nosotros, le garantizo altos réditos». Jack declinó, su corazonada apuntaba hacia Buffalo Trace. El país podría saturarse de negros, la demanda por alcohol iba en aumento. Además, la elaboración del líquido ámbar le atraía sobremanera. Un misterio ahí anidaba y no se lo quería perder. Hanna prometió que en días próximos concertaría una cita con Blanton.

1887

la historia depurará cuáles de las leyendas forjadas alrededor tuyo son fidedignas y cuáles fueron inventadas algunas se vaporizarán con los años y no quedará sedimento de ellas otras aunque verdaderas serán consideradas falaces por extremas unas más se apoderarán del imaginario colectivo para alimentar tu fama de contestatario decenas querrán sepultarte en las catacumbas malolientes de la Historia allá adonde van a parar los viles los miserables los aborrecidos otros miles te exaltarán como si ostentaras un archipiélago de virtudes muchos presumirán que compartieron contigo el pan y la sal y que participaron en tus campañas sin haber respirado ni de cerca el aire por el cual cruzaste lo de los pendientes arrancados de los lóbulos de Rachel Ellis parece una fábula cebada por tus más fieles panegiristas para hacerte aparecer como un minotauro desquiciado e impetuoso dispuesto a retar a quien fuera en sus propios laberintos no me importa si tus proezas fueron reales o fantaseadas por imbéciles para mí vale más el hombre que conocí nadie ni siquiera tus hijos o tu actual mujer penetraron tu intimidad tanto como yo ni nadie irrumpió en la mía como lo hiciste tú duele saber que en el juicio final de la Historia mis gestas quedarán por debajo de las tuyas y a decir verdad no las considero menores no sé si en cincuenta o en cien años alguien recoja en un libro la cantidad de aluviones por los que hube de pasar para mantener a flote a Emerson quién valorará que una mujer sola gobernara una hacienda con cientos de esclavos sorteara con éxito una guerra inicua conflagración que en el Sur atrofió el sentido de la decencia y que abanderó el ultraje y las injurias como norma que vio cómo la manumisión de miles de negros y el encono de miles de blancos convirtió al Sur en una jungla de fieras embravecidas en un país de sementales alguien debería rescatar el que una hembra de la especie capoteó ráfagas y el quiebre de nuestra patria que toleró a tipos abusivos que sin transigir resistió los embates de autoridades corruptas que soportó la entronización de la ordinariez y la grosería en donde antes preponderaba el buen gusto y la dignidad es legítima mi aspiración a ser reconocida que se aprecie que pudiendo convertirme en una hetaira o en una Penélope anhelante por el regreso de su Ulises me mantuve independiente y firme que no capitulé frente a ejércitos temibles ni me amilané frente a las hordas de esclavos ni me doblegué a las circunstancias ni oculté los hematomas emocionales que me provocaron tu partida y la muerte de mi padre sin duda poseo el derecho a una semblanza justa que en el futuro reevalúe la forma en que enfrenté mi destino no me refocilo en una imagen artificial de mí misma ni es mi ambición exagerar mis logros pero duele que la balanza se incline sólo de tu lado no menosprecio tu leyenda al contrario cuando mueras seré yo quien la nutra con más afán sólo quiero que la mía no se apague o peor aún que sea un pábilo que jamás encendió no quiero hundirme en el fango de los tiempos como una mujer insulsa cuando superé crisis que ningún otro y por supuesto ninguna otra hubiesen superado no quiero perderme en el vertedero de lo insustancial no cuento como tú con tropas de loadores ni siquiera fui apta para procrear una camada de hijos que tomaran mi batuta dependo de la buena voluntad de tus bastardos con la esperanza de que a mi muerte me retribuyan con el recuerdo de mis acciones y las de los míos que no muera conmigo la obra de mis antepasados triste sería que nadie supiera que bajo los pilotes de la mansión se encuentran enterradas Biblias que durante años nuestra casa no fue más que un cascote hueco un naufragio en tierras indias hasta que mi tatarabuelo logró terminarla luego de tres décadas sólo para morir a los pocos días de inaugurada que mis antepasados se salpicaron de sangre y de muerte para poder erigir la plantación más productiva y extensa en todo el Sur que mi abuelo sobrevivió al atentado de negros sediciosos me niego a que mi linaje quede en una mera anécdota que pueda narrarse en menos de un minuto me niego amado mío a ser una remembranza perecedera a la que sólo se le evoque como la mujer que desposaste no quiero pasar como una imagen borrosa como una mota insignificante en el mobiliario de la Historia tú tienes ya nietos y llegarán bisnietos y tataranietos que te venerarán como un patriarca intrépido que dio origen a un ramal poderoso así como ya hay un Henry Lloyd II y un Henry Lloyd III habrá un cuarto un quinto un sexto un octavo como si fuese una dinastía de reyes ingleses y no Henry lo mío no es un reproche ni un gesto de liviandad es que hay existencias que la dejan a una sedienta de más y la mía es una de esas y ahora que mi vida va en declive rodando hacia la huesa quiero más combustible más fuego más explosiones aquello que me permita permanecer en eso que llamamos posteridad

1881

Jamás había visto gente como esa, azabachada. No eran indios, de eso sí estaba seguro, porque nunca me topé con uno tan prieto. Miguel Mier salió medio dormido de la casa y apenas los vio, me sacó de la duda, «son negros, esclavos que trabajan para los texanos», nomás que no se explicaba porque iban todos armados como si fueran un ejército. Con los catalejos pude mirarles los rostros. Expresiones más fieras no había visto, ni en los apaches ni en los comanches que ya de por sí tenían fama de ser bravos y cabrones con ganas. Qué hacían por estos lares era un misterio que no tardó en resolverse cuando dos días después hacia el este, vimos una columna de humo proveniente del rancho Arroyo Hondo. Debía ser una quemazón bruta porque la humareda se revolvía en nubes oscuras en el horizonte. Cualquiera en millas a la redonda podía verlo, cuantimás el ejército gringo, si no es que este era el que avivaba el incendio. Si para algo útil podía sernos Joaquín era para lanzarse a espiar lo que pasaba y se retachara a contarnos. Cuando le dije que fuera, creí que se le iba a soltar el lloriqueo, pero no, me escuchó muy serio, metió tasajo en su morral, un guaje con agua y se marchó derechito hacia donde se miraba el humazo. A Miguel Mier algo lo hizo zacatearse, porque no quiso salir de la casa. Le pregunté qué pensaba y dijo que con eso de que estas ya no eran tierras mexicanas las cosas se iban a poner de la chingada. «Nos tocó bailar con la que pisa callos», dijo. No era como si no supiéramos lo que venía, porque vaya que Chuy no se cansó de anticiparlo, sólo que una cosa era una cosa y otra cosa era otra cosa y una cosa era lo que uno creyera que podía pasar y otra que pasara y pues pasó. Robo en despoblado con todas sus letras. Raro eso de sentir que uno ya no es de donde es sino de otra parte sin moverse de donde uno estaba. México ahora me parecía una realidad que se hallaba a mundos de distancia, un país que dejó de serlo para convertirse en un batidero de mierda. ¿Qué era México ahora que había sido mochado por la mitad? Era como si a un tipo de pronto le cortaran de la cintura para arriba, o más abajo, porque los gringos se chingaron un pedazote, y lo dejaran sólo con las piernas. Hasta el camote y los huevos se llevaron los cabrones. ¿Podría caminar ese tipo? Y, si caminaba, ¿para dónde caminaba? Conociendo a los gringos, no tardaban en armar otra pelotera para llevarse más cachos del país. Así, hasta dejarnos con una franjita de tierra en las selvas del sur, donde todos los mexicanos quedáramos apelotonados y no pudiésemos ni respirar. Eso fue lo que dejaron los españoles acá, una recua de aturullados viendo quién sacaba más ventaja. Unos se nombraban quesque conservadores y otros quesque liberales, más bien eran una sarta de bandidos, encarrerado el gato que chingue a su madre el ratón, reza el dicho y estos monarcas de la robadera encarreraron al gato para llevarse su rebanadota del pastel. ¿Y México?, bien gracias, aquí llenándose de ojetes. Como íbamos de jodidos, terminaríamos anexados a Guatemala que no era precisamente el paraíso de los honestos. Daban ganas de unir fuerzas con los indios y decir, ahora sí, vamos a encarrerar al gato para que chingue su madre el ratón e inventar un país nuevo, donde los que llevábamos dándonos hasta con la pala acabáramos como socios y amigos y ahí sí, los gringos se quedarían con su pedacito de Texas porque el resto nos lo repartiríamos entre indios y mexicanos. Eran puras ilusiones en este valle de lágrimas, no había manera en que los apaches perdonaran lo que los mexicanos les hicimos ni nosotros perdonarles lo que ellos nos hicieron. Regresó Joaquín y con su español champurrado quiso explicarnos qué había visto, pero no se le entendía ni madres. Que habían matado al dueño y a su esposa y a los hijos y a los que los cuidaban y que para no dejar rastros metieron los cadáveres en la casa de la hacienda para quemarlos y que a los otros mexicanos no los mataron y que estaban entre que asustados y contentos porque habían matado al dueño que los maltrataba mucho. No colegimos ni Mier ni yo lo que el chamaco quería decir, pero nos dimos una idea. Dijo que los mexicanos que no se murieron le tenían pavor a un gringo grandote que parecía el demonio mismo porque de los ojos parecía salirle fuego, que los negros no se andaban con medias tintas y que abrían vivos en canal a los que se les pusieran al brinco, que además del rubio enorme, había un negro todavía más enorme y que ese también debía ser el demonio porque era maldito con ganas. «Dicen que vino el Diablo con su sombra». Tan sobrecogido venía Joaquín con lo que había visto y oído que se le secaron las lágrimas porque no soltó ni una sola en todo su relato. Eso sí, dijo que cuando vio al güero grandote a los ojos sintió que se le aguaron los intestinos y que nomás porque apretó duro las nalgas no se le escurrió el chocolate. «¿Qué hacemos?», le pregunté a Miguel que se veía tan turulo como yo. Podíamos pelarnos, pero ¿pa dónde? Estados Unidos ahora era gigantesco y ya la verdad no sabíamos dónde empezaba y dónde terminaba. Según esto, que el Río Bravo iba a ser la frontera, y qué tal si no, qué pasaba si un día los americanos se despertaban con la idea de que había que moverla tantito más para allá y ahí iríamos Mier y yo dando brincos para quedar del lado mexicano, así como los que corren de la lluvia hacia donde está seco para no mojarse y de todos modos quedan empapados porque la lluvia los alcanzó. «No sé», dijo en un arranque de sinceridad. Yo me esperanzaba en que Miguel, viejo y rodado, me diera una respuesta digna de un hombre viejo y rodado, pero el «no sé» lo situaba en la misma categoría que Joaquín y, tristemente, la mía. «Vamos a quedarnos a ver qué pasa», le dije, como si yo fuese el que trajera más vueltas al sol en las espaldas y no él, con razón mi abuelo le puso en su madre, valía un cacahuate Mier. Nos dormimos, yo con la sensación de que me había dormido en una cama de alacranes. Tarde o temprano, uno acabaría por picarme y no me equivoqué, los alacranes llegaron una noche en que nos agarraron en la pendeja de tan dormidos que estábamos. Yo que durante una semana dormí con un ojo al gato y otro al garabato, pendiente de que no llegara el gringo con su hatajo de negros a jalarnos la cobija, pues hasta la puerta de la casa se apersonaron. «Buenas», gritó una voz en español. Abrí los ojos, por las rendijas de la puerta se colaban un titipuchal de sombras iluminadas por la luna. «Ya valimos pa pura madre», pensé. Joaquín ya estaba sentado en una esquina con cara de rata acorralada y Mier roncando a pleno pulmón como para avisarles a los de afuera que estábamos adentro. Tocaron con los nudillos. «Buenas» volvió a decir la voz. Era acento de mexicano, no de texano queriendo hablar como mexicano, como Jacinto Brown o Juan Page. Y para qué hacernos cómo que no tenemos perro si adentro está ladrando uno, pensé, ni modo de seguir fingiendo que no estábamos cuando Mier rugía como león de la montaña. «Buenas», contesté. «Somos amigos», dijo la voz. Quizás no era el ejército gringo o la tropa de negros y fueran mexicanos que venían a ver si nos enlistábamos con ellos. «Vamos», contesté. Me empecé a poner los pantalones y pateé a Mier para que se despertara. «Cabrón, ¿qué no oyes?». Se enderezó y entonces sí le vi la cara de animal que se puede desaparecer en el desierto. Nomás faltaba que se hiciera invisible ahí mismo. Le susurré, «hay gente acá afuera, estamos rodeados». Creí que me iba a responder, «mira, este es mi truco, ahorita nos desaparecemos y reaparecemos bien metidos en el monte», como decían que los chamanes indios hacían en medio de las guerras, pero nomás se me quedó viendo con cara de «ya nos atoraron». «Vamos a ver qué quieren», fue su brillante respuesta. Nos terminamos de vestir y salimos. Con la luz de la luna alcancé a reconocer a Eduardo Valenzuela, el arriero que arriaba reatas de mulas, detrás de él estaban los negros montados en sus caballos, el gringo grandote y otro güero observándonos. «Buenas noches», lo saludé, «¿qué urgencias ameritan que se aparezcan a estas horas de la madrugada?», Valenzuela sonrió o eso creo que hizo porque no era tanta la luz de la luna que los iluminaba. «El patrón quiere hablar con ustedes», dijo y señaló al rubio. Ese sí parecía que la luna lo platinaba. Como si toda la luz de la noche se concentrara en él y nos la arrebatara a todos los demás a su alrededor. El gringo espoleó su caballo para hacerlo avanzar hacia nosotros. Aunque estaba oscuro, sí había tenido razón Joaquín, los ojos le llameaban, como si tuviera él mismo una hoguera por dentro. Nuestros caballos debieron oler a los suyos porque relincharon a lo lejos en la mota donde los teníamos amarrados. El caballo del gringo volteó hacia el ruido y soltó otro relincho. Pensé que los cuacos se hablaban entre sí y que el del gringo les avisaba que nos iban a matar. El güero se me quedó mirando, lo sabía por la dirección en la que apuntaba su cara y preguntó. «¿Rodrigo Sánchez?». «Ahora sí ya bailé con esa de los callos», pensé. «Sí, soy yo», le respondí.

2024

Entraron a la casa y Jemuel se quedó de pie frente al televisor hasta que anunciaron el marcador: 27 a 23 a favor de la «Ola Roja» de la Universidad de Alabama en el último cuarto. «Si ganamos, quedamos a un juego del primer lugar», dijo ensimismado sin quitar los ojos de la pantalla. A Peter le parecía peculiar que los seguidores de los equipos de cualquier deporte hablaran en primera persona, como si fuesen ellos los que estuvieran jugando, «si ganamos», en lugar de decir, «si ganan…», minucias del lenguaje que a él lo exasperaban. «Perdonen el desorden, no esperábamos visitas», pretextó Shanice. Un montón de ropa sucia se hallaba esparcida sobre los sillones de la sala, pareciera ser el lugar donde la familia se desnudaba antes de irse a dormir y arrojaba las prendas donde cayeran. Sobre la mesa de la sala había residuos de hamburguesas de Jack-in-the-box. «Nos acabamos de mudar y todavía no acomodamos nuestras cosas», continuó excusándose la mujer. La niña que les abrió la puerta examinaba con curiosidad al grupo de hombres blancos. Un adolescente de catorce años salió en calzoncillos de un cuarto, cruzó hacia la cocina sin saludar, abrió el refrigerador, cogió un pedazo de pizza frío y, sin reparar en los extraños, retornó a su habitación. De la misma pieza emergió un niño de ocho que al ver a los tres hombres, corrió a refugiarse detrás de su madre. «No se preocupe», contestó McCaffrey, «entendemos». Diligente, la mujer preparó con rapidez una jarra de limonada con hielos y le pidió a su hija que la llevara a la sala. La ropa sucia despedía un olor fétido a sudor y a orines que empezó a molestar a Henry. En su interior rogó porque la mujer la levantara y la metiera en algunas de las recámaras y, de paso, arrojara a la basura los alimentos descompuestos que yacían en la mesa de centro, al parecer, el desorden no le ocasionaba ningún problema. «¿Usted es descendiente de Henry Lloyd, el hombre que trabajó como capataz en la plantación de Emerson?», la pregunta de Jemuel distrajo a Henry de su urgencia de largarse de ahí. «Sí, soy Henry Lloyd VI, fue mi trastatarabuelo», dijo. Jemuel escrutó las facciones del joven y guapo rubio frente a él para ver si en ellas descubría un rasgo de quien también había sido su antepasado. «Aunque no lo crean, yo también pertenezco al linaje de los Lloyd», dijo Jemuel, más con apocamiento que con presunción. «Lo sabemos», terció McCaffrey, «debes ser tataranieto de Japheth Adams». Jemuel permaneció en silencio, durante años había oído que era descendiente de un celebérrimo hombre blanco llamado Henry Lloyd, no obstante, nadie en su familia había mencionado jamás el nombre de Japheth Adams. «No me suena», dijo Jemuel. ¿Qué había pasado en el trayecto de esa memoria colectiva que recordaba a la perfección a Henry Lloyd, pero había borrado al verdadero patriarca de su familia? Henry se preguntó qué hacía en esa casucha nauseabunda, hablando con un mecánico negro con el cual compartía 1/32 o menos aún, un 1/64 de su sangre y con el que no hallaba nada en común. «Nos dijeron en el museo que posees un daguerrotipo de Henry y de Virginia Lloyd», acotó McCaffrey. «Sí, y otras imágenes de la familia», respondió Jemuel con orgullo. «¿Podemos verlas?», inquirió Peter. Jemuel se levantó y entró a una de las habitaciones. Shanice y sus dos hijos menores se quedaron observándolos desde la cocina abierta. «¿Ustedes crecieron en Bama también?», preguntó Shanice. «No, yo crecí en Illinois», se apresuró a contestar McCaffrey, «Peter viene de una prominente familia de Nueva Inglaterra y Henry creció en Texas». Con ánimo de demostrar su interés, la mujer meneó la cabeza como la mueven los muñequitos fijados en los tableros de los taxis. Jemuel salió del cuarto. Hizo a un lado la comida rancia de la mesa de centro y entre residuos de cátsup, de mostaza y de mayonesa, desplegó las antiquísimas imágenes. Poseía tres, la que ya había descrito la doctora Frayjo: Lloyd parado detrás de Virginia, imagen que, en efecto, se encontraba en muy mal estado; otra de Henry Lloyd sentado a solas mirando retador a la cámara y una más, casi idéntica a la que había conseguido con anterioridad Henry de Jeremiah y Jenny Adams, las cuales, con certeza, fueron tomadas el mismo día. Estas dos últimas, también maltratadas. La exposición a la humedad y a la luz solar habían borrado detalles de las orillas y en la que Lloyd aparecía solo, una mancha café tapaba el lugar donde debía ir el corbatín. «Primo», le dijo Henry con familiaridad en un intento por seducir a Jemuel, «¿sabes de la importancia histórica de estas imágenes?». El hombre asintió con la cabeza, «sí, lo sé. La mujer del museo me lo explicó. Quiso comprármelas, pero no están a la venta. Han pasado de generación en generación en mi familia y me tocó a mí la suerte de ser su custodio». «A vaya custodio le encargaron estos retratos», pensó Peter cuando vio con horror que una de las imágenes se aproximaba a los sobrantes de cátsup. La frase de *El Padrino*, «le haré una oferta que no podrá rechazar», la usaban los Lloyd como muletilla en las reuniones del consejo de administración. «Cada persona tiene una etiqueta con su precio, el chiste es encontrar dónde la guarda», aleccionó a Henry su padre. «Vi que eres aficionado del equipo de futbol de la Universidad de Alabama, ¿estudiaste ahí?», le preguntó. Jemuel sonrió como si se tratara de una broma. «No acabé ni la secundaria. Shanice se embarazó de Jathniel cuando íbamos en noveno año y los dos tuvimos que dejar la escuela». Henry calculó que su «primo» debería contar con veintinueve años, aunque por lo consumido parecía un cincuentón. «Trabajo desde entonces», continuó Jemuel, «Joseph, mi tío, me enseñó a arreglar carros y a eso me he dedicado». A McCaffrey de nuevo le llamó la atención que los nombres del tío y del hijo empezaran con J. Le preguntó si los nombres del resto de sus familiares también iniciaban con J. «Sí, todos, abuelas, abuelos, tíos, primos, hermanos». Jemuel hizo un recorrido por los nombres de algunos de ellos: Jarmuth, Jareb, Joanna, Jedus, Junia, Juttah, y una lista interminable. «¿Hay alguna razón para ello?», lo cuestionó McCaffrey. «Claro, para honrar a Jesucristo, nuestro Señor», respondió ufano Jemuel, «en la familia somos muy creyentes. Varios de mis tíos son pastores». Peter y Henry intercambiaron una mirada, a ellos, que más ateos no podían ser, les parecía inconcebible que negros adoptaran con tal devoción la fe de sus opresores. «Nunca se sacudieron de la esclavitud», pensó McCaffrey. Se preguntó si la negritud de Japheth, contrapuesta a la blancura mulata de Jonas que dio pie al linaje de los Morgan, condujo a que Jemuel, su tataranieto, terminara como un pobretón en una casa prefabricada, tragando comida rápida a unas millas de donde su trastatarabuela fue marcada con hierro candente. Contrario a los Morgan y a los Lloyd, los descendientes de Japheth Adams se rezagaron hasta terminar arrumbados en la trastienda de la Historia. «¿Te gustaría que tus hijos asistieran a una universidad?», continuó Henry con su estrategia de hacer una oferta que Jemuel no pudiese rechazar. Shanice no le dio tiempo a su marido de contestar, «sí», respondió enérgica. Henry entendió que la oferta no debería hacérsela a Jemuel, sino a ella. «En las empresas Lloyd, no sé si han escuchado de ellas…», comenzó a decir Henry, Shanice lo interrumpió, «…por supuesto, quién no sabe de las gasolineras, los trenes, la carne. Mi suegro, que en paz descanse, no dejaba de mencionarlas». «Un eslabón roto hacia el pasado», pensó McCaffrey cuando escuchó que el padre de Jemuel ya no vivía. «Bueno», prosiguió Henry, «hemos creado una fundación para financiar los estudios de preparatoria y de universidad, en los colegios más prestigiosos del país, para hijos de familias en situación económica comprometida, podríamos becar a sus hijos para que estudien en una universidad de la Liga Ivy». Por el gesto de Shanice, Henry supo que ella desconocía por completo a qué liga se refería, así que se apresuró a aclarar, «universidades como Harvard, MIT, Princeton, Stanford». Ninguna de esas instituciones le resonó a Shanice. «¿Y en la Universidad de Alabama?», preguntó con ilusión. «Sí, también. Los becados eligen la institución a la que les gustaría ingresar. Claro, si los aceptan». A la mujer se le alegró el rostro, «¿escucharon eso?», les dijo a los dos niños que seguían pegados a su madre. Los niños se limitaron a encogerse de hombros. Shanice volteó hacia su marido, «es lo que siempre hemos soñado, Jemuel». El hombre no supo cómo responder. Mandar a sus hijos a la universidad le parecía un sueño irreal, lo más probable es que terminaran como él y Shanice, o como sus primos o como sus tíos, rascando por aquí y por allá para poder sobrevivir. «Si les interesa, mañana mismo les enviamos un cheque para ayudarles con el transporte escolar, con el pago de útiles y para que puedan solventar gastos», añadió Henry. La mujer salió de detrás de la barra de la cocina, emocionada. «¿De verdad?», preguntó incrédula. «De verdad, se otorgan cuatrocientos dólares por niño al mes si estudian la primaria, quinientos cuarenta si estudian secundaria, seiscientos preparatoria y novecientos durante la universidad». Las cifras debieron parecerle astronómicas, porque Shanice hubo de sentarse a tomar aire. «¿Oíste eso, Jemuel?». Él no se consideraba ningún tonto y sabía que el ofrecimiento traía cola. «¿A cambio de qué?», preguntó. Henry no iba a obviar tan rápido su propósito. «A cambio de nada, es un proyecto que impulsamos en distintas comunidades afroamericanas del país y qué mejor que un pariente mío se beneficie de estos incentivos, ¿aceptan?». Shanice respondió con un «sí» contundente y se levantó a abrazar a Henry. Él trató de eludirla girando el cuerpo, pero no pudo evitar que ella lo estrechara. «Gracias, gracias», dijo Shanice, volvió a su sitio en la cocina y se sentó sobre uno de los bancos. Parecía disfrutar del punto de observación que el asiento le brindaba. Henry pretextó recibir un mensaje de texto y envió uno a McCaffrey, «ofrezca dos mil dólares por cada una de las imágenes». Con discreción, Henry le hizo saber al profesor que revisara su WhatsApp. El profesor entendió la señal, leyó luego de un minuto para disimular la acción concertada y asintió. «Necesitaremos que llenen unos cuantos papeles, ya saben, trámites burocráticos, pero les garantizo que serán becados a partir de la semana entrante». Shanice no cabía de felicidad. Ella, que había soñado con abrir una pastelería, quizás podía tomar algo de ese dinero para costear algunos gastos. McCaffrey se inclinó hacia los daguerrotipos y aparentó revisarlos, «nos gustaría comprarlos», dijo. «Lo siento, no están a la venta», respondió Jemuel. «Podríamos restaurarlos y sacarles copias facsimilares para ustedes, serán idénticos a los originales», continuó el profesor. «No, de verdad, no puedo venderlos». «Les ofrecemos dos mil dólares por cada uno. Daguerrotipos como estos, lo pueden buscar en eBay o en cualquier otra página de ofertas, no pasan de quinientos dólares. Estos tienen un valor especial», prosiguió McCaffrey. Jemuel se disponía a negarse cuando Henry intervino, «diez mil dólares por los tres», sentenció y se volvió hacia Shanice. Sabía que para la mujer un cañonazo de ese calibre sería difícil de resistir, «¿aceptan?». Shanice buscó la mirada de su esposo, con diez mil dólares, más lo de las becas, podrían mudarse a un mejor barrio, comprar herramientas y equipo para el taller mecánico. Él se mantuvo en su negativa, «no puedo, mi abuela me mataría». «Pero no está para matarte», arguyó McCaffrey, juguetón. «Sí, sí está y vaya que puede matarme». Si la mujer vivía, su testimonio podría valer incluso más que las imágenes colocadas frente a ellos. «¿Vive?», inquirió el profesor. «Claro que vive», contestó Shanice, «a tres casas de nosotros, al venir acá debieron pasar la suya, del lado contrario de la calle». Quizás el eslabón no estaba tan perdido como había pensado McCaffrey, «¿podemos ir a hablar con ella?», preguntó. «Por supuesto», respondió Shanice, que no podía ocultar su entusiasmo por los diez mil dólares, «les preparo rápido el lunch a mis hijos y vamos para allá».

1892

Una tarde, del trabajo Japheth, Jonas y yo regresamos. En cuanto la puerta crucé Jenny conmigo quiso hablar. «Lisa a Jabin dejó para salir y no ha vuelto». El niño, enrabietado, berreaba. «Mamá, mamá». Quizás la gorda por siempre se había ido. Mejor que así fuera. Calmar a Jabin fácil no fue. Apenas la puerta de la entrada se abría intentaba salir. «Mamá, mamá». ¿Adónde la nodriza habría ido? No lo sabíamos. Jerioth con suspicacia me miraba. ¿Habría creído que como a su madre yo la asesiné? A lo largo de mi vida, si de algo me arrepentí fue frente a ella a Jayla matar. Por la noche la negra volvió. Empapada en sudor. Apenas cerró la puerta Jabin hacia ella corrió y la abrazó, «mamá». Jenny, no esa mujer sebosa, su madre era. Lisa sobre el sillón se dejó caer. Jabin con desespero su blusa desabotonó. Goloso sacó las tetas transpiradas y se puso a mamar. La negra fuerte olía. A leche materna, a sudor, a humedad. Mientras el niño succionaba, ella a mí no paró de verme. Miedo y odio en su mirada. En mala hora Lloyd a esa mole de carne y grasa con nosotros vino a traer. Una montaña oscura en medio de la estancia día y noche vigilándonos. La enemiga en casa. Un pulpo con brazos carnosos y flácidos, sólo por su leche preciada y a nuestro hijo queriendo arrebatarnos. Japheth y Jonas a ella también aborrecían. Una contrariedad en forma de persona que con sus humores la casa apestaba. Que un hombre blanco la había preñado ella presumía. Era mentira, había sido un negro y los demás negros lo sabíamos. Lo del blanco fue invención que ella difundió para justificar que la leche suya sangre blanca había nutrido. Su fuente de leche la hizo cotizarse. Nodrizas en el pueblo no había y un viudo blanco la contrató para a su hijo amamantar. De tan doloroso el parto la madre había fallecido y a las pocas semanas el crío también. Fue en ese tiempo que a la casa Lloyd mandó traerla. Dos años y ocho meses después y la furiosa montaña de leche de la casa no se iba. A la mañana siguiente, afuera de la casa voces escuchamos. La gorda con el niño parásito en brazos sonrió. A la puerta tocaron. Jenny fue a abrir y frente a ella, el alguacil y tres de sus hombres se hallaban. «¿El esclavo Jeremiah Adams aquí vive?». Jenny no le contestó. El alguacil la pregunta repitió. A Jenny en dificultades no la metería. Detrás de ella me asomé, «¿Tú Jeremiah Adams eres?», el alguacil inquirió. Asentí. «Se te acusa del asesinato de Jayla y de Jezebel Adams, esclavas propiedad del señor Wilde». A eso al pueblo la execrable negra había ido. Para mi vida arruinar, para la familia romper y con Jabin quedarse. Jonas y Japheth junto a mí se pararon. «Mi padre a nadie ha matado», Japheth me defendió. «Una orden de arresto tenemos, más vale que ninguno de ustedes trate de impedirlo. Acusado también de que a una mujer blanca toqueteó». A Lisa volteé a ver. En algún momento debí desaparecerla para con esa fuente de leche envenenada acabar. A esos cuatro hombres con facilidad podría matarlos. A los cuatro juntos. Fofos, manos pequeñas. No lo hice porque tocar un blanco era pena de muerte si testigos lo presenciaban y Lisa en mi contra declararía. «Nunca mi padre a una mujer blanca ha ofendido», dijo Jonas. Un blanco a su padre negro defendiendo. El alguacil sonríe, «¿pegado a él vives?». Jonas asiente, «todos los días», asevera. «¿Entonces cómplice suyo eres?», el alguacil burlón pregunta. Mujer inmunda Lisa.

La miro, el niño injertado a su pezón, regodeándose. A la calle salgo y bajo las ofensas de daños a propiedad ajena por el asesinato de Jayla y Jezebel y de lujuria contra una mujer blanca se me arresta. El alguacil y sus hombres a caballo. Yo a pie, con una cuerda las manos amarradas. De la cuerda tirante me jalan. Por el pueblo como un trofeo soy paseado. A las catervas blancas nada las excita más que un negro delincuente. El festín de un linchamiento desean, ver abrirse en canal la carne oscura, despedazar el cuerpo mientras el negro aúlla o de una rama colgarlo para que con el viento se balancee. La celebración de la victoria de una raza sobre la otra. A la distancia Jonas me sigue. Japheth galopa de prisa a Lloyd avisar. Los blancos en la calle me rondan. Regusto en sus rostros se nota. Todo negro de algo es culpable, sólo se necesita la causa hallar. Un grupo de hombres detrás de mí camina. Si un negro ha sido arrestado y el delito se demuestra a la horda rabiosa se le entrega. Y si no es entregado, la manada blanca a la cárcel va a sacarlo. Se vislumbra la romería de la muerte, de mi muerte. Jonas, dividido en sus dos razas, marcha a unos pasos de mí, su parte negra para compadecerme, su parte blanca para protegerme. A las puertas de la prisión arribamos. La muchedumbre blanca se arremolina. La blancura de Jonas en el océano de rostros blancos. Mujeres y niñas blancas entre la muchedumbre también desbaban con la posibilidad de que me linchen. El horror seduce a su especie. Infame Lisa. Acusarme para de Jenny y de mí librarse y así a la pequeña sanguijuela arrebatarnos. A su recién nacido muerto sustituirlo. Al hijo nuestro que con sus odios y rencores va a alimentar. Si Lloyd pronto no llega las tarascadas de la jauría blanca sufriré. Encajarán sus colmillos de acero en mis carnes para vivo desgarrarme. Cuántos como yo esa suerte antes sufrieron. Me abren paso el alguacil y sus hombres para eludir la salivosa turba. «El juicio esperen», el alguacil les indica. La puerta cierran dejando fuera los furiosos bramidos. Sin desatarme a una jaula soy arrojado. Con llave la puerta de hierro cierran. «Inocente más te vale que seas», el alguacil me advierte, «porque si culpable eres, a ellos te entregaremos». A orines la cárcel apesta. Montones de mierda en las esquinas se apilan. Hormigas en una hilera la mierda a su nido llevan. Con pedazos secos en sus tenazas en una larga fila avanzan. En los techos y en las paredes cientos de mosquitos. Un ejército alado dispuesto a atacarme. El atardecer deben esperar para sobre mí lanzarse. Desde afuera, por entre los barrotes, vísceras de cerdo me arrojan. A mis pies, intestinos, hígado, riñones caen. «Así quedarás», me gritan. La perversa Lisa con falsedad me acusó. Negras muertas poco relevantes para el alguacil serían. Sólo una pesquisa podrían merecer si su dueño su desaparición reportara. Si al propietario no le interesaban, menos a él. Otra cosa era una mujer blanca toquetear. La negra sabía cuán serio para los blancos ese crimen era. Un esclavo lascivo con una blanca a la pena capital lo sentenciaban. Con tal de presenciar el alumbramiento de una muerte cualquier blanca con gusto se apuntaba. ¿Quién la palabra de una mujer blanca refutaría? Sólo me quedaba esperar. Sólo eso.

1878

Arroyo Hondo era una propiedad de dieciséis mil acres que pertenecía a Guadalupe Reina, un hombre con fama de explotador cuyo nombre y apellido honraban a la tan venerada virgen mexicana, dentro del rancho se había fundado un villorrio con treinta familias de trabajadores al servicio suyo, según los registros era una de las propiedades de menor extensión, pero sus tierras se tenían entre las más fértiles por estar atravesada por infinidad de riachuelos que vertían sus aguas al Río Grande, lo que la convertía en una de las fincas más productivas de la región, su ganado no se mermaba con las secas y en los bajíos era posible sembrar maíz y otros cereales, según los informes de Brown y Page lo resguardaba un pequeño grupo de ocho elementos curtidos en las guerras apaches y que con singular crueldad mantenían a raya a los habitantes del rancho, Reina no les pagaba salario a sus trabajadores sino con maíz o con cabras y con el derecho de poder vivir dentro de la propiedad, siguiendo las instrucciones de Valenzuela arribamos a Arroyo Hondo, Lloyd ordenó que acampáramos justo en las colindancias, no deseaba un pronto enfrentamiento, quería ejercer presión con nuestra presencia en las inmediaciones para apremiarlo a negociar por las buenas, el anzuelo funcionó, a la mañana siguiente llegaron tres emisarios enviados de Reina para averiguar quiénes éramos, uno de ellos, por ser hijo de madre texana, hablaba inglés, Lloyd le mostró los documentos expedidos por las autoridades americanas para adquirir predios y para apropiarse de aquellos que se hallaran en estado de abandono, el emisario señaló que Arroyo Hondo cumplía con las normas y ordenanzas que el gobierno americano había solicitado para validar las escrituras mexicanas como legales, Lloyd dijo no dudar de la veracidad de sus palabras, pero que le placería confirmar con el señor Reina el acatamiento a las leyes de los Estados Unidos, era de aplaudirse la serenidad con la que Lloyd operaba, sin destemplanzas, sin revelar sus emociones, indescifrable, «mañana al mediodía nos presentaremos en los cuarteles del rancho, por favor díganle al señor Reina que Henry Lloyd desea hablar con él», los hombres partieron por la inmensa llanura hasta perderse como diminutas figuras, nunca había conocido yo un paisaje donde el horizonte se extendiera sin límite, al día siguiente, dos horas antes del cénit partimos al encuentro, la casona de la hacienda no se hallaba lejos y llegamos antes, Reina ya había previsto nuestra llegada y había dispuesto a sus ocho guardias armados, entre ellos los tres emisarios, frente al portón, Lloyd nos pidió que no desmontáramos y que estuviésemos listos para atacar, «si al salir me quito el sombrero, acometan, si lo mantengo en mi cabeza, aguarden», Reina no era, como anticipamos, un hombre viejo, debía contar con unos cuarenta años, recio, blondo, de largas patillas y bigote, salió a recibir a Lloyd con una pistola al cinto y caminó hacia él con una sonrisa, «buenas tardes, qué gusto conocerlo», dijo en español, su reputación como hombre inmisericorde lo precedía y ya en el informe de Page y Brown lo catalogaban como proclive a la sevicia, presto a ahorcar sin demora a quien sospechara de abigeato e intolerante con la pereza, supuesta o real, de sus trabajadores, replicaba el comportamiento de algunos capataces del Sur y podía establecerse cierta similitud con tipos como Bob, no pintaba para doblegarse con facilidad, aunque yo confiaba en que Lloyd lo persuadiera, Reina solicitó al que hablaba inglés que le tradujera cuanto el rubio le decía, «señor Reina, hemos venido en son de paz y con la mejor voluntad de llegar a un acuerdo, como usted bien lo sabe, estos terrenos pertenecen ahora a los Estados Unidos de América y gente como usted ya no tiene cabida en este país, por lo que lo conminamos a que abandone cuanto antes esta propiedad para cederla a los ciudadanos americanos que me acompañan», con cada palabra traducida, el semblante del mexicano se encendía, «¿ciudadanos americanos?», ironizó, «¿llamas ciudadanos americanos a esa masa de subnormales que vienen contigo?, ¿de cuándo acá un negro tiene derechos si apenas alcanzan una raya arriba del rango de bestias?», el guardia terminó de traducir y Lloyd respondió lo que sabía iba a desatar la guerra, «me extraña que un espécimen de la raza mexicana, que ni siquiera llega al nivel de bestia, hable así de mis hombres», Reina escuchó la interpretación de su guardia y en la sonrisa se adivinó su furia, «mátalo», gritó, sería una palabra en español que escucharía docenas de veces más, «mátalo, mátalo, mátalo», repetí el vocablo en mi cabeza hasta aprendérmelo, cada palabra del idioma mexicano me la grabaría hasta entenderla, «mátalo», sonó como un eco en medio de la planicie, como si tardase un lustro en llegar, aunque en realidad debieron pasar dos segundos, vi cómo Lloyd arrojó su sombrero para darnos la señal de ataque y cómo sacó un cuchillo de una funda de su pantorrilla para apuñalar a Reina en la garganta, quien anonadado no atinó a responder, se llevó las manos al cuello en un intento por detener la hemorragia y Lloyd aprovechó para propinarle dos cuchilladas más en el pecho, apunté al guardia más cercano a Lloyd y le disparé en la cabeza, el tipo se desplomó muerto, Jeremiah acicateó su caballo y se lanzó contra los guardias, se estrelló contra ellos y derribó a dos de su montura, se escucharon varios fogonazos, en unos cuantos segundos matamos a cinco de ellos y tres se rindieron mientras Reina yacía a la entrada de la hacienda atragantándose con su sangre, los tres que capitularon alzaron las manos implorando clemencia en español, no importa el idioma, el sonsonete de quien la pide es el mismo en cualquier lengua, un tono de lamento que denigra a quien lo pronuncia, el cuerpo se encorva hacia delante, tiembla la barbilla, los ojos son de quienes quieren mirarlo todo antes de que se cierren para siempre, Lloyd pasó por encima de Reina que se desangraba, llamó a Japheth y a Jonas, «tú ejecuta a este y tú a los otros», les ordenó, sus dos hijos se quedaron inmóviles sin acertar cómo proceder, los guardias debieron intuir el mandato de Lloyd porque acrecentaron el tono de sus ruegos y uno se dejó caer de hinojos, «por favor, por favor», Japheth y Jonas voltearon a ver a su padre en espera de que los condonara de la tarea, «¿qué esperan?», preguntó molesto Lloyd, era notorio que no estaban hechos para asesinar, a las monótonas súplicas de los guardias se unieron los guturales jadeos de Reina que señalaban que estaba a punto de expirar, de la casa emergió una mujer con tres niños, el mayor no debía sobrepasar los ocho años, «Guadalupe», musitó al ver a su marido asfixiarse en su sangre, al ver que ni Japheth ni Jonas reaccionaban, Lloyd sacó su pistola y descargó un tiro en el entrecejo de uno de los guardias que cayó al suelo levantando polvo, el otro cerró los ojos y comenzó a rezar, Japheth por fin tuvo el valor de dispararle, con tan mal tino que en lugar de pegarle en la cabeza le voló la quijada, el hombre soltó un alarido y se llevó ambas manos a la cara, los dientes y la lengua bailándole, hube de rematarlo para que cesara de gritar, al último de ellos Julius le pegó un balazo en la nuca cuando hizo una intentona por huir, la mujer de Reina y sus hijos, dos niños y una niña, presenciaron sobrecogidos el horror, Lloyd se giró hacia ellos, «mátalos», le mandó a Jeremiah en español, la mujer abrazó a sus hijos «a ellos no», fue inútil su plegaria, sin emoción Jeremiah cumplió la orden, Lloyd mandaba el más contundente de sus mensajes, llegué.

1818

Emily se llamaba la monja elegida por la madre superiora para que atendiera a Carla. Jack no cedió y pagó lo que propuso en su oferta inicial. A la joven monja, no debería rebasar los diecisiete años, la acompañaron a casa de Jack la madre superiora y otras cuatro hermanas. La madre superiora le advirtió a Jack que si Carla atacaba a la monja, el acuerdo se rompería sin la devolución de un solo centavo. Jack se opuso, «entonces rompámoslo, ya conseguiré quien la atienda». La madre superiora intentó suavizar su amenaza, «era sólo una sugerencia, no tiene por qué molestarse». Para que la «sugerencia» de la madre no tuviera repercusiones, Jack condicionó la entrega del donativo, «remuneraré una cantidad semanal, en el momento en que Emily se retire, sea cual sea la causa, cancelaré mi aportación». La madre superiora vio cómo, por su voracidad, había perdido la oportunidad de agenciarse de golpe una fuerte cantidad.

500

En su mente ya se había gastado el dinero en mejoras para el convento. El muchachito al que sintió que podía exprimir por siempre, había aprendido rápido y el chantaje de la fe y la vida piadosa con él no funcionó. Jack se comprometió a no estar en la casa al mismo tiempo que Emily y pidió que se fuera un par de minutos antes de las seis porque él llegaría a las seis en punto. Emily, que nunca antes vio a Carla, se turbó al tenerla frente a ella, pero no dijo ni una sola palabra. Había ingresado a la orden por su profunda creencia en la caridad cristiana y este debía ser el camino señalado para ella por el Señor. A Jack le alivió saber a Carla acompañada durante su ausencia, seguía intacta su convicción de que en algún momento remontaría su locura. Cada mañana, Jack se presentaba al trabajo. Sin descuido de su labor, hacía lo posible por curiosear las diversas tareas que disponía Lewis. Se le complicaba ordenarlas en un todo dentro de su cabeza por ser tan dispares. Cada una estaba sometida a sutiles variaciones, desde el carbonizado de las barricas, a la mezcla de granos, a los tiempos de fermentación y a la cantidad de agua requerida. Estas variaciones se traducían en crípticas marcas impresas en las tapas de los barriles sólo comprensibles para Lewis y sus dos aprendices. En cada barrica reposaba un whisky con un sabor y un aroma distintivo. Jack le solicitó a Hanna abstenerse de revelar su identidad a Blanton antes de reunirse con él. Sería vergonzante que un empleado menor de su fábrica requiriera una cita y por ello fuese rechazado. Hanna anticipó que Blanton rehusaría la contribución de Jack, «no necesita inversores, la empresa misma genera los fondos para expandirse». Jack insistió y Hanna prometió hacer su mejor esfuerzo. Luego de una semana, Blanton admitió la cita a ciegas con «un financiero interesado en hablar con él», sólo por consideración a la amistad con Hanna. Acordaron verse en las oficinas del banco. Cuando el propietario arribó y se topó con Jack, pensó que el nuevo tonelero en la fábrica había mudado su empleo al banco. No lo saludó aun cuando Hanna lo introdujo como «el señor Lloyd». Blanton volteó a su alrededor y preguntó si el inversionista tardaría en presentarse. Hanna señaló a Jack, «es él». Blanton rio burlón, debía tratarse de una broma. «Creí que era una cita seria». «Es seria», dijo Jack, «no le quitaría su tiempo si no lo fuera». Blanton se volvió hacia Hanna, «¿me puedes decir de qué se trata esto?». Jack intervino, «si me permite, yo se lo explico». Hanna los invitó a pasar a su oficina, «escúchalo». Reacio, Blanton ingresó al despacho y Hanna cerró la puerta. Los tres hombres se sentaron alrededor de un escritorio. Con gesto de fastidio, Blanton le hizo la seña a Jack de que comenzara su exposición. «Trabajo en Buffalo Trace y…». Blanton lo interrumpió, «lo sé, te he visto, ¿y?». Jack intercambió una mirada con Hanna que lo alentó a continuar. «Tengo un dinero ahorrado…». Blanton lo cortó de golpe, «no me interesa tu dinero, ¿algo más?». Jack apretó el puño, no toleraría una sola grosería, si no permitió abusos cuando niño, menos ahora. Hanna lo notó y por debajo de la mesa le tocó la mano para calmarlo. Poco a poco, Jack abrió los dedos. «El muchacho está aquí en buena voluntad», terció Hanna, «escucha cuanto desea decirte». Blanton se llevó el índice y el pulgar a la comisura de los ojos y los oprimió para subrayar su hastío. Sin abrirlos levantó la otra mano e hizo el gesto de que siguiera. «Quiero aprender a hacer whisky. Quizás por ser un forastero puede sospechar las razones por las cuales anhelo…». Blanton movió la cabeza y susurró para sí mismo, «lo que tengo que escuchar, carajo». Jack no se desanimó y continuó. «Estoy dispuesto a entregar mi capital para comprar acciones de Buffalo Trace y vea que apuesto mi dinero en la empresa. No lo traicionaré ni a usted ni al señor Lewis». Blanton continuó tallándose los ojos cerrados. «La cantidad que desea invertir no es menor», aclaró Hanna, «y me ha demostrado su origen lícito». Blanton no cambió de posición, acodado sobre la mesa sobándose los párpados con los pulgares. «¿Por qué quieres aprender a hacer whisky?», preguntó sin levantar el rostro. «Porque quiero aprenderlo todo en esta vida». Blanton continuó sin abrir los ojos. «¿De cuánto dinero estamos hablando?», inquirió. «Ochocientos dólares», contestó Hanna. Blanton se mantuvo en silencio por un largo minuto. Alzó la cabeza y abrió los ojos, «al menos reconozco tus agallas», le dijo a Jack. «Martin me dijo que eres huérfano». Hanna miró a Jack con estupefacción, «¿no tienes padres?». Jack negó con la cabeza, «mis padres murieron en un incendio y mis padres adoptivos fueron asesinados». Blanton se puso de pie y se acomodó la levita. «Te deseo suerte con tus inversiones, no me interesa tu dinero», dijo y se dispuso a partir. Jack se levantó para obstruir la salida. El gesto no alteró a Blanton en lo absoluto. «De verdad, sólo quiero aprender. No deseo trabajar en un sitio donde no sé cómo funcionan las cosas». Blanton no se arredró frente al adolescente gigantón que le obstaculizaba el paso, «la orfandad no me conmueve, de hecho, me repele. Permea en los huérfanos un aire melodramático». «En ningún momento el muchacho sacó a colación su orfandad», intercedió Hanna, «a mí no me dijo nada al respecto. No es necesario maltratarlo». Poco sabía Jack que los empresarios de whisky estaban entre la gente más ruda en el ámbito de los negocios. El alcohol era elíxir de celebraciones, también lo era de conflictos. Para elaborar whisky se peleaban a muerte concesiones de agua, propiedad de tierras, derechos de riego, apertura de rutas de transporte. La ambición conducía a guerras feudales, en ocasiones fratricidas. El whisky elaborado en Estados Unidos era una novedad y varios querían apropiarse de un pedazo de su futuro. En un país puritano, el alcohol lubricaba el soporífero andamiaje social, sellaba negocios, reafirmaba amistades, envalentonaba a románticos, incitaba a los cobardes a matar. La clave en el whisky estaba en la sagrada escritura de su producción, que no debía, por ningún motivo, ser accesible a neófitos u oportunistas. El conocimiento debía ganarse con años de trabajo, con lealtad, no con míseros ochocientos dólares. En las batallas del whisky, dominarían las destilerías que conquistaran el sabor y el *bouquet*. Los paladares campesinos y rupestres de las incipientes ciudades apenas comenzaban a apreciar las diferencias, pero cuando distinguieran entre una burda bebida de maíz fermentado y un whisky maduro, no habría marcha atrás. Blanton lo sabía, Lewis lo sabía, los aprendices lo sabían. Decenas de empresas en Kentucky intentaban reproducir el éxito de Buffalo Trace, sin lograrlo. Les faltaba la llave del conocimiento y la experiencia heredada a destiladores por sus maestros escoceses y que se extendía a los distintos rubros de la elaboración. Chispazos en la personalidad de Jack: su desparpajo, su curiosidad vital, el coraje para enfrentarlo, llevaron a Blanton a aceptar la propuesta, «te otorgaré el 5% de la empresa a cambio de mil quinientos dólares, te doy una semana para conseguir el resto. La comisión del señor Hanna la pagas tú, no pienso desembolsar un centavo. Hoy por la tarde hablaré con el señor Lewis para que a partir de mañana empieces a trabajar con él. Firmarás un convenio donde se estipulará que bajo ninguna circunstancia compartirás con otros cuanto aquí aprendas. De hacerlo, obligaré a las autoridades a encarcelarte y si no lo hacen, yo mismo me encargaré de que te maten», sentenció y extendió su mano. «El señor Hanna es aval de nuestro pacto. Pasado mañana nos veremos aquí para firmar el papeleo necesario». Blanton esquivó a Jack y abandonó el despacho. Jack intercambió una mirada con Hanna, «un proverbio árabe reza: cuidado con lo que deseas que se te puede cumplir. Se te cumplió, muchacho, y como verás, ser socio de este hombre no te será nada fácil. Vendrán para ti tiempos difíciles. Consigue el faltante y no dejes ir esta oportunidad».

1887

podremos domeñar el tiempo sentenció emocionado mi padre cuando se enteró de la existencia del daguerrotipo estaba en lo cierto implantar en una lámina un instante único e irrepetible antes de que se perdiera en el histérico correr del tiempo permitía a los seres humanos pasar a la eternidad sin sufrir la atrofia de los años sin que los rostros se descascaren sin la laxitud de los cuerpos que por obra de la gravedad despeñan nuestras carnes y las tornan en masas irreconocibles sin arrugas surcando nuestras facciones examino las imágenes tomadas hace décadas cuando nuestro amor no se había convertido aún en una emoción obsoleta y en nuestro horizonte no aparecían los signos ominosos de nuestra quebradura matrimonial ambos nos veíamos en plena floración en esa época palpitaban dentro de mí ensueños juveniles sin saber que la felicidad que daba por sentada era precaria y veleidosa en ese entonces aún creía en la permanencia de ese presente satisfactorio y radiante ilusa de mí no vislumbré las señales que brotaban por todas partes no sólo entre nosotros dos sino también en el nefasto caldo que llevaba cociéndose en el país mi ceguera me impidió leerte no te supe sediento de Historia que dentro de ti bullía una necesidad de epopeya de construir imperios que te habitaba un visceral deseo de conquista no en balde Alejandro Magno fue tu personaje favorito arrellanarte en la poltrona de una vida cómoda y segura no era lo tuyo y aunque tu decisión hubiese sido la de permanecer en Emerson conmigo la Historia esa casquivana y voluble dama que tanto amabas puso de cabeza el mundo tal y como lo conocíamos y esa vida grata se habría ido por el caño no sé si mi juventud o mi ingenuidad o ambas me mantuvieron en la inopia ignorante de cuanto sobrevenía pero para eso la Historia nos imparte sus siniestras lecciones para aprender qué tan maleable y a la vez qué tan pertinaz es nuestro carácter recuerdo la algarabía que despertó en papá la llegada de Mathew Brady y de su equipo a Emerson los hospedó como si se tratara de visitantes insignes cuando a mi juicio eran sólo vulgares mercachifles de la imagen su acento nasal y su modo atropellado de hablar me atosigaron ellos venían a hacer un negocio y papá en su incomprendido romanticismo se obsesionaba con la nobleza del acto de *domeñar el tiempo* he de reconocer que fui injusta en pintar a Brady como un simple buhonero contaminada por la negativa primera impresión que tuve de él por causa de su acelerado parloteo cuando él reposó del largo viaje desde Nueva York y despertó fresco y con ímpetu comenzó a expresarse como sólo se expresan los artistas habló de la levitación del instante de cómo una imagen podía recoger la energía emanada por el cuerpo a través de la mirada de la postura de la colocación de las manos y de los pies de cómo la distancia física entre los sujetos plasmados podía traducir una cercanía o un alejamiento de la forma en que la inclinación de la luz marcaba variadas emociones *el retrato* explicó con su verborrea apresurada pero con dejos poéticos *es un salto a la eternidad la afirmación de la vida frente a la muerte* estaba en lo cierto quien vea nuestras imágenes después de nuestra partida de este mundo en tiempo presente hará un exhaustivo recuento de cada detalle si mi cabello se halla peinado hacia la izquierda si no está bien abotonado tu saco si tus zapatos se miran lustrosos o sucios porque eso es un retrato un presente perpetuo me pregunto quién adivinará aquello que nos sucedió minutos antes de la toma de la impresión y después qué palabras se pronunciaron qué quedará de esos inasibles segundos que nos guardaron para la posteridad algunos vecinos criticaron a papá por traer a un tipo desde Nueva York sólo por satisfacer la vanidad de retratarnos proclamaban que los recuerdos debían llevarse en la memoria y que era sacrílego jugar a Dios que cosa muy diferente era la pintura un arte de la interpretación a grabar a seres vivos cuyo deceso haría obscenas sus imágenes y que eso despertaría la ira del Señor quien comandó a los críticos de papá fue Gordon

Sinclair aquel descontentadizo competidor nuestro que se irritaba por vender menos algodón que nosotros y que no cesaba de refunfuñar por cualquier minucia aquel de quien te burlabas por su gesto malhumorado y su barriga desbordada tú no debiste enterarte de sus baladíes embates ocupado como estabas en la ejecución de tus magnos proyectos papá no se molestó en contestarle para él Dios no era un verdugo en busca de cercenar cuellos sí coincidía con Sinclair en no provocar Su ira pero había yerros mucho más graves que el genuino anhelo de mantener perennes las imágenes propias o de los seres queridos y hoy al ver la deslavada reproducción de papá aún enérgico con esa mirada imponente entre dura y cariñosa no ceso de llorar he de confesarte que me lacera ver nuestras imágenes es un recordatorio de que no importa cuánta vida haya en una persona la muerte blandirá su guadaña no sé si recuerdas la mañana en que Brady nos retrató era un ir y venir de sus asistentes mientras él giraba instrucciones como posibles decorados había traído desde Nueva York un par de reproducciones una la pintura de un paisaje bucólico la otra de ruinas griegas aunque sugirió tomarlas frente a un fondo neutro para no perder detalles durante horas me arreglé para el retrato bajé a mostrarle a Brady diversos vestidos para que aprobara aquel cuyos colores o formas mejor captara la cámara al revisar las imágenes creo que el que elegí no fue el más afortunado ni representó mi personalidad fue ostentoso solemne de algún modo adulteró a quien fui y sigo siendo como si el vestido ocultara mi alegría mi ligereza en cambio tú llegaste directo del campo un poco con aire de fastidio como si te hubieran interrumpido en el acto de acometer tareas más trascendentes he de reconocer tu paciencia para aguantar la sesión aunque tu constante tamborileo revelaba tus ansias de que acabara pronto fueron cuatro los retratos en que tú y yo salimos juntos más uno yo sola otro tú solo y los tres que se hizo papá me pareció raro que por instancias tuyas pidieras a Brady tomar dos placas de Jeremiah y de Jenny juntos no me lo expliqué hasta que después me enteré que ellos eran los padres adoptivos de tus hijos bastardos Brady nos contó que tanto Jenny como Jeremiah se mostraron preocupados dudaban si el aparato podía adueñarse de su espíritu y quedar en manos de personas malevolentes que podían usar sus imágenes para la práctica de hechicería y arrebataran de sus vidas la voluntad y el albedrío tuve ganas de reír cuando Brady lo relató me disponía a reconvenirlos por sus creencias primitivas y por hacerles ver que la nigromancia africana no tenía cabida en un país como el nuestro cuando caí en cuenta de que sus reparos eran tan similares y ordinarios como los de Sinclair y de algunos cristianos del pueblo has de saber que por décadas resguardé los daguerrotipos nuestros y los de Jeremiah y Jenny hasta que hace poco decidí repartirlos entre Japheth y Jonas y colgar dos en las paredes de la mansión para que ejerzan como testigos silenciosos de quienes fuimos y se vislumbre más nítido el sendero de nuestra historia

1881

En la oscuridad sólo se veía un reburujo de gente. Nos tenían copados y no había que echarle mucho cacumen para saber que apenas moviéramos una patita para el lado equivocado nos filetearían como mojarras. Cuando al güero le confirmé que sí, que yo era Rodrigo Sánchez, brincó del caballo y se encaminó hacia mí. Era una mole inmensa y detrás de él venía otra mole todavía más inmensa y un negro que nomás no me dejaba de mirar. Por la refulgencia de la luna me di cuenta de que traía un cuchillo en la mano, listo para encajármelo si se me ocurría hacerle algo a su jefe, aunque a decir verdad, ni cuchillo necesitaban, un madrazo de la mole negra bastaba para arrancarme la cabeza. Eduardo Valenzuela me preguntó que si había algún problema en que pasáramos a la casa a dialogar. Le dije que si querían que entrara el titipuchal de negros no cabríamos ni encimados unos arriba de los otros, aclaró que sólo entrarían cinco de ellos a hablar con nosotros. Ni así cabíamos, pero no estábamos pa ponernos delicados. Y con eso de que todo cabe en un jarrito ya hallaríamos manera de acomodarnos. Entraron a la casa el rubio, el otro rubio, el negro que parecía árbol, el otro negro que no me dejaba de aguaitar y otro negro que entró como si lo hubiesen regañado y no le quedara de otra. Tuvimos que quedarnos de pie y pegados a la pared. Joaquín se coló por la puerta y se fue a parar a un rincón. Apenas nos veíamos las caras con el resplandor de las brasas en el fogón. El que era el jefe se puso a hablar y cada dos frases se callaba para que lo tradujera Valenzuela. «El señor Lloyd», dijo y por primera me enteré de las generales del tipo, «desea preguntarles si han escuchado antes de él». Mier y yo negamos con la cabeza, más valía hacernos los desentendidos, nomás que el mocoso indio tuvo que regar el tepache, «sí, yo fui a verlos y vine a contarles», nunca hablaba bien el español el móndrigo y ahora que necesitábamos que no se le entendiera ni madres, se expresaba muy correcto el cabrón. Cosas como esa eran las que me hacían arrepentirme de no haberlo colgado de un huizache y peluquearle el cuero cabelludo, pero ahí estaba y ni modo de ponerme a desmentirlo enfrente de las visitas. «Deja que hablemos nosotros», dijo Mier en uno de sus pocos momentos de lucidez. El apache empezó a hacer su cara de puchero, como me le quedé viendo, se aguantó y entendió que calladito se veía más bonito. Valenzuela repitió en inglés lo que el apache había dicho en español. El güero volvió a dirigirse a nosotros y Valenzuela a traducir. «Dice que entonces ustedes ya saben quién es él, a qué viene y a lo que es capaz de hacer por lo que viene». Después de lo que nos contó Joaquín, sabíamos que este gringo era de armas tomar, que no venía a papalotear ni andar de correveydile como Juan Page y Jacinto Brown. Este venía a fumigar a las cucarachas mexicanas, o sea, nosotros. Volvió a perorar el gringo. «Dice que no es un hombre violento, ni quiere enemistarse con todos los mexicanos que encuentre, que las autoridades americanas saben qué hace y por dónde se mueve y que no tienen problema con él, que trae carta blanca para proceder como se le hinche la gana». Con tal presentación, no había mucho que hacer que no fuera escucharlo. Según esto no se quería enemistar, cómo se explicaba entonces el chingo de mexicanos que se había escabechado como si fueran conejos. Si eso no era enemistarse, entonces uno de los dos tenía un concepto muy equivocado del término. Otra vez el gringo habló y el arriero puso en español lo que decía. «Su lucha, dice, es contra los terratenientes mexicanos que han abusado de otros y que les arrebataron sus tierras a los apaches y a otros mexicanos a la mala. Que esos son sus únicos enemigos y que él viene a ponerle orden a esos abusos». A Mier sus palabras le sonaron a dulce de leche, él, al que mi abuelo despojó de sus terrenos y humilló hasta el cansancio, al que por su culpa tuvo que andar a salto de mata. «Ese ojete cabrón hijo de la chingada parido por el puto demonio, a este y a mí nos rechingó la vida», dijo con toda la mohína que se le había acumulado de tantos años de vagar por el monte como perrito sin dueño. No sé cómo le hizo Valenzuela para traducir tanta maldición, pero el gringo desdenantes había sonreído por la pura rabia que se le traslucía en la cara al viejo chimuelo. Lloyd escuchó con atención al arriero y luego se volvió hacia mí. «José Sánchez», pronunció su nombre sin dejar de verme a los ojos y lo que dijo después ni lo oí. Su pura mención hizo que se me gorgoteara la sangre en el cerebro. Los latidos de mi corazón los escuchaba como cañonazos que resonaban en la tapa de mi cráneo. Quién sabe qué tanto decía el gringo, pero yo estaba a punto de pedirle que se callara, que de ese culero no quería oír nunca más y que por mí que se pudriera en el infierno. El rubio acabó y Valenzuela notó que yo estaba encorajinado y se esperó a que se me bajara la bilis. Cuando ya me vio calmado, entonces puso en español lo dicho por el gringo, «sabe lo que pasó entre tu abuelo y tú, y entre él y Mier. Que no vino nomás a saludar, sino que antes preguntó por ahí y por allá. Sabe que tu madre murió cuando se alivió de ti, que tu abuelo quiso matarte, que tú tienes tu tumba en el rancho y que tú y Mier acumulan cuentas pendientes con él». El gringo, lo aprendí después de meses de conocerlo, no daba salto sin huarache ni dejaba sueltas las borregas paridas, cinchaba todo con anterioridad. Pregunté que para qué éramos buenos, «necesita aliados», nos tradujo Eduardo, «juntar gente para pelear contra José Sánchez, porque los rumores de la presencia suya ya llegaron a sus oídos y se arreó como a cincuenta camaradas para defenderse. Dice el señor que ellos sólo son treinta y que para entrarse a tiros con alguien que está fortificado necesita a más pelados». No entendía qué deseaba el gringo guerreándose con él. Mier, que ahora sí demostró que estaba viejo y rodado, malició la pregunta más pertinente de todas, «y nosotros, ¿qué ganamos?». El gringo respondió las palabras más acarameladas que había escuchado en toda mi vida, el arriero tradujo, «a ti, Miguel, te devolverá parte de las parcelas que Sánchez te quitó, a ti, Rodrigo, te dará la mitad del rancho y él se quedará con el resto, sólo pide que cada uno ceda una porción para repartirla entre la gente que pelee con nosotros y que no pasará del quince por ciento. Que así demuestra que no quiere enemistarse con los mexicanos, sino que, como ya dijo, quiere poner orden». Qué orden ni qué la chingada, el gringo lo que quería era agenciarse tierras y nada pendejo, repartir migajas para que la plebe no se le volteara, como sea, para los jodidos campesinos que íbamos a reclutar, que no eran dueños ni del piso de la casa donde vivían, que les repartieran cien acres a cada uno era para ellos un montonal de tierra. Agregó que, si no queríamos entrarle con él, no se metería con nosotros, que respetaría que anduviéramos de aquí para allá y que nos dejaría en paz, pero que, si él fuera nosotros, no lo dudaría ni un segundo y se uniría al plan. Pregunté que si ganábamos qué íbamos a hacer con los que se rindieran. Tradujo el arriero y el gringo me miró a los ojos, «matarlos», contestó en español sin una sola parpadeada. Juro que se me erizaron hasta los huesos de la columna vertebral. Mier contestó que sí sin pensarlo. Y ya encarrerados, pos también yo acepté. Luego se escuchó la vocecita del pinche indio metiche que, sin que nadie le preguntara, dijo que él también le entraba.

2024

La casa de Jezaniah, madre de Jebus Dawson, el padre de Jemuel, se hallaba a una cuadra de la de su nieto. No fue necesario ir en la camioneta, lo cual Peter y Henry lamentaron porque, aunque breve, la caminata los dejó chorreados en sudor. Shanice tocó a la puerta y abrió una octogenaria matrona vestida de domingo. «Buenas, abuela», la saludó. La sonriente mujer examinó a los extraños que venían con Jemuel y ella. «Buenos días», respondió Jezaniah. «Abuela, te presento a Henry Lloyd VI, mi primo. Henry, te presento a Jezaniah Dawson, mi abuela». Henry sonrió por la graciosa introducción de Jemuel. Conforme se iba relajando, emergía en él un humor jovial y juguetón. La abuela examinó a Henry de pies a cabeza, «¿de verdad eres algo de Henry Lloyd?». Él asintió y la mujer, como si se hubiera reencontrado con un pariente largamente esperado, bajó el pequeño escalón de la entrada y lo abrazó. La calidez de la mujer confundió a Henry, que no era afecto a las muestras de efusión, pero fue tan cariñoso el abrazo que lo devolvió con gusto. Ella se retiró y se volvió hacia su nieto, «¿por qué demonios tú saliste tan feo y flaco y este muchacho tan hermoso y tan atlético? No hay duda de que heredamos los peores genes». Henry le presentó al profesor McCaffrey «y a mi prometido, Peter Jenkins». La mujer no pudo evitar el comentario, «¿tú eres de esos?». Su nieto de inmediato la reconvino, «abuela, ¿en qué quedamos?». Al parecer, alguno de sus conocidos debía ser homosexual y se trataba de una reiterada discusión. «Lo sé, pero la Biblia, con toda claridad, sostiene que la sodomía es pecado». No cesaba de asombrar a los tres la religiosidad cristiana de un sinfín de afroamericanos. Henry se mostró incómodo. La mujer se dio cuenta y volvió a abrazarlo para enmendar su grosería. «Tú y a quien traigas serán siempre bienvenidos». Los hizo pasar. El contraste entre ambas casas era ostensible. La de Jemuel y Shanice, un desastre, como si un ciclón hubiese pasado por encima y la dejara en un estado catastrófico. La de Jezaniah, ordenada y pulcra. Nada que ver con la revoltura de los otros. Era como si se hubiese degradado el sentido del aseo en tan sólo dos generaciones. McCaffrey, obsesivo con la limpieza, no descubrió ni una mota de polvo sobre las mesas laterales y en ninguno de los muebles. La mujer también vestía con absoluta propiedad y no se notaba mácula alguna en su indumentaria. Aunque afirmó que no pensaba salir a la calle, su arreglo era impecable: los zapatos lustrosos, la falda sin arrugas, el cabello peinado, un coqueto prendedor de bisutería en la blusa, aretes que combinaban con el color de su ropa, las uñas con manicura, olorosa a perfume floral. El mal gusto prevalecía en los adornos de la sala, si en otro hogar habrían parecido chocantes, aquí armonizaban con la actitud relamida y maternal de la mujer. A Peter le fascinó la estética kitsch de la abuela y pensó que sería material de primera para retratarla en uno de sus cuadros. Jezaniah los invitó a sentarse. McCaffrey cumplimentó su acicalamiento, «la pobreza es un estado del alma, profesor», contestó la abuela, «y decaemos frente a los ojos del Señor cuando nos tornamos fodongos y nos da pereza el cuidado de nuestra persona». Su atuendo emperifollado contrastaba con las fachas de su nieto y la camiseta holgada y los vulgares pantalones ceñidos de Shanice. La abuela le pidió a Jemuel que trajera del refrigerador cervezas y una jarra de limonada. Sobre la mesa de centro, el nieto acomodó la bandeja con las bebidas. Peter cogió una cerveza y se la bebió de un jalón. «Moría de sed», intentó justificar sus malos modales. «¿A qué se debe el honor de su visita?», preguntó la abuela.

«Queremos saber un poco más de su familia», respondió McCaffrey. «Tantas historias que contar», dijo Jezaniah, «podríamos estar meses aquí metidos y no acabaría. Un escritor podría usarlas para diez novelas». A Henry le hizo gracia la respuesta, en un evento conoció a un prestigioso novelista que aseveró que todo mundo creía tener las historias personales más interesantes y que lo que más le hartaba era su insistencia en que él debía escribirlas. «Serían un éxito de ventas y de crítica», afirmaban los devotos de su propia narrativa, cuando en la mayoría de los casos, aseguraba el escritor, las historias eran insípidas y aburridas. «¿Cómo está usted vinculada a los Lloyd?», inquirió. En la cara de la mujer se dibujó una expresión ufana. El tema Lloyd debía ser capital en la familia. «Mi nombre de soltera es Jezaniah Adams». La mención del apellido esclareció a McCaffrey el misterio de su origen. «¿Qué eran de usted Jeremiah y Jenny Adams?», inquirió el académico. «Mis tatarabuelos», respondió ella con seguridad, «soy bisnieta de Japheth Adams, su hijo adoptivo que a su vez era hijo biológico de Henry Lloyd y de Jade Adams, una esclava». Por segunda ocasión en su vida Jemuel escuchaba sobre Japheth, ¿por qué su familia había escamoteado su nombre? A McCaffrey le sorprendió el desfase generacional entre los Lloyd y los Dawson. Al parecer, las hornadas de los Dawson/Adams habían procreado más jóvenes y eso explicaría la discontinuidad entre ambas familias. Jemuel resultaba ser sobrino lejano de Henry, no un primo. «La pobreza debe acortar los ciclos reproductivos», pensó. «¿Conoció a su bisabuelo?», preguntó el profesor, deseoso de jalar la hebra. «No, y mi abuelo no era muy dado a hablar de él». «¿Por?», preguntó Peter. «No lo sé», contestó la abuela. «¿Era alcohólico o algo por el estilo?», inquirió Henry. «No, al contrario, era un hombre bueno, cariñoso, pero por lo que contaba mi abuelo, tendía a la tristeza y se encerraba en su cuarto por semanas». «Depresión», pensó McCaffrey, esa debía ser la razón de su caída económica. «Japheth tuvo una hermana que se suicidó», continuó la abuela, «y eso contribuyó a que se acentuara su carácter melancólico». Jemuel escuchaba atónito la historia de la abuela. El encumbramiento de la figura de Henry Lloyd en su familia se debía más al éxito que gozó que a ser un hombre blanco. Henry Lloyd era un nombre posicionado en la mente de millones de americanos como el fundador de uno de los más poderosos grupos económicos del país. Era una marca registrada, como lo eran Rockefeller, Rothschild o Kennedy. Linajes a los que convenía adherirse, aunque los Dawson estuvieran a años luz de los Lloyd actuales. Esta era la primera vez en la existencia de la familia que la rama blanca y billonaria se acercaba a ellos. «¿Y cuál es su relación con la familia Morgan?», indagó McCaffrey. «Morgan, ¿los de las nueces?», preguntó Jezaniah. «Sí». Ella se quedó meditabunda unos segundos antes de dar su respuesta. «No había escuchado que estábamos emparentados», contestó, «¿por qué lado nos vinculamos?». Henry interrumpió a McCaffrey cuando se hallaba por explicárselo. «Son descendientes de Jonas Adams, el hermano menor de Japheth». «¡Ah!», expresó ella, «de Jonas, el ladrón». Henry se había equivocado, esas historias sí merecían una novela o una serie de televisión o una película. Shakespeare a raudales. La historia de su familia deslucía frente a la de los hijos bastardos de Henry Lloyd. Un depresivo, una suicida y ahora, un felón. «¿Por qué lo dice?», preguntó Henry. «Porque se aprovechó de la melancolía de mi bisabuelo, le compró las tierras que heredó en Nuevo México y su parte de Emerson por una bicoca. Ahora ya sé adónde fue a dar la fortuna de mi bisabuelo: a enriquecer a los Morgan, la familia más racista y detestable de los Estados Unidos». Peter pensó que, si los adornos kitsch eran contenido para un cuadro, el drama familiar de los Adams daba para una colección. «Según lo hemos estudiado, Jonas le pagó con justeza a su hermano», intervino McCaffrey. «¿Justeza?, ¿cree usted que vivir en esta calle, con nietos que embarazan a sus novias preparatorianas y que apenas sobreviven como mecánicos mediocres es por justeza?», dijo indignada la abuela, arrastrando a Jemuel a la alcantarilla con su alusión. «Le pagó una fortuna», continuó el profesor, «el equivalente a treinta millones de dólares en la actualidad, eso no creo que, ni entonces ni en esta época, sea un robo». La cifra dejó patidifusa a la mujer. «¿Dijo treinta millones de dólares de ahora?». El profesor asintió. «Me va a dar un soponcio», dijo la mujer. Jemuel, que nunca había escuchado sobre el tras bambalinas de su familia, se daba cuenta de que, por torcidos giros de la Historia, él, sus primos, sus tíos y el resto de su parentela vivían rayando en la miseria cobijados bajo del mito de ser descendientes del gran patriarca blanco, «¿en qué momento se fue todo a la mierda?», se preguntó y bajó la mirada, como si la interrogante no hiciese más que restregar esa mierda en él mismo, en su esposa, en sus hijos, en su abuela y en el jodido mundo que lo rodeaba.

1892

Un gentío afuera de la cárcel se oía. Rumor sordo que las paredes atravesaba. «Una mujer ha declarado, afirma que hace unas semanas un negro por la noche la ha seguido», el alguacil manifestó. «Yo por las noches no salgo», quisiera decirle, «y nunca a una mujer blanca he acosado», por hablillas de Lisa mi voto de silencio no rompería ni tampoco por el intento de una mujer blanca por en centro de atención convertirse. La voz de Jonas en el interior de la oficina del alguacil alcancé a escuchar. «Mi padre hombre cabal siempre ha sido, la acusación de la nodriza falsa es». El alguacil sabe de quién es hijo, con él no se meterá. Que soy el padre adoptivo también lo sabe. Eso no le importa porque negro soy. «Sólo si la mujer confirma que por el negro no fue tocada, la vida puede salvar». Las negras que Lisa aseguraba que yo había asesinado al alguacil poco le interesaban. «Matarse entre ustedes es su problema, cometer daño en propiedad ajena otro asunto es». Ventaja era que Wilde a sus esclavas no había reclamado. Sin reclamo, delito no había. Que asesiné a las negras las autoridades debían probarlo. Jezebel con seguridad en algún rincón del bosque vivía. Jayla, un cadáver putrefacto en el fondo del fango. ¿Quién al pantano iría a buscarla? Sentado en la celda una voz escuché. Frente a mí, Jade. Desnuda, su cuerpo lustroso, su complexión de sauce. «Nada te va a pasar», me dijo. A mi lado se sentó. Su olor, su piel, al alcance de mi mano. «¿Me has extrañado?». Asentí. Mis dedos estiré para su hombro acariciar. Ella, ladeando la mejilla, los atrapó. «Falta me haces», dijo. Falta ella a mí me hacía. A cada hora. A cada minuto. Jenny buena mujer era. Solidaria, amorosa. Por las noches su cuerpo a Jade prestaba para conmigo el amor hacer. Su aroma el de Jenny sustituía. Sus besos, disímiles. Jenny se salía de sí para a Jade cabida darle, un acto profundo de amor. Jade en voz de Jenny: «Nunca me dejes de amar, un hijo nuestro tendremos en el otro mundo donde yo vivo». Yo empujaba dentro de Jenny. Derramar mi semen en la orilla de la vida para que nuestro hijo germinara. Empujaba a lo más hondo de Jenny para al útero de Jade llegar. Y lo sentía. Un abrazo de músculos y fluidos se contraía para mi semen sorber. Preñar a Jade en su otra dimensión. Engendrar al hijo mutuo en la invisible tierra de los muertos. Saberlo crecer allá por Jade cuidado. En boca de Jenny, Jade gemía. «Te amo, Jeremiah, te amo». Su voz se escuchaba diferente a la de Jenny. «Ven, entra al fondo de mí, entra», y mi daga oscura en la rosácea abertura clavaba. Con los brazos de Jenny, Jade me envolvía. Lamidas en mi oreja con la lengua de Jenny. Bramidos de ambos en el orgasmo. Jade, sus caricias en mi cara, «por ahora me iré, te amo». Poco a poco del cuerpo de Jenny se desprendía, hasta por completo abandonarlo. Generosa, Jenny a sí misma regresaba y abrazada a mí se dormía con un dormir lleno de paz. Antes de irse de la celda Jade sobre mí se inclinó, «Jezebel sé dónde se encuentra, está oculta en la cabaña de un blanco pobre con quien fornica. El alguacil de mí no debe saber, pero si fuese inevitable, a ella puedo llevarlo». Hacia atrás se hizo. Sonrió. Si mi inocencia por asesinato debía corroborarse, para ayudarme ahí ella estaba. «El amor quisiera contigo hacer ahora», dijo y hacia el interior de la oficina del alguacil volteó, «ellos no deben vernos». A mí poco me importaba que nos vieran. Su desnudez loco me volvía. Sus senos aún manando la leche con la que a Jonas debió alimentar. Mi madre-amante-hija-esposa, la mujer que a Henry Lloyd me unía. De su seno lactante me prendí. El bálsamo succioné. Por mi lengua escurrió el alimento divino. Amamantado por Jade las fuerzas fui recuperando. Jade mi cabeza con ambas manos tomó, «bebe, mi niño, bebe». Bebí y bebí. Los gritos se apagaron, el estrépito de muerte se apagó. Se apagó la furia, se apagó el sonido. La leche de Jade por mi garganta se deslizaba. Luego de un rato Jade de su seno me apartó, «Lloyd en camino viene, en llegar no tardará». A verla me giré. «De extrañarme no dejes, que allá yo te extraño», dijo y se desvaneció. Su aroma en el aire quedó suspendido, el ligero viento de su presencia. Caballos afuera escuché. Una tropa de caballos. Un universo de caballos. Un sudor de bestias. El ruido de sus cascos sobre la apisonada tierra. El rechinido de hombres sobre las monturas. El golpeteo de las espuelas. El roce de las bridas. Alaridos, gritos, barullo. La voz de Lloyd sobre los demás elevándose. «Por él vengo», brama. «El negro asesino merece morir», una anónima voz grita. «Mujeres blancas ha violado», otra voz. La horca, vivo quemarme, tormentos, latigazos. La muerte favorita: amarrar al negro por las extremidades a cuatro caballos y en direcciones opuestas hacerlos marchar. Moroso descuartizarlo: brazos que se desprenden, piernas arrancadas. El negro de dolor aúlla. El público de gozo aúlla. Jadeo de caballos por el esfuerzo. Los dioses, silenciosos, observan. Un chasquido, una pierna. Otro chasquido, un brazo. Chorrea sangre. Asoman cartílagos, huesos, coyunturas, ligamentos. Caras sonrientes de quienes la tortura observan. El negro desmembrado como un juguete roto. El pedazo de tronco al suelo cae con el rostro hacia el cielo. El negro gotea lo que de vida le queda. «Negro, te lo mereces», dictan. Eso de mí los blancos desean. Mi cuerpo en pedazos partir para no poder unirlo nunca más. El dolor ajeno los seres humanos disfrutan. Más si de otro color la víctima es. Lloyd su vozarrón impone, «Jeremiah Adams es mío y por él vengo». Por las ventanas de la celda intento espiar. A Lloyd montado en su caballo logro ver. A salvarme viene. A salvarme.

1878

Lloyd no quiso que dejáramos cabos sueltos, «los niños de hoy serán los vengadores del mañana, no habrá jamás inocencia en quienes saben que sus padres fueron asesinados», fuimos a la aldea con los cadáveres de los guardias de Guadalupe Reina y los arrojamos a la calle, los habitantes miraron aterrados los cuerpos a las puertas de sus casas, «¿quiénes son las viudas de estos muertos?», preguntó Lloyd, los mexicanos no entendieron sus palabras, un idioma es otro país, pero el llanto y el dolor delatan, las mujeres, algunas de las manos de sus hijos, corrieron a abrazar los cuerpos aún calientes, Lloyd nos pidió a Jeremiah y a mí asesinar a sus familias, «que no quede uno solo, no importa si es niño o niña, si es un bebé o está por cumplir los quince años, a todos maten», veintiún personas debimos de despachar, algunos de los guardias tenían dos familias y a las dos liquidamos, los hijos adolescentes fueron los primeros, «los más peligrosos», nos había advertido Lloyd, «porque en esos hierve la rabia y está fresca el ansia de revancha», para no gastar pólvora los inmovilizamos para que Jeremiah con un cuchillo los degollara, prestamos oídos sordos a súplicas y a las desesperadas peticiones de las madres por indultar a sus hijos más pequeños, «ellos nada hicieron, no los hagan pagar por los pecados de su padre», no hubo palabra alguna que ablandara nuestra determinación, la orden de Lloyd había sido terminante y debíamos de cumplirla, una parte de nuestro ejército amagó al resto de los pobladores, transfigurados sus rostros presenciaron la masacre, nadie se atrevió a detenerla, el intento por hacerlo les significaría la muerte, hubo lágrimas, gritos ahogados, murmuración de rezos, castañeteo de dientes, ya que terminamos con los adolescentes proseguimos con las madres que abrazaban a sus pequeños en un esfuerzo vano por protegerlos, las acuchillamos para darles pronta muerte, se apilaron los cadáveres, se escuchó el borboteo de sangre, tripas removiéndose, aire y gases que escapaban, nos llevó una hora acabar con la tarea, quedaron muertos niños de pecho que soltaron un leve suspiro cuando el cuchillo los atravesó, niñas que miraron con inocencia el filo que acercábamos a sus gargantas, una joven mujer embarazada que cubrió su barriga con las manos, como si hacerlo detuviera la muerte de quien llevaba dentro, matamos como si matar fuera parte de nuestra naturaleza, como si todos los horrores vividos durante nuestra esclavitud tuviesen que pagarlos ellos, «no hay inocencia», clamó Lloyd, matar a los hijos y a las hijas para evitar vengadores en potencia, asesinos que buscarían retribuir el daño hecho a los suyos, «no hay inocencia», repetí en mi cabeza para coger valor mientras a mis víctimas les encajaba el puñal, al terminar la matazón Lloyd nos mandó a Japheth y a mí a organizar una cuadrilla para conducir los cadáveres a la casona y juntarlos con los de Guadalupe Reina y su familia para prenderles fuego, no sin antes saquear la casa de todos los objetos de valor, joyas, arcones, cajas fuertes, dinero mexicano, monedas de oro, ropas, archivos, costosos ajuares fueron hallados, ninguno de los negros osó quedarse para sí una alhaja, un billete, un adorno, con diligencia entregaron a Japheth lo hallado y el botín lo resguardamos en una carreta, metimos los cuerpos en la sala, los rodeamos con troncos, ramas y hojarasca, los bañamos con brea y les prendimos fuego, pronto se alzaron lenguas anaranjadas y se dispersó el aroma a carne chamuscada, negrísimo el humo, la lumbre comenzó a chisporrotear y los cuerpos, al calor de las brasas, adoptaron formas grotescas, las cabezas giraban, las piernas se torcían, crujido de huesos al tronar en el fuego, dedos crispándose, Jehu, uno de los nuestros, no soportó el espectáculo de muerte y llamas y se arrodilló implorando al cielo, me molestó su muestra de flaqueza y le pregunté a Japheth si no pensaba reprenderlo, me vio él mismo con ojos acuosos, sólo le faltaba caer de hinojos como Jehu e implorar pidiendo perdón por nuestros pecados, «no hay inocencia», recalqué, Japheth me volteó a ver con la mirada perdida, «no hay inocencia», repetí, fui hacia el negro postrado y lo levanté de las axilas, «nunca más lo vuelvas a hacer», intentó justificarse, lo tomé del mentón y le hice levantar la cabeza, «nunca o yo mismo te mato», llevamos a Lloyd el tesoro de nuestra rapiña, echó un vistazo a lo que venía dentro de la carreta y tomó los fajos de dinero mexicano, «bajen las armas», ordenó a quienes apuntaban a los moradores y se encaminó hacia la gente, se detuvo frente a ellos y a cada uno, niño, adulto, hombre, mujer, le entregó una cantidad de billetes, los pobladores lo voltearon a ver, perplejos, el mismo hombre que había ordenado la aniquilación de familias enteras ahora se comportaba con generosidad, preguntó si alguno de ellos hablaba inglés y nadie pareció comprenderlo, «vayan a buscar a Valenzuela, el arriero», nos ordenó a Jonas y a mí, de las alforjas sacó unas de las monedas robadas, «páguenle un adelanto para que sepa que esto va en serio», lo hallamos lejos, junto con otros dos, conduciendo un rebaño de borregos, le explicamos para qué lo queríamos, le entregamos la moneda bajo la promesa de pagarle más y nos volvimos con él a Arroyo Hondo, llegamos al atardecer, los mexicanos se encontraban sentados en el suelo, conversando entre sí en voz baja, Lloyd saludó al arriero, le pidió traducir cuanto dijera y se dirigió a los rehenes, «pónganse de pie, por favor», el arriero tradujo y los otros se incorporaron, Lloyd paseó su mirada por ellos, «a partir de hoy, ustedes serán dueños de una cuarta parte de este predio, lo pueden compartir entre todos o cada quien elegir la parcela que le convenga, el terreno restante nos lo quedaremos nosotros, prometo respetar los lindes que pactemos, vivirán en paz y nos comportaremos como buenos vecinos, tomen la decisión mañana temprano porque por la tarde iré a San Antonio de Béjar a anunciar el cambio de propietarios de este rancho, ¿alguien desea preguntar o inconformarse?», Eduardo tradujo, la expresión de los mexicanos cambió de temerosa a estupefacta, se escucharon risillas nerviosas, podía tratarse de una broma macabra, hacerlos entrar en confianza para después asesinarlos, Lloyd percibió sus aprensiones, «esto lo digo con absoluta seriedad y soy hombre de palabra, si alguno de ustedes desea retirarse, hágalo sin miedo a represalias, estamos aquí para ayudarlos», Valenzuela interpretó, tres hombres pidieron permiso para irse con sus familias, no querían arriesgarse a la volubilidad del gigante blanco, Lloyd autorizó su partida, los hombres entraron a sus casas a sacar sus pertenencias, las acomodaron sobre los lomos de unas mulas y se marcharon hacia el sur, los demás aceptaron la propuesta condicionados a decidir si anhelaban un régimen comunal o repartirse las tierras, Lloyd decretó que buscáramos armas casa por casa para decomisarlas, dispuso que se montara el campamento y que se sacrificaran dos reses para alimentarnos a nosotros y a los mexicanos, en cuanto terminó de dar órdenes trepó en su caballo y, solo, echó a andar rumbo al oeste.

1818

No desacertó Hanna: los tiempos más complicados de su vida los padeció Jack en Buffalo Trace. Sí, se convirtió en dueño minoritario de la empresa, muy minoritario y hubo de pagar caro por ello. Sus jornadas de trabajo se extendían por diez horas diarias sin goce de sueldo, de lunes a sábado. Blanton quiso poner a prueba la entereza del muchacho, lo llevaría al límite de sus fuerzas para ver si era cierto su compromiso por aprender o había sido sólo una pose. Lewis era aún más altivo que Blanton, sus instrucciones debían cumplirse tal cual y no daba margen de error. Jack pensó que sus labores se restringirían a la fábrica. No fue así, debía recorrer a diario los interminables campos donde sembraban los cereales. Blanton y Lewis eran de la idea de que la calidad de los granos dependía de que ellos mismos los cultivaran sin depender de otros productores. Había que constatar la correcta siembra, el riego adecuado, la fertilización en tiempo y forma, la cosecha y almacenamiento de los granos. Conoció de cerca el trabajo de los esclavos, la vigilancia estricta de guardias y el celo despiadado de los capataces. Los negros faenaban jornadas inhumanas, cuatro o cinco horas más que las de él, alimentados sólo con frijoles cocidos con vísceras de puerco. Presenció los castigos severísimos a los cuales se les sometía. Harapientos, desnutridos y descalzos, los esclavos labraban los campos en estados físicos deplorables. A Jack le pareció milagroso que no cayeran muertos unos tras otros. Su resistencia al calor, a la falta de sueño, al hambre, la juzgó sobrehumana. Se percató de que ni uno solo de los negros miraba a los blancos a los ojos. Recibían las órdenes mirando hacia el suelo. A algunos había que repetírselas, pues por su desconocimiento del inglés no captaban de inmediato, por lo que se les trataba como tontos. Lewis era estricto con las tierras donde debían cultivarse los cereales. No cualquier terreno lo calificaba como apto. Cuando visitaban alguna finca para comprarla o rentarla, Lewis tomaba un puño de tierra y lo desmenuzaba entre sus dedos. La consistencia le brindaba ciertos datos cruciales, qué tipo de nutrientes poseía, cuánta humedad, cuáles minerales. Analizaba la inclinación del terreno, si había lomas o cerros, si la cruzaban ríos o arroyos. Según Lewis, el agua de Kentucky era propicia para la elaboración del whisky, provenía de terrenos calizos, con altos niveles de calcio y no estaba contaminada por hierro, «el agua ferrosa le brinda mal sabor al whisky y lo ennegrece haciéndolo desagradable a la vista». La ubicación de la destilería junto al río la eligieron estratégicamente sus fundadores, los hermanos Lee. Una fuente de agua era primordial y además, poco rebotada aún en temporada de lluvias. El carácter de Lewis podría ser el peor del mundo, gruñón, déspota, atrabiliario, sin embargo, mostraba sensibilidad e intuición al elaborar el whisky. La suya no era una tarea mecánica, como lo había pensado Jack, requería de sagacidad, de buen gusto para escoger los granos y mezclarlos. Esa fue la parte que a Jack más le motivó: aprender el delicado balance que conllevaba esa selección. Y no sólo eso, debía medir con exactitud los tiempos: cuántos días humectar los granos, cuántos dejarlos germinar, cuántos minutos dejarlos cocer, cuántas horas fermentarlos, cómo cernir las harinas, por cuántos segundos carbonizar el interior de las barricas, cuántos años reposar los destilados. El whisky no era una bebida uniforme, como creyó antes, de cada mezcla derivaba una variación con carácter propio. Había un toque de artista en Lewis y si algo intentaba trasmitirle a los dos aprendices que lo sucederían, era a integrar la tecnología con la inventiva, que el instinto pesara en la misma medida que el conocimiento. Un maestro destilador no sólo debía cuidar la calidad del producto, sino innovar en sabores y aromas para extender en la población el gusto por el whisky. Jack guardaba para sí cada enseñanza, cada comentario, cada sugerencia, cada explicación y hasta cada regaño de Lewis. Le maravilló cómo horas, días, meses, años de trabajo se condensaban en un líquido ambarino codiciado en pueblos y en ciudades. Le pesó, sí, no obtener dinero por su trabajo, máxime que saldar el «donativo semanal» a las monjas para que Emily atendiera a Carla drenaba sus ahorros. Para él era dinero bien gastado. Carla se entreveía cómoda con la monja y al paso de las semanas se notaba más despierta, más serena. Emily también se veía más relajada y, en ocasiones, contraviniendo las instrucciones del acuerdo, esperaba a Jack para platicarle los avances de Carla. Le comentó que por momentos parecía emerger del océano de su locura y era capaz de sostener una conversación por unos minutos. «Me ha hablado de los pájaros que ve por su ventana, me los describe y me pregunta por sus nombres. Puede anticipar el clima, prevé tormentas, días soleados, ventarrones. Observa por horas a través del cristal y cuando lo hace, detiene su fraseo tumultuoso. Se respira paz cuando calla y me permite descansar un poco. Ya no me trata de morder cuando le acerco la comida y usa la bacinica cuando quiere satisfacer sus necesidades. Le gusta que le lea y a menudo me pide repetirle ciertos fragmentos. No me atrevo a desatarla y a usted le sugiero no intentarlo». A Jack, la joven monja le parecía sensata y ecuánime, muy distinta a la energúmena que lo condujo al cobertizo. A pesar de que ella era dos años mayor que él, lo trataba con la deferencia reservada a personas de cierto nivel social. Para la monja, Jack era el patrón y aunque ella provenía de una pudiente familia de granjeros, había elegido la humildad como guía de sus acciones y actuaba en consecuencia. Por las noches, al llegar del trabajo y aun molido, Jack dedicaba una hora a contarle a Carla los avatares de la jornada. En ocasiones, ella aparentaba prestarle atención, en otras, no lo volteaba a ver y se columpiaba de atrás para adelante. Cada tres semanas era indispensable que un grupo de monjas lo ayudara a liberar a Carla de sus amarres para que los nudos no le llagaran las muñecas. Una de ellas, que había trabajado de enfermera en las guerras indias de las Dakotas, advirtió que las ataduras podían provocar gangrena si no permitían la circulación de la sangre. Exhortó a Jack a que la dejara dormir sin maniatarla y sólo encadenarle un pie a la cama para que no intentara escapar, lo que no pudo consumar sino hasta pasados varios meses.

1887

los vecinos se maravillaron cuando vieron las imágenes de los daguerrotipos la sustancia incorpórea del instante aparecía retratada tal cual era no como los cuadros de pintores exégetas que traducían la vida de acuerdo a su mirada y no a lo que en verdad era los daguerrotipos mostraban a los sujetos sin ambages sin maquillar sus imperfecciones los miriñaques aparecían con sus dobleces y roturas los chalecos percudidos por el sudor resaltaban las cicatrices las arrugas los lunares los retratos mostraban una tensión hierática que en su aparente cotidianeidad acercaba a lo sagrado un subterfugio de los seres humanos para como decía Brady afirmar la vida sobre la muerte de boca en boca creció el embrujo los fines de semana en que tú no estabas por ir a coitar con tus barraganas Emerson se convirtió en santuario de peregrinación decenas vinieron no sólo del pueblo sino también de las aldeas de los caseríos o de ciudades como Mobile o Jackson con el ánimo de ser testigos del milagro de reproducir la existencia ordinaria de suspenderla en un instante eterno la gente pedía ver los retratos y papá se los enseñaba con orgullo como si hubiese sido un hombre que pintó íconos bizantinos de Cristo hacía siglos y sus congéneres lo reverenciaran con fascinación por lo limpio de las imágenes por la seducción del blanco y el negro y su extensa gama de grises por su luminosidad y por sus contrastes las imágenes capturaron la atención de campesinos jornaleros dueños de plantaciones maestros de escuela amas de casa padres de familia niños adolescentes y ancianos se profesó una nueva fe los retratos superaron a los espejos que si bien reflejaban nuestra imagen eran ineficaces para aprisionarla eternamente no dejó de azorarme que a pesar de tu reticencia a retratarte conmigo años después contrataste a Samuel Morse el precursor del daguerrotipo en Estados Unidos discípulo del celebérrimo Louis Jacques-Mandé Daguerre su inventor para imprimir placas de tamaño completo con tus cuatro hijos bastardos tú el iconoclasta el revolucionario terminaste derrocado por la burguesa tentación de aparecer en un retrato familiar con tu progenie adúltera de mulatos felices insólito que un hombre como tú se acogiera al pacto faustiano con el único afán de retratarte al lado de tus imberbes hijos tú que mostraste absoluto desgano frente a la cámara de Brady y para la ocasión te presentaste con tus ropas de trabajo frente a la de Morse te esmeraste por verte acicalado y elegante no tuve el privilegio de ver las imágenes quienes sí describen tu sólida presencia paternal al lado de tu estirpe negra en su momento reprobé el que inmortalizaras tu lechigada de cachorros marrones cuando tú y yo aún estábamos casados le pregunté a tus hijos si por acaso alguno de ellos conserva esa imagen de ustedes cinco lo han negado sé que me mienten para no lastimar mis sentimientos firmé con tus hijos adulterinos un acuerdo semejante a un armisticio cerramos los capítulos de encono para abrir unos más resplandecientes en esto Jeremiah y Jenny fueron cardinales ellos facilitaron el acercamiento entre nosotros debieron intuir que ellos cuatro y yo sufríamos de hondas grietas emocionales y procuraron el encuentro con la esperanza de que juntos aliviáramos nuestras heridas creí que con Jerioth por ser la mujer con mayor facilidad hallaría puntos en común pese a ser dulce y servicial hay algo bífido en ella en su interior bulle un confuso enojo pareciera estar entrampada en una telaraña de la cual no logra librarse detrás de su aparente afabilidad asoma un odio encubierto que se traduce en trepidantes arranques de una violencia y que se disparan en los momentos más inesperados si me acerco a calmarla y le pregunto qué le sucede Jerioth no alcanza a explicarlo como si se hubiesen lisiado su voluntad y sus facultades de raciocinio y en su lugar quedara una oquedad oscura de la cual emergen bandadas de murciélagos sus arrebatos asustan y lo más terrorífico es que vuelve a sí misma en unos cuantos minutos como si a ella la hubiese atravesado un torbellino y permanecieran incólumes su dulzura y su liviandad no sé si te han tocado estos súbitos estallidos de tu hija a mí me parecen preocupantes Jenny trata de justificarla con un *son cosas de su forma de ser* tan extremos son estos giros en su conducta que pienso que en algún momento no podrá regresar de ellos y terminará deglutida por las ogresas que la habitan he preguntado a Jonas y a Japheth si saben de algún evento penoso en su vida si Jeremiah o alguien abusó de ella o si le pegaban en demasía ambos han coincidido que ni Jeremiah ni Jenny y mucho menos tú obraron con malevolencia hacia ella y al igual que su madre achacan esos episodios a minucias de su personalidad esperemos que con los años Jerioth madure y logre domar esos impulsos volátiles no he visto imágenes de tus hijos o de Sandra con excepción de una borrosa fotografía de Henry tu primogénito que apareció en la prensa de Mobile de golpe da la sensación de que comparten el mismo físico y las mismas facciones al revisarlo por segunda vez noté las sutiles diferencias su boca es una delgada línea cuando la tuya es carnosa sus ojos se hunden en las cuencas los tuyos parecen llamear sus manos son estilizadas opuestas a las tuyas macizas como las de un sayón no pude distinguir más detalles porque como sabrás en el papel periódico las fotografías se granulan y al examinarlas con lupa no se logra ver más que una acumulación de puntos negros en un fondo amarillento así que no consideré ese retrato como fiel a la persona de tu hijo después de seis días de pernoctar en casa y de estampar nuestros rostros y nuestros cuerpos en placas Mathew Brady hubo de partir se adueñó de mí un sentimiento de nostalgia por las decenas de oportunidades que se perdieron para hacernos más retratos cuánto hubiese amado uno de nosotros dos en los jardines o uno de papá todavía fuerte y entero arriba de Nieve o de los esclavos que poseíamos en ese entonces ahora que nos acercamos al fin cómo desearía recuperar esos momentos esos cuerpos esos rostros poseer un extenso prontuario de aquello que fuimos y nunca volveremos a ser

1881

Henry Lloyd era el nombre del grandulón. Cuando miraba era como si mirara un puma, nomás calando a uno sin mover un músculo de la cara. Eso sí, era respetuoso y calmado, y nada parecía perturbarlo. Pasaba horas sentado quieto en una misma posición, no como Mier que parecía que las hormigas le picaban el culo y nomás no se estaba en paz. Lloyd daba órdenes apenas con un leve gesto, ni siquiera hablaba, con sólo menear la cabeza cuatro salían corriendo a hacer lo que él quería. Lo curioso es que le adivinaban el pensamiento, como si hablaran un lenguaje de silencios que sólo podía entenderse entre ellos. El negro gigante no hablaba ni una palabra, tampoco era de mucho moverse, un ébano vivo cuyos ojos blanquísimos contrastaban con lo oscuro de su piel. El otro negro que acompañaba a Lloyd, el de nombre James, ese sí que era vivo con las palabras. Apenas escuchaba una, la repetía en voz baja hasta aprendérsela. Como Mier y yo nos dimos cuenta de eso, empezamos a hablar con puras maldiciones y ahí estaba el negro duro y dale repitiendo «chingados, chingados, chingados», «cabrón, cabrón, cabrón», si se las aprendía iba a ser el negro más malhablado en español en toda la redonda. Mier y yo nos dimos a la tarea de arrejuntar gente para darle batalla a mi abuelo. La verdad, quedaban pocos. En cuanto mi abuelo supo que los gringos se habían agenciado el territorio mexicano, se armó a lo grande y más cuando supo que a Guadalupe Reina y a su familia se los escabechó el mentado güero y su ejército de negros. «A mí no me van a agarrar tragando camote», dicen que dijo y entonces se puso a reclutar a cuanto pelado había en la región. Asegunes de la gente, no pagaba mal y para contratarlos les ponía México por delante, «nos habrán robado el territorio los ojetes gringos, pero cada rancho sigue siendo un pedazo de México que vamos a defender vara por vara, cuerda por cuerda», y la bola de jodidos, a los que nunca ni el gobierno ni los terratenientes les echaron un lazo, ahí andaban de revoltosos quesque muy patriotas y muy mexicanos al grito de guerra. Puro muerto de hambre que pensaba que con los gringos más hambre iban a tener. Y era justo a esos que la vida había jorobado a los que Mier y yo buscábamos para unirse a nosotros. Sólo que no pagábamos con dinero, sino con algo mucho mejor: la promesa de una parcela. No es lo mismo ser un jodido asalariado que un jodido dueño de una tierra, eso lo entendió Lloyd como el cabrón genio que era. No había que desfondar las alforjas para pagarle a los que se afiliaran como soldados nuestros, sino ponerles por delante la zanahoria de la propiedad y por esa pura promesa, un bato que no tenía ni dónde caerse muerto pelearía hasta con las uñas. La realidad es que mi abuelo dejó puro cascajo: a los viejos, a los borrachos, a los niños, a los enfermos, a los debiluchos y a las mujeres, los demás, los hombres fuertes y bragados ya los tenía de su lado. Le avisamos a Lloyd de lo que sucedía, que ni diez de esos valían uno de los que se jaló mi abuelo. El rubio escuchó con atención lo que le traducía Valenzuela sin levantar ni media ceja. Se reconcentraba como si las palabras se fueran a lo hondo de su mente, ahí las exprimiera hasta sacarles todo el jugo y luego las devolviera hasta la punta de su lengua. «Con que lo traicionen veinte la hacemos», tradujo Valenzuela. Puro talento el del güero pa entender las cosas, nomás era cosa de que los que ya estaban apalabrados con mi abuelo supieran que, si peleaban con nuestro bando, se quedarían con parte de las tierras. Me preguntó el rubio si yo sabía cómo hacer para avisarles a esos y le respondí que «sí, hombre, claro», la mera verdad es que no inteligía cómo chingados le iba a hacer. Fue en la dormida que se me prendió el coco. Chuy y mis hermanos segurito que se vendrían con nosotros y con ellos se traerían a una recua de gente más. Chuy no debía estar a gusto con mi abuelo porque de cabrón y ojete no lo bajaba, así que fácil podíamos hacer que le diera vuelta a la tortilla. Sólo que iba a estar más perro acercarme a la casona del rancho. Con lo trastornado y maniático que era mi abuelo, debió organizar a la gente en círculos de seguridad, con dos o tres apostados en los cerros para vigilar. Tantas guerras con los apaches le habían afilado la tatema y era casi imposible que se le fuera una. Se debió oler que Texas iba a pasar a ser de los americanos y desdenantes le rumió al asunto. No en balde por eso financió a los texanos, pa que cuando terminaran de apañarse el resto del territorio, respetaran el rancho. Nomás que Juan Page y Jacinto Brown lo cacharon en la dobleteada de que, así como les daba dinero a ellos, se lo daba al ejército mexicano y por eso lo anotaron en la lista de los que había que mandar a oler el sobaco del diablo. Nomás que una cosa era que trataran de quitarlo de en medio y otra, que se dejara. Y conociéndolo, no se iba a morir sin llevarse entre las patas a un racimo de gringos. Como el rancho iba a estar más vigilado que una monja sabrosa en un claustro, tuve que idearme la forma de contactar a Chuy sin yo mismo hacerlo. Y para eso, el apache miniatura estaba más que pintado. Él sabía andar en el desierto, era hábil para esconderse y si lo agarraban, lo iban a aventar de retache al monte, qué problemas les podría dar un escuincle indio, además, si lo mataban, no sabían si se les dejarían venir encima los apaches y su preocupación no eran esos, sino los güeros, o más bien, los güeros junto con los negros. Llamé a Joaquín y le expliqué que lo necesitaba para un jale que sólo un sácale filo como él podía hacer. Tuve que dorarle el chancho para que se animara. El chamaco me escuchó con atención. Le dije por cuál sendero de ganado irse, qué arroyos cruzar, cómo caminar por la orilla de las lomas para que no lo divisaran en lo alto y el norte de cómo llegar a casa de Chuy. «Apersónate con él pardeando. En cuanto lo veas, le dices que vas de mi parte para que no recele. Chuy es grandote, moreno de sol, con manotas. Tiene cara de que te puede partir a machetazos, no te asustes, es buena persona y no te va a machetear. No te regreses sin darle esta nota», le dije y le pasé un papel escrito donde le decía que yo me había alistado con el gringo y que convenía que él, mis hermanos y a cuantos vaqueros tentara, se cambiaran a nuestro bando y que fuera escogiendo la parte más bonita de la pasta de Santa Elena porque se la iba a regalar. A Joaquín se le empezó a fruncir el culo en cuanto terminé de decirle lo que tenía que hacer, «¿y si me maten?», preguntó con su voz de cachorro. «Si te matan, te vas al cielo de los apaches donde vas a poder reunirte con los tuyos y con los chingos de búfalos y de venados que allá viven y con el fregadal de dioses en los que ustedes creen, y si no te matan, vas a ser dueño de tu ranchito para llenarlo de gallinas y de vacas», le dije. «Yo no quiere un ranchito, yo nomás no quiere que me maten». Se me olvidaba que a este le habían desaparecido a toda su parentela y que debía estar más ciscado que un chichicuilote. «No te van a matar, además, ni modo que te dejes, que para eso traes rifle, hacha y cuchillo, además ya fuiste antes a espiar a los negros y nada te pasó». Joaquín se quedó callado y luego se volvió a verme. «Es que estos son mexicanos». Y bueno, pues sí tenía buenas razones para desconfiar de los mexicanos, empezando por mí. Me llevó chico rato convencerlo, y luego de una hora, como un animalito de monte, desapareció en el desierto en su camino al Santa Cruz.

2024

Saber la cantidad de dinero que rondó en sus antepasados caló hondo en el ánimo de Jezaniah y de Jemuel. Hicieron un repaso de cada integrante de su parentela, hasta los más lejanos, y no hallaron en ninguno indicios de esa cauda de dinero. ¿Qué había sucedido?, ¿quién lo botó o cómo se perdió? Sí, hubo en la familia alcohólicos y afectos a las drogas, fueron excepción y no regla. Jezaniah mencionó a un tío político, casado con una prima de su padre, que fue un briago y que acabó por morir en la cárcel. Ese había sido de los muy pocos casos. La mayoría de los miembros de la familia habían mostrado una conducta irreprochable, gente de trabajo, de familia, de Dios. Un par de sobrinas llegaron a acariciar prometedoras carreras en el deporte profesional, una en el futbol soccer y otra en el baloncesto, por una razón u otra, no llegaron al máximo nivel. Si algo enorgullecía a Jezaniah era que sus hijos y sus nietos nunca se apartaron del camino dictado por Jesús. Sí, habían tropezado en lo económico, mas, con la ayuda de Dios, habían salido adelante. A Henry, su lejana tía le inspiró ternura. No había conocido una mujer con tal dominio del inglés. Su sintaxis cadenciosa, la riqueza de su vocabulario, su aptitud para articular ideas lo impactaron. Ya quisieran varios de sus compañeros de la universidad poseer ese dominio. Se lo hizo notar y la mujer se jactó de que leer la Biblia y asistir a las sesiones con el pastor le ayudaban a ello. En cambio, Jemuel era corto en su manera de expresarse y era patente cuánto le desesperaba no encontrar las palabras precisas. McCaffrey supo que frente a él se hallaba el gancho con el que podía desenmarañar algo de la madeja de desigualdad y falta de oportunidades en la sociedad americana. No era ese el tema de su libro, no obstante, daba para diez, veinte más. Qué errados estaban sus colegas, pensó, que basaban sus ensayos en estadísticas y en datos «duros» de la economía. Era en el contacto directo con las personas, en conocer sus casas y sus familias, donde se revelaba el núcleo del misterio. Ahí era, fuese en el lujoso complejo del rancho Santa Cruz o en el modesto hogar de Jezaniah Adams, donde la historia, los problemas sociales y económicos, las pasiones humanas palpitaban con mayor fuerza. Aunar la antropología con la psicología y la sociología como la forma más directa para comprender la convulsión de un periodo histórico. El ser humano real y concreto como fuente de una investigación susceptible de englobar una época. «Los señores vinieron hasta acá con la intención de comprar los daguerrotipos que tenías guardados, abuela», interrumpió Jemuel. «No podemos venderlos», aseguró Jezaniah con una sonrisa amable. «¿Por?», inquirió Henry. «Porque nos permiten saber de dónde vinimos y darnos una idea de quiénes somos». Qué mecanismos mentales debió procesar la familia de Jezaniah para que las fotos de un lejano antepasado blanco definieran su historia, pensó McCaffrey. ¿Cómo se vinculaban a esa «blanquitud» si ni siquiera se había transferido a ellos un solo remanente de la inmensa fortuna generada por Henry Lloyd?, ¿qué en la ensambladura de su mente le impedía deshacerse de esas imágenes? «Ofrecemos diez mil dólares», soltó Henry. La abuela sonrió, «hijo, si mi familia perdió el equivalente a treinta millones, ¿sabes cuánto nos durarían diez mil?». Peter soltó la carcajada. Esa mujer era dura de roer. No iba a venir un trío de blanquitos a seducirla a golpe de billetes. «Veinte mil», subió la oferta Henry. La mujer le clavó la mirada, la actitud de Henry debió parecerle ofensiva. «Somos descendientes del hijo bastardo de una esclava y un hombre blanco. Prevaleció en nosotros el linaje y la cultura de la esclava, de quien, para mala fortuna, no hay una sola imagen. Y lo queramos o no, la sangre de Henry Lloyd corre por nuestras venas». La abuela afable y dulce comenzó a mostrar el lado resiliente e insumiso de su negritud. «La única luz que puede guiar a los afroamericanos es saber de dónde provienen nuestras raíces, así las estigmaticemos o nos avergüencen. No podemos permitir que nuestro pasado se convierta en una llaga brumosa y oscura, así haya sido brumosa y oscura. Una parte nuestra se enorgullece de proceder de un hombre esclarecido como Henry Lloyd, otra se siente agraviada y lo detesta. Esas imágenes nutren nuestras paradojas». McCaffrey quedó boquiabierto por cómo la mujer había formulado el peso de esas imágenes en el inconsciente colectivo de la rama Adams/Dawson. Nunca puede saberse a qué mitologías se aferran los grupos humanos. «Están mal conservadas esas imágenes», terció McCaffrey, «si no se restauran y se les dan los cuidados indispensables, terminarán por borrarse». La abuela hizo gala de su agilidad mental, «que se borren será una metáfora, profesor, por fin nos desharemos de un pasado que aún nos duele». La mujer se levantó y pidió que la excusaran por un momento. Los demás permanecieron en silencio. A Shanice le parecía inconcebible la necedad de la abuela de no vender las imágenes y más sorprendente aún que Jemuel no abriera la boca. Con veinte mil dólares podrían hacer maravillas. Quién sabe si cuando la abuela muriera y Jemuel quedara en libertad de hacer lo que quisiera con los daguerrotipos, recibirían una oferta de tal magnitud. La abuela volvió con una caja y pidió a todos que se sentaran en la mesa del comedor. Ella se acomodó en la silla de en medio y con morosidad esculcó dentro de la caja. «Aquí está», dijo para sí misma. Como si en sus manos atesorara un objeto sacro, lo levantó a la altura de sus ojos, lo contempló por unos segundos y sobre la mesa depositó otro daguerrotipo. En la imagen aparecía Henry Lloyd parado detrás de sus cuatro vástagos adulterinos. Los demás se acercaron a ver la imagen. Ella señaló a uno por uno, «este es Japheth, mi bisabuelo; este es su hermano Jonas, ambos hijos de la misma madre; esta es Jerioth y el más pequeño, Jabin». Una imagen casi idéntica, con el mismo fondo, poseía la familia Lloyd: Henry de pie tras sus hijos legítimos: Henry II, Thérèse y Jack. Compartían la misma composición y ángulo. Las imágenes debieron ser tomadas por la misma persona y, era probable, el mismo día. ¿Qué pretendía Henry Lloyd contratando copias casi exactas de sus dos camadas? A Peter la imagen le pareció fascinante. Remarcaba la trabazón afectiva que Lloyd había sostenido con su familia negra. Una ráfaga de imágenes lo asaltaba, una más potente que la otra, y pensó en la enorme cantidad de cuadros que podían derivar de ellas. La blancura de Jonas contrastaba con la del resto de sus hermanos. Parecía un intruso que se coló de último momento. «Es una imagen poderosa, con una valía inigualable», comentó McCaffrey. La mujer apuntó a Jabin. «A él lo asesinaron», aseveró, «mi abuelo contó que era un muchacho difícil y pendenciero y que por años se rumoró que lo había mandado matar Henry Lloyd II. En realidad eso era improbable, Henry apenas había cumplido dieciséis años y vivía en Texas». La muerte de los hermanos menores debió afectar a Japheth, pensó McCaffrey, quizás ahí estaba el origen de la caída de su linaje. Henry preguntó a Jezaniah si sabía si Jerioth o Jabin procrearon descendencia. «A Jabin lo mataron aún adolescente. Jerioth, según supe, tuvo tres hijas y un hijo, pero de esa rama de la familia sé poco. Ninguno de sus descendientes vive en el pueblo y se desperdigaron hacia otros estados». Henry escrutó la imagen de los dos infortunados hijos, ¿se habría enterado Lloyd de lo que les sucedió?, ¿cómo habría respondido a la noticia de su muerte?, ¿la madre biológica murió o los abandonó? Jezaniah revolvió dentro de la caja y sacó otro daguerrotipo. Era casi una calca de la imagen anterior a la cual se habían unido Jeremiah y Jenny. Henry centró su atención en Jeremiah. Le sacaba una cabeza a Lloyd, debía medir seis pies diez o seis once. Jenny se veía diminuta a su lado, debía llegarle abajo del pecho. Extraña pareja la de ellos dos y extraño que Lloyd quisiera aparecer a su lado. «Tengo más», presumió la abuela y sacó una fotografía de Henry Lloyd con sus siete hijos. Del lado izquierdo, Henry II, Thérèse y Jack, del lado derecho, Jonas, Japheth, Jerioth y Jabin. Notoria la diferencia de edad entre Japheth y Jack. Ninguno de los hijos sonríe, la tensión entre ellos es palpable. Entre ambas familias media un espacio de un pie de distancia, como si no quisieran rozarse unos con otros. El único sonriente es Lloyd, primera imagen suya en que Henry lo veía sonreír. Parece divertido, como si acabase de cometer una travesura. De los hijos, el más parecido a él es Jonas. También es el más alto y el único de los siete que mira con fijeza a la cámara. Jerioth mira hacia abajo, Jabin se nota distraído, Henry II voltea hacia su padre, Thérèse acomoda la camisa de su hermano menor. ¿Por qué esa foto se la había quedado Japheth y no alguno de los otros hijos?, se preguntó McCaffrey. Era obvio que ninguno de los hijos legítimos deseó conservar una copia con la familia negra, competidora en los afectos y las heredades de Henry Lloyd. Jonas debió desdeñarla: para qué dejar trazas de su origen negro en su esfuerzo por forjarse una identidad blanca. ¿Qué opinarían los Morgan de ver a su antecesor con sus hermanos negros? Henry, Peter y McCaffrey departieron con la abuela, con Jemuel y con Shanice hasta las once de la noche. Henry mandó al chofer a traer comida pese a la reluctancia de Jezaniah, que aseguró que en su casa siempre habría un lugar en su mesa para quien llegase con hambre. La abuela guardaba un altero de fotografías y de recortes de periódicos que le permitieron a McCaffrey asomarse a los tentáculos familiares que derivaron de Lloyd. Las contradicciones y las injusticias del sistema americano le parecieron más evidentes que nunca. La esclavitud, concluyó, no había terminado con la

Guerra Civil, sólo se metamorfoseó en formas más sofisticadas de control y de dominación. El hijo bastardo blanco había sorteado el campo minado de la negritud y su fortuna se multiplicó generación tras generación. Japheth y sus descendientes habían dilapidado de forma inexplicable un patrimonio sustancioso, ¿por qué?, no había manera ni de investigarlo ni de saberlo y al profesor le pareció racista creer que sólo por ser negros lo habían perdido. No, las causas debían estar enraizadas en motivos jabonosos, inasibles. Quizás repartió sus haberes entre sus hijos y los de Jerioth o invirtió en malos negocios o le cometieron fraudes. De la forma que fuese, sus descendientes ahora medraban en los humedales de la pobreza, mientras los de los hijos legítimos chapoteaban en fortunas inagotables. Henry, quien había ido a visitar a sus parientes lejanísimos, preso de una total pereza, salió obnubilado de la casa de Jezaniah. Si por él fuera, habría escuchado las historias de la abuela por varias horas más. Vestir las ropas de Henry Lloyd, enfrentarse a las imágenes de sus antepasados, convivir con la rama negra de la familia, lo hicieron reconsiderar nociones que creía inamovibles. Las visitas a Emerson y al pueblo no fueron simples sumersiones en la Historia, sino en sí mismo. El entendimiento profundo de que nadie, por más que lo intente, puede sustraerse a los vicios y a las virtudes de sus antepasados.

1892

Lloyd mi ejecución llega a impedir. Con un rugido un alto pone a la manada jadeante. «Jeremiah Adams es mi propiedad y nadie puede tocarlo». Tiros se escuchan. Alboroto. Gritos. Amenazas. El alguacil a las puertas de mi celda, «tu amo por ti vino, algo te debe porque con sus guardias ha llegado». Lloyd en la prisión irrumpe. Detrás suyo los guardias y una veintena de negros. Treinta y cinco hombres armados. La jauría afuera contra ellos nada podría hacer. «A mi negro ahora mismo libera», al alguacil ordena. «De asesinato acusado está», el alguacil alega. «¿De muerte de negras lo acusas?, ¿esas negras qué pueden importarte si a nosotros pertenecen?», Lloyd replica. «Una blanca lo acusa de acosarla», el alguacil pretexta. «Si esa blanca miente, te juro que a treinta negros mandaré a violarla. Con ella quiero ahora mismo hablar». La voz no alza Lloyd. Miedo da oírlo. El alguacil pequeño no es, Lloyd lo intimida. «Sólo el juez puede liberarlo». Lloyd lo encara y su rostro acerca para susurrarle, «si la vida de tus hombres y la tuya valoras, a mi negro deja libre». Los ayudantes del alguacil con preocupación a su jefe miran. Cuatro contra ese ejército no durarían. Derroche de poderío el de Lloyd. En esos tiempos los dueños y los administradores de las plantaciones, no las autoridades, mandaban. El alguacil se resiste, «mi trabajo del marco legal depende, el asesinato acusación grave es». Lloyd lo encara, «los cadáveres, ¿dónde están?». Imposible el de Jayla encontrar. Los pantanos pie por pie millas debían recorrerse. Y ni así. Sólo borbotón de gases hallarían. «A mi negro libera», Lloyd le advierte. El alguacil en sus hombres complicidad busca. Ninguno la mirada le devuelve. En segundos Lloyd su muerte podría ordenar y con la suya salirse. Sólo el alguacil se empeña en su afán por preso mantenerme. Lloyd y él bien se llevan, por años se conocen, pero el patrón ni un segundo dudará en matarlo. Por la acusación de la nodriza no vale arriesgarse y el alguacil toma la llave y la cerradura abre. Salgo y Lloyd de verme salir se alegra. Por retirarnos de la prisión nos hallamos y el alguacil su dedo me apunta, «por ahora, sólo por ahora, libre estás». Lloyd se regresa y frente a él se detiene, «¿qué dijiste?». El alguacil farfulla. «Un delito serio se cree que cometió que no puedo dejar pasar». «¿Cuál?». «La acusación de la mujer blanca». «Tráela ahora», Lloyd clama. «De ninguna manera, en riesgo su honra pondría. No sabemos hasta dónde el negro la abusó», el alguacil balbucea. «Ve por ella». «Si se sabe que el negro la violó, ningún blanco jamás volvería a tocarla. En su palabra debemos creer». «Ve por ella». Lloyd demuestra que no cederá. El alguacil a uno de sus asistentes manda. En que ella diga la verdad confío. Luego de un rato el ayudante con la mujer se presenta. Joven, regordeta, lindo rostro. A ella Lloyd se aproxima. «Sé quién eres, la hija de Peabody, Ashley te llamas». Ella asiente. «¿A mi negro antes has visto?». Ella de arriba a abajo me mira. «Todos los negros se parecen», responde. Lloyd con la cabeza niega. «De este tamaño negros no hay en millas a la redonda. Verlo de noche aterra. Los árboles roza, por las puertas no cabe. Jamás podrías con otro confundirlo». La muchacha los labios se muerde. A verme a mí no se atreve, mintió y ella lo sabe. «¿Te tocó?», Lloyd pregunta. «No», ella responde. «¿Algo te dijo?», interroga Lloyd. «Sí, infinidad de cochinadas. Que esto o aquello pensaba hacerme», Ashley declara. «¿Es él?», Lloyd pregunta. «Sí, su voz nunca olvidaré». Lloyd a unas pulgadas de ella se planta. «Mientes». La muchacha la mirada baja. «Al infierno por mentirosa deberías ir. Mi negro mudo es, jamás una palabra de él he escuchado». La muchacha palidece. «La vida de mi negro en peligro puso», Lloyd continúa. «No mentí», ella se defiende, «quizás él no fue». Lloyd a Ashley la enfrenta. «Eres una vergüenza, a mentir vuelve y las consecuencias me encargo de que las pagues». El mentón de la muchacha comienza a temblar. Lloyd extiende la mano y de la barbilla la toma, «a no inventar falsedades mi querido amigo Peabody debería educarte, si él no lo hace, nosotros con mucho gusto por él lo haremos». La muchacha toda ella tiembla. Romperse parece. «Una oportunidad de decir la verdad te doy». Ella al alguacil voltea ver, «nunca negro alguno me siguió». Lloyd sonríe, «afuera a la gente dirás cuanto acabo de oír». Con ella cogiéndola del brazo sale y Ashley la verdad frente a todos confiesa. La gente un suspiro deja escapar. Lloyd a la muchedumbre arenga, «mi negro criminal no es, quien lo moleste en adelante conmigo se las verá. Cuidadosos sean, porque en este pueblo, lo que se hace o se dice, se sabe», luego hacia el alguacil se gira, «a mis hombres mandaré a buscar a las negras que se dice que Jeremiah Adams asesinó. Aquí las traeré tan pronto de ellas sepamos». Lloyd junto a él pasa. En su caballo monta y a mí otro caballo me brinda. A los guardias y a los otros negros seguirnos les ordena y a la casa cabalgamos. El trote nuestro por las calles resuena. Polvo se levanta y la turba en una nube de tierra se envuelve. Minutos después a la casa arribamos. Jenny en la puerta nos aguarda. Bajo del caballo y ella el rostro me acaricia. «Muerto tus hijos y yo te creíamos». Lloyd del caballo desciende y sin detenerse hacia Lisa directo va. Ella sentada en un sillón se encuentra, Jabin a su seno asido. Henry a ella se enfrenta, «a mi hijo en este mismo instante de tu pecho quita». La mujer atemorizada lo mira. «¿Por qué, señor?». «Suéltalo». El niño a un lado coloca. Jabin, como una cría de zarigüeya, a la nodriza vuelve. «Irse de mí no quiere, señor». Lloyd un paso adelanta y con un manotazo al niño le arrebata. Jabin llora mientras en sus brazos se remolinea. «Mamá, mamá». Lisa trata de tomarlo. Con la mirada, Lloyd la fulmina. «Lárgate». La mujer con azoro lo mira. «¿Por qué, señor?», Lloyd explicaciones no da. A los guardias Lloyd decreta, «de mi casa a esta negra saquen». Tres guardias a rastras la acarrean. La negra grita, «mi niño, mi niño». Al polvo la avientan. Entre sollozos implora, «señor, por favor perdóneme, de mi niño no me separe». Lloyd hacia ella camina. «No se te ocurra volver». La mujer chilla. Mentiras suyas y de la rubia regordeta cerca de una sentencia de muerte me pusieron. La abomino. Lástima por ella no tengo. La madre de Jabin, Jenny es. Lloyd y yo sus padres. «Al pueblo llévensela», Lloyd a los guardias manda. «En venta pónganla». La mujer se arrodilla. «Libre soy yo ya, señor. Mi amo la manumisión me otorgó». «No importa ya, esclava mía ahora eres y vendida serás. Con tu leche alimenta perros». Los guardias se la llevan. Jabin berrea. Lisa berrea. Miramos cómo se la llevan. Al resto de los negros y de los guardias Lloyd despacha. «Pueden regresar a Emerson». Hacia mí se vuelve, «cenemos», me dice y a la casa entra.

1878

Jonas, Japheth, Jeremiah y yo acompañamos a Lloyd a San Antonio de Béjar para avisar a las autoridades de lo que el patrón describió como «escaramuzas» con un ranchero mexicano y sus guardias que derivaron en la muerte de «unos cuantos de ellos» y su deseo de regularizar la propiedad del predio expropiado, a su nombre, la parte sur, a nombre de los trabajadores anotados en una lista, la parte que lindaba del Arroyo Seco hacia el norte, en el informe de Brown y Page, a Guadalupe Reina se le había considerado susceptible de «causar conflictos» y que Lloyd se hubiese desecho de él fue bien visto por las autoridades, qué mejor que las tierras empezaran a quedar en manos de americanos y no en las de latifundistas mexicanos, potenciales enemigos que podrían sufragar revueltas en contra del nuevo *statu quo*, cuando lo cuestionaron sobre el número de muertos, Lloyd estimó diez, el funcionario que nos recibió anotó el dato en una libreta, extendió unos mapas sobre la mesa y señaló las colindancias del Rancho Arroyo Hondo, «por favor indique qué porción del terreno quiere para usted y cuál se repartirá entre los trabajadores», Lloyd señaló la parte que deseaba reclamar y luego demarcó la que cedía a los mexicanos, alrededor de un 20% del total y le entregó una lista de los futuros propietarios, «ellos desean parcelas de cien acres para cada familia, ahí vienen anotados los límites de cada una y a nombre de quién», con letra de amanuense el funcionario fue anotando los apellidos en cada cuadrícula fraccionada y con un lápiz dibujó el contorno de la sección correspondiente a Lloyd, «en cinco días podrán recoger los documentos que les otorgan el derecho de propiedad», explicó, Lloyd arrancaba con el pie derecho, sin bajas entre nosotros y escaso gasto de parque, y perfilaba su ingreso a Texas por la puerta grande, solicitó una cita con el gobernador George T. Wood y otra, de forma cauta, con quien se creía iba a ser su rival en las próximas elecciones, Peter Hansborough Bell, antes de reunirse con ellos Lloyd estudió los antecedentes familiares y políticos de ambos, supo que Wood era propietario de una plantación, que había nacido en el estado de Georgia, un sureño en toda la extensión de la palabra, y que había comandado las fuerzas americanas en la toma de la ciudad de Monterrey en México, Bell, el posible candidato, era también sureño, de Virginia, desde joven se había enrolado al ejército texano donde participó en innumerables batallas contra los mexicanos, tanto Bell como Wood apoyaban los cabildeos del estado de Texas para que el gobierno federal reconociera como parte de su territorio las tierras que pertenecían a Nuevo México, ambos desdeñaban a la raza mexicana a la que consideraban inferior, a George T. Wood lo sedujo narrándole su experiencia en Emerson y en la plantación de tabaco en Carolina del Norte, le expuso cómo pensaba trasladar sus conocimientos en el manejo de plantaciones a la administración de las propiedades que pensaba despojar o, como lo puso de manera más elegante, «sustraer de manos enemigas», le detalló el plan de su campaña y aun cuando el gobernador sabía que bordeaba la ilegalidad lo apoyó sin condiciones, a Peter Hansborough Bell le habló sobre su ejército de esclavos manumisos, «hay que saber sacar las mayores ventajas de esa raza oscura y noble», y aseguró que extendería su campaña hasta Nuevo México, en donde procuraría sentar el dominio texano, el candidato, complacido por la propuesta de Lloyd de exiliar a los terratenientes mexicanos, lo que evitaba que el gobierno texano gastara en expulsarlos, dio su aval al proyecto siempre y cuando no se cometieran arbitrariedades contra ciudadanos americanos, Lloyd cerró acuerdos con ambos, Bell le agradeció la cortesía de pedirle su sentir antes de postularse a candidato, lo que lo convirtió en futuro aliado nuestro, y Wood celebró la determinación de Lloyd, al recoger el registro de propiedad oficial del Rancho Arroyo Hondo Lloyd aprovechó para pedir los mapas que delimitaban el gigantesco rancho Santa Cruz y solicitó autorización para copiarlos, al regreso a Arroyo Hondo entregó los títulos de propiedad a los extrabajadores y al preguntar si entre ellos algunos habían laborado en el Santa Cruz, unos cuantos manifestaron que por temporadas como vaqueros, así nos enteramos de que era un feudo interminable y que para donde se mirara era propiedad de José Sánchez, que desde su bisabuelo habían desalojado a los apaches de sus tierras y que hubo matanzas de uno y otro lado, que en su voracidad por extender su finca llegó a ejecutar a vecinos o a expulsarlos de sus terrenos, como a un tal Miguel Mier, a quien casi mata a cuchilladas en una reyerta, que intentó asesinar a su nieto Rodrigo con quien mantenía diferencias y como no lo logró realizó un entierro simbólico para darlo por muerto, que Rodrigo deambulaba por el desierto y que estaba sentenciado a muerte si se acercaba a la casa grande del Santa Cruz, que José Sánchez estuvo tentado de fusilar a Juan Page y a Jacinto Brown y que se contuvo cuando se enteró de que Texas estaba por anexarse a la Unión Americana, que repartió dinero tanto al ejército mexicano como al ejército texano y que había rumores de que propiciaba una revuelta de rancheros mexicanos para declarar la independencia de los territorios del suroeste de Texas, Lloyd era en particular hábil para que la gente confesara, deslizaba preguntas, al parecer inocuas, para poco a poco crear confianza y desmantelar aquellos miedos y dudas que detenían a las personas a responder, Lloyd estudió a conciencia la topografía del rancho Santa Cruz, cuáles eran zonas llanas, por dónde cruzaban los arroyos, la ubicación de los cuarteles, la altura de las lomas, las distancias entre un punto y otro, en el diseño de su estrategia no pasó por alto ninguna minucia y memorizó cada palmo del terreno, si tomábamos el Santa Cruz, se convertiría en punta de lanza para el resto de la campaña y con las miles de cabezas de ganado de las que nos adueñaríamos podríamos financiar la compra de armamento, de víveres, de aparejos y de caballos, alistar más elementos a nuestro ejército y construir un centro de operaciones para desde ahí planear las incursiones contra más y más propiedades de mexicanos.

1821-1824

Los aprendices debían trabajar al lado del maestro destilador por lo menos quince años. Así había sido la tradición desde que el primer maestro, un escocés llegado de las tierras altas, compartió sus sapiencias con dos americanos. Lewis mismo hubo de pasar veinte años bajo la tutoría de uno. Al principio, a Jack le pareció descabellado, montañeses elaboraban bebidas con maíz sin gran ciencia, luego de tres años al lado de Lewis se percató de que no era una exageración. Además de dominar los procesos del destilado, había que saber de agricultura, de recursos hídricos, de la química de los suelos y del agua, de las características orográficas de los terrenos, de transportación, de almacenamiento, de climatología. Había momentos en que bastaban sólo dos días para que una cosecha entera se echara a perder por culpa de las lluvias o de las plagas. Sucedió en unos campos de trigo, cuando una helada súbita mató el plantío. No fue culpa de Lewis, él se recuperaba en su casa de una enfermedad estomacal y los dos aprendices no supieron prever la catástrofe. Jack empezó a confiar en los pronósticos de Carla. Su tino era impresionante, «en tres días más soplará viento del norte», «habrá lluvias la semana que entra». No creía Jack que fuera poseedora de una virtud taumatúrgica, como Emily lo pensaba, a quien su devoción religiosa le hacía creer en milagros, sino producto de las largas horas de observación por la ventana. Sin otra cosa que hacer, Carla habría asimilado los ritmos del clima y cómo se manifestaban. Las escasas ocasiones en que Lewis debió ausentarse, Jack se fiaba en las predicciones de su hermana y eso le granjeó el respeto del maestro y de Blanton. Al contrario de Lewis y, en general, de los demás blancos, Jack sí se relacionaba con los esclavos. Ellos laboraban en el campo todos los días de la semana y lo conocían a profundidad. Sabían cuando una plaga de langosta amenazaba los sembradíos, cuando una crecida del río podía arrasar con los almacenes, cuando la humedad excesiva podía generar una invasión de hongos en los maizales. Le extrañó que ni Blanton ni Lewis ni los aprendices les preguntaran sobre su trabajo. Había detalles que corregidos podían aumentar la productividad de las labranzas. Sí, Lewis era un genio y casi siempre tomaba decisiones acertadas, pero desperdiciaban la cognición de las entrañas de la tierra que poseían los negros. «Son animales», le dijo David, uno de los dos aprendices, «apenas saben hablar y su inteligencia es igual a la de una mula o un perro». Jack disentía, sí, eran limitados en el lenguaje, no en su entendimiento. Quiso seguir al pie de la letra la recomendación de Carrington, «*escucha, escucha, escucha. No importa en qué nivel jerárquico se encuentre alguien, así esté en el nivel más bajo, siempre tendrá algo interesante que decirte*». Y vaya que los negros lo ilustraban, «la tierra está enferma, no alimenta a las plantas», «mucha sequedad, los rayos pueden incendiar el bosque». Eran casi igual de precisos que Carla en sus augurios meteorológicos, la diferencia estribaba en que los esclavos sabían cuál podría ser el impacto directo sobre las siembras. Era un desacierto no escucharlos y otro igual de grave imponerles horarios inaguantables hasta para las bestias. Se desaprovechaba su fuerza y su disciplina. Los blancos los consideraban flojos e indolentes y usaban el látigo para incitarlos a trabajar. «No son flojos, es que ya no pueden más», le dijo a Logan, el otro aprendiz, quien se molestó por la observación. «No los conoces, por eso dices esas sandeces. Yo crecí rodeado de negros y son perezosos y tontos. Por eso hay que tener mano dura con ellos». Ya quisiera ver a David y a Logan partirse el lomo quince horas diarias comiendo sólo frijoles y tripas de cerdo, con apenas unas horas de sueño. Ningún blanco lo soportaría. Para Jack, eso era un desperdicio imbécil de recursos. Pagaban caro por los esclavos para dilapidar su potencial en una explotación sinsentido. En un día de asueto, Jack buscó a Hanna para que le explicara, paso por paso, cómo funcionaba el esclavismo. Dónde se adquirían los negros, cuánto costaban, cuántos de ellos habían nacido en los Estados Unidos y cuántos en África, cuántos se traían de otros países esclavistas, como Haití o Cuba. Descubrió cuán jugoso era el negocio, las cantidades enormes que redituaba y la inclinación política de ciertos grupos, en especial en el norte del país, a abolir la esclavitud. Fueron certeros los cálculos de Hanna, si hubiese invertido en la compraventa de esclavos, habría cuadriplicado sus ganancias. Corría el rumor de que el gobierno federal estaba por prohibir los cargamentos de negros traídos de África e, incluso, prohibir o regular la esclavitud. Eso provocó desenfrenados viajes para traer cuantos africanos fuera posible. Niños y mujeres jóvenes eran los primeros en ser vendidos. Los más valiosos, sin embargo, eran hombres entre dieciocho y cuarenta años, «los que más resisten el trabajo», aclaró Hanna. Le preguntó si sabía en qué regiones del país crecían con más rapidez sus economías, «sin duda, los estados del sur que bordean el Golfo de México, como Luisiana, Georgia y Alabama. Allá se cultiva el "oro blanco" y por su cercanía a puertos marítimos, que permite su salida a los mercados nacionales e internacionales, hay una bonanza imparable. Allá los esclavos son más baratos porque los compran en los muelles apenas bajar de los barcos», explicó el banquero. Jack preguntó qué era el «oro blanco». Hanna sonrió, «el algodón, hijo. El futuro está ahí». Alabama le sonó a Jack a tierra promisoria, le gustó incluso la sonoridad del nombre, Ala-Bama, poseía un tono musical que podía encajar con facilidad en el estribillo de una canción popular. Dentro de sí se hizo a la idea de que en algún momento, viajaría allá. «Oro blanco», repitió. Después de casi cuatro años de laborar al lado de Lewis, una tarde Blanton lo mandó llamar a su oficina. Jack imaginó una reprimenda por ser un «amante de los negros». Para su sorpresa, Blanton le extendió un cheque. «A Buffalo Trace le ha ido bien este año, duplicamos las ventas y, por tanto, te corresponde un porcentaje equivalente a tus acciones». El cheque era por trescientos dólares, suficiente para equilibrar sus ya erosionadas finanzas. Blanton le informó también que el precio de sus acciones se había duplicado y que su inversión inicial de mil quinientos dólares ahora equivalía a tres mil. Si por Blanton fuese, las hubiera recomprado, no le entusiasmaba en lo absoluto que un muchachito neófito participara como socio de su compañía, por otro lado, era tan minoritario su porcentaje que no valía la pena el gasto. De hecho, si Jack supiera sobre la mecánica del reparto de utilidades y lo hubiese auditado, el cheque que le correspondía debía rondar los seiscientos dólares. Blanton permitió que Jack siguiera poseyendo ese diminuto 5%. Nada le quitaba y, de alguna manera, cumplía con su propósito de ser un cristiano ejemplar. El acuerdo de Jack de no ir a su casa mientras Emily se ocupara de

Carla se fue atenuando todavía más, al grado de que ella lo esperaba para darle de cenar por las noches. A Jack, Emily no le suscitaba ninguna atracción física y ni en sus más locas fantasías adolescentes imaginó una escena amorosa con ella. Emily era un ente asexual, su cuerpo anguloso era la antípoda de la voluptuosidad y le brindaba un aire masculino. Su rostro mofletudo contrastaba con su delgadez enfermiza, parecía una cabeza colocada sobre los hombros equivocados. Los brazos cubiertos de un espeso vello negro parecían más los de un cochero que los de una joven mujer. El tupido bozo sobre sus labios tampoco ayudaba. Era, eso sí, una excelente persona. Atenta, dedicada, cariñosa con Carla. Su convicción por la piedad cristiana era genuina y no impostada, como le daba la impresión a Jack de otras monjas, incluida la ambiciosa madre superiora. Era pesado para Emily partir después de la cena rumbo a sus aposentos, a esas horas de la noche la madre superiora no permitía que otras monjas salieran a acompañarla a su regreso al convento como estaba establecido por las normas. No sólo debía recorrer un solitario y poco iluminado camino, donde era fácil tropezar con piedras o charcos, también temía toparse con borrachos o, peor aún, con algún negro. Las leyendas de negros violadores corrían de boca en boca entre las familias opulentas de Frankfort aun cuando no se había documentado un solo caso. El rumor comenzó cuando un forastero contó en una taberna cómo una prima suya había sido ultrajada por «un sucio perro negro», en una ciudad de Tennessee. Eso bastó para que cundiera el miedo entre las jovencitas de Frankfort. Aun presa de esos resquemores, Emily se negó a que Jack la acompañara al convento. Ya bastantes habladurías deberían propagarse por salir tarde de su casa como para que todavía se difundiera la versión de que él paseaba con ella por la calle. Si el honor de una mujer había que resguardarlo a canto y lodo, con mayor razón el de una monja, cuya conducta debía ser intachable. Fue notoria la mejoría de Carla. Ya no era necesario amarrarla, se lavaba a sí misma y sus conversaciones, al principio esporádicas, se hicieron más frecuentes. El largo periplo de su retorno de la locura presentaba ya claros visos de esperanza. Emily se atrevió a llevarla consigo a pasear por la vera del río. Esa primera caminata robusteció la expectativa de su total recuperación. Las dos jóvenes mujeres deambularon por las arboledas, deteniéndose Carla a observar las aves que saltaban de una rama a otra. «¿Ese es un mirlo?», inquiría a la monja. «Sí», respondía ella. «Y aquel, ¿un gorrión?». Emily afirmaba, para deleite de Carla, emocionada por saberse los nombres de cada pájaro. A Carla, Emily la vistió con ropajes holgados y con capucha para que, si se cruzaban con alguien, no notaran sus manos mutiladas o las cicatrices en sus brazos y en su cuello. Los paseos se hicieron habituales por las mañanas después del desayuno. A Emily le ayudaban a despejarse después de seis años de convivir encerrada con la trastornada mujer. Hubo momentos en que deseó dimitir. Enfrentar a diario a la fierecilla y sus ataques maniáticos, la orillaron a ella misma a la locura. Ahora, por fin, esas épocas oscuras habían quedado atrás y se vislumbraba un panorama optimista para los tres.

1887

en Texas te convertiste en vector de una violencia inconfesable Jonas me contó que hizo un tímido esfuerzo por sofrenarte *no es justo que mates a niños y a mujeres son inocentes* la manera en que lo miraste le dejó en claro que era la última vez que osaba contradecirte siempre fuiste averso a ser cuestionado como buen autócrata aquello que fraguabas debía ejecutarse sin discusión sólo papá logró a duras penas moderar tus arrebatos porque ya que arrancabas tus proyectos eras indetenible la ambigüedad con la que me hablaste de tu pasado me impidió y me impide aún bucear en lo íntimo de tus decisiones no sé si lo férreo de tu carácter derivó de tus padres si lo forjaste en la adversidad o venía con el instructivo de vida predeterminado por la herencia de tus antepasados *papá nunca fue volátil* me aseguró Japheth defecto que era de esperarse en alguien de tu temperamento impetuoso *era analítico y frío lo que lo tornaba aún más aterrador* hubo un episodio que confundió a tus hijos y que a la fecha todavía no se explican aniquilar mexicanos no te generaba ningún tipo de problemas con las autoridades ni necesitabas concitar cabriolas morales para justificarte de acuerdo con Japheth cuando ya habías sentado tus reales en Texas y en Nuevo México y tus negocios prosperaban buscaste a un empresario ferroviario de Canadá y lo invitaste a explorar la posibilidad de hacer negocios y establecer una compañía conjunta para brindarle cariz de seriedad a tu propuesta mandaste a un emisario con documentos que detallaban tu plan para construir una red de ferrocarriles en el sur y el suroeste de los Estados Unidos el canadiense sabedor de tu poder aceptó de inmediato tu convite a visitarte con su familia en el Santa Cruz tu rancho insignia el canadiense debió saborear los extraordinarios rendimientos que podía obtener al asociarse contigo con la anexión de los territorios mexicanos Estados Unidos crecía de forma acelerada y él no deseaba sustraerse del dinamismo económico del país Japheth me narró que lo recibiste con gran boato y lo alojaste en los lujosos cuarteles del rancho junto con sus tres hijos adolescentes y dos de sus gerentes Japheth me describió las maratónicas reuniones que sostenías con él y su equipo en el que precisaron rutas costos necesidades financieras tipos de locomotoras trazado y construcción de vías *en sus ojos se traslucían brillos contradictorios* me confesó tu hijo uno era el brillo de tu apetito por traer a Texas y a Nuevo México el progreso materializado en ciclópeos gusanos de metal que transportarían embalajes y todo tipo de productos el otro era el brillo que aparecía en tu mirada cuando disponías la muerte de alguien sé de qué hablaba Japheth vi ese fulgor en tus ojos como cuando quemaste vivo al negrazo aquel o cuando mataste a golpes al mandingo *el de mi padre era un brillo voltaico y cuyo resplandor acrecía al paso de los minutos no sé por qué veía así a ese hombre que había venido de buena fe a hacer negocios con él* contó que el canadiense auguraba que los trenes detonarían el progreso de la región y que tú serías considerado el vanguardista que impulsó el futuro con los ferrocarriles evitarías los largos y peligrosos traslados de las vacadas ya no habría necesidad de arrearlas por entre territorios nativos hostiles y que en adelante sería posible transportarlas en vagones adaptados a sus exigencias Japheth relató que en las reuniones disparabas una pregunta tras otra con el ánimo de aprender hasta los más mínimos detalles de qué color pintar los coches para que el sol no requemara a los animales cuántos furgones podría jalar una sola locomotora de qué material era necesario fabricar los durmientes cómo soldar la juntura los rieles cada cuántas millas debían ubicarse las estaciones de qué ancho los andenes en cuánto tiempo se recuperaría la inversión el torbellino de tu curiosidad a algunos les parecía un rasgo de extravagancia no se explicaban por qué un hombre de tu poderío interrogaba con tal obstinación por qué tu afán de conocer hasta las cuestiones más insignificantes qué ganabas con ello lo que no sabían es que lo tuyo no era fingimiento ni falsa modestia eran preguntas incisivas que realizabas para acopiar cuanto había sobre un tema y así apuntalar cada una de tus decisiones *el canadiense* continuó Japheth *pormenorizó cada elemento indispensable para echar a andar el proyecto uno de sus gerentes un fulano cacarañado cuyo desagradable rostro me impedía ponerle la debida atención argumentó que para ser exitosa una empresa ferroviaria debía atajar tres males que afectaban a la mayor parte de los trenes el bandidaje el cruce de animales y los derechos de paso el bandolerismo podían efectuarlo desde hordas de indios hasta mexicanos resentidos por el despojo de sus propiedades ya había sucedido con las caravanas de pioneros que en su trayecto a colonizar las nuevas tierras eran atacados y asesinados por salteadores de caminos y cuadrillas de apaches o de comanches el cruce de animales en Texas era un inconveniente real no sólo por la abundancia del ganado vacuno sino por las numerosas manadas de búfalos y de venados que nómadas migraban en busca de pastizales y por último los rancheros se mostrarían recelosos para permitir el tendido de vías en sus tierras al considerarlo como una intrusión de las compañías ferroviarias para adueñarse de sus predios el gerente cacarizo nos compartió el modo en que ellos lo habían solucionado en Canadá contra la delincuencia contrataron guardias armados que viajaban de modo abierto y encubierto por lo que los bandidos no sabían en realidad contra cuántos hombres se enfrentaban para impedir el cruce de bestias utilizaban un nuevo producto al que denominaron alambre de púas un resistente hilo hecho de fierro con punzones que rasgaban y que se colocaba en líneas de cuatro sostenidas por postes enterrados cada cierta distancia y el derecho de paso lo resolvieron ofreciendo acciones de la compañía a los propietarios de los terrenos para hacerlos sentir como parte del negocio* contó Japheth que asimilaste cada dato brindado por el empresario y su equipo y que ese aprendizaje fue imprescindible para levantar el sistema de ferrocarriles que fundaste y que se expandió por todo el centro el oeste y el suroeste americano lo que sucedió después de una semana de encuentros con ellos es lo que nos intriga a tus hijos y a mí y que te envuelve en un aura de malignidad según Japheth te ofreciste a escoltar a los canadienses hasta San Antonio de Béjar donde tomarían el transporte de regreso a casa y le pediste a él a Jonas y a tu ejército de negros que te acompañaran que al arribar a un paraje en los confines del rancho ordenaste detener el convoy y que los negros apuntaran con sus armas a los canadienses a quienes obligaste a desmontar de sus caballos tus hombres los maniataron y les vendaron los ojos excepto al dueño de la empresa que no se explicaba el súbito cambio de tu actitud *podemos darles todo lo que tenemos* propuso el canadiense Japheth contó que te paraste frente a él y que con odio le dijiste *Lucas Gautier pagarás el error de haber asesinado a mi familia* que a continuación pediste a Jeremiah y a James que lo inmovilizaran que sacaste un cuchillo de una funda escondida en tu pantorrilla y que frente a él cortaste la garganta de sus tres hijos que atados y sin poder ver pegaban de gritos implorando por sus vidas el tal Lucas Gautier se derrumbó y no cayó de hinojos porque tus esbirros lo impidieron *hazlo que mire cómo mueren* le mandaste a Jeremiah quien lo levantó de la barbilla para que volteara hacia los tres muchachos que degollados se desangraban con lentitud con parsimonia demoniaca así lo describe Japheth te encaminaste hacia los dos gerentes también vendados que suplicaron por tu clemencia *nosotros no hicimos nada venimos acá en buena voluntad* igual tajaste su cuello y a diferencia de los hijos de Lucas Gautier que se vaciaban poco a poco a estos pediste que los remataran con un balazo en la cabeza Jeremiah obligó al canadiense a presenciar la lenta agonía de sus vástagos Japheth y Jonas rememoran que Lucas Gautier volteó hacia ti y profirió la más ambigua y críptica sentencia *tú debes ser el paniaguado que los Chenier acogieron me alegro tanto de haberlos asesinado* y no alcanzó a decir más porque le encajaste el cuchillo en un ojo y luego lo tumbaste en el suelo y lo detuviste con las rodillas y le espetaste *esto va por Evariste y por Hélène y por Regina y por Carla* y empezaste a cortarle dedo por dedo de la mano mientras el otro aullaba de dolor y luego con el puño le golpeaste la nariz hasta dejarla como un amasijo de sangre y de huesos y le cercenaste los labios y las orejas y con una rabia que jamás tus hijos habían visto le clavaste el cuchillo más de cien veces mientras clamabas *por Evariste por Hélène por Regina por Carla* muertos Gautier sus hijos y sus empleados les cortaste el cuero cabelludo al estilo de los salvajes y decretaste que los colgaran de lo alto de un árbol que incineraran los cuerpos y advertiste a tus hombres en tono bíblico y furioso que ninguno de ellos podría mencionar lo que atestiguaron bajo riesgo de muerte cuando el fuego hubo calcinado los cadáveres exigiste a tus negros que se orinaran sobre las cenizas y que las esparcieran por el monte para que se las comieran los gusanos los escarabajos y las hormigas semanas después los socios del canadiense solicitaron informes sobre su paradero tú falseaste la historia y dijiste que los habían despedido en los límites del rancho y que desobedeciendo tu consejo de que partieran por San Antonio de Béjar resolvieron dirigirse a Austin más al norte para hablar con el gobernador y luego tomar los carruajes rumbo a Canadá alegaste que con certeza debieron toparse con tribus de comanches o apaches que los atacaron para robarles sus haberes eso es lo que me confesó Japheth rompiendo el pacto que esa infausta mañana él y los demás prometieron jamás revelar esa noche sufrí de pesadillas día a día superabas con creces el inventario de tus horrores no supieron ni Japheth ni Jonas a quiénes te referías cuando acuchillabas a Lucas Gautier quiénes eran Evariste y las mujeres que mencionaste de qué familia hablabas por qué la saña al matar a sus hijos y a esos dos pobres hombres cuyo único pecado fue acompañar a Gautier a ese viaje de negocios como tu pasado es un pozo insondable persistirán como un misterio los resortes que te propulsaron a transmutarte en un hombre de tal ferocidad no hay ya manera de averiguar qué aconteció dentro de ti tu mente ahora es un calabozo donde perecen uno a uno tus recuerdos tus ideas tu entendimiento ya nadie podrá pegar los retazos de tu vida para brindarle un sentido total y así comprender tu complejidad cuánto daría por penetrar tu cerebro y con espíritu minero excavar hasta el fondo de tus sótanos para de ahí extraer pieza por pieza quién eres en verdad

1881

Joaquín tardó tres días en volver y nosotros sin razón de él. Reza el dicho que al ojo del amo engorda el caballo y lo mismo puede decirse de las noticias, que llegan más limpiecitas y rápidas si uno mismo va por ellas. Y mejor ni hubiera llegado porque el cabrón chamaco trajo consigo las peores nuevas: «Dice don Chuy que ni enviborado ni masticando un costal de "cinco chichis" va a pelear al lado de un mugroso gringo y que le quema la vergüenza de que tú te arrejuntes con esa pandilla de grasientos». El escuincle me lo dijo de corridito y sin errores porque Chuy no lo dejó irse hasta que memorizara palabra por palabra. Por eso era que el apachito tardó en volver. Me entró duro el agüite, una cosa era pelear contra mi abuelo y otra muy distinta agarrarme a macanazos con mi padre de crianza y con mis hermanos. Cómo hacerle para ir a batallar contra la gente que uno más quiere y que se pone del lado del que más odia. Debí suponer que Chuy ni de chiste se enrolaría con nosotros si desde antes me puso en claro que a los gringos nomás no los tragaba, y que desde tiempo atrás anticipó la culerada que nos terminaron haciendo. Porque si algo debo de reconocerle a Chuy es que primero era mexicano y luego lo que le seguía. Sólo que al parecer no había caído en cuenta de que el suelo que pisábamos ya no era nuestro, que hasta donde abarcaran nuestros ojitos mexicanos le pertenecía ahora a una serpiente gigante llamada Estados Unidos y que nos había tragado con todo y vacas y mezquites y arroyos y venados y apaches. Y que nosotros, los mexicanos, les provocábamos indigestión y por eso se iban a purgar hasta vomitarnos. Y ya habíamos visto el tamaño de la vomitada: se iban a aderezar al que estorbara sin importar ni edad ni sexo. Acá ya no había de México sí o México no, ya sólo quedaba de dos sopas: o adaptarse o morir. Tuve ganas de lanzarme a convencer a Chuy de que se arrimara a nuestro bando, que entendiera que la verdadera patria es la familia y el terrenito donde uno vive, porque los países, lo estábamos viendo con nuestros propios ojitos mexicanos, van y vienen. Necesitaba persuadirlo de que valía más la pena pelear por el futuro que por el pasado y que mi abuelo era como uno de esos fósiles que hallábamos en el desierto, vida petrificada e inservible, que era mejor morirse con la promesa de poseer algo a morir por una idea de nación que, al igual que mi abuelo, estaba petrificada y era inservible. Podían parecer una bola de pringosos, pero el rubio y su banda de negros encarnaban el mañana y no la semana antepasada. Explicarle que yo no podía quedarme entre azul y buenas noches, que necesitaba tomar partido y que mi apuesta no era sólo ir contra mi abuelo, al que le cobraría cada una de sus malas mañas, sino apostar por el arcoíris al final de la tormenta. Ya me había apalabrado con Lloyd, la mera ilusión de quedarme con la pasta de Santa Elena bastaba para poner la vida por delante y, si me moría, me consolaba unirme con mi madre en la sagrada tierra donde su carne fue alimento de animales y donde sus insepultos huesos trocaron en raíces y ramas. Estuve a nada de rajarme: se me desconchinfló el corazón tan sólo saber que Chuy y mis hermanos estarían al otro lado de mis balas. ¿Cómo disparar contra lo que más se ama? ¿Por qué chingados Chuy se aferraba a lo que ya no tenía remedio cuando había un demonial de razones para venirse a combatir de nuestro lado? Era como cuando Yolanda me daba medicina para laxarme, sabía y olía a madres, la tomaba porque era para mi bien. Eso quería yo decirle a Chuy, «haz de cuenta que es laxante, te van a dar retortijones y te provocará chorrillo, pero te va a sacar de dentro lo que te enferma», y esto lo tenía yo claro: mi abuelo era la enfermedad y Lloyd el remedio. Así suene feo decirlo, era la pura verdad. Lloyd robaba, es cierto, pero repartía. Lloyd asesinaba, pero a los que quedábamos vivos nos daba esperanza. En Lloyd no había sumideros como con mi abuelo, no había dobles intenciones. Era lo que se veía. Me quedé de a cuatro cuando me enteré de que Jonas y Japheth eran sus hijos y de la misma madre a pesar de que uno era blanco como hueso de vaca y el otro negro como un tizón. Cuando ellos hablaban, Lloyd callaba para escucharlos. Y los escuchaba de verdad. No era como mi abuelo que uno podía hablarle y era como si le hablara el viento, como si no existieras. No es que Lloyd anduviera de arrumaco en arrumaco con sus hijos, pero los procuraba con cariño, como uno de la propia sangre debe comportarse con los suyos. También a sus esbirros negros respetaba, nunca lo vi vejarlos, ni lo oí gritarles ni nada por el estilo, nomás con quedárseles mirando a los otros les daba el telele. A cada uno de sus negros los mentaba por su nombre. No les decía «oye, tú», como mi abuelo a sus vaqueros de los que no tenía ni idea de cómo se llamaban. Siempre aventaba el nombre de aquel al que le hablaba al principio de sus frases, «Jemniah, aquello…», «Jebus, esto…», «Eduardo, diles…». A cada quien le daba un lugar y le hacía sentir que poseía su completa atención. Hasta cuando el apachito decía algo, ahí tenías al gigantón de Lloyd atendiendo cada frase suya, así no le entendiera ni madres. Aunque la raza de Arroyo Hondo decía que era un demonio, que mandó degollar niños, a que abrieran en canal a mujeres embarazadas, a que mataran hasta los perros, me parecía más buena persona que mi abuelo. La verdad es que Lloyd era otro calibre y quemaba otro tipo de pólvora. Cuando hablaba, todos se silenciaban, hasta los caballos y, en una de esas, hasta las moscas. Sus negros agachaban la cabeza, como para recibir mejor sus dichos y ni de chiste se les ocurría interrumpirlo. De los hombres que se contrataron con mi abuelo, unos doce se bajaron de esa mula y se vinieron con nosotros. La promesa de quedarse con un pedazo de tierra fue la mejor carnada. Los billetes, como sea, hasta en una borrachera se pueden perder o gastarlos en mujeres o en andar comprando chucherías. En cambio, la tierra es algo a lo que uno se puede agarrar, un bien para heredarle a los hijos y los hijos a sus hijos y así hasta el fin de los tiempos. Y esos doce batos, en cuanto supieron lo del reparto de tierras, le dieron portazo a mi abuelo y se pasaron con nosotros. En cuanto se enteró el viejón juró que los iba a matar junto con el pinche rubio y sus negros de mierda. Y que a los que quedaran heridos les iba a cortar los huevos y haría que se los tragaran con agua del chiquero. A pesar de las amenazas, se pelaron del Santa Cruz para aquerenciarse con nosotros. Lloyd lo primerito que hizo fue preguntarle a los nuevos cómo se llamaban. Y bastó que dijeran sus nombres una sola vez para aprendérselos. Los decía con un acento del carajo y ni se entendía a quién llamaba, pero de que se los aprendió, se los aprendió. Al gringo no se lo comieron las ansias. Era de mucho caminar solo, ojeaba por los catalejos, escribía en una libreta y volvía a andar en lo suyo, reconcentrado. Una noche, uno de los mexicanos sacó un ánfora de sotol mientras estábamos chacoteando en torno a la fogata y empezaron a rolarla. A varios les urgía jumarse y pulir la garganta. Lloyd, que ya se había ido a dormir a su tienda, debió oler el alcohol o escuchó algo que no le gustó, porque salió en calzones largos a ver qué pasaba. Descubrió la botella en mano de un mexicano que se aterró cuando el gringo se le dejó ir con los ojos inyectados de furia. Le arrebató el ánfora y la estrelló contra una piedra. «Nadie en este ejército podrá beber una sola gota de alcohol. Necesito hombres que hagan sobrios lo que los otros sólo se atreven a hacer borrachos», tradujo Valenzuela. Los mexicanos y algunos negros que también le habían empinado a la garrafa nos miramos unos a los otros, medio cagados del susto. Lloyd se devolvió a su tienda y nos quedamos asilenciados. Ya pasado un rato, uno de los negros dijo que jamás lo había visto borracho. Yo que lo llegué a conocer bien, puedo asegurar que no era puritano ni tenía un pelo de moralista, sólo que para conquistar territorios uno necesitaba conquistarse a sí mismo y no andarse distrayendo con pendejadas como la tomadera. Había que estar gallo con los cinco sentidos bien bruñidos. El rubio dilató el ataque para destantear a mi abuelo y a sus huestes, que no supieran ni cuándo ni cómo nos lanzaríamos contra ellos. Yo nomás imaginaba a Chuy, a Yolanda y a mis hermanos yéndose a dormir mirando los cerros y despertándose a mirarlos de vuelta en aguardo de que nos dejáramos ir sobre ellos. Era una guerra de nervios. Lo peor es que también a nosotros nos desgastaba, porque del diario nos traía en ascuas. Ni un pedacito soltaba de cuándo creía que era la hora de pelear. Él se miraba tranquilo, tomando las cosas al paso, abstraído en quién sabe qué, si en la inmortalidad del cangrejo o cuántos ángeles cabían en la cabeza de un alfiler. Lo que no sabíamos es que planeaba cada minuto, y no miento que digo cada minuto, de la batalla que estábamos por emprender.

2024

Peter, Henry y McCaffrey recordarían los meses que pasaron juntos como entre los más significativos de sus vidas. Para Peter representó el romántico comienzo de su relación con Henry, al mismo tiempo, lo atestó de temas con los que nutrió su obra y le brindó un cariz social a la vez que transgresor. Creó una serie de cuadros a los que denominó «La corriente de los tiempos», en la que unió sus trazos inconexos y coloridos que tanto le llamaron la atención a Richard Leicester, con collages anfibológicos que más que contar una historia, hacían sentirla. «Es inexplicable la electricidad que subyace en sus gordos brochazos y en los recortes y fotografías que salpican el lienzo. Hay tridimensionalidad en sus cuadros, pareciera que de ellos brotara sangre u olieran a semen o a muerte o a flujos vaginales. Su obra nos confronta, nos revuelca, nos estremece. Nos hace sentir culpables, nos torna en otros, en asesinos, en esclavos, en prostitutas, en mujeres rotas, en hombres desterrados de sí mismos. Palpa en sus cuadros un vitalismo sucio», escribió para el *New York Times* Lee Harrison, el totémico crítico de arte norteamericano. Su reseña resonó en el medio de las artes visuales y los precios de sus obras se dispararon a niveles no vistos en pintores vivos. «Vitalismo sucio» se convirtió en una corriente estética, la cual se aseveraba que Peter Jenkins había fundado. «El nuevo Papa ateo», lo llamó Sylvia Dern, la principal crítica inglesa, «Jenkins gobierna y orienta, se necesitaba un león como él en el blando mundillo del arte». Para McCaffrey, el encuentro con Peter, Henry y los Morgan, las visitas al rancho Santa Cruz, conocer Emerson y a la familia Adams/Dawson no sólo le ayudaron a concebir su libro, sino a dar un giro definitivo en su vida. Lo tituló: *El Hombre*, sin la tentación de agregarle subtítulos que le dieran un barniz de trabajo académico. Eligió *El Hombre* porque su deseo era que fuese un libro que se leyera más allá del ámbito universitario, que se convirtiera en la biografía de un individuo y de un país. Obsesionado por su vecino Hemingway, adoptó las mejores virtudes de su estilo. Contrario a sus colegas que veían en el desaseo de su escritura una virtud, él lo pulió con el tesón de un esteta literario hasta conseguir una prosa límpida y de enorme eficacia narrativa. Su propósito era que la figura de Henry Lloyd penetrara en el inconsciente colectivo de la nación y fuese reconocido como personaje emblemático de la historia de los Estados Unidos. Bastaba advertir cómo su familia se había ramificado para entender su potentísima influencia en la vida contemporánea de los americanos. Aun cuando la editorial de Harvard era la que tenía prioridad para publicar el trabajo, Leicester lo recomendó a un octópodo grupo editorial que, sin chistar, decidió adquirir los derechos pagando a la universidad una considerable cantidad por liberarlos. Leicester consideraba *El Hombre* como la otra cara de la moneda de la obra de Peter y recomendaba su lectura para comprender la fuerza tectónica de sus cuadros. Pese a que no fue un éxito de ventas, sí caló entre las élites políticas, sociales, culturales y académicas. A McCaffrey le dolió que gente como Jemuel y Shanice no se contaran entre sus lectores. «Pesa en donde más importa», lo confortó Leicester, «en donde se toman las decisiones, en aquellos que pueden virar el rumbo de la nación». No fue consuelo para McCaffrey, cuánto hubiera dado, no para que fuese comentado en los pasillos del poder, sino en las casas de los ciudadanos comunes y corrientes. El mayor «pero» que él mismo le puso a su libro fue su inhabilidad por desentrañar el origen de Lloyd. Era como si en el universo hubiese estallado un único y particular Big Bang del cual emergió Henry Lloyd, un Adán colocado sobre la tierra por una mano invisible. Fueron tantas las versiones sobre su pasado que una terminaba por anular a la otra. Eligió el purismo literario para marcar distancia con los burdos y soporíferos vademécums de la mayoría de sus colegas y aun cuando no pretendió escribir para los ecosistemas académicos, en las universidades y otros centros de conocimiento, su libro fue objeto de revisiones heurísticas, hermenéuticas y epistemológicas y, por supuesto, históricas. Contó con detractores instalados en el materialismo dialéctico, el marxismo y el historicismo. «En su obsesión por el árbol olvidó el bosque», escribió uno de sus críticos. «En su reduccionismo, McCaffrey parece olvidar que la Historia es un monstruo tentacular que, como el navío portugués, está formado por millones de microorganismos». Otros alabaron «el rescate del individualismo en el entendimiento del devenir histórico», «por fin, alguien se atrevió a traer una visión existencialista de la Historia». Lo que a McCaffrey le pareció aterrador fue cuando políticos fascistoides empezaron a comparar su trabajo con el de Ayn Rand. «McCaffrey nos presenta a Henry Lloyd como el abuelo putativo de Howard Roark y de John Galt y nos invita a que ellos sean los prototipos en quienes debemos convertirnos». El revuelo del libro en las esferas jerárquicas americanas le brindó a McCaffrey sus merecidos quince minutos de fama, y a Lloyd, su ingreso al panteón de los héroes americanos. Para Henry la experiencia fue más silenciosa y moderada, mas no por ello menos potente. Aprehendió una verdad inasible para los demás: el lugar que debía ocupar en lo que Peter denominó las «corrientes del tiempo». Su posición lo transfiguraba en eje y en punto de convergencia. El pasado se concatenó de maneras caprichosas para conducirlo a heredar el bastón de mando de un vastísimo imperio económico. El viaje fue ilustrativo para hincar el colmillo en la enorme presa que Henry Lloyd había cazado en el cretácico de su historia familiar, una presa de tal envergadura que seguía alimentando a los suyos seis o siete generaciones más tarde. Lo había conseguido a base de voluntad, de visión, de un empuje pocas veces visto. Él no podía deshonrar ese legado. Su abuelo y su padre consideraban prioritario mantener sanas las finanzas de la compañía y reducir al mínimo los riesgos. Ambos eran alérgicos a los nuevos negocios y sostenían que la fuerza de las empresas derivaba de los rubros que ya dominaban. Henry concluyó que esa no podía ser la única y preeminente acción, que había pulsiones en el original Henry Lloyd que se habían perdido en el camino y que era necesario rescatar. No sólo había que expandir los negocios, sino escalarlos, conducirlos a una etapa de conquista permanente. Un conglomerado como el que él estaba por liderar estaba en condiciones de rehacer el mapa político y social de Texas del mismo modo en que Henry Lloyd lo hizo en su época. Para crecer había que encaminarse en otras direcciones. Sus hermanos y el consejo de administración se opondrían, eso lo previó desde mucho antes de ocupar el puesto. No debía importarle, Peter y McCaffrey le mostraron el camino: su novio se convirtió en punta de lanza del arte, en un rompe huesos de la estética convencional, despiadado y certero; McCaffrey, inspirado en el espíritu de Henry Lloyd, consiguió escribir una obra rebelde y corrosiva, lejos de lo que se esperaba del desabrido profesor. Henry estimó que el «vitalismo sucio» de la obra de Peter debía orientar al consorcio, dictar una trayectoria impensada donde prevalecieran el riesgo y la subversión. El de McCaffrey le pareció un proceder de cromañón, un individuo que vuelve a sus instintos más básicos y más genuinos. Un profesor que se atrevió a rasgar la burbuja de la academia para infectarla de dudas, paradojas, impugnaciones. *El Hombre* pasó a ser para Henry el sagrado libro al que recurriría cuando se sintiera flaquear, abrirlo al azar así como hacían algunos pastores con la Biblia y recitarse a sí mismo uno de sus pasajes. No debía olvidar que dentro de él pujaban los genes de Henry Lloyd, quizás atenuados por el reblandecimiento de sus privilegios, por su gusto de sibarita y su existencia arrellanada y complaciente, mas presentes en algún recodo de su sangre. Leer cuanto declaró en las entrevistas con McCaffrey lo llevó a entender la cantinela prearmada por su padre y antes por su abuelo y su bisabuelo. Debía desprenderse de esa visión acomodaticia que le habían imbuido y restituir la primigenia de Henry Lloyd. Sí, su trastatarabuelo había sido, sin duda, un hombre despiadado, nunca un cínico. No habría domeñado un territorio tan bárbaro y tan feroz si sólo fuese un simple criminal. En él debieron pervivir otras miras. En alguna parte, Henry leyó que los aborígenes australianos creen que un recién nacido sólo puede sobrevivir si el espíritu de un antepasado suyo sopla su aliento sobre su nariz. Ahora el aliento de Lloyd había soplado sobre él y le tocaba salvaguardar la quintaescencia de ese espíritu primordial.

1892

A buscar a Jezebel Lloyd me mandó. «Contigo a Japheth y a Jonas lleva, a seguir huellas enséñalos». Rastros de ella a estas alturas no hallaríamos. Desde su partida tiempo había pasado. Jade podría ayudarme aunque con los dos muchachos conmigo temí que ella no apareciera. «Una cabaña con un hombre blanco», Jade me había dicho. Antes de partir a solas detrás de la casa fui y en silencio la invoqué. «Jade, contigo necesito hablar». Nada, sólo viento, las hojas de los árboles agitándose, graznidos de cuervos a lo lejos. «Un minuto, uno solo dame». De nuevo, sólo viento y graznidos de cuervos. A punto de retirarme me veía cuando la señal de Jade comprendí. El viento la orientación me brindaba, los cuervos: mis guías. Con Jonas y Japheth salí hacia el oeste, hacia donde el viento soplaba. Pronto con el río topamos. Los cuervos con sus gritos y con saltos de un árbol a otro el trayecto nos marcaron. Al pantano llegamos, último punto donde Jezebel estuvo. Ninguna huella suya había. Las lluvias abundantes debieron borrarlas. La orilla recorrimos. A lo lejos examiné el lugar donde a Jayla ahogué. Su cuerpo debajo del fango debería estar. Burbujas, hilos de carne, huesos carcomidos, vísceras mutadas en lodo. Japheth y Jonas con cautela avanzaban. Debía detenerme a esperarlos. Con las raíces bajo sus pies miedo tenían de cortarse y al fango no quisieron meterse. Lo rudo lo suyo no era. Por los márgenes del río continuamos. Los cuervos delante nuestro con sus graznidos el camino a seguir nos anunciaban. Moscos, garrapatas, sudor, humedad, arañas, hormigas, serpientes, cocodrilos. La naturaleza frenética atacándonos. De venir conmigo Japheth y Jonas debieron lamentarse. Una llovizna cayó. Los cuervos sobre las copas de los árboles su plumaje esponjaron para el agua sacudirse. En unos troncos nos recargamos a esperar que la lluvia pasara. Gotas finas sobre las hojas, la música del bosque. Unos venados junto a nosotros pasaron. Silenciosos, su belleza entre los hilos de agua. Apenas a unos pasos de nosotros cruzaron. Por la lluvia y la dirección del viento no lograron detectarnos. Inmóviles permanecimos mientras ellos su camino prosiguieron. La lluvia cedió. Los cuervos sobre las ramas comenzaron a saltar. Yo a los muchachos se los mostré y por un largo trecho sus graznidos nos guiaron. Por fin la parvada en un pinar se detuvo. Graznaron para el sitio anunciarnos. A Jade volteé a buscar. Si era ahí quise preguntarle. La respuesta los cuervos la dieron. Chillaron y aletearon para señalarlo. Con la mano a Japheth y a Jonas seguirme les indiqué. En medio de los pinos se hallaba la cabaña por Jade descrita. Sábanas colgadas se secaban al sol que aparecía entre las nubes. Detrás de los árboles nos escondimos. Un rato esperamos hasta que Jezebel salió. Un ama de casa negra como cualquier otra. Una esclava fugitiva que su huida con la muerte podía pagar. Aguardamos. Detrás de Jezebel, un hombre blanco. Jade razón tenía: vida de pareja la de ellos dos. Con un gesto a Japheth y a Jonas les pido que las pistolas saquen. Ambos en sus manos las colocan. Yo el cuchillo preparo. De nuestro escondite salimos y hacia ellos nos encaminamos. El hombre mal vestido se nota. Sin camisa, desnudo el torso. Pobretón como Jade lo anunció. «Buenas tardes», Japheth dice. Jezebel al verme se agarrota. Dos pasos hacia atrás da. «Hola, Jezebel», Jonas saluda. El tipo el nerviosismo de Jezebel percibe. «Él es el asesino», Jezebel le susurra, señalándome. «Venimos por ella», Japheth dice. Los hijos míos apenas dos adolescentes son. Un riesgo innecesario que Lloyd conmigo los mandara. «Ella con ustedes no quiere ir», el tipo nos reta. «Ella dueño tiene, es ilegal a una esclava en tu propiedad mantener», Jonas le explica. La pistola al frente lleva. Yo a su lado, listo para matar. Jezebel tras el hombre se esconde. Cree que podrá protegerla. Pelirrojo es él, barba y pelo largos, piel blanquísima. Revejidas las carnes, flaco. «Ella libre es, me lo ha dicho». Jonas se acerca a ellos. «La marca en su hombro mira. Las iniciales JA la propiedad de Emerson señalan». Jezebel con la cabeza niega, «con ellos no quiero ir, él me va a matar», dice y hacia mí apunta. Jonas seguridad trata de darle. «Para que miedo no tengas es que Japheth y yo vinimos». Ella tras el pelirrojo se escuda. «Que no me lleven», le pide. «Es mi mujer», él clama. «Vida de matrimonio con una negra contra la ley va», Jonas sostiene. Un mulato contra su parte esclava se confronta. Habla como si blanco puro fuera. «No se la van a llevar», el pelirrojo alega. Coger un hacha intenta y hacia él me abalanzo. Un golpe en la nuca le acomodo y de bruces cae. Jezebel huye y hacia el bosque se dirige. Descalza corre. Tras ella voy. En la tierra mojada resbala. Rueda y contra un tronco golpea. Se levanta y sigue. Japheth a mi lado también corre. Lo detengo y con la mano le ordeno regresarse a Jonas apoyar. Ágil Jezebel es. Rápida entre los árboles zigzaguea. Desde la copa de los árboles los cuervos graznan. Ellos no le permitirán escapar. Tutelados por Jade sus mandatos obedecen. Adonde ella vaya el averío irá. Sus gorjeos me orientan cuando a Jezebel pierdo. De árbol en árbol su fuga van indicando. La diviso, ventaja me lleva, lejos no llegará. Más veloz corro. La distancia acorto. A unos pasos míos va. Agitada se nota, jala aire. Corre, corre, corre. Con una rama tropieza y de cara contra el fango se estrella. Sobre ella me arrojo. «No me mates», grita. Matarla quisiera, pero mi inocencia frente al juez no podría confirmar. Al juzgado Lloyd como garantía de mi inocencia la presentará. Su nuca con una mano aprieto y la levanto. Sus ojos entre pedazos de lodo se pierden. Su cara a mi cara acerco. No gozará de la gracia de oírme hablar. La mano deslizo de su nuca al cuello y lo aprieto. Un minuto bastaría para matarla. Su sangre entre mis dedos se estanca, el aire a sus pulmones no ingresa. Manotea para respirar y los dedos aflojo. Inhala hondo. A apretar vuelvo. Manotea, mis dedos no relajo. Oprimo y ella la cabeza agacha. Se desguanza y suelto. Inconsciente al fango cae. Sobre mis hombros la cargo y a la cabaña vuelvo. Sobre un tocón el pelirrojo se halla sentado. Japheth y Jonas pistola en mano lo vigilan. Al suelo a Jezebel aviento. Sus huesos al caer crujen. El pelirrojo levantarse intenta, Jonas lo amaga. «Siéntate o disparo». Inmóvil en su lugar se queda. Desmayada Jezebel se queja. El golpe dolor debió provocarle. «Vamos a llevárnosla», Japheth indica. El pelirrojo en posición de protestar no se encuentra. Joven es, veinte años a lo más. «Mi mujer», repite. Japheth lo niega. «No, de mi padre lo es». «Libre dijo ser, sin marido, liberta», el pelirrojo aduce. «Esclava es y propietario tiene. Mi padre derechos sobre ella goza», Jonas rebate. Nunca antes en el pueblo a ese muchacho vi. Remontado en esa cabaña en medio de los pantanos debió crecer. «Nos la vamos a llevar, no intentes detenernos», Japheth le advierte. El pelirrojo a Jezebel parece quererla. Merecedor de matarlo no es. Buena persona se nota, de ella enamorado. Culpa suya no fue a una fugitiva cobijo darle. Los cordeles en los cuales las sábanas descansan, arranco. Las sábanas blancas vuelan y entre el lodo revolotean. Con los cordeles de las manos y los pies a Jezebel ato. El pelirrojo llora. ¿Por qué un blanco a una negra como esposa quisiera? Tampoco me explico por qué una negra con un pelirrojo vivir le contentara. Si como concubinos los descubrieran a ambos podrían lincharlos. Un atentado contra Dios sus victimarios alegarían. Siempre Dios por delante de su maldad. Sobre mis espaldas a Jezebel cargo. Lánguido su cuerpo se siente. El pelirrojo de sollozar no cesa. «Por favor, no se la lleven». Desesperación en sus palabras. ¿Qué le habría dado Jezebel para así tenerlo? El blanco lástima me despierta. Nunca un blanco antes vi llorar. Negros sí, impotentes de humillación. Lágrimas de muy adentro. Lágrimas durante la jornada de trabajo, lágrimas después de los latigazos, lágrimas cuando a mujer nos impiden tocar, lágrimas por ver a otros de los nuestros castigados, lágrimas por vernos nosotros castigados, lágrimas por la pérdida de libertad. Pero, ¿de qué puede un blanco llorar? Y este blanco por el amor de una negra suplica. Jonas, conmovido, a palmearle la espalda regresa. «Todo bien va a estar», lo consuela. Más aún el pelirrojo solloza. El viento remolca las sábanas, se alzan sobre el aire para en lo alto de unas ramas enredarse como bandera de una paz jamás alcanzada. De vuelta marchamos. A cada paso los brazos y las piernas de Jezebel se zarandean. Jonas y Japheth palabra no cruzan. En silencio los senderos recorren. Los cuervos por encima de nosotros vuelan y en el horizonte se pierden. Su tarea la han cumplido. Jade satisfecha debe hallarse. Un «gracias» en voz inaudible profiero. Ella me escucha. Siempre me escucha.

1878

Acampamos en un cerro desde donde podíamos ver el caserío del Santa Cruz, la aridez del desierto, el sol quemante, las trombas súbitas complicaron nuestra logística, los locales aseveraban que en el desierto lo que no te pica, te corta o te rasga o te muerde, por doquier aparecían animales ponzoñosos, alacranes, serpientes coralillo, una especie de lagarto de colores que los mexicanos llamaban «escorpión» y decenas de víboras de cascabel, uno las veía reptar por entre las piedras, debajo de los mezquites, en los pastizales, era una suerte que sacudieran su cascabel para avisar de su presencia y así esquivarlas, los alacranes se metían en las botas, en las monturas, entre las cobijas, había negros y amarillos, la picadura de los negros era dolorosa, y fuera de una inflamación en el lugar del piquete y algo de molestia, no pasaba a mayores, los amarillos causaban estragos, garganta cerrada, falta de aire, fiebre, espasmos, a Lloyd lo picaron tres, el primero en la mejilla, se le infló como un globo, se convulsionó y sufrió de temblores, para su mala suerte a los dos días otro volvió a aguijonearlo, enfermó, ya no con tanta gravedad, al tercero se hizo inmune y no padeció ningún síntoma, bromeó que en adelante podría dormir sobre un enjambre de alacranes, el desierto era insobornable, bastaban unas cuantas horas para quedar insolado, el calor embrutecía y debilitaba, por las noches las heladas aterecían el cuerpo, el silencio penetraba por los poros, un contraste con la cacofonía barroca de los pantanos o el rumor continuo de los bosques, Lloyd se sentaba desde lo alto del cerro a cotejar el plano del rancho realizado por Page y Brown, comprobó la ubicación de cada arroyo, colina, caminos, con los catalejos observó el movimiento de la gente en el rancho que se preparaba para guerrear contra nosotros, enterado de la superioridad numérica de las huestes de José Sánchez buscó entablar coaliciones, por boca de los moradores de Arroyo Hondo escuchó las historias de Miguel Mier y de Rodrigo Sánchez y los consideró los aliados ideales, le sedujo el relato de Rodrigo, un hombre que busca vengar el ultraje contra su madre muerta y violada bajo la sospecha de que su padre es su mismo abuelo, «no hay enemigo más feroz que el que deviene de la propia sangre», Rodrigo acumulaba un odio primigenio, imbatible, contra José Sánchez y así como Lloyd usó nuestro rencor de esclavos y nuestros ánimos de revancha, así pensó aprovechar ese odio para nuestros fines, Lloyd creía que destinar a la guerra a hombres que tenían algo que perder era un error, para su ejército buscó seres incompletos, con algún desgarro por dentro, ávidos por hacer sentir su presencia en el mundo, como nosotros los esclavos o como Rodrigo, que no transigiría en su objetivo de aniquilar a su abuelo, él terminó por ser la pieza que le faltaba a Lloyd para consolidar su dominio, complementaron sus virtudes y anularon sus defectos, los dos en absoluta sintonía, donde Lloyd ponía hielo, Rodrigo agregaba fuego, cuando la inteligencia analítica de Lloyd lo conducía a meditar en exceso sus acciones, Rodrigo, empujado por su ímpetu, las ejecutaba sin dilación, Lloyd era mental y perfeccionista, Rodrigo impulsivo y temerario, ambos codiciosos, ambos encaminados a la conquista del poder sin importarles la destrucción y la muerte de pueblos enteros, Rodrigo no sólo nos ayudó a asediar el Santa Cruz, se convirtió en un elemento fundamental de nuestra campaña, por el influjo de su oratoria incendiaria logró atraer a decenas de mexicanos a nuestra causa, compartía con Lloyd la facilidad de palabras y el don de persuadir, cuantas veces Lloyd fue herido, cuantas veces Rodrigo organizó su rescate, si no hubiese sido por él, en varias oportunidades Lloyd habría muerto, irreflexivo, sin pensar en las consecuencias, Rodrigo encabezaba el grupo para recoger a su malherido amigo con el peligro de que el muerto fuera él, así las balas silbaran a su lado o el enemigo nos rebasara en número jamás reculó ni siquiera cuando fue atravesado en el pecho por una espada, Lloyd pagó con creces cada una de las acciones de valor de Rodrigo, las pagó él mismo arriesgando su vida para también salvarlo, las pagó con la generosa repartición de tierras, cuando buscamos aliarnos con los mexicanos noté resquemores entre los nuestros, en varios hubo confusión y miedo, el unirnos con otros extranjeros les hizo suponer que quedarían relegados al grado más bajo del escalafón, que serían sometidos de nuevo a tratos indignos, sin embargo, por debajo subyacía un desasosiego aún más grave, salvo Jeremiah, que llegó a América cuando frisaba los veinte años, los demás fuimos secuestrados cuando éramos niños, endurarlo injertó en nosotros una perenne sensación de ser frágiles y vulnerables, la certeza de que en adelante nuestra voluntad sería controlada por otros, predominaba en la mayoría un espíritu ingenuo, virginal, no celebraron la victoria por lo alto y era palpable su desconcierto, raro debió ser para ellos quedar al lado de los vencedores, de aquellos que quitan vidas, raro incluso para mí y Jeremiah que, aun acostumbrados al trato de privilegio que nos dispensaba Lloyd, no terminábamos por asumir que el triunfo también había sido nuestro, no le achaco a Lloyd responsabilidad en esa desazón, si algo destacó fue su constante intento de hacernos partícipes de sus planes, se hallaba dentro de nosotros, en ese tumor inextirpable que fue la esclavitud, la médula de nuestras aprensiones, Lloyd detectó ese vacío de emoción, me llevó aparte y me pidió hablar con ellos, convertirme en recipiente de sus dudas y si era posible ofrecerles certidumbres, dialogué con cada uno, al principio se negaban a hablar, el sojuzgamiento se enquista y hace sentir a un esclavo, aun liberto, que cuanto se diga puede usarse en su contra, tuve paciencia para escucharlos, poco a poco volcaron aquello que los perturbaba, ninguno había disfrutado matar, la vergüenza los escocía, el sentimiento de culpa los avasallaba, comprendían la dimensión de lo que perseguíamos y estaban agradecidos con la magnificencia de Lloyd, lo que les dolía era saber que su libertad se entreveraba con el asesinato, los comprendí, yo era preso del mismo horror, al hablarlo entre nosotros descubrimos que Lloyd nos ofrecía una palabra que la esclavitud siempre nos negó, futuro, vislumbrarlo fue suficiente para asumir que el derramamiento de sangre y el exterminio serían el pago por nuestro nuevo destino, ya no necesité explicarles nada ni justificar nuestra misión, quedaron, o más bien, quedamos, liberados de la carga que nos envenenaba, la claridad de rumbo fue lo que distinguió a Lloyd del resto de nosotros, supo descifrar las señales desde lejos aun cuando actuó a ciegas, el esfuerzo pudo ser en vano, que las tierras conquistadas fueran yermas, páramos estériles, pero entrevió su valía y, regido por su visión, ya no titubeó, la ductilidad del nuevo territorio permitió nuevas estructuras, un novísimo acomodo de fuerzas sociales y políticas, en estos territorios las leyes arribaron tres pasos detrás de los hechos y cuando se implementaron fue sólo para levantarle la mano al triunfador, el aparato jurídico se constituyó cuando la realidad ya había dictado las reglas, acá la idea de Estados Unidos era una mera abstracción hasta que gente como Lloyd la concretó, no se erigen utopías exentas de dolor y de muerte, se cimentan sobre huesos y sacrificios, y aquí, huesos sobraron.

1826

Si el «oro blanco» del que le habló Hanna propulsaba la economía más boyante, el «oro ambarino» no debía quedarse atrás. La producción de Buffalo Trace crecía con velocidad, cargamentos salían a diario y por tal éxito empezaron a vislumbrarse los primeros nubarrones. Blanton y Lewis discutían a menudo sobre el añejamiento del whisky. Para compaginar la producción con el ritmo de las ventas, era necesario abrir las barricas antes de tiempo, a lo que el maestro destilador objetaba. «La calidad debe prevalecer sobre cualquier otra consideración, es lo que nos distinguirá de nuestros competidores». Sin embargo, la demanda se acrecentaba y si ellos no la cubrían, pronto las otras destilerías, como la Woodford de Elijah Pepper, Jim Beam de los Böhm o la de Evan Williams, se apoderarían del mercado. Imposible aguardar a los dos años de maduración mínimos que establecía la norma para fabricar un whisky de alto nivel. Jack creía que el problema radicaba en la estrechez de miras de Blanton y de Lewis, que sólo distribuían la bebida en las comarcas circunvecinas y en los estados limítrofes. Él aprendió, en su etapa en la naviera, que las empresas crecían si lograban expandir su rango comercial. En eso se sustentaba la evolución de Edward Carrington & Co: en abrir vías para llevar los productos a nuevos consumidores. Buffalo Trace no podía limitarse a un radio de acción tan contenido. Era deber de la empresa llevar el whisky mucho más allá de sus fronteras, aprovechar el río para, a través de la navegación fluvial, trasladarlo hasta Nueva Orleans. Se lo planteó a Blanton, quien desechó la idea por impráctica, «si apenas podemos sostener el voraz consumo de las poblaciones aledañas, ¿cómo podríamos conquistar otros mercados?». Jack propuso comprar cereales a productores de otras comarcas o, incluso, de otros estados, no sólo concentrarse en los cultivos propios, «podemos exigir estándares y adquirir sólo los granos que se ajusten a los patrones más estrictos». Blanton se negó, la virtud de Buffalo Trace consistía en el cultivo de los cereales bajo la escrupulosa supervisión de Lewis, David y Logan. Además, comprar a otros lo arriesgaba a negociaciones desventajosas o hasta chantajes. Desde que se hizo de Buffalo Trace, Blanton proyectó la empresa como autosuficiente, detestaba la idea de regatear, de ser timado, de depender de otros. «Compre más tierras entonces», lo instó Jack, «fabrique más alambiques, construya más edificaciones». No hubo manera de persuadirlo, en Blanton chocaban dos posiciones contradictorias: la necesidad de incrementar las ventas contra su deseo de que la empresa mantuviera su condición cuasiartesanal. Buffalo Trace se encontraba cerca de su tope y si no se hacían cambios de raíz, se estancaría. A pesar de que Jack le profesaba cariño a la empresa, de alguna manera era también suya, empezó a sentirse constreñido. Lewis anunció su retiro, se hallaba próximo a cumplir setenta años y ya no poseía la vitalidad necesaria para el trajín laboral. Apenas se supo, comenzó la rivalidad entre los dos herederos de la posición. Los que se llamaban «hermanos de otra madre» desataron intrigas y golpes bajos. Diecisiete años bajo la bota de Lewis los mutó en seres ambiciosos, atiborrados de rencor. Las maquinaciones de uno contra el otro satisfacían a Blanton, por eso había elegido a dos sucesores: para desatar esa guerra de baja intensidad. Que ganara el más inclemente, el que demostrara más furia. En Frankfort, el puesto de maestro destilador equivalía al de un personaje ilustre, reverenciado por la población y las autoridades. Decenas de empleos dependían de este y no sólo iba de por medio el prestigio de Buffalo Trace, sino del pueblo mismo. Capital del estado desde su fundación, el crecimiento de Frankfort estuvo vinculado al de la destilería, la palabra de Blanton o del maestro destilador en turno era escuchada con atención por los gobernadores, quienes veían en el whisky el futuro motor de la economía de Kentucky. Prestigio, dinero y prebendas iban ligados al cargo y ni Logan ni David dejarían ir la oportunidad de su vida. Jack se divertía con las martingalas con las que intentaban encumbrarse. David era marrullero, con argucias obvias y frontales. Logan astuto, con maniobras laberínticas y soterradas. Jack se alegró de no codiciar el puesto, era testigo de cómo la tranquilidad de los dos se erosionaba día a día. Basiliscos enfrentados en una pugna mortal, Jack escuchó a cada uno desear, e incluso planear, la muerte del otro. Lewis jugó de manera perversa sus cartas, en privado le aseguraba a cada uno que sería el elegido. Aguijados, David y Logan arreciaron sus ataques para suprimir las posibilidades del otro. En secreto cabildeaban con los demás empleados, «necesito su apoyo en caso de que Lewis me traicione», «paremos labores hasta que reconsidere». Presenciar la lucha por la supremacía en tiempo real, sabedor de las estrategias de uno y otro, conocer las retorcidas tácticas de Blanton y de Lewis para enfrentarlos fue un ejercicio de formación para Jack. Entendió sutilezas de la naturaleza humana que antes no había observado. La consecución del poder atravesaba por lo animal: no debían darse concesiones, la tarascada tenía que ser directa a la yugular. Tanto a David como a Logan los juzgó como bobos y blandos. Ninguno de los dos demostraba el carácter necesario. Sus pleitos le parecieron infantiles. De entrada, bobos por permitir que Blanton y Lewis nominaran a dos aprendices, ¿no sabían que su esfuerzo de años podría irse a la basura? Lo consideró un error de los jefes: uno de los dos quedaría resentido, listo para utilizar sus conocimientos en contra de ellos. ¿Cómo acomodarían al derrotado en la jerarquía?, ¿subordinándolo al vencedor? Hacía diecisiete años ya habían inyectado de veneno a uno de ellos. «Divide y vencerás» era una máxima maquiavélica, en este caso, Jack no comprendió quién ganaría con esa estúpida rivalidad. De quererlo, pudo arrebatarles el puesto. Conocía de la fabricación de whisky tanto como ellos o quizás más, porque ninguno de los dos sondeó a los esclavos, y tenía claro qué hacer para que Buffalo Trace tuviera un desarrollo explosivo. No le interesó, luego de ocho años en Frankfort no se visualizó laborando ahí hasta su jubilación como Lewis o como un empleado de medio pelo. Pensó en Martin, quien languidecía en la fábrica sin visos de un ascenso. Sus horizontes se achicaban semana a semana y ya no había mucho más por aprender. Si no fuera por Carla y la dedicación de Emily para cuidarla, ya se habría largado. Igual que un espectador, se sentó a disfrutar de la pelea. En sus adentros apostó a que Logan ganaría. En términos de personalidad, se avenía con la de David, más franco, abierto. La sinuosidad viperina de Logan le repelía. No le gustaban las personas ilegibles, pero veía ventajas en ellas y por esas ventajas lo daba como ganador. Un evento, que desató una cadena de consecuencias, precipitó su salida de Frankfort: murió la madre superiora y su sustituta, la avinagrada mujer que lo llevó a ver a Carla en el cobertizo, canceló las actividades extramuros de las hermanas, entre ellas, las de Emily. La joven monja se debatió en si acatar sus votos de obediencia o seguir al lado de Carla. La había visto mejorar de modo notable y pese a que a menudo se desplomaba hacia las catacumbas de la locura, se sentía hermanada a ella con un ingente compromiso por velarla, ¿qué más piadoso había que cuidar a una enferma?, ¿cuál era el sentido de ordenar que las monjas destinadas a trabajos compasivos se enclaustraran en el convento? Gertrude, la nueva madre superiora, arguyó que fuera de la vida conventual las monjas se arriesgaban a la disipación y a las tentaciones mundanas. El recogimiento sería la nueva norma para las madres y no había alegato alguno que valiera. A Jack le pareció una resolución suicida, la orden subsistía en gran medida por los caudales que numerosos pobladores donaban a cambio de las labores de las monjas. Había quienes miraban por ancianos, impartían clases de religión a niños, atendían dispensarios e, incluso, cuidaban del único sacerdote católico del pueblo. Gertrude fue tajante, «se obedece o se obedece, punto». Dio dos días para que terminaran de cerrar sus asuntos y volvieran a sus celdas. Emily le propuso a la madre superiora que ordenara a Carla como monja para no separarlas. Gertrude lo consideró una herejía, «¿quieres traer entre nosotros a una mujer tocada por el Diablo? Ella trae el averno por dentro». Jack se esperanzó en que Emily renunciase a la orden y continuara al cuidado de su hermana. Su partida, sin duda, abatiría a Carla. Cuando vio que Emily se aprestaba a volver al convento y a sabiendas de que no era una mujer que necesitara dinero por venir de una familia acomodada, trató de sobornarla con sentimentalismos. «Carla se derrumbará si te vas y yo ignoro cómo proceder. Tú has sido su faro, no le quites tu luz». El chantaje surtió efecto, pudo ver cómo la monja vacilaba en su interior. «Necesito pensarlo», le dijo a Jack, «mañana le comunicaré mi decisión». Jack se fue a la cama con la certeza de que ella no les daría la espalda, que los años al lado de Carla habían creado un vínculo inexpugnable. A la mañana siguiente, muy temprano, una monja tocó a la puerta. Jack abrió y la mujer, sin decir nada, le entregó una nota y partió de inmediato. «Queridos Henry y Carla: durante estos años sentí que junto a ustedes se hallaba mi hogar, que sobre nosotros se había desplegado el dulce amor de Cristo, mas no debo olvidar que es con Él con quien hice mis votos matrimoniales y son irrenunciables. Por obra de Sus misterios, la madre Gertrude es ahora quien nos rige y es ella quien, con su mano amorosa y firme, nos ha recordado nuestro deber con Jesús. Confiemos en la sabiduría de Nuestro Señor que nos ha indicado este camino y estoy convencida de que

Él velará por ustedes en mi ausencia. Dios los guarde, sor Emily».
Jack enfureció. Cómo se atrevía a decir que confiaran en Cristo
después de ver la lamentable condición en que quedó Carla después del atentado. ¿En qué momento Él veló por ella? El instinto
homicida que creía extinto ebulló en él con mayor fuerza. La bondad y la paciencia no conducían a nada. Ocho años comportándose
como un hombre trabajador, responsable, humilde, ¿para qué? Tuvo
ganas de ir a incendiar la casa de las esposas de Cristo, quemarlas
vivas y darles una probada de lo que significaba sentirse traicionado
por Él. Que experimentaran el terror del asesinato como lo experimentó Carla. Justo cuando ella escalaba el foso oscuro donde se le
enterró en vida, Emily la abandonaba dejándola a medio camino.
Se sentó en una silla del comedor a serenarse. Debía explicarle a
Carla lo sucedido con el anhelo de que ella lo tomara con calma.
A pesar de su cercano regreso a la normalidad, sus reacciones aún
eran impredecibles. Emily le había contado de sus accesos de ira
súbitos disparados por nimiedades. Pegaba de gritos y golpeaba la
cabeza contra las paredes hasta sangrarse la frente. Se requerían
horas para apaciguarla. Luego de sus raptos de furia, se sumía en
una fase melancólica. No hablaba más y recurría a su habitual ba-
lanceo. En los últimos seis meses no había actuado así, pero la noticia podría catalizar un nuevo arrebato. Cuando despertó, Jack se
sentó a su lado sobre la cama. «A partir de hoy, Emily ya no vendrá
más», dijo e hizo una pausa. Carla lo miró con fijeza a los ojos.
«Como sabes, es monja, y la madre superiora le ha ordenado re-
cluirse en el convento para renovar su fe en Cristo. Ni ella ni las
demás monjas podrán salir, por lo menos por un largo periodo. Yo
te seguiré cuidando y protegiendo, sólo deberé ausentarme por
unas horas durante el día para ir a trabajar. Te prometo no encade-
narte y, cada mañana, antes de salir a la factoría y cada tarde, al
volver, paseáremos por el río como solías hacerlo con ella. Confía
en mí, ya veremos más adelante cómo encontrarte una nueva acom-
pañante». Carla se mantuvo en silencio, volteó hacia el cristal y
miró hacia fuera, «llegará una tormenta», dijo sin dubitaciones.
Jack miró también por la ventana, el día era soleado, sin ningún
atisbo de nubes en el horizonte. «¿Estás segura?», le preguntó. Ella
asintió. «Será una tormenta nunca antes vista». Hasta el momento,
no había errado en una sola de sus predicciones y Jack lo tomó con

seriedad, debía avisar cuanto antes para apresurar la cosecha de maíz. Una tempestad podía doblar las cañas y echar a perder los granos. «Lloverá sangre», dijo. Desde su locura, Carla era dada a hablar en metáforas o analogías. Jack pensó que la alegoría expresaba la magnitud de los posibles daños. «Gracias», le dijo a su hermana. «Voy a salir ahora, no tardaré». Se dirigió al trabajo con un nudo en la garganta. En su camino a la fábrica no vio un solo barrunto de tormenta. ¿Qué había visto Carla que lo supusiera? Le avisó a Lewis y el otro, sumido en las pugnas por la sucesión, no atendió a su aviso. Jack miró hacia el cielo. Seguía sin nubes y sin vientos. ¿Qué había detrás de la advertencia de Carla?

1887

no sé cómo demonios libraste la cárcel por el asesinato de Lucas Gautier de sus hijos y de sus gerentes ese atroz acto que disimulaste con cinismo elevó las probabilidades de que te arrestaran más que cualquier otro de tus crímenes había una marcada diferencia entre matar mexicanos a matar franco-canadienses los primeros eran parte de la raza inferior que los americanos deseábamos escombrar de nuestros nuevos territorios qué importaba si en ellos había decencia o bonhomía o se guiaban por una honestidad sin tacha o si eran trabajadores o personas solícitas prontos a ayudar a los demás los mexicanos estorbaban nuestro proyecto de nación por el contrario el canadiense se vinculaba a otras esferas tejía otras alianzas Gautier era un hombre poderoso el acaudalado dueño de la empresa ferroviaria más importante de Canadá y que te despachaste sin miramientos la relación con el país vecino era apreciada y procurada por nuestro gobierno la sintonía entre su población y la nuestra era manifiesta europeos blancos y cristianos con quienes podíamos comulgar en una visión compartida en los mexicanos confluían dos sangres impuras la española y la indígena eran un pueblo corrupto innoble haragán anárquico buscarruidos llevaban encima la maldición azteca y la indolencia española para qué queríamos gente como ellos en América que desdoraran nuestros principios y nuestros valores no sé cómo las autoridades se comieron tu cuento de que habías acompañado a Gautier y a los suyos hasta los límites del rancho y que los despediste cuando se dirigían a Austin *no supimos más de ellos hasta que vinieron a interrogarnos sobre su suerte* argüiste con helada convicción te salvó de la cárcel tu prodigiosa labia tus veintisiete negros y tus hijos testigos y cómplices de tu fechoría avalaron tu tergiversada versión de los hechos aleccionados para repetir como loros y sin contradicciones lo que les ordenaste por lustros Japheth no se atrevió a contar la aniquilación del canadiense me la confió sólo cuando ya te hallabas perdido en los acantilados de tu memoria guardaré tu secreto de mi boca no saldrá ni una triza de lo sucedido me escalda eso sí saber quiénes eran Evariste Hélène Regina y Carla por qué gravitaban con tal peso en ti al grado de torturar a tres muchachitos inocentes para demoler al padre qué vínculos mantuviste con esas personas con nombres franceses me pregunto si de ahí devino el nombre Thérèse para tu hija como en un caleidoscopio que en cada giro del tubo las piezas forman nuevas figuras y nunca se repite una así es para mí el misterio de tu vida cuánto daríamos tus hijos y yo e imagino que cientos de personas más por engarzar cada dato que soltaste y pegarlos hasta conformar una imagen precisa de tu pasado encandilados por la idea de asociarse contigo Gautier y sus gerentes te compartieron los tejemanejes para montar una empresa ferroviaria exitosa y vaya que esos conocimientos los aprovechaste para constituir la Lloyd Railroad Company *la idea de mi padre era crear salidas a lo que producía en los ranchos al principio se trataba de transportar las miles de cabezas de ganado que criaba en el Santa Cruz en Arroyo Hondo en el Faisán en El Olmo en Don Abelardo en la Finca de Guadalupe al descubrir petróleo en las propiedades el desarrollo fue exponencial el dinero entró a manos llenas y ya no hubo nada ni nadie que pudiera detenerlo* me narró Japheth tus hijos adulterinos padecieron para resolver el acertijo de tu naturaleza cómo armonizar tu estampa de prohombre con la de asesino la de empresario triunfante con la de un tipo rapaz con precisión de equilibristas recorrieron esa tensa cuerda qué eras tú con el permanente miedo a resbalarse y estrellarse contra el vacío Jonas he de decirlo ejecutó el acto con mayor solvencia purgó de su interior el chancro de tu brutalidad y sólo permitió que afloraran aquellas imágenes que te iluminaban con mejor luz no así Japheth quien jamás pudo suprimir de su mente la siniestra parte de tu carácter *me levanto a la medianoche en mi cabeza escucho los lamentos de sus docenas de muertos el borbolleo de moribundos que se ahogan con su sangre entre sueños huelo los jugos del miedo de *mi* miedo llevo grabadas las expresiones de aquellos que hube de asesinar para como un cachorro melifluo y sumiso complacer a mi padre me asqueo de mí mismo regurgito odio contra todo aquello que me llevó a matar y lo peor es que lo asocio a un amor innegociable por él a una fascinación por sus logros por su voluntad centrífuga por su empuje para erigir edenes en tierras arrasadas* después de desvelar la cortina hacia su interior Japheth quedaba sumergido en un mar subterráneo y oscuro por fortuna la vida le concedió esporádicas bocanadas de aire y por eso más o menos logró subsistir no sé si su índole taciturna contagió a Jerioth y la arrastró consigo al fondo de sus cavernas ambos parecían sombras y sólo sombra uno del otro sus destellos se apagaron y lo que a ojos ajenos daba la impresión de apatía en realidad era un gusano que barrenaba sus almas un helminto cuyos huevecillos tú les trasminaste y contra los cuales no existía revulsivo Jonas por el contrario pareció bañarse en tu luz porque esa también te sobraba escuché a una mujer decir que tu sola presencia podía provocar un amanecer en plena medianoche una adulación cursi y exagerada mas los lugares comunes también clarifican la condición humana Jonas logró la concordia con tus claroscuros y mutó en un hombre optimista y tenaz hasta donde ninguno de tus hijos legítimos estuvo expuesto a tu violencia son personas sanas bien educadas nobles y sin asomo de la melancolía que abate a Japheth y a Jerioth con certeza ellos tres serán tus dignos herederos y se entrevé que sabrán preservar tu legado una de cal por otra de arena querido Henry

1881

En este desierto, que podía parecer vasto y vacío de gente, las noticias se regaban en chinga, como si las voces circularan en el viento para llegar a oídos de unos y de otros. El runrún de las promesas de Lloyd llegó lejos porque de un montón de lados se dejó venir un tropel de gente a unirse a nuestras filas. Quién no quería agenciarse un pedacito de tierra, así fuera una mugrosa cuerda en un cerro pelón. La tierra es la tierra. Se aparecieron puros pelados pobretones y haraposos que no terminaban de hallarse en estos terruños, ni como vaqueros, ni como peones, ni arrieros. A pesar de que eran jóvenes, no encontraron trabajo y andaban de aquí para allá tratando de sobrevivir. Parecían coyotes en tiempos de secas, flacos, roñosos, malcomidos, sucios, huesudos. La pinche calentura de los rumores los hizo venir desde casa de la chingada y se trajeron hasta a los hijos, «mire, mi chamaco nomás tendrá siete años, pero de que es entrón es entrón y si lo necesita como soldado, aquí lo tenemos a sus órdenes». Se veían todavía más sarnosos y famélicos que los papás, ni para hacer caldo, y entre que ese y aquel se juntó un hatajo de escuincles. No se hacía uno de esa bola de ratas desnutridas, pero de algo servirían. Ya fuera para distraer al enemigo o para llevar y traer o para espiar o para ponerlos a correr en círculo dando de gritos para que los otros gastaran su parque tirándoles. Los míseros chamacos me veían con cara de pollitos sin gallina nomás esperando que les dijera qué hacer. Como yo andaba ocupado en distintos menesteres, le encomendé a Joaquín que les enseñara cosas de apaches y el apachito se emocionó como si lo hubieran elegido para cargar al santo en una procesión. De los batos que llegaron, hubo unos que no me dieron buena espina. Los noté taimados y no estaban tan astrosos como los otros. Se veía que no eran pueblo común y corriente, traían mejores modos y ropa que los demás. Una tarde los hallé susurrando entre ellos y pellizqué que algo andaban maquinando. No me esperé a que me agarraran con los pantalones abajo y les di de merendar plomo. Si me preguntaran si estaba seguro de que nos iban a traicionar, la verdad es que no, pero confié en mi instinto. Lloyd se reemputó, dijo que con pocos hombres contábamos como para desperdiciarlos como comida para zopilotes. Que averiguara bien antes de jalar el gatillo. Le dije que él se encargara de poner en orden a sus negros y que yo me encargaba de poner en orden a mis mexicanos. Creo que no se esperó que le respondiera, es más, creo que nadie lo esperaba. Eso debió hacer que me respetara más y que a la otra no me estuviera cucando. «Dice el gringo que tú sabrás, nomás que a la próxima le eches tantito seso antes de andarle metiendo bala a otros», me tradujo Valenzuela. Hablé con los mexicanos y les leí la cartilla, «al que traicione, lo hacemos consomé». Al día siguiente, se pelaron dos. Pinches dobles cara, llegaron quesque muy enjundiosos a pelear de nuestro lado, la verdad es que venían nomás a picar cebolla para después ir a rajarle al abuelo. A esos dos culeros los matamos en batalla el primerito día. Ahí nos los encontramos tumbados entre los muertos. Por andar de fariseos se toparon con una bala con su nombre. Lloyd siguió con su estrategia de enloquecer a aquellos haciéndolos esperar. Para mí que ya se le estaba quemando el arroz. Le insistí que era hora de darle, que la gente se iba a hacer comodina y holgazana y que mientras más aguardáramos, más se les iba a meter la cobardía en el cuerpo. No pude convencerlo y ni modo de yo solo aventarme contra mi abuelo y sus huestes que debían estar parapetados a cal y canto. La enseñanza de décadas peleando contra los indios debieron hacerlo mañoso y no dudaba de que nos hubiera puesto chingos de trampas. Como si no lo conociera. La lógica de Lloyd era que, si nosotros con la espera nos hacíamos comodinos, con más razón aquellos. Que si nosotros, que estábamos durmiendo en el monte podíamos acabar como zánganos, más aquellos que dormían en cama, que tragaban tres veces al día y que a cada rato se pegaban sus chupes de sotol. Que terminaran por confiarse y pensaran que era puro cuento que íbamos a atacar el rancho. Y al condenado Lloyd no le falló ni por una ceja de liebre. Una noche nos convocó a todos, negros, mexicanos, chamacos. En inglés y traducido por Eduardo, nos dijo que había llegado la hora de la verdad, que en dos días, a la una de la tarde, cuando el sol pegaba más duro y apendejaba a la gente, atacaríamos. Dijo que nos dividiríamos en seis flancos. Él, con diez de los negros, atacaría por el centro. Arrancaría en línea recta hacia la casona del rancho. James y Japheth guiarían a otros ocho negros por el oeste, Jonas y Jeremiah al resto de los negros por el este. A mí me encargó entrar por el sur con quince de los mexicanos. Miguel Mier se llevaría a los otros quince mexicanos para atacar por la retaguardia. Joaquín mandaría al ejército de los escuincles a dar de vueltas alrededor de la casa grande. Debían moverse como ratones esquivando gatos, de un lado para el otro, arrastrando ramas para levantar el mayor polvo posible y que así el enemigo creyera que venía un madral de cabrones al ataque. El gringo hasta nos dio la hora exacta en que cada escuadrón debería acometer y calculó el tiempo que nos llevaría ir desde donde nos guarecíamos hasta las inmediaciones de las casas. Explicó que el asalto sería escalonado y que debíamos obedecer las instrucciones tal cual las había dicho. A lo largo del día siguiente explicó lo que debía hacer cada escuadrón. Con tanto pelado chamagoso y raquítico había que repasarles lo que cada quién debía de ejecutar. La mayoría de nuestros «soldados» mexicanos eran cabezas duras, no porque fueran pendejos, así de a gratis, es que cuando uno vive hambreado, como ellos, nomás no hay pozo de dónde sacar las ideas. Sin comer el cerebro se seca y estos lo tenían más seco que un pastizal quemado. Yo les hubiera dado de zapes, «pon atención, baboso», Lloyd no se desesperó y le expuso a cada uno su labor en la batalla. A decir verdad, le aprendí sus maneras al güero. Me impresionaba por su calma, por su serenidad. Hasta herido en combate, a punto de morirse, no se alocaba. Sabía mandar el cabrón. La noche antes del ataque, nos juntamos él y yo a solas, lejos de los demás. A pesar de que ni yo entendía inglés ni él español, hablamos por horas. Cada quién se las arregló para darse a comprender. Ya fuera con neumas, con dibujitos en la arena o enfatizando frases. Yo le conté de mi madre y él me contó de la suya. No sé si deduje bien, pero entendí que él también era bastardo y que no sabía quién era su padre. Me pareció raro que me lo dijera, porque en una ocasión me habló de su padre, un trampero, y de otro padre, de un tal Evaristo. Esa noche me aclaró que no, que la verdad no tuvo papá y que se la pasó buscando rasgos parecidos a los suyos entre los vecinos de su pueblo. «Igualito a mí», pensé, le dije que yo también me la pasaba examinando la cara de los vaqueros para ver si uno se parecía a mí y que luego de verlos ya no dudé que mi papá había sido mi abuelo. Me imagino que el trampero o el tal Evaristo habían sido algo así como su Chuy para mí. Le pedí que a él, a Yolanda y a mis hermanos no los tocaran aunque ellos nos agarraran a balazos, que eran sacrosantos para mí. Me dijo que no me preocupara, que entendía y que haría lo posible por que no se los echaran al plato. Ya por irnos a dormir me dijo que lo que me había contado no lo sabía nadie y que sólo porque los dos éramos bastardos, me lo confesó. Le dije que mi pecho era bodega y que de ahí no saldría ni un hilito de lo que me había dicho. A partir de ahí nos hicimos como hermanos a pesar de que me llevaba tantos años que podía ser mi papá. No importaba, compartíamos lo esencial, los dos estábamos a oscuras en eso de saber quiénes eran nuestros padres, nos unía el amor a la madre que perdimos y las ganas de ambos de hacer algo importante con nuestras vidas. Mejor amigo no tuve jamás. Y cumplió siempre su palabra. Donde el tipo hiciera una promesa, primero muerto antes que desdecirse. Esa noche no dormí, no tanto por el miedo de que íbamos a guerrear, sería falso presumir que no me acollonaba, porque la verdad sí sentía los músculos como cables a punto de reventar, pero el sueño más me lo quitaba volver a enfrentarme a mi abuelo. Ese sí que era mi fantasma. Mi ilusión era amarrarlo vivo y cortarlo de pedacito en pedacito hasta que me dijera la verdad de si él era o no era mi padre. Era lo único que necesitaba saber. A las cinco de la mañana nos despertaron James y Jeremiah. Lloyd debía llevar rato levantado porque se veía más fresco que un robalo recién sacado del agua. Yo con chicas ojeras y medio turulo por no pegar el ojo en toda la noche. El güero nos obligó a desayunar, «sin energías, no hay combate», tradujo Valenzuela. De todos en el campamento, Eduardo era el único que no iba ir a pelear. Lloyd no quería arriesgarlo. Era su vínculo con los mexicanos y si lo mataban, no habría más manera de entendernos, aunque él y yo nos comprendíamos más allá de las palabras. Desayunamos frijoles, tortillas y tasajo de res y de venado. Comenzó a levantar el sol y cada escuadrón se fue apostando en donde le tocaba. A las doce y media se arrancó Lloyd con sus diez negros derechito hacia las casas. Conforme a lo que dispuso, el segundo contingente salió cinco minutos después. Luego de otros cinco minutos, el otro y luego el otro y por fin el último, media hora más tarde. Como lo ordenó, el escuadrón de los chamacos se puso a correr en círculos por detrás de nosotros. Sus caballos arrastraban palos amarrados a la montura para levantar la polvareda. Por diosito que el efecto sí era para dar terror. Parecía que una caballería de doscientos soldados se dejaba ir con todo. No falló Lloyd: la gente de mi abuelo ya había aflojado y el primer grupo, el que él comandaba, hizo tremenda matazón. Se escabecharon de volada a unos vaqueros que habían ido a juntar ganado y otros que andaban acarreando agua del pozo. Siete fueron los caídos de ellos. Al rato, se empezó a escuchar una balacera por el oeste. Era el escuadrón que dirigían James y Japheth. Después se escuchó la refriega en el este, adonde habían ido Jeremiah y Jonas. Cuando los hombres de mi abuelo vieron que por el sur venía una tolvanera, acostumbrados a que los apaches atacaban en bola y casi siempre desde la misma dirección, corrieron a atrincherarse para ese rumbo y descuidaron las posiciones que habían fortificado. La táctica del gringo empezó a jalar y los confundió sabroso, desde lejos se notaba que corrían de un lado a otro, sin saber por dónde les estábamos llegando. Desde el cerro donde me aposté con mi grupo, la batalla abajo se veía clarito. Los caballos avanzando con rapidez, los negros disparando desde sus sillas, los escuadrones atacando por un lado y por el otro, los niños levantando tolvaneras. Miré el sol y calculé que ya era momento de arrancarme. Volteé a ver mis hombres y les dije que un mundo nuevo comenzaba para nosotros, que era probable que termináramos por dejar la zalea allá abajo pero que la dejaríamos de cara al sol. Que era mejor que nos matara una bala a morir escuchimizados por el hambre. Con cada palabra que decía, la gente se miraba con cara de a huevo que le entramos y de aquí nadie se raja. Levanté la mano para señalar el campo de batalla y yendo por delante para que vieran que ponía la muestra, espoleé mi caballo para lanzarme hacia la llanura, ahí donde se definirían el poder y la gloria.

2024

Decidieron casarse en el rancho Santa Cruz. Antes barajaron Austin, Nueva York, una hacienda mexicana en Campeche, Tahití, Londres. Se decantaron por el rancho porque ahí fue donde su historia de amor se consolidó. McCaffrey se sintió honrado de que lo consideraran para padrino. Recordó las épocas en que él y sus compañeros de clase denostaban y acosaban a los homosexuales. El peor insulto era «maricón» y ningún hombre, ni por error, vestía una prenda rosa. La homosexualidad en un suburbio de Illinois era justificación suficiente para insultos y humillaciones. Cuánto habían cambiado las cosas, ahora él preparaba un discurso donde exaltaba el amor, la comprensión mutua y el encuentro con la «media naranja». Decidieron no hacer una boda a lo grande, sino invitar sólo a gente que influyó en su vida, sin responder a compromisos de nada, ni con nadie. Ambos eran ricos y poderosos y podían darse el lujo de no convidar ni a potentados con quienes podían entablar proyectos de negocios ni a políticos en ascenso que prometían ayudarlos desde el gobierno. Cada uno de ellos eligió ochenta invitados. En sus listas, coincidieron los Morgan. Les caía en gracia provocar a una familia tan conservadora con su matrimonio igualitario. Extendieron la invitación a los cuatro, a Leslie, Mark, Betty y Tom. «Un trío de regalo de bodas no estaría nada mal», bromeó Peter. «Con cualquiera de los dos», respondió Henry. Betty y Tom, por obvias razones, declinaron asistir, no así Mark y Leslie, a quienes, ignorantes de los enjuagues entre sus hijos y los novios, les pareció divertido atender a la boda de su exyerno. Henry le cursó invitación a Jemuel, Shanice y Jezaniah. Había cumplido con su promesa y la fundación les otorgó becas a sus hijos. A Henry le pareció justo invitarlos para que supieran más sobre la trascendencia de su antepasado blanco en el mismo lugar donde comenzó la expansión de su imperio. A diferencia de otros invitados que hospedaron en hoteles en Uvalde o en ranchos de amigos, a los Dawson los recibieron en una de las cabañas del Santa Cruz. Jezaniah se debatió en si ir o no. Su predicamento devenía de sus creencias religiosas. El pastor machacaba que para la Biblia la sodomía era pecado capital así los liberales intentaran normalizarla. Eso iba en contra de los principios divinos. Shanice se preocupó por que la ausencia de la abuela ofendiera a Henry y en represalia les quitara las becas. Que sus nietos perdieran los apoyos económicos no fue suficiente para doblegar a Jezaniah, los Adams habían vivido por décadas en la pobreza y de una forma u otra, salieron adelante. Unas becas no los iban a hacer ni mejores ni peores. Fue una amiga suya de la iglesia quien la convenció de asistir, «al fin y al cabo, Cristo puso el amor por encima de todo lo demás». A la abuela el mensaje le pareció sencillo y categórico y a último momento, resolvió presentarse. Los padres de Henry y de Peter terminaron por consentir la relación de sus hijos. No fue fácil para ninguna de las dos familias. «No es lo que esperábamos de ellos, pero es lo que es», dijo Henry v a Dean Jenkins, su futuro consuegro. El abuelo de Peter toleró que su nieto fuera homosexual, en el ánimo de los tiempos que corrían, la posibilidad se mantuvo latente. Lo que le parecía imperdonable era desperdiciar la escrupulosa preparación académica y empresarial que se le impartió para terminar dedicándose a embadurnar lienzos con pintura. Dirigir la energía a una actividad que él consideraba fútil e intrascendente lo perturbaba. Asistiría a la boda, no para darle un espaldarazo al nieto rebelde, sino para no perder la escasa influencia que aún podía ejercer sobre él. Leicester, por supuesto, fue convocado. Peter lo consideraba un amigo cercano, su apasionamiento por su obra le había brindado el envión necesario para ingresar a los estrechos círculos de las galerías y la crítica de arte. Henry invitó a sus hermanas Thérèse, Mary y Patricia y a sus hermanos Jack y Charles. Las relaciones con los cinco variaban. Con Charles tendía a chocar, con Mary mantenía una relación tersa y Thérèse y él apenas se soportaban. Jack y Patricia eran los hermanos conciliadores y poco peleaba con ellos. Peter invitó a los suyos, Patrick y Valery, gemelos a los que les llevaba cinco años y con quienes se la pasaba estupendo. A raíz de la renuncia de Peter al puesto de director del banco, que tanto enfadó al abuelo, Patrick se consideró el heredero natural, sólo que no contó con que Valery era una habilidosa negociadora y que, en secreto, ella anhelaba la posición con la misma intensidad que él. Con la publicación de *El Hombre*, McCaffrey adquirió otro sentido de sí mismo. Ver su imagen reproducida en periódicos, revistas, entrevistas de televisión, le hizo notar su cuerpo fofo, su doble papada y su desaliño, no el desaliño provocador de algunos profesores que les hacía parecer atractivos, sino el más repelente: manchas de comida en la camisa, los pantalones caídos, el cinturón mal puesto, calcetines con hoyos, zapatos con las agujetas rotas. El espejo no le devolvía una imagen tan poco favorecedora como la que con horror veía en las pantallas de televisión o de la computadora. Por primera ocasión en treinta años decidió ir a una barbería a que le cortaran el pelo y no hacerlo él mismo con una máquina de rasurar. Eran risibles los mechones de otro largo que, por pelarse mal, sobresalían en su escasa cabellera. Lo que en el espejo veía como una barriguita, en realidad era una vejiga inflada que le colgaba de manera impúdica. En el cuello rasurado con torpeza quedaban cañones de barba que le brindaban un aspecto inmundo. Se preguntó cómo pudo sobrellevar por tantos años esa imagen desagradable. Él, un niño blondo, algo rollizo, con ojos azules y el cabello ensortijado, que fue votado el alumno más guapo del salón por sus compañeras de secundaria, se había convertido en un globo cuyas carnes se desbordaban sin ningún rubor. Con excepción de aquella alumna con la que se besó, nunca otra hizo el menor esfuerzo por coquetearle, ni ninguna mujer aceptó sus avances. Se inscribió en un gimnasio, contrató a un entrenador personal y a un nutriólogo. A los nueve meses de la salida a librerías de *El Hombre* se había transformado en otra persona. Bajó veintiocho libras, se le deshincharon la papada y el rostro y comenzaron a abultársele músculos cuya existencia en su cuerpo desconocía. Se compró ropa más ad hoc con su reciente notoriedad y se vio con un poco más de indulgencia. Ya no se avergonzó de su físico, ni de su anticuada, sucia y *passé* vestimenta. Fue un logro trascendente que una de sus guapas exalumnas de doctorado aceptara acompañarlo a la boda. Veintitrés años mediaban entre ambos, a Joan, tal era el nombre de ella, no le importaba en lo absoluto. Como padrino, fue el primero en ser recibido en el rancho. Henry mandó uno de sus aviones a recogerlo a Boston. Por petición de McCaffrey, para no ofender a Joan, Henry les reservó una cabaña con dos habitaciones. Al entrar el asistente con las maletas, Joan le indicó que colocara la suya en el mismo cuarto que las del profesor. McCaffrey, quien pensó que dormirían en recámaras separadas, sintió que los esfínteres se le dilataban. En cuanto el asistente cerró el cuarto, ella tomó la cara de McCaffrey con ambas manos y lo besó. Después de veinticuatro años, cinco meses, dos días, el connotado escritor y maestro universitario volvió a hacer el amor.

1892

Sentado en el porche Lloyd nos espera. A los tres venir nos mira. Los cuatro, si Jezebel cuenta. Durante el camino sobre mis espaldas desmayada vino. Como si un venado trajera la bajo de mis hombros y frente a Lloyd la coloco. Hermosa es, el pelirrojo su pérdida aún debía llorar. Lloyd se levanta y la examina. «¿La mataste?», pregunta. Niego con la cabeza. Se acuclilla y su rostro observa, «bien por traerla». Acaricia su mejilla, «Jezebel, nadie mal te quiere hacer», le dice. «A la casa métanla», ordena. La cargo, los tres peldaños del porche subo y al cuarto la llevo. Al tumbarla sobre el colchón, la falda se le sube y las piernas se le miran. Son macizas, de mujer de raza fina. Los músculos nudosos. La piel lisa. Loco con ella el pelirrojo debió volverse. «Ahí déjala», Lloyd me dice. En una silla a contemplarla se sienta. «¿Por qué las personas estupideces cometemos?». Con Lloyd, Jezebel hijos pudo procrear. Ser velada, protegida. Sus hijos una fortuna podrían poseer. Miedo a morir tuvo y el miedo buen consejero no es. A Jayla y a Jade asesinadas las pensó. De ahí el temor de Jezebel. «Déjala dormir. Al despertar, frente al alguacil la llevaremos. Inocente de todo cargo serás declarado», Lloyd me dice. Del cuarto sale. Desde que Lisa fue expulsada Jabin de llorar no cesa. Rabieta tras rabieta. A Jenny no le permite tocarlo. No desea comer. Lloyd en la sala lo halla, lo coge y lo levanta. El niño remolinea. Lloyd paciencia le tiene. A la altura de sus ojos lo sitúa y la mirada no le quita. El niño se calma. Su padre lo amedrenta. «Todo está bien», Lloyd le dice. «Jenny es tu madre, a ella amarla debes». El niño los ojos baja. Frágil entre las manos de su padre. «Mal te va a ir si vuelves a lloriquear», Lloyd le advierte. «Comerás cuando tu madre te sirva, ¿entendido?». Jabin a seis pies del suelo diminuto entre sus manazas se ve. «Toma», Lloyd me dice y al niño me entrega. Asustado, Jabin me ve. Con un puchero amaga. Lloyd su cara al niño acerca. «Ni se te ocurra», le dice. Jabin saliva traga. No volverá a llorar. A la mesa nos sentamos. Lloyd a Jabin a su lado sienta. Jenny la comida sirve. «Come», Lloyd le ordena y el niño obedece. Raro es verlo masticar cuando casi a sus tres años sólo ha mamado. Terminamos de comer, a la habitación Jenny por la puerta se asoma y hacia nosotros se gira. «Jezebel está despierta». Al cuarto entro. Ella me mira. Me teme. «¿A Abner mataste?». Abner el pelirrojo debe ser. Con la cabeza niego. «¿Está bien?». Asiento. Lloyd aparece y sobre el marco de la puerta se recarga. «Me fuiste infiel, ¿lo sabes?». Japheth y Jonas del blanquito le han hablado. De su desesperación cuando a Jezebel nos la llevamos. «¿Crees que está bien lo que hiciste?». Ella no contesta. «¿Te traté mal?, ¿un golpe, un grito?», interroga. «A mi casa volver quiero», ella replica. «Una esclava eres, Jezebel, ¿sabes lo que eso significa? Que tú no determinas cuál es tu casa». Lloyd la observa con la misma mirada con la que a Jabin vio. Jezebel sus labios humedece. El ritmo de su respiración cambia. «Con nosotros vas a venir para que al alguacil tu huida confieses. Luego harás lo que yo mande. Si otra vez intentas fugarte, a un castigo te atendrás». Jezebel me mira, un cómplice busca, alguien que de ese destino la libre. «¿Quieres venir amarrada o dócil nos acompañas?», Lloyd le pregunta. Ella no habla. Me descubre las piernas mirándole. Pudorosa se tapa. «Voy», ella responde. Los cinco a Jezebel escoltamos. Algo de dignidad en su paso se adivina. La mirada al frente. Los hombros sin encorvar. El amor de su hombre arrojo le brinda. Por el pueblo cruzamos. La gente en la calle nos mira pasar. Cuchichea. Sabe de cuanto sobre mí se rumoraba. Ahora el rumor se desmentirá. De asesino ya no seré acusado. Con llover amenaza. Las moscas con la humedad enloquecen. Por encima de nosotros revolotean. Nuestro sudor quieren beber. Su zumbido molesta. A la cárcel arribamos. Lloyd la puerta toca cuando las primeras gotas de lluvia empiezan a caer. El alguacil abre y nos mira. «Traje a la negra Lázara», Lloyd bromea, «por obra de nuestro Señor Jesucristo resucitada». El alguacil a Jezebel con la mirada la abarca. «Muerta no está», Lloyd proclama. Jezebel no habla. «¿Este negro te amenazó?», de la nada el alguacil inquiere y me señala. Propinarle un golpe por su impertinente pregunta merece. «No, señor», Jezebel contesta. «De matar a otra, Lisa Robin a este hombre acusa, ¿alguna negra asesinó?», el alguacil inquiere. «No, señor, no que yo sepa», responde Jezebel. «¿Contigo o con la otra violento fue?», el imbécil alguacil el interrogatorio continúa. De un modo u otro quiere inculparme. «No, señor, jamás». El alguacil a pasar a la oficina no nos ha invitado. Jezebel más bonita que nunca se ve. «¿Miedo tienes a que algo malo te suceda?». Ella no titubea, «no, señor». «¿Por qué es tanto tu interés si esta negra pertenece a Emerson?, ¿o en el San Francisco de Asís de los negros ahora te has convertido?», Lloyd se burla. Al alguacil la broma bien no le sienta. Frente a Lloyd poco o nada puede hacer. «Por la justicia velo», responde el alguacil. «La justicia de los negros, nosotros, no ustedes, somos quienes la fijamos», Lloyd lo enfrenta. Japheth las palabras de su padre escucha, yo las escucho. Son una sentencia que nos duele. Negros los dos al fin y al cabo. En realidad Lloyd eso no cree. Sólo lo dice para al alguacil humillar. «Con mis negros no te metas y menos con él», Lloyd le dice y hacia mí apunta. Gotas gruesas del cielo empiezan a caer. «Que pases buen día», al alguacil le dice. Damos media vuelta y a la casa retornamos. Lloyd el paso no apresura. Mojarse no le importa. La lluvia sobre nosotros desciende. Una pared de lluvia. Entre el fango cuesta caminar, resbaladizo el suelo se vuelve. La lluvia a Jezebel más hermosa la hace verse. A la casa llegamos y antes de entrar Lloyd se detiene y hacia ella se gira. «¿Con tu novio quieres volver?», Lloyd pregunta. Por el rostro a ella el agua le escurre. «Morir no quiero», Jezebel pide. «Si vivir quieres, debes obedecerme. Escapatoria nunca tendrás. Si huyes, mandaré matarte», Lloyd le advierte. «No huiré, pero con mi hombre quiero volver», Jezebel responde. La lluvia la mirada de Lloyd acentúa. Más fuerte la torna. La respuesta de Jezebel en su ánimo le cala. El patrón a sus hijos voltea a ver, luego los ojos sobre ella posa. «Esta noche y mañana conmigo ayuntarás cuantas veces yo desee. Pasado mañana con Japheth. Al día siguiente, con Jonas, y con Jeremiah al último. Si gozo y entrega demuestras y placer a nosotros provocas, con tu novio podrás regresar. Al cuarto ve y desnuda espérame». Jezebel entre la lluvia lo mira. Asiente y hacia la casa se adelanta. Se pierde entre la cortina de agua. Japheth y Jonas se miran. Castos aún son. La idea de perder la virginidad tan pronto debe marearlos. Lloyd la cara hacia la lluvia alza, gotas sobre él rebotan. Un rato así permanece. Nada dice. Charcos en la calle se forman. La tormenta arrecia.

1878·

Los mexicanos que se enrolaron con nosotros eran muy distintos entre sí, había desde tipos tan rubios como Lloyd, de ojos verdes o azules, «borrados» les llamaban ellos en español, a unos con marcados rasgos indígenas y piel morena, los había muy altos y muy bajos, en algunos de ellos asomaba una tristeza de esclavos como si desde niños hubiesen sido subyugados y, como nosotros, aguardaran su revancha, fue con estos, los que se notaban más desnutridos y golpeados por la vida, con quienes más pronto entablamos amistad, «no hay esclavitud en México», nos dijeron con orgullo y contaron de la huida de decenas de negros a su territorio para librarse del yugo de sus amos, «aquí los recibimos con los brazos abiertos», presumió uno de ellos traducido por Valenzuela, cuando contaron de las condiciones en que laboraban y el pago que recibían no hallé desemejanzas notables con las nuestras, ellos en apariencia eran libres de ir a donde quisieran, pero cómo si carecían de los recursos necesarios y las circunstancias los obligaban a permanecer en un lugar en el que desde hacía tiempo no querían estar, la relación con ellos no estuvo exenta de conflictos, la contención a la que Lloyd nos forzaba creó tensiones, dilatar el ataque hizo que aflorara la locura, discutíamos por nimiedades y en más de una ocasión salieron a relucir pistolas y cuchillos, reñir por un pedazo de carne era suficiente para levantar ámpulas, insultaba cada quien en su idioma, Lloyd poco intervenía, daba la impresión de alentar las fricciones para prepararnos para el combate y cuando las temperaturas se elevaban al grado de un enfrentamiento mortal, con un solo gesto marcaba el alto y de inmediato las desavenencias se difuminaban, su potestad la ejercía sin distinción de si éramos mexicanos o negros, allá en los llanos se hallaban los enemigos que debíamos atacar, por las tardes sus voces corrían hasta nosotros, se escuchaban los relinchos de sus caballos, los mugidos de sus vacas, los cantos de sus gallos, las risas de sus niños, a la distancia los observábamos como diminutos muñequitos, al caer la tarde la sombra de los cerros donde acechábamos se proyectaba hacia el caserío, metáfora más exacta de lo que iba a suceder no había, descubrí la inteligencia del plan de Lloyd, al aplazar el ataque no sólo hizo que el adversario se descuidara, las ansias nos royeron y nos tornaron más bestiales, al margen del bien y del mal, de la vida y la muerte, la abstinencia de la guerra acumuló dentro de nosotros las pulsiones indetenibles del combate, después de semanas Lloyd dispuso el asalto, junto con Japheth me tocó comandar un escuadrón, atacaríamos por el oeste, donde se encontraban los corrales y donde vivían los padres adoptivos de Rodrigo, llegó la hora, Japheth se notaba nervioso, infestado de miedo, le temblaba la barbilla y hacía extrañas muecas con los labios, borborigmos delataban su pánico, estuve a punto de relevarlo, en ese estado sería un estorbo, pero me arriesgaba a que Lloyd me reprendiera o, peor aún, me ejecutara por eximirlo del combate, su padre lo hubiese preferido muerto que cobarde, mandé a mis hombres a alistarse, los caballos debieron oler nuestra adrenalina, comenzaron a resoplar con fuerza, las crines erizadas, se escucharon lejanos los primeros disparos, signo de que la batalla había empezado, llegó la hora y ordené nuestra embestida, galopamos hacia los corrales, los caballos, también contagiados por el frenesí de la espera, cruzaron entre matorrales y cactos sin importarles las espinas ni los terrenos pedregosos, a lo lejos avisté a un grupo de cuatro mexicanos que se apresuraron a parapetarse detrás de las trancas de los rediles, si proseguíamos de frente hacia ellos con seguridad sufriríamos bajas y grité a mis hombres que nos desplegáramos en dos alas para rodearlos, Japheth debía dirigir a los otros, tan dubitativo lo noté que pedí a Jimnah que tomara el mando, los mexicanos comenzaron a dispararnos, podía oírse cómo las balas rasgaban el aire por encima de nosotros, Julius recibió un balazo en el hombro izquierdo y con gran esfuerzo logró mantenerse sobre la silla, a pesar de la hemorragia no se arredró y con la mano derecha maniobró el caballo para continuar con el ataque, los mexicanos tardaron en recargar de pólvora su fusil y nos dio tiempo de abalanzarnos sobre ellos, advertidos por Rodrigo de que los corrales los defendería su padre adoptivo y sus hermanastros, no los matamos y pese a que se resistieron a rendirse logramos someterlos, uno de ellos había recibido un tiro en la pierna y le apliqué un torniquete para que no se desangrara, el mexicano más viejo no dejó de imprecarnos en español y cuando Jimnah intentó amarrarlo le escupió en la cara y trató de clavarle un puñal, no le pegué un disparo sólo por honrar mi palabra, pero sí lo golpeé en la cabeza repetidas veces con la culata de mi rifle hasta doblarlo, el viejo quedó descalabrado y casi inconsciente, en los postes de redondel amarramos a los cuatro, el que estaba herido de la pierna poco a poco se desvaneció hasta que resbaló muerto en un charco de sangre, quise que no fuera uno de los hermanastros de Rodrigo, el que lo fuera podría quebrar la unión con los mexicanos de nuestro ejército, dejé a dos de los nuestros para asistir a Julius y para vigilar a los cautivos, nos dirigimos a la casa vecina a los corrales, ahí una mujer se había atrincherado y nos disparaba desde el resquicio de una ventana, supimos que estaba sola por el tiempo que se tomaba en recargar su arma, decidimos dejarla en paz, debía tratarse de la madre adoptiva de Rodrigo y la casa no representaba ningún valor estratégico, habíamos conquistado el lado oeste de la ranchería con poca resistencia, Lloyd calculó que nos llevaría dos horas en la creencia de que sería una posición reforzada, no nos tomó ni media, di un descanso a mis hombres y aprovechamos para curar a Julius de su herida, Japheth se veía aún pávido, su actitud no concordaba con el resto de nosotros, me percaté de que no había disparado una sola bala, su caballo replicaba su ansiedad, con la pata delantera rascaba la tierra y agitaba la cabeza de un lado a otro, «¿estás bien?», le pregunté, Japheth musitó un apagado «sí», si algo aprendí en mis infamantes viajes como esclavo era que se podía sobrevivir a las peores condiciones si existía voluntad por no dejarse vencer, Japheth entró a la batalla derrotado, la muerte respeta si uno la confronta, si te atreves a mirarla de frente y no titubeas, los que vacilan en combate son los primeros en morir y temí que Japheth fuera una de nuestras primeras bajas.

1826

La competencia entre David y Logan la juzgó Jack mezquina y, en términos prácticos, inútil. Comprendía los motivos de Blanton para protegerse nombrando a dos aprendices. El proceso de capacitación era demasiado largo como para darse el lujo de que por enfermedad o muerte perdiera al posible sucesor del maestro destilador. La manera en que los acicatearon era lo que estimaba condenable. Se destrozaban entre sí y, encima, se exigía a los demás trabajadores a tomar partido. El ambiente en la fábrica se tornó ralo. Jack creyó que lo conveniente hubiese sido elegir un sucesor y un suplente para evitar una lucha fraterna. Si en alguna ocasión él tuviese poder, no cometería el mismo error. Establecería de antemano y con claridad quién habría de relevarlo. Blanton defendía su proceder aduciendo que así funcionaba la democracia y cuán saludable era el contraste entre dos visiones distintas, falso: no serían los empleados quienes eligieran, sino él aconsejado por Lewis. ¿Qué de democrático había en ello? Distraídos por la futura selección y ocupados en chismes y rumores, los trabajadores comenzaron a disminuir su productividad, otro defecto del método. Hastiado de la absurda tómbola, Jack salió antes de tiempo de la fábrica. Su inquietud fundamental se centraba ahora en Carla. Las opciones se estrechaban, ya no podía contar con las monjas y dudaba que una mujer del pueblo aceptara cuidar a una enferma cuya razón estuviese tan dañada. Una esclava era la solución obvia, pero ignoraba cómo respondería Carla frente a una mujer negra. Al arribar a la casa la halló, como todos los días, de frente a la ventana, esta vez se había orinado y cagado en la cama, sus ropas y las sábanas manchadas. Durante los últimos meses no lo había hecho, recurría a la bacinica o esperaba el paseo con la monja para evacuar en el campo. Jack se contuvo para no reprenderla. Entendió que esta era su forma de protestar a la nueva circunstancia. La defección de Emily debió sentirla como una vileza, un abandono injustificado. «Carla, si quieres que salgamos a pasear, necesitas lavarte». Ella no se inmutó, continuó mirando a través del cristal. Volvían al punto cero, a la necesidad de limpiarla con baldazos, a quizás recurrir al horror de encadenarla. Jack añoró a la muchachita que Carla había sido. Cómo una persona podía sumirse en un pozo tan profundo y jamás volver a la superficie. Odió a Lucas Gautier y se juró acabar con él en cuanto lo tuviera a su alcance, así pasaran cincuenta años. Había sido una monstruosidad lo que le habían hecho a la familia Chenier y, sobre todo, a Carla. Violarla frente a sus padres para luego asesinarlos, torturarla y dejarla desnuda y moribunda colgando bocabajo en pleno invierno era obra de chacales. Sólo unos días bastaron para dinamitar el entramado de su mente, destruidos los caminos de regreso. Jack volvió a repetir la orden, «Carla, ve a lavarte». Ella se mantuvo un minuto observando por el cristal, luego se volvió a verlo y sin decir nada, se quitó la ropa para dirigirse a la pila de agua. Las nalgas las llevaba embarradas de mierda. Aquel cuerpo que de niño Jack espió desnudo ahora semejaba un pedazo de cartón, lleno de ángulos, las carnes escurridas, la piel una palizada de cicatrices, los senos, dos sacos colgantes, sin vida. Un espanto verla con las manos mochadas, los pies sin dedos, el pelo un estropajo. Atinó Emily cuando la describió como «una mujer anegada de fantasmas». La palabra «anegada» era la correcta. Carla parecía atascada en un lodazal de muertos, como si sus pies estuvieran atorados en un inmaterial barro y no pudiera avanzar. Con el muñón derecho abrió la puerta, salió de la casa y caminó a la pila. Se sentó en la orilla y con lentitud entró en el agua. Jack no logró detenerla a tiempo, esa agua, que provenía de un venero, era con la que bebían y cocinaban. Pedazos de caca flotaron en la pila. Jack necesitaría desaguarla y rellenarla. No la amonestó, ya bastante hacía

Carla con ir ella sola a lavarse. Jack había elegido esa casa por hallarse a las orillas del pueblo, nadie pasaba por ahí, excepto pastores que al pardear la tarde llevaban rebaños de ovejas a beber antes de conducirlas a los apriscos. Ninguna persona se veía a la redonda. No era que a Jack le importara que la vieran desnuda, sino que lo repugnante de su físico desatara fobias y terminaran por asesinarla. Hallarse dentro del agua algún resorte debió disparar en ella porque chapoteó con una sonrisa. Jack la observó con condescendencia, como una niña pequeña que retoza en el baño. Pasó una hora y seguía adentro. Debía ser para ella mejor paliativo que la caminata por el río. Comenzó a enfriar y Jack la instó a salir, no la quería enferma, su cuerpo enclenque no estaba preparado para gripes o catarros. En su mirada, Carla imploró por unos minutos más. Decenas de tordos cruzaron por encima de ellos. En el aire formaban caprichosos rizos en un vuelo exacto y preciso. Jack se preguntaba cómo conseguían tal sincronización para no chocar unos con otros. «Tordos», dijo Carla con alegría. Jack le extendió una toalla y ella emergió de la pila. Los vellos en sus brazos y en sus piernas se erizaron. «Ven, vamos adentro», la impelió. Antes de entrar a la casa, ella volteó hacia el cielo límpido, «habrá tormenta», reiteró. No había ningún signo que lo indicara, ni siquiera las ligeras brisas que anticipan una. «¿Para cuándo?», le preguntó Jack. Ella no le respondió, pasó a su lado y se encaminó a su habitación. Jack despertó temprano para cumplir su promesa de pasear con Carla antes de irse al trabajo. La halló dormida y no quiso espabilarla. «El sueño es alimento», solía decir su madre y era mejor que descansara. Le preparó una hogaza de pan con jamón e hirvió avena con miel para que ella tuviera qué desayunar cuando despertara. Se alistó para partir, levantó la mirada hacia el cielo y vio un día soleado, con apenas unos cuantos cirros dispersos. Ningún vislumbre de tempestad. Carla debió equivocarse. Aun así, decidió llevarse puesto el sobretodo. En camino a la fábrica, topó con Martin. Había mostrado tan poco interés en la suerte de su sobrina que Jack se distanció de él. Le parecía incomprensible que no se preocupara por ella después de saber cuánto padeció. Además, era un tipo fútil con el que no había encontrado puntos de convergencia. Lo procuraba de cuando en cuando sólo porque era primo de Hélène, si no, hubiera reducido el contacto a lo mínimo. «¿Escuchaste los rumores?», inquirió

Martin. Jack negó con la cabeza. «Según dicen, hoy Blanton anunciará al sucesor de Lewis». En Frankfort no se hablaba de otra cosa y Jack ya estaba hastiado del tema. Empalagaba el rumoreo de quienes apoyaban a uno o a otro. «Ya me reveló Blanton quién va a ganar», le dijo Jack sólo por molestar. «¿Quién?», preguntó Martin azorado. «Es confidencial», respondió Jack y apuró el paso. Era obvio que Blanton y Lewis se solazaban con la pelea de gallos. Ellos mismos debían ser quienes soltaran los rumores. Se acaloró por el sobretodo. El sol resplandecía sin un solo amago de lluvia. En otras ocasiones habría insistido en advertir a Lewis sobre los cambios de clima, esta vez no se sintió seguro. ¿Habría desbarrado Carla o fue sólo una ocurrencia de loca? Avisaría si acaso se presentaban señales. Fue una mañana tensa en la fábrica. Los perros de presa de ambos competidores se dedicaron a intimidar a los opositores de cada uno. Amenazas, chantajes, advertencias veladas. Las triquiñuelas por la obtención del poder en su modalidad más burda. Esa mañana, Jack acompañó a Lewis a los campos. El calor arreciaba y los negros, cubiertos de sudor, se afanaban en desbrozar el terreno. El segundo ciclo de siembra se avecinaba y debía estar limpio para ararlo. En algunos de los esclavos los bordes de las cicatrices hechas con látigo asomaban por entre el cuello de la camisa. Los guardias no perdonaban, cualquier retraso en la faena era castigado con severidad. Jack se acercó a Emmanuel, el negro más viejo de cuantos trabajaban en el labrantío y a quien en varias oportunidades había interrogado sobre cuestiones agrícolas. «¿Habrá tormenta?», le preguntó Jack. El viejo ni siquiera miró el cielo, «sí», respondió. «¿Cuándo?», inquirió Jack. «Esta noche». Jack levantó la mirada, ni una sola nube. «¿Estás seguro?». Emmanuel asintió. «Ya avisé, por eso necesitamos apurarnos». El terreno debía estar listo para recibir la lluvia. A Jack le alegró que el pronóstico de Carla lo confirmara Emmanuel. El negro se excusó para seguir trabajando. No podía darles pretexto a los guardias para que lo azotaran. Al volver hacia los caballos Lewis le susurró a Jack: «Logan». Sonrió y con el índice en el labio le hizo la seña de que guardara el secreto. Jack no fue tan ingenuo como para caer en el garlito. Se lo decía, no para en verdad revelarle el nombre del sucesor, sino para que él se convirtiera en una caja de resonancia más de los rumores. Jack no soportó el ambiente enardecido y a media tarde decidió irse a casa. Al llegar no halló a Carla. El pan y la avena estaban intocados. Salió a ver si por acaso se había metido a la pila. Tampoco. Revisó los alrededores. En los pastizales alrededor de la casa apenas se marcaban las pisadas. ¿Se habría escapado o sólo había ido al río a dar su acostumbrada caminata?, ¿a qué hora?, ¿adónde? Desesperado, Jack comenzó a buscarla. Rastrearla no era fácil. Las huellas aparecían y desaparecían. Resolvió ir directo al río y no perder el tiempo. La llamó mientras recorría las riberas. Se encontró con un niño que pastoreaba unas ovejas, le preguntó si la había visto. «No, no me he cruzado con nadie». Se devolvió a la casa para ver si por casualidad había regresado. Nada. De prisa fue a la fábrica a pedirle ayuda a Martin, lo halló enfrascado en las banales discusiones de la sucesión y le dijo que en cuanto terminara lo asistiría en su búsqueda. No podía pedirle socorro a otros hombres. Durante ocho años había escondido a Carla para que no la lincharan por «demoniaca». Ninguno comprendería el trauma por ella sufrido. Bastaba un fanático religioso que la acusara para que los demás se alebrestaran. En su desesperación, decidió recurrir a las monjas. Quizás la madre superiora, en un arranque de caridad, resolviera auxiliarlo. Se encaminó al convento y tocó a la puerta. Una monja se asomó por la rejilla. «Mi hermana se perdió y necesito que me ayuden a buscarla». La mujer pidió que esperara. A los pocos minutos volvió para anunciarle que la madre superiora había ordenado recogimiento y que ninguna hermana estaba autorizada a ausentarse. Algún día esa bruja amargada las iba a pagar, en esta vida o en la que siguiera.

1887

algunos moribundos en sus delirios apuntan con sus índices hacia un punto indeterminado y con la certeza de un vidente afirman que algo o alguien se halla ahí me pregunto si cuanto miran es el asomo a la otra vida si las puertas del inefable misterio se han abierto para ellos o si no es más que producto del éxtasis que provocan las sustancias que el cuerpo segrega antes de morir el de los desahuciados es un olor rancio y dulce como si por dentro cañaverales de azúcar se resquebrajaran y su aroma saliera expulsado por los poros unas horas antes de morir mi madre comenzó a dirigirse a mi bisabuela que feneció cuando ella era una niña y lo hizo en francés un idioma que estudió por tres años con una preceptora por insistencia de mi bisabuelo que creía que en algún momento los franceses nos invadirían para expandir la Luisiana y juzgó ineludible prepararse para hablar la lengua de los colonizadores nadie entendía lo que parloteaba mi agónica madre hasta que Jenny trajo a una esclava que pasó un tiempo en una plantación en Haití *quiere saber si su abuela le guardó la muñeca con la que jugaba* extrañísimas son las sinuosidades de la mente por décadas la memoria se amuralla y no recordamos pasajes enteros de nuestra vida y sin aviso en el trance final de nuestra existencia brollan como si hubiesen acontecido apenas la semana pasada mi padre antes de expirar comenzó a pedir que ensillaran a Estrella la yegua que montaba cuando era niño *Estrella Estrella* la llamaba y estiraba su mano para acariciar su etérea testuz pareciera que en los agonizantes se amalgaman el pasado el presente y el futuro retorna a ellos la infancia dejada lustros atrás cuando la incandescencia de la muerte empieza a abrasarlos en sus desvaríos parecen avistar con escalofriante certitud el más allá o lo que aparenta serlo y de pronto sin aviso regresan al presente y con prestancia y dominio de ánimo decretan órdenes sobre asuntos inacabados instruyen pagar deudas dictan cartas imploran perdones enlistan registros de cuentas de bancos resumen litigios por zanjar declaran sus últimas voluntades para al poco rato sumergirse en las marismas del ayer o para vislumbrar las claridades del mañana te digo esto porque antenoche te hallé sentado sobre el borde de la cama con los ojos muy abiertos la espalda recta la cabeza en alto tus músculos vivos desconozco si recuerdes o no lo sucedido te pregunté si estabas bien y tu respuesta fue tan diáfana que quedé helada *no no estoy bien y lo sé estoy consciente de lo que me sucede Virginia y sé que mis desvaríos te confunden pero por más que rebusco en mi cerebro no hallo las palabras para articular cuanto quiero decirte por eso me escuchas gruñir y manotear lo hago por desesperación por el anhelo de aclararte que sé quién soy y dónde me encuentro antes de hundirme de nuevo en la desmemoria quiero que sepas que te agradezco cuanto haces por mí que veles por mis hijos y que converses conmigo a pesar de que creas que no te entiendo* dijiste y oprimiste mi mano acto seguido callaste y con lentitud como si te despeñaras por una catarata fuiste extraviando la mirada hasta que se perdió en un punto indefinido de la habitación confieso que tus palabras me conmovieron desde que las pronunciaste no he parado de llorar y si como aseveraste me escuchas y me entiendes regresa y dime que mi monólogo contigo cumple con un propósito que valoras que sea yo quien te atiende en tu recta final que tu cerebro registra cuanto te he contado estos días me dolería pensar que esa momentánea salida de tu atolladero mental fuese sólo para anunciarme que se cierra el capítulo conclusivo cuánto daría porque esta lucidez fuera una dehiscencia de la cual germine tu rebrote que a partir de ahora te robustezcas y que le demuestres a esa panda de médicos que te condenaron a una caída precipitosa e irreversible que estaban equivocados que tú eres el egregio Henry Lloyd y que nada ni siquiera tus neuronas que estallan una tras otra te puede vencer yérguete como el hombre superior que eres como el líder de una manada que con sus correrías trastocó la conformación de este país el que como nadie entendió el damero de nuestros tiempos y que con tu pura voluntad construiste un gigantesco imperio en tu breve despertar me aclaraste que dentro de ti aún pervives que el tuyo no es todavía el cerebro de mono que un par de galenos describieron ni se encogerá para terminar como el diminuto encéfalo de un gorrión como a menudo lo sentencian *el cerebro del señor Lloyd se reducirá de manera progresiva semana a semana hasta acabar del tamaño de una nuez perderá cualquier rasgo de ser humano para permutar a la inteligencia menor de un ave no hay nada que hacer señora Wilde no hay tratamiento alguno que pueda revertir su mal le sugerimos que descrea de los medicuchos sin escrúpulos que aprovechándose de vanas ilusiones querrán venderle pócimas milagrosas no tire su dinero hágase a la idea de que en el mediano plazo perderá el lenguaje y el intelecto* me niego a admitir su veredicto fatalista me niego a reconocer que tu soberbia mente haya decidido traicionarte me niego a una vida sin ti ya fueron demasiados años los que duramos alejados y no no deseo sustituir a Sandra ella es ahora tu esposa legítima y la cuidadora de tu legado y de tus hijos sólo quiero permanecer junto a ti con la esperanza de que un día te sientes en la orilla de la cama me mires y digas *estoy de vuelta*

1881

Fue una matazón de antología. Una cosecha de muertos por todos lados. Quedaron botijas de carne regadas entre el chaparral. Hubo bala por doquier y la suerte fue que a nosotros nos mataron nomás a tres de los mexicanos nuevos, de esos que vinieron para ver si salían como dueños de unas tierras y pues sí, acabaron dueños del pedacito donde los enterramos. La verdad que sí sentí feo tumbar a varios de los nuestros, tuve que ver cómo gente que conocía de años se llevaba la mano al pecho cuando les atravesaba mi bala en el mero esternón. Volteaban a mirarse la herida como si no lo creyeran, como si el plomo que los había cruzado de lado a lado hubiese sido sólo el aguijonazo de una abeja. Se daban cuenta hasta que la sangre empezaba a derramárseles por entre los dedos y caía sobre sus zapatos. Luego miraban pa arriba, como para avisarle a Dios que ahí iban y que por favorcito los recibiera en el cielo porque ya demasiado infierno habían vivido acá. Luego caían de espaldas levantando polvo o rompiendo las ramas de los cenizos. Es ojeta la Señora Muerte porque le vale madre si uno queda orinado del susto o la bala deja un boquete en el ojo o despatarrado en una posición ridícula con las rodillas chuecas y el cuello torcido. Había muertos que traté desde que éramos chamacos. Otros ni idea de quiénes eran. Pura gente venida de no sé dónde chingados. Es extraño cómo se van uniendo los hilos para tejer la muerte. Cuándo, hacía unos meses, estos mangarranes pensaron que una bala les entraría por la garganta para dejarlos gorgoteando. Cuándo se iban a imaginar que un disparo los bajaría del caballo cuando iban cabalgando vueltos madre. Henry Lloyd mandó a rematar a los heridos de ellos, así nomás tuvieran un rozón. Y el cabrío se lo pidió a sus hijos para ver si así agarraban valor porque, la verdad, es que se culearon a la hora de los chingazos, sobre todo Japheth, que le castañeteaban los dientes como si fuera jabalín. La sufrieron los pobres cabrones. Cerraban los ojos antes del disparo y la fusca les bailoteaba entre las manos. No pudieron ni rematar a uno. Tuvo el padre que darles la muestra y de corridito se echó a cinco sin pensarla. Con el reguero de muertos, las hormigas, las moscas, los coyotes, los cuervos, los zopilotes, los perros y hasta los escarabajos estercoleros se dieron un banquete. Carnita fresca para tragar, sangre para que las moscas bebieran, ojos para que los zopilotes se los saborearan. Henry mandó sacarles los lomos, la falda y la pulpa a las vacas que se murieron en la balacera. No íbamos a desperdiciar las reses muertas, ni que estuviéramos en jauja. A los batos nos ordenó quitarles botas, cintos, sombreros y cuanto trajeran de dinero. Ni modo de mandarlos a la huesa sin una buena cateada. Luego de darles baje, el güero pidió que juntáramos a los muertos. Ahí estuvimos un buen par de horas jalando cadáveres para hacer una pila. De tantos, hicimos una pirámide. Mi abuelo se encerró en la casa con los que quedaron. Yo sabía que él se iba a parapetar allá adentro, si de pendejo no tenía un pelo. Él no hizo confianza como los otros. Debió nomás estar aguaitando para ver cuándo los íbamos a atacar. No creo que se haya alejado de la casa ni cien pasos. Así era con los apaches. Mandaba a otros a arrear el ganado, a traer agua, a buscar los huevos de las gallinas, nada tonto, él se quedaba cercas de la casa para correr a meterse cuando veía venir a los apaches. Yo que viví los sitios de los indios, me las olí de cómo montó el enjuague adentro. Casi podría pintar un cuadro, ventana por ventana, puerta por puerta, de cómo se habían organizado. Dónde habían puesto costales para protegerse, por dónde asomar el cañón de los rifles, por cuáles hendiduras pensaban disparar. Sabía también que las mujeres y los niños estarían cagados del susto metidos en la recámara del centro. James me fue a buscar para decirme que una doña estaba encerrada dentro de una casa pegada a los corrales y que creían que era Yolanda. Habían bajado del cerro a Valenzuela para que nos tradujera a unos y a otros. Ya pasados los camotazos era menester entendernos porque la guerra no está pa confusiones. «No deja que nadie se acerque, la mujer está tire y tire bala al que pasa por ahí». Yo conocía bien a Yolanda, era bondadosa con ganas y yo nomás sentía amor por ella, pero era de armas tomar y no se dejaría de nadie. Me pidió James que fuera hablar con ella para que se tranquilizara. Así que ella se prestara a hablar, estaba por verse. A mí debía considerarme un traidor por todo lo alto, una rata apestosa. Nos acercamos a la casa en la que pasé casi toda mi vida, con la mujer que me crio, esposa del hombre que me adoptó y madre de los hermanos con los que crecí. Raro ir al lugar de donde uno es a sabiendas que ya no es. La casa por cuya puerta crucé tantas mañanas, en cuyos patios jugué, por cuyas ventanas me asomaba y cuyos techos me cobijaron, me pareció un lugar extranjero, una fortaleza donde un ejército de odios me aguardaba. Intenté hablar con Yolanda y en apenitas me oyó, me soltó un balazo. La bala pasó zumbando a una pestaña de sapo de mi oreja izquierda. «Soy yo», le grité con la esperanza de que me hubiera tirado por confusión. «Lástima que fallé», gritó. Ella que trató de darme pecho cuando me encontraron en el desierto junto a mi madre muerta. Chuy me contó que me enchufó a su pezón con el deseo de que de sus senos manara leche para que yo sintiera el amor de una madre, sólo que después de seis años de haber parido a mi hermano Julio, ya no le quedaba dentro ni una sola gota. Me arropó, me mimó, me daba la bendición cada que salía al monte, sufrió por mí cuando los apaches quisieron darnos en la madre y ahora se lamentaba porque había fallado el tino. Sería yo un ingrato del carajo si le devolviera bala. Dice el dicho que una madre no se equivoca y si era así, entonces el equivocado había sido yo por escoger el bando de otros. No era así. Lo que mi mamá debía entender es que fue el destino el que me hizo elegir, ni modo que me quedara del lado de mi abuelo. Mi odio por él era de lejos mayor que mi odio por los gringos. Sí, eran unos aprovechados jijos del mais, sólo que ya la baraja de la Historia había repartido las cartas y ellos habían sacado el póquer de ases. ¿Cuál era el caso de seguirle apostando a un par de dos? Volví a acercarme y sentí el airecito de una bala pegado a mi oreja. No estaba fallando, su amor de madre me daba la oportunidad de recular o, más bien, de reconsiderar. El próximo tiro, ese sí me lo iba a poner de adorno entre ceja y ceja. James y sus negros, y los mexicanos a mi cargo, nomás me veían dar diez pasos pa adelante y luego otros veinte pa atrás. Les dije que la dejáramos en paz. James alegó, con toda la razón, que Lloyd les había advertido, desde antes de los encontronazos, que los territorios se conquistan completos o no se conquistan y que ningún espacio debía dejarse libre, «ninguno», sentenció Valenzuela al traducirme para que me quedara claro. Yo no iba a matar a Yolanda y mucho menos permitiría que la mataran ellos. De alguna manera la habría de apaciguar. Pensé que, si a mi abuelo lo iban a sitiar hasta que se le acabara el agua y el alimento, lo mismo podría hacerse con mi madre. James dijo que no iban a distraer a la gente para rodear a una loca enfebrecida que soltaba de tiros al por mayor y que ni a madrazos yo me iba a perder el asedio a mi cabrón abuelo. Como tenía el hocico hinchado de razón, quedó en mis manos solucionarlo de otra manera. Podía esperar a que Yolanda me tirara otro plomazo y correr hacia ella en lo que recargaba el fusil, pero me quedaba claro que la tercera iba a ser la vencida. A estas alturas ni ella ni yo sabíamos si Chuy, Julio César y Mario seguían vivos. Yo me resistía a preguntar aunque me picaran las abejas de la curiosidad porque donde me enterara que los habían matado, iba a tronar como chinampina y ahí sí, balacearía al que se me cruzara, negro, güero, mexicano. Le grité a Yolanda que me diera una rayita de su tiempo para hablar con ella. «Vete a la chingada, pinche marrano traicionero», aulló. «El negro piensa que nomás vas a perder el tiempo», me dijo Valenzuela refiriéndose a James, «que ella no te la va a perdonar». No me quedó de otra que preguntar por Chuy, a lo mejor yo lo convencía de que él convenciera a mi mamá de que se aplacara, pero lo primero era lo primero: «Pregúntale a James si siguen vivos mi padre y mis hermanos». «Que sí, medio puteados, pero todavía respirando», respondió Valenzuela. Eso me alivió y ya tuve más clara la cabeza. Le pedí a mis mexicanos que corrieran alrededor de la casa. Buscaba que ella les disparara y como estaban a la carrera, no les diera. Ya tirando, entonces sí, irme en chinga a ponerla quieta. Se pusieron reticentes los míos, qué tal si sí estaba atinada mi madre y se tumbaba a uno de ellos. Como yo era el jefe y al que desobedeciera me lo iba a quebrar, no tuvieron de otra y se pusieron a correr alrededor de la casa. Sonó un balazo. Uno de los mexicanos cayó, de volada se levantó y se alejó cojeando de la pata derecha. Arranqué hacia la casa antes de que Yolanda le embutiera más pólvora a su fusil y me aventé por la ventana. Ella ya traía un cuchillo en la mano, nomás que en lugar de atacarme, empezó a picarse ella misma. «Primero muerta», me dijo. Ya llevaba como cuatro puntazos en el vientre cuando me arrojé sobre ella. Traté de quitarle el cuchillo y me lo encajó en el hombro. Me valió el dolor, le inutilicé la mano, le quité el filo y lo aventé por la ventana. «¿Qué haces?», le reclamé. Toda la panza la tenía roja. Le grité a los otros que entraran y se espantaron de verla sentada en el piso escurriendo sangre. «No te vayas a morir», le rogué cuando la vi que entrecerraba los ojos. Rápido James la acostó, le metió los dedos en la herida más profunda y oprimió. La mantuvo un rato ahí hasta que dejó de sangrar. Yolanda nomás abría los párpados, me echaba una mirada y se volvía a apagar. «Ay, mijo», murmuró. Creí que se me iba mi madre y se me hubiera ido de no ser porque James le cortó la hemorragia. Le llené la frente de besos, «todo va a estar bien, mamacita», y luego se desmayó. «No se va a morir», me dijo Valenzuela que le dijo James. Había sentido los entres con los dedos y sólo tenía dos rajadas en la bola del estómago que no lo habían atravesado. La dejamos recostada y le pedí a uno de los mexicanos que se quedara a cuidarla. Luego pedí que me llevaran a ver a Chuy y mis hermanos y nos fuimos pa los corrales.

2024

Mientras los invitados bailaban y bebían en el patio de la hacienda, Joan halló a McCaffrey vagando por el desierto. «¿Qué haces?». Él rebuscó en las bolsas de su chaqueta, sacó una bola de metal terrosa y oxidada y se la entregó. Ella la examinó con curiosidad en un intento por entender qué era. «Es un balín, de los que se usaban en los rifles a principios del siglo XIX. Por aquí también se encuentran puntas de flechas». McCaffrey levantó la mirada y señaló la gran extensión de desierto. «¿Cómo pudo este país generar tanta riqueza?». Ella sonrió, «leí el libro, no lo olvides». Lo tomó de la mano. McCaffrey intentó retraerla, era un gesto al que no estaba acostumbrado, se arrepintió y la apretó. Joan se recargó en su hombro. «¿Te gustaría vivir aquí?», preguntó. Él no respondió, aún absorto en el horizonte. Una bandada de palomas de ala blanca voló de un mezquite a otro. «Quisiera exprimir cada uno de los secretos de esta tierra, entrevistar a los viejos, a los vaqueros, recorrer el rancho de lado a lado. Me hice adicto a este lugar y a su historia. Y no, no me gustaría vivir aquí». Deseaba estudiar otras fortunas, en California, en Washington, en las grandes planicies. Liberarse del embrujo de Henry Lloyd y su imperio. No podía pasar el resto de sus años atrapado por su leyenda. Su obra ya estaba puesta sobre la mesa. «Entonces, ¿dónde?». La respuesta de McCaffrey fue inmediata, «lo más lejos posible de aquí». Joan y él habían hablado de proyectos juntos, investigar el origen de los capitales acereros o de bienes raíces o de cadenas de supermercados. Desmontar juntos cada resorte del capitalismo americano, escudriñar el origen profundo de sus fundadores. «Nadie ha explorado Hawái», bromeó ella. Volvieron a la boda, después de Joan insistirle, McCaffrey se aventuró a bailar. Sus movimientos descoordinados y sin ritmo evidenciaron décadas de no mover el cuerpo y una falta de talento total. A ella, danzarina ducha, la enamoró su poca gracia. La enterneció la absoluta desconexión entre su brillante cerebro y sus extremidades inferiores. Ese hombre, torpe en sus movimientos, pero que tensaba las palabras como la cuerda de un arco a la hora de escribir, era el que deseaba para siempre a su lado. La fiesta duró cinco días. Corrió entre los invitados una cantidad inusitada de sustancias lícitas e ilícitas. Los sucesivos DJ no pararon la música un solo momento ni tampoco los meseros dejaron de servir tragos o comida. Henry y Peter dormían por intervalos, hacían el amor al despertar y regresaban a la fiesta. Algunos yacían tirados sobre las bancas mientras otros bailoteaban sin cesar. El abuelo Jenkins y el padre de Henry miraron con azoro el bacanal, no podían quejarse, ellos mismos en sus bodas organizaron fiestas desquiciadas, aunque ni cerca de lo que presenciaban en ese momento. Al tercer día, junto con los Morgan, decidieron irse. El ruido incesante no les permitía dormir y, además, había que atender los negocios. Jemuel, Shanice y Jezaniah no podían creer el despliegue de comida servido las veinticuatro horas: sushi, pizza, T-bones, rib eyes, arrachera, pollo, pasta, ensaladas, salmón, caviar, jabalí, venado, cerdo, fuentes de mariscos, ostras, langosta, postres, quesos. Al principio, los tres se zamparon como si el mundo se fuera a acabar. Al tercer día, ya no soportaban el malestar estomacal. Les dolía ver cómo algunos invitados dejaban suculentos filetes mordisqueados, camarones tirados en el piso, chocolates embarrados en sus ropas, langostas flotando entre ríos de vómito. A Jezaniah, que de niña pasó épocas de hambruna, le pareció inmoral, y casi una herejía, el desperdicio irresponsable. Generaciones de Adams pudieron alimentarse con lo que se despilfarraba en esa fiesta. Únicos negros en una celebración de blancos millonarios se sintieron intimidados y se refugiaron en los comedores donde almorzaban y cenaban con los camareros mexicanos, hondureños, venezolanos y salvadoreños. Jezaniah se alegró de no pertenecer a esa rama de la familia. Con razón la Biblia decía que era más difícil que un rico entrara al cielo a que un camello pasara por el ojo de una aguja. Eran libertinos, lujuriosos y en ellos cundía el desenfreno y la dilapidación sin sentido, vulgar y obscena. Sin avisar, huyeron del rancho en una camioneta que salió a recoger más cortes de carne a Uvalde. A pesar de que contaban con transporte en una camioneta de lujo hasta Alabama, prefirieron viajar en autobuses Greyhound. Los tranquilizó saberse entre los suyos, gente común y corriente y no ricachones botarates y licenciosos. «Nos salvamos de la riqueza», dijo Shanice con convicción, «ahora ya estaríamos muertos y, sin duda, condenados». Lo sabía la abuela: los sodomitas sólo traían consigo perdición e impudicia. Por eso se resistió a ir a la boda, porque estaba segura que sería, como lo predicaba el pastor, «un saturnal de concupiscentes». Rezar, ir al templo, dedicarse a las buenas labores, les ayudaría a desprenderse de las salpicaduras de pecado a las que habían sido expuestos. Al sexto día comenzó el trajín del regreso de los invitados: camionetas, aviones privados, helicópteros entraban y salían del rancho hasta que sólo quedaron Henry, Peter, McCaffrey y Joan. Para hallar un poco de paz, Henry organizó un día de campo para los cuatro a la orilla del arroyo. Uno de los chefs les preparó sándwiches de langosta, de filete con queso reblochón y unos blinis de caviar Osetra y Beluga con el correspondiente maridaje de vinos. Unos meseros llevaron mesas y sillas y dispusieron también manteles en el piso por si deseaban comer ahí. En dos meses, cuando volviera de la luna de miel por la Patagonia, Henry asumiría la presidencia del conglomerado. Su padre, que apenas había cumplido sesenta, anunció su sorpresivo retiro en el consejo de administración. «Es momento de dar paso a las nuevas generaciones», dijo con solemnidad. Fue una resolución anormal en la historia de la compañía, los anteriores Lloyd habían dimitido, o por una ancianidad incapacitante o por muerte. Inconcebible hacerlo a los sesenta. En realidad, Henry Lloyd v encubría severos episodios de depresión que lo acosaban desde años atrás. Las pastillas recetadas por los psiquiatras lo atascaban en una atonía creciente. Se levantaba de la cama apático y con desgano, con dificultad para aprehender la constelación de cifras que arrojaba cada una de las empresas. Su único deseo era encerrarse en su cuarto a ver repeticiones de partidos de futbol americano. No pudo más y renunció a pesar de que no creía a Henry preparado aún para regentar la presidencia. Era eso o terminaría por beberse un licuado de barbitúricos para acabar con su miseria emocional. Los meseros sirvieron los sándwiches y se retiraron para dejar en paz a la pareja recién casada y a sus amigos. Habían elegido un lugar bajo la sombra de unos nogales. Unas ardillas se perseguían entre las ramas. Sus nidos colgaban entre el follaje. Henry compartió con ellos sus planes de expansión de la compañía. «Texas será la quinta economía del mundo, de eso me voy a encargar», aseveró confiado. Joan se mostró impresionada. Su tesis de doctorado versaba sobre la gestación de la clase media americana, a la que ella pertenecía. Nunca se había rozado con las élites económicas del país y oír a Henry hablar sobre trenes, petróleo, maquiladoras, con cantidades billonarias de por medio, le produjo escalofríos. Henry bosquejó un ambicioso proyecto de desarrollo digital, «no nos podemos quedar fuera de los negocios en línea». A ambos profesores les ofreció empleo, «después de conocer el trabajo del doctor McCaffrey, creo necesario abrir un área de estudios sociales». Explicó lo indispensable de comprender los segmentos de la población en un «mercado más diverso y complejo». Asimismo, deseaba proyecciones electorales, tendencias políticas, estudios de caso, investigaciones históricas. «Usted, profesor, podría dirigir un centro de estudios y contratar a los mejores especialistas con un presupuesto ilimitado, y claro, le mejoraría el sueldo y las prestaciones que ahora percibe en la universidad». McCaffrey quedó en pensarlo, aunque de antemano supo que rechazaría la oferta. No se hallaba dispuesto a reinventarse a esas alturas de su vida. Desde joven añoró una plaza de maestro en Harvard y era consciente del prestigio que en el mundo académico, e incluso político, ello le traía. A unos años de su jubilación, no se arriesgaría a un incierto puesto en una empresa privada sin garantías a futuro. Admiraba el tesón y la agudeza de Henry, también sabía cuán rudo y porfiado era. La vida académica le permitía investigar los temas que le placían, sin otro compromiso que mostrar avances a los directores del departamento, publicar en revistas especializadas e impartir clases cada determinado número de semestres. *El Hombre* le había traído un reconocimiento amplio y eso le brindaba más libertad. A Joan, que aún no conseguía una plaza en una universidad de la Ivy League, laborar para un centro independiente privado podría parecerle un sueño, mas no contrariaría a McCaffrey. Esa misma tarde un avión privado voló con los profesores de regreso a Boston y Peter y Henry viajaron a la Patagonia.

1892

Jonas y Japheth con Jezebel su castidad perdieron. Jonas antes de estar con ella con su padre quiso hablar. Los dos en el porche sentados. La conversación completa no escuché, sólo un par de comentarios que Jonas hizo. «Padre, correcto no me parece con ella ayuntar», le dijo, «llora, tiembla». Lloyd su respuesta meditó. «Esclavas con la espalda rayada a latigazos he visto. Mujeres con huesos rotos, destrozadas por capataces. En los labrantíos de sol a sol trabajaban, aun con dolores que ningún otro ser humano soportaría. Antes en Emerson, hubo un capataz de nombre Bob que las maltrataba. Su sufrimiento, lo supe por ellas mismas, más terrible no pudo ser. Jezebel, ¿qué sufrimiento de ese tamaño ha padecido? Por la noche, al tenerla entre tus manos desnuda, acerca la lámpara a su piel, fuera de la JA en su hombro, ni una sola cicatriz hallarás», Lloyd le dijo. «Podría llevarlas por dentro», Jonas alegó. Con mofa Lloyd le respondió. «Esas todos las llevamos y no por eso lloramos. Hace tres noches, al copular con ella, lágrimas escurrían mientras sus gemidos de placer eran. La vida las emociones confunde». Jonas no se serenó. Miedo debió él también tener. En una mujer entrar fácil no es. Ser devorado por su otra boca aprensiones infunde. Son profundos territorios que se penetran. Días antes a Jezebel en una silla la descubrí sentada. Absorta en un lejano mundo de sí misma. Los ojos hinchados de llanto. El cuerpo laxo, los brazos caídos, gacha la cabeza. El amor con el patrón toda la noche hizo. Hubo en Lloyd furia y despecho. En la madrugada, camino a la cocina, por la entreabierta puerta los vi. Lloyd desnudo, dormido, ella al vacío mirando. Rechinó la duela con mis pasos y Jezebel volteó a verme. En silencio los dos. Miradas negras en la negra noche. Cuánto ella decirme quiso no lo sé. En la oscuridad sus facciones apenas se adivinaban. Jonas nervioso por la casa iba y venía. Su blancura contra la negra piel de Jezebel. Su sangre negra en ella reencontrándose. El hijo de Jade a punto de descubrir su hombría. El hijo mío y de Lloyd. Japheth, contagiado por la tensión de su hermano, sobre la mesa tamborileaba. Como si en un velorio ambos se hallaran. La potente vida en su plexo solar se concentraba. Sin camisa, Jonas a cortar leña salió para la energía desfogar. ¿Por qué su padre en ese predicamento los ponía? A los prostíbulos los blancos a sus hijos llevaban. Su casa de enseñanza. Pagar por placer los temblores de los muchachos no sofocaba. Vi a jovencitos aterrados en el prostíbulo cuando a Bob seguimos para matarlo. Mujeres desnudas sentadas en sus piernas mientras ellos ni a mirarlas se atrevían. Las manos sobre los muslos de ellas, inmóviles. Los ojos extraviados. A hachazos el nerviosismo intentó Jonas apagar. Sudor y más sudor. Ampollas. Músculos atirantados, la espalda una tabla. Lloyd perpetrador de desenfrenos con sus hijos en el cuerpo de una mujer perseguía hermanarse. Hermano conmigo por Jade ya éramos. Ahora ellos los mismos laberintos se disponían a traspasar, la misma rojiza vulva, los mismos fluidos. La tarde declinó. Lloyd a Jenny y a Jezebel la cena mandó cocinar. Jenny pidió quedarme a cargo de Jerioth y de Jabin mientras ella la cena preparaba. Los berrinches de Jabin se habían extinguido. Jerioth seria, en mi regazo. Su amor del todo no lograba conquistar. Testigo de la muerte de su madre, un escondido recelo debía guardarme. Jayla, su nombre pasará en vano por los aires de los tiempos en el fango perdido, ¿quién en unos años a Jayla recordaría? Su nombre escrito en arena, en el viento, en la nada. Un breve soplo de vida llegado de África para dos hijos sobre la faz de estas tierras dejar. Los cuatro hijos de Lloyd, los cuatro hijos míos. La sombra blanca sobre ellos, perpetua. Diez, veinte, treinta años podrían pasar sin Lloyd, su ciega presencia permanecería. Lloyd omnipresente y omnipotente. Lloyd, el padre pródigo. Lloyd, el padre mitológico. Hora de cenar. Lloyd en su puesto central en la mesa. La cabecera desde donde a todos nos ve y a la familia gobierna. Nadie su sitio puede ocupar. Nunca. Ni cuando no está. Es el lugar sacro del gran padre. Los demás a su rededor nos sentamos. A Jezebel a su izquierda coloca como con Jade y Jayla antes lo hizo. Japheth, por ser el mayor, a la derecha. Jonas, junto a su hermano. Jerioth, al lado de Jezebel. Jabin junto a Jerioth. Los dos entre Jenny y Jezebel. Yo, el segundo padre, el honor de la segunda cabecera. Lloyd me respetaba. Jamás una humillación de su parte. Reprimendas, sí, por supuesto. Miradas fijas a pulgadas de mi rostro. Nunca un grito o un insulto. Jenny y Jezebel la cena sirvieron. Contrario a las normas, Lloyd a las mujeres sentadas en la mesa siempre quiso. A la par de nosotros. Lloyd de ganado habló. Reses traídas de Nueva York para Emerson había comprado. «Son gordas y becerros sanos gestan». Su charla contrasta con la respiración desacompasada de Jonas y el inexpresivo rostro de Jezebel. Ambos a punto del encuentro. Inolvidable la experiencia para Jonas y Japheth será. Cuatro hombres en ella entrarían en días consecutivos. Los peces de nuestros sémenes nadando en el mar umbrío de Jezebel. Lloyd, el primero, de nuestros néctares no se embarraría. Los rumbos él marca. Los demás debemos seguirlo. «Los toros tienes que verlos, Jeremiah. Para poder jalar a uno seis hombres se necesitan». Su orgullo fue encumbrar Emerson. Ahora animales de fina crianza quería adquirir, caballos de Kentucky, gallinas de Virginia, cerdos de Inglaterra. Que la granja fuese una empresa más que fortuna generara. Por estar a cargo de nuestros hijos por semanas al trabajo yo no había vuelto. Por fin regresaría. Muchos proyectos en la cabeza de Lloyd se gestaban. Al terminar la cena Lloyd a Jezebel un té pidió. Ella quieta en su silla se mantuvo. Lloyd la orden repitió. Jezebel con la cabeza doblada hacia abajo. Una lágrima por su mejilla. Jonas la miró, pálido. Su blancura manifiesta como nunca antes. Marfileña, casi transparente. Su rostro perlado de sudor. Su camisa al ritmo de su corazón. «Jezebel, tráeme un té», Lloyd repitió. Jenny se levantó para la orden cumplir, Lloyd la detuvo. «A Jezebel se lo pedí». Infantil es la actitud de Jezebel. Otras negras a los once años mujeres son. Madres a los trece. Abuelas a los veintisiete. Mujeres cobrizas, duras, con dolor sobre las espaldas. Jezebel es un lirio. Una frágil flor de fango. A su muchachito blanco de menos echa. Al bobo Abner muerto del susto. Una vida a su lado ella desea. Simple, mediocre, grotesca. Por siempre en la mira de las autoridades por vulnerar la regla de concubinatos en Alabama prohibidos. Negra esclava con blanco pobre. Absurda combinación. Imposible. Una fantasía. Enfangarse en la miseria en una casucha sobre lodo levantada. Hijitos mulatos destinados a más pobreza aún. Pequeños renacuajos morenos que de doce años no pasarán. Hambre y enfermedad en su futuro. Eso Jezebel anhela. Madre de los hijos del gran hombre blanco pudo ser, una esposa paralela. Renegó. Rota esa posibilidad en cuanto uno de sus hijos bastardos en ella entrara. «Trae el té», el león blanco ruge. Jezebel, entre lágrimas, se pone de pie y a la cocina va. En una taza humeante el té trae. Lloyd cinco terrones de azúcar en la bebida disuelve. Lloyd, hombre de excesos en cada acto suyo. Azúcar, sexo, violencia, mando, amor, trabajo. Su té con pausa bebe. Algo en el líquido encuentra porque ahí sus pensamientos vierte. De la taza no quita la mirada. Revuelve el té y las ondas bordean las orillas sin derramarse. Un mar agitado allí dentro. Lloyd a Jonas y a Jezebel, uno a uno, voltea a ver. «Llegó el momento», les dice. Se levanta y a la habitación se dirige. La puerta abre y la cama señala. «Jezebel, a mi hijo Jonas feliz ahora hazlo». Jezebel se levanta y a la recámara entra. Jonas no se mueve. A su padre mira, implora. Liberarlo del acto parece clamar. Sin dejar de observarlo Lloyd en silencio permanece. Su mirada es una orden. Jonas entiende, se pone de pie y hacia la habitación camina.

1878

Así como los forasteros que me raptaron de la aldea a los nueve años y asesinaron a mis padres, así actuamos los esclavos en Texas, fuimos los extranjeros oscuros que trajimos muerte y desolación, en los ojos de los niños mexicanos pude verme reflejado, en sus caras descubrí el mismo horror, la náusea que provoca el odio inexplicable, la invasión arbitraria, la codicia, la voracidad, en algún momento de nuestras vidas todos podemos pasar de víctimas a victimarios, la masacre de Arroyo Hondo fue casi idéntica a la masacre de mi pueblo y la del Santa Cruz pintaba para ser una carnicería aún mayor, Lloyd había sido claro, nadie, excepto la familia de Rodrigo, podía sobrevivir a la matanza, y fue enfático cuando dijo «nadie», en nuestro recorrido hallamos a dos niñas y a un niño que se negaban a abandonar los cadáveres de sus padres, lloraban abrazados a sus cuerpos, me vi a mí y a mis hermanas en ellos, igual de ofuscados y confundidos, hipando suplicaron en español frases que no requirieron traducción, debían ser las mismas palabras que pronuncié cuando mis captores masacraron a mis padres, nos interpelaban por su asesinato y a la vez pedían por sus vidas, la orden de Lloyd había sido clara, «mátenlos», no estaba en posición de desobedecer, pero el paralelismo con ellos me hizo vacilar, los demás me instaban a apurarme, estábamos en una parte llana con poca vegetación, expuestos a un disparo de larga distancia por un tirador oculto entre los matorrales, los niños continuaron sus ruegos, había en sus palabras rabia, miedo, desconcierto, ¿qué me habrían aconsejado mis padres, matarlos o dejarlos vivir?, deseé regresar a los minutos antes de que los hombres con turbantes asolaran mi aldea, atesorar el que fue el último minuto de mi vida anterior, oír la respiración de mis hermanas mientras dormían a mi lado, los suaves ronquidos de mi padre, los ruidos que mi madre hacía con los labios, apreciar el valor de mi inocencia, cuánto daría porque fuese esa inocencia, no la travesía interminable que me transformó en un hombre cruel, la que determinara mis actos, ¿por qué las circunstancias o la casualidad o Dios o los dioses me colocaron en ese lugar y en ese justo instante en el que debía decidir la vida o la muerte de tres niños?, el mundo giró y giró para acercarme a esta encrucijada fatal, hacía unos meses no me imaginaba yo en ese remotísimo desierto matando gente, escalando hacia el poder, hacia la inconmensurable riqueza, un esclavo reinventado entre esclavos que se reinventaron bajo la guía del hombre que mostró que sólo la reinvención era el camino hacia la verdadera libertad, las súplicas de los niños se fueron acallando, debieron presentir que eran inútiles, que dijeran lo que dijeran su sino se había escrito el día en que en una aldea africana, al otro lado del mundo, a un niño como ellos lo separaron de su familia para años después cumplir con un invisible mandato determinado por invisibles fuerzas, disparé en la cabeza de la menor de las niñas para evitarle la pena de ver cómo mataba a sus hermanos, la otra intentó huir, Jimnah la baleó y la hizo rodar en el polvo, sabedor de su fin el muchachito decidió irse con dignidad, se plantó frente a mí y me hincó la mirada sin proferir palabra, pedí un fusil, con lentitud lo levanté hasta su pecho, él no tembló ni su rostro se tornó lívido, en cuestión de unos segundos pasó de ser un niño de ocho años a un hombre presto a morir, jalé el gatillo, como si el tiempo transcurriera a otra velocidad vi la bala atravesar su camisa, el estallamiento de la carne, las gotas de sangre expulsadas, el cuerpo desplomándose con una lentitud de milenios, el eco del disparo rebotó en las paredes de mi cráneo, un eco sordo que se repitió en oleadas y que no paró en meses, si dentro de mí habitaba un infinitesimal resabio de inocencia, quedó acribillado por la misma bala que atravesó su pecho, pedí perdón a mis padres y a mis hermanas, pedí perdón a mis dioses, pedí perdón a la tierra que me vio nacer, pedí perdón a los tres niños que ajusticiamos, me pedí perdón a mí mismo, bajé el fusil y contemplé los cuerpos inertes, la furia de la Historia los había engullido, el infortunio de nacer en el lugar equivocado en la coyuntura equivocada, no hubo tiempo para remordimientos, la batalla arreció, hombres de Sánchez que quedaron dispersos en la llanura se juntaron para atacarnos, conocedores del terreno se parapetaron en socavones creados por la erosión de la lluvia, escondidos a ras del suelo nos disparaban sin que nosotros pudiéramos responder, dos de nuestros caballos cayeron heridos, debían ser sólo seis o siete de ellos, estaban tan bien cubiertos y disimulados entre los cenizos que era difícil saber hacia dónde apuntar, requerí pensar en una maniobra eficaz, no consideré otra opción que una carga de caballería, montamos protegiéndonos con el cuerpo de los caballos y en cuanto pusimos pie en el estribo, arrancamos para no dar tiro fácil, diez de nosotros arremetimos contra los mexicanos, desde arriba pudimos localizarlos, a pesar de las andanadas cabalgamos hacia ellos, mi idea era pasarles por encima, que las patas de los animales les quebraran una pierna, la cabeza, la espalda, funcionó, a cuatro de ellos las pisadas los atontaron y cuando quisieron revolverse les disparamos, los otros tres se levantaron con las manos arriba en señal de rendición, también aquí la orden de Lloyd había sido explícita, «no tomen prisioneros, ejecútenlos», era nuestro deber despejar de enemigos la zona, los matamos a sangre fría contraviniendo el principio básico de toda guerra de respetar la vida de quien capitula, no hubo un solo acto magnánimo con nuestros adversarios, Lloyd no lo permitió, la suya era la actitud del león que devora viva a una gacela sin pensar ni un solo segundo en su dolor o en su miseria, fortificado Sánchez con sus hombres en la casa grande, los rodeamos a prudente distancia para colocarnos fuera del alcance de sus fusiles, Rodrigo explicó cómo su abuelo distribuía a los tiradores dentro de la casa y cuáles flancos eran los más débiles, planteó anular cualquier posibilidad de que se abastecieran, según él, cuando los apaches los sitiaron, cometieron el error de aflojar el cerco, lo que permitió que salieran por gallinas, por huevos, por cabras o por agua, para nosotros era complicado mantener el asedio de modo permanente, las condiciones climatológicas podían jugar en nuestra contra, que las lluvias o las heladas nos impidieran el descanso, el escuadrón comandado por Jeremiah y Jonas apresó a un mexicano que a cambio de su vida ofreció combatir a nuestro lado y revelarnos las medidas tomadas por José Sánchez antes de su atrincheramiento, «abrió canales subterráneos para que el agua fluya de los pozos a la casa, acecinó carne y guardó gallinas para alimentar a los veintitrés hombres, doce mujeres y ocho niños que se encerraron con él, guardó también barriles con agua por si cortaban el suministro desde la noria y acopió un vasto arsenal y parque suficiente para resistir los embates por semanas», el mexicano argumentó que no podríamos derrotarlos, «las puertas y los postigos ahora son del doble de espesor, levantó muros en los cuatro costados de la casa y reforzó los techos con varias capas de adobe, no van a tener por dónde entrar», contra lo que pensé, Lloyd no mató al desertor, era conocido de Mier y él estaba seguro que no se voltearía contra nosotros, «se llama Enrique Soledad, es sólo un mercenario mierdero, se va a alinear, nos debe la vida», poseíamos ya información necesaria para acabar con José Sánchez y sus huestes.

1826

Durante diez días un grupo de soldados estacionados al norte de Frankfort peinaron la zona en busca de Carla. Martin conocía a su sargento y les solicitó su auxilio. La noche de su desaparición, como ella predijo, cayó una tormenta que duró setenta y dos horas. Sus huellas quedaron bajo capas de lodo y agua. Aun así, ninguno de los soldados cedió en su búsqueda. El único indicio que hallaron de ella fue una pisada, o lo que creyeron era una pisada, en la vera del río. Jack se obsesionó con encontrarla. En la noche y en pleno aguacero, recorrió solo el río de arriba a abajo sin dejar de gritar su nombre. Perder a Carla era perderse a sí mismo. Ella era su último vestigio de esperanza en la bondad. Empapado volvía a la casa al amanecer para cambiarse de ropas y continuar. El que los soldados pudiesen encontrarla y la calificaran como un ser demoniaco ya no le importó. Se la llevaría de ahí de inmediato a esconderla en otro pueblo o en medio de los bosques. En la fábrica fue una conmoción cuando Blanton se decidió por David como el sucesor de Lewis. Jack, pendiente de hallar a Carla, no se enteró sino hasta una semana después. Creyó que Logan sería el ganador y le sorprendió la elección. Logan y los obreros que lo apoyaban no quedaron contentos con el desenlace y protestaron con virulencia. Destruyeron alambiques, vaciaron barricas, se enfrentaron a golpes con los seguidores de David. Blanton no se perturbó. Le pareció sano que las diferencias se ventilaran y asumía el costo de los daños. La calma volvió cuando le propuso a Logan quedar como administrador de unas parcelas al sur de Frankfort en las que experimentarían con otro tipo de cultivos. Logan aceptó siempre y cuando fuese él quien asumiera el título de maestro destilador en caso de muerte o de enfermedad de David, lo que sucedió más pronto de lo esperado cuando dos años después falleció de una sospechosa enfermedad estomacal. Se alcanzó la paz con el acuerdo y los obreros retornaron a sus labores sin presentarse más disturbios. A las dos semanas de la desaparición de Carla, un vecino de un pueblo río abajo avisó del hallazgo de una mujer ahogada cuyo cadáver descubrió enredado entre las ramas. «Las tortugas debieron comerle los dedos de los pies y de las manos», dijo con espanto. El cuerpo se encontraba en avanzado estado de descomposición, lo que supuso una muerte temprana, quizás el mismo día en que huyó. Las facciones de Carla apenas eran reconocibles en el rostro abotagado y violáceo. «Tormenta de sangre», había dicho, un anuncio de su suicidio. Jack se culpó por no leerlo entrelíneas. La tormenta que pronosticó se abatía dentro de ella, no fuera. Jack no creyó en un accidente. Carla jamás había salido sola de la casa, le provocaba una ansiedad incontrolable. Escapó para ir hacia su muerte. De tan podrido el cadáver, fue necesario enterrarlo con premura. La sepultaron en el cementerio de Frankfort, a cientos de millas de donde inhumaron a su familia. Sólo Jack y Martin asistieron al funeral. «Fue lo mejor», dijo Martin. Jack estuvo a punto de golpearlo para hacerle escupir un «perdón». Dejó pasar el comentario y se retiró en cuanto los enterradores dejaron caer la primera paletada de tierra sobre el ataúd. Fue directo a la oficina de Blanton para notificarle su partida inmediata. «¿Te molestó que no quedara elegido tu candidato?», le preguntó con ingenuidad. «Murió mi hermana», respondió cortante. Blanton desconocía que la «poseída», de cuya vaga existencia se rumoraba, era su hermana. «Lo lamento», dijo con sequedad para no entrar en el terreno del sentimentalismo. Intentó convencerlo de quedarse, podía considerarlo como candidato a maestro destilador, «no lo olvides, eres dueño del 5%». Nada había que lo atara, ni siquiera ese mínimo porcentaje. «¿Y a dónde te piensas ir, Henry?». Jack se encogió de hombros, «no lo sé, lejos, imagino». Le preguntó si deseaba la devolución del dinero a cambio de sus acciones, Jack se negó. Ese 5% sería su salvavidas en caso de ruina. Le pidió una carta de recomendación y la escritura de la propiedad de sus acciones. Se las entregó a regañadientes. No sabía si era verdad o no lo de la hermana y temió que, a pesar del contrato firmado, Jack compartiera con otros los secretos de la destilación de su prestigioso whisky. Jack le adivinó el pensamiento, «no corre por mi sangre una sola gota de deslealtad». Blanton abrió una caja fuerte y sacó una libreta. «Toma, llévate esto de regalo. Se dice que la cubierta fue elaborada con la piel de un colono curtida por los indios. No sé si sea cierta esta leyenda negra». Jack tomó el macabro cartapacio y pasó la yema de los dedos por su rugosa superficie. Si en verdad era de un ser humano, era poseedor de un objeto semisagrado. Agradeció y se despidió. Aunque trapisondista y prepotente, el tipo le agradó, un hombre admirable por cuanto manejaba una empresa de ese tamaño. De la oficina se encaminó al banco a retirar sus ahorros. Hanna también lo instó a quedarse, en realidad no quería que se llevara el dinero y cuando lo supo inevitable, le ofreció opciones de inversión. «Estamos por abrir una cartera de propiedad múltiple en cultivos de tabaco en Carolina del Norte. Como usted sabe, el tabaco día a día gana más adeptos en Estados Unidos y en Inglaterra. Los sembradíos de Virginia ya no se dan abasto y en el corto plazo el tabaco dará mejores dividendos que el whisky, se lo puedo asegurar». Tabaco y alcohol, el país fundado por peregrinos puritanos regodeándose en los pecados veniales. «Fumadores y borrachos en el horizonte», pensó Jack. «¿Qué hay del "oro blanco"?», lo cuestionó. «No poseemos cartera en ese negocio, lo controlan las grandes plantaciones de Alabama, Georgia, Mississippi y Luisiana», le contestó Hanna. «Pero el "oro del humo"…», dijo refiriéndose al tabaco, «…gozará de un crecimiento acelerado». Jack no quedó contento con la respuesta. «¿Cuál de las plantaciones del Sur es la más importante?», preguntó. Hanna hizo un intento por no desviar el tema, «Carolina del Norte tiene extensas tierras recién compradas a los indios, es el porvenir». Jack insistió en que respondiera a su pregunta, «Emerson, en Alabama, es la más grande y productiva, una plantación legendaria, por desgracia, nuestro banco no mantiene vínculos con su propietario». Jack se grabó el nombre. Emerson, Emerson, Emerson. Se fijó como meta algún día llegar ahí. Hanna no cejó en su propósito de venderle acciones de las fincas de tabaco. «Con mil dólares usted podrá manejar sesenta acres de las seiscientas de la Indian Creek Tobacco Company, el tabaco ya está sembrado por esta temporada, usted sólo necesitará cultivarlo y cosecharlo. La empresa se encargará del curado, del secado y de comercializarlo. Su inversión le da derecho al trabajo de cuatro esclavos». A Jack le pareció una propuesta interesante, máxime que carecía de un plan a futuro. «Acepto siempre y cuando antes conozca la plantación, compruebe su viabilidad y que el banco tome mi casa a cambio de las acciones». Hanna concedió a regañadientes y cerró el trato. La Indian Creek Tobacco Company podía ser una inversión inteligente. El 5% de la destilería y el 10% de la tabacalera podían brindarle estabilidad financiera en los años venideros. Mason, un joven empleado del banco, lo acompañó a Carolina del Norte, un tipo solícito, con el empalagoso entusiasmo de un predicador. Rubio solar, con rostro de querubín, manos delgadas, sin callosidades. Jack pensó que debía tratarse de un sobrino de Hanna o un protegido. Durante el trayecto, no dejó de parrafear y sus esfuerzos denodados por ser servicial a Jack le resultaron cansinos. Debió mandarlo Hanna para insistirle en las bondades de la compañía. Aburrido de su cháchara, al tercer día de viaje, Jack le pidió callarse y como no se silenció, le soltó un bofetón. El otro ya no volvió a hablar en el resto del viaje. Los sembradíos se encontraban en la parte norte del estado, a cincuenta millas del límite con Tennessee, en una remota zona de tierra rojiza rodeada de bosques. El pueblo más cercano se encontraba a una hora a caballo. Los terrenos se veían recién desmontados. Once esclavos con sus familias vivían en cobertizos al borde de la propiedad. Los cuarteles de los «propietarios» eran tan modestos como los de aquellos, semejantes a la cabaña donde Jack había crecido: armada con troncos, una estancia/habitación, con una chimenea, un catre, una cajonera, una mesa y dos sillas. Las plantas de tabaco ya se encontraban sembradas, sin embargo, los campos no estaban delimitados. Le preguntó a Mason de dónde a dónde podría saberse cuál parcela le correspondía manejar a cada socio. Mason, temeroso de otro golpe, sólo se encogió de hombros. A Jack la compañía de tabaco le dio la impresión de ser una tomadura de pelo. Por mil dólares podía adquirir una finca de ciento cincuenta acres en Vermont, con una cabaña decente para vivir, no una chozuela mal hecha, sin fronteras claras entre un lote y otro, ¿cómo podría saber que el de al lado no se aprovecharía de él? «No me interesa», aclaró Jack. El rostro de Mason se desencajó. «¿Me permite hablar?», preguntó con timidez. Jack asintió. «El banco ha respaldado otros plantíos como este y han sido un éxito. En las grandes ciudades cada día se fuma más. De hecho, mi padre, mi abuelo, mis tíos fuman. Es un placer que nos brinda la tierra, aspirar el humo solaza el alma». Su lenguaje pulido hablaba de un joven con estudios. «Esta es una tierra baldía», reviró Jack. «Por ahora», esclareció Mason. Jack se sentó en un montículo a observar los labrantíos. Con una pala, los negros excavaban pequeñas zanjas alrededor de las plantas para que el agua de lluvia alcanzara las raíces. Un único guardia blanco vigilaba el trabajo y ni siquiera iba armado. «Accedo con las siguientes condiciones», le dijo a Mason, «que mi casa equivalga al 30% de la compañía o, en su defecto, que me entregue seiscientos dólares en efectivo y 10%. Si no, no hay trato». Mason regresó diez días después con la oferta de Hanna: 20% de la Indian Creek Tobacco Company y cuatrocientos dólares a cambio de la casa. Jack cerró el acuerdo con Mason, a quien Hanna le dio poderes para negociar, en 25% y cuatrocientos cincuenta dólares. Por ser el primer socio, se le permitió elegir los acres que le correspondería administrar. Durante su estadía, Jack comenzó a tratar con los esclavos. Eran negros viejos que mediaban los cincuenta años. Flacos, correosos, callados. Hanna debió comprarlos baratos porque ya no les quedaban muchos años útiles. Entonaban el inglés con una cadencia, un acento y una sintaxis distintas, como si se tratara de otra lengua o un inglés antiguo. Mason los trataba con desdén, «hay que repetirles las cosas, son vagos, necios y tontos, tienen el cerebro de un burro», advirtió, «son taimados y buscan la manera de no trabajar o de sacar ventaja». El guardia, un gordinflón llamado Keith, vigilaba a los negros trepado en una plataforma bajo la sombra de un roble. La mayor parte del tiempo se la pasaba dormitando sobre una silla. A pesar de la falta de supervisión, los negros no cesaban de trabajar. Disciplinados, cumplían con sus tareas. Jack los acompañaba en sus faenas diarias. Los negros se afanaban en silencio sin parar ni siquiera en las calcinantes horas del mediodía. De cuando en cuando intercambiaban frases en susurros en un idioma desconocido. Al principio, vieron con recelo que Jack se les uniera, al paso de los días, lo aceptaron. Samuel era el líder del grupo. Su cabello y su barba cana contrastaban con lo oscuro de su piel. Su nariz y sus labios eran anchos y sus ojos se hallaban siempre enrojecidos. Jack lo interrogaba sobre las razones por las cuales hacía tal o cual cosa. Con paciencia, Samuel respondía a cada una de sus preguntas: ¿cuáles eran las mejores épocas para la siembra?, ¿cuáles para cosechar?, ¿cuánta agua se necesitaba?, ¿cuál tipo de terreno era el más propicio para el cultivo del tabaco?, ¿cómo determinar si una tierra era fértil o no?, ¿cuáles eran las plagas más comunes?, ¿cómo se procesaba la hoja del tabaco?, ¿cómo se fumaba? A los negros les divertía la torpeza de Jack para trabajar en los labrantíos, aunque reconocían su tesón y su interés por aprender. A solas en ese páramo remoto, Jack empezó a convivir cada vez más con ellos. Después de la jornada, Samuel y su mujer lo invitaban a cenar a su casa. Ella preparaba guisos con cuanto se encontraba en el monte: codornices, ardillas, palomas, conejos, zarigüeyas, calabazas silvestres, moras, y además plantaban vegetales en los patios traseros: zanahorias, papa, tomate, coles, lechugas. Sara guisaba con recetas africanas, a la carne le extraía sabores que jamás él había paladeado. No la cocía o asaba, la envolvía con verduras en hojas de maíz y luego las enterraba junto con brasas ardientes. Tapaba el hoyo con tierra para dejarlas cocinándose por un par de horas. Una delicia. Jack se sentía a gusto entre los esclavos y ellos con él. A diferencia de otros blancos, no los menospreciaba y era revelador que se sentara en la mesa a compartir el pan con ellos. Con Keith, Jack no cruzaba más que un buenos días y un buenas tardes. El hombre resoplaba con el más mínimo esfuerzo y tardaba varios minutos en subir y bajar de la plataforma. Jack consideró un gasto innecesario tenerlo trepado sin hacer nada en todo el día. Mason volvió con los contratos y con otros dos «socios», Günther, un alemán que pasó dos años en un seminario católico para convertirse en cura y que terminó desertando para ir a Estados Unidos a buscar fortuna, y Rupert, un flacucho y diminuto pelirrojo, vestido con prendas que le quedaban grandes, con una cicatriz que le corría debajo de la barbilla. El alemán era un tipo expansivo, robusto, de rostro sanguíneo, alto, de manos pequeñas, sudoroso. Apenas bajó de la carreta, saludó a Jack y a Keith con efusión, se detuvo en los límites de los plantíos e inspiró hondo, «no hay como el olor del tabaco», dijo con un marcado acento. Rupert parecía una serpiente coralillo. En cuanto lo vio, Jack supuso que se trataba de un exconvicto, alguien de quien debía cuidarse las espaldas. Mason les mostró sus aposentos. El alemán caminaba con actitud paquidérmica, el otro escurridizo, raposo, casi invisible. «¿Aquí dormiremos?», inquirió Günther al ver la austera cabaña. «Por el momento», atinó a responder Mason. El alemán hizo un gesto displicente. El otro esperó a que los negros dejaran su equipaje dentro y cerró la puerta. Mason le avisó a Jack que en próximas semanas llegarían el resto de los socios. Rupert y Günther eran propietarios de un 10%, como lo sería el resto, lo que convertía a Jack en el socio con mayor porcentaje de acciones. «Si los demás que vengan en adelante serán dueños cada uno del 10%, ¿quién se quedará con el 5% faltante cuando se complete el número de socios?», Mason tragó saliva, le temía a Jack, «yo, lo compré con mis ahorros». Jack sonrió, el tipo no debía tener la más mínima idea de cómo cultivar la tierra. «Bueno», dijo, «bienvenido a la sociedad, ya nos veremos por acá». Mason partió y Jack guardó con cuidado los documentos que lo avalaban como accionista mayoritario de la Indian Creek Tobacco Company. Ninguno de los recién llegados se dignó ni siquiera a mirar a los negros y ambos, cuando requerían decirles algo, lo hacían a través de Keith, quien por primera vez descendió de su plataforma para acompañarlos a recorrer los surcos. Jack tuvo la precaución de delimitar sus parcelas con cuerdas. Ni a Günther ni a Rupert les pareció correcto. «La compañía es de todos», alegó el alemán. «Sí, pero cada quien es responsable de su parte», les respondió Jack. Él sí se fajaba al lado de los esclavos trabajando la tierra, no como los otros dos que sólo se asomaban para dar órdenes.

Jack siguió con su costumbre de cenar con los negros. Se sentía más cómodo con ellos que con los blancos. Rupert no dejó de parecerle sospechoso. El alemán le resultaba pesado e impertinente, y Keith una nada, un sapo blanquecino. Mason llegó con otros dos socios que juntos apenas alcanzaron a adquirir un 5%. El gran negocio propuesto por Hanna no atraía suficientes inversionistas, lo que indicaba su falta de potencial. Los dos nuevos eran muchachitos cuyos padres expulsaron de su casa por fiesteros y sin trabajo fijo ni opciones, vendieron cuanto tenían para comprar ese mínimo porcentaje. Quedaba libre el restante 45% de la empresa. Y aun cuando Jack no veía posibilidad de ganancia en el corto plazo, tuvo fe en que la industria del tabaco crecería de manera exponencial y ofreció doscientos cincuenta dólares por el resto de la compañía. Mason viajó a Frankfort para consultarlo con Hanna, quien, en vista del nulo interés por parte de otros inversores, aceptó. La única excepción era que los esclavos seguían perteneciendo a la sociedad del banco y como pago por su mano de obra, se le retribuiría el 30% de las ganancias. Dueño del 70% de la Indian Creek Tobacco Company y Jack empezó a tomar medidas para controlarla y en el futuro, expulsar a los demás socios.

1887

creí exagerados los pronósticos de los médicos no tardé en darme cuenta de mi error y pronto empezaron a cumplirse con inexorabilidad te vi resbalar hacia los abismos previstos por ellos en mi desesperación te leí libros con el anhelo de que una palabra una sola resonara en ti y por el enigma de las conexiones cerebrales disparara en tus adentros borbotones de frases que te devolvieran del naufragio ocurrieron señales que a otros ojos hubiesen sido irrelevantes para mí significaban saltos progresivos al leerte ciertos pasajes estirabas la mano para oprimir la mía o tus ojos se aguaban o quizás lo más conmovedor sonreías los médicos los describían como meros actos reflejos semejantes a los de los recién nacidos yo estaba persuadida de que esos leves gestos eran tu esfuerzo por restituir al feroz guerrero aún supérstite dentro de ti y que se resistía a darse por vencido hace una semana al entrar al cuarto vi tu cuerpo derrengado los pliegues de tu piel cubiertos por las llagas ocasionadas por la inmovilidad tus manos cubiertas de manchas de sol en tus brazos se adivinaban apenas tus músculos y por razones que jamás me podré explicar tu pene un colgajo marchito que se mantuvo mustio por años ahora se hallaba erecto a plenitud me quedé pasmada qué en tu organismo empujaba a ese cénit inesperado tu fuente de vida parecía alzarse como una protesta ante el declive del resto de tu cuerpo su súbito vigor como una afirmación de la existencia frente a la muerte si no fuese porque mis oquedades se resecaron con los años y por un pudor de vieja me habría montado sobre ti para hacer el amor exprimir tus últimos soplos invitar a tu torrente de niños a explorar la caverna de mi maternidad imposible deseé como nunca que derramaras tu savia en mi interior sentir tu flujo cálido golpear mis paredes recatada sólo miré la postrera exhibición de tu virilidad de la que parecías no estar al tanto era patente la desconexión entre tu órgano y el resto de tu ser no sabía si te hallabas dormido o fingías un profundo sueño porque tu respiración era cadenciosa y mantuviste cerrados los ojos tu rigidez duró varios minutos e hipnotizada no dejé de observarla hasta que con sacudimientos tu pene desapareció carrujado entre la pelambre crespa de tu pubis fue ese tu último acto soberano antes de deslizarte por la lodosa cuesta de la muerte a los pocos días comenzaste a resollar con fuelle arrítmico de lo profundo de tus cañadas emergieron graves ronquidos con un estrépito de ultratumba convoqué a los tuyos para acompañarte en tu tránsito hacia el desenlace fatal callados entraron tus hijos adulterinos junto con Jenny Jeremiah y James se sentaron alrededor de la cama Jerioth te tomó la mano para besarla Japheth te limpió la frente de sudor Jonas comenzó a susurrarte en el oído frases inaudibles en las que llegué a percibir un *te quiero* no pude más que sentir alegría de escucharlo rebosarme de orgullo de saber que tus hijos venían a cuidarte y a despedirse en las horas de tu ocaso me pareció justo enviar un telegrama a Sandra para avisarle de tu inminente partida *Henry en estado grave posible fallecimiento en próximos días* la respuesta de tu mujer no pudo ser más fría *enviaremos carroza para traerlo a Texas pompas fúnebres serán acá* no hubo un *iremos de inmediato* o *esperamos llegar a tiempo* ni ella ni tus hijos vinieron eso sí a los dos días arribó una fastuosa carroza fúnebre tirada por impetuosos corceles he de decirte que tu mujer no ahorró en gastos envió un féretro de chapa de nogal con listones de cobre en las cuatro esquinas e interiores de terciopelo rojo extraña forma de mostrarte su amor debió querer que tu cuerpo fuese lo más cómodo posible rumbo al cementerio texano donde te sepultarían a decir verdad me entristeció su ausencia y la de tus hijos legítimos sí debía ser incómodo para ellos lidiar conmigo y prodigarte el adiós en la casa de su exmujer pero si algo he aprendido es que en la proximidad de la muerte debe prevalecer un espíritu generoso y la disposición a perdonar que frente a los moribundos es obligatorio poner de lado las reclamaciones y las disputas para permitir el descanso no sólo de su alma sino también de las nuestras que el fin de alguien es una excusa perfecta para cerrar las úlceras provocadas por el rencor por el abandono por los celos por la rivalidad al parecer los tuyos en Texas no coincidieron conmigo y prefirieron ausentarse a correr el riesgo de un desaguisado estuviste rodeado de quienes sí quisimos acompañarte en tu lenta agonía de quienes te amamos sin condiciones de quienes a pesar de ser testigos de tu lado más sombrío supimos que una luz titilaba allá dentro que así como el fuego abrasa también emana calor y que en ti afloraron centelleos de una humanidad que no todos destilan

1881

Los encontré amarrados en los corrales como si fueran perros. Mi papá todo golpeado, con sangre seca en la cabeza. Julio César y Mario también dados al catre y otro que se llamaba Pancho, muerto a su lado. Chuy apenas podía abrir los ojos porque tenía cuajarones pegosteados en las pestañas de la sangre que le escurrió de la descalabrada. Le pregunté a James qué había pasado. Valenzuela, que estaba con nosotros, me tradujo la respuesta: «La guerra», dijo, así nomás. Pos sí, luego de ver el regadero de muertos debía darme de santos que no los hubieran matado. En cuanto Chuy me miró por entre las rendijas sanguazadas de sus ojos empezó a mentarme la madre, «pinche cabrón, me arrepiento de haberte salvado la vida, de saber lo culero que eras te habría dejado morir en el desierto». Se veía reencabronado y mis hermanos otro tanto. Le pedí a James que se adelantara, que hablaría con ellos y luego lo alcanzaba. James se fue con los demás y me dejó dos mexicanos para que me cuidaran y que mandé lejos porque no quería que nadie escuchara lo que yo apalabraba con los míos. Había llegado con la intención de desamarrarlos, ni loco lo hacía ahora que los miraba como coyotes rabiosos. El que le había dado de madrazos a Chuy me lo dejó gallo de a madre. El sol pegaba pa cocinar huevos estrellados en las piedras y estos tres tenían los labios cuarteados. Fui al bebedero de las vacas, llené un cazo con agua y traté de darles una poca. Los tres me la escupieron y con una patada Julio César me tumbó el recipiente de la mano. «Mátanos, pinche traidor», me dijo. Con el zapato limpié el suelo de estiércol y me senté frente a ellos, un par de pasitos atrás para que no me patearan ni me alcanzaran sus escupitajos. «A ustedes no los traicionaré nunca», les dije apenas puse las nalgas en el suelo. «No, pendejo, por eso estamos aquí amarrados», me dijo Mario. «El problema no es con ustedes, es con mi abuelo». Julio soltó una risilla de burla, «sí, y en el camino nos embarraste a todos de tu pinche mierda». «Conmigo o sin mí, los gringos iban a venir a partirles su madre». Chuy levantó la cabeza e hizo muecas para tratar de desprenderse la pegazón de sangre en los ojos. «Te fuiste con esos cabrones, hijo de tu puta madre», soltó, escupiendo el hijo-de-tu-puta-madre despacito, para que me calara, para que cada letra de «puta» se me clavara en lo más hondo. A otro le hubiera desgajado un balazo en la boca, no a mi padre. «Ya nada de lo que nos rodea es México», les dije, «se nos acabó el país. O decidimos ser extranjeros en esta tierra o jalamos pal lado donde ruge el león». «Lo mexicano no es algo que se pueda quitar, pendejo», me insultó Mario. «No se quita, se pierde», le reviré. En alguna recámara de sus corazones debía perdurar la esperanzada llamita de que esto se echara pa atrás. Que una mano gigantesca bajara del cielo para reacomodar las cosas como estaban y que esta tierra volviera a ser México. Lo que no sabían es que no había vuelta. Dios, la fortuna, el destino, la mala pata, la jodida fatalidad o lo que fuera, había apostado a los otros y punto. «Tarde o temprano alguien va a venir a quedarse con los terrenos. Mejor ponerse del bando de los que llegan primero», les dije. Julio César debió guardarse un rato un gargajo espeso en la garganta para que pesara y llegara lejos, porque cuando me lo lanzó me dio de lleno en la cara. Me lo limpié con la manga de la camisa, su humillación viscosa y amarillenta quedó pegada a mi camisa como un recordatorio de que para ellos era ya un enemigo. No me compré el pleito, debía tenerles paciencia, calmarlos a punta de palabras, no de pistola. «¿Ya mataron a tu madre?», preguntó Chuy, furioso. «No», respondí de inmediato, «nadie la tocó. Está bien», mentí. Chuy, con la cabeza abierta a cachazos, no se iba a tragar mi cuento. «Te juro que en cuanto pueda te voy a partir el hocico, te dejaré destripado vivo». Cómo podía hablarme de esa manera si me tuvo entre sus brazos cuando yo era un recién nacido, cuando me crio, me vio crecer, me enseñó cosas, me dio su amor. No encontraba justificado su odio. «Papá, yo ningún mal les hice a ustedes, vine a pelear por lo que me corresponde y los invité a unirse a nosotros. Pase lo que pase, ustedes son mi familia y los voy a querer siempre. Y repito que la bronca es con mi abuelo». Algo debió rozarle un pedazo de su cordura porque al menos se asilenció. «Sigue en pie mi oferta de darles una parte grande del rancho y ganado para que levanten pronto. Ya no serán arrimados, sino propietarios», les dije. «Aquí el único arrimado has sido tú, pinche perro sin dueño», me espetó Julio César. Parecía que se habían puesto de acuerdo para a palabrazos quebrarme por dentro. Por años me hicieron sentir parte de la familia y ahora me salían con esto. Yo hice malabares para ponerle un tapón a mi encabronamiento, porque donde se me saliera, nadie me iba a parar. Ahí me di cuenta de que el amor es lo único que a uno lo salva, que ellos me habían dado amor y que lo suyo era puro coraje, no sólo contra mí, sino con la canija mala suerte de haber vivido estos tiempos con los cabrones gringos avorazados que voltearon nuestro mundo de cabeza. No es que yo fuera traidor, es que no quedaba de otra. Ellos vivían aferrados a una nube, porque acá eso era México ahora, una nube pasajera que la había disuelto el viento. Era como querer abrazar el aire y así estaban estos, como congelados abrazando lo que ya no estaba. También debía darles coraje pelear por una causa perdida, sobre todo, pelear para un hombre que era un ojete redomado como lo era mi abuelo. Ya no les dije nada. Fui con los dos mexicanos quesque me cuidaban y les pedí sus pistolas. Me las dieron, no porque quisieran, sino porque lo mandaba yo que era su jefe. Volví con las pistolas, saqué la mía y puse cada una a los pies de los tres. Luego les corté las amarras y los dejé libres. «Si creen que de verdad soy un traidor y ya no sienten por mí ni el más mínimo querer, atícenme un pinche tiro para que de una buena vez le paren a su mohína contra mí. Y si no me matan, ya no me digan esas cosas que me rajan por dentro, porque yo a ustedes los considero y los consideraré siempre como los míos». Se quedaron los tres nomás mirándome como si no los hubiese desamarrado. Eran como esos perros que te están ladre y ladre detrás de las cercas y apenas las cruzan te huelen todos mansitos y hasta te mueven la cola. «Ándenle, péguenme un balazo y ya me quitan de este pesar que me está haciendo un hoyo en la panza». Chuy hizo entonces algo que no esperé jamás, se levantó, caminó hacia mí, me dio un abrazo y se soltó a llorar. Y yo con él. No podíamos parar, era como si se hubiera roto la pared de un canal y el agua se desbordara por los barbechos. Lloramos y lloramos y lloramos. Le pedí perdón y me pidió perdón. Entre llantos le limpié la carita llena de sangre, a él, mi padre. Carajo, carajo, carajo, carajo. ¿Por qué los pinches gringos vinieron a romperlo todo?, ¿qué no sabían que aquí vivíamos gente que nos queríamos, que teníamos una querencia a la tierra, que los abuelos de nuestros abuelos llegaron aquí para llamarle hogar a este desierto, a estos cielos, a estos mezquites y estos cenizos? Los gringos ya tenían chingo de país al norte, ¿por qué les ganó la ambición?, y, sobre todo, ¿por qué me dejé yo ganar por esa ambición? Mis hermanos no me abrazaron, se quedaron sentados en los postes, llorando ellos también. Con tanto llorar podíamos inundar la tierra y ahogar a todos con nuestra tristeza y llevarnos toda la mugre que nuestras almas habían acumulado. Tuve ganas de largarme con ellos adonde fuera, mantener nuestra familia unida y llamarle casa adonde estuviéramos los cinco juntos, con gallinas y chivas y unas vacas y perros que nos acompañaran a la labor y caracolearan del gusto sólo de pasarles la mano por los lomos. Nomás que no podía desandarme, había elegido mi destino y mi destino era vencer a mi abuelo y reclamar la tierra donde yo había nacido y donde mi madre había muerto. Estuvimos abrazados Chuy y yo lo que creo que fueron cien años y cuando uno de los dos se quería despegar, el otro lo jalaba para que no se fuera. Nunca había visto chillar a ninguno de los tres, ni yo tampoco era chillón. Pero hay un momento en la vida de los hombres en que las lágrimas tienen que aflorar, porque si no se quedan ahí en el fondo, oxidando los adentros, abriendo huecos que nada ni nadie puede tapar. Cuando nos desecamos, porque agua ya no nos quedó, empezamos a hablar como lo que siempre fuimos y nunca dejaríamos de ser, como padre e hijo, como hermanos. Me dijeron que no querían vivir rodeados de gente que detestaban, escuchando un idioma que no le inteligían, en un territorio que otros habían robado. Que ellos entendían que yo necesitaba ajustar cuentas con mi abuelo y pelear por esta tierra que por sangre me pertenecía. «No queremos quedarnos donde dejamos de ser», me dijo Chuy. «Vamos a cruzar el río para ir adonde sí somos. Allá empezaremos de nuevo, al fin que sabemos trabajar y el cuerpo todavía nos aguanta. Cuando sepamos el lugar, te avisamos dónde. Y no, hijo, nunca fuiste un arrimado. Fuiste y serás siempre uno de los nuestros y donde esté yo, ahí estará tu casa». Le confesé lo que había sucedido con Yolanda y les aseguré que estaría bien. Que las heridas no habían traspasado hondo. Les prometí conseguirles una carreta y una escolta que los llevara a San Felipe del Río para que ahí atravesaran hacia Paso de Vacas, del lado mexicano. Les llamé a los que se habían quedado quesque a vigilar, les devolví sus pistolas y puse muy clarito que me los cuidaran en el camino, porque si me enteraba que algo les sucedía, con su vida la iban a pagar. Trepé a los cuatro en una carreta, les ayudamos a guardar sus cosas y me despedí de ellos. No me moví de mi lugar hasta que la carreta se hizo chiquita en el horizonte. Jalé rumbo a donde se hallaban los nuestros rodeando la casa grande. Le expliqué a Valenzuela lo de la carreta y él le explicó a Lloyd y Lloyd mandó a dos negros y a otros cuatro mexicanos a que custodiaran a mi familia hasta el otro lado. Se lo agradecí porque escasos de hombres como estábamos se preocupó por mi familia. Nunca más volví a saber de Chuy, de Yolanda, de mis hermanos. Me dijeron que cruzaron el río en una panga y se siguieron de frente sin voltear atrás.

2024

A cuatro meses de las elecciones, en las encuestas Smithers llevaba una delantera irremontable de nueve puntos. Asombraba la creciente derechización de los mexicano-americanos. Las redadas de ilegales que Smithers proponía podían revertirse en su contra, como cuando el presidente Hoover deportó a miles de chicanos por no considerarlos «americanos de verdad» y porque «robaban trabajos» a los obreros blancos durante la Gran Depresión. «Alimentan un monstruo sin saber que los puede devorar», reflexionó Peter. El cierre de los cruces fronterizos reventaría los escasos negocios que sobrevivían de los mexicanos que cruzaban la frontera. De por sí, la pandemia y las compras en línea habían golpeado las finanzas de las ciudades que lindaban con México. Centros comerciales, donde antes pululaban cientos de clientes mexicanos, languidecían a punto de fenecer y algunos ya habían cancelado operaciones. Quedaban los esqueletos vacíos, con las ventanas rotas y la maleza cubriendo los estacionamientos. A principios de la década de los ochenta, Estados Unidos había empujado por la globalización, por que las naciones abrieran sus economías al libre intercambio de productos y para «integrar» los mercados, sin saber que detrás vendrían los flujos migratorios. Ya se lo había explicado a Peter uno de sus maestros en Harvard, «así como el capital es nómada y busca las mejores condiciones, también lo es la fuerza laboral». En la visión de Smithers, los países del primer mundo se anegaron de indeseables y sus proles numerosas. «En menos de veinte años la gente morena va a ser mayoría en este país», clamaba sin pudor Smithers en sus discursos, «¿lo vamos a permitir?, ¿dejaremos que esta plaga nos invada?», y sin pudor también, la audiencia coreaba, «no van a entrar, no van a entrar». Smithers era lo que McCaffrey catalogaba como «políticos-consigna», huecos, sin ideario para construir un futuro, sin sustancia, sin gravitas. «Ácaros electorales que en nombre del pueblo joden al pueblo». Molesto con los Lloyd por no subvencionar y darle un espaldarazo público, Smithers elevó el tono de sus amenazas contra ellos, ya no sólo eran auditorías fiscales, cobros excesivos de tarifas, permisos denegados, cancelaciones de obras, ahora hablaba de traición, de expropiar bienes, de cárcel. Para Henry no era más que un señorito con modales aristocráticos que arengaba como si fuese un sindicalista de cepa y al que le tenía profundo desprecio. A su juicio, la debacle americana comenzó cuando Reagan apostó por el modelo neoliberal desregularizando la economía con una mínima participación del Estado y como nunca se concentró la riqueza. El escurrimiento de los beneficios económicos de los estamentos superiores a los más bajos, el *trickle down* prometido por las *reaganomics* jamás se cumplió. Se perdieron los negocios familiares engullidos por las corporaciones y los sustituyeron las franquicias. Varios en la clase media se pauperizaron, de ser dueños de pequeñas empresas, pasaron a ser empleados. Para colmo, decenas de compañías mudaron sus plantas y su manufactura a otros países. Cambió el paradigma de identidad de lo que significaba ser americano, aunado a una explosiva migración de trabajadores ilegales, se creó el caldo de cultivo ideal para los populistas. La gente, sobre todo los blancos, quería volver al preestado de la sociedad antes de los ochenta. Si bien su familia se había beneficiado de los políticos económicos, Henry era consciente del legítimo descontento de extensos sectores de la población que se sentían desatendidos y al garete. Peter y él se reunieron con McCaffrey y Joan en el Santa Cruz para discutir el asunto. «Lo que antes mataba la carrera de un político, como la foto de Gary Hart con su amante sentada en las piernas, o la corrupción o el espionaje, como con Nixon, ahora a los electores los tiene sin cuidado. Ellos desean una ciega revancha y sólo buscan a quién darle de palos. La disrupción del *statu quo* se convierte en promesa de tiempos mejores porque los actuales los tienen enojados. Por eso Smithers goza de tanto poder», argumentó McCaffrey. Para Peter y Henry era una incógnita por qué los demócratas no lograban elaborar un discurso sólido. «Ya James Carville lo había dicho en la administración de Clinton: "Es la economía, estúpido", la clase trabajadora necesita respuestas para su día a día», agregó Peter, «lo que no me explico es por qué el candidato demócrata se concentra en las batallas culturales y no en llevar el pan a la mesa». «Robert White parece habitar en un mundo paralelo», sentenció Henry, «vive perdido en una fantasía». A él su «buenismo» le parecía tan aterrador como las posiciones radicales de Smithers. «¿Qué hubiera hecho Henry Lloyd ante un panorama como este?», preguntó Peter. «Su mayor virtud era leer las circunstancias y anticipar las coyunturas y entendió cuándo moderarse o no al lidiar con políticos. Cuando hubo de enfrentar a Clay Young, un gobernador que se le oponía, soltó su famosa frase "diez fuegos apagan un fuego" y logró doblegarlo», respondió el profesor. La frase estaba enmarcada en la sala del consejo de administración del conglomerado, pero Henry ignoraba las condiciones en la que la había expresado. «¿A qué se refería?», inquirió. «De manera solapada creó un caos en diversos frentes. La sociedad responsabilizó a Young por la ingobernabilidad y sin pruebas para inculpar a Lloyd, se vio forzado a dimitir», contestó McCaffrey. «¿Cuáles fueron esos fuegos?», preguntó Peter. Joan se adelantó a responder, había estudiado a fondo ese periodo. «Instigados por Lloyd, hordas de negros y de mexicanos saquearon comercios en Austin, Houston y San Antonio. Escaparon apaches de las reservaciones y se dedicaron a matar blancos. Gente anónima envenenó ríos y miles de cabezas de ganado murieron. Se amotinaron los presos en las cárceles y decenas huyeron. Se disparó el número de robos, de asesinatos, de violaciones. Young se vio rebasado por los diez fuegos y se hundió». Un caos como ese descarrilaría al gobernador McKay en funciones, no a Smithers que aprovecharía el barullo para presentarse como la solución a la «blandura» de los demás políticos. Los tiempos eran otros y Henry pensó que carecía del instinto de su antepasado para crear «diez fuegos». Abominaba que un mediocre como Smithers, sin ningún logro significativo en la vida, atrajera a esa acrítica masa de votantes. Debía existir una forma de evitar que arribara al poder. Sutil, quirúrgica, precisa. El «es la economía, estúpido», resonó en Henry. El golpeteo a Smithers debería enfocarse en ello. Diez fuegos que mostraran a los votantes que las políticas de Smithers repercutirían en sus bolsillos. Quizás se lamentara si por obra de su triquiñuelas ganara White, más mediocre aun que Smithers. Lo consolaba saberlo más manejable. Engallado por las febriles respuestas en sus mítines, Smithers no se iba a mesurar. «Su mayor virtud era leer las circunstancias», había ponderado McCaffrey de Henry Lloyd. ¿Cómo podía él leerlas? Unos días después, un hecho fortuito abrió un resquicio por el cual debilitar a Smithers: Dwight Jones, un agricultor en Hondo, había empleado a jornaleros indocumentados para recolectar tomates. Cuando terminó la cosecha y para no pagarles, llamó a la agencia de inmigración y aduanas. Decenas de oficiales llegaron a efectuar una razia. Lograron detener a la mayoría, excepto a cuatro que entraron a la casa del rancho para secuestrar al dueño y a su hermano, amenazando con matarlos si no les garantizaban la libertad. La policía rodeó la casa y negociadores intentaron pactar un acuerdo para la liberación de los rehenes. Smithers halló en el episodio el pretexto perfecto para condenar a los ilegales, «lo he dicho siempre: son delincuentes, basura. Han privado de la libertad a dos queridos texanos que gozan del aprecio de sus vecinos, con el mero propósito de evadir la ley. Hoy más que nunca debemos poner un alto». El caso fue tomado pro bono por Tabata Nesma, una prominente abogada chicana y activista de derechos civiles. Las autoridades le permitieron el ingreso al rancho a conferenciar con los secuestradores. Los migrantes protestaron por los maltratos y por la celada de los propietarios para escamotearles el salario que habían ganado de modo justo. «Estamos cansados, nadie reconoce que nos partimos el lomo día a día para mantener a nuestras familias, no somos los animales que pintan los políticos», alegaron en español. Tabata expuso a la prensa lo complejo del asunto y el punto de vista de los raptores, «esta situación es delicada y consideramos valiosas las vidas de todos los involucrados. Hay que analizar lo ocurrido y pido al público no llegar a conclusiones precipitadas». Las palabras de la abogada fueron un regalo para Smithers, «ahora la vida de esos asesinos vale lo mismo que la de dos texanos decentes y honrados. Por eso los liberales no tienen cabida en nuestra sociedad. No entienden un carajo». Henry siguió de manera obsesiva la cobertura y, en un noticiario de medianoche, vio una entrevista con un granjero blanco quejándose de que, por culpa de los Jones, los braceros habían huido de la comarca y que ahora no hallaba quien recolectara las decenas de acres de fresas. «Estoy a punto de perder la cosecha por la mezquindad de un tipo», refunfuñó frente a las cámaras. Henry se preguntó qué pasaría si los trabajadores indocumentados se pusieran en huelga, de qué manera afectarían el desarrollo económico del estado. Tomó el teléfono y a esas horas le llamó a McCaffrey, «¿cómo podría incidir una huelga de migrantes en las finanzas estatales?», le preguntó a bocajarro. Aún adormilado, el profesor contestó, «es la economía, estúpido».

1892

A Jezebel en la cama paralizada la hallé cuando mi turno llegó. Con los tres se había acostado ya. Cuatro hombres ligados por la anémona rosada entre sus oscuras piernas. Jonas, ella misma confesó, al principio penetrarla no pudo. «Temblaba», ella dijo. Una hora hubo de esperar para que él se tranquilizara. «Derramen dentro de ella», Lloyd a los tres nos ordenó. Que uno de nosotros la preñara. «Que el blanquito un hijo nuestro reciba». Yo a Jezebel perdonarla aún me costaba. Por su desaparición estuve cerca de morir linchado. Ahora desnuda frente a mí la tenía. Con Jade el parecido era notable. Piernas largas, piel lozana, estrías en la parte exterior de las nalgas. En algún momento Jade creía que era. En el cuerpo de Jezebel, Jade reencarnada. Imposible, a Jade nunca asustada la vi. A Jezebel la hallé abrazándose, temerosa. A pesar de saber que ayuntaría con ella, Jenny no me impidió hacerlo. Ella nunca algo me negó. La vida a ella me trajo y junto a ella mi vida terminaré. Jezebel al ver que la ropa me quito en el borde de la cama se arrincona. El mentón clavado en el pecho sostiene. De desnudarme acabo. Con un ademán de mi mano tenderse en la cama le pido. A lo largo del colchón se acuesta. Sus pezones canela acaricio. Abro sus piernas, al fondo el molusco que Lloyd y su prole habían penetrado. Una gota de saliva pongo en mi índice derecho para su botón rozar. El molusco un poco se abre. En círculos doy vueltas. «No tardes», con los ojos cerrados pide. Tardaría. Tardaría cuanto yo quisiera. Toda la noche estar con ella Lloyd me había permitido. Mi dedo vuelvo a mojar y en el foso húmedo lo introduzco. En el techo de su caverna lo restriego. Ella los labios se muerde. «No tardes». Varios minutos mi dedo en su interior mantengo. Su cuerpo comienza a vencerse. Humedad de sus paredes escurre. Nada como sentir que una mujer responde. Podría montarme sobre ella y acabar pronto como me lo pide. No lo hago, deseo demorarme. Quiero sentir que algún poder sobre ella ejerzo. No sé cuánto entre ella y los otros tres ha sucedido. Si así mismo Lloyd se retardó para dominarla. Sigo con el dedo en el interior de su cueva sin dejar de removerlo. Ella finge no sentir, su molusco la traiciona. Es un ducto caliente, viscoso. Ella ni un solo gemido. Su dignidad respeto. Ambos presos en la infame maraña de la esclavitud. Cada uno con sus privilegios y sus quebrantos. Dos negros en la desnudez y el sexo confrontados. La negritud a la orden de un blanco. No me detengo. Error craso sería las ordenes de Lloyd contravenir. Mis dedos saco y meto dentro de Jezebel. Luego con la lengua su dulce miel recojo. La pelambre de su pubis huele acre, a sudor reconcentrado. Ella se contiene para no gemir, pero los temblores su placer denotan. Tres cuartos de hora, una hora, con su cueva jugueteo. Lengua, dedos, palma de la mano, labios, dientes. Un vapor pareciese de ella emerger. Por fin decido entrar. Mi miembro hasta el fondo empujo. Jezebel se mantiene inerte hasta que me abraza. Su boca la mía busca. Lame mis labios, los muerde. Su vaivén siento. Acelera. Su respiración la delata. Un estremecimiento en su cuerpo se percibe. «Sigue», susurra. Mi oreja lengüetea. Las uñas en la espalda me encaja. «Sigue, sigue, sigue». Las venas del cuello le saltan. Suda. Un gemido reprime. Otra sacudida la recorre. «Sigue», pide. «Sigue». Empujo más y quieto me quedo dentro de ella. Sus manos se crispan. Sus uñas me laceran. «Sigue». No puedo más y descargo cuanto traigo. Ella me siente y en la boca me besa. Tiembla. Me abraza y luego de un rato a un lado me avienta. «Quítate». De mí se aleja como si yo el mal encarnara. Enojada está por el placer que ha experimentado. Algo suyo debió sentir que traicionaba. La luz de la luna su piel sudorosa ilumina. La negra como una serpiente brilla. «Vete», me ordena. Yo aún no me recupero. El aliento me falta. Un sopor me invade. «Vete», suplica entre llantos. En la orilla de la cama me siento. La comisura de mis ojos aprieto. ¿Cómo habría sido para ella ayuntar con cada uno de nosotros?, ¿qué habría sentido con nuestras manos en su cuerpo, con nuestros besos, con la casta penetración de Japheth y Jonas? Con ellos coitos apresurados debieron ser. La ropa me pongo y de la habitación salgo. Al lado de Jenny me acuesto. Ella el techo ve, sus ojos muy abiertos. A ella me acoplo. También Jenny llora. Su frente beso. Al día siguiente Lloyd regresar a Jezebel a su casa me mandó. Para que no creyera que la mataría, Jonas y Japheth con nosotros vinieron. «De donde saliste, te volverás. Serás libre de cuanto quieras hacer», Lloyd le dijo y un certificado de libertad en sus manos puso. Entre los pinares la escoltamos hasta la cabaña. Parecería abandonada si no es porque sentado en un tronco el fantasmal Abner se hallaba. Abatido, sin camisa, el sol de frente pegándole. Levantó la mirada al escucharnos. Al ver a Jezebel su rostro se alegró. Ella bajó la cabeza, vergüenza debería sentir de que la acompañáramos quienes recién la habíamos penetrado. Ella caminó hacia él y lo abrazó, llorando. El pelirrojo también lloró. Se amaban, duda no cabía. Quizás dentro de ella habitase ya un hijo por uno de nosotros procreado. Perversa mente de Lloyd y, pese a ello, bondadoso. Unas monedas sacó Jonas para al blanco entregárselas. «Mi padre, darte esto me pidió», dijo. Abner con asombro las recibe. Una fortuna para él debe ser. No entiende qué sucede. Jezebel aún más llora. El gesto la rebasa. Otra sofisticada forma de humillación. Sus favores sexuales comprados. Los dos pimpollos en ese lugar por el resto de sus vidas ocultos. Él a solas al pueblo ropa, utensilios, avíos, redes irá a comprar. De su falso vergel no podrán salir. La gente de la comarca su pecado de cohabitación jamás perdonaría. Jamás. A los tórtolos dejamos entre lágrimas abrazados. Mientras nos alejamos, volteo. La piel lechosa de Abner con la estilizada negrura de Jezebel contrasta. Volvemos. Henry Lloyd en una silla afuera del porche me aguarda. Los dos muchachos a la casa entran. Con discreción Lloyd me pide seguirlo y a lo profundo del bosque me conduce. Antes de hablar conmigo a su alrededor voltea. Por su actitud sé que algo importante está por pedirme. «Jeremiah, pasado mañana Thomas Wilde con Harold Smith y con otros de caza irá. A Nieve desea montar. Un accidente quiero que sufra. Para que se mate o quede tan mal que nunca más se recupere. La cincha de su silla rebana para que en un salto Nieve lo derribe. A su edad una caída no la soportará». Frío me quedo. Nunca imaginé que a su suegro deseara matar. «Ya un estorbo es para mis planes. Muerto o muy débil lo necesito. Veintisiete esclavos se niega a venderme, entre ellos, a ti. A los veintisiete liberaré. Un plan tengo. El mundo conquistaremos, Jeremiah, ya lo verás. Nadie, ni James, esto puede saberlo». Esa misma noche a Emerson Lloyd y yo retornamos. En el cobertizo simulé dormir y con cautela, a medianoche, a las caballerizas me dirigí. Las dos sillas de montar preferidas del señor Wilde sobre unos bancos reposaban. Rajar las cinchas como Lloyd me había pedido la artimaña podía revelar. Las raspé por atrás. Con el cuchillo el cuero adelgacé. Sin grosor, las cinchas reventarían cuando el caballo a toda carrera avanzara o un seto saltara. Al azotar desde lo alto de la montura los huesos en pedazos se quebrarían. Nadie podría percatarse porque las cinchas manipuladas no se notaban. El engranaje de su grandeza Henry Lloyd echaba a andar.

1878

Lloyd vio en los canales mencionados por Enrique Soledad las vías para vulnerar el fortín, nunca imaginó Sánchez que su sistema secreto sería revelado por un traidor que no estuvo dispuesto a cambiar su vida por la de veintitrés hombres, doce mujeres y ocho niños que se guarecieron en la casa, su perfidia contrastaba con la fidelidad que los negros profesábamos por Lloyd, podrían ofrecernos dinero, propiedades o amenazar con matarnos, jamás le fallaríamos, Lloyd le pidió explicarle cómo estaban repartidos los acueductos subterráneos y hacia qué puntos derivaban, con el dedo Soledad bosquejó un croquis en el polvo, «yo mismo excavé los caños», indicó por dónde corrían y la distancia de los pozos a la casa, dos pozos eran anteriores y dos norias habían sido recién perforadas, «el ancho de cada acequia es de dos palmos y corren a menos de dos varas de profundidad porque los veneros circulan casi a flor de tierra, Sánchez diseñó un sistema de compuertas y con poleas las controla desde adentro para cerrarlas si acaso les envenenamos los pozos», calculó que el agua depositada en los barriles podría durarles entre mes y medio y dos meses, Lloyd se tomó su tiempo para pensar una estrategia y horas después nos convocó, «por la noche, cuando se meta la luna, vamos a cercar de cadáveres la casa y otros los vamos a meter en los pozos, que los miasmas de los muertos se les cuelen por entre las rendijas y empodrezcan el agua», planteó que para desmoralizarlos fuesen los cadáveres de mujeres y niños aquellos que arrojáramos alrededor de la casa y los de los hombres en los pozos, la frialdad de Lloyd me sacudía, sí, eran medidas inteligentes y necesarias, pero me espeluznó saber que los niños que había matado serían parte de ese pudridero, Lloyd le ordenó a Enrique demostrar su lealtad siendo él quien a caballo tirara los cadáveres, el mexicano hizo un amago de rehusarse, Rodrigo lo conminó a no cometer semejante estupidez, «obedece y punto», a Soledad le llevó toda la noche cubrir de cuerpos el perímetro de la casa, para perderse en la oscuridad lo hizo sobre un potro azabache, embozado y vestido con prendas ennegrecidas con carbón, ya los restos apestaban y en más de una ocasión volvimos el estómago al subirlos a las ancas del caballo, en cada una de sus vueltas sonaron disparos desde la casa, de tan negra la noche y tan oscuras las ropas de Soledad no llegaron a herirlo, a la mañana siguiente contemplamos el grotesco espectáculo del cercado, manos estiradas hacia el cielo, cabezas con las bocas abiertas, piernas mordisqueadas por coyotes, moscas, gusanos, entre esas pilas quedaron los cuerpos del niño y las dos niñas que asesinamos, los demás cadáveres los botamos en los pozos y se amontonaron hasta llegar a la boca, así Sánchez cerrara las compuertas, la peste aún debía colarse por algunos huecos, no imagino el horror de quienes se hallaban dentro, ¿cómo mantenerse cuerdos cuando a unos pasos de ellos se encontraban los restos de los hijos y de las mujeres de quienes aún resistían?, ¿cómo dormir con el incesante zumbido de las moscas?, ¿cómo evitar enfermarse por el aire malsano?, ¿dónde vomitar su asco y su repulsión?, Soledad reveló los sitios exactos en donde se hallaban las compuertas y Lloyd mandó cuadrillas a romperlas, destruyeron tres y la cuarta fue imposible por hallarse a tiro de los sitiados, con las compuertas rotas el aire viciado y hediondo de los pozos pudo colarse con mayor intensidad en la fortaleza, Sánchez debió arrepentirse de tapiar con tanto afán puertas y ventanas, el aroma a podrido entraba sin hallar salida, al sexto día Lloyd tomó la decisión que definió el fin del conflicto, ordenó traer leña y brea y nos hizo sacar los cadáveres de los pozos, fue una labor de pesadilla que nos provocó arcadas, de los cuerpos descompuestos fluían líquidos que se nos embarraban manos y brazos y cuya peste no podía quitarse aun tallándonos, el dulzón picor de la muerte repugnaba, untamos los cuerpos de brea y los arrojamos de nuevo a los pozos con hojarasca seca, ramas y troncos, les prendimos fuego y cuando se elevaron las llamaradas Lloyd decretó tapar con tablas las embocaduras de los pozos para que el humo fétido se expeliera hacia los caños, «saldrán como ratas, ya verán», nos mandó apostarnos detrás de carretas y carruajes y esperar a que el humo los obligara a salir, «disparen al que aparezca, así levante las manos en señal de rendición», por las hendiduras de los postigos y por el tiro de la chimenea comenzó a emerger el humo pestífero, se escucharon gritos y tosidos, «preparen las armas», dijo, quince minutos después, una puerta se abrió.

1826-1830

A Jack, la vida en la plantación le resultó soporífera. En ninguno de los otros lugares donde antes habitó, el tiempo lo sintió tan opresivo. El aburrimiento le carcomía el ánimo. Cada dos semanas realizaba el largo viaje al pueblo donde frecuentaba a una prostituta de nombre Liz. Eran sesiones cortas y desagradables y a la sexta visita ya se había fastidiado. Dejó de serle placentero ayuntar con una mujer ensimismada y distante en un cuartucho que olía a sudor y a vómito. Cada sábado, al salir del lugar, se acentuaba su desánimo. No volvió a ir. Gracias a su relación con los negros pudo sobrellevar el tedio. Eran callados y generosos, lo opuesto a los blancos que no desaprovechaban la oportunidad para quejarse de su aislamiento. Con los negros, Jack aprendió a cocinar nuevos platillos, conoció sus extraordinarias mitologías. Supo de animales de los cuales jamás había escuchado: leones, hipopótamos, jirafas, elefantes, leopardos, kudús. Como sucedió con otros esclavos, habían sido arrebatados de sus aldeas cuando niños para crecer en los Estados Unidos, donde perdieron su identidad y el sentido de sí mismos. A Sara y a Samuel los despojaron de sus hijos pequeños para venderlos a otras plantaciones. La pareja no permitió que la amargura se apoderara de ellos y lo tomaron como una desventura inevitable de su existencia contra la cual nada podían hacer. Nadie escogía su color de piel, pero el color de piel elegía un destino y ese era el suyo y lo asumían con resignación. Ambos exhibían cicatrices de latigazos en la espalda. Tomaban como una bendición trabajar en los campos tabacaleros, lejos de las jornadas extenuantes y de los castigos de otras fincas. Con Günther y Rupert, Jack mantenía una relación tirante. Jamás se afanaron en los sembradíos y poco sabían de las técnicas de cultivo, de cosecha y del secado del tabaco. Daban por sentadas las cosas, como si por sí mismas se resolvieran. Con vehemencia reclamaban sus dividendos con la sospecha de que Jack amañaba las cuentas. Las discusiones a menudo subían de tono. Mason mediaba entre ellos, «pronto la compañía crecerá sin límites y no sabremos cómo administrar la abundancia». Era cierto, el tabaco se vendía con rapidez, sin embargo, los compradores lo adquirían a precios tan bajos que apenas daba para sembrar y para conseguir en el pueblo algunos víveres y pacas para los caballos. No sobraba para repartir ganancias y creía injusto que los otros demandaran ingresos de sus descuidadas parcelas. Los esclavos no percibían sueldo. Cada dos meses, Mason les entregaba harina, azúcar, sal, carne seca, quesos y sacos de maíz. Los negros criaban cabras, puercos y gallinas en pequeños corrales hechos con ramas. Poseían perros criollos para ayudarlos a cazar zarigüeyas, ardillas y mapaches. Oliver y Walker, los dos muchachitos que se asociaron a la compañía, no soportaron el hastío y, a pesar de ser inversionistas, partieron a la primera oportunidad. De inmediato, Günther se dijo dueño de sus acciones y de su parcela, causando aún más roces con Jack. Pasaron tres años y la empresa siguió sin generar las utilidades prometidas. Quienes ganaban eran los intermediarios, conseguían tabaco de plantaciones pequeñas, como la suya, para revenderlo en los grandes mercados. Sin dinero, Jack carecía de medios para transportarlo donde se cotizara mejor. Dependía de la voracidad de los comerciantes que alegaban lo remoto de los plantíos para justificar los bajos precios. Jack se sintió engañado por Hanna que sin excusa demandaba el 30% correspondiente a la cuota acordada por el trabajo de los esclavos. Los exiguos márgenes mellaron mes con mes las reservas monetarias de Jack. El 30% demandado por el banco, más el 30% que debía repartir entre los socios, asfixiaron sus finanzas. Se supo entrampado, dueño mayoritario de una compañía sin visos de prosperar. Con razón, Hanna le habló de las ventajas de comprar esclavos. Sin correr riesgos, el banco obtenía una tajada significativa. Quizás si, en lugar de invertir en la destilería o en la plantación de tabaco, hubiese adquirido acciones en las sociedades propietarias de esclavos, se habría tornado en un hombre rico. Después de fraternizar con los negros, supo que un escozor moral lo habría consumido. La alianza entre Rupert y Günther para querellar el reparto de los réditos empezó a fastidiarlo. El gordo le tenía sin cuidado, un tipo blandengue y faramallón, inofensivo. No así Rupert, una incógnita. Con certeza algo tortuoso escondía y se ocultaba en la plantación para evadir la justicia. Su habla era semejante al siseo de una víbora. Mascullaba las frases y era necesario aguzar el oído para entenderle. Debía descender de esos irlandeses pobretones que emigraron a las costas de Massachusetts, ¿de dónde habría sacado dinero para sostenerse y para pagar las acciones? Ellos dos también bregaban con dificultades económicas y sus litigios con él eran más y más agresivos. El cuarto año fue catastrófico. Por causa de una inusual temporada de tormentas, una plaga de pulgones invadió las matas de tabaco. Los negros asperjaban los cultivos con una cocción de ajo, vinagre y hojas secas de tabaco para controlarla, pero las lluvias constantes lavaban el insecticida y la humedad permitía a los bichos reproducirse con más rapidez. La generalidad de las plantas no maduraron. Lo encharcado del terreno tampoco ayudó. Centenares de matas se pudrieron. La producción se redujo al 10% de cosechas previas. Mason viajó a Frankfort a parlamentar con su tío para resolver el desastre y ya no volvió. Durante semanas, Keith exigió su sueldo y cuando no hubo recursos para cubrirlo, desapareció. Los aguaceros no cedieron. Jack se reunía con los negros en la cabaña de Samuel y ahí se repartían cuanto quedaba de comida: trozos de zarigüeya, dos o tres huevos, quesos fabricados con la leche de las cabras. A pesar de hallarse en una situación crítica, ni Günther ni Rupert accedieron a pedirle comida a los esclavos. Preferían morir de hambre a rebajarse. Jack los aborrecía. Soberbios, perezosos, siempre inconformes. Se agotaron los víveres y hubo que sacrificar un par de cabras. Samuel se mostró optimista, «la lluvia mejores cultivos traerá». Jack no compartió su confianza, la pobre cosecha apenas dio para recuperar semillas y la venta arrojó casi nulas utilidades. Sin los fondos aportados por Mason, Jack utilizó el escaso capital para proveer a los esclavos, lo cual suscitó protestas de Günther y Rupert que empezaban a padecer los efectos de la hambruna. Torpes para la caza y sin abandonar su altivez para aceptar la dadivosidad de los negros, hubieron de conformarse con las mojarras y ocasionales bagres que lograban pescar en el río. Samuel aconsejó a Jack sembrar en septiembre, pasadas las lluvias. Jack temió que las heladas de otoño mataran las plantas. «Hará calor», respondió Samuel con seguridad, «así acontece cuando es copiosa la época de llover». Era una apuesta que podía acabar con la plantación. No había dinero suficiente para resurtir las semillas y las obtenidas en la recolecta no podían desperdiciarse. Jack confió en la sabiduría del viejo negro. Debido a la flojedad de la tierra húmeda, la siembra pudo efectuarse con rapidez y las primeras matas emergieron a las dos semanas. Para evitar los pulgones, desde el inicio los negros las rociaron con el fumigante de vinagre, ajo y tabaco seco. Al mes y medio las hojas se expandían frondosas. La recolecta se inició a los tres meses. Era tabaco de buena calidad y los días radiantes y el calor tardío facilitaron el secado. Tal y como lo pronosticó Samuel, fue una excelente cosecha. Como se recolectó fuera de temporada, Jack logró negociar precios más altos y la plantación obtuvo sus primeros rendimientos lucrativos. Jack hubo de separar de nuevo una parte para abastecer de víveres a los esclavos, lo que provocó otra airada respuesta de Günther y Rupert. Lo interceptaron cuando se dirigía hacia su cabaña con una caja en la mano. «Pasamos días sin comer, miserables, sin poder comprarnos ropas nuevas y ¿ahora los negros van a vivir mejor que nosotros?». «La plantación se hundiría sin su trabajo», intentó explicarles Jack. «No nos importa», replicó Rupert, «nosotros queremos nuestro porcentaje y el que le corresponde a Mason y a los otros dos. Si quieres darles tu parte, adelante». Jack se mostró prudente, «con anterioridad el 30% se entregaba al banco y ustedes nunca rechazaron ese acuerdo. Ese 30% lo destinaré a la manutención de los esclavos. Con respecto al 10% de los otros socios, lo guardaré y sólo lo repartiré si no se presentan a reclamarlo en seis meses. Del total, ahorraremos una quinta parte para afrontar cualquier eventualidad. De su 10%, tomaré lo correspondiente para ese fondo». Rupert lo encaró, «atrévete y verás las consecuencias», le dijo mientras le mostraba una pistola en su cintura. «Necesitamos finanzas sanas, les detallaré con transparencia cada gasto efectuado. No pienso escatimarles ni un solo centavo», les dijo Jack con intención de calmar los ánimos. Rupert extrajo la pistola de su funda y la alzó en la cara de Jack. «No estamos dispuestos a creerte». Günther se paró a su lado, también dejando asomar una pistola. «Nos vas a entregar todo lo recaudado», advirtió. Jack miró a ambos. «Está bien», respondió, «les daré el dinero». Colocó la caja en el suelo y se agachó como si la fuera a abrir, sacó el cuchillo de la funda atada a su pantorrilla y en una acción fulminante se giró y se lo clavó a Rupert en el pecho sin darle tiempo de disparar. Rupert miró sorprendido el filo que atravesaba a la altura de su corazón. La sangre mojó la mano de Jack que lo sostuvo encajado hasta que el otro se desplomó. Aterrorizado, Günther dio un paso hacia atrás y cuando tembloroso quiso extraer el arma, tropezó y cayó de espaldas. «No me mates», imploró. Jack no tuvo piedad. Lo apuñaló en el cuello hasta que el alemán expiró. Tanteó entre las ropas de Rupert y halló un cuchillo. Lo untó de sangre de Günther y se lo puso en la mano. Luego colocó su cuchillo en la mano del gordo. Contempló la escena, los cuerpos habían quedado como si entre ellos se hubiese suscitado una discusión que terminó en pleito. Las pistolas tiradas a los lados lo reforzaban. Miró a su alrededor para cerciorarse de que nadie lo había visto cometer el doble asesinato. Con su camisa borró las huellas de sus pisadas y se dirigió a lavarse al río. En el agua enjuagó y talló cualquier salpicadura de sangre en sus ropas y en sus manos. Sin mostrar emoción alguna, se presentó en casa de Samuel para cenar con él y Sara. Agradecidos por haberles entregado una buena cantidad de dinero, le prepararon un lechón. A la mesa se les iban uniendo uno por uno los demás esclavos. El tono celebratorio permeó la charla, orgullosos de que por fin la plantación había levantado gracias a sus esfuerzos. Les frustraba que la labor diaria no arrojara cosechas abundantes. Jack anticipó por fin el despegue de la compañía. A media cena, llegó sofocándose Dinah, una de las esclavas, a anunciar la muerte de los dos hombres. «Se mataron uno al otro», dijo desemblantada. Jack fingió sorpresa, «¿cómo?, ¿dónde?». La mujer los llevó hasta donde se hallaban los dos cadáveres. A la luz de las antorchas daban la impresión de haberse matado a cuchilladas. Samuel se consternó. Sabía que cuando hombres blancos aparecían asesinados, a los primeros en culpar era a los negros. Si notificaban en el pueblo de su muerte, un infierno los perseguiría. Interrogatorios feroces, golpizas, tortura. Ninguna autoridad iba a creer la historia del pleito. Ya lo había experimentado antes, cuando un blanco se ahorcó por deudas y en lugar de considerarlo un suicidio, el alguacil lo tomó como un crimen. Varios, entre ellos él, fueron azotados para que «confesaran». Cinco días de latigazos hasta que, al azar, eligieron a dos negros y los colgaron a pesar de saberlos inocentes. Lo mismo sucedería ahora. Jack pidió no tocar los cadáveres ni el escenario del crimen. «Ya veremos qué hacemos mañana». Cada quien se marchó a su cabaña. Acostado en su cama, Jack rumió la posibilidad de enterrarlos sin aviso. Para ello requería la absoluta complicidad de todos los esclavos. Que de manera unánime afirmaran que ambos se largaron para nunca más volver. Pero bastaba una voz discordante para que el tinglado se viniera abajo. La otra sería ir al pueblo y denunciar los hechos como se habían descubierto: heridos los dos al reñir por motivos no claros. Se inclinó por esta última. No hubo testigos del doble homicidio y él cenaba con Samuel, Sara y otros negros cuando fueron alertados. No había nada ni nadie que pudiera inculparlo. Al despertar por la madrugada se personó en la orilla de la parcela donde se reunía con ellos para ir a laborar. No había ninguno. Fue a la casa a buscarlos. Vacías. Sin sus pertenencias. Sigilosos, habían escapado durante la noche. Dejaron a los animales para que no hicieran ruido. Jack se sintió traicionado. Samuel debió al menos advertirle la probabilidad de que huyeran. Regresó a su cabaña y se sentó en el catre sin saber cómo proceder. Si se iba y alguien encontraba los cadáveres, sería sospechoso. Si informaba a las autoridades y encontraban deshabitada la plantación, también levantaría suspicacias. Resolvió enterrarlos él mismo. Excavó dos profundas fosas en lo más tupido del bosque. Envolvió los cadáveres con mantas. Con dificultad logró subir el cuerpo de Günther a lomos de su caballo y lo dejó caer en el hoyo. Rupert le costó menos trabajo. Tapó las tumbas con tierra y luego las cubrió con piedras, troncos y hojarasca. Quemó los haberes de los dos muertos, entre ellos sus títulos de propiedad, y las cenizas las arrojó al río. Liberó a las cabras, los cerdos y a las gallinas que pronto se desperdigaron por entre los árboles. Jack volvió a su cabaña. En las alforjas guardó el dinero, las escrituras de sus acciones en la destilería y en la tabacalera, y las cartas de recomendación, y se enfiló al pueblo.

1887

es cruel que Dios sólo nos brinde un fugaz atisbo a toda la belleza de esto que llamamos vida somos un relámpago un soplo una brizna nos apagamos demasiado pronto a cierta edad los días se suceden a una velocidad que causa vértigo qué ganas de detener el tiempo de encapsularlo en una caja de cristal para evitar su avance contemplarlo a través de un vidrio inmóvil imperecedero perpetuo ojalá Dios nos autorizara a elegir la época de la vida en la cual quisiéramos perdurar por el resto de la eternidad sin que nuestros cuerpos se deterioren sin que nuestras pieles se arruguen o nuestros órganos fallen no fue así Él decidió que la muerte nos habitara y que con lento sadismo nos vaya arrebatando la existencia es un mecanismo perverso el inocular nuestros cuerpos con una declinación sostenida y sañuda me pregunto si sería impío reclamarle a Dios su absoluta indiferencia ante nuestro quebranto nos escuchará atenderá nuestras protestas o su omnisciencia no se ocupa de esas naderías te veo en la cama abismándote en el éter de la agonía sin que te pueda expresar el mareo de saberte a unos días de fenecer me enfurece y no puedo elegir otro verbo me enfurece que te hayas convertido en las ruinas de ti mismo sí la pérdida de mis padres me dolió en el alma pero creía con la misma expectativa casi infantil que tuve con papá que eras inmortal que lograrías elevarte por encima de los demás y retar a la muerte cara a cara para vencerla por los siglos de los siglos imposible asumir tu decadencia cuando para mí eras el imbatible arquetipo de la hombría qué frívola y tonta fui proyecté mi enamoramiento en una quimera como niña ilusionada te convertí en un hircocervo en un ser mitológico capaz de remontar el tiempo sin desgaste sin involución senil qué tremendo golpe me dio Dios para verte trocar en un trapo tus labios se han cuarteado tu rostro se despelleja tus ojos carecen de brillo es como si te secaras pulgada a pulgada hasta desertificarte en un erial de ti emergen ruidos silbas roncas expulsas gases balbuceas chasqueas rechinas resuellas es increíble la cantidad de sonidos que prorrumpe un moribundo como si la vida quisiera despedirse brindando un último concierto inarmónico y disonante porque cuando llega la muerte todo se silencia no sé si escuches a tus hijos cuando se arriman a tu lecho a hablar contigo como si fuese un locutorio uno por uno pasan a la recámara a reiterarte su amor o a confesarte errores o a reclamarte o a enojarse o a pedirte perdón o a exigirte que seas tú quien les pida perdón o a contarte su día o a relatarte de tus nietos o a compartirte sus anhelos por boberías o por pruritos absurdos en vida prorrogamos confesarles a quienes amamos el alud de cosas que nos hemos reservado y aguardamos hasta verlos desahuciados para decirlas hay la esperanza de que en la mente del agónico resuenen nuestras frases que por algún extraño artificio penetren en sus células y viajen con su alma al más allá estas semanas que he hablado contigo pude hallar paz durante años te maldije por tu abandono pero por misteriosas razones que ni siquiera yo me explico empecé a evaluar mi vida junto a ti desde otra perspectiva una que resalta la gratitud por encima de todo lo demás donde el optimismo canceló lo negativo gracias a ti o pese a ti me transformé en la mujer que hoy soy si tú hubieses permanecido a mi lado quizás no habría descubierto mi valentía mi atrevimiento mi entereza Henry me permitiste cambiar de piel por una más gruesa y resistente Sandra sí que no pudo contigo y resintió tu ristra de amasiatos a pesar de saber el tamaño de hombre que eras ilusa creyó que al casarse contigo podía enjaularte en un matrimonio bien avenido y convencional cuando el mundo entero sabía de tu carácter rebelde y huracanado debió pensar que parir tus hijos era suficiente para detenerte y corregirte y que te descolmillarías para reaparecer manso y dominable Sandra sabe que cuando fallezcas y corra la voz en Texas se vendrá encima de ella y de tus hijos la avalancha de tu leyenda quedarán en el epicentro del terremoto que provocará tu deceso periodistas rancheros empresarios banqueros políticos y hasta el presidente de la nación los ahogarán en pésames y abrazos de condolencia deberán esperar a que una larga fila les estreche la mano para ofrecerles sus simpatías la prensa peleará por declaraciones suyas y los atosigarán hasta reventar su paciencia y en una de esas hasta su cordura Sandra tendrá que asumir el resto de su existencia la pose de viuda doliente y no podrá escapar de tu fuerza gravitacional yo al menos tengo una vida propia y no estaré esclavizada a tu figura y esa es otra de las cosas que te agradezco

1881

Lloyd y sus negros no le dieron ni tantita clemencia a los que se apergollaron en el Santa Cruz. Se tronaron cuanta alma viva se les cruzó en el camino: gente, perros, caballos, vacas, gallinas, guajolotes, cabras. Un tiradero de muertos, arbustos de carne y hueso, piedras rojas. Ahí quedaron padres, madres, hijos, hijas, abuelos, abuelas, sus rostros embadurnados de sangre y polvo, inflándose con los rayos del sol, sus cadáveres hechos bola con los de los pobres animales que la pagaron sin deberla ni temerla. Qué culpa podía tener una mísera cabra de andar desbalagada por el monte para que la dejaran como colador. Y los chamacos, qué maldad cometieron para metérselos a balazos y dejarlos botados entre los nopales. Cuando los niños nuestros vieron muertos a los niños de los otros se les pelaron los ojos. Algunos comenzaron a lloriquear y eran tales sus berridos que Lloyd mismo vino a callarlos, «dice el güero que o le paran a su chilladera o él se encarga de que acompañen a sus amiguitos al más allá», tradujo Valenzuela. Nomás de ver a los negros que los rodeaban como si fueran una jauría de lobos listos a tragárselos como botana, los escuincles se callaron. «Así es la guerra y ni modo», agregó el cabrón del arriero de su ronco pecho. Y sí, así era la guerra y no había como desandarla. Por eso, no hay que nacer ni crecer en el bando equivocado, nomás que uno de niño no sabe cuál es el bueno, y esos pobres, despanzurrados y llenos de agujeros, no tuvieron ni tiempo de decidirlo. La cerca de muertos alrededor de la casa y la humareda de los cadáveres en los caños apestaban hasta bien lejos, y si uno de lejos se volvía loco con el olor, cuantimás los que estaban adentro de la casa. Yo supe lo que eso era cuando en la matazón de los apaches no pudimos quitar los cadáveres de debajo de las ventanas. El tufo hace querencia en el paladar, en la nariz y se clava en el cerebro. Pasan los años y la pestilencia nomás no se apaga. La comida te sabe a muerto, el agua te sabe a muerto, el aire que respiras huele a muerto, las sábanas apestan a muerto, el monte hiede a muerto. La gente que no lo ha vivido no tiene idea de qué es esa fetidez. Ahí está el puto olor, jodiéndote cada día, cada semana, por meses y meses y meses si no es que por el resto de la vida. Cuando Lloyd dijo que nos pusiéramos abusados porque iban a salir como ratas, le pedí que ordenara a sus negros que no mataran a mi abuelo. Que a mí y sólo a mí me tocaba chingármelo. Mier me dijo que me dejara de mamadas, que en medio de la balacera ni los negros ni nuestros mexicanos se iban a andar con cortesías. «No se van a poner de remirados, a este sí, a este no. Al que salga se lo van a recetar, así que vete haciendo a la idea de que si el viejón se aparece, le van a colgar un moño rojo». Tenía la sesera rebosada de listeza, aquellos iban a prorrumpir de la casa tirando bala, ni modo que se pusieran de pechito como huilotas. Y así fue, cuando ya no pudieron aguantar el humo, abrieron las puertas y las ventanas y se pusieron a disparar a tontas y a locas. Lloyd, nada pendejo, les dijo a los nuestros que aguantáramos, que no soltáramos ni un solo balazo hasta tenerlos bien metidos en la mira. Los otros corrían unos pasos, nos soltaban de tiros y volvían a meterse a la casa, nomás que la humareda apestosa los botaba pa fuera otra vez. Y sí, parecían ratas. Nosotros los teníamos rodeados, no había pa dónde escapar. La orden de Lloyd fue clara, «maten al que aparezca y aquí no habrá paz que valga». Y tuvo boca de profeta porque al rato salieron tres mujeres con una camisa blanca amarrada a un palo. Las tres venían apretujadas y temblorosas, avanzando pasito a pasito. «¿Las matamos?», me preguntó James en español. Le dije que no, que esperáramos a ver qué decían. Lloyd las aguardó montado en su caballo. Ellas llegaron hasta él, una de ellas llorosa a más no poder. «Venimos a pedir que nos dejen vivos a los niños y a las mujeres porque nosotros no les hemos hecho nada. Denos salvoconducto y prometemos irnos de aquí lo más lejos que se pueda. Ya bastante hemos sufrido viendo cómo se pudren los nuestros frente a nuestras narices». Tradujo Valenzuela y mientras lo escuchaba, Lloyd no dejó de ver a las tres mujeres a los ojos. El rubio contestó en inglés y con cada palabra, el arriero tragaba gordo. Cuando tradujo, supe por qué hasta pálido se puso. «Que de ninguna manera va a perdonar a nadie dentro de la casa, ni niños ni mujeres ni hombres ni viejas. A nadie. Que no se va a arriesgar a que un chamaco crezca para matarlo años después o a que una de ustedes lo agarre descuidado y le meta una puñalada por la espalda. Que escojan si prefieren que las mate aquí o que si quieren regresar a decirles que se los va a cargar la calaca». Las tres mujeres comenzaron a llorar, «por la Virgencita Santa y Nuestro Señor Jesucristo que no nos van a volver a ver nunca más, juramos que educaremos a nuestros niños para que no quieran vengarse», imploró una de ellas. Lloyd no necesitó ni que le tradujera Valenzuela, con el índice derecho hizo la seña que no. Rogaron y rogaron y el otro no cedió. Como no paraban, sacó su pistola, le apuntó a la más joven y le disparó en la cabeza. Las otras dos gritaron y corrieron a la casa. «Así les va a quedar claro», me dijo Mier. La mera verdad, a calzón quitado, sí sentí feo verla morirse sin que Lloyd le dijera agua va. Pero estaba en lo correcto. Yo mismo era ejemplo de eso. Estaba esperando afuera a mi abuelo para matarlo con mis mismísimas manos. Se apendejó dejándome vivo. Ahora esas mujeres pagaban su error, porque de haberme matado, otro cantar sería.

2024

Henry convocó en la suite del «Barón del Ganado» a Peter, McCaffrey, Joan, y a sus hermanos Patricia y Jack, quienes sintonizaban con su visión política y su manejo de la empresa, contrario a Mary y a Charles, que a menudo reprobaban sus acciones. Almorzaron sin meseros que los atendieran. Henry deseaba la máxima privacidad. «El tono de Smithers contra nosotros crece día a día y, como saben, me niego a negociar con él. Será el ganador en los comicios y nos hará la vida imposible, a menos que juguemos una carta que tumbe sus posibilidades electorales. Y creo contar con esa carta», dijo con convicción. «No entiendo su odio hacia nosotros», intervino Jack, «es irracional». Henry negó con la cabeza, «no, no es irracional. El error es creer que así es. Está calculado para someternos a sus caprichos y obvio, como carnada para su base». Patricia, a quien Henry respetaba por ser la más inteligente de la familia, terció, «ya me buscó para extorsionarme, quiere que yo le entregue un donativo para que me "salve". Yo no lo quiero fisgoneando en mis finanzas personales ni en las de mi marido. No estoy dispuesta a avalarlo, así me condene en el infierno». «Charles y Mary ya están a punto de ceder», agregó Jack, «no creo que podamos zafarnos de él». Henry se sirvió un bourbon, agitó para olerlo y bebió un poco, «la mezcla les salió perfecta», dijo y luego se volvió hacia sus hermanos, «¿qué opinarían si por debajo del agua promovemos una huelga de migrantes? McCaffrey y yo lo hemos discutido y creemos que eso abre una posibilidad para derrotarlo». Jack sonrió, «en casa nos ayuda Mercedes, que es guatemalteca. No creo que se arriesgue a perder su empleo con nosotros». «Quizás sí cuando sepa que corre el peligro real de ser deportada», intervino Peter. Jack negó con la cabeza, «poner de acuerdo a miles de ilegales de tan diversos antecedentes será una tarea imposible». Peter puso sobre la mesa datos sobre la migración en Texas, «hay 1,739,000 migrantes indocumentados en el estado, de los cuales el 85% son mexicanos o centroamericanos. El 79% lleva más de cinco años viviendo aquí. De acuerdo a un estudio del Baker Institute, al estado le cuesta dos mil millones de dólares anuales sostener la migración ilegal, sin embargo, los migrantes generan dos mil cuatrocientos millones de dólares en impuestos. Se compensa el gasto y abonan un remanente de cuatrocientos millones de dólares. En los últimos cuatro años la necesidad de empleo en el estado ha crecido de dos millones de solicitudes a cuatro millones y, un dato importante, cerca de siete millones y medio de texanos son mayores de cincuenta y cinco años y están por retirarse. Así Smithers deportara sólo al 20% de los migrantes, la economía texana sufriría una pérdida de ocho mil cuatrocientos millones de dólares con un impacto indirecto estimado de catorce mil millones». Se hizo un silencio, las cifras eran categóricas. «Si además Smithers cierra la frontera y tasa las importaciones venidas de México, se devastarían nuestras cadenas de suministros», añadió Henry, «el conglomerado corre el riesgo de perder de dos a tres mil millones de dólares». Patricia se talló la frente, como si quisiera borrar las aterradoras cifras, «por lo visto, Smithers va a estrangular la economía texana». «Por eso, propongo la huelga de migrantes, no por un día o por una semana, sino por un largo plazo. Eso desnudaría las contradicciones de las políticas de Smithers», explicó Henry. Concordaron en seguir adelante con el plan y en que Henry se reuniría con Tabata Nesma para sondear la posibilidad de la huelga. Henry la conocía desde hacía años. Estudiaron juntos en la secundaria y en la preparatoria y aunque ella se había mudado a San Antonio, coincidían a menudo en eventos sociales y en las reuniones de generación, y de cuando en cuando se saludaban por teléfono. A pesar de provenir de una familia mexicano-americana de clase media alta, con posibilidad de trabajar en el despacho de su padre, Tabata se decantó por los derechos civiles y la defensa de los migrantes. Henry le marcó y le pidió verla en San Antonio. «Sí, ¿cuándo?», inquirió ella. «Mañana», respondió él. «¿Reservo en algún restaurante para almorzar?», preguntó ella. «Después de que hablemos, te busco en tu oficina al mediodía». Tabata supo que si un Lloyd viajaba a verla para una reunión urgente en privado era porque algo gordo había de por medio. Henry arribó puntual a las doce. Tabata pidió a su secretaria que no le pasara llamadas y que no la interrumpiera. Después de los formulismos de rigor, Henry le preguntó qué opinaba sobre la situación de los «secuestradores de Hondo». Tabata le manifestó su pesimismo, «creo que es un caso perdido. En cuanto pueda, la policía va a entrar a matarlos y Smithers lo celebrará como un triunfo de la ley y el orden que él dice representar». Henry se inclinó hacia ella. «¿Qué podría detenerlo?». Tabata se mordió el labio, gesto que transparentaba su desánimo, «la única posibilidad es que se entreguen sin condiciones y aun así los van a condenar por décadas. La presión que ejerce Smithers está al máximo». Henry sonrió, «me refería a qué podría detener a Smithers». Tabata se alzó de hombros. «Como están las cosas, hoy por hoy, nada». Henry se levantó de su asiento y miró por la ventana. El despacho de Tabata se hallaba en el penthouse de uno de los pocos edificios altos de San Antonio. Si por él fuera, habría mantenido los cuarteles del conglomerado en esa ciudad. Hacía noventa años, su bisabuelo los mudó a Austin para estar más cerca del poder político. Sí, Austin era más bella, pero lo pretencioso de su gente lo cansaba. Permeaba un aire soberbio del que carecía San Antonio, una urbe más a ras de tierra. «¿Crees que una huelga de migrantes malograría las posibilidades de Smithers?». Tabata sonrió, «¿es broma?». «No, no lo es». La mera enunciación de la huelga a Tabata le quitó el aliento. En sus años como defensora de indocumentados jamás pensó en tal eventualidad. «Ha habido huelgas de migrantes de un día con tibios resultados que no han incidido ni en el ánimo político ni en el pulso electoral», sentenció. «Hablo de una huelga de larga duración», dijo Henry y regresó a sentarse. «No están organizados y tienen miedo, a decir verdad, no lo veo probable, ni útil». La respuesta no desalentó a Henry, «imagina la afectación a la economía del estado, se arruinarían hoteles, restaurantes, granjas, manufactureras, automotrices. A estos nativistas ridículos necesitamos inyectarles una dosis de realidad». El entusiasmo de Henry no contagió a Tabata, «los migrantes viven al día, ¿sabes lo que es pedirles que no asistan a su trabajo?». Henry continuó, parecía poseído, «basta que un porcentaje de migrantes se rehúse a trabajar un determinado tiempo. Necesitamos que organizaciones de derechos civiles los movilicen, ¿quiénes crees que puedan hacerlo?». Tabata conocía lo suficiente a Henry para saber que no desistiría. «Edwin González es el indicado». «Bingo», brincó Henry. Edwin era un conocido activista chicano, hijo de migrantes ilegales mexicanos oriundos de El Remolino, Coahuila, que lideraba sindicatos agrícolas en Texas. Henry había tenido que bregar numerosas veces con él, un tipo tozudo y carismático que en múltiples ocasiones había doblegado tanto a políticos como a empresarios. Su capacidad de movilización era reconocida y se le consideraba como un durísimo negociador. La mayor parte de los trabajadores del campo recelaban de los indocumentados, él sostenía que eran un solo gremio donde no había distinciones entre unos y otros. Había logrado ciertos beneficios para ellos: mejoras salariales, pagos de horas extras, limitados servicios médicos y hospitalarios. González era sin duda la persona ideal para organizar la huelga, sin embargo, no tenía un buen concepto de Henry, a quien juzgaba como un empresario voraz e implacable. Sería difícil que aceptara reunirse con él. En un principio, Edwin se negó. Tabata, sin revelarle los motivos por los cuales Henry deseaba juntarse con él, intentó persuadirlo. «Edwin, créeme que vale la pena que lo escuches, no te lo pediría si no lo creyera de verdad». González respetaba a Tabata y supo que no lo engañaría, pero Henry no le suscitaba ninguna confianza, «al menos dame una pista de qué quiere». A Tabata le bastó mencionar un apellido: Smithers. Fijaron una cita para la noche siguiente.

1892

«Lo que te pedí, ¿lo hiciste?», Lloyd me preguntó. Asentí. «Sin que nadie sospeche, el accidente debe sufrir». De que la cincha quedara endeble yo cargo me hice. Reventaría. Harold Smith la caza por dos días retrasó. Un negocio urgente debió atender. Temí que montando a Nieve Thomas Wilde los cultivos quisiera supervisar. Eso el plan en riesgo pondría. En sus paseos Wilde a Nieve no espoleaba para correr. Calmados sus recorridos eran. Si la cincha en una vuelta se tronchaba el accidente podría no ocurrir. Lloyd también preocupado se mostró. En su mirada la frustración reflejada. «Si esto falla, otra cosa debemos de pensar». De sus aspiraciones en Texas me contó. A la conquista de otras tierras quería llevarnos. Mientras Wilde viviera, le estorbaba. Los veintisiete esclavos se negó a venderle y tan poderoso era que Lloyd sus objetivos no podría cumplir. Inaceptable que a su hija abandonara. Wilde no lo perdonaría y Lloyd un enemigo de ese peso no deseaba. No era una posibilidad asesinarlo. Sospechas Lloyd no quería levantar. Por eso el accidente la única solución factible era. Lloyd a su suegro trató de entretener para que la yegua no montara. Dentro de la casa lo mantuvo distraído. De proyectos le habló, planes de puertos ribereños, de lanchones a construir. Cuando no logró más distraerlo, a revisar unos canales cercanos a la casa le propuso. A ambos por la vera de las acequias vi pasear. Largo rato se llevaba Lloyd en una u otra cosa explicarle. Wilde después de las cuatro de la tarde salir de la casa no acostumbraba. La hora del té para él inamovible era y con la señora Virginia le placía conversar. Y más tarde, a vecinos y a compradores de algodón se dedicaba a atender. Lloyd sólo hasta esa hora requería distraerlo. El primer día Lloyd logró que Wilde a Nieve no montara. A la mañana siguiente, temprano, Wilde la yegua me ordenó preparar para la finca recorrer. A las caballerizas me dirigí. Me esperancé en que Lloyd pronto apareciera para que a su suegro interceptara. Si yo otra silla sobre los lomos de Nieve colocaba, Wilde de inmediato lo detectaría. Las suyas a su medida estaban confeccionadas y sobre otras monturas se negaba a cabalgar. Me arriesgué a otra silla ponerle. Preferible su enojo. A la caballeriza entra. Fuerte aún, con paso firme, las manos enlazadas atrás de la espalda, la cabeza erguida. Un aire de monarca. A la yegua se acerca y de inmediato la otra silla distingue. «¿Por qué esta montura?, ¿las mías no sabes cuáles son?». A retirarla de Nieve me dispongo, con la mano me lo impide, «déjala puesta, no quiero esperar». Pone el pie en el estribo y la monta. Con un trote suave hacia los campos la conduce. Un desastre hubiese sido que en una de las sillas manipuladas partiera. Al establo vuelvo para las cinchas adelgazadas revisar. Mis dedos por ellas paso. El grosor del cuero una carrera o un salto no resistirían, de eso confiado estoy. Más tarde Lloyd en los establos me busca. «A mi suegro vi montando, ¿sobre una de

sus sillas va?», con la cabeza niego. Lloyd sonrió, «¿le pusiste otra?».
Asiento. «No lo pareces, pero el más listo de todos tú eres», dice y
la espalda me palmea. A la hora del almuerzo Wilde me recrimina.
«Nunca más de silla te vuelvas a equivocar, mi trasero los efectos
de tu error paga». En señal de disculpa la cabeza inclino. «Mañana
temprano a cazar saldré, de montura no te confundas». Wilde con
Lloyd y Virginia en la veranda almuerza. En días soleados y frescos
al señor Thomas comer ahí le agrada. Los veo departir como si una
tarde normal fuese. Lloyd, tranquilo, sin nervios que lo traicionen.
A cazar con ellos Wilde lo invita. «Trabajo me sobra, querido suegro», le dice para la invitación declinar, «vaya usted a divertirse». El
resto de la tarde Wilde en su casa permanece. Lloyd en los alrededores, para atajarlo en caso de que cabalgar quisiera. Wilde temprano se va a dormir. A las cuatro y media de la mañana yo a Nieve
debía tenerla lista para que a los dominios de Harold Smith se diri-
gieran. Lloyd lo aconseja para que yo lo acompañe, «a Jeremiah lleva
por si acaso algo necesitas», frente a mí le dice. Wilde accede, «sólo
hasta la finca de Smith, no quiero que mi cacería estorbe». Cuando
a solas nos hallamos Lloyd a seguirlo a prudente distancia me manda. No logro dormir. Tantas cosas por cambiar si el plan no falla.
De hazañas Lloyd me había hablado. De conquistas, de triunfos,
del futuro. De libertad, de una vida digna. Todo dependía de que
una cincha en el momento justo reventara. A las tres y media de la
cama me levanto. Los demás negros duermen. Ellos hasta las seis
listos para el trabajo deben estar. Hace frío y con las brasas en la
chimenea las manos me caliento. Un pan de maíz y un poco de
avena desayuno. Con sigilo me muevo para a ninguno despertar.
Sobre todo a James, no quiero que preguntas me haga. Este secreto
sólo yo y Lloyd compartimos, hasta hoy que lo revelo. Media hora
antes a los establos arribo. Nieve en su caballeriza se halla echada.
Se incorpora al escucharme. Hermosa yegua. Alta hasta la cruz. Las
crines sedosas. Entendida. Ideal para los zorros cazar. Veloz, rápida
en sus quiebres. La frente le acaricio. Ella con los belfos en mi mano
cuadros de azúcar busca. Como no traigo, con ligereza me topetea.
De mi bolsa uno saco. Lo devora y vuelve a topetarme. Le doy otros
dos. La preparo. Las bridas le pongo y las herraduras le reviso. Una
potra sana y vigorosa. Dudo cuál de las dos sillas ponerle. No puedo fallar. Las cinchas vuelvo a tentar. Entre mi índice y mi pulgar

las deslizo y luego de eternos minutos elijo. Con la montura en su lugar y los aparejos listos, Wilde a la caballeriza con una lámpara de aceite entra. «Buenos días», con sonora voz saluda. Ilumina a Nieve para inspeccionarla. «Vaya, ahora sí la silla correcta acomodaste». Los brazos estira para desperezarse. «A cazar se ha dicho». Sale con Nieve mientras aguarda a que Listón, mi caballo, presto se halle. A las cuatro y media en punto hacia la plantación de Harold Smith nos encaminamos. Para no desgastar a la yegua con lento paso marchamos. La caza del zorro demandante para los caballos y los jinetes es, horas en su persecución a gran velocidad. Matorrales hay que esquivar, cañadas descender, arroyos franquear, setos saltar. Una hora después los aullidos de los sabuesos a lo lejos se oyen. «Ninguna sinfonía ese sonido equipara», Wilde dice. La luna menguante y Venus al inicio del alba en el horizonte aparecen. Entre sombras a los demás jinetes comenzamos a divisar. Vapor por entre sus ollares los caballos resoplan. «Eres el último», Harold a Wilde bromea. Los sabuesos desesperados por soltarse. Las correas tiran y los perreros con problemas los pueden controlar. Los caballos ansiosos, tensos. Nieve las crines sacude. Los músculos tensos. «¿Listos?», Harold pregunta. Los cazadores un «sí» al unísono responden. Harold el corno sopla. En el aire el grave sonido. Los perreros a los sabuesos desenganchan cuando apenas clarea. En tropel la jauría hacia el monte corre con la nariz al suelo pegada. Rastros de zorros junto a los gallineros ventean y raudos a perseguirlos corren. Los cazadores los frenos de sus excitables caballos jalan. Deben aguardar a que los perros el primer ladrido suelten, indicio de que el rastro de un zorro han hallado. Los caballos con las patas en el suelo rascan, pronto los perros el rumbo les señalarán. Su excitación puede olerse. Un primer ladrido, luego otro y otro. Los perros a un zorro su rastro cerca traen. Smith en el corno tres notas sopla. La cacería inicia.

1878

Cuando fui arrebatado de mi pueblo nunca imaginé los vuelcos que daría mi vida, hombres desalmados me raptaron de mi choza para yo mismo convertirme, décadas después, en un hombre desalmado, ¿en verdad ellos y yo lo éramos?, hoy descubro que la humanidad evoluciona a golpe de conquistas, de la derrota de unos a favor de la victoria de otros se avanza, quizás no por los caminos correctos o éticos, pero se avanza, si no fuera así la Historia se estancaría, sí, matamos, quemamos, cometimos despojos injustificables, mas al final, sobre las ruinas, se alzó el progreso sentado en un trono de sangre, Lloyd reordenó el caos, reordenamos me atrevo a decir, porque sin nosotros no hubiese sido posible la construcción de ninguna utopía, sobre cadáveres y ríos escarlatas martillamos las tarimas del porvenir, aquellas desde donde podíamos vislumbrar la grandeza y el esplendor que aguardaba al nuevo orden social, la paradoja es que mi verdadera libertad comenzó cuando los esbirros entraron a mi caserío para secuestrarme, sin saberlo me rescataron de un destino mediocre y aldeano, de una vida simple y sin contradicciones, para situarme en el vórtice de la Historia, frente a mí rebulleron los acontecimientos que definieron a una nación y a un pueblo, fui testigo privilegiado, protagonista y también beneficiario, con mis dedos ensangrentados recogí los frutos de mis venturas, propiedades, dinero, prestigio, llevé una vida sin parangón, afortunada como pocas, pagué caro el pasaje, valió la pena, frente a la hoguera donde incineramos los cadáveres de los mexicanos masacrados en el Santa Cruz presencié el lacerante parto del nuevo país, el alumbramiento de nosotros mismos, la toma del Santa Cruz confirmó cuanto Lloyd había intuido en su plan y cimentó la expansión, fue punta de lanza para la hegemonía venidera, desde aquí consolidamos el emporio, fue una batalla desigual, no por cuanto el número de elementos, porque en eso estuvimos a la par, sino por la diferencia estratégica entre las mentes de Lloyd y de Sánchez, y por la brutalidad y la inclemencia de nuestras fuerzas frente a las suyas, nosotros no teníamos nada que perder, ellos todo, su derrota se firmó de antemano, apátridas recientes extraviaron el rumbo, fueron ciudadanos de una nación que en esos territorios se había tornado espectral, sabían que tarde o temprano serían machacados, no por nosotros, sino por esa tornadiza dama que es la Historia, la suya fue una espera fatalista, debió serles terrible saber que nada ni nadie los salvaría, los héroes sólo germinan en tierras abonadas por la esperanza y no hubo entre ellos quien abanderara una ilusión, José Sánchez debió saberlo, si no era nuestro ejército quien los expulsara, vendría otro y otro hasta desterrarlos o exterminarlos, Sánchez resistió el sitio pese al humo hediondo, pese a ver asesinados a sus leales, a niños inocentes, a mujeres que imploraron misericordia, a ancianas que jamás previeron que morirían asfixiadas por fumarolas pestilentes, Sánchez no se rindió aun percatándose de que el final era inevitable, el aire allá dentro debió enrarecerse, escuchamos gritos de desesperación, tosidos, arcadas, insultos, en grupos de tres o cuatro los hombres salían a dispararnos, bien parapetados los masacrábamos, caían uno tras otro, amontonándose al cúmulo de cadáveres con el que habíamos circundado la casa, cada que salían Rodrigo levantaba la mano para que no disparáramos, deseaba asegurarse que no mataríamos a su odiado enemigo, si no lo veía entre ellos la bajaba para darnos vía libre, José Sánchez aguantó en el interior de la casa, unos tuvimos la oportunidad de matarlo, yo mismo centré su cabeza en mi mira cuando se asomó con brevedad por una ventana y no jalé el gatillo, entendimos que entre él y Rodrigo había agravios bíblicos, imposible interponerse ante una furia de esas dimensiones, respetamos hasta el último su vida porque esa vida le pertenecía a la épica personal de Rodrigo y el que lo matara uno de nosotros amputaría la única oportunidad de reparación, Sánchez debió considerarse favorecido por la suerte, sin saber que sólo era un indulto temporal, que su desenlace quedaría en manos de su nieto, de su hijo, de su más salvaje enemigo, en la espera no hablamos entre nosotros, tampoco los mexicanos entre ellos, perdidos cada quien en no sé qué mundo, un revoltillo de pensamientos, emociones, Japheth no cesó de vomitar, sus arcadas eran lo único que rompía el silencio, con cada basca su padre volteaba a verlo, avergonzado, tanto amor y tantos cuidados para que su hijo fuera un pusilánime, náusea de la guerra la llaman, que no es otra cosa que miedo a sucumbir, miedo a quitarle la vida a otros, miedo absoluto a la muerte, Jonas a mi lado exhibía su náusea de otras maneras, trataba de mantenerse ecuánime, pero el bamboleo del arma en sus manos indicaba lo opuesto, su padre los educó para mandar, para levar anclas y no quedarse varados en una vida acotada y con límites, nada en esa educación debió darles herramientas para afrontar el soplo ardiente de la muerte, porque eso es lo que se percibe en la guerra, un aire que flamea sin tregua, que golpea a la cara, seca los ojos, ahoga, los mexicanos fumaban con cierta resignación, su pobreza debía serles más desoladora que la posibilidad de morir, la vaga expectativa de salir indemnes de esta y conseguir el anhelado pedazo de tierra les bastaba para exponer sus cuerpos a una bala, a una cuchillada, a una explosión, de entre ellos se escuchó a alguien canturrear, en voz muy baja, una melodía, de tan imperceptible podría parecer un suave rumor venido de la tierra, cayó la noche, la luna llena iluminaba la casa, a ninguno de nosotros Lloyd nos autorizó dormir, debíamos estar vigilantes por si acaso otros enemigos intentaban fugarse, una helada descendió, los cadáveres se escarcharon, podían verse los reflejos de la luna en las costras de hielo que los cubrían, un perro se acercó a mí y se recostó a mi lado para buscar calor, lo acaricié y agitó la cola, Jonas estiró su mano para sobar su cabeza y el perro le lamió los dedos, lo vi llevarse las manos a la cara y soltarse a llorar, ese simple acto debió ser su punto de quiebre, el momento definitorio en el que desertó por siempre de la ferocidad de su padre, el perro se enroscó y en unos minutos se quedó dormido, en la madrugada cuatro personas salieron de la casa, dispararon hacia nosotros y devolvimos el fuego con una andanada, dos cayeron y los otros dos se devolvieron, el estruendo de los balazos no perturbó el sueño del perro, se mantuvo respirando con pesadez, clareó, los gallos comenzaron a cantar, el ganado se desperezó y de sus dormideros comenzaron a moverse hacia el monte, coyotes aullaron en la lejanía, Lloyd miraba con fijeza hacia la casa, varios nos veíamos menoscabados por la falta de sueño, él no, habló algo con Rodrigo y al terminar se volvió hacia nosotros, «en una hora arremeteremos, váyanse preparados para matar o morir».

1830-1831

«Se robaron el dinero de la venta de la cosecha y huyeron», declaró Jack al alguacil. «Cuatro años de pérdidas y cuando por fin logramos generar una ganancia, estos pillos me desfalcaron». Sobre la mesa extendió las escrituras que comprobaban que él era dueño mayoritario de la Indian Creek Tobacco Company. «Soy un hombre de bien y mis dos socios me dejaron en la ruina». El alguacil, analfabeto, revisó los documentos como si en verdad supiera leer. «¿Cómo se llaman sus socios?», inquirió el alguacil. «Günther Horner y Rupert Fitzgerald». El hombre se quedó pensativo. «Será difícil encontrarlos. Está muy lejos allá. No cuento con hombres para ello». Durante el trayecto al pueblo, Jack pensó en la manera más convincente de presentar su denuncia. Antes de llegar, enterró el dinero debajo de un árbol por si acaso lo cacheaban. Un esfuerzo vano. Bien pudo dejar los cadáveres pudriéndose a la intemperie y a nadie le hubiese importado. El alemán no tenía familia en América y el pelirrojo casi nunca salió de su cabaña. El alguacil pintaba como un perfecto inútil. Se arrepintió no sólo del esfuerzo de viajar al pueblo, sino de dedicarle horas a elucubrar coartadas. «Si por acaso los hallamos», dijo, «iremos a la plantación a avisarle». Jack no quiso perder más su tiempo, recogió sus títulos y salió de la comisaría. Para cuando cruzó la puerta, ya al alguacil se le habían olvidado los nombres de los dos ladrones. Jack desenterró su dinero y se sentó sobre una colina a admirar el paisaje. Podría regresar a Frankfort a vender sus acciones y de paso carearse con Hanna por lo que estimó como un fraude descarado, sería un intento estéril. Recordó Emerson y el «oro blanco» que tanto ponderó el banquero. Era más fructífero encauzarse hacia el futuro y olvidarse del pasado y el futuro lo vislumbró en Alabama. Descendió hacia el sur y paró primero en Greenville. En un par de tabernas trató de vender a borrachos y a apostadores su participación en la Indian Creek Tobacco Company, ninguno se interesó y quien lo hizo carecía de los caudales necesarios para pagar lo justo. Comprobó que su inversión había sido dinero tirado a la basura, pero al menos se percató de que sólo presentar los títulos de propiedad impresionaba a los demás. Era «dueño» de una plantación y eso lo ponía en otro nivel jerárquico así fuera aquello una tierra yerma. Continuó hacia Atlanta. Si Providence lo había impactado, Atlanta lo sobrecogió, una ciudad que se explayaba por cuadras y cuadras, bulliciosa, vital. Por un momento sopesó la posibilidad de morar ahí. Las mujeres eran bellas y coquetas, abundaban las ofertas de trabajo y los empleos bien remunerados, había diversidad de espectáculos, amplias casas disponibles para renta, tabernas con deliciosa comida. La riqueza y la prosperidad se notaban por doquier: el «oro blanco».

Durante unos días gozó de la vida social de la que se privó durante su estancia en Frankfort y en la tabacalera. Entabló conversaciones con jovencitas de buena familia, consiguió invitaciones a los salones más exclusivos, se hizo de amigos que lo convidaban a almorzar en sus mansiones, se acostó con diversas mujeres. Una opción tentadora, sin duda alguna. La descartó. La vida mundanal desosaría su carácter. No se contempló como un señorito citadino que liba de un pistilo a otro. Sus metas eran otras y sabía que cumplirlas pasaba por Emerson. Así se cruzase con oportunidades más atractivas, no caería seducido. En Atlanta escuchó sobre las inmensas fortunas derivadas del algodón y de la envidia que suscitaba entre los propietarios de plantaciones la mera mención de Thomas Wilde y de su extensa finca. Un prominente político destacó a Emerson como un «elíseo». «No he visto nada semejante en mi vida. En Georgia no hay una sola plantación que se le acerque». La figura de Thomas Wilde resonaba en Atlanta como la del insigne descendiente de una mítica estirpe que luchó contra los nativos para ganar las tierras más fértiles a lo largo y ancho del Sur. Jack ya no lo pensó más. La cadena de eventos lo había conducido hacia allá y no cejaría en su empeño de llegar a Emerson. En Montgomery la leyenda de Wilde y sus dominios se acrecentó aún más. No había hombre más respetado en la región, ni propiedad más ensalzada. «Está rodeada de ríos, bañada de la humedad que atraen las brisas marinas. Cuando es momento de cosechar el algodón, un manto blanco la cubre, pareciera que un cúmulo de nubes se ha posado sobre la tierra», le dijo otro político con cursi rimbombancia. Las palabras parecían acabársele para describir lo sublime de la heredad. En la oficina de catastro de Montgomery le permitieron estudiar el plano que delimitaba la hacienda. Quedaba en la confluencia de los ríos Alabama y Tombigbee. «Esas tierras antes fueron pantanosas. Los Wilde las desecaron para hacerlas útiles para la agricultura», le explicó el oficial. Parecía que en el Sur cada persona tenía una anécdota o una referencia sobre Emerson. Jack analizó a detalle la ubicación geográfica, la distancia que mediaban entre ambos ríos, los contornos de la propiedad y con cuáles otras delimitaba. Resolvió presentarse con Wilde para ofrecer sus servicios como capataz y administrador. Se preparó a conciencia y estructuró un cuidadoso discurso. En una libreta anotó los puntos que debía tocar y memorizó cada uno de ellos. Se compró el traje más distinguido. Se ostentaría como un hombre sabedor del quehacer agrícola. Se dirigió al Sur. Durante dos semanas se hospedó en una posada en el pueblo cercano a Emerson. Puso atención a la cadencia del acento de los pobladores, a las palabras que elegían para expresarse y a sus profundas creencias religiosas. Leyó la Biblia con dedicación y memorizó varios pasajes. Asistió por igual a tabernas y a templos para observar el comportamiento de los lugareños. Se presentó como propietario de una plantación de tabaco que visitaba la comarca para hacer negocios e hizo preguntas sólo cuando lo consideró necesario. Se enteró de que el capataz de Emerson se llamaba Bob y que era reconocido por el férreo mando que desplegaba sobre los esclavos. Se aprendió el nombre de cada uno de sus guardias. Investigó sobre los antepasados de Thomas Wilde, cómo se llamaba el tatarabuelo fundador y de dónde provenían. Hurgó en su vida personal, supo de la pérdida de su esposa y de las condiciones en las que había muerto. Indagó sobre su hija Virginia, su edad y quiénes habían sido sus pretendientes. Averiguó cuáles eran las extensiones de las plantaciones que circundaban Emerson, el nombre de sus propietarios, los volúmenes de producción de sus algodonares y los rendimientos de los otros cultivos. Inquirió sobre las condiciones óptimas para la siembra del algodón y su recolecta y cómo las afectaban las variaciones del clima. Preguntó sobre el número de esclavos en Emerson, cuántos hombres y cuántas mujeres, en qué tipo de viviendas los alojaban, qué comían, cuáles eran sus horarios laborales. Sondeó quiénes estaban disponibles en el pueblo para trabajar como guardias, investigó sus antecedentes y les preguntó si les interesaba ser contratados en un corto plazo. Para evitar que corrieran rumores de su presencia en la zona y llegasen a oídos de Wilde, perdiéndose el efecto sorpresa, resolvió comparecer pronto en Emerson y eligió el siguiente domingo.

1887

hoy por la mañana vino a verte Jeremiah hay en él gravedad su mirada trasmite sosiego exuda calma su mutismo lo eleva le ha brindado un peso que nadie más en tu entorno ha detentado un hálito moral lo envuelve como si su sola presencia trajera orden y serenidad son un enigma las razones por las que dejó de hablar por décadas si no lo hubiese escuchado de manera subrepticia habría creído que se hallaba impedido para el lenguaje sus motivaciones íntimas para enmudecer debieron ser poderosas y su aura de silencio lo corona no erraste al elegirlo como tu mano derecha debió darte paz y certidumbre contar con él esta mañana tuvo contigo una imprevista demostración de ternura se sentó a tu lado te tomó de la mano y la oprimió como si buscara en ti una reacción aunque las tuyas son manos vastas y fuertes se veían pequeñas entre las de él las manos con las que ambos segaron decenas de vidas se entrelazaron en un acto de complicidad de unión y por qué no decirlo de amor fraterno a falta de amigos blancos en quienes pudieras confiar porque nunca te conocí uno te hermanaste con tus negros lo entendí al ver a Jeremiah en tu lecho de muerte en sus ojos se revelaba su abatimiento quién imaginaría a ese talud de basalto plegarse al cariño más puro y genuino era claro que tu muerte lo sumiría en un estado de orfandad al igual que él varios más quedarían a la deriva con tu muerte padre omnímodo aun en tu lastimoso estado no cesabas de comandar lealtades al retirarse Jeremiah de la habitación se presentó James él que destacaba por su elocuencia y su rico vocabulario se mantuvo callado por un largo rato hasta que pronunció unas palabras en español que no logré entender con certeza significaban algo privado y esencial entre ustedes de James también escuché historias espeluznantes que lo describían tan feroz como tú y como Jeremiah nunca vi en él un exabrupto o un trato grosero siempre fue amable y considerado uno podría esperar que los asesinos se comporten como patanes impulsivos listos para demostrar la superioridad que otorga el saberse capaces de matar no fue así ni con él ni con Jeremiah después de enterarme de sus atrocidades su comportamiento educado y cortés me causaba inquietudes la sensación de que en cualquier momento me podrían atacar como si un león tranquilo y dócil paseara frente a mí pero al fin y al cabo un león eran resquemores infundados porque nunca estuvieron ni cerca de hacerme daño aprecié la gentileza de ambos de visitarte cada uno de los días en que estuviste enfermo ellos dos se unieron a tus hijos para cuidarte conscientes de que tantas madrugadas insomnes atendiéndote me habían dejado exhausta y al borde el colapso solidarios conmigo e incondicionales contigo se rotaban para pasar la noche a tu lado y estar pendientes de tu salud en una de esas noches en que Jeremiah me relevó escuché toquidos en mi puerta abrí y me topé con él su rostro se notaba compungido con su mano me pidió seguirlo encendí una vela y caminé detrás de él hasta el cuarto tú jadeabas lo que sin duda eran tus alientos de muerte le pedí apresurarse para ir al pueblo a traer a tus hijos Jeremiah salió de prisa escuché sus pesados pasos crujir las escaleras y la puerta de la entrada abrirse al ver a su marido salir con precipitación Jenny subió a ofrecerme su ayuda apenas entrar quedó pasmada no imaginó enfrentarse al espectáculo de tu muerte *señora qué hago* preguntó con ansiedad *rezar y pedir a Dios que lo reciba en su seno* le contesté sabedora de que si a alguien Dios se negaría a recibir sería a ti me asomé por la ventana Jeremiah cruzó el prado montado en su caballo acicateándolo para que avanzara con rapidez no debí pedirle que se fuera no llegaría a tiempo al pueblo a anunciar a tus hijos tu inaplazable partida y si alguien merecía permanecer junto a ti en estos momentos finales era él me senté en tu cama con una opresión en el pecho acaricié tu frente no sé si sentiste mis dedos recorriéndola me incliné a tu oído y te susurré *aquí estoy* no sé si fue una reacción involuntaria pero te vi sonreír te besé los labios para sentir por última vez tu calor Jenny intercalaba plegarias en inglés con frases en lo que imagino era su lengua para convocar a sus dioses los que creo que también eran tus dioses no me importó a quién o a quiénes con fervor se dirigía si con ello lograba guiar tu alma hacia un lugar de paz de pronto diste tres respiraciones cortas y una larga expiración y ya no te moviste *se fue* le dije a Jenny detuvo sus jaculatorias y le empezó a temblar el labio inferior al agachar la cabeza vi cómo una lágrima colgaba de su mandíbula nos quedamos las dos en silencio durante infinitas horas en espera de la llegada de Jeremiah con James y con tus hijos no sé qué efecto ocasionó la muerte en tu cuerpo pero te volviste a ver grande y poderoso el mentón hacia el frente retador con los puños apretados como si te hubieses preparado para una pelea final

1881

Quemamos otra tanda de muertos por la tarde para echarles más humo antes de que se acabara el día. Lloyd no deseaba que nos ganara la noche. Yo fui uno de los que fue al pozo a prenderle fuego a los cadáveres y me bañó la peste. Mi ropa, el pelo, mi piel olían a carne chamuscada. Tapamos de vuelta los pozos para que el humo se les metiera. Esta humazón estuvo todavía más choncha. Salían fumarolas entre los postigos, por debajo de las puertas, por la chimenea. Las tosederas y las vomitadas se escuchaban hasta donde estábamos nosotros. «Aí viene lo bueno», dijo Mier. Lloyd nos preparó para atacar. Y nos parapetamos más cerca para recibir con una balacera a las ratas ahumadas. Y empezaron a salir de dos en dos. En menos de tres minutos despelucamos a un altero de ellos. De tan fácil parecía tiro al blanco. Ellos salían con sus rifles, nos disparaban por no dejar sabiendo que ni de chiste iban a darnos y se encarreraban tratando de romper el cerco. No hubo manera. Estaban rodeados por dos baterías de tiradores. Si fallaba la primera línea, la segunda corregía. Los otros se aguantaron adentro, no por mucho rato. Una piarita de seis de ellos salieron a echar bala. También los recibimos a fogonazos. De esos, cuatro sacaron pase directo a conversar con San Pedro y los otros dos se retacharon a la casa. El cabrón de Lloyd llamó a los niños, les puso rifles en las manos y les dio la oportunidad de que también tiraran. Los que chillaron antes, ahora se prendieron. Se calarían a lo macho, para ver quién sí y quién no traía filo. Otro puño de hombres salió pegando de balazos. Los niños les dieron gatillo y entre ellos y los negros se tumbaron a cuatro. Por pura mala fortuna, porque estábamos bien atrincherados, le sorrajaron un plomo en el cuello a uno de los chamacos. Le rompieron el espinazo y ya no pudo moverse. Nomás nos veía con cara de ya me chupó la bruja. Jeremiah ni se la pensó y lo remató ahí mismo pa quitarlo de sufrir. El negro era como perro de rancho, lo amarraban en las fiestas y lo soltaban pa la pelea. Los otros chamacos, cuando vieron que las balas también iban de allá para acá, dejaron los rifles en el suelo como quien deja algo que le quema las manos. «No se rajen», se burló el chimuelo de Mier, «¿no que muy broncos?». A una mitad les repateó la burla y de puras ganas de demostrar que no se rajaban, volvieron a coger los rifles, a la otra mitad no le paraba la tembladera. Desde morros se distinguían los bragados de los caguengues. Y como Lloyd era de los que no ponía trampa si no miraba coyote, con el pretexto de la disparada separó el bagazo de la pulpa. Así supimos qué chamacos llevarnos pa las batallas que venían y cuáles no. Incineramos más muertos y van otras fumaradas pa dentro. En eso de guerrear, Lloyd pensaba como apache. Cuando la cosa hervía, los indios no perdonaban mujeres ni niños. Y la verdad, nosotros los mexicanos, tampoco. Barnizábamos nuestra crueldad con chingos de pretextos, pero éramos igual de gandallas o peor. Yo empecé a saborearme que ya de una saliera mi abuelo y nomás no se asomaba, debía tener buenos pulmones porque el cabrón aguantaba el humero. Anocheció y se dejó caer un frío del carajo. Lloyd nos pidió que no aflojáramos para que no se nos pelara ninguno. Y tenía razón, por reblandecer el sitio los apaches, los mexicanos la libramos. Le dio tiempo al ejército de venir a rescatarnos. Aquí a mi abuelo ni ejército ni una chingada lo iba a salvar. Había luna llena y se veía como si fuera una linda mañana. Yo no sabía ni cómo quitarme el frío, se metía por la nuca y me helaba el espinazo. Como a las tres salió de la casa un grupito de cuatro. Claro se veía que eran dos mujeres y dos niños. Los mexicanos no tiraron, pero los negros no los dejaron ir. Les llovió plomo sin piedad alguna. Cayó muerta una de las mujeres y herido uno de los niños que no dejó de chillar hasta que se murió. Cerré los ojos y me dieron ganas de mandar todo a la chingada, darme vuelta y no parar de caminar sino hasta el fin del mundo. Esa había sido mi gente y ahora por rabia y por ambición estaba metido hasta las manitas en una masacre ojete por donde se le viera. Sólo que la vida y las circunstancias me habían puesto de este lado y no del otro y debía dar gracias por ello. Que yo me rajara no iba a cambiar uno solo de los giros de la Tierra. La suerte estaba echada y con o sin mí, a esa runfla se la iban a atorar sí o sí. Lloyd le preguntó a Soledad cuántos quedaban adentro. Se puso a contar los cadáveres. «Uno, dos, tres, cuatro...». Terminó y volvió a empezar, «uno, dos, tres...». Hizo sumas y restas mentales, «pos yo calculo que tres mujeres, dos niños y siete hombres, y repito calculo porque entre los montoncitos de muertos no se sabe si quedó alguno debajo que no haya contado». Lloyd se mantuvo pensativo, luego se dirigió a mí y Valenzuela me tradujo, «que ya que son poquitos pregunta si quieres que ataquemos o esperamos a que salgan». Yo le pedí lo primero, me comían las ansias por saber de mi abuelo. Quizás ya estaba asfixiado con la cara morada o una bala le había partido la choya. Lloyd organizó a cuarenta de nosotros y planeó el ataque para cuando levantara el sol. Incursionaríamos por los cuatro costados para disparar a quemarropa desde las ventanas y las puertas. Prometió que no le tirarían a mi abuelo y que era mi fuero matarlo pronto o despacito. Llegó la hora. Galopamos hacia la casa, sonaron sus fusiles y ni cuenta me di si reventaron a alguno de nosotros. Ellos no tuvieron ni el más mínimo chance. Atronamos de disparos la casa y luego nos metimos. Entre el humo espeso apenas podíamos ver. No nos matamos entre nosotros de puro milagro, porque tirábamos a lo que se moviera. La única condición fue que no le dispararan al más alto, mi abuelo. Se escuchaba cómo caían los otros como bultos. Lloyd ordenó la retirada para evaluar la situación. Salimos de la casa y nos alejamos. Mandó a apagar los fuegos en los pozos para que el humo se dispersara. Oímos llantos de niños y tosidos de adultos. Recargamos nuestras armas. Otra rociada de balas. Regresamos a la casa y ya sin tanto humero, pudimos ver cómo estaba la cosa. En la sala yacían los cadáveres de cuatro hombres y de dos mujeres. Ninguno de mi abuelo. Según las cuentas de Soledad, faltaban tres hombres, una mujer y los dos niños. Los niños se escuchaban llorar en una habitación más adentro. Mi abuelo y los otros dos debían estar parapetados en algún rincón de la casa. En uno de los cuartos se escuchó una detonación. Había aún gente armada. Con señas de su mano, Lloyd ordenó a la mayoría que saliera de la casa y la rodearan. Permanecimos dentro él, yo, Soledad, Mier, James, Jeremiah y otros ocho negros. «José Sánchez», grité, «estamos aquí por ti, cabrón». Se oyeron pasos y puertas que se abrían y cerraban. Los niños no cesaban de llorar. «Ven tú solo por mí si tienes tantos huevos», reviró mi abuelo. Se escuchó otro tronido de bala y ya sólo percibí el llanto de uno de los niños. Tal y como advertíamos cuando la guerra de los apaches, si ya la veían perdida, las mujeres debían matar primero a los niños para evitarles la sufrida y luego meterse un tiro ellas. Con los apaches nunca llegamos a ese extremo. Sonó otro estallido y se silenció el llanto del otro niño. Los habían matado. Lo peor que me podía pasar era que mi abuelo se suicidara y así arrebatarme el placer de escabechármelo. Sonó un disparo más. No nos tiraban a nosotros. Se estaban sacrificando entre ellos. No soporté más y sin pensarlo corrí por el pasillo hacia los cuartos. Pateé una puerta y me quité por si alguien disparaba. Hallé a la mujer y a los dos niños con balazos en la cabeza y, tirado junto a la puerta, el cadáver de un hombre con una pistola en mano. El padre había matado a su familia para luego matarse él. Lloyd y los demás me alcanzaron. «Estás loco, no te puede ganar la desesperación», me regañó Mier. Escuchamos ruidos en el cuarto de al lado y Jeremiah disparó a través de la puerta. Se escuchó a alguien caer y luego lamentos. James corrió a abrirla y disparó. Vio a mi abuelo irse pa atrás mientras otro hombre herido se revolcaba en el piso. Entramos apuntando, ellos eran los dos únicos sobrevivientes. Mi abuelo se hallaba recargado en una pared y con una mano se cubría un boquete en el estómago. Al otro, la bala le había dado en los meros huevos. Ahí sí que apestaba a muerto con ganas. Insoportable el olor. El humo fétido aún no se disolvía y flotaba en los techos. Jeremiah le reventó un balazo en la cabeza al herido nomás por piadoso. Yo me acuclillé para ver a mi abuelo a los ojos, «te jodiste, cabrón». Mier se acercó para propinarle una patada, y con el brazo lo atajé. «Déjalo». «Vamos a cortarlo vivo en pedazos», propuso. Negué con la cabeza. «Sácate a la chingada», le exigí. «Es tan enemigo mío como tuyo», alegó. Lo empujé pa botarlo del cuarto y nomás no se dejó, furioso como un tlacoyote. Tuvieron que venir Jeremiah y Jimnah a llevárselo. El cabrón se revolvía entre sus brazos profiriendo leperadas hasta que pudieron echarlo de la casa. Volví con mi abuelo, «ahora sí, dime si soy o no tu hijo». Sonrió. «Serás tan pendejo para no saber». Su respuesta me hizo odiarlo más que nunca. Lo tomé de un pie y lo jalé hacia afuera. De tan pesado me costó arrastrarlo, pero mi coraje me dio fuerzas. Mi abuelo se quejó. Una flor de intestinos asomaba por entre su camisa. Chorreaba sangre. Lo saqué. Los demás nos rodearon. Algo quiso decirme Valenzuela y no le hice el menor caso. Mi mirada estaba fija en José Sánchez. Fui por una reata y lo amarré de los pies. «¿Qué vas a hacer?», me preguntó Mier. No le contesté. Mi abuelo hizo un esfuerzo por ponerme un madrazo, pero Jeremiah le puso la bota en el cuello. Lloyd se paró detrás de mí, se acercó a mi oído y en español susurró, «mátalo». Claro que lo iba a matar. Nomás que era cosa entre él y yo y nadie más. Tomé el extremo de la reata, pedí que me trajeran mi caballo y lo monté. Sujeté la reata al cabezal de mi silla. Me volví hacia Jeremiah y con la mano le hice la seña de que le quitara la pata de encima. Lo liberó y espoleé a Lobo. Arranqué remolcando a mi abuelo. «Hijo de tu puta madre», me gritó. Volteé hacia atrás. Lloyd sonreía. Mier me miraba, estupefacto. Debió imaginar que yo andaría de perdonavidas y que a la hora buena me iba a echar pa atrás. Hice que Lobo zigzagueara entre el monte. Mi abuelo rebotaba contra las piedras, se raspaba contra los troncos de los mezquites, se clavaba espinas. No dejó de mentarme la madre hasta que se calló. Lo arrastré hasta el mismo lugar en el que mi madre murió al parirme. Cuando llegamos ya era una piltrafa, su espalda hecha jirones, descalabrado, los pies llagados por las cuerdas, vivo aún. Desmonté y me dirigí hacia él. Era un mazacote de pellejos, los cachetes pelados, se le veían hasta los dientes y había perdido una oreja. Por su culpa se había armado un desgarriate del carajo. Tuve ganas de pegarle de palazos hasta desclavarle la vida, preferí dejarlo así, quietecito, ardiéndole las talladuras en todo el cuerpo. Las tripas se le habían botado. Quiso decir algo, pero sólo abrió la boca como los chivos cuando los degüellas. Lo desamarré. Los pantalones se le habían rasgado y asomaba la carne viva. Tantos muertos para llegar a él. Él debió mandar a los otros a salir de la casa por delante para que los chicharroneáramos primero. Debió pensar, como siempre, que podía salirse con la suya. Que entretenidos nosotros en darle cuello a los demás, llegaría la noche y él pondría pies en polvorosa. Porque hasta ese día, siempre lo acompañó la suerte, nomás que, o su ángel guardián se fue de vago o dejó que le llegara su hora. Me senté al lado del hueco que mi madre escarbó para mí al nacer. Pasaban los años y ahí seguía la misma hondonada. Mi abuelo miraba al cielo con fijeza, como pidiéndole a San Pedro que le guardara un lugarcito. Necesitaba voltearlo bocabajo para que viera hacia el infierno, donde sin duda iba a acabar. De vez en vez, exhalaba un gemido de dolor, por dentro debía tener quebrados una veintena de huesos. El pie izquierdo lo traía chueco y sin bota y las piernas se le notaban partidas en tres o cuatro pedazos. Debió perdérsele la bota a mitad de camino. Me agenciaría la que traía puesta pa luego buscar la otra. Calzado de ese cuero fino no estaba pa desperdiciarse. Durante años, el mezquite frente a mí fue la tumba de mi madre, ahora sería la suya. Así como él dejó que el cadáver de ella se pudriera a la intemperie, así mismito le pasaría. Me senté un rato a admirar el paisaje. Unas codornices cruzaron frente a nosotros. Desde la punta de un huizache un águila vigilaba. Qué me importaba ya si él había sido o no mi padre. Me levanté, le quité la bota sobrante, el cinto y una navaja que traía en la bolsa, y fui hacia Lobo. Mi caballo no cesaba de mirar el bulto de carne con los huesos rotos y el bandullo desparramado. Lo monté y le palmeé el cuello para tranquilizarlo. Jalé las riendas y di vuelta para regresar. Ahí dejé a mi abuelo, todavía respirando, para que los coyotes, los zorras, las hormigas y los zopilotes se dieran un atracón. Eché a andar hacia el Santa Cruz siguiendo la huella del arrastre. Me encontré la otra bota y me bajé a recogerla. Me puse las dos. Me ajustaron al tiro, calzábamos justo la misma talla. Ahora me pondría en sus zapatos. A gobernar el rancho Santa Elena que a partir de hoy era mío. Eché un vistazo alrededor, qué diferente se siente la tierra cuando es de uno. Volví a montar a Lobo y me encaminé de vuelta al Santa Cruz.

2024

Tabata y Henry viajaron en avión privado a Midland a ver a Edwin González en su casa. Se reunieron en la mesa del comedor. Por encima de su desconfianza hacia los Lloyd, Edwin repudiaba a Smithers. El ánimo tirante entre ambos no dio para cortesías y Henry abordó de inmediato el tema. Edwin se interesó en la idea de una huelga de migrantes, aunque no se lo esperaba de Henry. «Es una acción que hemos considerado en otras ocasiones, sin haber hallado el momento propicio. Puede que tenga razón, señor Lloyd, esta es la circunstancia indicada. O paramos a este radical en seco o sufriremos las implicaciones por años». Dos adolescentes salieron de un cuarto y saludaron de lejos a los extraños sentados a la mesa. «¿Adónde van?», les preguntó su padre. «Ahora volvemos», respondió uno de ellos, «vamos a cenar a casa de Rick». Los tres guardaron silencio. Era palpable la incomodidad. «Lo que me intriga es saber qué ganan ustedes con esta huelga», cuestionó Edwin. De adolescente, a Henry su padre lo mandó a trabajar en los campos petrolíferos, en el arreo del ganado y en las estaciones de carga de los ferrocarriles. Era norma de los Lloyd que aquellos que asumirían puestos en el conglomerado se codearan con los trabajadores de los más bajos niveles para aprender de ellos. Una norma establecida por el primer Henry Lloyd desde el inicio y que generación a generación se cumplía sin cuestionamientos. Interactuar con los numerosos obreros mexicanos le permitió a Henry aprender algo de español y en español, con acento norteño, le respondió a Edwin. «Chingarnos al cabrón». Edwin soltó una carcajada. Nunca imaginó una respuesta tan de barrio. «Nos empezamos a entender», dijo Edwin y se levantó por una botella. «Esto es sotol, ¿lo ha tomado antes», le preguntó. «A huevo», contestó Henry también en español. Edwin se carcajeó de nuevo. «No le sabía esas gracias», le dijo en español. Edwin sirvió tres vasos y levantó el suyo. «Salud». Más distendidos, Henry le explicó, sin ambages, sobre las severas pérdidas que el consorcio sufriría con las políticas de Smithers. Sabía que si deseaba a Edwin de su lado debía ser honesto y transparente. No esgrimiría la sobada carta del apoyo de los Lloyd a los grupos desfavorecidos y el blablá que Edwin no se tragaría. Ya bastantes encontronazos previos habían tenido. Edwin agradeció la franqueza, eso llevaba las negociaciones a otro terreno. «Si no son ustedes, ¿quién se beneficia entonces?», cuestionó. «Esa es la pregunta que nos gustaría respondernos, porque hasta ahora no vemos ganadores», contestó Henry. A Edwin usar migrantes como carne de cañón para beneficio de una familia billonaria le pareció inmoral y hasta cínico. Se ponían en juego vidas humanas y conllevaba serios riesgos políticos que, de salir mal, a él lo debilitarían y a los indocumentados los pondría en la línea de tiro. Al igual que Henry, recelaba de Robert White. Que ganara las elecciones no garantizaba ventajas al gremio de trabajadores agrícolas y se preveía un desastre en el campo de implementarse sus políticas. Sin embargo, era consciente de que la coyuntura obligaba a coaliciones impensadas y a resoluciones drásticas, así fuese aliarse con alguien a quien él percibía como un adversario. «Creo que el momento político no deja muchas opciones», decretó Edwin. Quedó en llamar a otros defensores de derechos civiles y líderes sindicales para coordinar el paro. «Tengo un par de dudas, señor Lloyd», a pesar de ser veinticinco años mayor, Edwin le dispensaba un trato de usted, vestigio de la educación de sus padres campesinos. «¿Qué ganamos nosotros y cómo van a contribuir ustedes a este movimiento?». Henry ya había anticipado sus interrogantes, «otorgaré recursos para sostener la huelga, un depósito para que los migrantes cuenten con dinero corriente para sus necesidades básicas. Ustedes deciden si lo entregan como vales de despensa, efectivo o apoyos indirectos. También haremos un donativo a los fondos de pensiones de todos aquellos sindicatos que nos apoyen y financiamiento a las organizaciones civiles. La única condición es que no se sepa que los Lloyd lo subvencionamos». Edwin tomó su tiempo para meditar la propuesta. «¿De cuánto estamos hablando?». Henry lo miró a los ojos. «Cifras de ocho ceros». Edwin levantó las cejas, «Vaya, vaya, al parecer esto va en serio». Henry se inclinó hacia él. Sabía que el gesto le daría relieve a sus palabras. «Ya lo dijiste, el momento político no nos deja opciones y no estamos para tibiezas». Henry extendió su mano para estrechársela. Edwin lo miró a los ojos, «creeré en su palabra. Eres testigo, Tabata». Henry también le clavó la mirada, «y yo creo en tu palabra de mantener a los Lloyd fuera de esto». Sellaron el acuerdo con un apretón de manos. Convencer a los demás líderes y activistas no fue una tarea fácil. Algunos creían que Smithers era sólo un bocón que se mesuraría apenas llegara al poder. Edwin les hizo ver que no estaban para averiguar si sí o si no. El peligro era latente y real. Otros gozaban con la idea de que Smithers dinamitara el estado político vigente. «Una buena sacudida no nos caería mal». Se creían el cuento de que apoyaba a la clase campesina y obrera. Edwin necesitó recurrir a sus habilidades como negociador para persuadirlos. La mayoría aceptó por convicción, en otros las garantías económicas terminaron por inclinar la balanza y, por desgracia, hubo a quienes debió untarles billetes por debajo de la mesa para que accedieran. Una semana después, bajo la excusa del secuestro en Hondo, Edwin y Tabata, junto con otros líderes sindicales, activistas, organizadores sociales y defensores de derechos humanos, citaron a una conferencia de prensa en el lugar de los hechos. «Los trabajadores indocumentados en Texas han sido sometidos a abusos de diversa índole y se ha soslayado su participación en la economía. Carecen de los derechos más elementales y viven bajo el permanente terror de ser expulsados del país. Los presentes exhortamos a todos los migrantes indocumentados a que a partir del miércoles doce suspendan labores de manera indefinida sin importar ni su nacionalidad ni el área de trabajo: empleadas domésticas, jardineros, meseras, albañiles, cocineros, enfermeras, choferes y trabajadores agrícolas. Demostremos cuánto pesa su fuerza en la economía y cortemos de tajo el abyecto trato al que varios políticos los han sometido», proclamó Tabata en español, lo que Edwin recalcó, «este esfuerzo está coordinado por un amplio número de organizaciones y queremos que sepan que contamos con ayudas de dinero para apoyarlos en caso de ser necesario. Cada organización hará un registro para que estas ayudas les lleguen a ustedes de manera directa y pronta. En repetidas ocasiones hemos pedido a los partidos políticos una reforma migratoria y la han rechazado de manera reiterada. Entendemos que la migración debe regularse y que no es posible aceptar flujos descontrolados de personas, eso no implica satanizar a quien vino a este país en busca de un futuro. Es la hora de que los escuchen. Hagan sentir su poder». Los políticos derechistas los acusaron de fomentar el crimen y la ilegalidad e incitar al desorden, y amenazaron con severas represalias a quien se atreviera a manifestarse. La respuesta inicial descorazonó a los organizadores. Temerosos de perder sus empleos o que se les deportara del país, los indocumentados continuaron trabajando. Al paso de los días, unos cuantos comenzaron a declararse en paro. Al saber que los sindicatos les pagaban a ellos el sueldo que no eran capaces de devengar, otros los siguieron. Pronto, miles cesaron labores. Por más que los políticos quisieron minimizar el impacto, la reacción en cadena fue demoledora. Hoteles carecieron de personal y requirieron cancelar cientos de reservaciones. Restaurantes cerraron sus puertas. Madres trabajadoras no tuvieron nanas con quienes dejar a sus hijos. Edificios y casas quedaron a medio construir. Se interrumpieron importantes cadenas de abasto y los supermercados sufrieron carestía y, como era fin de ciclo agrícola, cientos de huertas y granjas perdieron las cosechas. White, el candidato demócrata anunció: «¿Esto es lo que quieres para nuestro estado?, ¿supermercados vacíos, pequeños negocios en quiebra, hoteles sin ocupación, casas sin construir, restaurantes cerrados? Este es el caos que Smithers promete, ¿de verdad esto quieres?». Los estrategas demócratas usaron esta pregunta como lema de campaña, en grandes espectaculares colocaban la foto de Smithers al lado de fotografías de establecimientos cerrados, construcciones sin terminar: ¿de verdad esto quieres? Anuncios de televisión, de radio, de prensa, en los buscadores de internet: ¿de verdad esto quieres? La huelga se prolongó. Ante el éxito, Edwin enfervorizó a los migrantes a protestar con cierre de carreteras, de aeropuertos, calles, vías de ferrocarril e incluso, puentes internacionales. Miles salieron de las sombras a ejercer presión. El gobernador se vio obligado a llamar a la guardia nacional para desalojarlos. Hubo arrestos al por mayor. En los momentos más álgidos: disparos, por consecuencia, heridos y, por desdicha, muertos. Diez fuegos prendieron otros fuegos y estos, otros fuegos. Smithers arengaba a los suyos a pelear, a combatir el quebrantamiento de la ley, a expulsar por siempre a los parias. Más heridos, más muertos. ¿De verdad esto quieres? El gobernador McKay lamentó el estado crítico de la situación y pidió a ambos bandos moderarse. Smithers se negó a recular. Cada día más agitado, más extremo. Las encuestas mostraron una caída en sus preferencias electorales. Llamó a Henry para reclamarle, «sé que ustedes azuzan esta anarquía y debes saber que están de lado erróneo de la Historia». Henry negó estar inmiscuido y se quejó de sufrir pérdidas millonarias por los bloqueos a las vías del tren y a las carreteras, «sólo usted, candidato, puede detener esta vorágine». Smithers colgó, furioso. Temeroso de mayor descontrol, el candidato le pidió al procurador del estado que resolviera de manera expedita el incidente de Hondo. El procurador acordó con Tabata que los cuatro secuestradores se entregaran bajo la promesa de que su caso sería juzgado con atenuantes y que los hermanos Jones fuesen sujetos a proceso por la contratación irregular de trabajadores indocumentados, por maltrato laboral y por vulnerar derechos civiles. Smithers creyó que, disipada la fuente original del conflicto, las aguas volverían a su cauce. Henry vio en ello un signo de debilidad y pidió a Edwin avivar la huelga. «Ya empezó a dolerle a Smithers». Por paradójico que pareciera, inició un marcado declive en las preferencias de los votantes blancos de las zonas rurales, donde se hallaba el núcleo duro de su base. Muchos perdieron sus empleos o los sofocó el encarecimiento de los productos básicos. Las protestas masivas asustaron a las mujeres blancas de los suburbios que vieron a Smithers como parte del problema y no de su arreglo. Patricia y Jack presionaron a sus otros hermanos para reducir la operación del conglomerado al mínimo.

Como un aportante sustancial a la economía texana, el PIB del estado sufrió una mengua significativa. En unas semanas cambió el panorama político. Henry y Patricia se reunieron con el candidato White y con Luke Allen, su jefe de campaña. Quedaron en apoyarlo si garantizaba un viraje en sus planteamientos. «Deje de asustar a los votantes con sus promesas, necesitamos que amplíe su base electoral», le dijo Patricia. «Si quiere ganar, necesita atemperar sus posiciones», agregó Lloyd, «no deje ir esta oportunidad». «¿Qué sugieren, si se puede saber?», inquirió White. Patricia le entregó un escrito, «estos son los puntos que pedimos que abandone para contar con nosotros». El candidato leyó la lista elaborada por los Lloyd, desaprobaban ochenta y seis de sus cien propuestas. «Esto desnaturaliza por completo mi plataforma», se quejó White. «No, candidato, sólo la hace más atractiva», reviró Patricia. Allen tomó la hoja y la revisó. «Esto desfigura al candidato. Hay principios que no son negociables», dijo molesto. «Hay una máxima que nos guía a los Lloyd: si hueles el poder, cázalo. Al día siguiente de las elecciones, si los derrotan, ustedes dos se van a tornar irrelevantes», sentenció Henry. «De qué sirve vencer si dejamos de ser nosotros mismos», alegó el jefe de campaña. «Ahí hay catorce propuestas que podrán materializar si ganan, ni una sola si pierden», advirtió Patricia. Allen y White intercambiaron una mirada. El patrocinio de los Lloyd podría marcar la diferencia. «Si aceptamos, ¿de cuánto será su aportación a la campaña?», inquirió Allen. «De cero dólares, con cero centavos», respondió Henry. «Entonces, ¿en qué consiste su apoyo?», espetó White ofendido por lo que creyó una burla. «Que el viento siga soplando en la misma dirección», respondió Henry con ambigüedad. Los dos se quedaron perplejos, hasta que Allen entendió, «¿ustedes son la mano que mueve la cuna?». Patricia y Henry sonrieron. «El que entendió, entendió», respondió Henry. White accedió, si él jugaba ajedrez en un tablero con sesenta y cuatro casillas, los Lloyd jugaban en uno de ciento treinta y ocho. En definitiva, valía la pena tenerlos de su lado. Smithers perdió por una diferencia minúscula de apenas medio punto porcentual. Exigió un recuento de votos condado por condado y acusó que «intereses oscuros que van contra el espíritu americano han manipulado esta elección. Han votado ilegales, el proceso está repleto de irregularidades, las minorías rapaces apostaron contra la clase trabajadora americana». El conteo se prolongó por un mes, lejos de apagarse los fuegos, se propagaron. La zozobra afectó aún más las finanzas del estado. Un aire de guerra permeaba el ambiente hasta que la Corte Estatal intervino y dio por válida la victoria del postulante demócrata. Por enésima vez, los Lloyd habían capoteado un temporal y Henry brindó una lección de sagacidad a sus hermanos. «Los políticos se van, nosotros permanecemos», había sido el lema del primer Lloyd y vaya que iban a permanecer. Los serios disturbios en Texas ocasionaron que la Cámara de Senadores y de Representantes tomaran con seriedad una reforma migratoria. Reconocer la necesidad de mano de obra, ordenar el ingreso de trabajadores foráneos y legalizar a quienes ya residieran en los Estados Unidos y demostraran no haber cometido delitos, se convirtió en un primer paso. Nueve meses más tarde, Tabata Nesma y Edwin González fueron padrinos de la Fundación Henry Lloyd para estudios políticos, sociales y económicos que la fundación Lloyd patrocinó en la universidad del estado. Henry pronunció el discurso inaugural. *Es un honor para mí, para la familia Lloyd, para los empleados de las Empresas Lloyd, estrenar este nuevo centro de estudios donde cientos de jóvenes provenientes de los grupos más desfavorecidos de la sociedad tendrán la oportunidad de educarse al más alto nivel, como fue la meta de mi antepasado, Henry Lloyd, cuya lucha denodada por los derechos de las minorías da hoy sus frutos a casi ciento cincuenta años de su muerte. Su legado se reflejará en cientos de becas para jóvenes hispanos y afroamericanos, para miembros de la comunidad LGBTIQ+ y, en especial, para los nativos de esta gran nación a quienes incorporaremos a la prosperidad del sueño americano. Ese fue el sueño de Henry Lloyd: un Estados Unidos más libre, más justo, más igualitario. Henry Lloyd liberó a esclavos, combatió a insaciables terratenientes y repartió riqueza entre los más pobres. Querido y respetado por la comunidad, Henry Lloyd fundó una estirpe la cual me siento orgulloso de representar. Incansable en su labor de pacificación, trajo concordia y estabilidad al sur y al oeste de Texas y a lo que ahora es Nuevo México. Su nombre está a la altura de nuestros insurgentes patriotas: Austin, Houston, Seguin, Bowie. Territorios bravíos, nidos de criminales, sin ley ni orden, fueron pacificados gracias a la visión y al alto sentido humanitario de Henry Lloyd. Mi madre y mi admirado padre, Henry Lloyd V, me enseñaron a honrar la tradición de generosidad de nuestra familia que nos lleva a comprometernos con las mejores causas, a apoyar sin reservas a los más infortunados, una obligación a la cual ningún Lloyd renunciará, ni hoy ni nunca. Agradezco a mis hermanas Thérèse, Mary y Patricia, a mis hermanos Jack y Charles, a mis sobrinas y sobrinos, y a mi esposo, Peter Jenkins, quien con su amor me motiva a salir adelante día a día. Sin ellos, esta obra no sería una realidad. Deseamos demostrar con nuestras acciones cómo la libertad económica, política y de expresión, libertades santificadas por los padres fundadores de nuestra extraordinaria nación, pueden ser una realidad para cualquier individuo, sin importar su raza, su edad, su preferencia sexual o su origen. América, como lo sostuvo Henry Lloyd, es un arcoíris donde caben el amarillo, el rojo, el negro, el blanco, cada persona parte de una misma misión: engrandecer a nuestro país. Agradecemos a la universidad y a la Fundación Morgan su apoyo para hacer este esfuerzo posible. Gracias por abrir este espacio para la reflexión y el diálogo, tan necesarios en estos tiempos tan crispados. El futuro nos espera y estoy convencido de que será más luminoso. Ojalá que el optimismo de mi antepasado guíe a las nuevas generaciones. Gracias a Edwin González y Tabata Nesma por convertirse en nuestro vínculo con la comunidad hispana y por apadrinar este centro. Agradecemos a la prensa, a los medios de comunicación y a nuestros queridos amigos, su asistencia a este evento y los invitamos a celebrar con nosotros un logro más de la Fundación Henry Lloyd. Allá atrás, en las carpas, nos espera un delicioso buffet y unos espléndidos vinos. Gracias y que Dios los bendiga.*

1892

Los caballos arrancaron. Los jinetes en la neblina se perdieron. Tras el rastro del zorro los perros aullaban. Yo a Wilde comencé a seguirlo. En el compacto grupo de cazadores cabalgaba. Entre la niebla penetré para alcanzarlos. Sombras entre el monte emblanquecido. La jauría en diferentes direcciones comenzó a aullar. Diferentes zorros olisquearon. Hacia el norte unos ladraban, otros hacia el oeste y unos más al sur. Veloces, los caballos hacia un rumbo u otro, los cazadores desperdigados. Entre la bruma a Wilde distinguí. Rauda, Nieve entre los árboles cortaba. Dos jinetes con

Wilde a los perros perseguían. El ruido de los cascos de los caballos al pegar contra las piedras se escuchaba. Lodo levantaban. Más zorros debieron los perros encontrar. Cinco o seis perros hacia el río se desviaron. Wilde y los otros sus caballos detuvieron. «Unos sabuesos para allá van, otros para acá», los escuché decir. Sus voces claras en el manto blanco. «Hacia el río yo voy», Wilde resolvió. Los otros dos de frente continuaron. La jauría y los cazadores en seis, siete grupos se dividieron. Wilde a solas. Ganarles a los otros deseaba, al campamento con la primera pieza regresar. Por su instinto y su tenacidad que los demás lo admiraran. «Ganar siempre», el lema de los Wilde. «Ganar siempre». A galope de vértigo, entre lo nuboso lo descubrí. La cincha no tardaría en reventarse. A esa velocidad la caída mortal sería. «Debe ser accidente», Lloyd insistió, «ni una sola suspicacia debemos levantar». Por entre la blanca cerrazón Wilde de mi vista aparecía y desaparecía. Los ladridos de los perros cerca se escuchaban, próximos al zorro acorralar. A tal velocidad avanzábamos que estrellarme contra un árbol temí. Diestro en las riendas, Wilde a Nieve la hacía zigzaguear. Hacia la cañada del río nos dirigimos. A cuarenta pasos de mí él iba. Cuando a bajar la pendiente nos disponíamos un chasquido se escuchó y un bulto entre los arbustos se oyó caer. Quejidos. Mi caballo detuve. Unos minutos aguardé y con lento tranco hacia la cañada me dirigí. En la cuesta, sin la silla a Nieve hallé. Sobre la ladera Wilde yacía. De mi caballo me apeé y fui a revisarlo. Inconsciente se lamentaba. Lo sacudí. Wilde no respondió. En la cabeza un poco de sangre. Inerte por completo. La silla con la cincha rota a unos pasos. Eficaz mi trabajo había sido. Lloyd orgulloso de mí estaría. El cuerpo de Wilde entero se notaba. Quizás algo roto: un brazo, par de costillas. No podía arriesgarme. Volví a sacudirlo. No respondió. Una piedra grande fui a buscar. En la orilla del río una descubrí. Pesada era y con dificultad logré cargarla. La cuesta subí hasta donde Wilde se encontraba. Por arriba de mi cabeza la piedra levanté y sobre su cadera izquierda con todas mis fuerzas la arrojé. Su hueso estalló. Palmadas en el rostro le di para ver si despertaba. Desfallecido se mantuvo. La piedra volví a alzar y en su pelvis la dejé caer. Un crujido seco al romperse. Un lamento Wilde exhaló. Silencio. Sólo el ruido de la corriente y algunos trinos. La piedra a su lugar devolví. Con una rama mis pisadas y las de mi caballo borré. Tomándolo de las riendas por la cuesta subimos. Cuando lejos de la cañada nos hallamos lo monté y entre la niebla nos desvanecimos. Al campamento regresé. La neblina levantó y un grupo de jinetes, con las manos vacías, arribó. «No se veía nada», se quejaron. Sirvieron whisky para animarse. Cabalgar toda la mañana exhaustos los tenía. Otros cazadores volvieron. Ninguno con suerte. Los zorros se les habían escapado. Fácil parece cazarlos, no lo es, escurridizos son y sólo unos cuantos el éxito logran. A las once el resto de los jinetes al campamento arribó. Dos zorros como trofeos traían. Como celebración whisky sobre sus cabezas derramaron. Como Wilde no aparecía Smith el corno tres veces hizo sonar. «Aferrado, sin un zorro no querrá volver», un colega dijo. Smith los zorros me entregó para desollarlos. La piel sedosa, óptima para abrigos. Los animales abrí, el olor de la adrenalina en su sangre. El corazón hinchado al borde de explotar. El corno en los bosques retumba. Obedientes al llamado los perros vuelven. Agotados en el suelo se echan. Los dos zorros termino de pelar. La carne hervirían para a los sabuesos dársela. Tres veces más el corno suena. Wilde no vuelve y la preocupación entre los cazadores comienza a cundir. Smith pide a uno de ellos ir a Emerson por Lloyd. «Que gente traiga para ayudar a encontrarlo, que el negro se quede por si tardan». Una hora más tarde Lloyd se presenta. Con él James, guardias y otros esclavos vienen. Lloyd y Smith la búsqueda planean. Cuando las cuadrillas listas para salir se disponen, con discreción Lloyd me pregunta, «el accidente, ¿aconteció?». Asiento. «¿Quedó malherido?». Asiento. «Bien, hay que fingir que lo buscamos. Con nosotros a algunos del grupo llevemos». Hacia el monte con James y otros dos jinetes nos dirigimos. No indico el camino hacia el río para sospechas no levantar. Después de dos horas hacia el río me dirijo. Dos cazadores, James, Lloyd y yo la orilla de la cañada recorremos. A la distancia uno de los cazadores a Nieve descubre. «Ahí», señala. El paso apresuramos. Wilde continúa desmayado. Siete horas han transcurrido. Los cinco desmontamos. Lloyd sobre su suegro se agacha. «Thomas, ¿estás bien?». Wilde no responde. La boca seca, la sangre en la cabeza, coagulada. El cazador suena el corno. A lo lejos otro grupo contesta. Cuatro soplos cortos y uno largo repite, señal de peligro. Los sonidos en el monte van y vienen. Un grupo de seis arriba. «Un accidente tuvo», Lloyd expone. La silla de montar uno de ellos examina. «La cincha reventó. Gastada debió hallarse». Lloyd manda traer bordones y con chaquetas una camilla improvisamos. Entre James, yo y dos guardias, a Wilde de la cañada sacamos. «¿Muy tarde lo habremos encontrado?», Smith pregunta cuando llega, «¿sobrevivirá?». Wilde en muy mala condición se nota. En la camilla hasta el campamento lo llevamos. Una carroza aguarda para al pueblo trasladarlo. Lloyd con congoja actúa como si de verdad el estado de su suegro lo compungiera. En la carroza Lloyd sube. James, yo y los guardias detrás de ellos. Al médico arriban. Un pronóstico bueno no hay. Múltiples fracturas, las más graves la de la pelvis y las de la cadera que en tres se partió. «Esas bien nunca quedan. Los huesos no sueldan como se debe, si es que llegan a soldar. Sufrirá dolores intensos». La cabeza le examina y fuera de la descalabrada, nada serio. «Por el impacto de la caída desmayó, pero su cerebro intacto debe estar». La noche en casa del médico Wilde permanece. Lloyd de su lado no quiere apartarse. A medianoche Virginia se presenta. Las noticias halagüeñas no han sido. «¿Vivirá?», inquiere apenas entrar. «Vivirá», el médico con seguridad le responde. En qué condiciones no le aclara. Al día siguiente la conciencia Wilde recobra. Del accidente nada evoca. «La cadera me duele», se queja. Lástima por él siento. Su muerte lenta iniciaba. A los siete días a Emerson lo devolvimos. Inmovilizado por semanas estuvo. Darle de comer en la boca era necesario, los pañales cambiarle. Recuperación total no se preveía. El médico con Lloyd con honestidad habló. «No tardará en morir. Las fracturas muy serias son». El objetivo de Lloyd se cumplía, el último obstáculo para su proyecto quedaba desechado, era sólo cuestión de esperar. Humillante para Wilde fue su declive, un viejo decrépito ahora. James y yo requeríamos ayudarlo para de un lugar a otro desplazarse. Lloyd su plan no detuvo. Durante meses las virtudes y defectos de todos nosotros había estudiado. En una libreta anotaba. Para la larga guerra carácter requería, negros resueltos, valientes, sin miedo a morir. Uno a uno de los elegidos, con mayor o menor claridad, sus intenciones les fue revelando. Para evitar filtraciones advirtió, «si alguien se entera, al parejo me las cobraré». Los negros sabían que Lloyd sus amenazas cumplía. A James y a mí nos pidió a los caballos seleccionar, «los de temperamento más sereno. Para las batallas, animales con calma se necesitan». Lo mismo que en los negros, «serenos, pero bravos». Caballos y hombres en una misma conexión. James la debacle de Wilde lamentó, «buen hombre es, así no merecía morir». Nadie jamás iba a saber lo sucedido, el gran secreto entre Lloyd y yo. Virginia fuerte frente a su padre trataba de mostrarse, varias veces en el jardín la descubrí llorando. Decayó Wilde. Un espectro era. Apenas podía hablar. Alrededor de su cama su hija y Lloyd se reunieron para en su agonía acompañarlo. Las horas pasaban. Dentro y alrededor de la casa, silencio. Frente a la casa aguardábamos. A las seis con catorce de la tarde de un martes Lloyd salió. Frente a nosotros se detuvo para la noticia de su muerte darnos. Su rostro emoción no denotaba. ¿Alguna culpa lo agusanaría? A mí sí. Un peso sobre mis hombros. Lloyd con una seña me pidió seguirlo. Al granero entramos. Sus manos sobre mis hombros puso y a los ojos me miró. Temí. Sin razón, pero temí. «Eres la persona en la que más confío», dijo. Una pausa. Dentro de él algo revoloteaba. «Si por acaso, herido grave me hallaras en nuestra campaña y por morir me veas, mi sufrimiento no alargues». Se agachó para su pantalón levantar. En la pantorrilla un cuchillo en una funda llevaba. «Este cuchillo desde niño he cargado. El único bien que desde entonces me acompaña. Cuando ya no esté tuyo será, mi herencia para ti. Si moribundo en batalla me ves, este cuchillo en el corazón clávamelo». A Lloyd vi conmovido. Sus manos de mis hombros no quitó. La mirada por unos segundos bajó y luego a los ojos volvió a verme. «De mis hijos siempre cuida, porque para mí un hermano eres». Un golpe en el estómago sentí. Deseos tuve de hablar. Decirle «también tú mi hermano eres». En silencio permanecimos. Cada respiración más unido a él. La vida por Lloyd y por sus hijos, nuestros hijos, estaría dispuesto a dar. «Un largo futuro nos espera», dijo y dio vuelta para del cobertizo salir.

1878

Cuán agridulce debió ser para Rodrigo por fin enfrentar a su abuelo, dulce por cuanto venció a su enemigo, agrio por mutilar su única raíz, matarlo lo igualó a nosotros, huérfanos de padres, de hermanos, de patria, eso éramos todos, incluso Lloyd, seres errantes en busca de reconstruirnos, de hallar una identidad, de forjar dentro de nosotros una nación, porque durante años afuera de nosotros no hubo nada, cada uno se convirtió en origen, fundamos linajes porque los nuestros se hallaban truncados, vencer nos otorgó por primera vez la sensación de un presente en nuestras manos, sólo Japheth y Jonas quedaron exentos de esta búsqueda errática y tropezada, ellos gozaron del privilegio de ser cuidados por dos padres, una madre y entre ellos mismos como hermanos, los demás habíamos sido expulsados del paraíso que representa una familia, Rodrigo halló a su abuelo con las vísceras desparramándose por una herida en el abdomen, un parto de entrañas del que emergería renovado, nadie escuchó cuanto se dijeron uno al otro en esa final confrontación, si es que por acaso algo necesitaron decirse, como el mitológico Aquiles lo hizo con Héctor, Rodrigo ató a su abuelo a su caballo y lo arrastró vivo por entre las breñas, días después, al marchar por las tierras recién ganadas, topamos con el cadáver insepulto de José Sánchez semidevorado por las bestias, «no lo toquen», ordenó Lloyd, «cumplan la voluntad de quien fue sangre de su sangre», algún animal grande debió comerlo porque al cuerpo le faltaban los dos brazos y un pie, recordé los restos de aquellos que murieron de viruela en la travesía y fueron arrojados al mar, los veía uno flotar hasta que con lentitud se sumergían en las aguas, José Sánchez, por los siglos de los siglos, quedaría para siempre varado en ese mar de polvo y espinas, nadie osaría enfrentar a Rodrigo para darle sepultura, fiel a su palabra Lloyd repartió una porción del Santa Cruz entre los mexicanos que pelearon a nuestro lado, generoso a cada uno le cedió trescientos acres, un mundo de terreno para quienes antes no gozaron de nada, se corrió la voz entre los mexicanos pobres y varios de ellos se afiliaron a nuestro ejército, nos transformamos en una fuerza numerosa y temida, a Mier se le concedieron cuerdas en ambos ranchos y a Joaquín quinientos acres de los que nunca tomó posesión, «la tierra es de nadie», dijo, él era, como nosotros, un huérfano sin tribu ni familia a la cual retornar, al concluir una de nuestras tantas batallas se remontó para desaparecer por siempre en su verdadera nación, el inmenso desierto, a los negros Lloyd nos cedió la parte norte del Santa Cruz, más de quince mil acres a repartir entre nosotros, «esta será la primera de muchas propiedades que poseerán, su valentía y lealtad será recompensada», como los negros nos hallábamos impedidos para ser dueños de terrenos en Texas, Lloyd los escrituró a su nombre, mas nunca traicionó su promesa, en cuanto las tardías leyes texanas lo autorizaron a cada uno nos entregó los documentos que avalaban nuestra posesión, Lloyd se negó a reedificar sobre las ruinas de la casa grande a pesar de que era sólida y amplia, se comprometió con Rodrigo a respetar el cementerio del rancho y a que nadie más fuese sepultado ahí, igual a como procedimos con los cuerpos de nuestros enemigos en Arroyo Hondo incineramos los cadáveres del Santa Cruz, la humareda negra y espesa sirvió para advertir a los demás latifundistas que en ese territorio sólo había espacio para nosotros, las cenizas de nuestros enemigos las esparció el viento, como muestra de lo cruento de nuestra batalla quedaron dispersos esqueletos de vacas, caballos, cabras, perros y los vestigios del caserío, Lloyd recorrió el Santa Cruz a lo largo y a lo ancho hasta hallar la que consideró la zona idónea para erigir los nuevos cuarteles, en un sitio arbolado, próximo al río, mandó edificar la casa principal y las residencias secundarias, «a este rancho llamaremos hogar», nos dijo a Jeremiah y a mí, «no importa adónde vayamos, aquí siempre habremos de volver», Jonas y Japheth no soportaron la faz mortífera de sus dos padres y asqueados y abatidos volvieron a Alabama, era de entenderse, no pulsaba en ellos, como en el resto de los que fuimos esclavos, el imperativo de una retribución simbólica, Lloyd los despidió con un abrazo sin una triza de reproche, nosotros proseguimos con nuestras correrías, atravesamos Texas y Nuevo México, extendimos nuestros dominios a otras catorce propiedades, en ninguna de nuestras algaradas Lloyd perdonó la vida de quienes se atrevieron a oponérsele ni tampoco la de sus familias, su justificación no variaba, «no arriesgaré a que años después regresen a vengarse», fue difícil digerir las masacres, las voces de los muertos terminan por adueñarse de tu razón, braman cuando menos te los esperas, mientras comes, arriba del caballo, en la duermevela, penetran los sueños y los pensamientos, a mí me acecharon por años hasta que se extinguieron, hoy sólo padezco reminiscencias de aquellos que suplicaban piedad o pedían el indulto de sus hijos o murmuraban rezos con los ojos cerrados en espera del disparo que los mataría, el torbellino de nuestras incursiones se asentó después de cuatro años, el futuro que Lloyd nos auguró luminoso se cumplió y ahora vivo en calma con mi mujer y mis hijos, rodeado de libros, con tiempo para leer que es lo que más disfruto, signé la paz con mi pasado y se apagó dentro de mí el furioso ánimo de revancha, pertenezco ahora a la casta de los vencedores, Lloyd vio por mí y por los míos, a menudo me visitaba y aceptó ser padrino de mi primogénito, nunca a mis hijos les conté de las atrocidades que cometimos, les azucaré nuestra historia, ya bastante cargaban con ser negros y en las calles ser objetos de insultos y de burlas de los blancos, opté por protegerlos, hacerles creer en un mundo que progresaba y en el cual todos, sin importar nuestra raza ni nuestra condición económica, teníamos cabida, me ponía yo de ejemplo cuando en el fondo sabía que era un embuste, tarde o temprano mis hijos deberían enfrentar la humillación de su negritud, nunca encajé en el cosmos construido por los blancos por más que Lloyd quiso abrirme espacio entre ellos y debí manejar mis negocios en la umbría, en cuantas ocasiones volví al Santa Cruz Lloyd me hospedó con mi familia y me hizo sentir que sí, ese era mi hogar, en su trato nunca se traslució que él fue mi patrón y yo su esclavo, un día cabalgué a solas hasta el antiguo caserío del rancho, la maleza había invadido las casas, en la que había habitado Rodrigo de niño se estableció una colonia de murciélagos, colgaban bocabajo de los techos y al pardear la tarde emergían en remolinos, las trancas de los corrales se mantuvieron casi intactas, sólo un par se había derrumbado, en el cementerio la mayoría de las lápidas se encontraban cubiertas por la yerba excepto dos, la de Elena Sánchez y la falsa de Rodrigo, se notaba que alguien iba a menudo a limpiarlas, unos mezquites crecieron en lo qué había sido la estancia de la casa grande, decenas de zanates se refugiaban en sus copas, la naturaleza no cesa de reclamar lo que es suyo, los hombres no somos más que una breve interrupción en sus ciclos, volví al anochecer, mis hijos y mi mujer se hallaban sentados alrededor de una fogata con los hijos y la mujer de Lloyd, los niños contaban anécdotas de su día mientras las llamas iluminaban sus rostros, Henry me invitó a sentarme a su lado y en silencio contemplamos el fuego. *Un escorpión necesita cruzar un anchuroso río. Le pide a una rana llevarlo sobre su espalda para salvar las furiosas aguas. La rana protesta, «puedes picarme a mitad del camino y matarme». El alacrán la rebate, «no sé nadar, si tú te hundes, muero yo ahogado, no te picaré». Con recelo, la rana acepta llevar al escorpión sobre sus lomos. Entran al río y la rana comienza a nadar. Remonta la corriente y justo cuando atraviesan el centro del caudal, la rana siente un pinchazo en su dorso. El escorpión la ha picado. El veneno comienza a paralizar sus músculos, la muerte es segura. Antes de desvanecerse, voltea hacia el escorpión, «¿por qué lo hiciste?», el escorpión mira a su alrededor antes de responder, «porque esto es América».*

1831

El domingo Jack llegó a los límites de la finca, amarró su caballo en una cerca y con decisión, pasando frente al tal Bob y sus guardias, quienes lo observaron sin abordarlo ni cuestionar el porqué de su visita, tocó a la puerta de la mansión. Le abrió una mujer negra que le preguntó si tenía cita con el señor. Al negarlo, la mujer le dijo que don Thomas almorzaba y no podía molestarlo. «Por favor, dígale que el señor Henry Lloyd vino a visitarlo para un asunto que puede serle de interés y que esperaré aquí a que termine sus alimentos». Jack había ido justo a la hora de la comida para asegurarse de hallarlo en la casa. La mujer cerró la puerta. Jack miró a su alrededor. Un grupo de negros, desde un cobertizo, y los guardias y Bob, repantigados en unas sillas frente a un porche, lo miraban con curiosidad. Salió el señor Wilde luego de cuarenta minutos y Jack se presentó, «mi nombre es Henry Lloyd», y sin cortapisas le anunció que ofrecía sus servicios como administrador. «Ya tengo uno», respondió Wilde y le señaló a Bob a lo lejos. «Señor, con todo respeto, nadie me detuvo ni me preguntó qué hago yo aquí. Podría ser un ladrón, un asesino, un timador y ni siquiera se tomaron la molestia de averiguar quién era yo y qué deseaba». Wilde sonrió, «es cierto y usted tiene agallas para presentarse así de improviso, dígame, ¿por qué debería contratarlo?». Jack señaló una mesa en la veranda, «¿nos podemos sentar para explicarle?». Wilde accedió y se sentaron uno frente al otro. El patrón ordenó a la negra traer una jarra con té. De una alforja, Jack sacó las cartas de recomendación y los títulos de propiedad de la destilería y la tabacalera y los extendió sobre la mesa. «He trabajado en empresas diversas, desde los astilleros de una naviera en Providence, Rhode Island, a una destilería de whisky en Frankfort, Kentucky, de la cual soy dueño de un porcentaje y en una plantación de tabaco en Carolina del Norte, de la cual soy accionista mayoritario. Trabajé también en el negocio de la compraventa de pieles y cueros y durante un periodo fui trampero. Tengo experiencia laboral desde los once años y sé cómo crecer una compañía». Wilde sonrió, «esto es una plantación, no una compañía». Jack no se dio por vencido. «Es una plantación y un negocio y yo le garantizo que si me contrata, puedo duplicar la productividad de Emerson en menos de dos años y si no cumplo, le cederé íntegra mi participación en la Indian Creek Tobacco Company, cuyo valor debe rondar, hoy en día, dos mil quinientos dólares». La audacia del joven hombre deslumbró a Wilde, pero no caería tan fácil, «¿por qué si es dueño de una propiedad tan valiosa, está usted aquí?». Jack había previsto esa y muchas preguntas más. Frente a un espejo había ensayado cada una de sus respuestas. «Porque Emerson es el corazón del Sur. Mi compañía me quedó chica y mis socios por el momento se hacen cargo de ella. Quiero dar un salto a lo extraordinario y nada hay más extraordinario que esta propiedad». Wilde estaba acostumbrado a vividores que se acercaban a él con intención de aprovecharse, este sonaba convincente. Tomó una de las cartas de recomendación y la leyó, «este tipo Carrington se expresa muy bien de usted». Jack se acomodó en la silla, «Carrington es el propietario de la naviera más importante de los Estados Unidos, es poseedor de más de quince barcos que transportan productos por todo el mundo». Wilde lo miró a los ojos, algo debía traslucirse en el forastero que revelara sus verdaderas intenciones, «si era tan importante la naviera, ¿por qué no se quedó a trabajar ahí?». Jack también había anticipado esa pregunta. «No me gusta el frío», respondió con desfachatez. Wilde soltó una carcajada, «aquí pronto odiará el calor». La criada negra trajo el té y lo sirvió en dos tazas. «¿Azúcar?», le preguntó a Jack. «Sí, por favor, cinco cucharadas». Wilde alzó las cejas, quién en su sano juicio endulzaría así una bebida. La negra terminó de servir y se retiró. «Y dígame, ¿qué medidas tomaría para duplicar la producción de Emerson?». Con la cabeza, Jack señaló a los guardias y a Bob que se refugiaban en la sombra del porche. «Para empezar, echaría a esos, ¿de qué sirven si no están atentos?», dijo con descaro. «Bob está considerado como uno de los mejores capataces de la región, sabe cómo hacer trabajar a los esclavos». Jack le dio un sorbo a su taza. «Puede que sepa cómo hacerlos trabajar, no rendir. Hay una marcada diferencia entre una cosa y otra», dijo Jack con suficiencia. «No rinden si no trabajan», replicó Wilde, molesto ante la soberbia del jovenzuelo. «Bob ha sido sólo un capataz. Yo fui dueño de una plantación, bastante menor a esta, es cierto, pero sé qué hacer para que un esclavo rinda. El trabajo por sí mismo no produce beneficios, hay que saber cómo sacarle el mayor provecho». Pese a que las palabras de Jack hacían sentido, Wilde no se convencía. «Dígame con exactitud qué hará para ello». Jack negó con la cabeza, «no, eso lo sabrá cuando me contrate, es parte de mi método secreto. Ahora, si tiene dudas», dijo y colocó los títulos de las acciones del 5% de Buffalo Trace, «también pongo como garantía esta tenencia de acciones de la destilería de whisky valuada en no menos de tres mil dólares. Si fallo y en dos años no doblo las ganancias de Emerson, usted se queda con todo mi patrimonio. Sé que no es mucho para alguien de su fortuna, sí lo es para mí». Wilde nunca había visto a alguien tan resuelto como Henry Lloyd. Sí, Bob era un buen elemento, sin embargo, la oferta del forastero era rotunda y sin fisuras. Se preciaba de ser un hombre de riesgos y este riesgo lo atraía. «Si despido a Bob y a sus guardias, ¿cómo los va a sustituir?», inquirió. «Ya tengo apalabrados a sus relevos, señor. Son gente de la comarca que ya investigué y que goza de experiencia en campos de algodón y en manejo de negros», sacó una lista con los nombres y la deslizó hacia él. Wilde la ojeó, «vaya, hizo su tarea, tiene anotados a un par de reos». Jack sonrió, «a veces se necesita gente ruda para este tipo de trabajos. No se preocupe, sé mandar, créamelo». Wilde se quedó meditabundo y luego de un minuto, alargó su mano hacia él. «Está contratado», le dijo, «empieza a trabajar a partir de hoy mismo. En este momento despediré a Bob. Tiene razón, lo dejaron entrar hasta acá sin interceptarlo, es una falla imperdonable. Aguarde aquí». Wilde se levantó y, cortés, Jack se incorporó también. Con paso ágil el viejo bajó las escaleras y se dirigió hacia donde se hallaban el capataz y sus guardias. Jack sonrió al verlos discutir. Escuchó un crujido en el piso de madera de la veranda y volteó. Una mujer joven lo observaba con fijeza. Cruzaron una breve mirada, ella bajó la cabeza y entró a la casa. A Jack le gustó la que supuso era Virginia, la hija de Wilde. Había en ella una elegancia natural y poseía unos lindos ojos. El hacendado regresó a la mesa. «Más le vale que cumpla, porque ya los eché». Tomó los documentos y los alzó en su mano. «Los guardaré, por si acaso fracasa y es necesario ponerlos a mi nombre. Espero que no». Jack sonrió. «Tenga la certeza de que no lo defraudaré». Wilde se detuvo frente a él y señaló a lo lejos los campos de algodón, «bienvenido a Emerson, señor Lloyd».

1887

si hay un oficio extraño es el de embalsamador hube de contratar uno en Mobile para prepararte para tu largo viaje a Texas y para tu velatorio en Emerson el hombre llegó con un maletín de cuero y dos asistentes con cierta pedantería preguntó dónde se hallaba el difunto no sabía que se trataba de ti porque no te mencioné se paralizó al reconocerte *señora me hubiese dicho antes* pude notar un ligero temblor en sus manos pálido su rostro tu leyenda había rebotado a lo largo del país según me dijo el tipo supo quién eras por fotografías tuyas en el Mobile Dispatch que vanaglorió tus logros *vi el reportaje sobre su compañía de ferrocarriles en Texas* me aclaró el hombrecito *es una responsabilidad muy grande la que tenemos entre manos* su nerviosismo lo contagió a sus asistentes dos sobrinos suyos que también palidecieron cuando enunció tu nombre *frente a ustedes se halla Henry Lloyd* los dos jovencitos inclinaron la cabeza en señal de respeto uno de ellos se volvió hacia mí *es un honor conocer a su marido aun en estas funestas circunstancias* el muchacho no debía rebasar los veinte años y ya sabía de tus hazañas *el conquistador del Oeste lo llamaba mi maestra decía que era un orgullo de la región* quién imaginaría Henry que Alabama te adoptara como uno de sus hijos pródigos *un orgullo de la región* vaya que lo fuiste gracias a ti esta comarca creció como nunca si mis antepasados domaron estas tierras tú las convertiste en un eje de desarrollo aún hoy las barcazas de la naviera que fundaste recorren el Alabama y el Tombigbee naviera que me vi forzada a vender cuando me sobrepasaron los numerosos negocios que iniciaste fue una pena que no estuvieras aquí cuando decidieron inaugurar las vías férreas entre Mobile y Montgomery la meta que tanto anhelaste y que no pudiste cumplir si tan sólo papá hubiese aprobado tu proyecto habrías sido el pionero de los ferrocarriles en el Sur según contó el joven en su escuela se estudiaba Emerson como ejemplo del tenaz espíritu sureño y de su aportación histórica social y económica en el estado las biografías tuyas de papá de mi abuelo de mi bisabuelo las preconizaban para demostrar cuán ilustre había sido el Sur antes del cataclismo provocado por la Guerra Civil el embalsamador de apellido Hodges me pidió permiso para transportar tu cuerpo a una mesa *no es conveniente que trabajemos en él sobre la cama puede mancharse* y explicó que lo indicado era llevarte a otra habitación *el procedimiento despide efluvios que tardan días en disiparse* les abrí la recámara al fondo del pasillo una de las dos que dijimos serían las de nuestros hijos aquellos invisibles seres de los que tanto hablamos de recién casados y que nunca se corporeizaron un contrasentido que fuese en una de esas recámaras donde el embalsamador y sus sobrinos manipularon tu cuerpo ellos llevaban una práctica mesa portátil un diseño novedoso que les permitió subirla por las escaleras y armarla en el sitio más adecuado por si no lo recuerdas la recámara la pintamos con colores pastel apropiados para un niño o una niña nunca las repinté en otras tonalidades dejé ambas habitaciones como un homenaje callado a aquello que pudo ser y ya no fue y en ese espacio en tonos durazno Hodges te preparó para las exequias el hombrecillo me pidió salir para poder trabajar tu cadáver *puede ser desagradable ver cuanto hacemos al cuerpo* me rehusé a irme motivada por un enfermizo apego a ti por no perderme tus últimos instantes sobre la tierra en un par de días te conducirían a Texas allá serías acogido con honores dignos de un hombre de estado tu familia legítima recibiría los pésames y a Sandra le entregarían la bandera de Texas que cubriría tu féretro me pesó no presenciar tu descenso a tu morada póstuma a cambio ellos se perdieron el privilegio de escuchar tus respiraciones finales las frases con las que concluiste tu vida y la prerrogativa de observar cómo a tu cadáver le brindaban una fingida lozanía *señora lo que haremos puede resultarle doloroso le sugiero espere afuera mientras terminamos* me negué a salir *proceda si acaso me siento mal o me es intolerable me retiraré voy a mirar desde una esquina y prometo no hacer ninguna exclamación ni interrumpir su labor* el señor Hodges me preguntó con qué traje prefería que te vistiéramos llamé a Jenny y le pedí traer aquel que elegí con meses de anticipación el del saco azul marino y los pantalones grises lo recuerdas el que te gustaba portar cuando en cenas protocolarias querías impresionar a los invitados ese saco resaltaba la profundidad marina de tus ojos y perfilaba el ancho contorno de tus hombros Jenny dejó las prendas echó un vistazo a tu cadáver y llevándose los dedos al rostro para disimular el llanto salió de la habitación con prisa Hodges insistió *señora de verdad escuche mi consejo si usted amó al señor Lloyd recuérdelo como era o al menos como quede cuando terminemos nadie cercano a un muerto resiste observar nuestro trabajo* permanecí impertérrita en mi sitio *continúe* le mandé el hombre hizo un gesto de resignación e inició el proceso te despojaron del camisón que te cubrió mientras lidiaste con la enfermedad el blanco de la tela teñido por no sé qué humores quedaste desnudo sobre la plancha y el hombrecito colocó un paño sobre tus genitales para ocultarlos a la vista uno de los jóvenes sacó del maletín una pequeña jofaina le vertió un poco de agua de una garrafa y con jabón y esponja lavó tu cuerpo mientras el otro con una navaja afeitó tu rostro con cuidado de no rebanar tu piel te peinaron con un cepillo y al terminar de acicalarte del maletín Hodges sacó instrumentos punzocortantes espátulas y jeringas estuve a punto de pedir que me dejaran a mí también pasar la esponja por tu pecho y por tus brazos acariciar tu desnudez antes de que continuaran a la siguiente etapa guardé silencio y cumplí con mi palabra de no estorbar con la aguja de la jeringa Hodges extrajo un líquido transparente de un bote de cristal tanteó sobre tu cuello localizó una arteria y te inyectó varias dosis a continuación masajearon tus extremidades de arriba a abajo con objeto de dispersar el líquido por entre tus tejidos te voltearon para sobar tu espalda tus nalgas y la parte posterior de tus rodillas para vencer tu *rigor mortis* te doblaron las piernas y los brazos hasta brindarles lasitud con la jeringa te inyectaron colorantes tu piel lívida empezó a cobrar vida a tu rostro volvieron los matices de tu juventud sanguíneos rozagantes los labios encarnados las mejillas rubicundas uno de los sobrinos talló los músculos de tus mandíbulas hasta que poco a poco cerraste la boca que quedó abierta con tu postrera exhalación te la cosieron con un fino hilo y uno de los muchachos amasó tus labios hasta plasmar en estos una leve sonrisa de tan vital te mirabas que pensé que te levantarías de la mesa para descender de un brinco y pedir tus ropas de trabajo para ir a supervisar la finca *lo que ejecutaremos a continuación puede impresionarla y causarle un desmayo señora por favor la insto a que salga hasta a nosotros que estamos acostumbrados nos causa mareos* negué con la cabeza no pensaba abandonarte así por el estremecimiento vomitara Hodges abrió tus párpados encajó una cucharilla en tu ojo derecho y con un solo movimiento lo vació me contuve para no volver el estómago uno de los sobrinos se giró hacia mí y al ver que no me encontraba bien me tomó del codo y me ayudó a sentarme Hodges actuó igual con el otro ojo aún me sobrecoge el sonido semejante al chapaleo de una rana cuando entra al agua quedaron sobre la mesa dos globos acuosos que escurrían un líquido cristalino cuanto miraste a lo largo de tu vida se derramaba sobre la tabla sí me sentí desfallecer como me lo advirtió el embalsamador mas no por lo grotesco de la técnica en mi interior deseaba absorber esas dos esferas para guardar cada una de tus imágenes descubrir tu pasado rememorar nuestros momentos felices ser testigo de tus hazañas penetrar lo más hondo de tu alma *está bien* me preguntó el muchacho asentí de una caja Hodges extrajo diferentes ojos de vidrio los comparó con el color zarco de tu iris y seleccionó un par que consideró más parecidos a los tuyos *los ve similares* inquirió fui hasta donde se hallaba eludiendo ver las oquedades sanguinolentas en tu rostro y elegí los que a mi juicio se parecían más a los tuyos Hodge los introdujo en las cuencas volvieron a ti los zafiros con los que mirabas ojos falsos que igualaban en intensidad a los tuyos pregunté qué pensaban hacer con los residuos oculares me respondieron que se deshacían de ellos pero que si deseaba conservarlos me los entregaban fui al cuarto por una pequeña caja de plata y ahí los depositaron cerré la caja y la abracé como quien desea proteger un tesoro esa fue la única parte tuya que pude enterrar en los jardines de Emerson la sepulté bajo el tronco de un fresno lo más profundo posible para que las raíces se alimentaran de tus ojos y en cada hoja y en cada rama sintiera tu mirada limpiaron tu cara de cualquier rastro de sangre y te vistieron cuidadosos de no arrugar la ropa con delicadeza abotonaron la camisa y el saco abrocharon el pantalón te calzaron con tus botas de domingo te untaron una pomada carmín en las mejillas y en la boca y te volvieron a peinar he de decirte que te veías rejuvenecido seductor con tu permanente sonrisa cosida a los labios y tus ojos azules fulgurantes bajo las cejas entre los tres te cargaron a la planta baja y te colocaron dentro del ataúd que con anterioridad habían introducido al salón convoqué a tus hijos a tus nueras a tu yerno y a tus nietos para efectuar una ceremonia privada antes de anunciarlo de manera pública un pastor ofreció un servicio Japheth y Jonas se veían muy afectados Jerioth y Jenny no contenían las lágrimas tus nietos observaban azorados Jeremiah una efigie totémica que sin hablar imantó nuestra atención al terminar la prédica del pastor James pidió la palabra pronunció un discurso que me atrevería a calificar de poético quedamos estremecidos me hubiese gustado anotarlo no permitir que se me escapara ni una de sus palabras entumecida por el dolor recuerdo sólo con vaguedad algunos chispazos de su hermosa alocución nos abrazamos al terminar la ceremonia aún recuerdo la mano rugosa de Jeremiah sobre mi hombro las lágrimas de Jerioth empapando mis mejillas la musculosa espalda de Jonas estrechándome la apagada voz de Japheth la desolación de Jenny centenares de personas vinieron a la casa a darte su adiós dejamos el féretro abierto para que te vieran para muchos fue la oportunidad de conocer de cerca a quien consideraban una leyenda hubo llantos silencios condolencias Sandra mandó un telegrama urgiendo enviar tu cadáver a Texas no fue posible eran tantas las personas formadas para despedirse de ti que la fila se alargaba por media milla arribaron vecinos guardias que trabajaron para nosotros negros con sus familias vino el gobernador desde Montgomery el alcalde de nuestro pueblo y el de Mobile compradores de algodón políticos jinetes barqueros dueños de plantaciones dos días después te depositamos en la carroza que te llevaría hasta las inmediaciones de Houston donde uno de tus trenes te trasladaría hasta Austin rodeada de Jonas Japheth Jerioth James Jenny Jeremiah te miré partir con la misma tristeza con la que aquella tarde te vi irte de Emerson con la penosa certeza de que nunca más nos volveríamos a ver Sandra tuvo la decencia de enviarme los periódicos de Texas en primera plana y en páginas centrales reseñaron tus pompas fúnebres si aquí fueron cientos quienes acudieron allá fueron miles aun cuando no habían finalizado la construcción del capitolio se te hizo ahí un homenaje hubo fanfarrias cañonazos discursos en los que te ensalzaron como un caudillo como un forjador de Texas Sandra tuvo el sensible detalle de enviar una carta para agradecerme *para serte sincera Virginia no poseo la fortaleza de tu carácter el mío es débil no soporté su declive físico y mental sé que pensaste que no quise atenderlo ya fuese por ingrata o por enojo o resentimientos de ninguna manera fue por eso espero con estas líneas hacerte cambiar de parecer me dolía verlo transformado en alguien que no era así debajo de su piel aún habitara el hombre que tú y yo amamos sé que no nos conoceremos nunca y creo que es lo correcto podríamos reclamarnos una a la otra pasados agravios y no le encuentro caso gracias en nombre mío y de mis hijos por cuidar a nuestro querido Henry* no supe si interpretar su misiva como una genuina muestra de gratitud o como una manera de limpiar su culpa o peor aún como un acto cínico para demostrarme que fue ella quien terminó recibiendo el reconocimiento de la gente prefiero pensar lo primero que en tu ocaso destellos de su amor la llevaron a escribirme no olvido la mañana en que arribaste a Emerson con tu impecable traje y te espié con curiosidad desde la puerta bastó ese momento para quedar prendada de ti trastocaste mi vida como no lo imaginas y agradezco al destino o a Dios o a cualquiera que haya sido la fuerza que te trajo a mí contigo experimenté cuantas emociones puede un hombre brindarle a una mujer que van del amor más honesto y puro al dolor pasando por el odio y el perdón sin ti no sería quien soy ahora como tú tampoco hubieses sido sin mí algo nos entregamos uno al otro que nadie podrá descifrar y que quedará por siempre velado bajo las capas de la intimidad buenas noches Henry estoy segura de que en algún otro lugar nos hallaremos pronto

FIN

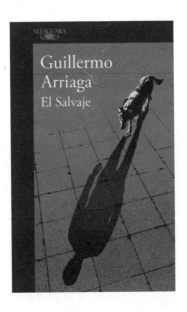

«Y sí, la muerte irrumpió en mi vida y la devastó. Pero estuve resuelto a no permitir que me remolcara con ella».

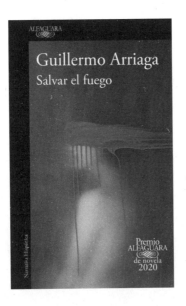

«La llama de un fósforo dura solo unos segundos, pero es capaz de incendiar un bosque».

«Narra con intensidad y dinamismo una historia de violencia en el México contemporáneo donde el amor y la redención aún son posibles. El autor se sirve tanto de una extraordinaria fuerza visual como de la recreación y reinvención del lenguaje coloquial para lograr una obra de inquietante verosimilitud».

Del acta del jurado del XXIII Premio Alfaguara de novela, presidido por Juan Villoro e integrado por Laura Alcoba, Edurne Portela, Antonio Lucas, Jesús Rodríguez Trueba y Pilar Reyes

«No era un animal, quizá tampoco un ser humano, parecía un ángel roto, perdido, ignorado».

Esta obra se terminó de imprimir
en el mes de abril de 2025,
en los talleres de Diversidad Gráfica S.A. de C.V.
Ciudad de México